dtv

Seit seinem Entstehen hat der Mythos von Mittelerde nichts von seinem Zauber verloren – die Welt des J. R. R. Tolkien fasziniert und begeistert Millionen von Lesern in fast allen Ländern der Erde. Das Tolkien Lesebuch ist eine spannende Einführung in Tolkiens Welt: eine Auswahl der prägnantesten Szenen aus seinem erzählerischen Werk, außerdem Briefe, Vorträge, theoretische Texte und Erinnerungen. Ein Lesevergnügen, das allen Tolkien-Lesern neue Perspektiven eröffnet.

J(ohn) R(onald) R(euel) Tolkien wurde am 3. Januar 1892 in Bloemfontein/Südafrika geboren und lebte ab 1896 in England. Er war Professor für germanische Philologie in Oxford und starb am 2. September 1973 in Bournemouth. Mit seinem großen Fantasy-Epos ›Der Herr der Ringe‹ wurde er weltberühmt.

Das Tolkien Lesebuch

Herausgegeben
und mit einem Nachwort
von Ulrike Killer

Klett-Cotta
Deutscher Taschenbuch Verlag

Von J. R. R. Tolkien
sind im Deutschen Taschenbuch Verlag erschienen:
Der kleine Hobbit (21412 und 21413)
Farmer Giles of Ham (dtv zweisprachig 9383)

Neuausgabe 2012
Veröffentlicht 1991 im
Deutschen Taschenbuch Verlag GmbH & Co. KG,
München

(Siehe auch Quellennachweis S. 440 ff.)
Umschlagkonzept: Balk & Brumshagen
Umschlaggestaltung und -illustration: Max Meinzold
Gesamtherstellung: Druckerei C. H. Beck, Nördlingen
Gedruckt auf säurefreiem, chlorfrei gebleichtem Papier
Printed in Germany · ISBN 978-3-423-21414-8

Inhalt

Humphrey Carpenter: Besuch bei J. R. R. Tolkien

Es ist ein Vormittag im Frühjahr 1967. Ich bin aus dem Zentrum von Oxford herausgefahren, über die Magdalen Bridge, die Londoner Straße entlang, einen Hügel hinauf nach Headington hinein, einen achtbaren, doch öden Vorort. Bei einer großen Privatschule für Mädchen biege ich nach links ab in die Sandfield Road, eine Straße mit zweistöckigen Wohnhäusern, jedes mit einem reinlichen Gärtchen davor.

Nummer 76 liegt ein ganzes Stück weit die Straße hinunter. Das Haus ist weiß gestrichen und teilweise verdeckt hinter einem hohen Zaun, einer Hecke und überhängenden Bäumen. Ich parke den Wagen, öffne das Gartentor, gehe den kurzen Weg zwischen den Rosensträuchern hinauf und läute an der Haustür.

Eine ganze Weile ist es still, abgesehen von den Verkehrsgeräuschen aus der entfernten Hauptstraße. Ich überlege schon, ob ich noch einmal läuten oder wieder fortgehen soll, als die Tür von Professor Tolkien geöffnet wird.

Er ist ein wenig kleiner, als ich erwartet hatte. Körpergröße ist eine Eigenschaft, von der er in seinen Büchern viel hermacht, deshalb ist es ein bißchen überraschend zu sehen, daß er selbst etwas unter Mittelgröße ist – nicht viel, aber doch merklich. Ich stelle mich vor (mein Besuch ist angekündigt, und ich werde erwartet), und der skeptische, etwas abweisende Blick, der mir zuerst begegnete, weicht einem Lächeln. Er streckt mir die Hand hin und greift fest nach der meinen.

Hinter ihm kann ich den Hausflur sehen, klein, ordentlich und mit nichts darinnen, was man im Haus eines älteren Ehepaars aus der Mittelschicht nicht erwarten würde. W. H. Auden hat gesagt, das Haus sei »scheußlich«, in einer unbedachten Äußerung, die in den Zeitungen wiedergegeben wurde, doch das ist Unsinn. Es ist ein ganz gewöhnliches Vorstadthaus.

Mrs. Tolkien erscheint für einen Augenblick, um mich zu begrüßen. Sie ist kleiner als ihr Mann, eine gepflegte alte Dame mit eng um den Kopf gelegtem weißem Haar und dunklen Augenbrauen. Ein paar Höflichkeiten werden gewechselt, und dann tritt der Professor heraus und führt mich in sein »Büro« an der Seite des Hauses.

Dies ist eine ehemalige Garage. Schon seit langem steht kein Wagen mehr darinnen, erklärt er mir; seit Anfang des Zweiten Weltkrieges habe er keinen mehr besessen. Nach seiner Pensionierung wurde die Garage bewohnbar gemacht, und er brachte die Bücher und Papiere dort unter, die er früher in seinem Zimmer im College aufbewahrt hatte. Die Regale sind vollgestopft mit Wörterbüchern, etymologischen und philologischen Werken, Textausgaben in vielen Sprachen, vor allem Alt- und Mittelenglisch und Altnordisch; ein Brett ist jedoch auch für die Übersetzung des ›Herrn der Ringe‹ ins Polnische, Niederländische, Dänische, Schwedische und Japanische reserviert, die Karte des erfundenen Kontinents »Mittelerde« ist ans Fenstersims geheftet. Auf dem Boden steht ein alter Klappkoffer voller Briefe, auf dem Tisch sind Tintenfässer, Federn und Federhalter und zwei Schreibmaschinen. Der Raum riecht nach Büchern und Tabakrauch.

Sehr bequem ist es nicht, und der Professor entschuldigt sich, daß er mich hier empfange; in seinem Schlaf- und Arbeitszimmer, erklärt er, wo er zu schreiben pflege, sei kein Platz. Dies alles sei überhaupt nur ein Provisorium. Bald, so hoffe er, werde er zumindest den größten Teil dessen fertiggestellt haben, was er seinem Verlag versprochen habe, und dann könnten er und Mrs. Tolkien umziehen, in eine bequemere Wohnung in freundlicherer Umgebung, fern von Besuchern und Störungen. Nach dieser letzten Bemerkung sieht er etwas verlegen drein.

Ich steige über den elektrischen Ofen hinweg und nehme auf seine Anweisung in einem Rollstuhl Platz, während er die Pfeife aus einer Tasche seiner Tweedjacke zieht und zu einer Erklärung ansetzt, warum er nicht imstande sei, mehr als ein paar Minuten für mich zu erübrigen. Ein glänzender blauer Wecker tickt geräuschvoll, wie um dem Gesagten Nachdruck zu geben. Er sagt, er müsse einen scheinbaren Widerspruch in einer Passage des ›Herrn der Ringe‹ klären, auf den ein Leser in einem Brief hingewiesen habe; die Sache erfordere dringend, daß er sich darum kümmert, weil eine überarbeitete Auflage des Buches gerade in Druck gehen soll. Er erläutert die Frage in allen Einzelheiten, wobei er von seinem Buch nicht wie von einer literarischen Fiktion, sondern wie von einer Chronik wirklicher Geschehnisse redet; er scheint sich nicht als einen Autor zu betrachten, dem ein kleiner, nun zu berichtigender oder wegzuerklärender Irrtum unterlaufen ist, sondern als einen Historiker, der in eine dunkle Stelle eines historischen Dokuments Licht bringen muß.

Unangenehm ist, daß er zu glauben scheint, ich würde sein Buch ebenso gut kennen wie er selbst. Ich habe es etliche Male gelesen, doch er spricht von Details, die mir wenig oder nichts bedeuten. Ich fange an zu befürchten, er könne mir eine tiefschürfende Frage hinwerfen, die mein Unwissen bloßlegen würde – und tatsächlich fragt er mich nun etwas, doch zum Glück nur rhetorisch, und ein »Ja« als Antwort genügt vollkommen.

Ich bin immer noch beunruhigt, ob nicht noch weitere, schwierigere Fragen kommen, um so mehr, als ich nicht alles verstehen kann, was er sagt. Er hat eine sonderbare Stimme, tief, doch ohne Resonanz, ganz und gar englisch, doch mit einer Eigenart darin, die ich nicht definieren kann, so als käme er aus einem anderen Zeitalter oder einer fremden Kultur. Meist spricht er nicht deutlich. Die Worte kommen in heftigen Schüben heraus; ganze Sätze werden ausgelassen oder in der Eile des Betonens zusammengezogen. Oft wird eine Hand gehoben und greift über den Mund, und das macht es noch schwerer, ihn zu verstehen. Er spricht in komplizierten Sätzen, fast ohne zu zögern – doch dann kommt eine lange Pause, in der er eine Antwort von mir zu erwarten scheint. Antwort auf was? Wenn er eine Frage gestellt hat, habe ich sie nicht verstanden. Plötzlich spricht er weiter (er hatte seinen Satz noch gar nicht beendet), und nun kommt er zu einem nachdrücklichen Abschluß. Währenddessen schiebt er sich die Pfeife zwischen die Zähne, redet mit geschlossenen Kiefern weiter, und als er beim Punkt angelangt ist, entzündet er ein Streichholz.

Wieder mühe ich mich ab, mir eine gescheite Bemerkung auszudenken, und wieder fährt er fort, ehe mir etwas eingefallen ist. Nach einer spärlichen Überleitung kommt er auf eine Bemerkung in einer Zeitung zu sprechen, die ihn geärgert hat. Jetzt habe ich das Gefühl, eine Kleinigkeit beitragen zu können, und ich sage etwas, das hoffentlich intelligent klingt. Er hört mit achtungsvollem Interesse zu und antwortet mir ausführlich, wobei er meine (eigentlich ganz triviale) Bemerkung zu einem vortrefflichen Sinn wendet und mir das Gefühl gibt, ich hätte etwas Sagenswertes gesagt. Dann springt er zu einem angrenzenden Thema über, und ich verliere wieder den Faden und kann nichts mehr beisteuern als einsilbige Zustimmungslaute hier und da; doch kommt mir der Gedanke, daß ich vielleicht als Zuhörer ebenso willkommen bin wie als Gesprächspartner.

Während er spricht, ist er unablässig in Bewegung; er geht in dem dunklen kleinen Zimmer mit einer Energie hin und her, die Rastlosigkeit verrät. Er schwenkt die Pfeife in der Luft, klopft sie im Aschbecher aus, stopft sie, reißt ein Zündholz an, raucht aber kaum je mehr als ein paar Züge. Er hat kleine, zierliche und faltige Hände, mit einem glatten Ehering auf dem Mittelfinger der Linken. Seine Kleidung ist ein bißchen verknautscht, doch gutsitzend, und obwohl er im siebenundsechzigsten Jahr steht, sieht man nur eine Andeutung von Schwere unter den Knöpfen seiner farbigen Weste. Ich kann meine Aufmerksamkeit nicht lange von seinen Augen abwenden, die bald im Zimmer umherwandern, bald aus dem Fenster schauen, dann und wann aber auch mich streifen oder in einem steten Blick zur Ruhe kommen, wenn er etwas Wichtigeres sagt. Sie sind von Runzeln und Falten umgeben, deren Wechsel jede Gestimmtheit hervorhebt.

Der Strom der Worte ist für einen Augenblick versiegt, und die Pfeife wird neu angezündet. Ich nutze die Gelegenheit und erkläre den Grund meines Kommens, der nun nebensächlich erscheint. Doch geht er gleich begeistert darauf ein und hört mich aufmerksam an. Dann, als dieser Teil des Gesprächs vorüber ist, stehe ich auf, um zu gehen; aber für den Augenblick wird offenbar mein Aufbruch weder erwartet noch gewünscht, denn er hat wieder zu reden begonnen. Noch einmal geht er auf seine Mythologie ein. Seine Augen heften sich an einen fernen Gegenstand, und er scheint vergessen zu haben, daß ich da bin, während er sich die Pfeife in den Mund klemmt und durch das Rohr spricht. Mir fällt ein, daß er in allen äußeren Belangen dem Archetypus eines Oxforder »Don« gleicht, zuweilen sogar der Bühnenkarikatur eines Don. Doch genau das ist er nicht. Es ist vielmehr so, als hätte ein fremder Geist die Gestalt eines alten Professors angenommen. Der Leib mag in diesem kümmerlichen Zimmer umhergehen, der Geist aber ist weit weg und streift durch die Gebirge und Ebenen von Mittelerde.

Dann ist alles vorüber, und ich werde aus der Garage zur Gartentür geführt – der kleineren gegenüber dem Haupteingang: Er erklärt mir, daß er die Garagentüren versperrt halten müsse, damit die Fußball-Zuschauer ihre Wagen nicht in seiner Einfahrt parkten, wenn sie zu den Spielen im örtlichen Stadion kämen. Sehr zu meiner Überraschung fordert er mich auf, wiederzukommen. Nicht gleich, denn weder er noch Mrs. Tolkien sind ganz wohlauf, und sie fahren jetzt nach Bournemouth in die Ferien, und in seiner Arbeit ist er viele Jahre zurück, und unbeantwortete Briefe stapeln sich. Aber irgendwann einmal, bald. Er schüttelt mir die Hand und geht, ein bißchen verloren, ins Haus zurück.

Mittelerde wird geschaffen

»… mein Unfug mit der
Feensprache.«

Ælfwine aus England

Es war einmal ein Land, genannt England, und es war eine Insel des Westens, und bevor sie im Krieg der Götter zerbrochen wurde, war sie von allen nördlichen Landen das westlichste und blickte auf das Große Meer, das die Menschen einst Garsecg nannten; jener Teil aber, der abbrach, wurde Irland genannt und hat noch viele Namen mehr, und seine Bewohner haben keinen Anteil an diesen Geschichten.

Dieses ganze Land nannten die Elben Lúthien, und sie tun es noch immer. In Lúthien allein wohnt noch immer der größte Teil der Schwindenden Scharen, die Heiligen Feen, die aus der Welt noch nicht fortgesegelt sind, weiter als Menschen erahnen können, zu der Einsamen Insel oder gar zum Berg von Tûn über der Feenbucht, welche die westlichen Gestade des Königreichs der Götter umspült. Darum ist Lúthien selbst jetzt noch ein heiliges Land, und ein Zauber, den es sonst nirgendwo gibt, umgibt noch viele Plätze dieser Insel.

Nun liegt noch in der Mitte der Insel eine Stadt, alt in den Augen der Menschen, doch für die Elben ist sie sehr viel älter; und weil dies ein Buch der Verschollenen Geschichten von Elbenheim ist, soll sie in der Elbensprache Kortirion heißen, und die Gnomen nennen sie Mindon Gwar.

Auf dem Berg von Gwar wohnte in den Tagen der Engländer ein Mann, und sein Name war Déor, und von weit her war er gekommen, aus dem Süden der Insel, aus den Wäldern und dem verwunschenen Westen, wo er, obgleich er der Engländer Volk entstammte, lange Zeit umhergewandert war. Nun war der Fürst von Gwar in jenen Tagen ein Liebhaber von Liedern und kein Feind der Elben, und so hielten sie sich am liebsten in den Landstrichen rings um Kortirion auf (welche sie Alalminóre nannten, das Land der Ulmen); und dorthin kam Déor, der Sänger, um den Fürsten von Gwar aufzusuchen und die Scharen der Schwindenden Elben, weil er ein Elbenfreund war. Obgleich Déor von englischem Geblüt war, nahm er, so erzählt man, eine Jungfrau aus dem Westen zur Gemahlin, aus Lionesse, wie manche es seitdem nennen, oder Evadrien, »Eisenküste«, wie die Elben immer noch sagen. Déor fand sie in dem vergessenen Land jenseits von Belerion, von wo die Elben dann und wann in See stachen.

Voll Freuden hatte Déor lange Zeit in Mindon Gwar gelebt, aber die Menschen aus dem Norden, welche die Feen der Insel Forodwaith nannten, denen die Menschen jedoch andere Namen gaben, griffen Gwar in jenen Tagen an, als sie beinahe das ganze Land von Lúthien verwüsteten. Die Stadtmauern vermochten nichts, und die Türme konnten dem Feind nicht für immer standhalten, wenn auch die Belagerung lang und bitter war.

Dort starb Éadgifu (denn so nannte Déor die Jungfrau aus dem Westen, obgleich sie vormalen einen anderen Namen trug) in jenen schlimmen Tagen des Hungers; Déor jedoch fiel vor den Mauern, als er gerade ein Lied von alter Tapferkeit anstimmte, die Herzen der Männer zu ermutigen. Das war ein verzweifelter Ausfall, und Déors Sohn war Ælfwine, und er war damals erst ein Knabe, der nun vaterlos war. Die Plünderung dieser Stadt war sehr grausam, und von ihren alten Tagen blieb nur noch ein Raunen, und die Elben, welche die Engländer der Insel inzwischen liebten, flohen oder versteckten sich lange Zeit, und weder Elb noch Mensch blieb in den alten Hallen der Stadt zurück, den Fall zu beklagen von Óswine, Fürst von Gwar.

Da machten die grausamen Herren der Forodwaith Ælfwine, ihn, den die nicht geschwundenen Elben jenseits der Wasser von Garsecg später Eldairon von Lúthien nannten (was Ælfwine aus England heißt), zu einem Sklaven, und er erfuhr schlimme Tage in seiner Knabenzeit. Doch es war fürwahr wie ein Wunder, daß Ælfwine, obgleich er das Meer nicht kannte und es nie gesehen, dennoch seine gewaltige Stimme tief in seinem Herzen sprechen hörte, und zwischen Wachen und Schlaf vernahm er in seinem Inneren immerfort des Meeres murmelnde Chöre. Dies vollbrachte der Zauber von Éadgifu, Mädchen aus dem Westen, seine Mutter, und diese unstillbare Sehnsucht hatte sie alle Tage erfüllt, da sie an den stillen Plätzen im Land bei den Ulmen von Mindon Gwar wohnte – und inmitten ihrer Sehnsucht wurde Ælfwine geboren, ihr Kind, und die Gischtreiter, die Elben des Meeressaums, die sie einst in Lionesse gekannt, sandten Boten zu seiner Geburt. Doch nun war Éadgifu hinter dem Rand der Erde verschwunden, ihre schöne Gestalt lag ohne Ehren in Mindon

Gwar, und Déors Harfe war verstummt, doch Ælfwine trug das Joch der Sklaverei bis zur Schwelle des Mannesalters, hing Träumen nach, war von Verlangen nach dem Meer erfüllt, und nur selten einmal hielt er Zwiesprache mit den verborgenen Elben.

Schließlich zehrte die Sehnsucht nach dem Meer so schmerzlich an ihm, daß er darauf sann, seine Ketten zu sprengen, und indem er große Gefahren wagte und viele bittere Mühen auf sich nahm, entkam er in Lande, wohin die Fürsten der Forodwaith nicht gekommen waren, fern der Orte von Déors Behausung in Mindon Gwar. Unablässig wanderte er südwärts und nach Westen, denn seine Füße trugen ihn von allein dorthin. Nun besaß Ælfwine in bestimmtem Maße die Gabe der Elben-Sicht (welche in jenen Tagen des Schwindens der Elben nicht allen verliehen wurde und nun noch weniger Menschen zuteil wird), und überdies waren die Elben von Lúthien in jenen Tagen weniger geschwunden, so daß er manch eine Schar dieser schönen Gestalten auf seiner Wanderung zu Gesicht bekam. Einige von ihnen wohnten noch dort und tanzten noch wie einst durch das Land, die meisten freilich wanderten langsam und schwermütig nach Westen; denn das ganze Land hinter ihnen war voller Feuer und Krieg, und Tränen und Blut flossen dort, weil die Liebe unter den Menschen geschwunden war – und es war nicht das letzte Mal, daß Menschen Lúthien anderen Menschen entrissen, denn das vollzog sich siebenmal und wird vielleicht noch öfter geschehen. Menschen aus dem Osten und aus dem Westen, aus dem Süden und aus dem Norden hat es nach diesem Lande gelüstet, und sie haben es jenen geraubt, die es vor ihnen besaßen, weil es schön und prächtig war und der Glanz der verwehenden Zeitalter der Elben noch immer unter seinen Bäumen hinter seinen hohen, weißen Gestaden wohnte.

Doch bei jeder Eroberung dieser Insel wurde die Zahl ihrer ältesten Bewohner, des Volks von Lúthien, größer, die sich nach Westen wandten; und sie schifften sich ein in Belerion im Westen und segelten für immer fort in Fernen, von denen die Menschen nichts wissen, und nach ihrer Abreise war die Insel ärmer und ihr Laub weniger grün; doch immer noch beherbergt sie die reichsten der Menschen in der Gegenwart der Elben. Niemals sonst, sagt man, ausgenommen die Zeit, da die grausamen Väter der Menschen, Feinde der Elben und gerade dem Bösen verfallen, zum ersten Mal das Land betraten, sei eine so große Flotte elbischer Schiffe und weißsegliger Galeonen zum Sonnenaufgang aufgebrochen, als in jenen Tagen, da die alten Menschen des Südens zuerst machtvoll den Fuß auf Lúthiens Boden setzten – die Menschen, deren Herren in der Stadt der Macht thronten, welche Elben und Menschen Rûm genannt haben (doch bloß die Elben kennen sie als Magbar).

Nun sind es weniger die trüben Herzen späterer Tage als die blutigen Taten grausamer Hände, welche das kleine Volk zur Abreise bewegen; und immer wieder sticht ein kleines Schiff von Belerion in See, wenn es Abend wird, und sein lieblicher, schwermütiger Gesang verliert sich für immer über den Wogen. Ja selbst in den Tagen Ælfwines gab es manch ein vollbesetztes Schiff unter elbischen Segeln, das jene Küsten für immer verließ, und auf seinem Weg nach Westen fand er manch einen Gefährten, sichtbar oder halb unsichtbar. Und so kam er endlich nach Belerion, und dort wusch er seine müden Füße in den grauen Wassern des Westlichen Meers, dessen mächtiges Tosen seine Ohren betäubte. Dort fuhren die Schemen elbischer Boote an ihm vorbei in die Dämmerung, und manch ein Elb rief ihm von Bord ein Lebewohl zu. Er aber durfte diese zerbrechlichen Gefährte nicht besteigen, und die Elben erhörten sein Flehen nicht – denn sie wollten nicht zulassen, daß jemand, selbst ein Mensch, den sie liebten, mit ihnen über den äußersten Rand des Westens kam oder erfuhr, was sich weit draußen verbarg, auf Garsecg, dem großen unendlichen Meer.

Die wenigen Menschen nun, die dort in der Nähe Belerions hausten, waren Fischer, und Ælfwine wohnte lange bei ihnen, und weil er in seinem innersten Wesen dazu geschaffen war, eignete er sich alles Wissen über Schiffahrt und Meer an, das ein Mann nur erwerben kann. Auf sein Leben gab er wenig, und er fuhr weiter auf den Ozean hinaus als die meisten dieser Männer, so gute Seefahrer sie auch waren; und am Ende waren es nur noch wenige, die ihm zu folgen wagten, ausgenommen Ælfheah, den Vaterlosen, der bei allen Abenteuern an seiner Seite war bis zu seiner letzten Reise.

Einmal nun, auf einer Fahrt weit aufs offene Meer, zuerst in dichtem Nebel gefangen, danach hilflos von einem mächtigen

Wind aus dem Osten dahingetrieben, erspähte er in der Dämmerung einige Inseln, doch er konnte nicht zu ihnen gelangen, weil der drehende Wind ihn wieder weit abtrieb, und nur die Macht seines Schicksals bewahrte ihn, so daß er die schwarzen Küsten seiner Heimat wiedersehen konnte. Da war er wenig zufrieden mit seinem guten Geschick und beschloß in seinem Herzen, beim nächsten Mal noch tiefer in den Westen zu segeln, denn in seiner Unwissenheit glaubte er die Zauberinseln aus den Liedern der Menschen von fern erblickt zu haben. Wenige Gefährten konnte er für sein Abenteuer gewinnen. Nicht alle Männer lieben es auszufahren, um die rote Sonne zu suchen oder, dürstend nach dem Unentdeckten, es mit den gefährlichen Meeren aufzunehmen. Schließlich fand er sieben solcher Männer, die größten Seefahrer, die es damals in England gab, und Ulmo, Herr der Meere, nahm sie später zu sich, und ihre Namen sind nun vergessen bis auf den von Ælfheah. Eben hatten sie die Inseln gesichtet, nach denen Ælfwine verlangte, als ein gewaltiger Sturm ihr Schiff ergriff und eine mächtige Woge darüber hereinbrach; doch Ælfwine wurde von den Wellen fortgeschwemmt, und als er zu sich kam, sah er keine Spur von seinem Schiff oder seinen Gefährten, und er lag auf einem sandigen Strand in einer Bucht mit dicken Felsmauern. Dunkel und sehr verlassen war die Insel, und da wußte er, das dies nicht die Zauberinseln waren, von denen er oft hatte erzählen hören.

Lange wanderte er dort umher, heißt es, und dabei stieß er auf viele Schiffsrümpfe, die auf den langen düsteren Stränden verfaulten, und einige waren die Wracks einst mächtiger Schiffe, und manche waren mit Schätzen beladen. Am entfernten Ufer nach Westen zu fand er schließlich eine einsame Hütte, und sie war aus dem umgestülpten Rumpf eines kleinen Schiffes gezimmert. Dort wohnte ein uralter Mann, und Ælfwine fürchtete ihn, denn die Augen des Mannes waren so unergründlich wie die bodenlose See, und sein langer Bart war blau und grau; riesig war seine Gestalt und sein Schuhwerk aus Stein, doch er war in Lumpen und Fetzen gehüllt und saß an einem kleinen Feuer, von Treibholz genährt.

Lange blieb Ælfwine in diesem seltsamen Unterschlupf, aus Mangel an einem anderen Dach und einem besseren Rat, und er glaubte sein Schiff verloren und seine Gefährten ertrunken. Doch der alte Mann war freundlich gegen ihn, befragte ihn, was er in der Welt treibe und wohin er habe segeln wollen, bevor der Sturm ihn überkam. Und viele Dinge, von denen er zuvor nie gewußt, hörte ihn Ælfwine abends am rauchigen Feuer erzählen und sonderbare Geschichten von windgejagten Schiffen und unbarmherzigen Stürmen über den verbotenen Wassern. So erfuhr denn Ælfwine, daß es noch eine weite Reise sei bis zu den Zauberinseln, die eine dunkle und geheime Wacht hielten am Rande der Erde, hinter dem die Wasser von Garsecg ruhiger werden und wo das Zwielicht herrscht der letzten Tage des Feenlandes. Dahinter, an den Grenzen der Schatten, liegt die Einsame Insel, nach Osten blickend zu den Zauberinseln und zu den Landen der Menschen dahinter, und nach Westen zu, in den fernen Schatten, kann man das Äußere Land erspähen, das Königreich der Götter – sogar die uralte Feenbucht, deren Glanz trübe geworden ist. Von dort fällt die Welt steil ab unter den Saum der Dinge gen Valinor, dem Gott-Heim, und zu der Mauer und zum Rande des Nichts, über das die Sterne verstreut sind. Die Einsame Insel aber gehört weder zu den Großen Landen noch zum Äußeren Land, und keine Insel liegt in ihrer Nähe.

In seinen Geschichten nannte der alte Mann sich selbst den Mann vom Meer, und er sprach von seiner letzten Fahrt, bevor er an dieser äußeren Insel Schiffbruch erlitt; er erzählte, wie er, bevor der Westwind ihn packte, weit in der Ferne, im Schoße der Tiefe, die blinkenden Laternen der Einsamen Insel erspäht hatte. Da machte Ælfwines Herz einen Freudensprung, doch er sagte zu dem alten Mann, er dürfe nicht hoffen, noch einmal ein tüchtiges Schiff oder Gefährten zu finden. Aber der Mann vom Meer erwiderte: »Höre, dies ist eine aus der Kette der Hafenlosen Inseln, welche alle Schiffe auf ihre versteckten Klippen und trügerischen Strände locken, damit Menschen nicht weiter hinausfahren auf Garsecg und Dinge sehen, die für ihre Augen nicht bestimmt sind. Und diese Inseln wurden bei der Verhüllung von Valinor hierhergesetzt, und auf ihnen wächst nur wenig Holz für Schiff oder Floß, wie man sich denken kann; aber trotzdem kann ich dir bei deinem Wunsche helfen, diese gefräßigen Gestade zu verlassen.«

An einem Tage danach streifte Ælfwine an den östlichen Stränden entlang und betrachtete die vielen unglückseligen

Wracks, die dort lagen. Er suchte, wie schon oft zuvor, nach einer Spur oder einem Überrest seines guten Schiffes aus Belerion. In der vergangenen Nacht hatte ein furchtbarer Sturm mit großer Gewalt getobt, und siehe! Ælfwine sah, daß die Zahl der Wracks sich um eines vermehrt hatte, und es war ein großes und wohlgebautes Schiff gewesen und von edler Form, wie sie die Forodwaith damals liebten. Es war hoch auf die trügerischen Dünen geworfen worden, und sein mächtiger Bug, geschnitzt wie ein Drachenhaupt, war unversehrt dem Lande zugekehrt. Als nun die Flut allmählich die trockenen Flächen zu überschwemmen begann, watete der Mann vom Meer ins flache Wasser hinaus. Als Stab hatte er ein Stück Holz, so groß wie ein junger Baum, und er stapfte dahin, als brauche er weder Flut noch Treibsand zu fürchten, bis er so weit draußen war, daß seine Schultern kaum aus den gelben Wassern der auflaufenden Flut hervorragten und er den geschnitzten Bug erreichte, der nun allein noch nicht vom Wasser überflutet war. Dann staunte Ælfwine, der ihn aus der Ferne beobachtete, als er ihn einzig mit seiner Kraft das ganze große Schiff aus der saugenden Umklammerung des Sandes emporheben sah, der das versunkene Heck festhielt; und als der Rumpf freikam, trieb er ihn vor sich her, nun mit mächtigen Stößen in tieferem Wasser schwimmend. Bei diesem Anblick ergriff Ælfwine aufs neue die Furcht vor dem Alten, und er fragte sich, welch ein Geschöpf er wohl sein möge; doch nun war das Schiff hoch auf festeren Grund geschoben, und der Schwimmer schritt an Land, und sein gewaltiger Bart war behangen mit Flechten von Seetang und ebenfalls sein Haar.

Als die Flut die Gefräßigen Strände wieder verließ, gebot der Mann vom Meer Ælfwine, das gerettete Wrack zu untersuchen, und Ælfwine sah, daß es nicht beschädigt war; doch im Inneren des Rumpfes fand er neun tote Männer, die vor kurzem noch gelebt hatten. Sie lagen auf den Rücken und starrten gen Himmel, und siehe, einer war unter ihnen, der, obgleich sein Haar altersweiß und sein Gesicht vom Tode bleich, noch immer durch Kleidung und Miene verriet, daß er unter den Menschen ein Anführer gewesen war, ein stolzer und grausamer Mann. »Männer aus dem Norden, Forodwaith, sind sie«, sagte der Mann vom Meer, »doch Hunger und Durst ließen sie sterben, und ihr Schiff sank im Sturm letzte Nacht, als es auf die Gefräßigen Strände lief und allmählich vom Treibsand begraben worden wäre, hätte das Schicksal es nicht anders bestimmt.«

»Wahr ist, was du von ihnen sagst, o Mann vom Meer; und jenen dort, den Weißhaarigen, kenne ich wohl, denn er erschlug meinen Vater; und lange war ich sein Sklave, und Orm nennen ihn die Menschen, und wenig Liebe hege ich für ihn.«

»Und sein Schiff soll es sein, das dich forträgt von dieser Hafenlosen Insel«, sagte der Alte, »und es war ein kühnes Schiff eines mutigen Mannes, denn kaum ein Volk hat nun so viel Herz, die Abenteuer der See zu wagen wie die Forodwaith, die es immerzu drängt, die Nebel des Westens zu durchstoßen, wenn auch wenige überleben, um die Mär zurückzubringen von dem, was sie erschaun.«

So kam es, daß gegen alle Hoffnung Ælfwine von dieser Insel entkam, doch der Mann vom Meer war sein Kapitän und Steuermann, und so gelangten sie nach wenigen Tagen zu einem kaum bekannten Land. Und dort wohnt ein sonderbares Volk, von dem niemand weiß, wie es aus dem Westen dorthin gekommen ist, doch zählt man es zu den Geschlechtern der Menschen, obgleich ihr Land an den äußeren Grenzen der Menschheit liegt, weiter gen Sonnenuntergang jenseits der Hafenlosen Insel und nördlicher noch als jene Insel, auf der Ælfwine scheiterte. Ans Wunderbare grenzt die Kunst dieses Volkes, Boote und Schiffe jeder Art zu bauen und zu steuern; doch segeln sie selten oder nie zu den Ländern anderen Volks, und sie lassen sich nur wenig ein auf Handel oder Krieg. Sie bauen ihre Schiffe, weil sie diese Arbeit lieben und einzig wegen der Freude, die es ihnen bereitet, das Meer darin zu befahren. Und ein großer Teil dieses Volks ist immer an Bord seiner Schiffe, und alle Gewässer um ihre Heimatinsel, ob in Stille oder Sturm, sind immerfort weiß von ihren Segeln. Ihr Vergnügen ist es, mit ihren Booten von außerordentlicher Schnelligkeit miteinander um die Wette zu fahren, unter Segel oder von Reihen langschäftiger Ruder angetrieben. Mit Schiffen von großer Seetüchtigkeit führen sie andere Wettkämpfe aus, um zu ermitteln, welches Schiff den stärksten Stürmen trotzen kann (und diese sind wahrlich furchtbar, die über ihrer Insel tosen, deren Küsten eisengesäumt sind, bis auf einen stillen Hafen im Norden). Auf diese Weise beweist sich die Kunst ihres Schiffbaus; und die Menschen nennen sie die

Ythlinge, die Kinder der Wellen, doch die Elben nennen ihre Insel Eneadur und ihr Volk die Schiffer des Westens.

Freundlich empfing dieses Volk Ælfwine und seinen Steuermann an den bevölkerten Kais ihres Hafens im Norden, und es wollte Ælfwine scheinen, als sei der Mann vom Meer hier nicht unbekannt und daß man ihm mit größter Ehrfurcht und Verehrung begegnete und seine Forderungen erfüllte, als seien es die Gebote eines Königs. Doch noch größer wurde seine Verwunderung, als er in der Menge an diesem Ort zwei seiner Gefährten traf, die er ertrunken gewähnt; und er erfuhr, daß die sieben Seefahrer aus England in diesem Lande lebten, doch das Schiff war gänzlich zerschellt an den schwarzen Gestaden im Süden, nicht lange nach jener Nacht, in der die mächtige Sturzsee Ælfwine über Bord gespült hatte.

Auf Geheiß nun des Mannes vom Meer bauten die Inselbewohner mit großer Schnelligkeit ein neues Schiff für Ælfwine und seine Gefährten, weil er in Orms Schiff nicht länger fahren wollte; und das Holz für den Bau wurde, wie der uralte Seemann es befahl, tief im Land in einem Hain zaubrischer Eichen geschlagen, der auf einem hochgelegenen Platz der Götter wuchs, Ulmo geweiht, dem Herrn des Meeres, und selten wurde einer dieser Bäume gefällt. »Ein Schiff, das aus diesem Holz erbaut ist«, sagte der Mann vom Meer, »kann vielleicht verlorengehen, doch jene, die darin segeln, werden auf dieser Reise ihre Leben nicht verlieren; doch vielleicht werden sie an ein Gestade geworfen, an das zu gelangen sie kaum gedacht haben.«

Als aber dieses Schiff vollendet war, hieß der alte Seemann sie an Bord gehen, und dies taten sie, doch mit ihnen ging auch Bior von den Ythlingen, ihnen mit seiner großen Erfahrung beizustehen, einer, der mehr als jeder andere aus diesem sonderbaren Volk geneigt war, zuweilen weit fortzusegeln vom Lande Eneadur nach Westen oder Norden oder Süden. Viele Ythlinge standen dort am Ufer neben dem Schiff; denn sie hatten es in einer Bucht in der Steilküste gebaut, die nach Westen blickte, und eine Felsbarre mit nur einer schmalen Öffnung schuf hier einen geschützten Hafen und Ankerplatz, und auf dieser Insel steiler Klippen waren nur wenige solcher Plätze zu finden. Darauf legte der Uralte seine Hand auf den Bug des Schiffes und sprach Worte eines Zaubers, der dem Schiffe Macht verlieh, unberührte Wasser zu durchschneiden, in nie befahrene Häfen einzulaufen und an unbetretenen Stränden zu landen. Nach Art der Ythlinge hatte das Schiff auf jeder Seite ein Seitenruder, und jedes segnete er und verlieh ihm die Fähigkeit zu steuern, wenn die Hände, die es führten, versagten, den verlorenen Kurs wiederzufinden und Sternen zu folgen, die verborgen waren. Dann schritt er davon, und die Menschenmenge machte ihm Platz, und er erklomm die Klippen, bis er eine hohe Spitze erreichte. Dann sprang er weit hinaus, stürzte hinab, und mit einem gewaltigen Schaumspritzer verschwand er im Meer, wo die großen Brecher sich sammelten, um gegen die hochragende Küste anzurennen.

Ælfwine sah ihn nicht mehr, und voller Schmerz und Staunen sagte er: »Warum war er des Lebens so überdrüssig? Es schmerzt mein Herz, daß er tot ist«; doch die Ythlinge lächelten, so daß er einige, die in der Nähe standen, fragte: »Wer war dieser mächtige Mann, denn mich dünkt, daß ihr ihn gut kennt?« Und sie gaben ihm keine Antwort. Dann stießen sie dieses kühngezimmerte Schiff ins Meer hinaus, denn Ælfwine mochte nicht länger bleiben, obgleich die Sonne zu den Bergen von Valinor jenseits der Westlichen Mauern herabsank. Bald war das weiße Segel in weiter Ferne zu sehen, gebauscht von einem Wind, der vom Lande kam, und rot überhaucht vom Licht der halb versunkenen Sonne; und die Männer an Bord sangen alte Lieder des englischen Volkes, die über den segellosen Wellen des Westlichen Meeres verklangen, und dann drang kein Laut mehr zu denen, die am Ufer ausharrten. Die Nacht brach herein, und niemand auf Eneadur sah dieses kraftvolle Schiff jemals wieder.

So begannen diese Seefahrer jene lange und merkwürdige und gefährliche Reise, deren vollständige Geschichte noch nie erzählt worden ist. Nichts von ihren Abenteuern in den Inselreichen des Westens, von den Wundern und Gefahren, welche die Zauberinseln ihnen bescherten und unbekannte Meere und Sunde, soll hier erzählt werden, sondern vom Ende ihrer Reise, als nach vielen Jahren, da sie der See müde und im Herzen elend geworden waren, ein grauer, trostloser Tag heraufdämmerte. Wenig Wind ging dort, und niedrig hingen die Wolken über ihnen, und nichts konnten sie vor dem Bug ausmachen, der sich nun langsam und unsicher seinen Weg über die Wellen bahnte. Sie waren übereingekommen, daß dieser Tag der letzte sein sollte, ehe sie ihr Schiff zur Heimfahrt wendeten (wenn sie konnten), falls nicht ein Wunder geschähe oder ein Hoffnungszeichen auftauchte. Denn ihr Wagemut hatte sie verlassen. Hinter ihnen lagen die Zauberinseln, wo drei ihrer Kameraden auf den dämmrigen Stränden in tödlichem Schlafe lagen, ihre Häupter auf weißen Sand gebettet und in Gischt gehüllt, umfangen von den ewigen Zaubern von Eglavain. Seitdem waren alle ihre Reisen fruchtlos gewesen, denn immer wieder hatten die Winde sie zurückgeworfen, ohne daß sie die Gestade der Elbeninsel gesichtet hatten. Da sagte Ælfheah, der das Steuer führte: »Nun, Ælfwine, ist die verabredete Zeit gekommen! Laß uns das tun, was die Götter und die Winde lange schon von uns verlangen – laß uns absehen von unserer herzermattenden Suche nach einem Nichts, einem Truggebilde in der Leere, und laß uns umkehren, wenn die Götter es wollen, und die heimischen Herde suchen.« Und Ælfwine fügte sich. Dann schlief der Wind ein, kein Hauch kam von Osten oder Westen, und langsam senkte sich die Nacht über das Meer.

Und siehe, endlich erhob sich eine sanfte Brise, und sie kam weich aus dem Westen; und gerade als sie ihre Segel zur Heimfahrt damit füllen wollten, sagte plötzlich einer der Seefahrer: »Fürwahr, eine sonderbare Luft ist das und schwer von Düften der Erinnerung«; und alle hielten inne und atmeten tief ein. Die Nebel wichen vor dem sanften Wind, und sie konnten eine zarte Mondscheibe in den aufreißenden Schwaden dahinziehen sehen, bis dahinter rasch tausend kalte Sterne hervorblinkten in die Dunkelheit. »Die Nachtblumen öffnen sich in Elbenheim«, sagte Ælfwine. »Und seht«, sagte Bior, »die Elben entzünden Kerzen in ihrem silbrigen Zwielicht«, und aller Blicke folgten seiner langen Hand, die über das dunkle Heck deutete. Da verstummten sie alle vor Verwunderung und Überraschung und erblickten tief in der westlichen Dämmerung einen blauen Schatten und in dem blauen Schatten viele glitzernde Lichter, und immer mehr und mehr kamen blinkend hervor, bis zehntausend Punkte flackernden Glanzes in der Ferne aufsplitterten, als wäre Staub der glühenden Juwelen, die Feanor geschaffen, auf dem Schoß des Ozeans verstreut.

»Dann ist dies der Hafen der Vielfarbenen Lichter«, sagte

Ælfheah, »von dem manch eine wenig beachtete Geschichte in unsrer Heimat erzählt hat.« Dann sagten sie nichts mehr, legten die Ruder aus, wendeten eilig ihr Schiff und ruderten auf die unsterbliche Küste zu. Beinahe, so kurz vor dem Ziel, hätten sie ihre Suche aufgegeben. Wenig schreckte sie die lange Strecke, und kraftvoll legten sie sich in die Riemen, und die lange Nacht des Feenreiches dauerte an, und über ihnen zog der gehörnte Mond von Elbenheim seine Bahn.

Da kam Musik sehr sachte über die Wasser gezogen, und sie war von ungeahnter Sehnsucht durchtränkt, daß Ælfwine und seine Gefährten sich auf ihre Ruder stützten und leise weinten; und ein jeder beweinte sein halb erinnertes Herzeleid, die Erinnerung an die Schönheit lange verlorener Dinge, und ein jeder weinte aus Sehnsucht nach der reinen Schönheit, die jedes Kind der Menschen erfüllt, Schönheit, die es sucht und die es nicht findet. Und einer sagte: »Es sind die Harfen, die erklingen, und die Lieder, die sie singen von schönen Dingen; und die Fenster zum Meer sind von Licht erfüllt.« Und ein zweiter sagte: »Die Saiten ihrer Violen beklagen die alten Kümmernisse des unsterblichen Volks der Erde, doch auch ein Hauch von Freude liegt darin.« – »Ach, ich höre die Hörner der Feen in den verwunschenen Wäldern erklingen«, sagte Ælfwine, »eine Musik, wie ich sie einst schwach zu vernehmen glaubte, vor langen Jahren unter den Ulmen von Mindon Gwar.«

Und seht! als sie so nachsinnend sprachen, verbarg sich der Mond, und die Sterne wurden umwölkt, und die Nebel der Zeit verhüllten das Gestade, und nichts konnten sie sehen und nichts mehr hören, bis auf das Rauschen der Brandung an den fernen Kieselstränden der Einsamen Insel; und rasch trug der Wind auch dieses schwache Geräusche davon. Doch Ælfwine beugte sich vor mit weit geöffneten Augen und ohne ein Wort, und mit einem gewaltigen Schrei sprang er plötzlich nach vorn ins dunkle Meer, und die Wasser, die ihn umschlossen, waren warm, und ein freundlicher Tod, so schien ihm, nahm ihn in seinen Armen auf. Da war es den anderen, als erwachten sie beim Klang seiner Stimme aus einem Traum; doch der Wind wurde nun plötzlich heftig und füllte ihre Segel, und niemals sahen sie ihn wieder, sondern wurden fortgetrieben, die Herzen zerrissen von Trauer und Verlangen. Fahle Elbenschiffe sahen sie zuweilen, die heimkehrten vielleicht zum Hafen der Vielfarbenen Lichter, und sie grüßten sie; doch nur schwache Echos aus weiten Fernen drangen an ihr Ohr, und niemand lenkte sie jemals zu dem Land ihrer Sehnsucht; und jene, die nach langer Zeit und nach zahllosen Irrfahrten den Rückweg fanden, bis sie endlich im Hafen von Belerion Anker warfen, waren gealterte Männer und reisemüde. Und die Dinge, die sie gesehen und gehört, kamen ihnen danach wie ein Trugbild vor, wie ein Wachtraum, aus Verlangen und Meereszauber geboren, ausgenommen Bior von Eneadur aus dem Schiffs-Volk des Westens.

Doch unter den Nachfahren dieser Männer ist danach manch ein ruheloser und grüblerischer Geist gewesen, seit sie tot und über den Rand der Erde gefahren waren, ohne eines Schiffs oder Segels zu bedürfen. Niemals aber, so lange Leben in ihnen war, ließen sie ab von der Seefahrt, und ihre Leiber fanden allesamt ihre Ruhe im Meer.

Exeter College, Oxford
[Oktober 1914]

Mein liebstes Edithlein,
ja, Deine Karte Sa. vormittag hat mich ziemlich überrascht, und es tat mir auch ziemlich leid, weil ich nun sehe, daß mein Brief Dir erst nachgeschickt werden müßte. So schöne Briefe schreibst Du mir, Kleines; und so ein Schwein bin ich zu Dir. Es scheint, ich hab Dir ewig nicht mehr geschrieben. Ich habe ein sehr betriebsames Wochenende hinter mir (und ein sehr nasses!).

Der Freitag war völlig ereignislos und der Sa. auch, obwohl wir den ganzen Nachmittag Drill hatten und mehrere Male durchgeweicht wurden und unsere Gewehre ganz dreckig wurden, und es dauerte ewig, bis man die nachher wieder sauber hatte.

Die übrige Zeit an diesen Tagen bin ich meist zu Hause geblieben und habe gelesen. Ich schreibe einen Aufsatz, wie ich Dir schon sagte, bin aber nicht fertig geworden, weil Shakespeare vorbeikam und dann (Leutnant) Thompson (sehr gesund und zufrieden in seiner neuen Uniform) und mich davon abhielten, am Feiertag zu arbeiten, wie ich es vorgehabt hatte... Ich bin zum Hochamt nach St. Aloysius gegangen – hat mir ziemlich gefallen – es ist ja schon ewig lange her, daß ich bei keinem mehr gewesen bin, denn P. Fr. wollte mich nicht gehen lassen, als ich letzte Woche im Oratorium war.

Am Nachmittag *mußte* ich einen Pflichtbesuch beim Rektor machen, was sehr langweilig war. Eine Frau hat der – gräßlich! Ich ging so bald wie möglich wieder weg und flüchtete durch den Regen heim zu meinen Büchern. Dann bin ich zu Mr. Sisam gegangen und habe ihm gesagt, ich würde mit dem Aufsatz vor M'woch nicht fertig, und habe noch ein ganzes Weilchen mit ihm geredet, und dann bin ich gegangen und hatte noch ein interessantes Gespräch mit Earp, diesem Kauz, von dem ich Dir erzählt habe, und den habe ich (zu seinem großen Vergnügen) mit dem ›Kalevala‹, den finnischen Balladen, bekanntgemacht.

Neben den anderen Arbeiten versuche ich jetzt, aus einer von den Geschichten – in Wirklichkeit eine sehr große und höchst tragische Geschichte – eine kurze Erzählung zu machen, so etwa in der Art der Romanzen von Morris, mit eingestreuten Brocken Gedichte...

Ich muß jetzt in die College-Bibliothek und mich zwischen den staubigen Büchern dreckig machen, dann noch etwas herumlaufen und mit dem Schatzmeister sprechen...

R.

27. November 1914

Am Vormittag so etwa vier Std. [gearbeitet] von 9 Uhr 20 bis 1, dann den ganzen Nachmittag Drill, Vorlesung von 5–6, und nach dem Abendessen (mit einem Mann namens Earp) mußte ich zu einer Versammlung des Essay-Clubs – inoffiziell so eine Art letztes Röcheln [?] Es gab einen schlechten Vortrag, aber eine interessante Diskussion. Es war zugleich eine literarische Sitzung, und ich las ›Earendel‹ vor, der gut besprochen wurde.

Die Fahrt von Earendel, dem Abendstern

Earendel stieg auf aus der Schatten Flut
  Am stummen Meeresrand;
Durch den Schlund der Nacht wie ein Strahl von Licht,
  Wo schroff und düster das Uferland,
Stieß seine Barke wie ein Silberfunke
  Vom letzten und einsamen Sand;
Mit der sonnenhellen Brise des sterbenden Tags
  Segelte er fort vom Westerland.

Er suchte den Weg sich auf der Spur
  Des Strahls, den die Sonne nährt,
Und trieb vorbei am nahen Stern
  In seinem schimmernden Gefährt.
Auf der schwellenden Flut des Dunkels fahren
  Des Himmels große Galeeren,
Und schmücken die Nacht mit Segeln aus Licht,
  Wenn den wandelnden Stern sie queren.

Er zieht an den blinkenden Schiffen vorbei,
  Unbeirrt, von unbänd'ger Reiselust gequält,
Auf endloser Fahrt durch den dämmrigen Westen
  Bis über den Rand der Welt;
Und er durcheilt voll Unrast die blitzende Weite
  Und das Dunkel, aus dem er stammt,
Das Herz erfüllt von heißem Verlangen
  Und das Antlitz silbern umflammt.

Das Schiff des Mondes naht rasch von Osten
  Vom Hafen, wo die Sonne wohnt,
Dessen weiße Tore im kommenden Strahl erglänzen,
  Wenn riesig kommt der Mond.
Sieh! Schwellende Wolkensegel gehißt,
  Lichtet er den Anker, wo tief es dämmert,
Und mit schimmernden Rudern verläßt er die Flammenufer
  In der Barke, aus Silber gehämmert.

Da wich Earendel vor dieses Schiffers Schrecken,
  Hinaus aus der dunklen Erde Feld
Unter den Rand zurück des trüben Meers,
  Und setzte Segel hinter der Welt;
Und er vernahm den Frohsinn des Erdenvolks,
  Und hörte die Tränen fallen,
Als die Welt in Wolkentrümmern versank
  Auf seiner langen Fahrt durch der Zeiten Hallen.

Dann zog er schimmernd durch die sternlose Weite
  Wie ein einsames Licht auf dem Meer
Und, unsichtbar für sterbliche Menschen,
  Zog er einsam kreuz und quer,
Folgt in seiner Galeone der Sonne Spur
  Durch das weglose Firmament,
Bis in kalten Tiefen sein Licht sich mindert
  Und seine heiße Flamme nicht mehr brennt.

Ein heimliches Laster

Manche von Ihnen haben vielleicht von einem Kongreß gehört, der vor etwas über einem Jahr in Oxford stattgefunden hat, einem Esperanto-Kongreß; oder vielleicht haben Sie auch nichts davon gehört. Meinerseits glaube ich an eine »künstliche« Sprache, wenigstens für Europa – das heißt, ich glaube an ihre Erwünschtheit, daran, daß sie vor allem andern nötig wäre, um Europa zu einigen, ehe es von Nicht-Europa verschlungen wird; und noch aus vielen andern guten Gründen. Ebenso glaube ich an ihre Möglichkeit, weil die Weltgeschichte, soweit mir bekannt, sowohl eine Steigerung der menschlichen Lenkungsmacht (oder des Einflusses) gegen das Unlenksame zeigt als auch eine Ausweitung des Bereichs mehr oder weniger gleichförmiger Sprachen. Außerdem gefällt mir Esperanto ganz besonders, nicht zuletzt deshalb, weil es letztlich die Schöpfung eines Einzelnen ist, der kein Philologe war: also gewissermaßen »eine menschliche Sprache ohne die Mängel, die von den allzu vielen Köchen verursacht werden« – eine Definition der (in einem bestimmten Sinne) idealen künstlichen Sprache, wie ich sie besser nicht geben könnte.

Auf alles dies ist die Propaganda der Esperantisten sicherlich eingegangen. Ich kann es nicht sagen. Aber es ist auch nicht wichtig, denn von dieser Art künstlicher Sprachen will ich nicht reden. Entschuldigen Sie die geheimnistuerische Annäherung ans Thema; sie ist eine liebe Gewohnheit. Aber das Thema, von dem ich heute abend reden will, legt auch die Geheimnistuerei nahe. Es ist geradezu peinlich, wie die öffentliche Bloßstellung eines heimlichen Lasters. Wäre ich frech und forsch gleich zur Sache gekommen, hätte ich meinen Vortrag als »Plädoyer für eine neue Kunstform« oder für ein neues Spiel ankündigen können, wenn nicht dann und wann ein peinliches Geständnis mir allen Grund zu dem Verdacht gegeben hätte, daß dies Laster zwar heimlich, aber auch verbreitet ist; und sollte diese Kunst (oder dies Spiel) überhaupt neu sein, so haben jedenfalls eine ganze Menge Leute sie unabhängig voneinander entdeckt.

Die Ausübenden sind jedoch alle viel zu verschämt, um

einander ihre Werke zu zeigen, und niemand weiß daher, was für Genies an dem Spiel teilnehmen oder wer die großen Urahnen und Vorläufer sind, deren verkannte Meisterstücke man einestags aus alten Schubladen ziehen und womöglich zu hohen Preisen für amerikanische Museen erwerben wird (doch nicht von den Autoren, ihren Erben oder Rechtsnachfolgern!) – dereinst, wenn diese »Kunst« ihre Anerkennung gefunden haben wird. Ich sage nicht »allgemeine Anerkennung«, denn dazu ist sie zu mühsam und langwierig: Ich bezweifle, daß einer ihrer Jünger im Laufe seines Lebens mehr als *ein* echtes Meisterwerk schaffen kann, allenfalls noch mit ein paar glanzvollen Skizzen und Entwürfen.

Ich werde nie den kleinen Mann vergessen – er war kleiner als ich; wie er hieß, weiß ich nicht mehr –, der sich in einem Augenblick äußersten Überdrusses in einem nassen, schmutzigen Armeezelt voller Feldtische, wo es nach ranzigem Hammelfett roch, unter lauter zumeist deprimierten und durchnäßten Kreaturen zufällig als ein Jünger verriet. Wir hörten gerade jemandem zu, der einen Vortrag über Kartenlesen hielt, über Lagerhygiene oder über die Kunst, wie man einen Menschen aufspießt, ohne danach zu fragen (Kipling zum Trotz), wem Gott die Rechnung schicken soll; oder vielmehr gaben wir uns Mühe, nicht hinzuhören, obwohl das Kasernen-Englisch und sein Ton durchdringend genug sind. Der Mann neben mir sagte plötzlich mit verträumter Stimme: »Ja, ich glaube, ich werde den Akkusativ mit einem Präfix ausdrücken.«

Welch denkwürdiger Ausspruch! Natürlich ist nun, nachdem ich ihn wiedergegeben habe, die Katze aus dem Sack, oder wenigstens kann man ihre Schnurrhaare sehen. Aber darum wollen wir uns im Augenblick nicht kümmern. Lassen wir einstweilen nur diese hoheitsvollen Worte auf uns wirken! »*Ich* werde den Akkusativ ausdrücken« – herrlich! Nicht »er wird ausgedrückt«, oder noch vager »manchmal drückt man ihn aus«, oder mahnend »man muß wissen, wie man ihn ausdrückt«! Was stehen nicht alles für Alternativen zur Wahl, die alle erwogen sein wollen, bevor man sich am Ende für das kühne, ungewöhnliche Präfix entscheidet! Wie persönlich, wie anziehend, die endgültige Lösung eines bisher widerspenstigen Teilproblems in einem Gesamtplan! Nichts von den schäbigen Bedenken, ob es wohl »praktisch« und wie es für das »moderne Denken« oder für die Massen am bequemsten wäre –, nur eine Geschmacksfrage, die Befriedigung einer persönlichen Neigung, die innere Stimme, die einem sagt, daß es so recht ist!

Während der kleine Mann dies sagte, lächelte er mit einem tiefen Entzücken, wie ein Maler oder Dichter, der plötzlich die Lösung für ein bis dahin sperriges Detail vor sich sieht. Aber dann zeigte er sich verschlossen wie eine Auster. Weitere Einzelheiten über seine Geheimgrammatik habe ich nie erfahren, und bald darauf wurden wir durch militärische Umgruppierungen auf Nimmerwiedersehen (jedenfalls bis heute) getrennt. Aber soviel begriff ich, daß dieser Sonderling – der nachher wegen der versehentlichen Lüftung seines Geheimnisses immer ein bißchen verlegen war – mitten im Dreck und Elend der Lager-Ausbildung zur eigenen Freude und Erbauung eine Sprache komponierte, ein persönliches System, das niemand je studieren, eine Symphonie, die niemand je hören sollte. Ob er alles »im Kopf hatte« (wie es nur großen Meistern gegeben ist) oder auf Papier, habe ich nie erfahren. Einer der Reize dieses Steckenpferds ist es, nebenbei gesagt, daß es so wenig Zaum- und Sattelzeug braucht. Wie weit der Mann mit seiner Sprachkomposition gekommen ist, habe ich nie gehört. Vermutlich wurde er in Stücke gerissen, als ihm gerade eine hinreißende Methode vorschwebte, den Konjunktiv zu bezeichnen. Kriege sind nicht günstig für feingesponnene Freuden.

Aber er war nicht der einzige seiner Art. Dies könnte ich selbst dann behaupten, wenn ich es nicht aus eigener Erfahrung wüßte. Es ist unvermeidlich so, wenn die meisten Menschen eine »Bildung« erhalten, die bei vielen nicht ausschließlich rezeptiv, sondern mehr oder minder künstlerisch oder schöpferisch ist, und wenn sie dabei Sprachen erlernen. Sogar Philologen sind von diesem schöpferischen Instinkt nur selten vollkommen frei – aber sie versteifen sich oft darauf, nur mit den Steinen bauen zu dürfen, die sie haben. Es muß eine geheime Hierarchie solcher Sprachkomponisten geben. Welchen Rang der kleine Mann darin einnahm, weiß ich nicht; wahrscheinlich einen recht hohen. Welche Grade der Fertigkeit es unter diesen heimlichen Künstlern gibt, kann ich nur vermuten, aber ich würde annehmen, daß sie, wenn man nur wüßte, vom unbeholfenen Kreidegekritzel des Dorfschülers bis zu den Höhen der paläolithischen Kunst, der Buschmann-Kunst oder noch höher hinaufreichen. Nichtsdestoweniger muß die Ausbildung zur höchsten Vollkommenheit durch das Einzelgängerische dieser Kunst behindert werden, durch den Mangel an Austausch, offener Rivalität und Gelegenheit, die Technik der anderen zu studieren oder nachzuahmen.

In die niederen Stufen habe ich ein paar Einblicke gewonnen. Ich kannte einmal zwei Personen, die zusammen – *zwei* ist hier eine ungewöhnlich hohe Zahl – eine Sprache namens *Animalic* konstruierten, die fast ganz aus englischen Tier-, Fisch- und Vogelnamen bestand; und darin konnten sie sich zum Befremden Dritter fließend unterhalten. Ich selbst wurde nie vollständig eingeweiht und beherrschte das »Tierische« daher nur gebrochen; aber aus einem Sammelsurium von Erinnerungen weiß ich noch, daß *hund nachtigall specht vierzig* bedeutete »du bist ein Esel«. Äußerst primitiv (in mancher Hinsicht)! Hier fehlen völlig – wiederum eine ungewöhnliche Erscheinung – die phonematischen Erfindungen, die sonst wenigstens in rudimentärer Form in allen solchen Konstruktionen ihren Platz haben. *Esel* bedeutete *40* im Zahlensystem, so daß umgekehrt *vierzig* die andere Bedeutung annehmen konnte.

Eines will ich lieber gleich vorausschicken: Täuschen Sie sich nicht, wenn Sie die Katze zu erkennen glauben, die nun langsam aus dem Sack hervorkommt! Ich befasse mich nicht mit der sonderbaren Erscheinung der »Kindersprachen«, wie man sie manchmal nennt – aber die eben erwähnten zwei Personen waren natürlich kleine Kinder, und sie gingen später zu feiner ausgestalteten Formen über. Von den Kindersprachen sind manche ebenso eigentümlich und individuell wie diese, während andere eine weite Verbreitung erreichen und auf mysteriöse Weise, ohne Beihilfe der Erwachsenen, von Kinderstube zu Kinderstube, von Schule zu Schule und sogar von Land zu Land getragen werden, obwohl die Kinder, die sie neu erlernen, sich gewöhnlich im Besitz eines Geheimnisses glauben. Ähnlich verhält es sich mit dem Typ der Cliquensprachen. Ich weiß noch, wie entsetzt ich war, als ich nach zähem Üben die hohe Geläufigkeit in einer dieser »Sprachen« erworben hatte und dann eines Tages zufällig mitanhören mußte, wie sich zwei mir vollkommen fremde Jungen darin unterhielten. Dies ist ein sehr interessantes Thema, das mit Rotwelsch, Argot, Jargon und allerlei sprachlichem Wildwuchs zusammenhängt, auch mit Sport und Spielen und vielen andern Dingen. Aber davon will ich jetzt nicht reden, trotz der vorhandenen Berührungspunkte zu meinem Thema. Das rein sprachliche Element, das mich interessiert, findet sich manchmal auch in diesen kindlichen Spiegelfechtereien. Der Unterschied – die Probe, durch die man die Arten, von denen ich spreche, und jene, die ich beiseite lasse, unterscheiden kann – liegt wohl hierin: Die Sprachen des Argot-Typs kümmern sich so gut wie gar nicht um Beziehungen zwischen Klang und Sinn; sie haben keine ästhetischen Eigenschaften (außer beiläufigen oder zufälligen, wie sie auch in den echten Sprachen vorkommen – sofern es möglich ist, daß etwas aus Versehen schön ist). Sie sind in einem noch strengeren Sinne »praktisch« als die echten Sprachen, sei es tatsächlich oder dem Anspruch nach. Sie stillen den Wunsch, nur noch für einen gewissen Kreis verständlich zu sein, dessen Grenzen man mehr oder weniger selbst ziehen oder absehen kann, und bereiten durch diese Beschränkung ein Vergnügen. Sie dienen den Zwecken heimlicher oder verfolgter Gesellungen oder der absonderlichen Neigung, so zu tun, als gehöre man zu einer solchen. Ihre Mittel sind ebenso plump wie praktisch. Sie werden gewöhnlich als die erstbesten aufgegriffen, von Jugendlichen oder wenig gebildeten Menschen, die keine Lehre in einer schwierigen Kunst durchgemacht haben und oft für eine solche weder Eignung noch Interesse besitzen.

Weil dem so ist, hätte ich die »tierisch« sprechenden Kinder eigentlich nicht erwähnen sollen; nur weiß ich, daß es in ihrem Fall nicht um die Heimlichkeit ging. Jeder, der sich die Mühe machen wollte, konnte ihre Sprache erlernen. Sie wurde nicht vorsätzlich dazu gebraucht, die Erwachsenen zu verunsichern oder zu nasführen. Ein neues Element kommt hier ins Spiel. Das Vergnügen muß anderswo gelegen haben als in der Verschwörung oder Initiation. Wo aber? Ich denke, es lag einfach im spielerischen Gebrauch der Sprachfähigkeit zur eigenen Belustigung – wozu Kinder ohnehin neigen und worin sie durch den ersten Unterricht in Fremdsprachen weiter angereizt werden. Der Gedanke hat etwas Verlockendes – ja, ich glaube, daß er zu einer ganzen Reihe von Gedanken

Stoff bietet, die sich meinen Zuhörern gewiß aufdrängen werden, obwohl ich sie hier kaum andeuten kann. Die Fähigkeit, sichtbare Zeichen zu machen, ist wohl bei allen Menschen (solange sie jung genug sind) soweit angelegt, daß man, bei streng praktischer Zielsetzung, normalerweise wenigstens ein Schriftsystem erlernt. Bei manchen wird sie stärker ausgebildet und kann nicht nur bis zu den Höhen des Schriftschmucks und der reinen Freude an der Kalligraphie führen, sondern hängt zweifellos auch auf vielerlei Weise mit der zeichnerischen Begabung zusammen.

Die sprachliche Fähigkeit – zur Abgabe sogenannter artikulierter Laute – ist bei allen Menschen (zumindest in der Kindheit) soweit angelegt, daß man, bei ausschließlich oder überwiegend praktischer Zielsetzung, normalerweise wenigstens eine Sprache erlernt. Manche, bei denen sie stärker ausgebildet wird, können nicht nur zu Polyglotten, sondern auch zu Poeten werden, zu sprachlichen Feinschmeckern, die ein Vergnügen daran finden, Sprachen zu lernen und zu gebrauchen. Und dies hängt mit einer höheren Kunst zusammen, von der ich spreche und die ich nun wohl endlich definieren sollte. Eine Kunst allerdings, für die das Leben nicht lang genug ist: die Konstruktion imaginärer Sprachen, in den Grundzügen oder in voller Ausführung, zum Vergnügen und zur Belustigung des Konstrukteurs, möglicherweise aber auch eines Kritikers, wenn sich ein solcher hier einfinden sollte. Denn die Geheimnistuerei bei dieser Kunstausübung, so sehr ich ihr meinerseits schon gehuldigt habe, ist doch nur ein nebensächliches und zufälliges Ergebnis ihrer Begleitumstände. So eigenwillig diese Spracherfinder in ihrem Streben nach dem persönlichen Ausdruck und der persönlichen Genugtuung auch vorgehen, sind sie doch Künstler, denen etwas fehlt, wenn sie kein Publikum haben. Ähnlich wie den Mitgliedern einer philologischen Vereinigung, dieser hier oder jeder beliebigen, ist ihnen wohl klar, daß ihre Erzeugnisse alles andere als populär oder marktgängig sind; aber einer sachverständigen, unvoreingenommenen Anhörung im kleinen Kreis wären sie deshalb nicht abgeneigt.

Aber ich habe meinen Gedankengang, der von den gröberen Anfängen bis zu den höchsten Entwicklungsstufen führen sollte, ein wenig unterbrochen und bin zum Ende hin vorausgeeilt. Denn ich habe hier und da auch etwas von den Stufen oberhalb des »Tierischen« gesehen. Zweifellos setzen in den höheren Stadien vielerlei Verzweigungen ein: »die Sprache« hat nicht nur einen Aspekt, der sich besonders ausbilden ließe. Ich kann mir Entwicklungen vorstellen, die mir nie begegnet sind.

Ein gutes Beispiel für eine etwas höhere Stufe gab die eine Angehörige der »tierischen« Sprachgemeinschaft – die andere (wohlgemerkt nicht die Erfinderin) zog sich zurück und begann sich für Malen und Zeichnen zu interessieren. Die erstere entwickelte ein Idiom namens *Nevbosh* oder »New Nonsense«. Wie die meisten dieser Spielsprachen erhob es den Anspruch, als Mittel exklusiver Verständigung zu dienen – das heißt, auf den unteren Stufen sind diese Kunstsprachen von den Sprachen des Argot-Typs nicht vollkommen klar unterschieden. Zu dieser Sprache nun fand ich den Zugang. Ich war ein Angehöriger der *Nevbosh*-sprachigen Welt.

Obwohl ich dies nie eingestanden habe, war ich zwar nicht an Jahren älter, aber dem heimlichen Laster (heimlich nur, weil augenscheinlich ohne jede Hoffnung auf Gedankenaustausch oder Kritik) schon länger ergeben als die Erfinderin des *Nevbosh*. Dennoch blieb es, obwohl ich zum Vokabular und zur Rechtschreibung dieses Idioms einiges beitrug, ein brauchbares Verständigungsmittel, und als solches war es gedacht. Allerdings wurde es dann doch zu schwierig, als daß man es ebenso fließend wie das Tierische hätte sprechen können – denn man hat ja nicht den ganzen Tag Zeit zum Spielen, wenn man sich notgedrungen auch um Latein, Mathematik und dergleichen kümmern muß –, aber für Briefe und sogar für manche Stückchen gereimtes Geblödel war es gut genug. Ich glaube, ich könnte heute noch ein viel größeres Vokabular, als Busbecq für das Krimgotische verzeichnet hat, für das *Nevbosh* aufschreiben, obwohl es nun schon seit über zwanzig Jahren eine tote Sprache ist. Aber an Zusammenhängendem fällt mir nur noch ein idiotisches Fragment ein:

Dar fys ma vel gom co palt »hoc
Pys go iskili far maino woc?
Pro si go fys do roc de
Do cat ym maino bocte
De volt fac soc ma taimful gyróc!«

Dieses Vokabular nun, wenn ich je so verrückt sein sollte, es aufzuschreiben, und diese Fragmente, von denen der einzig überlebende einheimische Sprecher noch eine Übersetzung geben kann, sind primitiv – nicht übermäßig, aber dennoch. Ich habe sie nicht verfeinert. Aber sie geben schon genug Aufschlüsse für weitere Überlegungen. Diese sind noch nicht so weit gediehen, daß sich ihr Interesse für einen Verein gebildeter Freunde und Förderer, der sich hierzu hoffentlich bald konstituieren wird, schon näher bezeichnen ließe; vorläufig vermögen in der Hauptsache nur Forscher und Philologen dieses Interesse zu sehen, und daher soll es auch für mich heut abend ein Nebengedanke bleiben. Aber ich werde darauf eingehen, weil es sich, wie mir scheint, als dem einstweiligen Zweck dieses abstrusen Vortrags nicht ganz fremd erweisen wird.

Eine der Fragen, die ich sehe, ist diese: Was geschieht, wenn Menschen versuchen, »neue Wörter« (Lautgruppen) zu *erfinden*, die schon geläufige Vorstellungen bezeichnen sollen? Ob die Vorstellungen davon irgendwie beeinflußt werden, davon wollen wir absehen; es ist ohnehin unerheblich in einem Fall wie dem des *Nevbosh*, das ganz und gar von einer geläufigen natürlichen Sprache beherrscht ist. Solches »Erfinden« geschieht vermutlich immerfort – zur Verwirrung der Etymologen, die mehr oder weniger annehmen oder früher anzunehmen pflegten, die Wortschöpfungen hätten ein für allemal in ferner Vergangenheit stattgefunden. Ein Einzelfall wie der des *Nevbosh,* der sich zweifellos durch viele ähnliche Beispiele beglaubigen ließe, die zu finden wären, wenn man wüßte, wo sie zu suchen sind, könnte Licht in dieses interessante Problem bringen, das eigentlich in den Bereich einer fortschrittlichen Etymologie und Semantik gehört. In den überlieferten Sprachen finden wir die Wortschöpfung meist schwach ausgebildet, streng niedergehalten vom Gewicht der Tradition oder mit anderen sprachlichen Vorgängen amalgamiert. Einen Auslaß findet sie hauptsächlich in der sinngerechten Abwandlung vorhandener Lautgruppen (*ob* sie dem Sinn »gerecht« werden, ist sehr die Frage, aber reden wir nicht davon!) oder auch in der lautgerechten Abwandlung des Sinns. In jedem dieser Fälle werden »neue Wörter« hier eigentlich nur »gebildet« oder abgeleitet – denn ein Wort ist eine zeitweilig mehr oder minder fixierte Lautgruppe plus einer damit verknüpften, in sich und in ihrem Verhältnis zu dem Lautsymbol mehr oder weniger definierten und fixierten Vorstellung. Gebildet also, nicht geschaffen! In den historischen Sprachen, ob überliefert oder künstlich, gibt es keine reine Schöpfung aus dem Nichts.

Im *Nevbosh* finden wir natürlich kein wirkliches Abgehen vom »Englischen« oder der einheimischen überlieferten Sprache. Ihre Vorstellungen – deren Verknüpfung mit bestimmten Lauten, mitsamt den ererbten und zufälligen Mehrfachbedeutungen, deren Bereiche und Beschränkungen – werden gewahrt. *Do* ist engl. »to«, als Präposition und als vorangestelltes Flexionszeichen für den Infinitiv; *pro* ist die Zahl »four« und zugleich »for« als Präposition wie als Konjunktion. Und so fort. Dies also ist von keinerlei Interesse. Nur auf der phonematischen Seite gibt es vielerlei Interessantes. Nach welchen Gesichtspunkten wurden hier ungewohnte Lautgruppen stellvertretend für die gewohnten (mitsamt ihren Sinnbezügen) als vollkommen gleichwertige Entsprechungen ausgewählt?

Offenbar spielten »Lautsympathien« – die künstlerische Lautgestaltung – erst eine sehr unbedeutende Rolle, wegen der Oberhoheit der natürlichen Sprache, die das *Nevbosh* fast noch auf der Stufe eines »Kodes« festhielt. Die natürliche Sprache kommt in den auf den ersten Blick beliebigen und unsystematischen Abwandlungen immer wieder zum Vorschein. Doch selbst dies ist nicht ganz uninteressant. Obwohl die Erfinder so gut wie gar keine phonetischen Kenntnisse besaßen, haben sie doch unbewußtermaßen manche elementaren Lautverhältnisse offenbar begriffen: Die Abwandlungen beschränken sich im wesentlichen auf Wechsel innerhalb einer umschriebenen Reihe von Konsonanten, zum Beispiel zwischen den Dentalen *d, t, þ, ð* usw. (*dar* = »there«, *do* = »to«, *cat* = »get«, *volt* = »would«). Oder, wo dies einmal durchbrochen wird wie in *ym* = »in«, haben wir die Einsicht in den Sachverhalt, daß *n* und *m*, obwohl lautlich an verschiedenen Kontaktstellen erzeugt, in ihrer Nasalität und Resonanz eine Ähnlichkeit aufweisen, die den eher mechanischen Unterschied überdeckt – ein Sachverhalt, der sowohl in dem *m/n*-Wechsel mancher echten Sprachen (wie dem Griechischen) als auch, für mich jedenfalls, in der Unmöglichkeit Ausdruck findet, sich durch *m/n*-Assonanzen in einem Reimgedicht sehr gestört zu fühlen.

Der Einfluß der erlernten Sprachen – oder besser, weil ja alle Sprachen erlernt werden, der »Lektionssprachen« – ist leider im Falle des *Nevbosh* sehr auffällig, wodurch unser Idiom in mancher Hinsicht an Interesse verliert, wodurch aber zugleich auf einen weiteren Gesichtspunkt hingewiesen wird. Die enge Verschmelzung des Muttersprachlichen mit später Erlerntem ist zum einen merkwürdig. Die fremdsprachlichen Elemente weisen innerhalb der lautlichen Grenzen dieselben willkürlichen Abwandlungen auf wie die muttersprachlichen. Also *roc* = »rogo«, fragen; *go* = »ego«, ich; *vel* = »vieil, vieux«, alt; *gom* = »homo«, Mann – aus den altgermanischen Sprachen kam nichts hinzu –; *pys* = kann, aus dem Französischen; *si* = »if«, wenn – ein reines Plagiat; *pal* = »parler«, sprechen, sagen; *taim* = »timeo«, fürchten usw. Verschmelzungen sehen wir in *volt* = »volo, vouloir« mit »will, would«; *fys* = »fui« mit engl. »was«, war; *co* = »qui« mit »who«, wer; *far* = »fero« mit »bear«, tragen. Und in einem sonderbaren Beispiel: *woc* ist zugleich das umgekehrte muttersprachliche Wort und mit »vacca«, »vache«, Kuh, verbunden (ich erinnere mich zufällig, daß dies tatsächlich so war); aber daraus entwickelten sich die Anfänge eines vom Englischen abhängigen kode-artigen Systems, nach dem engl. *-ow* zu *-oc* wurde, eine Art primitives, willkürliches Lautgesetz: hoc = *how*, gyroc = *row*.

Vielleicht hat es sich nicht gelohnt, so genau darauf einzugehen. Ein Kode ist kein interessantes Thema. Nur solche Wörter, die in den traditionellen oder in der Schule erlernten Sprachen keine eindeutige Entsprechung hätten, wären von tieferem Interesse – und man müßte eine große Zahl nachgewiesener Beispiele kennen, um etwas Wichtiges, das nicht nur flüchtige Neugier weckte, aus ihnen zu lernen.

Merkwürdig ist in diesem Zusammenhang *iski-li*, »möglicherweise«. Wer könnte es analysieren? Ich erinnere mich auch noch an das Wort *lint*, »schnell, fix, gescheit«, und interessant ist es, weil ich weiß, daß es wegen des *Vergnügens* angenommen wurde, welches das Verhältnis zwischen der Lautgruppe *lint* und der Vorstellung bereitete, die damit verknüpft werden sollte. Hier haben wir den Anfang eines neuen und erregenden Elements. Wie in einer echten Sprache wurde freilich das »Wort«, nachdem es seinen Platz, den es diesem Vergnügen, diesem Anschein von Paßgerechtigkeit verdankte, einmal innehatte, schnell zu einem rein zufälligen Symbol, das nicht von einem Verhältnis zwischen Klang und Sinn, sondern von seinem Vorstellungsinhalt und dessen Bedeutungsumkreis beherrscht wurde; weshalb es denn auch bald für geistige Beweglichkeit gebraucht wurde, bis schließlich der normale *Nevbosh*-Ausdruck für »lernen« *catlint* (»lint« werden) und für »lehren« *faclint* (»lint« machen) hieß.

Allgemein gesagt sind es jedoch einzig die Ansätze zu einem Vergnügen am *sprachlichen Erfinden*, das Freiwerden von den Beschränkungen des Erfindungsspielraums, denen jeder Einzelne in einer Sprachtradition notwendigerweise unterworfen ist, was diesen groben Fragmenten ihr Interesse gibt.

Der Gedanke, sich der sprachlichen Fähigkeiten zum Vergnügen zu bedienen, hat für mich jedoch einen tiefen Reiz. Vielleicht bin ich wie ein Opiumraucher, der für seine Gewohnheit nach moralischen, medizinischen oder ästhetischen Rechtfertigungen sucht. Ich glaube das nicht. Der Hang zum »sprachlichen Erfinden« – dem Zusammenfügen einer Vorstellung mit einem Lautsymbol – und *das Vergnügen an der Betrachtung des neuhergestellten Verhältnisses* ist vernünftig und kein Mißbrauch. Das Vergnügen an diesen erfundenen Sprachen ist sogar noch lebhafter als beim Erlernen einer neuen Sprache – obwohl es auch hier für manche Menschen lebhaft genug ist –, weil es frischer, persönlicher und für Versuch und Irrtum offener ist. Und daraus kann sich eine Kunst entwickeln, mit verfeinerter Konstruktion der Symbole und größerer Sorgfalt in der Wahl ihres Bedeutungsumfangs.

Zweifellos ist es die *Betrachtung* des Verhältnisses zwischen Klang und Sinn, die eine Hauptquelle des Vergnügens bildet. Als Beimischung sehen wir dies auch in der eigenartigen Lebhaftigkeit des Entzückens, das Gelehrte an Versen oder kunstvoller Prosa in einer fremden Sprache finden, fast schon bevor sie diese Sprache verstehen und noch lange, nachdem sie ihnen einigermaßen vertraut geworden ist. Gewiß kann im Falle der toten Sprachen kein Gelehrter hinsichtlich der rein semantischen Seite jemals dieselbe volle Kenntnis wie ein eingeborener Sprecher erwerben; und all die unterschwelligen Verschiebungen in den Konnotationen, die ein Wort zu verschiedenen Zeiten besitzt, wird niemand nachvollziehen oder spüren können. Aber die Entschädigung für den Gelehrten liegt in der reinen Frische, mit der er die Wortgestalt wahrnimmt. So sehr uns also durch die Zerrbrille unseres Unwissens von den Einzelheiten der griechischen Aussprache der Blick getrübt sein mag, ist unser Eindruck vom Glanz des homerischen Griechischen hinsichtlich der Wortgestalt womöglich lebhafter oder bewußter, als er es für einen Griechen sein konnte, auch wenn uns von den anderen Elementen dieser Verse vieles entgeht. Dasselbe gilt vom Angelsächsischen. Dies ist eines der echten Argumente für das aufmerksame Studium alter Sprachen. Und es bedeutet auch keinen Selbstbetrug – wir sollen nicht etwas zu spüren glauben, was nicht da war. Aus unserem Abstand sehen wir manche Dinge deutlicher, manche verschwommener.

Schon die Wortgestalt allein, ohne jede Verknüpfung mit einer Vorstellung, vermag natürlich ein Wohlgefallen zu wekken – eine ästhetische Wahrnehmung, die vielleicht unerheblich, aber doch nicht dümmer oder unvernünftiger ist als die Empfänglichkeit für die Konturen eines Hügels, für Licht und Schatten oder Farben. Das Griechische, Finnische und Walisische (um nur ein paar zufällig herausgegriffene Sprachen zu nennen, deren sehr charakteristische und je verschiedenartig schöne Wortgestalt für ein empfängliches Ohr unmittelbar deutlich ist) können ein solches Vergnügen bereiten. Ich habe gehört, wie andere unabhängig von mir dasselbe Gefühl, das auch ich hatte, angesichts der walisischen Namen auf Kohlenwaggons äußerten, nämlich, daß diese Namen ein ästhetisches Empfinden wecken, vorausgesetzt, daß man von der walisischen Aussprache eben das Nötigste weiß, um nicht nur ein Durcheinander von Buchstaben zu sehen.

Ein lebhaftes ästhetisches Wohlgefallen hohen Ranges kann aus diesem Blickwinkel das Studium eines gotischen Wörterbuches gewähren; und daraus läßt sich noch ein *Teil* jenes Vergnügens nachvollziehen, das die verschollene gotische Dichtung hätte bereiten können.

Eine *Verfeinerung der Wortgestaltung* müßte also der nächste Schritt sein, der über die Stufe des *Nevbosh* hinausführte. Sehr bedauerlicherweise pflegt aber die Entwicklung nach dieser zweiten, immer noch primitiven Phase im Untergrund zu verschwinden, wo sie dann schwer mit Beispielen zu dokumentieren ist. Die meisten dieser Süchtigen überschreiten irgendwann einen Gipfelpunkt der sprachlichen Verspieltheit, und dann wird ihre Neigung von stärkeren überdeckt. Manche verlegen sich aufs Dichten, Prosaschreiben oder Malen, manche gehen ganz auf in schierem Zeitvertreib (Kricket, technischen Basteleien oder ähnlichem Unfug), und manche werden von Pflichten und Aufgaben erdrückt. Ein paar machen weiter, werden aber scheu, schämen sich, ihre kostbare Zeit dem Privatvergnügen zu widmen; und die höheren Entwicklungsstufen werden in Geheimschubladen verwahrt. Gegen dieses Steckenpferd spricht schon seine offenbare Unrentabilität: Man kann keine Preise oder Wettbewerbe damit gewinnen (bis heute); es gibt (in der Regel) kein Geburtstagsgeschenk für die Tante her; man erlangt dadurch keine Stipendien, Professuren oder andere Formen der Anerkennung. Ebenso wie die Poesie widerstreitet es der Pflicht und dem Gewissen. Die Stunden, wo man ihm nachgeht, müssen von der Zeit abgezweigt werden, in der man etwas für das persönliche Fortkommen, den Broterwerb oder den Arbeitgeber tun sollte.

Dies muß mir als Entschuldigung dienen, wenn ich nun – wider Willen und nicht aus Arroganz – mehr und mehr autobiographisch werde. Das objektivere Vorgehen, bei dem man die Versuche anderer Leute analysiert, wäre mir viel lieber. Das plumpe *Nevbosh* war eine »Sprache« in einem vollgültigeren Sinne als die Dinge, zu denen wir nun kommen. Es war wenigstens theoretisch zum Sprechen und Schreiben zwischen zwei Personen gedacht. Es war etwas Gemeinsames. Jedes Element mußte von mehr als einem angenommen werden, um Geltung zu erlangen, um überhaupt Bestandteil des *Nevbosh* zu werden. Es war daher eingeengt durch jene sei es grammatische, sei es phonetische »Symmetrie«, die auch den traditionellen Sprachen eignet. Nur die Weitergabe an eine größere, über lange Zeit hin bestehende Gruppe hätte darin manche Erscheinungen jener nur partiell durchgeführten und überlagerten Symmetrien hervorrufen können, die ein Kennzeichen aller traditionellen menschlichen Sprachen sind. *Nevbosh* stellte die *höchste gemeinsame Sprachleistung* einer kleinen Gruppe dar, nicht die beste, die das beste Gruppenmitglied hätte hervorbringen können. Es wurde nicht frei von dem rein *kommunikativen* Aspekt der Sprache – demjenigen Aspekt, der gewöhnlich wohl für ihren echten Keim und ursprünglichen Impuls gehalten wird. Ich habe starke Zweifel, ob er dies ist; ebenso wie man bezweifeln kann, daß es die einzige oder auch nur die wichtigste Absicht eines Dichters sei, in einer bestimmten Weise zu anderen Menschen zu sprechen.

Das kommunikative Moment hat auf die Richtung der Sprachentwicklung sehr starken Einfluß genommen; doch das individuelle und persönliche Moment – die Freude am gegliederten Laut und seiner symbolischen Verwendung, die von Kommunikation unabhängig, obwohl immer mit ihr verwoben ist – darf keine Sekunde lang vergessen werden.

Naffarin, die nächste Stufe, für die ich Belege vorbringen kann, weist sehr deutliche Anzeichen für eine Entwicklung in dieser Richtung auf. Es war ein ausschließlich persönliches Erzeugnis, das sich teilweise mit den letzten Stadien des *Nevbosh* überschnitt und nie zur Verkehrssprache wurde (doch nicht aus freiwilliger Beschränkung). Schon vor langer Zeit wurde es törichterweise vernichtet, aber für den gegenwärtigen Zweck habe ich noch mehr als genug an genauen, ungeschönten Erinnerungen. Ein Bündel individueller Präferenzen – unvermeidlich von Bildungszufällen bestimmt, aber nicht durch sie verursacht – findet darin irgendwie seinen Ausdruck. Das Lautsystem ist beschränkt und nun nicht mehr das der Muttersprache, außer insofern, als es keine ihr völlig fremden Elemente enthält; es gibt eine Grammatik, die in der Wahl ihrer Mittel wiederum von persönlichen Vorlieben bestimmt ist. Hinsichtlich des Lautsystems kann man nebenbei wohl bemerken, daß das Fehlen fremder Elemente nicht von erstrangiger Bedeutung ist; eine sehr fremdartige Wortgestalt ließe sich aus rein englischen Elementen konstruieren; denn ihre Individualität finden eine Sprache oder ein Sprachschöpfer ebensosehr in gewohnheitsmäßigen Abfolgen und Verbindungen wie in einzelnen »Phonemen« oder Lauteinheiten. Dies kann man sich leicht deutlich machen, indem man englische Wörter umdreht – aber phonetisch, nicht orthographisch. Ein so »einheimisches« Wort wie *scratch* wird zu *štœrks*: Jedes »Phonem« ist im Englischen vollkommen geläufig, aber das Ganze mutet überaus fremd an, weil die Sequenz *št* im Englischen selten – nur wenn es sich klar erkennbar um *š* + Suffix handelt (z. B. *crushed*) – und niemals im Anlaut vorkommt; und auch die Folge *œr* + Konsonant erscheint im Englischen nie. Natürlich ist es dieser Umstand, der dafür sorgt, daß das »Griechische« in der Aussprache englischer Philologen immer noch etwas vom phonetischen Charakter des Griechischen behält – eine Abbildung des Griechischen mit anderen sprachlichen Mitteln, so wie *Nevbosh* in semantischer Hinsicht eine Abbildung des Englischen war –, und das trotz der rein englischen Einzellaute. Deshalb haben diese Philologen allerdings keinen Grund zur Selbstzufriedenheit – ihre Aussprache ist dennoch in wesentlichen Punkten eine Entstellung des Griechischen und wäre auch bei Beschränkung auf englische Lauteinzelheiten noch erheblich zu verbessern.

Um den Faden wieder aufzunehmen – hier ist eine kurze Probe des *Naffarin*:

> *O Naffarínos cutá vu navru cangor*
> *luttos ca vúna tiéranar,*
> *dana maga tíer ce vru encá vún' farta*
> *once ya merúta vúna maxt' amámen.*

Ich will dieses Beispiel keiner langweiligen Betrachtung der Ursprünge unterziehen, wie ich sie Ihnen für das *Nevbosh* zugemutet habe. Etymologisch, wie Sie sehen könnten, wenn ich mir die Mühe machte, zu übersetzen, ist es nicht interessanter als *Nevbosh; vru* »stets, immer« – eine sonderbar beherrschende Assoziation in meinen Sprachen, die sich immer wieder eindrängt (vermutlich eine Art frühkindliche Fixierung der individuellen Assoziationen, die man dann nicht mehr los wird) – ist unter diesem Gesichtspunkt das einzige interessante Wort. Beim Erfinden von Sprachen bildet man unvermeidlich einen eigenen Stil und sogar Manierismen aus – obwohl es doch eines der Interessen bei diesem Spiel ist, zu untersuchen, wie ein sprachlicher »Stil« sich aufbaut.

Die Einflüsse im *Naffarin* – abgesehen vom Englischen und einem eben erst entstehenden individuellen Element – sind Lateinisch und Spanisch, in der Wahl der Laute und Lautverbindungen und in der allgemeinen Wortgestalt. Diese Einflüsse schließen die Äußerung eines persönlichen Geschmacks nun nicht mehr aus, denn Französisch, Deutsch und Griechisch, die zum Beispiel ebenfalls in Reichweite gelegen hätten, wurden nicht oder kaum verwendet; auch in den einzelnen Phonemen zeigt sich ein bestimmter phonetischer

Geschmack, wenngleich vor allem negativ: im Fehlen mancher im Englischen häufiger Laute (*w*, *þ*, *š*, *ž* usw.). Wer sich von dem einen statt von einem anderen Muster beeinflussen läßt, trifft eine Wahl. *Naffarin* ist eindeutig das Ergebnis einer »romanischen« Periode. Aber weiter brauchen wir uns um diese Probe nicht mehr zu kümmern.

Von hier an muß ich Sie um Nachsicht für die pure Selbstgefälligkeit bitten. Weitere Beispiele kann ich nur noch der völlig isolierten persönlichen Erfahrung entnehmen. Der kleine Mann in dem Armeezelt mit seinem Interesse an syntaktischen Regeln, an den Mitteln zum Ausdruck von Wortbeziehungen, ist ein zu flüchtiger Eindruck, als daß er hier etwas nützen könnte. Ich möchte Ihnen auch gern den Reiz und die Freuden dieser häuslichen und privaten Kunstform mit ihren vielen Facetten verständlich machen; und ebenso möchte ich auf ein paar Fragen hinweisen, die sie aufwirft (aber natürlich unter Absehung von der Frage, ob die Ausübenden ganz bei Trost sind).

Hier wie in anderen, nützlicheren oder höher angesehenen Gewerben macht Übung den Meister. Aber die Meisterschaft muß sich nicht immer auf achtzig Quadratfuß Leinwand verströmen; sie kennt auch kleinere Versuche und Skizzen. Ich werde ein paar Proben von wenigstens einer Sprache geben, die nach der Meinung – oder besser, nach dem Gefühl – ihres Konstrukteurs einen ziemlich hohen Grad sowohl der Schönheit in der für sich betrachteten Wortgestalt als auch der Originalität in den Beziehungen zwischen Sinn und Symbol erreicht hat, ganz zu schweigen von ihren ausgeformten grammatischen Regeln oder ihrem hypothetisch-historischen Hintergrund (dieser ist notwendig, wie der Konstrukteur am Ende merkt, einmal, damit die Wortgestalt befriedigend aufgebaut werden kann, zum andern, damit die Illusion einer Kohärenz und Einheitlichkeit im Ganzen entsteht).

Hier wäre vielleicht der Ort, ehe ich meine Proben vorlege, sich zu fragen, inwiefern es *Vergnügen, Erkenntnis* oder beides ist, was der einzelne Erfinder einer durchgeformten Spielsprache seinem unnützen Steckenpferd abgewinnt. Und ferner, was können einem Beobachter oder Kritiker bei seinen Versuchen für erörternswerte Gedanken kommen? Ich habe mich auf dies absonderliche Thema zunächst nur eingelassen, weil ich eine etwas unklare Vorstellung von Fragen hatte, die sich immerhin daraus ergeben könnten; von Fragen, die nicht nur für Sprachwissenschaftler, sondern auch für diejenigen von Interesse wären, die sich eher mit Mythologie, Dichtung und Kunst beschäftigen. Als eine Anregung könnte ich den Gedanken hinwerfen, daß es sich zur perfekten Konstruktion einer Kunstsprache als nötig erweist, wenigstens im Grundriß auch eine ihr zugeordnete Mythologie zu konstruieren. Nicht ausschließlich deshalb, weil zu dem (mehr oder weniger) vollständigen Aufbau unvermeidlich auch ein paar Verse gehören werden, sondern weil sprachliches und mythologisches Erfinden verwandte Tätigkeiten sind; um seiner Sprache eine individuelle Prägung zu geben, muß der Konstrukteur Fäden einer individuellen Mythologie darin einwirken, einer individuellen, die sich jedoch im Rahmen der natürlich-menschlichen Mythopoeia bewegt, ebenso wie die Wortgestalt individuell sein kann, obwohl sie sich in den Grenzen der sattsam bekannten menschlichen oder auch bloß europäischen Phonetik bewegt. Der Zusammenhang läßt sich sogar umkehren: Die Sprachkonstruktion wird eine Mythologie *gebären.*

Wenn ich dies eben nur so hinwerfe oder flüchtig andeute, so liegt dies zum einen daran, daß ich die besprochenen Dinge nur unsicher im Griff habe; zum andern an dem ursprünglichen Zweck dieses Vortrags, nämlich einfach, eine Diskussion vom Zaune zu brechen.

Um auf einen andern Aspekt der Sprachkonstruktion einzugehen: Persönlich interessieren mich wohl mehr als alle anderen Teilgebiete die Wortgestalt an sich und die Wortgestalt im Verhältnis zum Sinn (die sogenannte phonetische Paßgerechtigkeit). Sehr wichtig ist mir der Versuch, unter den Elementen in diesen Vorlieben und Verknüpfungen auseinanderzuhalten, was 1) persönlich und 2) traditionell ist. Beides ist ohne Zweifel eng verwoben, denn das Persönliche ist möglicherweise (aber nicht erwiesenermaßen) im normalen Leben mit dem Traditionellen durch Erbanlagen verbunden, außerdem durch den unmittelbaren, alltäglichen Druck, den das Taditionelle von frühester Kindheit an auf das Persönliche ausübt. Auch das *Persönliche* ist zweifellos wiederum unterteilbar in a) die Eigenart eines Individuums, nach Berücksichtigung all der gewichtigen Einflüsse seiner Muttersprache und der anderen Sprachen, die zu einem gewissen Maße erlernt wurden, und b) das Gemeinsame mehrerer Menschen oder vielmehr der größeren oder kleineren Menschengruppen – sowohl als Anlage im Individuum als auch geäußert und wirksam in der eigenen oder einer fremden Sprache. Die wirkliche *Eigenart* kommt nur selten zum Ausdruck, solange der Einzelne nicht durch Ausübung dieser absonderlichen Kunst einen gewissen Spielraum gewinnt, vielleicht sogar bis hin zur Lösung von den Präferenzen für bestimmte Wörter, Rhythmen oder Laute in der Muttersprache oder von der natürlichen Vorliebe für diese oder jene Sprache, die sich zum Erlernen anbietet, gegenüber einer anderen. Für diese bekannten Erfahrungstatsachen – und ohne Zweifel auch für viele stilistische Gepflogenheiten oder für die Individualität des poetischen Ausdrucks – bietet dieser *individuelle Sprachcharakter* eines Menschen wahrscheinlich zumindest eine Teilerklärung.

Es gibt natürlich noch allerlei anderes Interessante an diesem Steckenpferd. Da ist einmal das rein Philologische (notwendig als Teil des fertigen Ganzen, aber auch um seiner selbst willen zu entwickeln): Man kann zum Beispiel einen pseudohistorischen Hintergrund konstruieren und dann eine Form, für die man sich ad hoc entschieden hat, von einer anderen, älteren (in groben Zügen erdachten) Form ableiten; oder man kann bestimmte Entwicklungstendenzen annehmen und dann zusehen, was für eine Form dabei herauskommt. Im ersten Fall entdeckt man, welcherlei allgemeine Wandlungstendenzen ein bestimmter Sprachcharakter hervorbringt, im zweiten, welchen Sprachcharakter bestimmte Tendenzen hervorbringen. Beides ist interessant, und wenn man es untersucht, gewinnt man viel an Genauigkeit und Sicherheit in der Konstruktion – anders gesagt, in der Technik, mit der man die Wirkung erzielen kann, die man um ihrer selbst willen erzielen möchte.

Dann gibt es den grammatischen und logischen Aspekt – eher ein rein intellektuelles Interesse: Man kann (vielleicht ohne sich so genau, wenn überhaupt, um die Lautstruktur und die Kohärenz der Wortgestalt zu kümmern) die Kategorien und Beziehungen der Worte ins Auge fassen und die mancherlei klaren, wirksamen oder originellen Weisen, auf die sie sich ausdrücken lassen. Hier wird man oft neue und moderne, sogar bewundernswerte und wirksame Mechanismen ersinnen – obwohl dasselbe über ein so weites Gebiet und eine so lange Zeit hin schon von anderen versucht worden ist, unseren menschlichen Vorfahren und Artverwandten, so daß man wahrscheinlich nicht wirklich auf etwas kommen wird, das nicht zufällig oder zwangsläufig irgendwo schon einmal entdeckt oder erfunden worden wäre; aber das braucht einen nicht zu stören. In den meisten Fällen wird man es nicht wissen; und in jedem Fall wird man nachher nur *bewußter, vorsätzlicher und daher aufmerksamer* dasselbe schöpferische Erlebnis durchgemacht haben wie die vielen namenlosen Genies, welche die kunstvollen Mechanismen in unseren traditionellen Sprachen erfunden haben, zum Gebrauch (und allzu oft auch zum Mißbrauch und Mißverstehen) ihrer weniger begabten Mitmenschen.

Es wird nun wohl Zeit, die schamrote Preisgabe einiger reiflich ausgewählter Proben der eigenen Arbeit nicht länger hinauszuzögern. Es sind dies ein paar von den besten Stükken, die ich in meiner knappen, manchmal gestohlenen Zeit zustandegebracht habe. Meine schönen Phonologien, die längst weggeworfen und die noch in der Schublade vor sich hin faulenden, die mich, bei aller Liebe, so viel Mühe gekostet haben, die Quelle all meines bescheidenen Wissens über phonetisches Konstruieren nach den Richtlinien des eigenen Geschmacks, werden Sie nicht interessieren. Ich werde ein paar Gedichte in derjenigen Sprache vortragen, die ausdrücklich zu dem Zweck geschaffen wurde, meinem eigenen normalen Lautgeschmack Raum zu geben – meinem »normalen«, denn in diesen wie in allen Geschmacksfragen unterliegt man Stimmungen, die teils von innen, teils von außen kommen. Diese Sprache hat eine so lange Reifungsgeschichte hinter sich, daß sie die späten Früchte des Verses immerhin schon tragen kann. Sie ist Ausdruck meines persönlichen Geschmacks, der zugleich durch sie erst festgelegt wurde. So wie die Konstruktion einer Mythologie zuerst nur die eigenen Neigungen ausdrückt, später aber die ganze Vorstellungswelt durchdringt und beherrscht, so verhält es sich auch mit dieser Sprache. Ich kann mir andere, grundverschiedene Formen wohl denken und sie in den Grundzügen sogar entwerfen, komme aber unmerklich und unweigerlich immer wieder auf diese eine zurück, die daher die mir eigentümliche sein oder geworden sein muß.

Bitte vergessen Sie nicht, daß diese Sachen zu einem rein

privaten Zweck und nur um der persönlichen Befriedigung willen geschrieben wurden – also nicht für wissenschaftliche Experimente und auch nicht in Erwartung eines Publikums. Daraus resultiert eine Schwäche: Allzu sicher vor der kalten Kritik von außen, haben sie einen Hang zum »Allzuschönen«, zur *phonetischen und semantischen Sentimentalität* – während ihr nackter Sinn vermutlich trivial ist, nicht erfüllt vom roten Blut und Feuer der Welt, wie es die Kritiker verlangen. Seien Sie also nachsichtig! Denn wenn dergleichen Dinge irgendeinen Reiz haben, so liegt er in ihrer Vertraulichkeit, ihrer eigensinnig scheuen Vereinzelung. Daß andere Spracherfinder sich verkriechen, kann ich gut verstehen, wenn ich mich nun der Peinlichkeit einer Selbstpreisgabe unterziehe, die nur wenig dadurch gemildert wird, daß ich sie schon zum zweiten Mal erlebe.

Oilima Markirya

Man kiluva kirya ninqe
oilima ailinello lúte,
níve qímari ringa ambar
ve maivin qaine?

Man tiruva kirya ninqe
valkane wilwarindon
lúnelinqe vear
tinwelindon talalínen,
vea falastane,
falma pustane,
rámali tíne,
kalma histane?

Man tenuva súru laustane
taurelasselindon,
ondoli losse karkane
silda-ránar,
minga-ránar,
lanta-ránar,
ve kaivo-kalma;
húro ulmula,
mandu túma?

Man kiluva lómi sangane,
telume lungane
tollalinta ruste,
vea qalume,
mandu yáme,
aira móre ala tinwi
lante no lanta-mindon?

Man tiruva rusta kirya
laiqa ondolissen
nu karne vaiya,
úri nienaite híse
píke assari silde
óresse oilima?

Hui oilima man kiluva,
hui oilimaite?

Die letzte Arche

Wer wird es sehen, ein weißes Schiff,
wie es vom letzten Ufer ablegt,
bleiche Phantome
in der kalten Brust
wie Möwen klagend?

Wer wird es beachten, ein weißes Schiff,
verschwommen wie ein Schmetterling,
im flutenden Meer
wie auf Sternenschwingen,
wenn das Meer schwillt,
die Gischt weht,
die Schwingen glänzen,
das Licht verblaßt?

Wer wird ihn tosen hören, den Wind,
wie Laub der Wälder;
fauchen hören die weißen Felsen
im schimmernden Mond,
im schwindenden Mond,

im fallenden Mond,
einer Leichenkerze;
brummen hören den Sturm,
den Abgrund sich regen?

Wer wird die Wolken sehn, wie sie sich sammeln,
wie die Himmel sich biegen,
bis die Berge bröckeln,
wie das Meer sich türmt,
der Abgrund gähnt,
das alte Dunkel
von jenseits der Sterne herabfällt
auf gefallene Türme?

Wer wird es beachten, ein gebrochenes Schiff
auf den grünen Felsen
unter roten Himmeln,
wo die gebleichte Sonne blinkt
auf schimmernden Knochen
am letzten Morgen?

Wer wird ihn sehn, den letzten Abend?

Nieninqe

Norolinde pirukendea
elle tande Nielikkilis,
tanya wende nieninqea
yar i vilya anta miqilis.
I oromandin eller tande
ar wingildin wilwarindeën,
losselie telerinwa,
tálin paptalasselindeën.

Hierzu gibt es natürlich eine Melodie. Der kahle wörtliche Sinn soll sein: »Leichtfüßig tänzelnd, leichtfüßig wirbelnd dorthin kam die kleine Niéle, die Jungfrau gleich einem Schneeglöckchen (Nieninqe), der die Luft Küsse spendet. Die Waldgeister kamen dorthin und die Gischtfeen, die weißen Leute von den Küsten des Elbenlandes, mit Schritten wie die Musik fallender Blätter.«

Oder manchmal hat etwas auch ein strenges und quantifizierendes Metrum:

Earendel

San ninqeruvisse lútier
kiryasse Earendil or vea,
ar laiqali linqi falmari
langon veakiryo kírier;
wingildin o silqelosseën
alkantaméren úrio
kalmainen; i lunte linganer,
tyulmin talalínen aiqalin
kautáron, i súru laustaner.

»Dann auf einem weißen Roß fuhr Earendel, auf einem Schiff auf dem Meer, und die grünen, nassen Wellen der Hals des Seeschiffes spaltete. Die Gischtjungfern mit blütenweißem Haar ließen es im Sonnenschein glänzen; das Schiff summte wie eine Harfensaite; die hohen Maste bogen sich unter den Segeln; der Wind ›laustete‹ (nicht ›pfiff‹ oder ›toste‹, sondern machte ein Windgeräusch).«

Earendel auf der Brücke

Ein Pferd, weiß in der Sonne leuchtend,
Ein Schiff, weiß, durchs Meer gleitend,
  Earendel auf der Brücke;
Wellen, grün, übers Meer laufend,
Weiße Gischt um den Bug wehend,
  Glitzernd hell in der Sonne;
Schaumreiter, das Haar wie Blüten
Und bleicharmig auf den Wellenbrüsten,
  Stimmen wilden Gesang an;
Straffe Taue, wie Harfen klingend,
Von fernen Ufern verwehte Lieder

  Auf Inseln über der Tiefe;
Die vollen Segel im Wind schwellend,

Der laute Wind in die Segel pustend,
Geht es endlos dahin,
Earendel auf der Brücke,
Sein Aug leuchtet, das Meer gleitet,
Zu Anfurten im Westen.

Oder noch ein Bruchstück aus derselben Mythologie, aber in einer ganz anderen, obgleich verwandten Sprache:

Dir avosaith a gwaew hinar
engluid eryd argenaid,
dir Tumledin hin Nebrachar
Yrch methail maethon magradhaid.
Damrod dir hanach dalath benn
ven Sirion gar meilien,
gail Luithien heb Eglavar
dir avosaith han Nebrachar.

»Wie ein Wind, dunkel an finsteren Stätten, durchsuchten die Steingesichter das Gebirge um Tumladin (das ›ebene Tal‹) an der Grenze nach Nebrachar, schnüffelnde Orks, nach Fußspuren stöbernd. Damrod (ein Jäger) durch das Tal, Berghänge hinab, zum (Fluß) Sirion hin ging lachend. Lúthien sah er, wie einen Stern aus Elbenland leuchten über den finsteren Stätten über Nebrachar.«

Als Nachbemerkung darf ich wohl sagen, daß solche Bruchstücke oder selbst ein ausgestaltetes Ganzes gewiß nicht allen an der Poesie beteiligten Instinkten genügen. Ich will dies keineswegs leugnen, sondern behaupten, daß sie einzelne Reize der poetischen Fügung (soweit ich etwas davon verstehe) losgelöst für sich behandeln und sie verschärfen, indem sie ihnen bewußteren Ausdruck geben. Die Emotion ist gedämpft, kann aber dennoch sehr eindringlich sein: Laute werden zusammengefügt, um Lust zu erwecken. Das menschliche Lautsystem ist ein Instrument mit einer kleinen Tonskala (im Vergleich zur Musik, so wie wir sie heute kennen); doch ein Instrument ist sie, und zwar ein sehr feines.

Und mit der Lautlust haben wir nun das schwerer faßbare Entzücken an der Herstellung neuer Beziehungen zwischen

Sinn und Symbol und deren Kontemplation miteinander verschmolzen.

In der Versdichtung unserer Zeit (in der bedeutungstragende Worte so gewohnheitsmäßig gebraucht werden, daß die Wortgestalt nur selten bewußt gekennzeichnet wird und die mit ihr verknüpften Vorstellungen sich fast nach eigenem Gutdünken bewegen) bilden das Wechselspiel und die Beziehungsmuster der jedem Wort anhaftenden Vorstellungen die oberste Schicht. Die Wortmusik, je nach der Art der Sprache, je nach dem (feinen oder plumpen) Geschick oder Gehör des Dichters, spielt vernehmlich darunter her, tritt aber kaum ins Gewahrsein. Nur in seltenen Augenblicken halten wir einmal inne, um uns zu fragen, warum ein Vers oder ein Verspaar eine Wirkung erzielt, die über seinen Sinn hinausgeht; wir bezeichnen das dann als »echte dichterische Magie« oder mit einer ähnlichen Floskel. So wenig Beachtung schenken wir gewöhnlich der Wortgestalt und der Lautmusik, wenn man von ein paar flüchtigen Bemerkungen über ihre gröbsten Erscheinungsformen im Reim und in der Alliteration absieht, daß wir oft die schlichte Tatsache übersehen, daß der Dichter durch Glück oder Können eine Melodie getroffen hat, die seinen Vers illuminiert – so wie eine nur zerstreut mitgehörte Musik den Sinn von etwas ganz anderem vertiefen kann, das man gerade denkt oder liest, während die Musik spielt.

Und in einer lebenden Sprache gilt dies alles um so strenger, weil die Sprache nicht auf solche Zwecke hin angelegt ist und nur in seltenen Glücksfällen sagen wird, was wir sagen wollen, sinngemäß und zugleich mit unbekümmertem Gesang.

Für uns sind sie vorüber, die Zeiten der edlen Einfalt, als noch jeder Homer seine Worte nach klangmusikalischem Gutdünken zurechtbiegen konnte, oder jene Unbekümmertheiten, wie man sie im ›Kalevala‹ findet, wo ein Vers mit phonetischen Trillern verziert werden kann – so z. B. *Enkä lähe Inkerelle, Penkerelle, pänkerelle* (*Kal.* xi. 55), oder *Ihvenia ahvenia, tuimenia, taimenia* (xlviii. 100), wobei *pänkerelle, ihvenia, taimenia* »bedeutungsfrei« sind, bloße Töne in einer Lautmelodie, die angeschlagen werden, weil sie mit *penkerelle* oder *tuimenia* zusammenklingen, die ihrerseits freilich eine »Bedeutung« tragen.

Aber natürlich, wer eine Kunstsprache nach selbstgewählten Prinzipien aufbaut, sich dabei tapfer an die eigenen Regeln hält und der Versuchung des obersten Despoten widersteht, sie zur Begünstigung dieses oder jenes technischen Zwecks fallweise abzuändern, kann auch eine gewisse Art Dichtung darin zustandebringen. Und zwar von solcher Art, möchte ich behaupten, die von echter Dichtung im vollen Sinne nicht weiter oder nur wenig weiter entfernt ist als die Freude an alter Dichtung (insbesondere fragmentarisch überlieferter, wie der isländischen oder altenglischen) oder der Versuch, selber in einem solchen fremden Idiom »Verse« zu schreiben. Denn die feinen Verzweigungen der Konnotationen können bei solchen Übungen nicht auftreten: Zwar gibt man seinen Worten eine Bedeutung, doch stehen hinter ihnen keine echten Lebenserfahrungen, in denen sie den normalen Bedeutungsreichtum menschlicher Worte hätten annehmen können. Doch für die anderen Sprachen, die ich genannt habe (z. B. Altenglisch oder Altnordisch), fehlt uns dieser Bedeutungsreichtum ebenfalls und ebensosehr – oder doch beinahe. Sogar für das Lateinische und Griechische scheint mir dies öfter der Fall zu sein, als vielen klar ist.

Aber nichtsdestoweniger: Sobald auch nur ein vag allgemeiner Sinn für die Wörter festgelegt ist, stehen einem viele Striche der Poesie zu Gebote, zwar nicht die feinsten, aber doch sehr bewegende, die von dauerhafter Geltung sind. Denn wir sind Erben früherer Zeitalter. Man muß nicht nach dem blendenden Glanz des frei erfundenen Adjektivs tasten, den keine menschliche Sprache schon ganz erreicht hat. Man kann nun sagen, »die grüne Sonne« oder »das tote Leben«, um der Phantasie auf die Sprünge zu helfen.

Die Sprache hat die Phantasie gestärkt und ist zugleich durch sie freier geworden. Wer könnte sagen, ob das freie Adjektiv bizarre und schöne Bilder erzeugt hätte, oder ob das Adjektiv durch sonderbare und schöne Bilder im Geiste befreit worden wäre?

»Erfahrt nun also von Dingen, die unter Menschen nie gehört worden sind und von denen die Elben selten sprechen; doch in den Tiefen der Zeit hat Manwe Súlimo, Herr über Elben und Menschen, sie den Vätern meines Vaters zugeraunt. Denn seht, zuerst war Ilúvatar allein da. Und vor allem anderen schuf sein Lied zuerst die Ainur, und ihre Macht und ihr Glanz sind unter allen Wesen, die in der Welt und außer der Welt sind, am größten. Danach schuf er ihnen Wohnungen in der Leere und wohnte unter ihnen und lehrte sie alles mögliche, und darunter war als Größtes die Musik.

Nun sprach er zu ihnen und schlug ihnen Themen vor für Lieder und jubelnde Hymnen und enthüllte ihnen viele der großartigen und wunderbaren Dinge, die er immerfort in seinem Geiste schuf, und nun machten sie Musik für ihn, und die Stimmen ihrer Instrumente stiegen prachtvoll auf zu seinem Thron.

Eines Tages nun trug er den Ainur eine gewaltige Schöpfung seines Herzens vor und breitete eine Geschichte vor ihnen aus von solcher Unermeßlichkeit und Erhabenheit, daß sie durch nichts erreicht wurde, was er je zuvor erzählt hatte. Und der Glanz ihres Anfangs und die Pracht ihres Endes verwirrten die Ainur, so daß sie sich vor Ilúvatar verneigten und keine Worte mehr fanden.

Darauf sagte Ilúvatar: ›Die Geschichte, die ich euch vorgetragen, das große Reich der Schönheit, das ich euch beschrieben habe und ebenso der Ort, wo diese ganze Geschichte sich entfaltet und abgespielt haben könnte, ist gleichsam nur in ihren Umrissen wiedergegeben. Weder habe ich alle leeren Räume ausgefüllt, noch habe ich alle Ausschmückungen oder den Liebreiz und die Anmut der Dinge vor euch ausgebreitet, von denen mein Geist überfließt. Es ist nun mein Wunsch, daß ihr diese Geschichte zu einer mächtigen Musik und einem prächtigen Gesang ausgestaltet und daß ihr (da ich sehe, daß ich euch soviel gelehrt und das Geheime Feuer strahlend in euch entzündet habe) eure Fähigkeiten und Kräfte daran erprobt, die Geschichte nach eurer eigenen Art und Kunst auszuführen. Ich aber will dasitzen und lauschen und froh sein, da ich mit eurer Hilfe solche Schönheit in Gesang verwandelt habe.‹

Darauf begannen die Harfenisten, die Lautenspieler, die Flötenspieler, die Organisten und die unzähligen Chöre der Ainur Ilúvatars Thema zu einer mächtigen Musik auszugestalten. Und Klänge stiegen auf, gewaltige Melodien, immer aufs neue wechselnd, ineinanderspielend und sich voneinander lösend, in brausenden Harmonien, kraftvoller als das Rauschen der großen Meere, bis die Wohnsitze Ilúvatars und die Gefilde der Ainur zum Überfließen mit Musik erfüllt waren, und mit dem Widerhall der Musik und wiederum dessen Widerhall, die bis in die fernen schwarzen und leeren Räume strömten. Niemals zuvor und niemals seitdem gab es eine Musik von solch unermeßlicher Schönheit; obgleich es heißt, daß eine weit gewaltigere Musik, ersonnen von den Chören der Ainur und der Söhne der Menschen, sich nach dem Großen Ende zu Füßen Ilúvatars erheben wird. Dann werden Ilúvatars gewaltigste Entwürfe zu Musik werden, denn dann werden Ainur und Menschen sein Sinnen und Trachten und alle seine Absichten so gut kennen, wie es ihnen vergönnt ist.

Nun aber saß Ilúvatar da und lauschte, und lange Zeit erschien ihm alles wohlgeraten, und kaum ein Fehl war an der Musik, und er dachte bei sich, daß die Ainur viel und gründlich gelernt hätten. Als aber das große Werk seinen Fortgang nahm, kam es Melko in den Sinn, einige seiner eigenen eitlen Hirngespinste hineinzuflechten, die mit der großen Schöpfung Ilúvatars nicht im Einklang standen. Unter den Ainur nämlich war es Melko, dem Ilúvatar einige der großen Gaben an Macht, Weisheit und Kenntnis verliehen hatte; und oft begab er sich allein zu den dunklen Orten und leeren Räumen und suchte das Geheime Feuer, das Leben und Wahrheit schenkt (denn in ihm war ein glühendes Verlangen, alle Dinge in seinen Besitz zu bringen); doch er fand das Feuer nicht, denn Ilúvatar selbst hütete es, und dies erfuhr Melko erst später.

Dort hatte er sich freilich in eigene tiefe und verschlagene Gedanken verloren, die er nicht einmal Ilúvatar anvertraute. Einige dieser Pläne und Wunschgedanken verwob er nun in seine Musik, und sogleich gingen Rauheit und Mißklang von ihr aus, und viele, die in seiner Nähe musizierten, wurden unsicher, ihre Musik wurde kraftlos, und ihre Gedanken blieben unklar und unvollendet, während viele andere die große Melodie des Anfangs vergaßen und in Melkos Musik einstimmten.

So verbreiteten die Ränke Melkos immer mehr Düsternis in der Musik, denn seine Gedanken entstammten der äußeren Finsternis, wohin Ilúvatar das Licht seines Antlitzes noch nicht geschickt hatte; und weil Melkos geheime Gedanken mit der Schönheit von Ilúvatars Entwurf nichts gemein hatten, wurden dessen Harmonien gebrochen und zerstört. Doch Ilúvatar saß da und lauschte, bis die Musik eine Tiefe unvorstellbarer Düsterkeit und Häßlichkeit erreichte; da lächelte er wehmütig und hob seine linke Hand, und sogleich, wenn auch niemand genau wußte wie, erhob sich inmitten des Mißgetöns eine neue Melodie, ähnlich der ersten und ihr doch wieder nicht ähnlich, und sie gewann an Stärke und süßem Wohlklang. Doch der Mißklang und der Lärm, den Melko hervorgerufen hatte, bäumte sich brausend gegen sie auf, und es begann ein Kampf der Töne, ein schriller Widerstreit in der Musik, in dem nur wenig zu unterscheiden war.

Da hob Ilúvatar seine rechte Hand, und er lächelte nicht mehr, sondern weinte. Und siehe, eine dritte Melodie, gänzlich verschieden von den anderen, erwuchs mitten aus der Wirrnis, bis es schließlich schien, als ertönten zu Füßen Ilúvatars gleichzeitig zwei Arten von Musik, und sie waren ganz uneins. Die eine war weit, tief und schön, doch durchzogen mit unstillbarem Leid, während die andere, die nun zu einer eigenen Ordnung gewachsen war, laut, eitel und überheblich, triumphierend gegen die erste schrillte, als wollte sie sie überfluten; doch immer wenn sie versuchte, ihren Widerpart aufs schrecklichste zu überrennen, wurde sie gezwungen, diesem zu willfahren oder mit ihm übereinzustimmen.

Inmitten dieses widerhallenden Kampfes, bei dem die Hallen Ilúvatars erbebten und ein Zittern durch die dunklen Orte lief, hob Ilúvatar beide Hände in die Höhe, und mit einem einzigen unermeßlichen Akkord, höher als der Sternenhimmel, prächtiger als die Sonne und durchdringend wie das Licht aus dem Auge Ilúvatars zerbrach die Musik und verstummte.

Darauf sprach Ilúvatar: ›Mächtig sind die Ainur und ruhmvoll, und an Kenntnis ist unter ihnen Melko der mächtigste;

gleichwohl aber soll er wissen und alle Ainur ebenso, daß ich Ilúvatar bin, der jene Dinge, die ihr gespielt und gesungen habt, nicht allein für die Musik erschaffen hat, die ihr in den himmlischen Gefilden spielt, mir zur Freude und euch zum Spiel, sondern vielmehr, daß sie Gestalt und Wesen haben mögen, genau wie ihr, die Ainur, die ich geschaffen habe, auf daß sie teilhaben am Dasein Ilúvatars. Vielleicht werde ich diese Dinge lieben, die meinem Lied entstammen, ebenso wie ich die Ainur liebe, die ich ersonnen habe und vielleicht noch mehr. Und du, Melko, sollst sehen, daß kein Thema gespielt werden kann, das nicht in mir seinen tiefsten Grund hätte, noch daß einer das Lied ändern kann, mir zum Trotz. Denn wer dies unternimmt, wird sich am Ende nur als mein Werkzeug erweisen, um Herrlicheres zu schaffen und noch erstaunlichere Wunder. Denn seht! Durch Melko sind Schrekken wie ein Feuer, Leid wie dunkles Wasser, Zorn wie Donner und Unheil, so weit von meinem Licht entfernt wie die Tiefen der äußersten Finsternis, in den Plan eingedrungen, den ich vor euch ausgebreitet habe. Durch ihn sind Schmerz und Jammer im Klang überwältigender Musik Gestalt geworden; und mit der Unordnung der Klänge sind Grausamkeit, Raubgier, Dunkelheit, widerlicher Schmutz und rasende Flammen und gnadenlose Kälte geboren worden, und Tod ohne Hoffnung. Dies geschah durch ihn, nicht aber aus seiner Macht; und er wie alle Ainur, und sogar wie jene Geschöpfe, die nun zwischen all seiner Bosheit wohnen und durch Melko Elend und Kummer, Schrecken und Niedertracht erleiden müssen, sollen am Ende erkennen und verkünden, daß dies alles nur meinen Ruhm noch vergrößert, das Thema noch hörenswerter, das Leben noch wertvoller und die Welt um so wunderbarer und erstaunlicher macht, so daß man von allen meinen Taten diese die gewaltigste und schönste nennen wird.‹

Da fürchteten sich die Ainur, und sie verstanden nicht alles, was er sagte, und Melko war von Scham erfüllt, aus der Zorn erwuchs; jedoch Ilúvatar sah ihre Verwunderung, erhob sich in Herrlichkeit und ging fort von seinen Wohnsitzen, vorbei an den lichten Gefilden, die er für die Ainur geschaffen hatte, und er forderte sie auf, ihm zu folgen.

Als sie nun die tiefste Leere erreicht hatten, erschauten sie dort, wo zuvor ein Nichts gewesen war, außerordentliche Schönheiten und Wunder; aber Ilúvatar sprach: ›Sehet nun euren Gesang und eure Musik! So wie ihr aus meinem Willen gespielt habt, ebenso nahm eure Musik Gestalt an. Schaut! Eben jetzt entfaltet sich die Welt, und ihre Geschichte nimmt ihren Lauf wie mein Thema in euren Händen. Jeder von euch soll in diesem meinem Plan die Ausschmückungen und Verschönerungen eingeschlossen finden, die er selber ersonnen hat; und sogar Melko wird all die heimlichen Gedanken seines Herzens entdecken, die nicht im Einklang stehen mit den meinen, und er wird erkennen, daß sie nur ein Teil des Ganzen und dessen Ruhm untertan sind. Eines nur habe ich hinzugefügt, das Feuer nämlich, welches Leben und Gestalt verleiht‹ – und siehe, das Geheime Feuer erglühte auf im Herzen der Welt.

Da sahen die Ainur voll Erstaunen, wie die Welt sich inmitten der Leere wölbte und doch von ihr getrennt war; und jubelnd erblickten sie Licht und sahen, daß es weiß und golden zugleich war, und sie erfreuten sich an der Schönheit der Farben, und das mächtige Brausen des Ozeans erfüllte sie mit Verlangen. Und ihre Herzen labten sich an der Luft und den Winden und an den Elementen, aus denen die Erde gemacht war – Eisen und Stein und Silber und Gold und viele andere Stoffe; doch von allen diesen schätzten sie am höchsten das Wasser und priesen es über die Maßen. Denn wahrlich, mehr als in jedem anderen Stoff auf dieser Erde ist im Wasser noch ein Widerhall der Musik der Ainur lebendig, und bis auf den heutigen Tag lauschen viele Söhne der Menschen unersättlich der Stimme des Meeres und wissen doch nicht, wonach sie sich sehnen.

Wisset denn, daß das Wasser zum größten Teil der Traum und die Erfindung Ulmos war, jenes Ainu, den Ilúvatar von allen am tiefsten in der Musik unterwiesen hatte; die Lüfte und Winde aber und die Himmelsgefilde verstand Manwe am besten, welcher der größte und edelste der Ainur war. Die Erde und die meisten der wertvollen Stoffe in ihrem Schoß hatte Aule erdacht, dem Ilúvatar an Wissen kaum weniger verliehen hatte als Melko, doch vieles davon bedeutete ihm nichts.

Nun sprach Ilúvatar zu Ulmo und sagte: ›Siehst du nicht,

daß Melko bittere Kälte ohne Maß ersonnen und doch nicht die Schönheit deiner kristallenen Wasser und die Klarheit deiner Teiche zerstört hat? Dort, wo er dachte, vollkommen zu obsiegen, ist Schnee entstanden, Frost hat seine vollkommenen Werke vernichtet, und Eis hat prachtvoll seine Paläste überzogen.‹

Und wiederum sprach Ilúvatar: ›Hitze und Feuer ohne Maß hat Melko ersonnen, und doch ist deine Freude nicht vertrocknet und die Musik der Meere nicht ganz erstickt. Siehe nun statt dessen die hohen prächtigen Wolken, den Zauber, der im Dunst und Nebel wohnt, und lausche dem Geräusch des Regens, der auf die Erde fällt.‹

Da antwortete Ulmo: ›Wahrlich, schöner ist nun das Wasser, als ich es zuvor erdachte. In meinen geheimsten Gedanken habe ich nichts vom Schnee gewußt und von seiner Schönheit, auch wenn nur wenig Musik in ihr liegt; der Regen jedoch ist wahrhaft schön, und seine Musik erfüllt mein Herz, so daß ich glücklich bin, daß mein Ohr sie entdeckt hat, wenngleich sie unter allen Dingen das traurigste ist. Wohlan! Ich will Súlimo suchen, den Herrn der Lüfte und Winde, auf daß er mit mir Melodien mache zu deinem Ruhm und deiner ewigen Freude.‹

Und so sind seitdem Ulmo und Manwe in fast allen Dingen treue Freunde und Bundesgenossen gewesen.

Während nun aber Ilúvatar zu Ulmo sprach, sahen die Ainur, wie die Welt sich entfaltete und die Geschichte, die ihnen Ilúvatar als eine große Musik vorgestellt hatte, bereits verwirklicht war. Es rührt von ihrer gemeinsamen Erinnerung an Ilúvatars Rede her und von ihrem Wissen, so unvollständig es auch sein mag, das sie von ihrer Musik in sich tragen, daß die Ainur so viel über die Zukunft wissen und nur wenige zukünftige Dinge ihnen verborgen bleiben – doch einige wenige Dinge gibt es, die selbst sie nicht vorauszusehen vermögen. So verharrten die Ainur im Staunen, bis sich, lange bevor die Menschen kamen – wer wüßte nicht, daß dies ungezählte Zeitalter vor der Zeit geschah, da die Eldar aufstanden, ihr erstes Lied sangen, den ersten aller Edelsteine schufen und in ihrer ganzen Herrlichkeit von Ilúvatar und den Ainur erblickt wurden –, unter ihnen, da sie so verzaubert waren von der Pracht der Welt, die sie erblickten, und so gefesselt von der

Geschichte, die sich darin vollzog und für die die Schönheit der Welt bloß Hintergrund und Schauplatz war, ein Streit erhob.

So kam es, daß manche von ihnen bei Ilúvatar blieben, jenseits der Welt – und es waren zumeist diejenigen, die in ihrem Spiel nur von den Gedanken an Ilúvatars Plan und Entwurf erfüllt gewesen und nur darum bemüht waren, sie fortzusetzen, ohne eigenes Bestreben, sie auszuschmücken; doch manche andere, und darunter waren viele der schönsten und klügsten der Ainur, erflehten von Ilúvatar die Erlaubnis, fortgehen und in der Welt wohnen zu dürfen. Sie sprachen nämlich: ›Wir möchten die Obhut über die schönen Dinge unserer Träume haben, die durch deine Macht nunmehr Wirklichkeit geworden sind und unübertreffliche Schönheit gewonnen haben; und wir wollen die Eldar und die Menschen ihre Wunder und den Nutzen lehren, wenn denn die Zeit kommt, da sie nach deinem Willen auf der Erde erscheinen, die Eldar zuerst und schließlich die Väter der Väter der Menschen.‹ Und Melko gab vor, daß er die Gewalt der Hitze und des Aufruhrs bändigen wolle, die er der Erde eingepflanzt hatte, doch in Wahrheit sann er tief in seinem Herzen darauf, die Macht der anderen Ainur an sich zu reißen und einen Krieg zu entfesseln gegen Eldar und Menschen, denn er neidete ihnen die großen Gaben, die Ilúvatar ihnen zu verleihen im Sinn hatte.

Nun aber waren Eldar und Menschen die alleinige Schöpfung Ilúvatars, und da die Ainur deren Wesen nicht gänzlich begriffen, als Ilúvatar zum ersten Mal an sie dachte, wagte es keiner von ihnen, in seiner Musik etwas zu ihrer Erschaffung beizutragen; und deshalb werden die Eldar und die Menschen zu Recht die Kinder Ilúvatars genannt. Dies ist vielleicht der Grund, daß neben Melko viele andere der Ainur sich in das Treiben der Elben und Menschen eingemischt haben, sei es in guter oder in böser Absicht; doch als sie erkannten, daß Ilúvatar die Eldar in ihrem Wesen, nicht aber in ihrer Macht und Gestalt den Ainur höchst ähnlich geschaffen, den Menschen indessen seltsame Gaben verliehen hatte, beschäftigten sie sich hauptsächlich mit den Elben.

Obgleich er in ihre Herzen schauen konnte, willfahrte Ilúvatar dennoch dem Verlangen der Ainur, und keine Kunde gibt es, ob er darüber bekümmert war. Also betraten diese Großen die Welt, und sie sind es, die wir nun die Valar nennen (oder auch die Vali). Sie wohnten in Valinor oder im Himmelsgewölbe und einige auf dem Land, andere in den Tiefen des Meeres. Melko herrschte über die Feuer und den bittersten Frost, über die allerkältesten Landstriche und die tiefsten Schmelzöfen unter den Bergen der Flamme; und was immer in der Welt gewalttätig oder unmäßig, unbesonnen oder grausam ist, unterliegt seinem Befehl und zum größten Teil zu Recht. Ulmo aber wohnt im Äußeren Ozean und besorgt das Fließen aller Wasser, den Lauf der Flüsse, er füllt die Quellen und läßt Regen und Tau entstehen. Am Grunde des Meeres ersinnt er Musik, tief und eigentümlich, doch immer voll der Klage, und dabei steht ihm Manwe Súlimo zur Seite.

Zu der Zeit, als die Elben nach Kôr kamen und dort wohnten, lernten die Solosimpi vieles von ihm, und daher stammt der wehmütige Reiz ihres Flötenspiels und ihre Vorliebe, immer an der Küste zu wohnen. Und Salmar war bei ihm und Osse und Ónen, denen er den Befehl über die Wellen und die geringeren Meere übertrug, und viele andere.

Aule aber wohnte in Valinor und schuf viele Dinge; er verfertigte Werkzeuge und Geräte, und er war ebenso emsig im Herstellen von Geweben wie in der Bearbeitung von Metallen; auch an Ackerbau und Hauswirtschaft hatte er Freude, ebenso an Sprachen und Schriften, an Stickerei wie Malerei. Die Noldoli, welche die Weisen der Eldar waren und immer begierig nach neuer Kunde und Kenntnis, erwarben von ihm einen unermeßlichen Schatz an Handwerkskunst, Zauberei und Wissenschaft. Seine Lehren, welchen die Eldar immer die große Anmut ihres Denkens und Fühlens und ihre Phantasie beigesellten, machten sie fähig, Schmuckstücke zu schaffen; und diese fanden sich nicht auf der Welt, bevor es die Eldar gab, und die schönsten aller Edelsteine waren die Silmarilli, die verloren sind.

Der mächtigste und oberste dieser vier Großen aber war Manwe Súlimo; und er wohnte in Valinor in einem prachtvollen Haus und saß auf einem wunderbaren Thron auf der allerhöchsten Spitze des Taniquetil, der hoch aufragte am Rande der Welt. Immerzu umkreisten Falken seinen Wohnsitz, deren Augen bis in die Tiefen des Meeres blicken oder bis in die verborgensten Höhlen und undurchdringlichsten Finsternisse der Welt dringen konnten. Diese brachten ihm Nachricht von überall und allem, und wenig entging ihm – doch einige Dinge blieben selbst ihm, dem Herrn der Götter, verborgen. Bei ihm war Varda die Schöne, und sie wurde seine Gemahlin, und sie ist die Königin der Sterne, und ihre Kinder waren die schönen Fionwe-Úrion und Erinti. In ihrer Umgebung wohnt eine große Schar edler Geister, und ihre Glückseligkeit ist groß; und die Menschen lieben Manwe fast noch mehr als den mächtigen Ulmo, denn nie hat er ihnen absichtlich Böses zugefügt, noch war er so begierig auf eignen Ruhm oder so besorgt um seine Macht wie der Uralte von Vai. Die Teleri, über die Inwe herrschte, liebte er besonders, und von ihm erlernten sie Dichtkunst und Gesang; denn während Ulmos Kraft sich in der Musik und den Stimmen der Instrumente ausdrückte, besaß Manwe eine Gabe, der Dichtkunst und dem Gesang einen Glanz zu verleihen, der ohnegleichen war.

Seht, Manwe Súlimo, geschmückt mit Saphiren, Herrscher über die Lüfte und Winde, wird als Herr erachtet über Götter, Elben und Menschen und als das stärkste Bollwerk gegen das Unheil Melkos.«

Darauf fuhr Rúmil fort:

»Hört also! Nachdem jene Ainur und ihre Vasallen fortgegangen waren, blieb alles ein langes Zeitalter ruhig, während Ilúvatar wachte. Da sagte er plötzlich: ›Wohlan, ich liebe die Welt, und sie ist ein Tummelplatz für die Eldar und für die Menschen, denen mein Herz geneigt ist. Wenn aber die Eldar kommen, werden sie bei weitem die edelsten und schönsten aller Geschöpfe sein; sie werden tiefer eindringen in das Wesen der Schönheit und glücklicher sein als die Menschen. Den Menschen aber will ich ein neues und größeres Geschenk machen.‹ Daher beschloß er, ihnen die Fähigkeit zu verleihen, innerhalb der Grenzen der Kräfte, Stoffe und Möglichkeiten der Welt ihr Leben frei zu gestalten und zu bestimmen, und sei es gar jenseits der Musik der Ainur, die dem Schicksal aller anderen Lebewesen zugrundeliegt. Und er tat dies, damit durch ihr Wirken alles auf der Welt in Wort und Tat vollendet und diese in ihrem Wesen bis ins kleinste und letzte erfüllt werde. Ach! Sogar wir Eldar haben zu unserem Kummer erfahren müssen, daß die Menschen eine seltsame Kraft besitzen, Gutes oder Böses zu tun und allen Göttern und Feen zum Trotz die Dinge der Welt nach ihrer Stimmung zu lenken, so daß wir sagen: ›Das Schicksal kann die Kinder der

Menschen nicht besiegen, aber doch sind sie sonderbar verblendet, wo doch ihre Freude so groß sein sollte!‹

Nun wußte Ilúvatar freilich, daß die Menschen, mitten in die Unruhen der Ainur geworfen, nicht immer im Sinn haben würden, dieses Geschenk in Einklang mit seinen Absichten zu verwenden, doch sagte er dazu: ›Auch sie werden allmählich entdecken, daß alles, was sie getan haben, sogar ihre schlimmsten Werke und Taten, am Ende nur ein Teil meines Ruhmes und der Schönheit der Welt untertan sein wird.‹ Jedoch die Ainur sagen, daß das Trachten der Menschen zu Zeiten sogar Ilúvatar Kummer bereitet; war dieses Geschenk der Freiheit also Gegenstand ihres Neides und ihrer Verwunderung, so sehen die Götter und Feen mit höchstem Erstaunen auf Ilúvatars Geduld, mit der er den Mißbrauch seines Geschenkes hinnimmt. Gleichwohl verhält es sich mit diesem Geschenk der Macht so, daß die Kinder der Menschen nur kurze Zeit auf der Welt leben, jedoch nicht auf immer untergehen, wogegen die Eldar bis zum Großen Ende dort leben, es sei denn, sie würden erschlagen oder verzehrten sich vor Kummer (denn diesen beiden Todesarten sind sie unterworfen), und auch das Alter vermindert ihre Kräfte nicht, außer vielleicht im Laufe von zehntausend Zeitaltern; und nach dem Tode werden sie in ihren Kindern wiedergeboren, so daß sich ihre Zahl weder vermindert noch vergrößert. Während jedoch die Söhne der Menschen nach dem Hinschwinden der Dinge gewißlich in die Zweite Musik der Ainur aufgenommen werden, hat Ilúvatar nicht enthüllt, was er den Eldar nach dem Ende der Welt für ein Schicksal bestimmt hat; nicht einmal die Valar wissen es, und Melko hat es nicht herausgefunden.«

»Dies ist eine Stadt der Wacht und Hut, Gondolin auf dem Amon Gwareth, wo alle frei leben können, die reinen Herzens sind, doch kein Unbekannter darf sie betreten. So nennt mir denn eure Namen.« Doch Voronwe nannte sich Bronweg von den Gnomen, der hierhergekommen sei nach dem Willen Ulmos als Führer dieses Sohnes der Menschen; und Tuor sagte: »Tuor heiß ich, bin der Sohn von Peleg, dem Sohn von Indor aus dem Haus der Schwäne von den Söhnen der Menschen des Nordens, die weit von hier wohnen, und auf Geheiß Ulmos von den Äußeren Ozeanen komme ich her.«

Da verstummten alle, die zuhörten, und seine tiefe, dröhnende Stimme versetzte sie in Erstaunen, denn ihre eigenen Stimmen waren so lieblich wie das Gelispel der Quellen. Darauf riefen viele Stimmen: »Führt ihn zum König.«

Darauf kehrte die Menge durch die Tore in die Stadt zurück, und die Wanderer gingen mit ihr, und Tuor sah, daß die Tore aus Eisen waren und sehr hoch und dick. Die breiten Straßen von Gondolin waren nun mit Steinen gepflastert, mit Marmor eingefaßt, und schöne Häuser und Höfe inmitten von blumenhellen Gärten säumten sie, und viele Türme erhoben sich gegen den Himmel, erbaut aus weißem Marmor und mit wundervollen Steinmetzarbeiten verziert. Plätze gab es, wo Springbrunnen waren und Vögel im Geäst uralter Bäume sangen, doch auf dem größten aller Plätze stand der Palast des Königs, und dessen Turm war der höchste der Stadt, und die Springbrunnen, die vor seinen Toren spielten, schossen mehr als einhundertundfünfzig Fuß hoch in die Luft und fielen in einem klingenden Kristallregen nieder; darin glitzerte bei Tag prächtig die Sonne, und bei Nacht schimmerte darin das Mondlicht höchst zauberhaft. Die Vögel, die dort hausten, waren weiß wie Schnee und ihre Stimmen süßer als ein Schlaflied.

Zu beiden Seiten der Palasttore stand ein Baum, und einer davon trug goldene und der andere silberne Blätter, und niemals welkten sie, denn einst waren sie Schößlinge der ruhmreichen Bäume von Valinor, die jene Orte erhellten, bevor Melko und die Weberin der Düsternis sie zum Verdorren brachten; und die Gondothlim nannten diese Bäume Glingol und Bansil.

Da stand Turgon, König von Gondolin, angetan mit einem weißen Gewand und einem goldenen Gürtel und einem granatgeschmückten Diadem auf dem Haupt, vor seinen Türen und sprach von der obersten Stufe der Marmortreppe, die zu ihnen hinaufführte: »Willkommen, o Mann aus dem Lande der Schatten. Wisse! Deine Ankunft war aufgezeichnet in unseren Büchern der Weisheit, und es steht geschrieben, viele große Dinge würden sich in der Stadt der Gondothlim zutragen, wenn du dort einträfest.«

Da sprach Tuor, und Ulmo legte Kraft in sein Herz und Erhabenheit in seine Stimme: »Höre, o Vater der Stadt aus Stein, er, der dunkle Musik ersinnt in der Meerestiefe, der die Gedanken von Elben und Menschen lesen kann, hat mir aufgetragen, dir zu sagen, daß die Tage der Befreiung näherrücken. Geflüster ist Ulmo zu Ohren gekommen von eurer Behausung und eurem Berg der Wachsamkeit gegen die Bosheit Melkos, und er ist froh. Aber sein Herz ist voller Grimm, und die Herzen der Valar, die in den Bergen von Valinor wohnen und vom Gipfel des Taniquetil die Welt betrachten, sind erzürnt beim Anblick der Leiden und der Knechtschaft der Noldoli und der Wanderungen der Menschen; denn Melko sperrt sie ein in dem Land der Schatten jenseits der Eisenberge. Darum bin ich im geheimen hergeführt worden, dir zu gebieten, deine Heere zu sammeln und dich zum Kampf bereit zu machen, denn die Zeit ist reif.«

Da sagte Turgon: »Das werde ich nicht tun, mögen dies auch die Worte Ulmos und aller Valar sein. Ich will weder das Leben meines Volkes aufs Spiel setzen gegen die Schrecken der Orks, noch meine Stadt durch das Feuer Melkos in Gefahr bringen.«

Darauf erwiderte Tuor: »Nein! Denn wenn du jetzt nicht Großes wagst, dann werden die Orks für immer bleiben und am Ende die meisten Gebirge der Erde besitzen und nicht aufhören, Elben und Menschen zu befeinden, selbst wenn es den Valar künftig gelingt, die Noldoli auf andere Weise zu befreien; doch wenn du nun den Valar vertraust, sei der Kampf auch furchtbar, werden die Orks fallen, und Melkos Macht wird auf ein Nichts schrumpfen!«

Turgon jedoch erwiderte, er sei der König von Gondolin,

und kein Wille könne ihn gegen sein besseres Wissen zwingen, die teuren Mühen langer früherer Zeitalter aufs Spiel zu setzen; doch Tuor sagte, denn dies hatte ihn Ulmo geheißen, der das Zögern Turgons befürchtet hatte: »Alsdann soll ich dir sagen, daß Männer der Gondothlim sich rasch und heimlich den Sirion hinab zum Meer begeben, sich dort Boote bauen und zurück nach Valinor fahren sollen: Höre! Die Pfade dorthin sind vergessen und die Straßen von der Welt verschwunden, und die Meere und Gebirge umgeben es, doch noch immer wohnen dort die Elben auf dem Berg von Kôr, und die Götter sitzen in Valinor, wenngleich auch ihre Heiterkeit gemindert ist aus Kummer und Furcht vor Melko, und sie verbergen ihr Land und weben darum undurchdringlichen Zauber, auf daß kein Unheil zu seinen Gestaden gelange. Doch vielleicht können deine Boten dorthin gelangen und ihre Herzen rühren, daß sie sich im Zorn erheben und Melko zerschmettern und die Eisenhöllen vernichen, die er unter den Bergen der Düsternis erbaut hat.«

Da sagte Turgon: »Jedes Jahr, wenn der Winter endete, haben Boten sich rasch und heimlich auf dem Fluß, der Sirion genannt wird, zu den Küsten des Großen Meeres begeben, sich dort Schiffe gebaut, sie von Schwänen oder Möwen ziehen lassen oder von den starken Flügeln des Winds, und sie sind über Sonne und Mond hinaus nach Valinor gefahren; doch die Pfade dorthin sind vergessen und die Straßen von der Welt verschwunden, und die Meere und Gebirge umgeben es, und sie, die dort in Heiterkeit sitzen, bekümmern sich wenig um die Furcht vor Melko und um die Leiden der Welt, sondern verbergen ihr Land und umweben es mit undurchdringlichem Zauber, auf daß nie eine Botschaft des Unheils an ihre Ohren dringe. Nein, allzu viele aus meinem Volk sind ungezählte Jahre hindurch hinausgefahren auf die riesigen Wasser, um nie heimzukehren, sondern sind zugrundegegangen in den Tiefen oder wandern nun verloren in den Schatten, die keine Pfade kennen; und wenn das nächste Jahr kommt, soll keiner mehr sich zum Meer begeben, sondern lieber wollen wir auf uns selbst bauen und auf unsere Stadt, um Melko abzuwehren; und dabei sind die Valar vormalen nur eine geringe Hilfe gewesen.«

Da wurde Tuors Herz schwer, und Voronwe weinte; und Tuor saß bei dem großen Springbrunnen des Königs, und sein

Geplätscher erinnerte ihn an die Musik der Wellen, und in seiner Seele erklangen schmerzlich die Muscheln Ulmos, und er wollte zurückkehren über die Wasser des Sirion zum Meer. Turgon aber, der wußte, daß Tuor, wenn er auch sterblich war, die Gunst der Valar genoß, was sein kraftvoller Blick und die Kraft seiner Stimme verrieten, ließ ihm sagen, er möge in Gondolin bleiben, sein Wohlwollen genießen und, wenn er wolle, sogar in den königlichen Hallen wohnen.

Da sagte Tuor ja, weil er müde und dieser Ort angenehm war; und so kam es, daß Tuor in Gondolin blieb. Nicht von allem, was Tuor bei den Gondothlim tat, berichtet die Geschichte, doch es heißt, daß er oft versucht war, sich fortzustehlen, denn er war der Menge des Volks überdrüssig und dachte an einsame Wälder und Täler oder hörte von ferne die Meeresmusik Ulmos, wäre nicht sein Herz erfüllt gewesen von der Liebe zu einer Frau der Gondothlim, und sie war die Tochter des Königs.

Tuor lernte nun viele Dinge in diesen Reichen, die ihn Voronwe lehrte, den er liebte und der ihm die allergrößte Liebe entgegenbrachte; auch von den geschickten Männern der Stadt und von den weisen Männern des Königs wurde er unterwiesen. So wurde er denn kraftvoller, als er es vorher gewesen war, und seine Worte zeugten von Klugheit; und vieles enthüllte sich ihm, das zuvor unklar gewesen war, und viele Dinge erfuhr er, die sterblichen Menschen noch unbekannt waren. Dort vernahm er die Geschichte der Stadt Gondolin und daß unermüdliche Arbeit durch Jahre und Zeitalter zu ihrem Bau und ihrer Ausschmückung nicht ausgereicht hatten, woran das Volk noch arbeitete; man erzählte, wie der geheime Gang angelegt wurde, den das Volk Weg der Flucht nannte; darüber hatte es geteilte Meinungen gegeben, doch am Ende hatte das Mitleid mit den versklavten Noldoli überwogen, und man hatte sich zum Bau entschlossen; man erzählte ihm von der Wache, die bewaffnete Männer dort stets hielten und desgleichen an bestimmten niedrig gelegenen Plätzen in den Umzingelnden Bergen; von den Wächtern, die unausgesetzt auf den höchsten Gipfeln dieses Gebirgszuges Ausschau hielten, wo Leuchtfeuer als Signale bereit waren; denn immer war dieses Volk auf der Hut vor einem Angriff der Orks, falls ihre Festung entdeckt werden sollte.

Nun wurde die Wache auf den Bergen eher aus Gewohnheit denn aus Notwendigkeit unterhalten, denn vor langer Zeit hatten die Gondothlim unter unvorstellbaren Mühen die ganze Ebene rings um Amon Gwareth eingeebnet und freigeräumt und erforscht, daß kaum ein Gnom oder Vogel, kein wildes Tier, keine Schlange sich nähern konnte, sondern bereits viele Wegstunden entfernt erspäht wurde, denn viele gab es unter den Gondothlim, deren Augen schärfer waren als die der Falken von Manwe Súlimo, des Herrn der Götter und Elben, der auf dem Taniquetil wohnt; und deshalb nannten sie das Tal Tumladin oder das Tal der Glätte. Nun war dieses große Werk zu ihrer Zufriedenheit beendet, und das Volk grub um so emsiger nach Metallen und schmiedete alle Arten von Schwertern und Äxten, Speeren und Hellebarden, und es fertigte Kettenhemden, Harnische und Halsbergen, Beinschienen, Armschienen, Helme und Schilde. Tuor erfuhr nun, daß man bereits so viele Pfeile besaß, daß das ganze Volk von Gondolin ohne Innehalten viele Jahre Tag und Nacht mit seinen Bogen schießen konnte, ohne den Vorrat an Pfeilen aufzubrauchen, und daß darum die Furcht vor den Orks von Jahr zu Jahr geringer wurde.

Dort erwarb Tuor Kenntnis vom Bauen mit Stein, von der Kunst des Steinmetzen, der Gestein und Marmor behaute; er vertiefte sich ins kunstreiche Weben und Spinnen, Sticken und Malen und Hämmern von Metall. Liebliche Musik vernahm er dort, worin jene am erfindungsreichsten waren, die in der südlichen Stadt wohnten, denn dort spielte eine Vielzahl murmelnder Quellen und Brunnen. Vieles dieser zarten Kunst machte sich Tuor zu eigen und lernte es einzuflechten in seine Lieder, zur Verwunderung und Freude aller, die ihnen lauschten. Seltsame Geschichten wurden ihm erzählt von Sonne und Mond und Sternen und den Himmelstiefen; und er erfuhr vom geheimen Wesen der Elben und von ihrer Art zu reden und ihren alten Sprachen; und er hörte von Ilúvatar erzählen, dem Herrn auf immer und ewig, der außerhalb der Welt wohnte, von der großen Musik der Ainur zu Ilúvatars Füßen in den tiefsten Tiefen der Zeit, aus der die Schöpfung der Welt hervorging, und ihr Treiben und alles, was dort kreuchte und fleuchte unter göttlicher Herrschaft.

Tuor wurde nun wegen seiner Kenntnis und seiner Meisterschaft in jedweder Kunde und Kunst und wegen seines großen Mutes an Leib und Seele ein Trost und eine Stütze des

Königs, der keinen Sohn hatte; und das Volk von Gondolin liebte ihn. Einmal nun gab der König seinen geschicktesten Waffenschmieden den Auftrag, als großes Geschenk für Tuor eine Rüstung zu fertigen, und diese war aus Gnomen-Stahl gemacht und mit Silber überzogen; sein Helm jedoch hatte als Schmuck auf jeder Seite einen Schwanenflügel aus Metall und Edelsteinen, und auch sein Schild trug einen geschmiedeten Schwanenflügel; doch anstatt eines Schwertes trug Tuor eine Axt, und diese nannte er Dramborleg in der Sprache der Gondothlim, weil ihr Hieb jeden zu Boden streckte und ihre Schneide jeden Panzer zerhieb.

Auf den südlichen Mauern wurde ihm ein Haus erbaut, denn er liebte die freien Lüfte, und die enge Nachbarschaft anderer Häuser war ihm nicht angenehm. Dort stand er oft zu seinem Vergnügen auf der Brustwehr, wenn die Sonne aufging; und das Volk jubelte, wenn es sah, wie sich das neue Licht in den Flügeln seines Helms fing – und viele murrten und wären gleich ihm gern in den Kampf gegen die Orks gezogen, waren doch Tuors und Turgons Worte vor dem Palast vielen bekannt; aus Ehrerbietung vor Turgon sprachen sie jedoch nicht weiter davon, und zu dieser Zeit schien der Gedanke an Ulmos Worte Tuors Herz ferngerückt und verblaßt zu sein.

Nun kamen Tage, da Tuor viele Jahre bei den Gondothlim gewohnt hatte. Lange hatte er um seine Liebe zu der Tochter des Königs gewußt und sie gehegt, und nun war sein Herz ganz davon erfüllt. Auch Idril liebte Tuor sehr, und die Fäden ihres Schicksals waren mit den seinen verflochten seit jenem Tag, da sie ihn zum ersten Mal von einem hohen Fenster erblickte, als er, ein reisemüder Bittsteller, vor dem Palast des Königs stand. Wenig Grund hatte Turgon, sich ihrer Liebe zu widersetzen, weil er in Tuor einen Verwandten sah, der Trost und große Hoffnung versprach. So kam es zur ersten Vermählung eines Kindes der Menschen mit einer Tochter aus Elbenheim, doch Tuor war nicht der letzte. Vielen war weniger Glück beschieden als Tuor und Idril, und vielen widerfuhr am Ende großes Leid. Doch groß war die Fröhlichkeit jener Tage, als Idril und Tuor vor allem Volk vermählt wurden auf Gar Ainion, dem Platz der Götter, nahe dem Palast des Königs. Ein Tag der Freude war diese Heirat für die Stadt Gondolin, und am allerglücklichsten waren Tuor und Idril. Später wohnten sie in Freuden in dem Haus auf den Mauern, das nach Süden über Tumladin blickte, und jedermann in der Stadt hatte sein Wohlgefallen, ausgenommen Meglin. Dieser Gnom nun entstammte einem alten Hause, obgleich seine Sippe zu der Zeit kleiner war als andere, doch er war durch seine Mutter Isfin, welche die Schwester des Königs war, dessen Neffe; doch die Geschichte von Isfin und Eol soll hier nicht erzählt werden.

Das Zeichen Meglins war nun ein finsterer Maulwurf, und er war angesehen unter Steinbrechern und der oberste der Erzschürfer. Er war weniger schön als die meisten seines ansehnlichen Volks, dunkelhäutig und von nicht sehr liebenswürdiger Art, so daß er wenig Liebe erweckte und man sich zuflüsterte, er habe Orkblut in seinen Adern, doch ich weiß nicht, ob dies die Wahrheit war. Er hatte nun mehrmals den König um die Hand Idrils gebeten, doch Turgon hatte, da er Idril sehr unwillig fand, ebensooft abgelehnt, zumal ihm schien, daß Meglins Antrag ebenso der Begierde entsprang, als Mächtiger neben dem königlichen Thron zu stehen, wie der Liebe zu diesem wunderschönen Mädchen. Idril war in der Tat schön von Angesicht und mutig dazu; und das Volk nannte sie Idril Silberfuß, weil sie, mochte sie auch eine Königstochter sein, stets barfüßig und barhäuptig ging, ausgenommen bei Festen zu Ehren der Ainur; und Meglin erfüllte zehrende Wut, weil Tuor ihn ausgestochen hatte.

In diesen Tagen geschah es, daß der Wunsch der Valar und die Hoffnung der Eldalie sich am Ende erfüllten, denn in großer Liebe gebar Idril Tuor einen Sohn, und er wurde Earendel genannt. Dieser Name nun ist bei Elben und Menschen auf mancherlei Weise gedeutet worden, doch vielleicht ist er aus einer geheimen Sprache der Gondothlim gebildet, die mit ihnen von den Stätten der Erde verschwunden ist.

Nun war dieser Säugling von größter Schönheit; seine Haut war leuchtend weiß und seine Augen noch blauer als der Himmel über südlichen Landen – blauer gar als die Saphire von Manwes Gewand; und tief war Meglins Neid bei seiner Geburt, doch der Jubel Turgons und des ganzen Volks war wahrlich groß.

Seht, viele Jahre waren inzwischen vergangen, seit Tuor sich, von den Noldoli im Stich gelassen, in den Vorbergen verirrt hatte; doch viele Jahre waren auch vergangen, seit

Melko zum ersten Mal die sonderbaren Nachrichten zu Ohren kamen – nicht eindeutig waren sie, und sie kamen in verschiedenen Gestalten – von einem Mann, der die Täler des Sirion durchwanderte. Nun fürchtete Melko in jenen Tagen die Rasse der Menschen nicht übermäßig, weil er sehr mächtig war, und darum hatte sich Ulmo bei seinem Plan eines Menschen bedient, um Melko sicherer täuschen zu können, konnte sich doch kein Valar und kaum einer der Eldar oder Noldoli rühren, ohne der Wachsamkeit Melkos zu entgehen. Dennoch beschlich dessen böses Herz bei dieser Nachricht eine böse Vorahnung, und er zog ein mächtiges Heer von Spähern zusammen: Söhne der Orks waren darunter mit gelben und grünen Augen wie Katzen, welche gleichermaßen Düsternis, Nebel oder Dunst oder Nacht durchdrangen; Schlangen, die überallhin gelangen und in jede Ritze oder in die tiefsten Gruben oder auf die höchsten Gipfel schlüpfen und jedes Flüstern hören konnten, welches durchs Gras lief oder in den Bergen widerhallte; Wölfe gab es und reißende Hunde und große Wiesel blutrünstiger Art, deren Nüstern durch fließendes Wasser Monate alte Gerüche wittern oder deren Augen im Kies Fußspuren finden konnten, die vor langer Zeit dort hinterlassen worden waren; Eulen kamen und Falken, deren scharfer Blick bei Tag oder Nacht das Flattern kleiner Vögel in allen Wäldern der Welt erspähen konnten, und die Bewegung jeder Maus, Wühlmaus oder Ratte, die irgendwo in der Erde wühlte oder hauste. Alle diese Späher beschied er zu seiner Halle aus Eisen, und sie kamen in hellen Scharen. Von dort sandte er sie aus über die Erde, diesen Mann aufzuspüren, der aus dem Land der Schatten entkommen war, jedoch noch sorgfältiger und planvoller nach der Behausung der Noldoli zu suchen, die seiner Knechtschaft entronnen waren; denn sein Herz brannte darauf, sie zu vernichten oder zu versklaven.

Während nun Tuor in Freuden in Gondolin lebte und sein Wissen und seine Macht gewaltig wuchsen, durchschnüffelten diese Kreaturen jahrelang unermüdlich Steine und Felsen, pirschten durch Wald und Heide, durchspähten die Lüfte und hohen Orte, spürten den Pfaden aller Täler und Ebenen nach und ließen nicht nach und hielten nicht ein. Von dieser Jagd brachten sie Melko eine Fülle von Nachrichten – tatsächlich war unter den vielen verborgenen Dingen, die sie ans Licht zerrten, auch der Weg der Flucht, den Tuor und Voronwe einst betreten hatten. Dies wäre ihnen nicht gelungen, hätten sie nicht einige der weniger mannhaften Noldoli mit schrecklicher Folter bedroht und sie so gezwungen, sich an der großen Suche zu beteiligen; wegen des Zaubers nämlich, der diese Tür umgab, konnte ihr niemand aus dem Volk Melkos ohne Hilfe der Gnomen auf die Spur kommen. Doch unlängst waren sie nun weit in die Gänge vorgedrungen und hatten drinnen viele Noldoli gefangen, die dort umherschlichen, um der Knechtschaft zu entfliehen. Auch die Umzingelnden Berge hatten sie an gewissen Stellen erstiegen und aus der Ferne die Schönheit der Stadt Gondolin und die Stärke von Amon Gwareth erblickt; doch wegen der Aufmerksamkeit der Wachen und der Unwegsamkeit der Berge konnten sie nicht auf die Ebene gelangen. Freilich waren die Gondothlim gewaltige Bogenschützen und verfertigten Bogen von unvorstellbarer Kraft. Damit konnten sie einen Pfeil siebenmal so weit in den Himmel fliegen lassen, wie es der beste Bogenschütze vermochte, der auf der Erde auf ein Ziel schoß; und sie ließen keinen Falken lange über ihrer Ebene kreisen und keine Schlange dorthin kriechen; denn sie ertrugen keine Kreaturen des Blutes wie Melkos Brut.

In jenen Tagen nun war Earendel ein Jahr alt, als die schlimme Nachricht in die Stadt gelangte von Melkos Spähern und wie sie das Tal von Tumladin von allen Seiten einschlossen. Da wurde Turgons Herz traurig, und er gedachte der Worte, die Tuor vor langen Jahren vor den Toren des Palastes gesprochen hatte; und er gebot, die Wachen an allen Stellen zu verdreifachen, und ließ von seinen Feuerwerkern Maschinen bauen und auf dem Berg aufstellen. Vergiftete Feuer und siedende Flüssigkeiten, Pfeile und große Felsbrokken wurden vorbereitet, jeden, der diese leuchtenden Mauern angriff, zu empfangen; und darauf lebte er so zufrieden weiter wie möglich, doch Tuors Herz war schwerer als das des Königs, denn nun kamen ihm immer Ulmos Worte in den Sinn, und jetzt begriff er ihren Sinn und Ernst eindringlicher als einst; auch bei Idril fand er kaum Trost, denn ihr Herz war noch mehr erfüllt von dunklen Ahnungen als sein eigenes.

Ihr müßt wissen, daß Idril die starke Macht besaß, die Dunkelheit in den Herzen von Elben und Menschen mit ihren Gedanken zu durchdringen und die Finsternisse der Zukunft dazu – sogar noch tiefer als es gewöhnlich in der Macht der Geschlechter der Eldalie steht; darum sagte sie eines Tages zu Tuor: »Wisse, mein Gemahl, daß ich an Meglin zweifle und mein Herz mich Böses ahnen läßt, und ich fürchte, daß er ein Unheil über dieses schöne Reich bringen wird, wenn ich auch durchaus nicht erkennen kann, wie und wann – aber ich fürchte, daß alles, was er über unsere Maßnahmen und Vorkehrungen weiß, auf irgendeine Weise dem Feinde bekannt werden könnte, so daß er auf ein neues Mittel sinnen kann, uns zu überwältigen, welches wir bei unserer Verteidigung nicht bedacht haben. Höre! Eines Nachts träumte mir, daß Meglin eine Esse baute, unvermutet zu uns kam und Earendel, unser Kind, hineinwarf und danach dich und mich; doch ich widersetzte mich nicht aus Kummer um den Tod unseres schönen Kindes.«

Und Tuor antwortete: »Deine Furcht ist nicht grundlos, denn auch mein Herz ist Meglin nicht wohlgesonnen; doch ist er der Neffe des Königs und dein eigner Vetter, und es ist ihm nichts vorzuwerfen. Ich sehe nicht, was wir tun können, außer warten und wachen.«

Aber Idril sagte: »Dies nun ist mein Rat: Sammle du ganz im geheimen jene Schürfer und Steinbrecher, von denen nach sorgsamer Prüfung feststeht, daß sie, wegen Meglins stolzen und anmaßenden Betragens gegen sie, die geringste Liebe für ihn hegen. Von diesen mußt du vertrauenswürdige Männer auswählen, die Meglin im Auge behalten, wann immer er sich zu den äußeren Bergen begibt, doch ich rate dir, den größten Teil jener, deren Verschwiegenheit du trauen kannst, insgeheim graben zu lassen und mit ihrer Hilfe – so behutsam und zeitraubend das Werk auch vorankommen mag – einen verborgenen Gang zu bauen, der von deinem Haus durch die Felsen dieses Berges nach unten bis ins Tal führt. Dieser Gang soll nun nicht in den Weg der Flucht münden, denn mein Herz rät mir, ihm nicht zu trauen, sondern geradewegs zu dem weit entfernten Paß, der Adlerspalte in den südlichen Bergen; und je weiter dieser Gang sich unterhalb der Ebene in diese Richtung erstreckt, desto besser wird er uns dienen – doch außer einigen wenigen darf von diesen Arbeiten niemand etwas wissen.«

Es gibt nun niemanden, der sich so auf den Tunnelbau in Erde oder Fels versteht wie die Noldoli (und das weiß

Melko), doch an diesen Orten ist die Erde sehr hart; und Tuor sagte: »Das Gestein des Amon Gwareth ist wie Eisen, und nur unter großen Mühen kann es gespalten werden; wenn das jedoch im geheimen geschehen soll, muß viel Zeit und Geduld hinzukommen; der Stein jedoch, der den Boden des Tales von Tumladin bildet, ist wie geschmiedeter Stahl, und ohne das Wissen der Gondothlim läßt er sich nicht aushauen, außer in Monaten und Jahren.«

Darauf erwiderte Idril: »Vielleicht ist das wahr, aber so ist mein Rat, und wir haben noch Zeit.« Tuor sagte, er begreife nicht ganz den Sinn, »doch ›jeder Plan ist besser als gar kein Rat‹, und ich werde tun, was du gesagt hast.«

Nun fügte es sich, daß nicht lange danach Meglin in die Berge zog, um Erz zu holen. Und als er allein durch die Berge streifte, nahmen ihn einige der Orks gefangen, die dort umherschlichen, und sie wollten ihm Böses tun und ihn schwer zurichten, denn sie wußten, daß er aus Gondolin kam. Dies jedoch blieb Tuors Wächtern verborgen. Doch Bosheit kam in Meglins Herz, und er sagte zu seinen Peinigern: »Wisset denn, daß ich Meglin bin, der Sohn von Eol, welcher Isfin zum Weibe hatte, die Schwester von Turgon, dem König der Gondothlim.« Doch die Orks erwiderten: »Was schert uns das?« Und Meglin sagte: »Es ist sehr wichtig für euch; wenn ihr mich nämlich tötet, ob rasch oder allmählich, so werden euch wichtige Kenntnisse verloren gehen über die Stadt Gondolin, die euer Herr mit Freude hören würde.« Da ließen die Orks ihre Hände von ihm und sagten, sie würden ihm das Leben schenken, wenn die Dinge, die er ihnen eröffne, dessen wert schienen; und Meglin erzählte ihnen alles über die Beschaffenheit der Ebene und der Stadt, von ihren Mauern, ihrer Dicke und Höhe und über die Festigkeit der Tore; er sprach von dem Heer bewaffneter Männer, das Turgon befehligte, von dem unermeßlichen Vorrat an Waffen, das zu ihrer Ausrüstung angesammelt worden war, von den Kriegsmaschinen und dem giftigen Feuer.

Da wurden die Orks wütend, und nachdem sie diese Dinge gehört hatten, wollten sie ihn gleichwohl auf der Stelle töten als einen, der unverschämt die Macht dieses erbärmlichen Volkes größer machte, um die große Macht und Gewalt Melkos zu verhöhnen; doch Meglin klammerte sich an einen Strohhalm und sagte: »Könnt ihr euch nicht vorstellen, daß ihr euren Meister mehr erfreuen würdet, wenn ihr ihm einen so hochgeborenen Gefangenen zu Füßen legt, damit er die Nachrichten von diesem selbst höre und ihre Wahrheit selbst beurteile?«

Dies nun erschien den Orks nicht übel, und sie kehrten von den Bergen um Gondolin zu den Eisenbergen und den düsteren Hallen Melkos zurück; Meglin schleppten sie mit sich, und nun war er in bitterer Furcht. Doch als er vor dem schwarzen Thron Melkos kniete, entsetzt über die Grausigkeit der Gestalten, die ihn umgaben, über die Wölfe, die unter dem Sessel lagen, und die Nattern, die sich um seine Beine wanden, forderte ihn Melko auf zu sprechen. Da wiederholte er, was er gesagt hatte, und Melko lauschte und richtete schöne Worte an ihn, so daß die Unverschämtheit in großem Maße in Meglins Herz zurückkehrte.

Am Ende all dessen stand nun, daß Melko, unterstützt von der Verschlagenheit Meglins, einen Plan zur Vernichtung Gondolins ersann. Zur Belohnung dafür sollte Meglin ein mächtiger Hauptmann der Orks werden – in seinem Herzen dachte Melko freilich nicht daran, sein Versprechen zu erfüllen –, Tuor und Earendel aber sollte Melko verbrennen und Idril Meglin ausliefern –, und solche Versprechen wollte dieser Böse gern einlösen. Sollte Meglin jedoch Verrat üben, drohte ihm Melko die Folter der Balrogs an. Diese waren nun die Dämonen mit Flammenpeitschen und stählernen Klauen, von denen er jene Noldoli martern ließ, die es wagten, sich ihm zu widersetzen – und die Eldar haben ihnen den Namen Malkarauki gegeben. Doch Meglin hatte Melko anvertraut, daß alle Heere der Orks und Balrogs in ihrer Wildheit, weder durch Angriff noch durch Belagerung, jemals hoffen konnten, die Mauern und Tore Gondolins zu bezwingen, selbst wenn es ihnen gelang, auf die umliegende Ebene vorzudringen. Deshalb riet er Melko, durch schwarze Zauberei eine Hilfe für seine Krieger bei ihrem Unternehmen zu schaffen. Aus dem Überfluß an Metallen, riet er ihm, mit seiner Gewalt über das Feuer Untiere zu machen, Schlangen und Drachen von unwiderstehlicher Kraft, welche über die Umzingelnden Berge kriechen und der Ebene und der schönen Stadt lekkende Flammen und Tod bringen sollten.

Darauf gebot Melko Meglin heimzukehren, damit seine Abwesenheit keinen Verdacht errege; doch Melko wob um ihn den Zauberbann der abgrundtiefen Furcht, und danach fand Meglin in seinem Herzen weder Freude noch Ruhe. Gleichwohl gab er sich den Anschein der Zufriedenheit und Heiterkeit, so daß man sagte: »Meglin ist sanfter geworden«, und er wurde mit weniger Mißfallen betrachtet, doch Idril fürchtete ihn um so mehr. Nun sagte Meglin: »Ich habe viel gearbeitet, und ich möchte mich ausruhen und teilnehmen an Tanz und Gesang und den Festen des Volkes«, und er ging nicht mehr in die Berge, um Steine zu brechen oder Erz zu schürfen. Doch in Wahrheit wollte er im Vergnügen seine Furcht und Unruhe ertränken. Eine Angst hatte von ihm Besitz ergriffen, daß Melko immer in seiner Nähe sei, und das vollbrachte der Zauberbann; und nie wieder wagte er, die Gruben aufzusuchen, auf daß er den Orks nicht begegne und noch einmal in die entsetzlichen Hallen der Finsternis befohlen werde.

So ziehen die Jahre dahin und, angestachelt von Idril, setzt Tuor sein geheimes Graben immerzu fort; Turgon aber, der sieht, daß die Belagerung durch die Späher sich abgeschwächt hat, lebt behaglicher und mit geringerer Furcht. Doch für Melko sind diese Jahre von angestrengter Arbeit erfüllt, und das ganze Sklavenvolk der Noldoli muß unablässig nach Metallen graben, während Melko sitzt und Feuer ersinnt und Flammen und Dämpfe aus den niederen Hitzen steigen läßt, und keinem der Noldoli erlaubt er, sich auch nur einen Fußbreit vom Ort seiner Knechtschaft zu entfernen. Einmal dann versammelte Melko seine geschicktesten Schmiede und Zauberer, und aus Eisen und Flammen schmiedeten sie ein Heer von Ungeheuern, wie man sie nur zu dieser Zeit erblickt hat und bis zum Großen Ende nicht wieder sehen wird. Manche waren ganz aus Eisen und so kunstreich mit Gliedern versehen, daß sie wie langsame Flüsse aus Metall strömten, sich um Hindernisse herumwinden oder sie überkriechen konnten, und sie bargen in ihrem Inneren die grausamsten Orks, bewaffnet mit Krummsäbeln und Speeren; andere waren aus Bronze und Kupfer und hatten Innereien aus loderndem Feuer, und mit ihrem entsetzlichen Flammenspeien vernichteten sie alles, was vor ihnen stand, oder sie zertrampelten, was immer der verzehrenden Glut ihres Atems entging; doch wieder andere waren Kreaturen aus reinem Feuer, die sich wanden wie Schlangen geschmolzenen Metalls, und sie vernichteten jedweden Stoff, der in ihre Nähe kam, und Eisen und Stein lösten sich vor ihnen auf und wurden wie Wasser, und darauf ritten die Balrogs zu Hunderten; und diese waren die schrecklichsten Ungeheuer, die Melko gegen Gondolin auf den Plan rief.

Als nun der siebte Sommer seit Meglins Verrat vergangen war, und Earendel zwar noch im zarten Kindesalter, doch ein tapferer Knabe war, rief Melko alle seine Späher zurück, denn ihm war nun jeder Pfad und Winkel der Berge bekannt; die Gondothlim jedoch, unvorsichtig wie sie waren, glaubten, er habe es nicht mehr auf sie abgesehen, weil er ihre Macht und die unüberwindliche Stärke ihrer Stadt erkannt habe.

Aber Idrils Gemüt verdüsterte sich, und der Glanz ihres Gesichtes war getrübt, und viele wunderten sich darüber; doch Turgon verminderte die Zahl der Hüter und Wächter auf die alte Stärke, ja machte sie noch geringer, und als der Herbst kam und die Ernte vorüber war, wandte sich das Volk frohen Herzens den Festen des Winters zu: Tuor aber stand auf der Brustwehr und schaute zu den Umzingelnden Bergen hinüber.

Nun stand dort Idril neben ihm, und der Wind war in ihrem Haar, und Tuor erschien sie über die Maßen schön, und er beugte sich nieder, um sie zu küssen; doch ihr Gesicht war traurig, und sie sagte: »Nun kommt die Zeit, da du dich entscheiden mußt.« Und Tuor wußte nicht, was sie meinte. Dann zog sie ihn in ihre Hallen und sagte ihm, wie schwer ihr Herz sei aus Furcht um ihren Sohn Earendel und voller Vorahnung, daß ein großes Unheil bevorstehe, dessen Urheber Melko sei. Da wollte Tuor sie trösten, vermochte es aber nicht, und sie fragte ihn nach seiner geheimen Arbeit, und er sagte ihr, der Gang reiche nun eine Wegstunde weit in die Ebene, und da wurde sie ein wenig froher gestimmt. Aber dennoch riet sie ihm, das Graben zu beschleunigen, denn hinfort sei Schnelligkeit wichtiger als Heimlichkeit, »weil nun die Zeit sehr knapp ist.« Und sie gab ihm einen weiteren Rat, und auch diesen befolgte er: Bestimmte Führer und Krieger der Gondothlim, die zu den mutigsten und ehrlichsten gehörten, sollte er sorgsam auswählen und ihnen von dem geheimen Gang und seinem Ausgang erzählen. Diese solle er, riet sie ihm, zu einer starken Garde machen und sie sein Zeichen tragen lassen, um sie zu seinen Gefolgsleuten zu machen, unter dem Vorwand, er handle aus dem Recht und der Würde eines großen Fürsten, der ein Verwandter des Königs sei. »Darüber hinaus«, sagte sie, »will ich mich in dieser Sache des Wohlwollens meines Vaters versichern.« Sie ließ auch insgeheim im Volk ausstreuen, es solle sich, falls die Stadt zum letzten Kampf antreten müsse oder Turgon falle, um Tuor und ihren Sohn scharen; und dazu sagte man lachend ja, fügte jedoch hinzu, Gondolin werde ebenso lange Bestand haben wie der Taniquetil oder die Berge von Valinor.

Doch Turgon sagte sie nicht die Wahrheit, und als Tuor das tun wollte, ließ sie es nicht zu, trotz ihrer Liebe und Achtung, die sie für ihn hegte, denn er war ein großer und edler und ruhmreicher König. Doch weil sie erkannte, daß er Meglin vertraute und in blindem Eigensinn an der Überzeugung festhielt, die Stadt sei unüberwindlich und Melko habe es nicht mehr auf sie abgesehen, setzte sie keine Hoffnung darein. In seiner Meinung wurde der König nun immerfort durch die listigen Einflüsterungen Meglins bestärkt. Wisset, daß die Heimtücke dieses Gnomen sehr groß war, und weil er sich viel im Dunkel zu schaffen machte, hieß es: »Zu Recht trägt er das Zeichen eines finsteren Maulwurfs«; und durch die Torheit einiger Bergleute und mehr noch durch die nachlässigen Worte bestimmter Verwandter, denen Tuor unvorsichtigerweise etwas anvertraut hatte, erlangte er Kenntnis von dem geheimen Werk und schmiedete einen eigenen Plan dagegen.

So wurde es tiefer Winter, und für diese Landstriche war es sehr kalt, so daß der Frost über die Ebene von Tumladin zog und Eis auf ihren Weihern lag; doch auf dem Amon Gwareth sprudelten die Quellen fort, und die zwei Bäume blühten, und das Volk vergnügte sich bis zum Tag des Entsetzens, der im Herzen Melkos verborgen war.

So verging dieser bittere Winter, und auf den Umzingelnden Bergen lag der Schnee höher als je zuvor; doch als die Zeit gekommen war, schmolz ein Frühling von wunderbarer Pracht die Ausläufer dieser weißen Decke, und das Tal trank die Wasser und erblühte in einer Blumenpracht. So kam und verging unter dem Jubel der Kinder das Fest der Nost-na-Lothion oder der Geburt der Blumen, und wegen der guten Aussicht auf das Jahr wurden die Herzen der Gondothlim aufgerichtet; und nun endlich steht das große Fest Tarnin Austa oder die Pforten des Sommers nahe bevor. Ihr müßt nämlich wissen, daß es bei ihnen Brauch war, in einer Nacht um Mitternacht eine feierliche Zeremonie zu beginnen, die fortgesetzt wurde, bis die Morgendämmerung der Tarnin Austa anbrach, und von Mitternacht bis Tagesanbruch war in der Stadt kein Laut zu hören, doch den neuen Morgen hießen sie mit alten Liedern willkommen. Seit ungezählten Jahren war die Ankunft des Sommers so begrüßt worden, mit dem Gesang von Chören, die auf der schimmernden östlichen Mauer standen; und nun kommt auch die Zeit der Nachtwache, und die Stadt ist von silbernen Lampen überschwemmt, während in den Hainen im Geäst der neubegrünten Bäume vielfarbige Lichter schaukeln und leise Musik durch die Straßen zieht; doch bis zur Morgendämmerung erhebt sich keine Stimme zu Gesang.

Die Sonne ist hinter den Bergen versunken, und das Volk reiht sich emsig und freudig zum Fest auf – und blickt voll Erwartung nach Osten. Seht! Als die Sonne gerade verschwunden und alles dunkel war, erschien plötzlich ein neues Licht, und ein Glühen war da, doch es war hinter den nördlichen Höhen, und die Gondothlim waren verwundert und liefen auf den Mauern und Brustwehren zusammen. Da verwandelte das Wundern sich in Unglauben, als das Licht wuchs und noch röter wurde, und aus Unglauben wurde Angst, als das Volk sah, daß der Schnee auf den Bergen sich rot färbte wie Blut. Und so geschah es, daß die Feuer-Schlangen Melkos über Gondolin kamen.

Dann kamen Reiter über die Ebene und brachten atemlos Nachricht von den Wachen auf den Gipfeln; und sie berichteten von den feurigen Heeren und den Drachengestalten und sagten: »Melko greift uns an!« Groß waren Furcht und Schmerz in dieser an Schönheit reichen Stadt, und die Straßen und Gassen waren erfüllt vom Weinen der Frauen und dem Jammern der Kinder und die Plätze von den Stimmen der sich sammelnden Krieger und dem Klirren von Waffen. Dort waren die leuchtenden Banner aller großen Häuser und Geschlechter der Gondothlim zu sehen. Gewaltig war die Heerschau vor dem Hause des Königs, und seine Banner waren weiß und golden und rot, und die Zeichen waren der Mond, die Sonne und das Purpurherz. In der Mitte nun stand Tuor, alle Häupter überragend, und seine silberne Rüstung glänzte; und um ihn drängte sich eine Schar der wackersten Kämpfer des Volks. Seht! Alle trugen sie Flügel wie die von Schwänen oder Möwen auf ihren Helmen, und das Zeichen des Weißen Flügels war auf ihren Schilden. Aber das Gefolge Meglins sammelte sich auf demselben Platz, und die Krieger waren schwarz geharnischt, und sie trugen weder Zeichen noch Wappen, aber ihre runden Stahlhauben waren mit Maulwurfsfell überzogen, und sie kämpften mit Äxten, die zwei Schneiden hatten wie Hacken. Dort scharte Meglin, Prinz von Gondobar, viele Krieger um sich, mit finsteren Mienen und lauernden Blicken, und ein rötliches Glühen lag auf ihren Gesichtern und waberte über die glatten Flächen ihrer Ausrüstung. Seht, alle Berge im Norden standen in Flammen, und es war, als liefen Flüsse aus Feuer die Hänge hinunter, die auf die Ebene von Tumladin führten, und das Volk konnte schon deren Hitze spüren.

...

Und nun kamen die Ungeheuer durch das Tal, und die weißen Türme Gondolins röteten sich vor ihnen; doch die Standhaftesten gerieten in Angst beim Anblick dieser Drachen aus Feuer und Schlangen aus Bronze und Eisen, die bereits den Berg der Stadt umschwärmten; und sie beschossen sie mit Pfeilen, die nichts ausrichteten. Da steigt ein Schrei der Hoffnung auf, denn, hört, die Schlangen aus Feuer können den Berg nicht erklimmen, weil er zu steil und glatt ist und löschende Wasser über seine Flanken strömen; doch sie liegen an seinem Fuß, und wo die Flammen der Schlangen und diese Wasserfluten vom Amon Gwareth zusammentreffen, steigt ein ungeheurer Dampf auf. Eine solche Hitze enstand dort, daß Frauen ohnmächtig wurden, der Schweiß unter den Rüstungen die Männer erschöpfte und alle Quellen der Stadt, ausgenommen die des Königs, heiß wurden und rauchten.

Aber Gothmog, Fürst der Balrogs, Führer der Heere Melkos, wußte sich Rat und sammelte alle seine Maschinen aus Eisen, die ihre Leiber winden und alle Hindernisse überkriechen konnten. Diesen befahl er, sich vor dem nördlichen Tor aufzutürmen; und, fürwahr, ihre gekrümmten Leiber reichten gerade bis zu dessen Schwelle und drückten gegen die benachbarten Türme und Bastionen, und wegen der außerordentlichen Schwere ihrer Körpermassen brachen die Tore mit gewaltigem Krachen; doch der größte Teil der angrenzenden Mauern stand noch immer fest. Da ergossen sich aus den Maschinen und Katapulten des Königs Pfeile und Steinbrocken und geschmolzenes Metall auf die grausamen Untiere, und ihre hohlen Wänste dröhnten unter dem Aufprall, doch es verschlug nichts, denn sie zerbarsten nicht, und die Flammen prallten von ihnen ab. Darauf öffneten sich die Leiber der obersten in der Mitte, und ein Heer zahlloser Orks, der Kobolde des Hasses, strömte hervor und drang in die Bresche; und wer kann das Glänzen ausmalen ihrer Krummschwerter oder das Aufblitzen der breitschneidigen Speere, mit denen sie zustachen?

Da ließ Rog seine gewaltige Stimme erschallen, und das Volk vom Hammer des Zorns und das Geschlecht vom Baum mit Galdor dem Tapferen sprang auf den Feind los. Und die Schläge ihrer großen Hämmer und die Hiebe ihrer Keulen hallten bis zu den Umzingelnden Bergen, und die Orks fielen wie Fliegen; und die Männer der Schwalbe und des Bogens überschwemmten sie mit Pfeilen wie mit den dunklen Regen des Herbstes, und in Getümmel und Rauch fielen Orks wie Gondothlim. Gewaltig war dieser Kampf, doch trotz all dieses Heldenmutes wurden die Gondothlim unter der Wucht der ständig zunehmenden Zahl ihrer Gegner allmählich zurückgedrängt, bis die Kobolde einen Teil der nördlichsten Stadt erobert hatten.

Die Geschichte von Tinúviel

»Wer war Tinúviel?« fragte Eriol. »Weißt du es nicht?« sagte Ausir. »Tinúviel war die Tochter von Tinwe Linto.« – »Tinwelint«, verbesserte Veanne, doch Ausir sagte: »Das gilt gleich, doch die Elben in diesem Haus, welche die Geschichte lieben, nennen ihn Tinwe Linto, obgleich Vaire gesagt hat, daß er bloß Tinwe mit richtigem Namen hieß, bevor er in die Wälder wanderte.«

»Sei still, Ausir«, sagte Veanne, »denn es ist meine Geschichte, und ich werde sie Eriol erzählen. Habe ich nicht einst Gwendeling und Tinúviel mit meinen eigenen Augen gesehen, als ich in längst vergangenen Tagen über den Pfad der Träume wanderte?«

»Wie sah die Königin Wendelin aus (denn so nannten sie die Elben), o Veanne, als du sie gesehen hast?« fragte Ausir.

»Schlank und mit sehr dunklem Haar«, sagte Veanne, »und ihre Haut war weiß und matt, doch ihre Augen leuchteten und verrieten Tiefe, und sie war in hauchdünne allerliebste Gewänder gekleidet, doch sie waren schwarz, von Spangen aus schwarzem Jett und einem silbernen Gürtel gehalten. Wann immer sie sang oder tanzte, stahlen sich Träume und Schläfrigkeit in deinen Kopf und machten ihn schwer. Sie war in der Tat eine Fee, die aus Lóriens Gärten entschlüpfte, bevor noch Kôr erbaut wurde, und sie schweifte durch die waldigen Flecken der Welt, und Nachtigallen folgten ihr und umgaben sie oft mit ihrem Gesang. Es war der Gesang dieser Vögel, der die Ohren Tinwelints betörte, Anführer jenes Stammes der Eldar, die später die Solosimpi wurden, die Flötenspieler des Küstenlandes, als er mit seinen Gefährten von Palisor hinter dem Pferd Oromes herzog. Ilúvatar hat die Gabe der Musik in die Herzen aller gepflanzt, die zu diesem Stamm gehören – so sagt Vaire, die ihm angehört –, und diese Gabe erblühte später aufs Wunderbarste, doch in jenem Augenblick war die Musik der Nachtigallen Gwendelings die allerschönste Musik, die Tinwelint jemals gehört hatte, und so wich er für einen Augenblick bloß, wie er dachte, vom Wege ab, um zwischen den dunklen Bäumen zu forschen, woher diese Musik wohl kommen mochte.

Und es heißt, daß es nicht nur Augenblicke waren, die er lauschte, sondern viele Jahre, und vergeblich suchte ihn sein Volk, bis es endlich Orome folgte und weit fortgetragen wurde nach Tol Eressea; und so sah er es niemals wieder. Doch nach einer Weile, die ihm kurz erschien, stieß er auf Gwendeling, die auf einem Bett von Blättern lag, zu den Sternen über ihr hinaufschaute und ebenfalls ihren Vögeln lauschte. Nun schritt Tinwelint leise zu ihr, beugte sich über sie und schaute sie an. ›Fürwahr‹, dachte er, ›hier liegt ein Geschöpf, das anmutiger ist als selbst die schönste Frau meines Volkes‹ – denn tatsächlich war Gwendeling keine der Elben und keine Frau, sondern eines der Kinder der Götter; und als er sich tiefer beugte, um eine Flechte ihres Haares zu berühren, zertrat er mit seinem Fuß einen Zweig. Da war Gwendeling mit einem leisen Lachen auf und davon, manchmal in der Ferne singend oder immer vor ihm hertanzend, bis ihn wie eine Ohnmacht ein angenehmer Schlummer überkam, er mit dem Gesicht nach unten zwischen die Bäume sank und lange, lange Zeit schlief.

Als er nun erwachte, dachte er nicht mehr an sein Volk (und das wäre in der Tat müßig gewesen, denn längst hatte es inzwischen Valinor erreicht), sondern es verlangte ihn nur noch nach dem Geschöpf des Zwielichts; Gwendeling war freilich nicht weit, denn sie war in seiner Nähe geblieben und hatte über ihn gewacht. Wie ihre Geschichte weiterging, weiß ich nicht, o Eriol, außer, daß sie am Ende seine Gemahlin wurde, denn Tinwelint und Gwendeling waren lange Zeit König und Königin der Verschollenen Elben von Artanor oder dem Jenseitsland, wie man hier sagt.

Lange, lange später brach Melko, wie du weißt, von Valinor wieder in die Welt ein, und alle Eldar machte er sich als Sklaven untertan: jene, die im Dunkel zurückblieben oder auf dem Marsch von Palisor verschollen, und auch jene Noldoli, die ihm auf der Suche nach ihrem geraubten Schatz in die Welt folgten. Doch es wird erzählt, daß es viele gab, die entkamen und in den Wäldern und Ödlanden umherwanderten, und von diesen Sippen der Wildnis und des Waldes schloß sich manche König Tinwelint an. Die meisten von ihnen waren Ilkorindi – was heißt, daß es Eldar waren, die niemals Valinor oder die Zwei Bäume geschaut oder in Kôr gewohnt hatten –, und sie waren unheimliche und sonderbare Wesen, die wenig wußten von Licht und Schönheit und Musik, sondern nur dunkle Weisen und wundersam rauhe Gesänge kannten, die in den Waldgewölben verklangen oder in tiefen Höhlen widerhallten. Anders wurden sie freilich, als die Sonne sich erhob, und schon vorher hatten sich viele wandernde Gnomen zu ihnen gesellt, und auch schweifende Kobolde aus Lóriens Scharen wohnten in den Höfen von Tinwelint und gehörten zum Gefolge Gwendelings, und diese gehörten nicht zu den Geschlechtern der Eldalie.

Nun wohnte Tinwelint in den Tagen des Sonnenlichtes und des Mondscheins noch immer in Artanor, und weder er selbst noch die Mehrzahl seines Volkes zogen in die Schlacht der Ungezählten Tränen, obgleich diese Geschichte nicht hierher gehört. Doch nach jener unglücklichen Schlacht vergrößerte sich seine Herrschaft beträchtlich durch die Flüchtlinge, die unter seinem Dache Schutz suchten. Verborgen den Augen und Gedanken Melkos blieb seine Behausung durch die Zauber von Gwendeling, der Fee, und sie umgab die Pfade, die dorthin führten, mit einem Zauber, so daß niemand außer den Eldar ihnen leicht folgen konnte, und der König vor jeder Gefahr, außer durch Verrat, sicher war. Seine Hallen wurden nun in einer tiefen Höhle von gewaltigem Ausmaß errichtet, und sie waren gleichwohl eine königliche und schöne Wohnstatt. Diese Höhle war im Herzen des gewaltigen Waldes von Artanor gelegen, dem größten aller Wälder, und ein Fluß floß vor ihren Toren, und niemand konnte sie durchschreiten, der nicht den Fluß überquerte, den eine schmale und streng bewachte Brücke überspannte. Dieser Ort war frei vom Bösen, obgleich die Eisenberge nicht allzu weit entfernt waren, hinter denen Hisilóme lag, wo Menschen lebten und versklavte Noldoli arbeiteten, und wohin wenig freie Eldar gingen.

Nun höre, ich will dir von Dingen berichten, die sich nach dem Aufgang der Sonne tatsächlich in den Hallen Tinwelints zutrugen, doch lange bevor die unvergessene Schlacht der Ungezählten Tränen geschlagen wurde. Und weder hatte Melko seine Pläne vollendet noch seine ganze Macht und Grausamkeit enthüllt.

Damals hatte Tinwelint zwei Kinder, Dairon und Tinúviel, und Tinúviel war ein Mädchen, das schönste aller Mädchen der verschollenen Elben, und, fürwahr, wenige sind so schön gewesen, denn Tinúviels Mutter war eine Fee, eine Tochter der Götter; Dairon hingegen war damals ein kräftiger, fröhlicher Junge, der es über alles liebte, auf einer Flöte aus Rohr oder auf anderen Instrumenten des Waldes zu spielen, und er wird heute zu den drei berühmtesten Zaubermusikanten der Elben gezählt; und die beiden anderen sind Zwitschervogel und Iváre, der am Gestade des Meeres spielt. Tinúviels höchste Freude war dagegen der Tanz, und an Anmut und Feinheit ihrer huschenden Füße kam ihr niemand gleich.

Es gab nun für Dairon und Tinúviel kein größeres Entzükken, als den Höhlen-Palast ihres Vaters Tinwelint zu verlassen und gemeinsam lange Zeiten unter den Bäumen zuzubringen. Dort saß Dairon oft auf einem Grasbüschel oder einer Baumwurzel und musizierte, während Tinúviel dazu tanzte, und wenn sie zur Musik Dairons tanzte, war sie anmutiger als Gwendeling und zaubrischer als Zwitschervogel unter dem Mond, und ein solch federleichter Tanz war vielleicht nur in den Rosengärten Valinors zu sehen, wo Nessa auf dem immergrünen Rasen tanzt.

Selbst zur Nacht, im bleichen Schein des Mondes, spielten und tanzten sie immerfort, ohne sich zu fürchten, wie ich es getan hätte, denn die Herrschaft Tinwelints und Gwendelings hielt das Böse von den Wäldern fern, Melko beunruhigte sie noch nicht, und die Menschen waren jenseits der Berge eingeschlossen.

Der Platz nun, den sie am meisten liebten, war ein schattiger Fleck, wo Ulmen und auch Buchen wuchsen, doch sie waren nicht sehr hoch, und auch einige weißblühende Kastanien standen dort, der Grund jedoch war feucht, und unter den Bäumen wucherte üppig und dicht ein Nest von Schierling. Dort spielten sie an einem Tag im Juni, und die weißen Dolden des Schierlings schwebten wie eine Wolke um die Baumstämme. Dort tanzte Tinúviel, bis spät der Abend schwand und viele weiße Nachtfalter sie umflatterten. Tinúviel, die ein Feengeschöpf war, beachtete sie nicht, wie es viele der Kinder der Menschen tun, wenngleich sie Käfer nicht liebte, und wegen Ungweliante wird kein Eldar eine Spinne berühren – doch jetzt schwirrten die weißen Nachtfalter um ihren Kopf, und Dairon trillerte eine geisterhafte Weise, als sich plötzlich etwas Merkwürdiges ereignete.

Nie habe ich erzählen hören, wie Beren über die Berge an

diesen Fleck kam; doch war er tapferer als die meisten, wie du noch hören wirst, und vielleicht war es bloß die Wanderlust, die ihn die Schrecken der Eisenberge überwinden ließ, bis er das Jenseitsland erreichte.

Beren nun war ein Gnom, Sohn von Egnor, dem Waldläufer, der an den dunkleren Plätzen im Norden von Hisilóme jagte. Furcht und Argwohn herrschten zwischen den Eldar und denen ihres Geschlechtes, welche die Sklaverei Melkos erlitten hatten, und so rächten sich die Untaten der Gnomen am Schwanenhafen. Nun verbreiteten sich die Lügen Melkos unter Berens Volk, so daß man den verborgenen Elben böse Dinge zutraute; doch jetzt erblickte er Tinúviel, die im Zwielicht tanzte, gekleidet in ein silbrig perlendes Gewand, und ihre nackten Füße huschten zwischen den Stengeln des Schierlings umher. Da fragte Beren nicht, ob sie eine Vala, eine Elbin oder ein Kind der Menschen war, sondern er kroch näher, um sie zu sehen; und er lehnte sich gegen eine junge Ulme, die auf einem Hügel wuchs, damit er in die kleine Lichtung hinabblicken konnte, wo sie tanzte, denn die Verzauberung machte ihn schwach. Sie war so schlank und so lieblich, daß er schließlich, um besser sehen zu können, schutzlos und offen dastand, und in diesem Augenblick fiel das volle Mondlicht strahlend durch die Zweige, und Dairon erblickte Berens Gesicht. Mit einem Blick erkannte er, daß Beren nicht dem Elbenvolk entstammte, und weil alle Wald-Elben die Gnomen von Dor Lómin für heimtückische, grausame und treulose Geschöpfe hielten, ließ er sein Instrument fallen und rief: ›Fliehe, fliehe, o Tinúviel, ein Feind geht in diesem Walde um!‹ Und schon war er zwischen den Bäumen verschwunden. In ihrer Verwirrung folgte ihm Tinúviel nicht sogleich, denn sie verstand seine Worte nicht so rasch, und da sie wußte, daß sie nicht ebenso schnell laufen oder springen konnte wie ihr Bruder, ließ sie sich geschwind zwischen die weißen Schierlingspflanzen zu Boden sinken und verbarg sich unter einer besonders großen Pflanze mit vielen ausladenden Blättern; und dort lag sie und sah in ihrem weißen Gewand wie ein Flecken von Mondlicht aus, das schimmernd durch die Zweige auf den Boden fiel.

Da war Beren betrübt, denn er fühlte sich einsam, und er war traurig, daß er sie erschreckt hatte, und er hielt überall nach Tinúviel Ausschau, weil er nicht glaubte, daß sie entflohen war. So kam es, daß er plötzlich seine Hand auf ihren schlanken Arm zwischen den Blättern legte, und mit einem Aufschrei schreckte sie hoch und entfloh ihm, so schnell sie es in dem ungewissen Licht zwischen den Baumstämmen und Schierlingstengeln vermochte. Die zarte Berührung ihres Armes hatte Beren nur noch begieriger gemacht, sie zu finden, und er folgte ihr eilig, doch nicht schnell genug, denn am Ende entkam sie ihm und gelangte furchterfüllt zur Wohnung ihres Vaters; und noch viele Tage danach tanzte sie nicht mehr allein in den Wäldern.

Das war ein großer Kummer für Beren, der diesen Ort nicht verlassen mochte, weil er hoffte, dieses schöne Elbenmädchen noch einmal tanzen zu sehen, und auf der Suche nach Tinúviel durchstreifte er die wilden und einsamen Wälder Tag für Tag. Er suchte sie, wenn der Tag anbrach und in der Abenddämmerung, doch er war immer am hoffnungsvollsten, wenn hell der Mond schien. Endlich erspähte er eines Nachts in weiter Ferne ein Flirren, und, siehe, es war Tinúviel, die auf einer kleinen, baumlosen Anhöhe tanzte, und Dairon war nicht bei ihr. Später kam sie immer öfter dorthin, sang und tanzte für sich allein, und zuweilen war Dairon in der Nähe, und dann schaute Beren vom entfernten Waldrande zu, und wenn er manchmal nicht bei ihr war, schlich Beren näher heran. In Wirklichkeit wußte Tinúviel längst um sein Kommen, ohne es zu zeigen, und längst war ihre Furcht verschwunden, nachdem sie im Mondlicht das sehnsüchtige Verlangen auf seinem Gesicht gesehen hatte; und sie sah auch, daß Beren guten Herzens war und ihren schönen Tanz liebte.

Darauf begann Beren ihr heimlich durch die Wälder bis zum Kopf der Brücke und zum Höhleneingang zu folgen, und wenn sie hineingegangen war, rief er leise und klagend über den Fluß: ›Tinúviel‹, denn diesen Namen hatte er von Dairons Lippen gehört; und er wußte nicht, daß Tinúviel oft lauschend im Schatten der Höhleneingänge stand und leise lachte oder lächelte. Eines Tages schließlich, als sie allein tanzte, trat er, kühner geworden, vor sie hin und sagte: ›Tinúviel, lehre mich zu tanzen.‹ – ›Wer bist du?‹ fragte sie. ›Beren. Ich bin über die Rauhen Berge gekommen.‹ – ›Wenn du also tanzen willst, so folge mir‹, sagte das Mädchen und tanzte vor Beren dahin und in die Wälder hineïn, behende, und doch nicht so rasch, daß er nicht folgen konnte, und von Zeit zu Zeit blickte sie sich nach ihm um, der ihr nachstolperte, lachte und sagte: ›Tanze, Beren, tanze! So wie man hinter den Rauhen Bergen tanzt!‹ Auf diese Weise kamen sie über verschlungene Pfade zur Wohnung von Tinwelint, und Tinúviel lockte Beren über den Fluß, und staunend folgte er ihr hinunter in die Höhle und in die tiefen Hallen ihres Heims.

Als Beren sich aber vor dem König befand, war er beschämt, und die Erhabenheit der Königin Gwendeling erfüllte ihn mit großer Scheu, und als gar der König zu ihm sagte: ›Wer bist du, daß du ungebeten in meine Hallen stolperst?‹, wußte er nichts zu erwidern. Darum antwortete Tinúviel für ihn und sagte: ›Dies, mein Vater, ist Beren, ein Wanderer, der über die Berge gekommen ist, und er möchte lernen zu tanzen, wie die Elben von Artanor tanzen.‹ Und sie lachte, der König jedoch runzelte die Stirn, als er hörte, woher Beren kam, und er sagte: ›Spare dir deine leichtfertigen Worte, mein Kind, und sage mir, ob dieser wilde Elb aus den Schatten versucht hat, dir ein Leid zu tun?‹

›Nein, Vater‹, gab sie zur Antwort, ›und ich glaube, daß sein Herz nicht einen bösen Gedanken hegt, und wenn du nicht willst, daß deine Tochter weint, so sei nicht so rauh zu ihm, denn meinen Tanz hat er mehr bewundert als jeder andere, den ich gekannt habe.‹ Darum sprach Tinwelint nun: ›O Beren, Sohn der Noldoli, was begehrst du von den Elben des Waldes, bevor du wieder dorthin zurückkehrst, von wo du gekommen bist?‹

So groß war der Jubel in Berens verwirrtem Herzen, als Tinúviel vor ihrem Vater für ihn sprach, daß sein Mut sich erhob und sein Abenteurergeist, der ihn von Hisilóme über die Eisenberge getragen hatte, wieder erwachte, und er schaute Tinwelint kühn ins Angesicht und sagte: ›Nun, wohl, o König, ich begehre deine Tochter Tinúviel, denn sie ist das schönste und lieblichste Mädchen, das ich je gesehen oder von dem ich geträumt habe.‹

Darob breitete sich Schweigen in der Halle aus, bloß Dairon lachte, und alle, die Berens Worte vernahmen, waren erstaunt, jedoch Tinúviel schlug die Augen nieder, und der König brach beim Anblick des verwilderten und zerlumpten Beren ebenfalls in Gelächter aus, worauf Beren die Schamröte ins Gesicht stieg und Tinúviels Herz um seinetwillen schwer wurde. ›Wohlan! Meine Tochter Tinúviel, das schönste Mädchen der Welt, heiraten und ein Prinz der Wald-Elben werden zu wollen – das zu begehren, ist für einen Fremden gewißlich ein wenig vermessen‹, sagte Tinwelint. ›Vielleicht darf auch ich etwas als Gegenleistung erbitten. Es soll nichts Großes sein, ein Zeichen nur deiner Wertschätzung. Bringe mir einen Silmaril aus Melkos Krone, und an diesem Tag wird Tinúviel, wenn sie will, deine Gemahlin werden.‹

Da wußten alle, die dort versammelt waren, daß der König aus Geringschätzung gegen den Gnomen das Ganze als groben Scherz ansah, und sie lächelten, weil der Ruhm von Feanors Silmaril inzwischen über die ganze Welt verbreitet war, und die Noldoli hatten Geschichten von ihnen erzählt, und viele, die aus Angamandi entflohen waren, hatten sie in Melkos eiserner Krone strahlend leuchten sehen. Niemals verließ diese Krone sein Haupt, und er hütete diese Gemmen wie seine Augäpfel, und nicht einer auf der Welt, ob Fee, Elb oder Mensch, durfte hoffen, jemals auch nur den Finger auf sie zu legen und am Leben zu bleiben. Das, in der Tat, wußte auch Beren, er erriet, was das spöttische Lächeln zu bedeuten hatte, und zornentflammt rief er aus: ›Nein, das wäre ein zu geringes Geschenk für den Vater einer so lieblichen Braut. Sonderbar indessen und ähnlich den rauhen Gesetzen des Menschenvolks erscheinen mir die Bräuche der Wald-Elben. Wie sonst könntest du ungebeten das Brautgeschenk bestimmen? Doch höre: Ich, Beren, ein Jäger der Noldoli, werde dir deinen kleinen Wunsch erfüllen!‹ Und mit diesen Worten stürmte er aus der Halle, während alle erstaunt dastanden; doch Tinúviel weinte plötzlich. ›Das war böse gehandelt, mein Vater‹, rief sie, ›jemanden durch deinen schäbigen Spott in den Tod zu schicken – jetzt nämlich, glaube ich, wird er, durch den Hohn rasend gemacht, die Tat zu vollbringen suchen, Melko wird ihn töten, und niemals wieder wird jemand mit solcher Liebe meinem Tanz zusehen.‹

Darauf sagte der König: ›Er wird nicht der erste der Gnomen sein, die Melko mit weniger Grund getötet hat. Mag er froh sein, daß er nicht hier liegt, durch schmerzhaften Zauber gefesselt, weil er in meine Hallen eingedrungen ist und unverschämte Worte gesprochen hat.‹ Gwendeling jedoch sagte nichts, weder tadelte sie Tinúviel, noch fragte sie nach dem

Grund ihrer plötzlichen Tränen um diesen unbekannten Wanderer.

Beren jedoch, Tinwelint und seinen Hallen den Rücken kehrend, wurde von seinem Zorn weit durch die Wälder getrieben, bis er sich den flacheren Hügeln und baumlosen Landen näherte, die drohend die Nähe der öden Eisenberge ankündigten. Erst jetzt spürte er seine Müdigkeit und unterbrach seinen Marsch, und danach begannen die größeren Mühsale. Nächte kamen, voll tiefer Mutlosigkeit, und keinerlei Hoffnung sah er auf seiner Fahrt, und, wahrlich, es gab nur wenig Hoffnung, und bald, als er den Eisenbergen folgte, bis er sich den schrecklichen Gefilden von Melkos Behausung näherte, ergriffen ihn die größten Ängste. An diesen Orten lauerten viele giftige Schlangen, Wölfe streiften umher, und noch entsetzlicher waren die streunenden Scharen von Kobolden und Orks – widerwärtige Ausgeburten Melkos, immer unterwegs, Melkos schmutzige Arbeit zu verrichten, Tieren, Elben und Menschen nachstellend, die sie packten und vor ihren Herrn schleppten.

Viele Male war Beren nahe daran, von Orks gefangen zu werden, und einmal entging er den Fängen eines großen Wolfes erst nach einem Kampf, in dem er nur mit einer Keule aus Eschenholz bewaffnet war; und an jedem Tage seiner Wanderung nach Angamandi erfuhr er neue Gefahren und Abenteuer. Auch Hunger und Durst plagten ihn oftmals, und nicht selten dachte er daran, umzukehren, wäre dies nicht ebenso gefährlich gewesen, wie weiterzumarschieren; aber die Stimme Tinúviels, die bei Tinwelint für ihn bat, widerhallte in seinem Herzen, und des Nachts wollte es ihm scheinen, als höre sein Herz sie zuweilen leise weinen, weit entfernt in den Wäldern ihrer Heimat: – und so war es auch wirklich.

Eines Tages trieb ihn der Hunger, in einem verlassenen Lager der Orks nach Speiseresten zu stöbern, doch einige von ihnen kehrten unbemerkt zurück und nahmen ihn gefangen, und sie folterten ihn, töteten ihn jedoch nicht, denn ihr Anführer, der Berens Körperkraft erkannte trotz der Entbehrungen, die ihn zeichneten, dachte, daß Melko vielleicht erfreut sein würde, wenn man Beren zu ihm brächte und er ihm schwere Sklavenarbeit in seinen Gruben oder Schmieden auferlegen könnte. So kam es denn, daß Beren vor Melko geschleppt wurde; trotzdem trug er in sich ein standhaftes

Herz, denn in dem Geschlecht seines Vaters glaubte man, die Macht Melkos könne nicht ewig währen, sondern vielmehr würden die Valar am Ende den Tränen der Noldoli Gehör schenken, sich erheben, Melko in Ketten legen und Valinor ein zweites Mal den erschöpften Elben öffnen, auf daß wieder große Freude auf der Erde einkehren werde.

Melko hingegen blickte voll Zorn auf ihn und begehrte zu wissen, wie ein Gnom, nach seinem Willen ein Sklave von Geburt an, es wagen könne, ohne Erlaubnis in die Wälder zu ziehen, doch Beren erwiderte, er sei kein Entlaufener, sondern entstamme einer Gnomensippe, die in Aryador wohne und sich dort stark mit dem Volk der Menschen vermischt habe. Darauf wurde Melko noch wütender, denn er versuchte unablässig, Freundschaft und Verkehr zwischen Elben und Menschen zu zerstören, und Beren, so sagte er, sei offenkundig ein Anstifter zu verräterischen Taten gegen Melkos Herrschaft, wert, von den Balrogs gefoltert zu werden; Beren jedoch, der die Gefahr erkannte, sagte: ›Glaube nicht, o allermächtigster Ainu Melko, Herr der Welt, daß dies wahr ist, denn wenn es so wäre, stünde ich nicht waffenlos und allein hier. Keine Freundschaft empfindet Beren, Sohn Egnors, für das Geschlecht der Menschen; wahrlich nicht, und weil er der Lande, welche die Menschen überschwemmen, aufs äußerste leid ist, hat er seine Wanderung aus Aryador unternommen. Manch eine großartige Geschichte von deinem Glanz und Ruhm hat mein Vater mir vor Zeiten erzählt, und darum, obgleich ich kein abtrünniger Sklave bin, wünsche ich nichts so sehr, wie dir zu dienen, so gut ich kann.‹ Und darauf sagte Beren, er sei ein tüchtiger Jäger kleiner Tiere und Vogelsteller, habe sich auf seinen Streifzügen in den Hügeln verirrt und sei nach mancherlei Wanderungen in fremde Landstriche geraten, wo er sich, hätten die Orks ihn nicht ergriffen, keinen anderen Rat gewußt hätte, um in Sicherheit zu gelangen, als sich der Majestät des Ainu Melko zu nähern und ihn zu bitten, ihm ein bescheidenes Amt zu gewähren – vielleicht als Jäger, der ihm das Wildbret für seine Tafel beschaffen würde.

Ob nun die Valar ihm diese Worte eingegeben hatten, oder ob es die Zauberkraft listiger Rede war, die Gwendeling ihm aus Mitleid verliehen hatte – seine Worte retteten ihm tatsächlich das Leben, und Melko, der seine gestählte Gestalt bemerkte, glaubte ihm und war willens, ihn als Sklaven für seine

Küchen anzunehmen. Schmeicheleien klangen immer süß in den Ohren dieses Ainu, und trotz seiner unermeßlichen Klugheit täuschte ihn manch eine Lüge derer, die er verachtete, war sie nur in die wohlklingenden Worte einer Lobrede gekleidet; darum gab er nun den Befehl, Beren solle ein Sklave von Tevildo werden, dem Fürsten der Katzen. Tevildo nun war eine mächtige Katze – die mächtigste von allen – und, wie manche sagen, von einem bösen Geist besessen, und er gehörte zu Melkos ständigem Gefolge; und diese Katze herrschte über alle anderen Katzen, und seine Untertanen waren die Jäger, welche das Fleisch für die Tafel Melkos und für seine häufigen Feste beschafften. Daher rührt es, daß zwischen den Elben und allen Katzen noch immer Haß herrscht, selbst heute, wo Melko nicht länger mächtig und die Zahl seiner Tiere sehr geschwunden ist.

Als Beren also zu den Hallen Tevildos fortgeführt wurde, die von Melkos Thron nicht sehr weit entfernt lagen, fürchtete er sich sehr, denn eine solche Wendung der Dinge hatte er nicht vorausgesehen, und diese Hallen waren kaum erleuchtet, sondern erfüllt von Knurren und ohrenbetäubendem Schnurren. Katzenaugen leuchteten überall, wie rote, grüne oder gelbe Lampen glühend, wo die Katzen aus Tevildos Gefolge saßen und mit ihren prachtvollen Schwänzen schlugen oder peitschten; Tevildo selbst aber thronte über ihnen, eine riesige Katze, pechschwarz und bösartig anzuschaun. Seine Augen waren groß, sehr schmal und geschlitzt und leuchteten rot und grün, seine Schnurrhaare jedoch, riesig und grau, waren so starr und spitz wie Nadeln. Sein Schnurren klang wie das Dröhnen von Trommeln und sein Knurren wie Donner, wenn er aber im Zorn kreischte, gefror das Blut in den Adern, und kleine Tiere und Vögel erstarrten in der Tat zu Stein oder fielen beim bloßen Geräusch leblos zu Boden. Als nun Tevildo Beren erblickte, verengten sich seine Augen, bis sie sich zu schließen schienen, und er sagte: ›Ich rieche Hunde‹, und von diesem Augenblick an empfand er gegen Beren einen Widerwillen. Tatsächlich war Beren in seiner heimatlichen Wildnis ein Freund der Hunde gewesen.

›Wir könnt ihr es wagen‹, sagte Tevildo, ›eine solche Kreatur zu mir zu führen, es sei denn, wir sollten vielleicht einen Braten aus ihm machen?‹ Doch jene, die Beren brachten, erwiderten: ›Nein, es ist der Befehl Melkos, daß dieser unglückliche Elb sein Leben damit zubringen soll, in Tevildos Diensten Tiere zu jagen und Vögel zu fangen.‹ Da stieß Tevildo einen Schrei der Verachtung aus, und er sagte: ›Dann muß mein Herr wahrhaftig geschlafen haben oder mit seinen Gedanken anderswo gewesen sein, denn welchen Nutzen hat es, glaubt ihr, dem Fürsten der Katzen und seinem Gefolge ein Kind der Eldar zu schicken, daß es ihnen bei der Jagd auf Vögel oder Tiere helfe – ihr hättet ebensogut einen plumpfüßigen Menschen herbringen können, denn niemanden gibt es, ob Elb oder Mensch, der es im Jagen mit uns aufnehmen kann.‹ Gleichwohl unterzog er Beren einer Prüfung und befahl ihm, drei Mäuse zu fangen, denn seine Halle sei voll davon, wie er sagte. Wie man sich vorstellen kann, war das natürlich nicht wahr, doch einige wenige gab es dort in der Tat – eine sehr wilde, bösartige und zaubermächtige Rasse, die es wagte, dort in dunklen Löchern zu hausen, doch waren diese besonderen Mäuse größer als Ratten und sehr grimmig, und Tevildo hegte sie zu seinem ureigenen Vergnügen und ließ nicht zu, daß ihre Zahl geringer wurde.

Drei Tage lang jagte Beren hinter ihnen her, doch weil er nichts hatte, womit er eine Falle herstellen konnte (und er hatte Melko in der Tat nicht angelogen, als er ihm sagte, er habe ein besonderes Geschick gerade darin), jagte er vergeblich und trug als einzigen Lohn für seine Anstrengungen einen Biß in den Finger davon. Da war Tevildo voll Verachtung und sehr wütend, doch weder er noch seine Vasallen fügten ihm darauf, Melkos Gebot befolgend, ein Leid zu. Doch Berens Leben in der Behausung Tevildos war künftig gleichwohl bitter. Man machte ihn zum Küchenjungen, und er brachte seine Tage mühselig damit zu, die Fußböden und das Geschirr zu reinigen, Tische zu schrubben, Holz zu hacken und Wasser zu schleppen. Oft wurde er auch damit beauftragt, Spieße zu drehen, an denen Vögel und fette Mäuse aufs köstlichste als Speisen für die Katzen geröstet wurden, doch er selbst bekam nur selten genug Essen oder Schlaf; so wurde er mager und ungepflegt und wünschte oft, er hätte Hisilóme nie verlassen und Tinúviel nie zu Gesicht bekommen.

Das schöne Mädchen weinte nun sehr lange, nachdem Beren fortgegangen war, und tanzte nicht mehr in den Wäldern, und Dairon wurde wütend und konnte sie nicht verstehen, doch sie hatte das Gesicht Berens liebgewonnen, seine Augen, die durch die Zweige spähten, das knackende Geräusch seiner Schritte, wenn er ihr durch den Wald folgte; nicht zuletzt seine Stimme verlangte sie wieder zu hören, die vor den Toren ihres Vaters sehnsüchtig ihren Namen über den Fluß rief; und sie wollte nun nicht mehr tanzen, da Beren zu den unheilvollen Hallen Melkos geflohen und vielleicht bereits umgekommen war. Dieser Gedanke wurde ihr schließlich so unerträglich, daß dieses sanfteste aller Mädchen zu ihrer Mutter ging, denn ihren Vater aufzusuchen, wagte sie nicht und wollte es auch nicht leiden, daß er sie weinen sah.

›O Gwendeling, meine Mutter‹, sagte sie, ›sage mir durch deine Zauberkraft, wenn du es vermagst, wie es um Beren bestellt ist. Ergeht es ihm noch gut?‹ – ›Nein‹, erwiderte Gwendeling, ›zwar lebt er, doch in einer qualvollen Gefangenschaft, und die Hoffnung ist versiegt in seinem Herzen, denn, siehe, er ist ein Sklave in der Gewalt von Tevildo, dem Fürsten der Katzen.‹

›Dann‹, sagte Tinúviel, ›muß ich gehen und ihm beistehen, denn ich kenne sonst niemanden, der das tun würde.‹

Darob lachte Gwendeling nicht, denn in vielen Dingen war sie klug und vorausschauend, doch es war die Ausgeburt eines bösen Traums, daß irgendein Elb, noch weniger ein Mädchen, die Tochter des Königs, ohne Begleitung zu den Hallen Melkos ging, selbst in jenen frühen Tagen vor der Schlacht der Ungezählten Tränen, als Melkos Macht noch nicht zur vollen Größe gewachsen war, er seine Pläne geheim hielt und sein Lügennetz spann. Darum bat Gwendeling ihre Tochter behutsam, nicht von solchen Narreteien zu sprechen; aber Tinúviel sagte: ›Dann mußt du an meiner Stelle meinen Vater um Hilfe bitten, daß er Krieger nach Angamandi schickt und vom Ainu Melko die Freiheit Berens verlangt.‹

Aus Liebe zu ihrer Tochter tat Gwendeling dies wirklich, und Tinwelint war so ergrimmt, daß Tinúviel wünschte, sie hätte ihr Begehren nie geäußert; und Tinwelint befahl ihr, an Beren weder zu denken noch von ihm zu sprechen, und er schwor, er werde ihn töten, wenn er diese Hallen noch einmal betrete. Darauf zerbrach sich Tinúviel den Kopf, was sie tun könne, und sie ging zu Dairon und bat ihn, ihr zu helfen oder, wenn er wolle, sie nach Angamandi zu begleiten; aber Dairon empfand für Beren wenig Liebe, und er sagte: ›Warum sollte ich mich wegen eines wandernden Gnomen aus den Wäldern in die entsetzlichste Gefahr begeben, die es auf der Welt gibt? Wahrlich, ich liebe ihn nicht, weil er unser gemeinsames Spiel zerstört hat, unsere Musik und unseren Tanz.‹ Doch Dairon tat noch ein übriges und erzählte dem König, was Tinúviel von ihm verlangt hatte – er tat dies nicht aus böser Absicht, sondern weil er besorgt war, Tinúviel könne in der Verblendung ihres Herzens die Fahrt in den Tod antreten.

Als nun Tinwelint das hörte, beschied er Tinúviel zu sich und sagte: ›Warum, o mein Mädchen, entsagst du nicht dieser Torheit und versuchst meinem Befehl zu gehorchen?‹ Aber Tinúviel wollte nicht antworten, und der König befahl ihr, zu geloben, daß sie weder fürderhin an Beren denken, noch in ihrer Torheit versuchen werde, ihm in die Lande des Bösen nachzufolgen, sei es allein oder sei es in der Begleitung eines seiner Untertanen, den sie dazu verführe. Tinúviel jedoch erwiderte, daß sie das erstere nicht versprechen wolle und das zweite nur zum Teil, denn sie wolle niemanden aus dem Volk der Wälder dazu verleiten, mit ihr zu gehen.

Darauf wurde ihr Vater über die Maßen zornig, doch insgeheim war er nicht wenig verwundert und besorgt, denn er liebte Tinúviel; da er jedoch seine Tochter nicht auf immer in den Höhlen einsperren mochte, wo fortwährend bloß ein trübes, flackerndes Licht herrschte, faßte er folgenden Plan: Oberhalb der Eingänge zu seinen unterirdischen Hallen war ein steiler Abhang, der zum Fluß abfiel, und dort wuchsen mächtige Buchen; und darunter war eine mit Namen Hirilorn, Königin der Bäume, denn sie war von gewaltigem Ausmaß, und so tief gespalten war ihr Stamm, daß es schien, als entwüchsen drei Säulen dem Grund; und diese waren gleich groß, rund und gerade gewachsen, ihre Rinde war seidenglatt und bis zu einer erklecklichen Höhe ragten sie auf, ohne daß ein Ast oder ein Zweig ihnen entsproß.

Nun ließ Tinwelint hoch oben in diesem merkwürdigen Baum, so hoch, wie Menschen eben mit ihren längsten Leitern hinaufreichen konnten, eine kleine Hütte aus Holz erbauen, und sie ruhte auf den untersten Zweigen und war liebreizend von Blattwerk umhüllt. Dieses Haus hatte nun drei Ecken und in jeder Wand drei Fenster, und die drei Säulen von Hirilorn bildeten die Ecken. Dort, so befahl er, solle Tinúviel wohnen, bis sie sich bereit erkläre, vernünftig zu sein;

und nachdem sie über Leitern aus hohen Kieferstämmen hinaufgestiegen war, wurden diese von unten fortgenommen, und sie hatte keine Möglichkeit mehr, wieder auf den Boden zu gelangen. Alles, was sie brauchte, wurde ihr gebracht, Leute stiegen auf den Leitern zu ihr hinauf und brachten ihr Nahrung oder wonach sie sonst verlangte, und der König bedrohte jeden mit der Todesstrafe, der eine Leiter fortzunehmen vergaß oder nächtens heimlich versuchte, sie an den Baum zu lehnen. Darum wurde am Fuß des Baumes eine Wache aufgestellt; und doch kam Dairon oft dorthin, betrübt über das, was er angerichtet hatte, denn ohne Tinúviel fühlte er sich einsam; Tinúviel jedoch hatte zu Anfang viel Freude an ihrem Haus zwischen den Blättern, und sie blickte durch ihre kleinen Fenster, während unten Dairon seine lieblichsten Melodien spielte.

Aber eines Nachts kam ein Traum der Valar über Tinúviel, und sie träumte von Beren, und ihr Herz sprach: ›Ich will ihn suchen gehen, ihn, den alle anderen vergessen haben‹; und als sie erwachte, schien der Mond durch die Blätter, und sie sann tief darüber nach, wie sie entfliehen könne. Nun war Tinúviel, die Tochter Gwendelings, nicht unerfahren in Magie und Zauberei, wie man sich wohl denken kann, und nach langem Sinnen schmiedete sie einen Plan. Am nächsten Tag bat sie jene, die zu ihr kamen, ihr ein wenig von dem klarsten Wasser des Flusses zu bringen. ›Dieses Wasser aber‹, sagte sie, ›muß um Mitternacht in einer silbernen Schale geschöpft und mir gebracht werden, ohne daß ein Wort gesprochen wird.‹ Und darauf verlangte sie, daß ihr Wein gebracht werde. ›Dieser aber‹, sagte sie, ›muß zur Mittagszeit in einem goldenen Krug herbeigetragen werden, und der Überbringer muß singen, wenn er kommt.‹ Und man tat, wie geheißen, doch Tinwelint erfuhr nichts davon.

Darauf sagte Tinúviel: ›Geht nun zu meiner Mutter und sagt ihr, daß ihre Tochter ein Spinnrad wünscht, um sich die müßigen Stunden zu verkürzen.‹ Dairon aber bat sie insgeheim, ihr einen winzigen Webstuhl zu verfertigen, und er machte einen, der für ihr Haus im Baum nicht zu groß war. ›Womit willst du aber spinnen und weben?‹ fragte er; und Tinúviel erwiderte: ›Mit Zaubersprüchen und Wunderkräften.‹ Doch Dairon wußte nichts von ihrem Plan, und auch dem König oder Gwendeling erzählte er nichts.

Als sie nun ungestört war, nahm Tinúviel Wasser und Wein, und während sie wirksame Zauberworte sang, vermischte sie beides miteinander, und als sich das Gemisch im goldenen Krug befand, sang sie ein Lied vom Wachsen, und als es sich in der Silberschale befand, sang sie ein zweites Lied, und die Namen der größten und längsten Dinge auf Erden waren in dieses Lied verflochten: die Bärte der Indravangs, der Schwanz von Karkaras, der Leib von Glorund, der Stamm von Hirilorn und das Schwert von Nan. Diese alle nannte sie, und sie vergaß auch nicht die Kette Angainu, die Aule und Tulkas machten, oder den Hals von Gilim, dem Riesen, und zuletzt sprach sie vom Längsten überhaupt, dem Haar von Uinen, der Gebieterin des Meers, das sich durch alle Wasser zieht. Darauf wusch sie ihr Haar mit dem Gemisch aus Wasser und Wein, und während sie das tat, sang sie ein drittes Lied, ein Lied vom tiefsten Schlaf, und Tinúviels Haar, das dunkel war und feiner als die zartesten Äderchen des Zwielichts, begann plötzlich sehr rasch zu wachsen, und als zwölf Stunden vergangen waren, füllte es beinahe den kleinen Raum, und darüber war Tinúviel sehr froh, und sie legte sich zur Ruhe nieder; und als sie erwachte, war der Raum wie von einem schwarzen Nebel erfüllt, unter dem sie tief begraben war, und, siehe, ihr Haar ringelte sich aus den Fenstern und wehte in der Morgenbrise um die drei Stämme. Da suchte sie mühsam ihre kleine Schere hervor und schnitt die Strähnen dieser Pracht dicht am Kopf ab, und danach wuchs ihr Haar nur noch, wie es gewöhnlich zu wachsen pflegte.

Dann nahm die Arbeit Tinúviels ihren Anfang, und wenngleich sie mit der Gewandtheit der Elben arbeitete, währte das Spinnen lange, und noch länger das Weben, und wenn jemand kam und sie von unten grüßte, bat sie ihn zu gehen und sagte: ›Ich liege zu Bett und will bloß schlafen.‹ Und Dairon war sehr verwundert und rief oft zu ihr hinauf, doch sie antwortete nicht.

Aus diesem wolkigen Haargespinst wob nun Tinúviel ein Gewand von dunstigem Schwarz, durchtränkt von Schläfrigkeit, die von größerer Zauberkraft war als selbst die des Gewandes, in dem ihre Mutter, lange, lange bevor die Sonne aufstieg, getanzt hatte, und damit verhüllte sie ihre Kleider von schimmerndem Weiß, und ringsum schwebten zaubrische Schlummer durch die Lüfte; aber aus dem Haar, das übrigblieb, drehte sie einen kräftigen Strang, und diesen befestigte sie im Inneren ihres Hauses am Baumstamm, und dann war ihre Arbeit getan, und sie hielt aus ihren Fenstern Ausschau und blickte nach Westen zum Fluß. Das Sonnenlicht zwischen den Bäumen wurde bereits schwächer, und als Dämmerung die Wälder erfüllte, begann sie sehr zart und leise ein Lied zu singen, und währenddessen warf sie ihr langes Haar aus dem Fenster, so daß sein einschläferndes Gespinst die Köpfe und Gesichter der Wachen am Fuße des Baumes berührte, und während sie ihrem Lied lauschten, fielen sie unversehens in einen bodenlosen Schlaf. Da kleidete sich Tinúviel in ihr Gewand aus Dunkelheit, glitt behende wie ein Eichhörnchen an dem Seil aus Haar hinunter und tanzte fort zur Brücke, und bevor die Brückenwachen einen Ruf ausstoßen konnten, war sie tanzend mitten unter ihnen; und als der Saum ihres schwarzen Gewandes sie berührte, fielen sie in Schlaf, und Tinúviel eilte weit, weit davon, so rasch ihre tanzenden Füße sie trugen.

Als nun die Nachricht von der Flucht Tinúviels König Tinwelint zu Ohren kam, war sein Zorn, gemischt mit Kummer, gewaltig, sein ganzer Hof war in Aufregung, und die Wälder widerhallten vom Lärm der Suchtrupps, doch Tinúviel war schon weit fort und näherte sich den düsteren Vorbergen, wo die Gebirge der Nacht beginnen; und es heißt, daß die Spur von Dairon, der ihr folgte, sich gänzlich verlor und er niemals mehr nach Elbenheim zurückkehrte, sondern sich nach Palisor wandte, wo er noch immer feinsinnige, zaubrische Melodien spielt, sehnsüchtig und einsam in den Wäldern und Forsten des Südens.

Tinúviel jedoch war noch nicht lange unterwegs, als sie plötzlich Furcht befiel, wenn sie daran dachte, was zu tun sie gewagt hatte und was noch vor ihr lag; dann hielt sie eine Weile inne, weinte und wünschte, Dairon wäre bei ihr, und es heißt, daß er in der Tat nicht weit von ihr entfernt war, sondern zwischen den großen Kiefern des Waldes der Nacht umherirrte, wo später Túrin Beleg erschlug, den er für einen Feind hielt. Diesen Orten war Tinúviel nun sehr nahe, doch sie betrat jene dunklen Gefilde nicht, faßte neuen Mut und verfolgte ihren Weg; und weil ihr Wesen zaubrischer war und ein Bann des Wunders und des Schlafs sie umgab, wurde sie nicht von solchen Gefahren heimgesucht wie zuvor Beren;

doch für ein junges Mädchen war es eine lange und schlimme und mühselige Reise, die sie auf sich nahm.

Nunmehr soll dir berichtet werden, Eriol, daß in jenen Tagen es für Tevildo nur einen Grund zur Besorgnis gab: das Geschlecht der Hunde. In der Tat waren viele von ihnen den Katzen weder freundlich noch feindlich gesinnt, denn sie waren nun Melko untertan und ebenso wild und grausam wie seine anderen Tiere; und so züchtete er aus den grausamsten und wildesten der Hunde die Rasse der Wölfe, und diese waren ihm überaus teuer. War es nicht der große, graue Wolf Karkaras Messerrachen, Vater der Wölfe, der in jenen Tagen die Tore von Angamandi bewachte und es schon seit langem tat? Es gab freilich viele Hunde, die sich Melko nicht unterwarfen oder in tiefer Furcht vor ihm lebten, und diese wohnten bei den Menschen, beschützten sie vor vielem Bösen, das ihnen sonst zugestoßen wäre, oder sie streiften durch die Wälder von Hisilóme und gelangten zuweilen gar, wenn sie das gebirgige Land überquerten, in das Gebiet von Artanor und in die Länder, die weiter im Süden lagen.

Jedesmal, wenn einer dieser Hunde Tevildo oder einen seiner Gefolgsleute oder Untertanen zu Gesicht bekam, erhob sich ein gewaltiges Gebell, und eine stürmische Jagd begann; und obgleich selten eine der Katzen getötet wurde, weil sie sich geschickt zu verstecken und zu klettern wußten und Melkos Macht sie schützte, herrschte gleichwohl große Feindschaft zwischen Katzen und Hunden, und einige dieser Hunde waren unter den Katzen sehr gefürchtet. Tevildo indessen fürchtete niemanden, denn er war so stark wie jeder Hund, beweglicher und schneller, ausgenommen nur Huan, der Anführer der Hunde. Huan war so flink, daß er Tevildo schon einmal am Fell gepackt hatte, und obgleich er ihm dafür einen Hieb mit seinen gewaltigen Krallen versetzt hatte, war der Stolz des Fürsten der Katzen dennoch unbefriedigt geblieben, und es gelüstete ihn danach, dem Hunde Huan bitteres Leid zuzufügen.

Darum war es ein glücklicher Zufall, der Tinúviel in den Wäldern mit Huan zusammentreffen ließ, obgleich sie zuerst zu Tode erschrocken war und entfloh. Doch Huan hatte sie mit zwei Sprüngen eingeholt und bat sie mit weicher, tiefer Stimme in der Sprache der Verschollenen Elben, sich nicht zu fürchten. ›Wie kommt es‹, sagte er, ›daß ich ein Elbenmädchen, dazu ein so schönes, allein in der Nähe der Behausungen des Ainu der Bosheit umherwandern sehe? Weißt du nicht, daß dies unheilvolle Orte sind, meine Kleine, selbst mit einem Begleiter, und daß sie für einen einzelnen tödlich sind?‹

›Das weiß ich‹, erwiderte sie, ›und ich bin nicht hier, weil ich das Umherwandern liebe, sondern weil ich Beren suche.‹

›Was weißt denn du von Beren‹, sagte Huan, ›oder solltest du wirklich Beren meinen – den Sohn des Jägers der Elben, Egnor bo-Rimion, der mein Freund ist seit uralten Tagen?‹

›Ach, ich weiß nicht einmal, ob mein Beren dein Freund ist, denn ich suche nur Beren, der über die Rauhen Berge kam, den ich in den Wäldern nahe dem Hause meines Vaters kennengelernt habe. Nun ist er fortgegangen, und meine Mutter Gwendeling, die sehr weise ist, sagt, daß er ein Sklave ist im schrecklichen Haus von Tevildo, dem Fürsten der Katzen; und ob das wahr ist oder ob ihm inzwischen noch Schlimmeres zugestoßen ist, weiß ich nicht, und ich bin auf dem Wege, ihn zu finden – obgleich ich keinen Plan habe.‹

›Dann werde ich dir einen machen‹, sagte Huan, ›aber du mußt mir vertrauen, denn ich bin Huan von den Hunden, der größte Feind Tevildos. Nun ruhe ein wenig mit mir im Schatten des Waldes, und ich werde gründlich nachdenken.‹

Da tat Tinúviel, wie er ihr geheißen hatte, und sie schlief in der Tat lange, da sie sehr erschöpft war, während Huan bei ihr wachte. Doch nach einer Weile erwachte sie und sagte: ›Höre, ich habe über Gebühr lange gesäumt. Sage mir nun, o Huan, was du inzwischen bedacht hast.‹

Und Huan sprach: ›Das ist eine verworrene und schwierige Sache, und ich habe keine andere Lösung als diese: Krieche nun, wenn du das Herz dazu hast, zu Tevildos Behausung, solange noch die Sonne hoch steht und Tevildo und die meisten seiner Vasallen auf den Terrassen vor den Toren schlummern. Dann versuche, auf welche Weise auch immer, herauszufinden, ob Beren wirklich drinnen ist, wie deine Mutter dir gesagt hat. Ich nun werde nicht weit entfernt im Wald auf der Lauer liegen, und du kannst mir einen Gefallen tun und deine eigenen Wünsche befördern, wenn du zu Tevildo gehst, ob Beren nun dort ist oder nicht, und ihm sagst, daß du auf Huan von den Hunden gestoßen seist, der krank an diesem Platz in den Wäldern darniederliege. Schicke ihn nicht geradewegs hierher, denn du mußt ihn, wenn es möglich ist, selbst führen. Dann wirst du sehen, was ich mir für dich und für Tevildo ausgedacht habe. Mir scheint, daß Tevildo dich, wenn du solche Nachricht bringst, in seinen Hallen nicht böse empfangen oder versuchen wird, dich dort festzuhalten.‹

Auf diese Weise plante Huan, sowohl Tevildo eine Kränkung zuzufügen oder ihn, wenn es sich so ergab, zu töten, und Beren zu helfen, von dem er glaubte, daß er in Wahrheit jener Beren, Sohn Egnors, war, den die Hunde von Hisilóme liebten. Als er nämlich den Namen Gwendeling hörte und daraus schloß, daß dieses Mädchen eine Prinzessin der Wald-Elben war, beeilte er sich, ihr zu helfen, und sein Herz erfreute sich an ihrer Lieblichkeit.

Nun faßte sich Tinúviel ein Herz und schlich nahe an die Hallen Tevildos heran, und Huan, sehr verwundert über ihren Mut, folgte ihr heimlich so weit, wie es möglich war, wenn sein Plan Erfolg haben sollte. Schließlich verlor er sie jedoch aus den Augen, sie verließ die schützenden Bäume und kam in ein Gebiet mit hohem Gras, durchsetzt mit Büschen, das bis zu einem Vorsprung der Berge ständig anstieg. Dieser felsige Sporn war nun von der Sonne beschienen, aber über allen Hügeln und Bergen dahinter lastete eine schwarze Wolke, denn dort lag Angamandi; und im Weiterwandern wagte es Tinúviel nicht, in diese Düsternis hinaufzuschauen, denn Furcht bedrückte sie, und während sie ging, hob sich der Grund, und das Gras wurde kärglicher und war von Geröllflächen unterbrochen, bis man an eine Klippe gelangte, auf einer Seite steil abfallend, und dort, auf einem steinigen Vorsprung, stand das Schloß Tevildos. Kein Pfad führte dorthin, und das Gelände, auf dem es erbaut war, fiel in Terrassen zum Wald ab, so daß man seine Tore nur mit vielen großen Sprüngen erreichen konnte, und je näher man dem Schloß kam, desto steiler wurden diese. Das Haus hatte nur wenige Fenster, und zu ebener Erde gab es gar keine – der wirkliche Eingang war nämlich hoch oben, wo bei den Wohnungen der Menschen gewöhnlich die Fenster des oberen Stockwerks sind; das Dach jedoch hatte viele geräumige, flache Stellen, die der Sonne ausgesetzt waren.

Nun wandert Tinúviel mutlos über die unterste Terrasse und schaut furchtsam auf das dunkle Haus auf dem Hügel, als sie an einer Felsenkehre unversehens auf einen einzelnen Kater stößt, der in der Sonne liegt und zu schlafen scheint. Als Tinúviel näherkam, öffnete der Kater ein gelbes Auge und blinzelte sie an, und daraufhin erhob er sich, streckte sich, schritt auf sie zu und sagte: ›Woher des Wegs, kleines Mädchen – weißt du nicht, daß du wider das Recht den sonnigen Grund und Boden Seiner Hoheit Tevildo und seiner Gefolgsleute betrittst?‹

Da fürchtete sich Tinúviel sehr, doch sie nahm ihren ganzen Mut zusammen und erwiderte: ›Das weiß ich, mein Gebieter‹ – und das gefiel dem alten Kater über die Maßen, denn in Wahrheit war er bloß Tevildos Torwächter – ›jedoch ich möchte Euch um die Freundlichkeit bitten, mich sogleich vor das Angesicht Tevildos zu führen – selbst wenn er gerade schläft‹, setzte sie hinzu, weil der erstaunte Torwächter ablehnend mit dem Schwanz schlug. ›Ich habe eine Nachricht, die nur für sein Ohr bestimmt und so wichtig ist, daß sie keinen Aufschub duldet. Führt mich zu ihm, mein Gebieter‹, bat sie, und darauf schnurrte der Kater so laut, daß sie seinen häßlichen Kopf zu streicheln wagte, und dieser war viel größer als der ihre, ja, größer als der irgendeines Hundes, den es nun auf der Erde gibt. Als Umuiyan, so war der Name dieses Katers, so flehentlich gebeten wurde, sagte er: ›So komm denn mit mir.‹ Und zu ihrem großen Entsetzen packte er sie plötzlich an der Schulter bei ihren Kleidern, warf sie auf seinen Rücken und sprang auf die zweite Terrasse. Dort blieb er stehen, und während Tinúviel mühsam von seinem Rücken kletterte, sagte er: ›Es trifft sich gut, daß mein Herr Tevildo heute nachmittag fern von seinem Hause auf der unteren Terrasse ruht, denn eine große Müdigkeit und ein Verlangen nach Schlaf haben mich überkommen, so daß ich fürchte, daß ich außerstande sein werde, dich weiter zu tragen‹; es verhielt sich aber so, daß Tinúviel in ihr Gewand aus düsterem Nebel gekleidet war.

So sprach Umuiyan, gähnte gewaltig und streckte sich, bevor er Tinúviel über die Terrasse zu einem freien Platz führte, wo auf einer geräumigen Lagerstatt aus gebrannten Steinen die furchteinflößende Gestalt Tevildos lag, dessen tückische Augen geschlossen waren. Der Torwächter Umuiyan ging zu ihm, näherte sich seinem Ohr und sagte leise: ›Ein Mädchen erbittet Eure geneigte Aufmerksamkeit, mein Fürst, das Euch wichtige Neuigkeiten zu überbringen hat und das sich von mir nicht zurückweisen ließ.‹ Da peitschte Tevildo wütend mit dem Schwanz und öffnete ein Auge zur Hälfte. ›Was es auch sei – beeil dich damit‹, sagte er, ›denn es ist nicht die Stunde, Tevildo, den Fürsten der Katzen, um Gehör zu bitten.‹

›Nein, Fürst‹, sagte Tinúviel bebend, ›sei nicht böse; freilich glaube ich auch nicht, daß du böse sein wirst, wenn du mich angehört hast. Indessen verhält es sich so, daß ich hier, wo der Wind weht, lieber nicht sprechen möchte‹, und sie warf einen Blick, der Besorgnis verraten sollte, zum Wald hinüber.

›Nein, du kannst gehen‹, sagte Tevildo, ›du riechst nach Hund, und welche guten Nachrichten hat je eine Katze von einer Fee erhalten, die mit einem Hunde Umgang gehabt hat?‹

›Wohlan, Fürst, es ist nicht verwunderlich, daß ich nach Hund rieche, denn gerade bin ich einem Hund entkommen – und, wahrlich, es ist ein bestimmter, sehr mächtiger Hund, von dem ich sprechen wollte, und dessen Namen du kennst.‹ Da fuhr Tevildo auf und öffnete seine Augen und blickte sich nach allen Seiten um und streckte sich dreimal, und schließlich befahl er dem Torwächter, Tinúviel ins Innere des Hauses zu geleiten; und wie zuvor nahm Umuiyan sie auf seinen Rücken. Nun befiel Tinúviel heftige Furcht, denn sie hatte zwar erreicht, was sie wollte, indem sie in Tevildos Festung gelangte und vielleicht herausfand, ob Beren dort war, doch sie wußte weder, wie es weitergehen sollte noch was aus ihr werden würde – wäre es ihr möglich gewesen, so wäre sie tatsächlich geflohen; doch schon begannen die Katzen die Terrassen zum Schloß hinaufzusteigen, und Umuiyan, der sie trug, machte einen Satz, dann einen zweiten, und beim dritten strauchelte er, so daß Tinúviel vor Angst aufschrie und Tevildo sagte: ›Was hast du für Beschwerden, Umuiyan, du ungeschickter Tölpel? Es ist Zeit, daß du aus meinen Diensten trittst, da das Alter dich so rasch überkommt.‹ Aber Umuiyan erwiderte: ›Ach, Herr, ich weiß nicht, was es ist, aber ich habe einen Schleier vor meinen Augen, und mein Kopf ist schwer‹, und er schwankte wie ein Trunkener, so daß Tinúviel von seinem Rücken glitt, während er sich wie in einem totenähnlichen Schlaf auf den Boden legte; Tevildo aber war zornig, packte Tinúviel nicht allzu sanft und trug sie selbst zum Tor. Dann sprang er mit einem mächtigen Satz ins Innere, gebot dem Mädchen abzusteigen und stieß einen gellenden Schrei aus, der in den dunklen Fluren und Gängen schrecklich widerhallte. Von überall eilten Katzen herbei, und einigen befahl er, zu Umuiyan hinabzusteigen, ihn zu fesseln und von den Felsen zu stürzen. ›Auf der nördlichen Seite, wo sie am steilsten sind, denn er ist mir nun nicht mehr von Nutzen‹, sagte er, ›denn das Alter hat seine Schritte unsicher gemacht‹; und Tinúviel erzitterte, als sie Zeuge der Unbarmherzigkeit dieses Ungeheuers wurde. Doch während er noch sprach, gähnte er seinerseits und schwankte, wie von jäher Schläfrigkeit heimgesucht, und er befahl den anderen, Tinúviel hinwegzuführen in ein bestimmtes Gemach im Hausinnern, wo er selbst gewöhnlich mit seinen größten Gefolgsleuten zu speisen pflegte. Es war voller Knochen und stank ekelhaft; es gab dort keine Fenster und nur eine Tür; doch eine Luke öffnete sich zu den großen Küchen, und ein rotes Licht sickerte von dort herein und erhellte trübe das Gemach.

Nun war Tinúviel so eingeschüchtert, nachdem die Katzen sie dort alleingelassen hatten, daß sie sich einen Augenblick lang nicht rühren konnte. Doch bald hatte sie sich an die Dunkelheit gewöhnt, sah sich um, und als sie die Luke erblickte, die ein breites Sims hatte, sprang sie hinauf, denn es war nicht allzu hoch, und sie war ein behendes Elbenmädchen. Nun spähte sie hindurch, denn die Luke war einen Spaltbreit geöffnet, und sah die weitläufigen Küchengewölbe und die großen Feuer, die dort brannten, und jene, die sich unablässig dort abrackerten, und die meisten waren Katzen – doch dort, fürwahr, an einem mächtigen Feuer, bückte sich Beren, und er war von der Arbeit mit Ruß und Schmutz bedeckt, und Tinúviel hockte auf dem Sims und weinte, doch bis jetzt wagte sie nicht, etwas zu tun. Tatsächlich hatte sie nur kurze Zeit dort gesessen, als plötzlich im Gemach die rauhe Stimme Tevildos ertönte. ›Nein! Wohin, in Melkos Namen, ist dieses verrückte Elbenmädchen geflüchtet?‹ Und Tinúviel, die das hörte, preßte sich gegen die Mauer, doch Tevildo erblickte sie auf ihrem erhöhten Sitz und schrie: ›Jetzt singt der kleine Vogel nicht mehr! Komm herunter, oder ich muß dich holen, denn, merke dir, ich werde die Elben nicht darin bestärken, nur zum Spott bei mir um Gehör nachzusuchen.‹

Da begann Tinúviel, halb aus Furcht, halb in der Hoffnung, ihre klare Stimme möge bis zu Beren dringen, plötzlich sehr laut zu sprechen und ihre Geschichte zu erzählen, so daß das Gemach widerhallte. Aber Tevildo sagte: ›Leise, liebes Mädchen, wenn deine Geschichte draußen ein Geheimnis war, so ist sie gewiß auch nicht von solcher Art, sie drinnen herauszuschreien.‹ Darauf erwiderte Tinúviel: ›Sprich nicht so zu mir, o Katze, wenn du auch der mächtige Fürst der Katzen bist, denn bin ich nicht Tinúviel, Prinzessin der Feen, die sich dazu herabgelassen hat, dir einen Gefallen zu erweisen?‹ Bei diesen Worten nun, die sie noch lauter gerufen hatte als die vorigen, war aus der Küche plötzlich ein gewaltiges Krachen und Klirren zu hören, wo viele Metallgefäße und Tongeschirr zu Boden fielen. Aber Tevildo knurrte: ›Dort tappt dieser Narr herum, Beren, der Elb. Melko möge mich von solchen Tölpeln befreien‹ – doch Tinúviel, die erriet, daß Beren ihre Stimme erkannt hatte und von der Überraschung überwältigt worden war, legte ihre Furcht ab und bereute ihre Kühnheit nicht mehr. Gleichwohl war Tevildo über ihre hochfahrenden Worte sehr erzürnt, und wäre es nicht seine Absicht gewesen, zuerst zu erfahren, welch gute Nachricht sie ihm brachte, wäre es Tinúviel auf der Stelle übel ergangen. Und von diesem Augenblick an befand sie sich wirklich in großer Gefahr, denn für Melko und seine Vasallen waren Tinwelint und sein Volk Geächtete; und groß war ihre Freude, sie zu fangen und grausam zu behandeln, so daß Tevildo sich großer Gunst hätte erfreuen können, wenn er Tinúviel seinem Herrn ausgeliefert hätte. Er hatte wirklich, sobald sie sich zu erkennen gegeben hatte, die Absicht dies zu tun, nachdem er das Seinige von ihr erfahren hatte, doch an diesem Tage war sein Scharfsinn wahrhaftig eingeschläfert, und er vergaß sich ernstlich zu wundern, warum Tinúviel auf dem Sims vor der Luke hockte; er dachte auch nicht mehr an Beren, denn sein ganzer Sinn war einzig auf die Geschichte gerichtet, die sie ihm versprochen hatte. Darum verbarg er seine üble Laune und sagte: ›Ach, Herrin, seid nicht ärgerlich, sondern sprecht lieber, denn Säumen vergrößert nur meine Neugier – was ist es, was Ihr meinen Ohren anvertrauen wollt, die sich bereits spitzen?‹

Tinúviel aber sagte: ›Es gibt ein großes Tier, ungeschlacht und gewalttätig, und sein Name ist Huan‹ – und bei diesem Namen machte Tevildo einen Buckel, und sein Haar sträubte sich und knisterte, und das Licht seiner Augen wurde rot –

›und‹, fuhr sie fort, ›mir scheint, daß es eine Schande ist, einem solchen Wüstling zu gestatten, die Wälder heimzusuchen, ja sogar bis zur Behausung des mächtigen Fürsten der Katzen vorzudringen, meines Gebieters Tevildo‹; jedoch Tevildo erwiderte: ›Es ist ihm nicht gestattet, und er kommt niemals hierher, es sei denn heimlich.‹

›Wie immer es sich verhalten mag‹, sagte Tinúviel, ›nun ist er hier, doch mich dünkt, daß man sein Leben jetzt ein für allemal beenden könnte, denn, höre wohl, als ich durch die Wälder ging, sah ich ein großes Tier am Boden liegen, das wie in schwerer Krankheit stöhnte – und, wahrlich, es war Huan, und ein böser Zauberbann oder eine schleichende Krankheit hat ihn niedergeworfen, und er liegt immer noch hilflos in einem Tal, weniger als eine Meile von diesen Hallen entfernt, in den westlichen Wäldern. Mit dieser Geschichte nun wäre ich deinen Ohren vielleicht nicht lästig gefallen, hätte nicht der Wüstling, als ich ihm zur Hilfe kam, mich angeknurrt und zu beißen versucht, und eine solche Kreatur, so scheint mir, verdient jede Strafe.‹

Dies alles, was Tinúviel sprach, war nun eine große Lüge, die zu ersinnen ihr Huan geholfen hatte, und Mädchen der Eldar sind es nicht gewohnt, sich Lügen auszudenken; doch ich habe nie gehört, daß einer der Eldar, und auch nicht Beren, sie deswegen später getadelt hätte, und ich tue es ebenfalls nicht, denn Tevildo war eine bösartige Katze, und Melko war das verruchteste aller Wesen, und in ihren Händen war Tinúviel in tödlicher Gefahr. Tevildo freilich, ein großer und geübter Lügner, war so vertraut mit den Lügen und halben Wahrheiten aller Tiere und Kreaturen, daß er selten wußte, ob er dem, was man ihm sagte, Glauben schenken sollte oder nicht, und er war es gewohnt, allem zu mißtrauen, ausgenommen jenen Dingen, von denen er wünschte, sie seien wahr, und so kam es, daß er von ehrlicheren Leuten oft getäuscht wurde. Die Geschichte nun von Huan und dessen Hilflosigkeit gefiel ihm so sehr, daß er sie gern für wahr gehalten hätte, und er beschloß, sie zumindest einer Prüfung zu unterziehen; zunächst jedoch schützte er Gleichgültigkeit vor und sagte, diese Geschichte sei der Geheimniskrämerei nicht wert und hätte ohne weiteres draußen erzählt werden können. Doch Tinúviel erwiderte, sie hätte nicht geglaubt, daß Tevildo, dem Fürsten der Katzen, unbekannt sei, daß die Ohren Huans die leisesten

Geräusche im Umkreis einer Meile aufnehmen könnten und er die Stimme einer Katze aus noch größerer Entfernung hören könne.

Nun suchte Tevildo, unter dem Vorwand, ihrer Geschichte zu mißtrauen, von Tinúviel zu erfahren, wo genau Huan zu finden sei, doch sie gab nur ungenaue Antworten, weil sie darin ihre einzige Hoffnung sah, aus dem Schloß zu entkommen, so daß Tevildo schließlich, überwältigt von Neugier und ihr für den Fall, daß sie ihn angelogen hatte, schreckliche Dinge androhend, zwei seiner Gefolgsleute zu sich beschied, von denen einer Oikeroi war, ein grausamer und kampflustiger Kater. Darauf verließen diese drei Katzen mit Tinúviel das Schloß, doch Tinúviel zog ihr schwarzes Zaubergewand aus und faltete es zusammen, bis es trotz seiner Größe und Dichte nicht größer war als das kleinste Taschentuch (denn das vermochte sie), und nun wurde sie auf Oikerois Rücken die Terrassen hinuntergetragen, ohne daß er fehltrat oder ihn Schläfrigkeit ergriff. Nun schlichen sie durch die Wälder in die Richtung, die sie ihnen gewiesen hatte, und bald riecht Tevildo den Hund, und seine Haare sträuben sich, und er peitscht mit seinem mächtigen Schwanz, doch zunächst besteigt er einen hohen Baum und blickt von dort in das Tal, das Tinúviel ihnen genannt hat. Dort sieht er wirklich die mächtige Gestalt Huans ausgestreckt daliegen, ächzend und stöhnend, und voll Jubel klettert er eilig herab, und, wahrhaftig, in seinem Übereifer vergißt er Tinúviel, die nun, in großer Sorge um Huan, verborgen in einem Farndickicht liegt. Tevildo und seine beiden Kumpanen hatten den Plan, aus verschiedenen Richtungen heimlich in das Tal einzudringen, plötzlich und unerwartet zu dritt über Huan herzufallen und ihn zu töten, oder, falls er zu hinfällig zum Kampfe wäre, ihn zu ihrem Vergnügen zu quälen. Dies taten sie nun, doch sowie sie hervorstürzten, sprang Huan mit gewaltigem Bellen in die Höhe, und seine Kiefer schlossen sich um den Hals von Oikeroi, und Oikeroi starb; der andere Gefolgsmann jedoch floh heulend auf einen hohen Baum, und so stand Tevildo Huan allein gegenüber, und ein solcher Zweikampf war nicht nach seinem Geschmack, doch Huan griff ihn so rasch an, daß zur Flucht keine Zeit blieb, und sie kämpften erbittert auf dieser Lichtung, und der Lärm, den Tevildo dabei vollführte, war scheußlich; aber schließlich bekam Huan Tevildos Kehle zu packen, und die Katze wäre vermutlich verloren gewesen, hätte sie nicht, als sie blindlings um sich schlug, mit ihren Krallen Huans Auge durchbohrt. Da brüllte Huan laut auf, und Tevildo schrie gellend, riß sich mit einem mächtigen Ruck los und sprang auf einen hohen, dünnen Baum, der in der Nähe stand, so wie sein Kumpan es getan hatte. Trotz seiner schmerzhaften Wunde sprang Huan laut bellend unter diesen Baum, und aus der Höhe verfluchte ihn Tevildo und warf ihm böse Worte zu.

Darauf sagte Huan: ›Höre, Tevildo, dies sind die Worte von Huan, den du zu fangen und hilflos zu töten trachtetest, so wie jene armseligen Mäuse, die du gewöhnlich jagst – bleibe für immer auf deinem einsamen Baum und blute dich aus deinen Wunden zu Tode oder komm herab und spüre aufs neue meine Zähne. Wenn jedoch keines von beiden nach deinem Geschmack ist, so sage mir, wo Tinúviel ist, die Prinzessin der Feen, und wo Beren, der Sohn Egnors, denn sie sind meine Freunde. Diese nun sollen als Auslöse für dich stehen – wenngleich du ihrer nicht im geringsten wert bist.‹

›Was das verfluchte Elbenmädchen angeht, so liegt es dort hinten wimmernd in den Farnkräutern, wenn meine Ohren mich nicht täuschen‹, antwortete Tevildo, ›und Beren, glaube ich, wird gerade in den Küchen meines Schlosses zu Recht von Miaule, meinem Koch, zerkratzt, weil er sich dort vor einer Stunde wie ein Tölpel benommen hat.‹

›Dann sorge dafür, daß sie beide unversehrt in meine Hände gelangen‹, sagte Huan, ›dann magst du selbst in deine Hallen zurückkehren und unbehelligt deine Wunden lekken.‹

›Gewiß wird sie mein Vasall, der bei mir ist, für dich holen‹, sagte Tevildo. Aber Huan brummte: ›Gewiß, und dazu deinen ganzen Stamm und die Scharen der Orks und die Plagen Melkos. Nein, ich bin kein Narr; statt dessen sollst du Tinúviel ein Zeichen übergeben, und sie soll Beren holen, oder du wirst hierbleiben, wenn du es nicht anders willst.‹ Da wurde Tevildo gezwungen, seine goldene Halskette herunterzuwerfen – ein Zeichen, das keine Katze zu mißachten wagt, doch Huan sagte: ›Nein, es bedarf eines anderen Zeichens, denn dieses wird dein ganzes Volk aufrufen, nach dir zu suchen‹, und das wußte Tevildo, und darauf hatte er gehofft. So kam es denn, daß am Ende Erschöpfung und Hunger und Furcht diese stolze Katze, einen Fürsten im Dienste Melkos, dazu bewogen, das Geheimnis der Katzen zu enthüllen und den Zauberspruch, den Melko ihm anvertraut hatte; und dies waren magische Worte, welche die Steine seines unheilvollen Hauses zusammenhielten, und mit denen er alle Tiere seines Katzenvolks unter sein Szepter zwang, sie gegen ihre Natur mit einer boshaften Macht erfüllend; lange hat es nämlich geheißen, Tevildo sei ein verderbter Elb in Tiergestalt. Darum lachte nun Huan, als Tevildo ihm die Zauberworte mitgeteilt hatte, daß die Wälder erschollen, denn er wußte, daß die Tage der Macht für diese Katzen vorüber waren.

Nun eilte Tinúviel mit dem goldenen Halsband Tevildos zur untersten Terrasse zurück, stand dort und sprach mit ihrer klaren Stimme die Zauberworte. Und seht, da füllte sich die Luft mit Stimmen, und das Haus Tevildos erbebte; und eine Schar von Bewohnern kam daraus hervor, und die Katzen waren zu ihrer gewöhnlichen Größe zusammengeschrumpft und fürchteten sich vor Tinúviel, die Tevildos Halskette vor ihnen schwenkte und jene geheimen Worte sprach, die dieser in ihrer Gegenwart zu Huan gesagt hatte, und sie duckten sich vor ihr. Sie aber sprach: ›Hört! Alle, die in diesen Hallen gefangengehalten werden, seien es Elben oder Kinder der Menschen, sollen hergebracht werden.‹ Und wirklich, sie führten Beren heraus, jedoch weitere Sklaven gab es nicht, ausgenommen nur Gimli, einen bejahrten Gnom, von der Knechtschaft gebeugt und erblindet, dessen Gehör jedoch das schärfste der Welt gewesen ist, wie alle Lieder bezeugen. Gimli kam, auf einen Stock gestützt, und Beren half ihm, der abgezehrt aussah und in Lumpen gekleidet war und in der Hand ein großes Küchenmesser hielt, weil er neues Unheil befürchtete, als das Haus erzitterte und die Stimmen der Katzen erschollen; als er aber Tinúviel erblickte, die inmitten der Schar von Katzen stand, die vor ihr zurückschreckten, und als er das große Halsband Tevildos sah, da war er über die Maßen verwundert und wußte sich keinen Reim darauf zu machen. Tinúviel aber war sehr froh und sagte: ›O Beren, der du über die Rauhen Berge gekommen bist, nun wirst du mit mir tanzen – aber nicht an diesem Ort.‹ Und sie führte Beren weit fort, und alle Katzen stimmten ein Geheul und Gewimmer an, daß Huan und Tevildo es in den Wäldern hören konnten, doch niemand folgte ihnen oder belästigte sie, denn die Katzen waren voller Angst, und der Zauberbann Melkos war von ihnen genommen.

Freilich bereuten sie dies später, als nämlich Tevildo, gefolgt von seinem zitternden Kumpanen, zurückkehrte, denn ihres Herrn Zorn war furchtbar, und er peitschte mit seinem Schwanz und versetzte jedem, der in seine Nähe kam, Tatzenhiebe. Als Beren und Tinúviel zu jener Lichtung kamen, hatte Huan von den Hunden, obgleich dies vielleicht töricht erscheinen mag, Tevildo unbehelligt gelassen und ihm zurückzukehren gestattet, das große goldene Halsband aber hatte er selber angelegt, und über nichts sonst war Tevildo wütender, denn in diesem Band barg sich ein großer Zauber von Stärke und Macht. Es gefiel Huan nur wenig, daß Tevildo noch lebte, doch von jetzt an fürchtete er die Katzen nicht mehr, und diese sind seitdem immer vor den Hunden geflohen, und seit der Demütigung Tevildos in den Wäldern nahe Angamandi strafen die Hunde sie mit Verachtung; und Huan hat keine größere Tat vollbracht als diese. Später erfuhr Melko dies alles und verfluchte Tevildo und sein Volk und verbannte sie, und seit jenem Tage hatten sie weder einen Herrn und Meister noch einen Freund, und ihre Stimmen jammern und klagen, denn ihre Herzen sind sehr einsam und bitter und voller Trauer, doch nur Böses ist darin und keine Freundlichkeit.

Zu der Zeit, von der die Geschichte erzählt, war es Tevildos größtes Begehren, Beren und Tinúviel wieder in seine Gewalt zu bekommen und Huan zu töten und die Zauberworte und die Magie zurückzugewinnen, die er eingebüßt hatte, denn er fürchtete sich sehr vor Melko und wagte es nicht, seinen Meister um Hilfe zu bitten, um nicht die Niederlage und den Verlust seines Zaubers offenbar werden zu lassen. Huan, der dies nicht wußte, mied solche Orte, und fürchtete sehr, was geschehen war, könne rasch Melko zu Ohren kommen, wie es mit den meisten Dingen geschah, die sich in der Welt zutrugen; darum wanderten nun Tinúviel und Beren mit Huan weit fort und schlossen enge Freundschaft miteinander, und in dieser Zeit wurde Beren wieder kräftig, die Spuren seiner Knechtschaft verschwanden, und Tinúviel liebte ihn.

Doch diese Tage waren wild und hart und sehr einsam, denn niemals erblickten sie das Gesicht eines Elben oder Menschen, und schließlich sehnte sich Tinúviel bitterlich nach ihrer Mutter und den Liedern süßen Zaubers, die sie nahe ihren uralten Hallen den Kindern vorzusingen pflegte, wenn über die Waldlande die Dämmerung hereinbrach. Oft glaubte sie auf anmutigen Lichtungen, wo sie rasteten, die Flöte ihres Bruders Dairon zu hören, und ihr Herz wurde schwer. Endlich sagte sie zu Beren und Huan: ›Ich muß nach Hause zurückkehren.‹ Und nun ist es Berens Herz, das von Kummer überschattet wird, denn er liebte das Leben in den Wäldern mit den Hunden (denn inzwischen hatten sich viele weitere Hunde Huan angeschlossen), doch ohne Tinúviel freute es ihn nicht.

Gleichwohl sagte er: ›Niemals kann ich mit dir in das Land Artanor zurückkehren – noch dich jemals später dort aufsuchen, liebe Tinúviel, es sei denn, ich trage einen Silmaril; und die Gemme werde ich nun nie mehr erlangen, denn bin ich nicht ein Flüchtling aus den Hallen Melkos, der die schlimmsten Qualen zu gewärtigen hat, wenn einer seiner Diener ihn erspäht?‹

Dies sagte er nun aus Gram, sich von Tinúviel trennen zu müssen, und ihr Herz war zerrissen, denn sie konnte weder den Gedanken ertragen, Beren zu verlassen, mochte jedoch auch nicht für immer in der Verbannung leben. So saß sie eine Weile in trüben Gedanken und sagte kein Wort, doch Beren saß neben ihr und sagte schließlich: ›Tinúviel, wir können nur eines tun – einen Silmaril beschaffen‹; und darauf ging sie zu Huan, bat ihn um Hilfe und Rat, doch er wurde sehr bedenklich und sah in diesem Vorhaben nichts als Torheit. Doch schließlich erbat Tinúviel das Fell Oikerois von ihm, den er beim Angriff auf der Lichtung getötet hatte; Oikeroi war nun eine sehr große Katze gewesen, und Huan hatte das Fell als Siegeszeichen behalten.

Nun wandte Tinúviel ihre Kunstfertigkeit und ihren Feenzauber an, und sie nähte Beren in dieses Fell ein, so daß er aussah wie eine große Katze, und sie lehrte ihn, wie eine Katze zu sitzen, sich zu rekeln, zu schreiten, springen und trotten, bis Huans Schnurrhaare sich bei diesem Anblick sträubten, worüber Beren und Tinúviel lachen mußten. Freilich lernte es Beren nie, zu kreischen, zu jammern oder zu schnurren wie eine wirkliche Katze, und ebensowenig gelang es Tinúviel, ein Leuchten in die toten Augen des Katzenfells zu zaubern. ›Aber wir müssen uns damit abfinden‹, sagte sie, ›und wenn du deine Zunge im Zaum hältst, kannst du gut für eine sehr würdige Katze gelten.‹

Darauf sagten sie Huan Lebewohl und machten sich auf den Weg zu den Hallen Melkos, doch sie kamen nur langsam vorwärts, weil Beren sich in der Enge und Hitze des Katzenfells sehr unbehaglich fühlte, und Tinúviels Herz wurde eine Zeitlang leichter, als es seit langem gewesen war, und sie streichelte Beren oder zog ihn am Schwanz, und Beren wurde wütend, weil er ihn nicht so wild peitschen konnte, wie sie wünschte. Endlich jedoch näherten sie sich Angamandi, denn sie hörten deutlich das Poltern und tiefe Rollen, den gewaltigen Klang der Hammerschläge von zehntausend Schmieden, die unaufhörlich arbeiteten. Nahe waren sie den traurigen Verliesen, wo die Noldoli unter der Knute der Orks und Kobolde aus den Bergen bittere Sklavenarbeit verrichteten, und hier waren Trübsal und Düsternis so groß, daß ihr Mut sank, doch Tinúviel hüllte sich wieder in ihr dunkles Gewand aus tiefem Schlaf. Die Tore von Angamandi waren nur aus Eisen, häßlich geschmiedet und mit Messern und Dornen bewehrt, und davor lag der größte Wolf, den die Welt je gesehen hat, nämlich Karkaras Messerrachen, dem Schlaf fremd war; und Karkaras knurrte, als er Tinúviel näherkommen sah, doch die Katze beachtete er nicht, denn Katzen bedeuteten ihm wenig und gingen jederzeit ein und aus.

›Knurre nicht, o Karkaras‹, sagte sie, ›denn ich bin auf dem Wege zu meinem Gebieter Melko, und dieser Gefolgsmann Tevildos begleitet mich.‹ Ihr dunkles Gewand verhüllte nun all ihre schimmernde Schönheit, und Karkaras war kaum beunruhigt, kam aber dennoch näher, um ihren Geruch zu schnüffeln, und den lieblichen Duft der Eldar vermochte selbst diese Verhüllung nicht zu verbergen. Darum begann Tinúviel sogleich einen Zaubertanz, und sie streifte mit den schwarzen Falten ihres Gewandes seine Augen, so daß Schläfrigkeit seine Beine schwer werden ließ, er sich ausstreckte und einschlief. Tinúviel jedoch hörte nicht eher auf zu tanzen, bis er von tiefem Traum umfangen war, von großen Jagden in den Wäldern von Hisilóme, als er noch ein Welpe war; und dann traten Beren und Tinúviel durch das schwarze Portal, und viele schattige und gewundene Gänge hinunterstolpernd gelangten sie schließlich tatsächlich vor das Angesicht Melkos.

In der Düsternis konnte Beren sehr wohl als ein wirklicher Vasall Tevildos gelten; außerdem war Oikeroi früher des öfteren in den Hallen Melkos gewesen, so daß niemand ihn beachtete, und er schlüpfte ungesehen unter den Sitz des Ainu, doch die Nattern und ekelhaften Kreaturen, die dort lagen, erfüllten ihn mit großer Angst, so daß er sich nicht zu rühren wagte.

Dies alles nun hatte sich höchst glücklich gefügt, denn wäre Tevildo bei Melko gewesen, wäre ihr falsches Spiel entdeckt worden – und an diese Gefahr hatten sie tatsächlich gedacht, da sie nicht wissen konnten, daß Tevildo in diesem Augenblick in seinen Hallen saß und nicht wußte, was er tun sollte, wenn seine Niederlage in Angamandi ruchbar würde; doch nun gewahrte Melko Tinúviel und sagte: ›Wer bist du, die du wie eine Fledermaus in meine Hallen flatterst? Wie bist du hereingekommen? Denn es ist gewiß, daß du nicht hierher gehörst.‹

›Nein, ich gehöre noch nicht hierher‹, gab Tinúviel zur Antwort, ›vielleicht aber später, wenn es dir beliebt, Melko, mein Gebieter. Wisse denn, daß ich Tinúviel bin, die Tochter von Tinwelint, dem Verbannten, der mich aus seinen Hallen verjagt hat, weil er ein anmaßender Elb ist und ich meine Liebe nicht seinem Befehl unterwerfen will.‹

Melko war nun in Wahrheit erstaunt, daß die Tochter Tinwelints aus freiem Willen in seine Behausung, das schreckliche Angamandi, kam, und da er etwas Unangenehmes argwöhnte, fragte er, was sie wünsche. ›Wisse du denn‹, sagte er, ›daß es hier für deinen Vater und sein Volk keine Liebe gibt, und du brauchst nicht auf freundliche Worte oder Begeisterung von meiner Seite zu hoffen.‹

›Das sagte auch mein Vater‹, erwiderte sie, ›doch warum sollte ich ihm glauben? Seht, ich verstehe mich auf die Kunst elfenhafter Tänze, und ich möchte nun vor dir tanzen, mein Gebieter, denn dann, glaube ich, wirst du mir bereitwillig einen bescheidenen Winkel in deinen Hallen gewähren, wo ich leben und auf solche Zeiten harren kann, da du die kleine Tänzerin Tinúviel rufst, damit sie die Bürde deiner Sorgen erleichtere.‹

›Nein‹, sagte Melko, ›solche Dinge bedeuten mir wenig; doch wenn du von so weit gekommen bist, um zu tanzen, so tanze, und nachher werden wir weitersehen.‹ Und bei diesen

Worten warf er ihr einen tückischen, entsetzlichen Blick zu, denn sein düsterer Geist brütete Übles aus.

Da begann Tinúviel einen Tanz wie nie zuvor, und weder sie noch ein anderes Geisterwesen, keine Fee und keine Elfe, haben seitdem je so getanzt; und nach einer Weile war selbst Melkos Blick vor Staunen wie gebannt. Geschwind wie eine Schwalbe, lautlos wie eine Fledermaus, bezaubernd schön, wie nur Tinúviel es sein konnte, huschte sie durch die Halle, nun an Melkos Seite, nun vor ihm, jetzt wieder hinter ihm, und ihre hauchdünnen Gewänder berührten sein Gesicht, wehten vor seinen Augen, und jene, die dort an den Wänden saßen oder standen, fielen einer nach dem anderen in Schlaf, versanken in tiefe Träume, die alles versprachen, wonach ihre bösen Herzen verlangten.

Unter Melkos Sitz lagen die Nattern wie versteinert, und die Wölfe zu seinen Füßen gähnten und entschlummerten, und Melko starrte sie wie gebannt an, doch er schlief nicht ein. Da begann Tinúviel vor seinen Augen einen noch schnelleren Tanz, und während sie tanzte, sang sie mit sehr leiser und inniger Stimme ein Lied, das Gwendeling sie vor langer Zeit gelehrt hatte, ein Lied, das die Knaben und Mädchen unter den Zypressen in den Gärten von Lórien gesungen hatten, als der Goldene Baum fahl geworden war und Silpion geleuchtet hatte. Die Stimmen von Nachtigallen waren darin, und viele zarte Düfte schienen die Luft dieses stinkenden Ortes zu erfüllen, während sie, leichter als eine Feder im Wind, über den Boden schwebte; nie wieder hat man eine solche Stimme gehört und solche Schönheit mit Augen gesehen, und trotz all seiner Macht und Erhabenheit erlag der Ainu Melko dem Zauber dieses Elbenmädchens, und, wahrlich, sogar Lóriens Lider wären schwer geworden, hätte er ihr zugeschaut. Dann sank Melko schläfrig nach vorn und glitt schließlich in tiefstem Schlaf von seinem Sitz auf den Boden, und seine eiserne Krone rollte davon.

Jäh brach Tinúviel ihren Tanz ab. Außer den Atemzügen der Schlafenden war kein Laut in der Halle zu hören; selbst Beren schlief unter Melkos Sitz, doch Tinúviel rüttelte ihn, bis er endlich aufwachte. Dann riß er angstvoll und zitternd seine Verkleidung entzwei, befreite sich davon und sprang auf die Füße. Nun zog er das Messer von Tevildos Küche hervor und ergriff die mächtige eiserne Krone, doch Tinúviel konnte sie nicht bewegen, und selbst die Muskeln Berens vermochten es kaum, sie zu drehen. Rasende Angst erfüllt sie, während Beren in der dunklen Halle des schlafenden Bösen sich abmüht, so geräuschlos wie möglich, mit seinem Messer einen Silmaril aus der Krone zu brechen. Nun lockert er den großen Edelstein in der Mitte, und der Schweiß rinnt von seiner Stirn, aber gerade als er ihn gewaltsam aus der Krone löst – da zerbricht sein Messer mit einem lauten Krachen!

Tinúviel unterdrückt einen Schrei, und Beren, den einen Silmaril in der Hand, springt davon, und die Schläfer rühren sich, und Melko stöhnt, als ob böse Gedanken seine Träume heimsuchen, und ein schwarzer Schatten legt sich über sein schlafendes Gesicht. Zufrieden nun mit der einen blitzenden Gemme, flohen die zwei verzweifelt aus der Halle, stolperten wild durch viele dunkle Gänge, bis ein Schimmer von grauem Licht ihnen zeigte, daß sie sich den Toren näherten – doch ach, Karkaras lag quer über der Schwelle, wieder wach und aufmerksam.

Ohne Zögern warf Beren sich vor Tinúviel, obgleich sie ihn davon abzuhalten suchte, und das erwies sich am Ende als unheilvoll, denn ihr blieb keine Zeit, erneut ihren Schlummerzauber auf das Untier zu legen, denn schon erblickte es Beren, bleckte die Zähne und knurrte wütend. ›Warum so unfreundlich?‹ fragte Tinúviel. ›Was soll dieser Gnom, der nicht eingetreten ist und nun eilig wieder hinaus will?‹ sagte Messerrachen und sprang auf Beren los, der mit seiner Faust mitten zwischen die Augen des Wolfes hieb und mit der anderen nach dessen Kehle griff.

Da packte Karkaras Berens Hand mit seinen schrecklichen Kiefern, und es war die Hand, mit der Beren den leuchtenden Silmaril umklammerte, und Karkaras biß die Hand mitsamt dem Silmaril ab, und sie verschwanden in seinem roten Schlund. Groß waren die Qualen Berens und die Furcht und Pein Tinúviels, doch als sie eben erwarteten, erneut die Zähne des Wolfs zu spüren, geschah etwas, das sonderbar und schrecklich war. Wisset denn, daß der Silmaril mit einem weißen und geheimen Feuer loderte, das aus seinem Inneren kam und das einen grausamen und heiligen Zauber besaß – denn die Gemme stammte aus Valinor und den Segensreichen und war mit den Zauberkräften der Götter und Gnomen gemacht, ehe das Unheil dorthin kam; und der Stein erduldete nicht die

Berührung von unreinem Fleisch oder einer unseligen Hand. Nun aber gerät er in den verderbten Leib von Karkaras, und das Untier brennt unter schrecklichen Qualen, und seine Schmerzensschreie, in den felsigen Gängen widerhallend, sind schauerlich anzuhören, daß drinnen der ganze schlafende Hof erwacht. Da entflohen Beren und Tinúviel wie der Wind von den Toren, doch Karkaras war noch weit vor ihnen, rasend und außer sich wie ein Tier, das von Balrogs verfolgt wird; und als sie später innehielten und Atem schöpften, weinte Tinúviel über Berens verstümmelten Arm und küßte ihn immer wieder, und, siehe, er blutete nicht, und der Schmerz hörte auf, und durch die sanfte Kraft ihrer Liebe wurde er geheilt; Beren jedoch erhielt später von allem Volk den Beinamen Ermabwed, der Einhänder, welcher in der Sprache der Einsamen Insel Elmavoite lautet.

Nun aber mußten sie um ihr Entkommen besorgt sein und auf ihr Glück hoffen, und Tinúviel hüllte einen Teil ihres dunklen Mantels um Beren, und so huschten sie eine Zeitlang in Dämmerung und Dunkelheit durch die Hügel, ohne daß jemand sie sah, obgleich Melko alle seine Orks des Schreckens gegen sie aufgeboten hatte; und sein Zorn über den Raub dieser Gemme war größer, als die Elben ihn je kennengelernt haben.

Allerdings wollte es ihnen bald scheinen, daß das Netz der Jäger sich immer enger um sie zusammenzog, und obgleich sie den Saum vertrauterer Wälder erreicht hatten und den düsteren Forst von Taurfuin durchquerten, waren noch immer viele Wegstunden voller Gefahr bis zu den Höhlen des Königs zurückzulegen, und selbst wenn sie je dorthin gelangten, würden sie bloß ihre Verfolger dorthin locken und Melkos Haß auf alles Volk dieses Waldlandes ziehen. In der Tat waren das Geschrei und Gelärme so groß, daß Huan es weit entfernt vernahm, und er wunderte sich sehr über den Wagemut der beiden und mehr noch darüber, daß sie überhaupt aus Angamandi entkommen waren.

Er zieht aber nun mit vielen Hunden durch die Wälder, jagt Orks und Gefolgsleute Tevildos, empfängt viele Wunden und tötete viele seiner Feinde oder lehrte sie das Fürchten und das Fliehen, als ihn eines Abends zur Dämmerstunde die Valar zu einer Lichtung in jenen nördlichen Teil von Artanor führten, der später Nan Dumgorthin, das Land der dunklen Standbilder, genannt wurde, aber das ist eine andere Geschichte, die nicht hierher gehört. Gleichwohl war es schon damals ein rätselhaftes, düsteres Land, das Unheil verkündete, und nicht weniger Schrecken nistete dort unter den finster drohenden Bäumen als im Taurfuin; und dort lagen, erschöpft und ohne Hoffnung, die zwei Elben, Beren und Tinúviel, und Tinúviel weinte, doch Beren umklammerte sein Messer.

Als nun Huan sie sah, ließ er nicht zu, daß sie sprachen oder ihm ihre Geschichte erzählten, sondern er nahm stracks Tinúviel auf seinen mächtigen Rücken und gebot Beren, so rasch er könne, neben ihm herzulaufen. ›Es kommt nämlich‹, sagte er, ›eine große Schar von Orks in Kürze hierher, und ihre Spurensucher und Späher sind Wölfe.‹ Huans Rudel nimmt sie nun in seine Mitte, und mit großer Schnelligkeit ziehen sie über geheime Pfade zur Heimat des Volks von Tinwelint, die weit entfernt liegt. So geschah es, daß sie dem Heer ihrer Feinde entkamen, doch hatten sie gleichwohl später noch manch eine Begegnung mit bösen Wesen, und Beren tötete einen Ork, der sich Tinúviel näherte, um sie von Huans Rükken zu zerren, und das war eine gute Tat. Als Huan erkennen mußte, daß die Verfolger ihnen noch immer auf den Fersen waren, führte er sie erneut über verschlungene Pfade und wagte es nicht, sie geradewegs zum Land der Wald-Elben zu bringen. Indessen führte er sie mit solchem Scharfsinn, daß schließlich nach vielen Tagen die Jäger weit zurückfielen und sie von den Banden der Orks nichts mehr sahen oder hörten; keine Kobolde lauerten ihnen auf, noch drang das Geheul eines bösen Wolfes durch die Nachtluft zu ihnen, und vielleicht rührte das daher, daß sie bereits den Kreis von Gwendelings Zauber betreten hatten, welcher die Pfade vor unheilvollen Wesen verbarg und Schaden von den Gefilden der Wald-Elben fernhielt.

Da atmete Tinúviel wieder frei, wie sie es nicht mehr getan hatte, seit sie aus den Hallen ihres Vaters geflohen war, und Beren erging sich ruhend in der Sonne, fern der Düsternis von Angband, bis die letzte Bitterkeit über die Knechtschaft von ihm wich. Und das Licht, das durch grüne Blätter fällt, das Lispeln reiner Winde und der Gesang der Vögel machen, daß sie jede Furcht verlieren.

Schließlich kam desungeachtet ein Tag, an dem Beren, aus tiefem Schlummer aufwachend, aufsprang wie jemand, der einem schönen Traum entsteigt und zu Verstand kommt, und er sagte: ›Lebewohl, Huan, treuester Gefährte, und du, kleine Tinúviel, die ich liebe, lebe auch du wohl. Um dies eine nur bitte ich dich, daß du geradewegs in die Sicherheit deiner Heimat heimkehren sollst, und der gute Huan soll dich begleiten. Ich aber – ich muß fort in die Einsamkeit der Wälder, denn ich habe den einen Silmaril, den ich hatte, verloren, und niemals darf ich's wagen, mich Angamandi zu nähern, und deshalb kann ich auch nicht die Hallen Tinwelints betreten.‹ Darauf weinte er über sich selbst, doch Tinúviel, die in der Nähe war und sein Selbstgespräch gehört hatte, kam herbei und sagte: ›Nein, denn nun hat sich mein Sinn gewandelt, und wenn du in den Wäldern wohnst, o Beren Ermabwed, so will ich es auch tun, und wenn du durch die Wildnis wandern willst, so will ich es ebenfalls tun, gemeinsam mit dir oder dir folgend: – doch niemals wird mein Vater mich wiedersehen, außer du führtest mich zu ihm.‹ Da war Beren wirklich froh über ihre liebevollen Worte, und gern hätte er mit ihr als Jäger in der Wildnis gelebt, doch sein Herz war gerührt von dem, was sie um ihn gelitten hatte, und um ihretwillen entsagte er seinem Stolz. Da redete sie auf ihn ein und sagte, daß es töricht sei, verstockt zu sein, und daß ihr Vater sie mit Freuden begrüßen werde, froh, seine Tochter lebend wiederzusehen. ›Und vielleicht‹, sagte sie, ›wird er sich schämen, daß sein Spott deine treue Hand dem Rachen Karkaras' ausgeliefert hat.‹ Aber sie beschwor auch Huan, für eine Zeit mit ihnen zurückzukehren. ›Denn mein Vater‹, sagte sie zu ihm, ›schuldet dir großen Lohn, wenn er seine Tochter überhaupt liebt.‹

So kam es denn, daß die drei wiederum zusammen aufbrachen und endlich zurückkehrten zu den Waldlanden, die Tinúviel kannte und liebte, zu den Häusern ihres Volkes und den tiefen Hallen ihrer Heimat. Als sie aber näherkamen, fanden sie Angst und Aufregung beim Volk, wie sie seit langem nicht vorgekommen waren, und als sie einige, die vor den Türen weinten, befragten, erfuhren sie, daß seit dem Tage von Tinúviels heimlicher Flucht Unglück sie heimgesucht habe. Den König nämlich hatte der Gram verzehrt, und seine alte Umsicht und Klugheit waren schwächer geworden. Seine Krieger waren nach allen Richtungen in die unwegsamen Wälder gesandt worden, um nach dem Mädchen zu forschen, und viele waren getötet worden oder waren auf immer verschwunden, und an allen nördlichen und östlichen Grenzen lag man im Krieg mit den Dienern Melkos, so daß das Volk große Furcht hatte, dieser Ainu werde mit seiner ganzen Streitmacht über sie kommen, um sie endgültig zu zerschmettern, ohne daß Gwendelings Zauberkraft stark genug wäre, die zahllosen Orks aufzuhalten. ›Und dann‹, so sagten sie, ›ist von allem das Schlimmste geschehen, denn schon seit langem hat Königin Gwendeling abseits gesessen, hat weder gesprochen noch gelacht und aus tiefen Augenhöhlen gleichsam in weite Ferne geblickt, und das Netz ihrer Zauber um die Wälder ist dünn, und die Wälder sind trostlos geworden, weil Dairon nicht zurückkehrt, und auch seine Musik ist auf den Lichtungen nicht mehr zu hören. Und nun erfahrt die schlimmste unserer schlechten Nachrichten, denn ihr müßt wissen, daß ein großer grauer Wolf, den Hallen des Unheils entfahren, über uns gekommen ist, erfüllt von ruchlosem Geist, und er rast umher, als peitsche ihn ein verborgener Wahnsinn, und niemand ist vor ihm sicher. Viele von uns hat er schon getötet, wenn er wild um sich beißend und schreiend durch die Wälder rast, so daß sogar die Ufer des Flusses, der vor den Hallen des Königs vorbeifließt, ein Ort geworden sind, wo die Gefahr lauert. Oft kommt der furchtbare Wolf dorthin, um zu trinken, und mit seinen blutunterlaufenen Augen und seiner heraushängenden Zunge sieht er aus wie der Fürst des Unheils selbst, und niemals vermag er seinen Durst zu stillen, als verzehre ihn ein inneres Feuer.‹

Da war Tinúviel tief betrübt über das Unglück, welches über ihr Volk gekommen war, doch am meisten schmerzte sie die Geschichte Dairons, denn davon hatte sie vorher nicht das geringste gehört. Dennoch konnte sie nicht wünschen, Beren wäre nie in die Lande von Artanor gekommen, und gemeinsam beeilten sie sich, zu Tinwelint zu kommen; und den Wald-Elben wollte es bereits scheinen, als habe das Unheil nun ein Ende, da Tinúviel unversehrt zu ihnen zurückgekehrt war. Denn in Wahrheit hatten sie kaum darauf gehofft.

Sie fanden König Tinwelint in großer Düsterkeit, doch unversehens löste sich sein Leid in Tränen der Freude auf, und Gwendeling singt wieder vor Glück, als Tinúviel dort eintritt, ihr Gewand aus dunklem Nebel abwirft und in alter strahlender Schönheit vor ihnen steht. Eine Zeitlang ist eitel Heiterkeit und Staunen in der Halle, doch schließlich wendet der

König sich Beren zu und sagt: ›Also auch du bist zurückgekehrt – um einen Silmaril zu bringen, ohne Zweifel, um all das Unheil zu sühnen, das du meinem Land zugefügt hast; solltest du ihn freilich nicht haben, so weiß ich nicht, wozu du hier bist.‹

Da stampfte Tinúviel mit dem Fuß auf und schrie derart, daß der König und alle, die bei ihm waren, sich über ihr verändertes und furchtloses Gemüt verwunderten: ›Schäme dich, mein Vater – denn siehe, hier ist Beren, der Tapfere, den dein Spott in die Finsternis trieb und in elende Knechtschaft, und den die Valar allein vor bitterem Tode bewahrten. Mich dünkt, für einen König der Eldar würde es sich eher ziemen, ihn zu belohnen, als ihn zu schmähen!‹

›Nein‹, sagte Beren, ›der König, dein Vater, hat recht. Herr, in diesem Augenblick habe ich einen Silmaril in meiner Hand.‹

›Dann zeige ihn mir‹, sagte der König verwundert.

›Das kann ich nicht‹, sagte Beren, ›denn meine Hand ist nicht hier‹; und er streckte seinen verstümmelten Arm aus.

Da wurde des Königs Herz ihm gewogen, ob seines mannhaften und ritterlichen Betragens, und er bat Beren und Tinúviel, ihm alles zu berichten, was jedem von ihnen zugestoßen sei, und er war begierig, ihnen zuzuhören, denn er hatte nicht ganz begriffen, was Beren mit seinen Worten gemeint hatte. Als er jedoch alles erfahren hatte, hatte er Beren um so mehr schätzen gelernt, und er staunte über die Liebe, die in Tinúviels Herz erwacht war, so daß sie mehr gewagt und größere Taten vollbracht hatte, als einer der Krieger seines Volkes.

›Niemals wieder‹, sagte er, ›werde ich von dir, o Beren, verlangen, diesen Hof oder den Platz an Tinúviels Seite zu verlassen, denn du bist ein großer Elb, und dein Name wird immer groß sein bei den Geschlechtern.‹ Doch Beren antwortete ihm stolz und sagte: ›Nein, o König, für mich gilt mein Wort und das deine, und ich werde dir diesen Silmaril holen, bevor ich auf immer in Frieden in deinen Hallen wohne.‹ Und der König bat ihn dringend, nicht noch einmal in die dunklen und unbekannten Reiche zu reisen, doch Beren erwiderte: ›Dazu besteht kein Grund, denn wisse, daß dieser Edelstein zur Zeit deinen Höhlen sehr nahe ist.‹ Und er erklärte Tinwelint, daß jenes Untier, das seine Lande verwüstete, kein anderes sei als Karkaras, der Wolf, der Melkos Tore bewacht hatte – und dies war allen unbekannt, doch Beren hatte es von Huan erfahren, der von allen Hunden am scharfsinnigsten Spuren zu lesen wußte, und keiner von ihnen ist darin ohne Geschick. Und Huan war nun wirklich mit Beren in der Halle, und als nun Beren mit dem König über eine Hetzjagd und die große Verfolgung sprach, bat er, daran teilnehmen zu dürfen, was ihm gnädig gewährt wurde. Nun also machten sich diese drei bereit, das Untier zu jagen, damit das ganze Volk von der Schreckensherrschaft des Wolfes befreit werde, und Beren nahm sein Schwert, um einen Silmaril heimzubringen, auf daß er wieder in Elbenheim erstrahle. König Tinwelint selbst führte die Jagd an, und Beren war an seiner Seite und Mablung, der Schwerhändige, der Führer des königlichen Gefolges, sprang auf und ergriff einen Speer – eine gewaltige Waffe, erbeutet im Kampf mit den fernen Orks –, und mit diesen drei Männern schritt Huan, der stärkste der Hunde; doch getreu dem Wunsche des Königs nahmen sie keine weiteren Streiter mit. ›Vier Männer sind genug‹, sagte er, ›selbst den Höllenwolf zu erschlagen‹ – doch nur jene, die es gesehen hatten, wußten, wie schreckerregend dieses Tier war, fast so groß wie ein Pferd bei den Menschen, und die Glut seines Atems war so gewaltig, daß er alles versengte, worauf er auch traf. Zur Stunde des Sonnenaufgangs brachen sie auf, und bald darauf erspähte Huan eine frische Trittspur unweit der Tore des Königs. ›Dies ist Karkaras' Spur‹, sagte er. Danach folgten sie dem Fluß den ganzen Tag, und seine Ufer waren an vielen Stellen frisch zertrampelt und aufgerissen, und an den seichten Plätzen war das Wasser verdorben, als hätten sich vor nicht langer Zeit viele Tiere, von Raserei besessen, darin gewälzt und gekämpft.

Nun sinkt die Sonne und wird fahl hinter den westlichen Bäumen, und von Hisilóme kriecht Dunkelheit herab, so daß das Licht des Forstes erstirbt. So kommen sie denn an einen Fleck, wo die Spur sich vom Fluß wegwendet oder sich wie von ungefähr in seinen Wassern verliert, und Huan kann ihr nicht mehr folgen; und darum schlagen sie hier ihr Lager auf, schlafen abwechselnd neben dem Fluß, und die frühe Nacht verrinnt.

Plötzlich, während Beren Wache hielt, war aus der Ferne ein entsetzliches Geräusch zu hören – ein Geheul wie von siebzig rasenden Wölfen –, und dann krachte es im Unterholz, und Schößlinge knickten, als das Entsetzen näher kam, und Beren wußte, daß es Karkaras war. Kaum blieb ihm Zeit, die anderen zu wecken, und sie waren gerade aufgesprungen und noch halb im Schlaf, als eine große Gestalt im ungewissen Mondlicht, das dort durch die Bäume sickerte, auftauchte und wie besessen auf das Wasser zuraste. Da bellte Huan laut, und sogleich änderte das Tier seinen Lauf und kam auf sie zu. Aus seinem Rachen troff Schaum, und ein rotes Licht leuchtete aus seinen Augen, und sein Antlitz war, halb vor Schrekken, halb vor Wut, entstellt. Kaum hatte Karkaras den Schutz der Bäume verlassen, als Huan furchtlosen Herzens auf ihn losging, doch der Wolf sprang mit einem gewaltigen Satz über den großen Hund hinweg, denn sein ganzer entflammter Zorn richtete sich jäh gegen Beren, der im Hintergrund stand, und eine dunkle Ahnung schien ihm zu sagen, daß dort der Urheber all seiner Qualen stand. Da schleuderte Beren blitzschnell einen Speer aufwärts in Karkaras' Kehle, und Huan sprang noch einmal und packte ihn an einem Hinterbein, und Karkaras fiel wie ein Stein zu Boden, denn im selben Augenblick drang ihm der Speer des Königs ins Herz, und sein verderbter Geist strömte hervor und fuhr mit leisem Heulen über die dunklen Berge zu Mandos; doch Beren liegt unter dem Körper des Wolfs, zerquetscht von dessen Gewicht. Nun rollen sie den Leichnam beiseite und fangen an, ihn aufzuschneiden, doch Huan leckt Berens Gesicht, von dem Blut herabfließt. Bald wird die Wahrheit von Berens Worten offenbar, denn die Eingeweide des Wolfs sind halb verzehrt, als habe ein inneres Feuer dort lange geschwelt, und plötzlich ist die Nacht von einem wundersamen Glanz erfüllt, mit blassen und geheimnisvollen Farben durchschossen, als nämlich Mablung den Silmaril hervorholt. Darauf hält er ihn dem König hin und sagt: ›Schau, o König‹, aber Tinwelint sagte: ›Nein, niemals werde ich ihn anfassen, es sei denn, Beren übergibt ihn mir.‹ Doch Huan sagte: ›Und das wird wahrscheinlich nie der Fall sein, wenn ihr ihn nicht rasch pflegt, denn mir scheint, daß er schwer verwundet ist.‹ Und Mablung und der König waren beschämt.

Darum hoben sie nun Beren behutsam hoch und pflegten und wuschen ihn, und er atmete, aber er sprach weder ein Wort noch öffnete er seine Augen, und als die Sonne aufging und sie sich ein wenig ausgeruht hatten, trugen sie ihn auf einer Bahre aus Zweigen und Blättern, so vorsichtig wie möglich, zurück durch die Waldlande; und gegen Mittag näherten sie sich wieder der Heimat des Volks, und da waren sie zu Tode erschöpft, und Beren hatte sich weder gerührt noch gesprochen, sondern nur dreimal gestöhnt.

Dort liefen alle Leute zusammen, um sie zu begrüßen, als sich herumsprach, daß sie kamen, und einige brachten ihnen Fleisch und kühle Getränke und Salben und Heilmittel für ihre Wunden, und groß wäre ihr Jubel gewesen, hätte es nicht Leid gegeben, das Beren zugestoßen war. Darauf bedeckten sie nun die grünen Zweige, auf denen er lag, mit weichen Kleidern, und sie trugen ihn weiter zu den Hallen des Königs, und Tinúviel erwartete sie dort in großem Kummer; und sie warf sich an Berens Brust und weinte und küßte ihn, und er erwachte und erkannte sie, und dann gab Mablung ihm den Silmaril, und er hielt ihn in die Höhe, betrachtete seine Schönheit, bevor er leise und unter Schmerzen sagte: ›Siehe, o König, ich gebe dir den wundersamen Edelstein, nach dem dich verlangte, und es ist bloß ein kleines Ding, am Wegesrand aufgelesen, denn du, so dünkt mich, besitzt ein Kleinod, das über die Maßen schöner ist, und dies ist nun mein.‹ Doch während er noch sprach, legten sich die Schatten Mandos' auf sein Gesicht, und sein Geist fuhr in dieser Stunde zum Rande der Welt, und Tinúviels zarte Küsse riefen ihn nicht zurück.«

Von Beleriand und seinen Reichen

Hier wird berichtet, wie die Länder, in welche die Noldor kamen, in den nördlichen Westgebieten von Mittelerde, in alten Zeiten aussahen; und hier wird auch gesagt, wie sich die Häupter der Eldar nach der Dagor Aglareb, der dritten Schlacht in den Kriegen von Beleriand, in die Länder teilten und den Sperrgürtel um Morgoth legten.

Im Norden der Welt hatte Melkor in früheren Altern die Ered Engrin aufgerichtet, die Eisenberge, als Schutzwehr für seine Burg Utumno; sie standen an den Grenzen zu den Regionen des Ewigen Eises, in einer großen Biegung von Osten nach Westen verlaufend. Hinter den Wällen der Ered Engrin im Westen, wo sie nach Norden abbogen, baute Melkor eine zweite Festung zum Schutz gegen einen Angriff, der aus Valinor käme; und als er nach Mittelerde zurückkehrte, da nahm er, wie erzählt wurde, seinen Sitz in den bodenlosen Verliesen von Angband, der Eisenhölle, denn während des Kriegs der Mächte, in der Eile ihres Bemühens, Melkor in seiner großen Festung Utumno zu überwältigen, hatten die Valar Angband nicht von Grund auf zerstört und nicht alle seine tiefsten Höhlen durchsucht. Unter den Ered Engrin grub er nun einen großen Tunnel, mit dem Ausgang südlich der Berge, und dort baute er ein gewaltiges Tor. Über dem Tor aber und dahinter, auf gleicher Höhe mit den Bergen, stapelte er die Donnertürme von Thangorodrim auf, aus der Asche und Schlacke seiner unterirdischen Öfen und den Schuttmassen von seinen Grabungen. Sie waren schwarz und kahl und stiegen über alles Maß hoch; und aus ihren Spitzen quoll schwarzer, stinkender Rauch in den nördlichen Himmel. Viele Meilen weit nach Süden zog sich vor den Toren von Angband eine Dreckwüste über die weite Ebene von Ard-galen; doch nach dem Aufgang der Sonne sprießte dichtes Gras dort auf, und solange Angband belagert wurde und seine Tore geschlossen blieben, wuchs Grünzeug sogar zwischen den Gruben und zertrümmerten Felsen vor den Pforten der Hölle.

Westlich von Thangorodrim lag Hisilóme, das Land des Nebels, denn so nannten es die Noldor in ihrer Sprache, wegen der Wolken, die Morgoth dorthin getrieben hatte, als sie ihr erstes Lager aufschlugen; Hithlum wurde daraus in der Sprache der Sindar, die in diesen Gebieten lebten. Es war ein schönes Land, solange die Belagerung von Angband währte, obgleich die Luft dort kühl und der Winter hart war. Im Westen begrenzten es die Ered Lómin, das Echogebirge, das sich nahe am Meer entlang zog, im Osten und Süden die große Biegung der Ered Wethrin, der Schattenberge, von denen man über Ard-galen und das Tal des Sirion hinblickte.

Fingolfin und Fingon, sein Sohn, regierten Hithlum, und der größte Teil von Fingolfins Volk wohnte in Mithrim an den Ufern des großen Sees; Fingon war Dor-lómin zugefallen, das westlich des Gebirges von Mithrim lag. Ihre größte Festung aber stand bei Eithel Sirion, im Osten der Ered Wethrin; von hier aus hielten sie Wache über Ard-galen, und ihre Reiterei durchstreifte die Ebene bis zu den Schatten von Thangorodrim, denn ihre Pferde, deren zuerst nur wenige gewesen waren, hatten sich rasch vermehrt, und das Gras von Ard-galen war fett und grün. Viele dieser Pferde stammten von Tieren aus Valinor ab; Maedhros hatte sie Fingolfin zum Ausgleich für seine Verluste gegeben, denn sie waren zu Schiff nach Losgar gebracht worden.

Westlich von Dor-lómin, jenseits des Echogebirges, das sich südlich des Fjords von Drengist ins Binnenland hineinzieht, lag Nevrast, was in der Sprache der Sindar die Hinnenküste bedeutet. Diesen Namen trugen zuerst alle Küstengebiete südlich des Fjordes, später aber nur noch das Land, dessen Küstenstreifen zwischen Drengist und dem Tarasberg lag. Dies war viele Jahre lang das Reich Turgons des Klugen, Fingolfins Sohn; es wurde begrenzt vom Meer, von den Ered Lómin und von den Hügeln, in denen sich die Wälle der Ered Wethrin nach Westen hin fortsetzten, von Ivrin bis zum Taras, der sich auf einem Landvorsprung erhob. Manche meinten, daß Nevrast eher zu Beleriand als zu Hithlum gehörte, denn es war ein milderes Land, bewässert durch die feuchten Seewinde und geschützt vor den kalten Nordwinden, die über Hithlum bliesen. Das Land lag tief, umgeben von Bergen und großen Klippen an der Küste, die höher lagen als die Ebenen dahinter, so daß kein Fluß hier ins Meer mündete; und inmitten des Landes war ein großer See mit oft wechselnden Ufern, umgeben von weiten Marschen. Linaewen hieß dieser

See, wegen der vielen Vögel, die dort nisteten, von allen Arten, die hohes Riedgras und flache Teiche lieben. Zur Zeit, als die Noldor kamen, lebten viele Grau-Elben in Nevrast nahe an der Küste und besonders um den Taras im Südwesten, denn an diesen Ort waren in alten Zeiten Ulmo und Osse gern gekommen. All diese Völker nahmen Turgon zum Fürsten, und die Vermischung der Noldor mit den Sindar schritt hier am schnellsten voran; und Turgon wohnte lange dort in seinen Hallen, die er Vinyamar nannte, am Fuß des Taras und am Meeresufer.

Südlich von Ard-galen erstreckte sich das große Hochland namens Dorthonion sechzig Meilen weit von West nach Ost, mit großen Kiefernwäldern besonders an der Nord- und an der Westseite. In sanften Hängen stieg es von der Ebene bis zu einem kahlen Hochland an, in dem viele Bergseen lagen, zu Füßen nackter Felsen, deren Spitzen höher aufragten als die Gipfel der Ered Wethrin; im Süden aber, nach Doriath hin, fiel es plötzlich steil in fürchterliche Tiefen ab. Von den Nordhängen Dorthonions blickten Angrod und Aegnor, Finarfins Söhne, über die Felder von Ard-galen hin; sie waren Vasallen ihres Bruders Finrod, des Herrn von Nargothrond, und ihr Volk war nicht zahlreich, denn das Land war unfruchtbar, und die großen Hochlande dahinter konnten als ein Bollwerk gelten, das Morgoth nicht so leicht überschreiten würde.

Zwischen Dorthonion und dem Schattengebirge lag ein enges Tal, dessen steile Hänge nur mit Tannen bewachsen waren, doch das Tal selbst war grün, denn der Sirion floß hindurch, in raschem Lauf nach Beleriand hin. Den Sirion-Paß bewachte Finrod, und auf der Insel Tol Sirion inmitten des Flusses erbaute er einen mächtigen Wachturm, Minas Tirith; nach dem Bau von Nargothrond aber ließ er diese Festung meist in der Obhut seines Bruders Orodreth.

Das große, schöne Land Beleriand nun lag beiderseits des gewaltigen, vielbesungenen Sirion. Der Sirion entsprang bei Eithel Sirion und kroch am Rande von Ard-galen entlang, bevor er sich durch den Paß stürzte, immer mehr Wasser von den Bergbächen aufnehmend. Von da floß er einhundertunddreißig Meilen weit südwärts, mit vielen Zuflüssen auf dem Wege, bis er als ein mächtiger Strom seine vielen Mündungen und das sandige Delta in der Bucht von Balar erreichte. Und den Sirion abwärts kamen von Norden nach Süden auf dem rechten Ufer in West-Beleriand zuerst der Wald von Brethil zwischen Sirion und Teiglin, dann das Reich von Nargothrond zwischen Teiglin und Narog. Der Narog entsprang in den Fällen von Ivrin an der Südseite von Dor-lómin und floß, ehe er in den Sirion mündete, etwa achtzig Meilen weit durch Nan-tathren, das Land der Weidenbäume. Südlich von Nantathren lag ein Wiesenland voller Blumen, wo nur wenige Leute lebten, und dann kamen die Marschen und Schilfinseln um die Mündungen des Sirion und die Sanddünen des Deltas, wo nichts Lebendiges war außer den Seevögeln.

Das Reich von Nargothrond aber erstreckte sich auch nach Westen über den Narog hinaus bis zum Fluß Nenning, der bei Eglarest ins Meer floß; und Finrod wurde zum obersten Fürsten aller Elben Beleriands zwischen dem Sirion und dem Meer, ausgenommen die in den Falas. Dort wohnten diejenigen Sindar, die noch immer die Schiffe liebten, und Círdan der Schiffbauer war ihr Fürst; Círdan und Finrod aber waren Freunde und Bundesgenossen, und mit Hilfe der Noldor wurden die Häfen von Brithombar und Eglarest neu aufgebaut. Hinter ihren hohen Mauern wurden sie zu schönen Hafenstädten mit steinernen Kaien und Pieren. Auf dem Westkap von Eglarest erbaute Finrod den Turm von Barad Nimras, um das Westmeer zu bewachen, doch der erwies sich als unnötig, denn zu keiner Zeit versuchte Morgoth je Schiffe zu bauen oder Seekrieg zu führen. Das Wasser scheuten alle seine Diener, und keiner von ihnen mochte dem Meer zu nahe kommen, es sei denn in äußerster Not. Mit Hilfe der Elben aus den Häfen bauten manche Nargothronder neue Schiffe und fuhren aus, um die große Insel Balar zu erkunden, in der Absicht, dort eine letzte Zufluchtstätte für Notzeiten zu schaffen; doch ihr Schicksal war nicht, je dort zu wohnen.

So war Finrods Reich bei weitem das größte, obgleich er der jüngste war unter den großen Fürsten der Noldor: Fingolfin, Fingon, Maedhros und Finrod Felagund. Fingolfin aber galt als oberster Fürst aller Noldor, und Fingon nach ihm, obwohl ihr eigenes Reich nur aus dem nördlichen Lande Hithlum bestand; ihr Volk jedoch war das kühnste und streitbarste, von den Orks am meisten gefürchtet und Morgoth am bittersten verhaßt.

Linker Hand vom Sirion lag Ost-Beleriand, an der weitesten Stelle hundert Meilen breit vom Sirion bis zum Gelion und den Grenzen von Ossiriand. Zuerst, zwischen Sirion und Mindeb, kam das leere Land von Dimbar unter den Gipfeln der Crissaegrim, den Horstplätzen der Adler. Zwischen dem Mindeb und dem Oberlauf des Esgalduin lag das Unland von Nan Dungortheb; und diese Gegend war voller Schrecknisse, denn auf der einen Seite friedete Melians Kraft die Nordgrenze von Doriath ein, während auf der anderen Seite die steilen Klüfte der Ered Gorgoroth, der Berge des Grauens, vom hohen Dorthonion herabstürzten. Dorthin hatte sich, wie schon erzählt, Ungolianth vor den Geißeln der Balrogs geflüchtet, und dort blieb sie eine Weile und erfüllte die Schluchten mit ihrer Todfinsternis, und auch nachdem sie fortgezogen war, lauerte dort noch ihre Brut und wob ihre finsteren Netze; und die dünnen Wasser, die von den Ered Gorgoroth herabfielen, waren verseucht, und gefährlich war es, davon zu trinken, denn die Herzen derer, die sie gekostet hatten, wurden von Schatten des Wahnsinns und der Verzweiflung befallen. Alle andren Lebewesen mieden dies Land, und nur in arger Not durchquerten es die Noldor, auf einem Weg an den Grenzen von Doriath entlang und in weitem Abstand von den unheimlichen Hügeln. Dieser Weg war vor langer Zeit angelegt worden, vor Morgoths Rückkehr nach Mittelerde, und wer ihn ostwärts ging, kam an den Esgalduin, wo zur Zeit der Belagerung noch die steinerne Brücke von Iant Iaur stand. Von dort aus ging es durch Dor Dínen, das Stille Land, und über die Arossiach (was die Furten des Aros heißt) kam man in die Nordmarken von Beleriand, wo die Söhne Feanors wohnten.

Im Süden lagen die behüteten Wälder von Doriath, das Gebiet Thingols, des Verborgenen Königs, das niemand betrat, es sei denn mit Thingols Willen. Der kleinere Teil von Doriath im Norden, der Wald von Neldoreth, wurde nach Osten und Süden von dem dunklen Fluß Esgalduin begrenzt, der in der Mitte des Landes nach Westen abbog; und zwischen Aros und Esgalduin lagen die dichteren und größeren Wälder von Region. Auf dem Südufer des Esgalduin, dort wo er sich nach Westen dem Sirion zuwendet, lag die Tiefburg von Menegroth; und ganz Doriath lag östlich des Sirion, bis auf einen schmalen Streifen Waldland zwischen der Teiglinmündung und den Dämmerseen. Die Leute von Doriath nannten diesen

Wald Nivrim, die Westmark; große Eichen wuchsen dort, und er war mit eingeschlossen in Melians Gürtel, damit auch ein Stück des Sirion, den sie aus Verehrung für Ulmo liebte, ganz unter Thingols Herrschaft stünde.

Im Südwesten von Doriath, wo der Aros in den Sirion mündete, lagen große Teiche und Marschen zu beiden Seiten des Stromes, der hier seinen Lauf unterbrach und träge in vielen Kanälen dahinzog. Dieses Gebiet hieß Aelin-uial, die Dämmerseen, denn es war in Nebel gehüllt, und der Bann von Doriath lag über ihm. Der ganze nördliche Teil von Beleriand fiel zu diesem Punkt hin ab, und dann blieb das Land für eine Weile eben, so daß die Strömung des Sirion stockte. Südlich von Aelin-uial aber fiel das Land plötzlich steil ab, und alle unteren Ebenen des Sirion wurden von den oberen durch diesen Fall geschieden, der einem, der von Süden nach Norden blickte, als eine endlose Hügelkette erschienen wäre, die sich von Eglarest im Westen jenseits des Narog bis zum Amon Ereb im Osten hinzog, wo man von fern schon den Gelion sehen konnte. Der Narog floß durch diese Hügel in einer tiefen Schlucht, über Stromschnellen, doch ohne Wasserfälle, und auf seinem Westufer stieg das Land zu den großen bewaldeten Hochflächen von Taur-en-Faroth an. Auf der Westseite dieser Schlucht, wo der kurze, schäumende Ringwil von Hoch-Faroth herab in den Narog stürzte, erbaute Finrod Nargothrond. Rund fünfundzwanzig Meilen östlich der Narog-Schlucht aber stürzte der Sirion von Norden in einem mächtigen Fall von den Seen herab und verschwand dann plötzlich unter der Erde, in großen Tunnels, die das Gewicht seiner herniederbrechenden Wasser gegraben hatte, und drei Meilen weiter südlich kam er mit viel Lärm und Dampf wieder aus den Felsgewölben am Fuß der Hügel hervor, die man die Pforten des Sirion nannte.

Diese trennende Hügelkette wurde Andram, der lange Wall, genannt, von Nargothrond bis Ramdal in Ost-Beleriand, wo sie endete. Doch nach Osten zu wurde die Kette flacher, denn das Tal des Gelion fiel gleichmäßig nach Süden hin ab, und der Gelion hatte auf seinem ganzen Lauf weder Fälle noch Schnellen, obwohl er rascher dahinströmte als der Sirion. Zwischen Ramdal und dem Gelion stand ein vereinzelter Berg von großer Ausdehnung und mit sanft ansteigenden Hängen; doch schien er größer, als er war, denn er stand allein; und dieser Berg wurde Amon Ereb genannt. Auf dem Amon Ereb fiel Denethor, der Fürst der Nandor, die in Ossiriand wohnten und Thingol gegen Morgoth zu Hilfe geeilt waren, in den Tagen, als die Orkheere zum ersten Male vordrangen und den sternbeschienenen Frieden von Beleriand störten; und auf diesem Berg war Maedhros' Sitz nach der großen Niederlage. Südlich des Andram aber, zwischen Sirion und Gelion, lag ein wildes Land mit dichten Wäldern, das niemand betrat, bis auf ein paar wandernde Dunkel-Elben hier und da; Taur-im-Duinath wurde es genannt, der Wald zwischen den Strömen.

Der Gelion war ein großer Strom, und er entsprang in zwei Quellen und hatte zuerst zwei Arme, den Kleinen Gelion, der vom Berg von Himring floß, und den Großen Gelion, der vom Berg Rerir kam. Von der Vereinigung der beiden Arme an floß er vierzig Meilen weit nach Süden, ehe er seine Nebenflüsse aufnahm, und bis zu seiner Mündung in die See war er doppelt so lang wie der Sirion, doch weniger breit und wasserreich, denn mehr Regen fiel in Hithlum und Dorthonion, wo der Sirion sich speiste, als im Osten. Von den Ered Luin herab kamen die sechs Zuflüsse des Gelion: Ascar (der später Rathlóriel genannt wurde), Thalos, Legolin, Brilthor, Duilwen und Adurant, schnelle und wilde Flüsse, da sie steil von den Bergen herabfielen. Und zwischen dem Ascar im Norden und dem Adurant im Süden und zwischen Gelion und Ered Luin lag das ferne grüne Land von Ossiriand, das Land der Sieben Flüsse. Der Adurant nun, an einer Stelle etwa in der Mitte seines Laufes, teilte und vereinigte sich wieder, und die Insel, die seine Wasser umschlossen, hieß Tol Galen, die Grüne Insel. Hier wohnten Beren und Lúthien nach ihrer Rückkehr.

In Ossiriand lebten die Grün-Elben, geschützt von ihren Flüssen, denn nach dem Sirion liebte Ulmo den Gelion am meisten von allen Wassern der westlichen Welt. So waldversteckt lebten die Elben von Ossiriand, daß ein Fremder ihr Land vom einen Ende zum andern durchschreiten mochte, ohne einen einzigen von ihnen zu Gesicht zu bekommen. Im Frühling und Sommer gingen sie in Grün gekleidet, und den Klang ihrer Gesänge konnte man bis über die Wasser des Gelion hören; weshalb die Noldor dieses Land Lindon nannten, das Land der Musik, und die Berge dahinter nannten sie die Ered Lindon, denn sie hatten sie zuerst von Ossiriand aus erblickt.

Am offensten für Angreifer waren die Marken von Beleriand östlich von Dorthonion, denn nur Hügel von geringer Höhe schützten das Tal des Gelion nach Norden zu. In dieser Gegend, in Maedhros' Mark und den Ländern dahinter, wohnten Feanors Söhne mit zahlreichem Volk, und oft kamen ihre Reiter über die große nördliche Ebene, das weite, leere Lothlann, östlich von Ard-galen, damit Morgoth keine Ausfälle nach Ost-Beleriand unternehmen könne. Maedhros' größte Burg lag auf dem Berg von Himring, dem Ewig-Kalten, einem breitschultrigen, baumlosen Berg mit flachem Gipfel, umgeben von vielen kleineren Bergen. Zwischen Himring und Dorthonion verlief ein Paß, der äußerst steil war auf der Westseite, und das war der Aglon-Paß, ein Tor nach Doriath; und stets pfiff ein kalter Wind von Norden hindurch. Celegorm und Curufin aber hatten den Aglon befestigt und hielten ihn mit einer großen Streitmacht besetzt, und dazu im Süden das ganze Land von Himlad, zwischen dem Aros, der in Dorthonion entsprang, und seinem Zufluß, dem Celon, der vom Himring her kam.

Zwischen den Quellflüssen des Gelion war der Bezirk Maglors, und hier hörten die Hügel an einer Stelle ganz auf; hier war es, wo die Orks vor der Dritten Schlacht nach Ost-Beleriand durchbrachen. Die Noldor hielten daher an dieser Stelle eine starke Reiterei in der Ebene bereit, und Caranthirs Volk befestigte die Berge östlich von Maglors Lücke. Hier sprangen der Rerir und viele andere Gipfel von geringerer Höhe aus der Hauptkette der Ered Lindon nach Westen vor; und im Winkel zwischen dem Rerir und den Ered Lindon lag ein See, auf allen Seiten außer im Süden von Bergen überschattet. Dies war der tiefe, dunkle Helevorn-See, und an seinem Ufer wohnte Caranthir; das ganze große Land aber zwischen dem Gelion und dem Gebirge und zwischen Rerir und Ascar nannten die Noldor Thargelion, was heißt: Das Land jenseits des Gelion, oder auch Dor Caranthir, das Land Caranthirs; und hier war es, wo die Noldor zuerst den Zwergen begegneten. Bei den Grau-Elben aber hatte Thargelion früher Talath Rhúnen, das Osttal, geheißen.

So waren also Feanors Söhne unter Maedhros' Führung die Herren von Ost-Beleriand; ihr Volk aber wohnte zu jener Zeit meist im Norden des Landes, und nach Süden ritt man nur, um in den Laubwäldern zu jagen. Dort aber saßen Amrod und Amras, die selten nach Norden kamen, solange die Belagerung dauerte; und dorthin ritten bisweilen auch andere der Elbenfürsten, sogar von weit her, denn das Land war wild und sehr schön. Am häufigsten kam Finrod Felagund, denn er reiste gern und kam sogar bis nach Ossiriand und wurde freund mit den Grün-Elben. Keiner der Noldor aber überschritt jemals die Ered Lindon, solange ihr Reich dauerte, und nur selten und spät kam Kunde nach Beleriand von dem, was in den Gebieten des Ostens geschah.

Die Drúedain

Die Angehörigen von Haleths Volk blieben für die anderen Atani Fremde, und sie sprachen eine fremdartige Sprache; und obwohl sie mit ihnen im Bund mit den Eldar vereinigt waren, blieben sie ein besonderes Volk. Sie blieben unter sich ihrer alten Sprache treu, und obwohl sie notwendigerweise Sindarin lernten, um sich mit den Eldar und den anderen Atani zu verständigen, sprachen es viele stockend, und einige derer, die selten über die Grenzen ihrer Wälder hinausgingen, benutzten es überhaupt nicht. Aus freien Stücken übernahmen sie keine neuen Dinge oder Sitten und bewahrten sich viele Bräuche, die den Eldar und den anderen Atani fremdartig erschienen, mit denen sie wenig Verkehr hatten, außer in Kriegszeiten. Gleichwohl wurden sie als treue Bundesgenossen und gefürchtete Krieger geschätzt, obwohl die Kompanien, die sie über ihre Grenzen in den Kampf schickten, klein waren. Denn sie waren ein kleines Volk und blieben es bis an ihr Ende, hauptsächlich damit beschäftigt, ihre eigenen Waldländer zu schützen, und sie taten sich in der Kriegführung im Wald hervor. Sogar jene Orks, die hierfür besonders gut ausgebildet waren, wagten es lange Zeit nicht, einen Fuß in die Nähe ihrer Grenzen zu setzen. Einer der seltsamen Bräuche, von denen gesprochen wurde, war jener, daß viele ihrer Krieger Frauen waren, wenn auch wenige von ihnen das Land verließen, um in den großen Schlachten zu kämpfen. Dieser Brauch war offensichtlich uralt; denn ihre Anführerin Haleth war eine bekannte Amazone mit einer ausgesuchten Leibgarde, die aus Frauen bestand.

Der merkwürdigste aller Bräuche des Volkes von Haleth war, daß es unter ihnen Angehörige einer völlig anderen Art gab, und weder die Eldar in Beleriand noch die anderen Atani hatten jemals zuvor eine ähnliche gesehen. Sie waren nicht zahlreich, vielleicht ein paar Hundert, lebten in Familien oder kleinen Stämmen für sich, doch in Freundschaft und als Mitglieder der gleichen Gemeinschaft. Das Volk von Haleth bezeichnete sie mit dem Namen *drûg*, einem Wort aus ihrer eigenen Sprache. In den Augen der Elben und anderer Menschen boten sie einen unschönen Anblick: Sie waren untersetzt (etwa vier Fuß groß), doch sehr breitschultrig, hatten große Hinterteile und kurze, dicke Beine; ihre breiten Gesichter hatten tiefliegende Augen mit dichten Brauen und flachen Nasen; und unterhalb der Augenbrauen sproßte ihnen kein Haar, ausgenommen wenige Männer (die auf diesen Unterschied sehr stolz waren), die in der Mitte des Kinns einen kleinen Zopf aus schwarzen Haaren besaßen. Ihre Gesichtszüge waren in der Regel ausdruckslos, und am beweglichsten waren ihre breiten Münder; und die Bewegung ihrer wachsamen Augen war nur aus der Nähe wahrzunehmen, denn sie waren so schwarz, daß die Pupillen vom übrigen Auge nicht zu unterscheiden waren, doch im Zorn glühten sie rot. Ihre Stimmen waren tief und kehlig, doch ihr Lachen war überraschend: Es war volltönend und kräftig und brachte alle, die es hörten, Elben oder Menschen, ebenfalls zum Lachen, denn in ihm war reine Fröhlichkeit, frei von Spott oder Arglist. Im Frieden lachten sie oft bei der Arbeit oder beim Spiel, wenn andere Menschen sangen. Aber sie konnten rücksichtslose Feinde sein, und wenn ihr brennender Zorn einmal entflammt war, kühlte er sich nur langsam ab, obgleich er sich durch kein Zeichen verriet, außer durch das Licht in ihren Augen; denn sie kämpften schweigend, und im Sieg frohlockten sie nicht, nicht einmal über die Orks, den einzigen Wesen, die sie unversöhnlich haßten.

Die Eldar nannten sie Drúedain und sprachen ihnen den Rang der Atani zu, denn solange es sie gab, wurden sie sehr geliebt. Aber ach, ihnen war kein langes Leben vergönnt, ihre Zahl war immer klein, und ihre Verluste waren schwer in ihren Fehden mit den Orks, die ihren Haß erwiderten und Freude daran hatten, sie zu fangen und zu foltern. Als die Siege Morgoths alle Reiche und Festungen der Elben und Menschen in Beleriand zerstörten, waren sie, wie man sagte, auf wenige Familien zusammengeschmolzen, meistens Frauen und Kinder, von denen einige zu den letzten Zufluchtsstätten an den Mündungen des Sirion kamen.

In ihren früheren Tagen hatten sie denen, in deren Mitte sie lebten, große Dienste erwiesen, und sie waren überaus begehrt, wenn auch nur wenige jemals das Land von Haleths Volk verließen. Sie waren außergewöhnlich geschickt, die Fährten aller Lebewesen aufzuspüren und zu verfolgen, und unterrichteten ihre Freunde nach Kräften in dieser Kunst;

doch ihre Schüler kamen ihnen nicht gleich, denn die Drúedain benutzten ihren Geruchssinn wie Jagdhunde, nur daß sie nicht ebenso scharfäugig waren. Sie waren stolz darauf, einen Ork gegen den Wind wittern zu können, der so weit entfernt war, daß andere Menschen ihn nicht sehen konnten, und vermochten seiner Witterung wochenlang zu folgen, außer durch fließendes Wasser. Ihre Kenntnis alles Wachsenden kam fast dem der Elben gleich (obwohl sie von ihnen nicht unterrichtet worden waren); und es wird gesagt, daß sie nach dem Umzug in ein neues Land innerhalb kurzer Zeit alles kannten, was dort wuchs, ob groß oder klein, und daß sie den Pflanzen, die für sie neu waren, Namen gaben, wobei sie zwischen giftigen und genießbaren zu unterscheiden vermochten.

Die Drúedain wie auch die anderen Atani kannten keine Art von Schrift, bevor sie die Eldar trafen; doch die Runen und Schriftzeichen der Eldar wurden von ihnen nie erlernt. Was die Erfindung einer eigenen Schrift angeht, gelangten sie über den Gebrauch einer Anzahl von Zeichen, zum größten Teil einfacher Art, nicht hinaus, mit deren Hilfe sie Fährten kennzeichneten oder Nachrichten und Warnungen übermittelten. In entfernter Vergangenheit schienen sie zum Schaben und Schneiden bereits kleine Werkzeuge aus Feuerstein gekannt zu haben, und diese benutzten sie noch immer, obgleich die Atani, bevor sie nach Beleriand kamen, einige Kenntnis von Metallen und der Schmiedekunst besessen hatten, denn Metalle waren schwer zu bekommen, und geschmiedete Waffen und Werkzeuge waren kostbar. Aber als diese Dinge durch den Anschluß an die Eldar und den Verkehr mit den Zwergen von Ered Lindon in Beleriand gebräuchlicher wurden, bewiesen die Drúedain eine große Begabung in der Bearbeitung von Holz und Stein. Sie verstanden bereits mit Farbstoffen umzugehen, die sie hauptsächlich aus Pflanzen gewannen, und auf Holz oder flache Steinflächen malten sie Bilder und Muster; und manchmal schnitzten sie aus hölzernen Knorren Gesichter, die bemalt werden konnten. Doch mit schärferen und stärkeren Werkzeugen fanden sie Gefallen daran, Figuren von Menschen und Tieren zu schnitzen, ob Spielzeug und Schmuck oder große Bildnisse, denen die Geschicktesten unter ihnen eine treffende Lebensähnlichkeit verleihen konnten. Zuweilen waren diese

Bildnisse seltsam und phantastisch oder einfach furchterregend: Zu den grimmigen Scherzen, für die sie ihre Kunst benutzten, zählte die Anfertigung von Ork-Figuren, die sie an den Grenzen des Landes aufstellten und die so gestaltet waren, als seien sie vor Entsetzen schreiend auf der Flucht aus dem Land. Sie verfertigten auch Bildnisse von sich selbst und stellten sie an den Zugängen zu Fährten oder an Biegungen der Waldpfade auf. Diese wurden »Wacht-Steine« genannt; die bemerkenswertesten Steine waren in der Nähe der Teiglin-Stege aufgestellt, und jeder von ihnen stellte einen Drúadan dar, größer als in Wirklichkeit, der schwer auf einem toten Ork hockte. Diese Figuren dienten nicht bloß der Beleidigung ihrer Feinde; denn die Orks fürchteten sie und glaubten, daß die Arglist der *Oghor-hai* ihnen innewohne (denn so nannten sie die Drúedain), die mit ihnen in Verbindung stünden. Deshalb wagten sie es kaum, sie zu berühren, versuchten nicht sie zu zerstören, und wenn sie nicht in großer Zahl waren, wichen sie vor einem »Wacht-Stein« zurück und gingen nicht weiter.

Doch von allen Fähigkeiten dieses merkwürdigen Volkes war vielleicht die bemerkenswerteste, daß sie es vermochten, viele Tage lang in äußerstem Schweigen und in Bewegungslosigkeit auszuharren, wobei sie mit gekreuzten Beinen dasaßen, die Hände auf den Knien oder im Schoß, die Augen geschlossen oder auf den Boden gerichtet. Hierüber wurde unter Haleths Volk diese Geschichte erzählt:

Einer der geschicktesten Bildhauer unter den Drûgs schuf einmal ein Bildnis seines Vaters, der gestorben war; und er stellte es auf einem Pfad in der Nähe ihrer Behausung auf. Dann setzte er sich daneben nieder und verfiel in ein tiefes Schweigen der Erinnerung. Es geschah nun, daß ein wenig später zufällig ein Waldbewohner auf einer Reise in ein entferntes Dorf vorüberkam, und als er zwei Drûgs sah, verbeugte er sich und wünschte ihnen einen guten Tag. Doch er erhielt keine Antwort, und er stand einige Zeit überrascht da und betrachtete sie eingehend. Darauf setzte er seinen Weg fort und sagte zu sich selbst: »Ihre Geschicklichkeit als Bildhauer ist groß, doch niemals habe ich etwas gesehen, das lebenswahrer war.« Drei Tage später kehrte er zurück, und weil er sehr müde war, setzte er sich nieder und lehnte sich mit dem Rücken an eine der Figuren. Er warf seinen Umhang zum Trocknen über ihre Schulter, denn es hatte geregnet, doch jetzt brannte die Sonne heiß. Dort schlief er ein; aber nach einer Weile weckte ihn eine Stimme, die von der Figur hinter ihm kam. »Ich hoffe, Ihr habt Euch ausgeruht«, sagte sie, »doch wenn Ihr weiterschlafen wollt, bitte ich Euch, Euch zum anderen zu bemühen. Er wird es niemals wieder nötig haben, seine Beine auszustrecken; und Euer Umhang ist mir in der Sonne zu warm.«

Es heißt, daß die Drúedain in Zeiten des Kummers oder Verlustes oft auf diese Weise dasaßen, doch manchmal auch in vergnüglichem Nachdenken oder beim Pläneschmieden. Doch sie konnten ihre Reglosigkeit auch nutzen, wenn sie auf der Wacht waren. Dann standen oder saßen sie im Schatten verborgen, und obwohl ihre Augen geschlossen zu sein oder ins Leere zu starren schienen, ging niemand vorbei oder kam in die Nähe, den sie nicht bemerkten und im Gedächtnis behielten. Ihre unsichtbare Wachsamkeit war so durchdringend, daß sie von Eindringlingen wie eine feindselige Bedrohung wahrgenommen wurde und sie sich vor Furcht zurückzogen, ehe eine Warnung erfolgte; doch wenn etwas Böses geschah, dann stießen sie als Signal einen schrillen Pfiff aus, der in unmittelbarer Nähe nur unter Schmerzen zu ertragen und weit zu hören war. Die Dienste der Drúedain als Wachen wurden in Zeiten der Gefahr von Haleths Volk sehr geschätzt; und wenn sie nicht zur Verfügung standen, bediente man sich menschenähnlicher Figuren, die man in der Nähe der Häuser aufstellte und von denen man glaubte, daß sie (von den Drúedain zu diesem Zweck angefertigt) ein wenig vom drohenden Aussehen lebender Menschen vermittelten.

Obwohl das Volk Haleths den Drúedain echte Liebe und Vertrauen entgegenbrachte, glaubten viele, daß sie unheimliche und wunderbare Kräfte besaßen; und unter ihren Geschichten von Wundern waren einige, die hiervon handelten.

Der Untergang von Númenor

Es heißt bei den Eldar, die Menschen seien zur Zeit des Schattens von Morgoth auf die Welt gekommen; und rasch fielen sie unter seine Herrschaft, denn er schickte seine Botschafter zu ihnen, und sie hörten auf seine bösen und schlauen Reden und beteten das Dunkel an und fürchteten es doch. Manche aber kehrten sich auch ab vom Bösen, verließen das Land ihrer Väter und wanderten immer weiter nach Westen; denn sie hatten ein Gerücht vernommen, daß im Westen ein Licht sei, welches der Schatten nicht trüben könne. Morgoths Diener verfolgten sie mit Haß, und ihre Wege waren lang und schwer; doch kamen sie schließlich in die Länder, die aufs Meer hin blicken, und sie betraten Beleriand zur Zeit des Juwelenkrieges. Die Edain wurden sie in der Sindarinsprache genannt; sie wurden Freunde und Bundesgenossen der Eldar und leisteten kühne Taten im Krieg gegen Morgoth.

Von ihnen stammte seitens seiner Väter Earendil der Strahlende ab; und im ›Lied von Earendil‹ wird erzählt, wie er zuletzt, als der Sieg Morgoths fast endgültig war, sein Schiff Vingilot baute, welches die Menschen Rothinzil nannten, und auf die nie befahrenen Meere hinausfuhr, Valinor suchend, denn er wollte bei den Mächten für die Zwei Geschlechter sprechen, damit die Valar sich ihrer erbarmen und in der äußersten Not Hilfe senden möchten. Daher wird er von Elben und Menschen Earendil der Gesegnete genannt, denn nach langen Mühen und vielen Gefahren gelangte er ans Ziel seiner Fahrt, und aus Valinor kam das Heer der Herren des Westens. Earendil aber kehrte nie wieder in die Lande zurück, die er geliebt hatte.

In der großen Schlacht, als Morgoth endlich überwältigt und Thangorodrim zerstört wurde, fochten von den Völkern der Menschen einzig die Edain für die Valar; viele andere aber fochten für Morgoth. Und nach dem Sieg der Valar flohen die üblen Menschen, soweit sie nicht vernichtet waren, zurück nach Osten, wo noch viele ihres Stammes in den unbebauten Ländern wanderten, wild und gesetzlos, den Valar wie Morgoth gleichermaßen die Gefolgschaft verweigernd. Zu ihnen kamen die üblen Menschen und breiteten einen Schatten der

Furcht über sie und wurden ihre Könige. Die Valar überließen nun für eine Weile die Menschen, die ihnen nicht Folge geleistet und die in den Freunden Morgoths ihre Herren sahen, ihrem Schicksal; und die Menschen lebten im Dunkel, verfolgt von vielen Unheilsdingen, die Morgoth in den Tagen seiner Herrschaft gezüchtet hatte: Dämonen und Drachen und Ungeheuern und den unreinen Orks, welche ein Spottbild der Kinder Ilúvatars sind. Und unglücklich war ihr Los.

Manwe aber vertrieb Morgoth und verbannte ihn aus der Welt, in die Leere, die draußen ist; und Morgoth selbst kann nicht mehr zurückkehren und in der Welt zugegen und sichtbar sein, solange die Herren des Westens herrschen. Aber die Saaten, die er gesät, wuchsen und keimten noch immer und trugen böse Frucht, wenn nur einer sie hegte. Denn Morgoths Wille blieb und lenkte seine Diener, und stets bewog er sie, die Absichten der Valar zu durchkreuzen und jene zu vernichten, die ihnen dienten. Die Herren des Westens wußten dies wohl. Als daher Morgoth ausgestoßen war, hielten sie Rat über die Zeitalter, die kommen sollten. Die Eldar riefen sie auf, in den Westen zurückzukehren, und jene, die gehorchten, wohnen auf der Insel Eressea; und dort ist ein Hafen, Avallóne genannt, denn von allen Städten ist diese Valinor am nächsten, und der Turm von Avallóne ist das erste, was der Seemann erblickt, wenn er sich übers weite Meer endlich den Landen der Unsterblichen naht. Auch den Vätern der Menschen aus den drei getreuen Häusern wurde reicher Lohn zuteil. Eonwe kam zu ihnen und lehrte sie, und sie empfingen Weisheit und Macht und ein längeres Leben als es je andre von sterblicher Art genossen. Ein Land wurde geschaffen, wo die Edain wohnen sollten und das weder zu Mittelerde noch zu Valinor gehörte, denn von beiden war es durch ein weites Meer geschieden; doch näher lag es bei Valinor. Es wurde von Osse aus den Tiefen des Großen Wassers emporgehoben, von Aule verankert und von Yavanna geschmückt; und die Eldar brachten aus Tol Eressea Blumen und Brunnen herbei. Dies Land nannten die Valar Andor, das Land der Gabe; und hell leuchtete Earendils Stern im Westen, zum Zeichen, daß alles bereit sei, und als Wegweiser über die See; und die Menschen bestaunten die silberne Flamme auf der Fährte der Sonne.

Da segelten die Edain auf die tiefen Wasser hinaus, dem Sterne nach; und die Valar geboten der See Frieden, viele Tage lang, und schickten Sonnenschein und guten Fahrtwind, daß die Wasser den Edain vor den Augen glitzerten wie flüssiges Glas, und die Gischt flog wie Schnee um den Bug ihrer Schiffe. So hell aber war Rothinzil, daß die Menschen es selbst morgens im Westen leuchten sahen, und in der wolkenlosen Nacht schien es ganz allein, denn kein andrer Stern konnte neben ihm bestehen. Nach ihm bestimmten die Edain ihren Kurs über das weite Meer, und endlich sahen sie im Westen das Land, das ihnen bereitet war, Andor, das Land der Gabe, wie es in goldnem Dunste schimmerte. Sie legten an und fanden ein mildes, fruchtbares Land und waren froh. Und sie nannten das Land Elenna, was »dem Stern nach« bedeutet, aber auch Anadûnê, das heißt »Westernis«, Númenóre in der Sprache der Hoch-Elben.

Dies war der Ursprung jenes Volkes, das im Grau-Elbischen die Dúnedain heißt: das Volk der Númenórer, der Könige unter den Menschen. Dem Schicksal des Todes aber, das Ilúvatar über das ganze Menschengeschlecht verhängt hatte, entgingen sie nicht, obgleich sie lange lebten und keine Krankheit kannten, ehe der Schatten auf sie fiel. So erlangten sie Weisheit und Ruhm und waren in allen Dingen den Erstgeborenen ähnlicher als den andren Menschenvölkern; sie waren von hohem Wuchs, größer als die größten unter den Söhnen von Mittelerde, und ihre Augen schimmerten hell wie die Sterne. Doch ihre Anzahl vermehrte sich im Lande nur langsam, denn zwar wurden ihnen Töchter und Söhne geboren, die noch schöner waren als ihre Eltern, aber es blieben wenige.

Die alte Hauptstadt, zugleich der Hafen von Númenor, lag an der Westküste, und sie hieß Andúnië, weil sie dem Sonnenuntergang zugekehrt war. Inmitten des Landes aber ragte ein hoher und steiler Berg auf, welcher der Meneltarma hieß, der Himmelspfeiler, und auf dem Gipfel war eine Stätte, die Eru Ilúvatar geweiht war, offen und ohne Dach; andre Tempel oder Heiligtümer gab es im Land der Númenórer nicht. Am Fuß des Berges wurden die Grabmäler der Könige erbaut, und nahebei auf einem Hügel lag Armenelos, die schönste aller Städte, und dort standen der Turm und die Zitadelle, die Elros errichtet hatte, Earendils Sohn; und ihn ernannten die Valar zum ersten König der Dúnedain.

Nun stammten Elros und Elrond, sein Bruder, zwar von

den Drei Häusern der Edain ab, zum Teil aber auch von den Eldar und von den Maiar; denn Idril von Gondolin und Lúthien, Melians Tochter, waren ihre Ahninnen. Die Valar dürfen zwar die Gabe des Todes, die den Menschen von Ilúvatar zuteil geworden, nicht widerrufen, was aber die Halb-Elben anging, so überließ Ilúvatar ihnen das Urteil; und ihr Urteil war, daß es den Söhnen Earendils freigestellt sein sollte, ihr eignes Schicksal zu wählen. Und Elrond wählte, daß er bei den Erstgeborenen bleiben wolle, und ihm wurde das Leben der Erstgeborenen gewährt. Elros aber, der die Wahl traf, ein König der Menschen zu sein, wurde gleichfalls ein langes Leben gewährt, um ein vielfaches länger als das der Menschen von Mittelerde, und auch alle seine Nachkommen, die Könige und die Fürsten aus dem königlichen Hause, hatten ein langes Leben, selbst nach dem Maß der Númenórer. Elros aber lebte fünfhundert Jahre, und vierhundertundzehn Jahre lang regierte er Númenor.

In all den Jahren, während Mittelerde verfiel, da Licht und Wissen erloschen, lebten die Dúnedain unter dem Schutz der Valar und in Freundschaft mit den Eldar, und sie wuchsen an Leib und Geist. Denn obgleich das Volk noch die eigene Sprache gebrauchte, kannten und sprachen die Könige und die Edlen zugleich auch das Elbische, das sie in den Tagen der Bundesgenossenschaft erlernt hatten; und sie verkehrten noch mit den Eldar, ob mit denen aus Eressea, aus dem Westen oder aus Mittelerde. Und die Gelehrten unter ihnen lernten auch das Hoch-Eldarin, die Sprache des Segensreiches, worin viele Geschichten und Lieder vom Anbeginn der Welt erhalten waren; und sie schufen Buchstaben, Schriftrollen und Bücher, und in der Glanzzeit ihres Reiches schrieben sie viele Dinge von Wunder und Weisheit auf, die heute sämtlich vergessen sind. So kam es, daß alle Fürsten der Númenórer neben ihrem gewöhnlichen Namen einen zweiten Namen im Eldarin trugen; und ebenso die Städte und Lustschlösser, die sie in Númenor und an den Küsten der Hinnenlande erbauten.

Denn die Númenórer wurden mächtig in allen Künsten, und wäre es ihre Absicht gewesen, so hätten sie leicht die üblen Könige von Mittelerde in der Kriegführung und im Waffenschmieden zu übertreffen vermocht; doch waren sie friedliebende Menschen geworden. Vor allen anderen Künsten pflegten sie den Schiffbau und die Seefahrt, und sie wurden zu Seefahrern, die in der seither verkleinerten Welt nie wieder ihresgleichen haben werden; und Fahrten über die weiten Meere waren die Heldentaten und Abenteuer ihrer unerschrockenen Männer in den Tagen ihrer Jugend.

Doch verboten ihnen die Herren von Valinor, so weit nach Westen zu segeln, daß die Küsten von Númenor nicht mehr sichtbar waren; und lange Zeit waren die Dúnedain es zufrieden, obgleich sie den Sinn dieses Banns nicht recht verstanden. Manwes Absicht aber war, daß die Númenórer nicht versucht sein sollten, das Segensreich zu betreten oder die Grenzen zu überschreiten, die ihrem Glück gesetzt waren, wenn es sie nach der Unsterblichkeit der Valar und der Eldar verlangte und nach den Landen, wo alles von Dauer ist.

Denn in jenen Tagen lag Valinor noch in der sichtbaren Welt, und Ilúvatar erlaubte den Valar, dort einen Sitz auf Erden zu unterhalten, ein Andenken dessen, was hätte sein können, wäre nicht Morgoths Schatten auf die Welt gefallen. Den Númenórern war dies wohlbekannt, und bisweilen, wenn die Luft ganz klar war und die Sonne im Osten stand, hielten sie Ausschau und erblickten ganz weit im Westen eine weiß leuchtende Stadt auf einem fernen Gestade, mit einem großen Hafen und einem Turm. Damals waren die Númenórer weitsichtig; dennoch konnten nur die mit den schärfsten Augen dies sehen, vom Meneltarma herab oder von einem hochmastigen Schiff, das so weit, wie es erlaubt war, vor ihrer Westküste lag. Denn sie wagten es nicht, den Bann der Herren des Westens zu brechen. Die Weisen unter ihnen aber wußten, daß dies ferne Land noch nicht das Segensreich von Valinor war, sondern Avallóne, der Hafen der Eldar auf Eressea, dem am weitesten östlich gelegenen der Unsterblichen Lande. Und von dort kamen bisweilen die Erstgeborenen nach Númenor gefahren, in ruderlosen Booten, wie weiße Vögel aus der untergehenden Sonne. Und vielerlei Geschenke brachten sie mit: Singvögel, und duftende Blumen und Kräuter von großer Heilkraft. Und sie brachten auch einen Setzling von Celeborn, dem Weißen Baum, der inmitten von Eressea wuchs, und der wiederum war ein Setzling von Galathilion, dem Baum von Túna, dem Abbild Telperions, das Yavanna den Eldar im Segensreich geschenkt hatte. Und der Baum wuchs und blühte in den Königsgärten von Armenelos; Nimloth wurde er genannt, und seine Blüten öffneten sich des Abends und erfüllten die Schatten der Nacht mit ihrem Duft.

So gingen unter dem Bann der Valar die Fahrten der Dúnedain in jener Zeit immer nach Osten und nie nach Westen, von der Dunkelheit des Nordens bis zur Hitze des Südens und über den Süden hinaus in die Niedere Dunkelheit; sogar bis in die inneren Meere kamen sie und umrundeten Mittelerde; und von ihren hohen Steven erblickten sie die Tore des Morgens im Osten. Und bisweilen kamen die Dúnedain an die Ufer der Großen Lande, und sie erbarmten sich der verlassenen Welt von Mittelerde. In den Dunklen Jahren der Menschen setzten die Herren von Númenor wieder Fuß auf die westlichen Ufer, und noch wagte keiner ihnen zu widerstehen. Denn die meisten Menschen jenes Zeitalters unter dem Schatten waren nun schwach und furchtsam geworden. Vieles lehrten sie die Númenórer, als sie zu ihnen kamen. Den Weizen und den Wein brachten sie mit, und sie unterwiesen die Menschen, wie die Saat auszusäen und das Korn zu mahlen, wie das Holz zu schnitzen und der Stein zu meißeln sei, und wie sich das Leben ordnen lasse, so gut es ging in den Landen frühen Tods und dürftigen Glücks.

Da waren die Menschen von Mittelerde gestärkt, und hier und da an den westlichen Küsten wichen die hauslosen Wälder zurück, und Menschen schüttelten das Joch von Morgoths Sprößlingen ab und verlernten die Angst vor dem Dunkel. Und sie hielten das Andenken der hochgewachsenen Seekönige in Ehren und nannten sie Götter, nachdem sie wieder abgefahren, und hofften auf ihre Rückkehr; denn damals blieben die Númenórer niemals lange in Mittelerde, noch gründeten sie eigene Wohnsitze dort. Gen Osten mußten sie segeln, doch gen Westen kehrten stets ihre Herzen zurück.

Immer größer wurde nun diese Sehnsucht mit den Jahren, und die Númenórer begannen nach der Stadt der Unsterblichen zu hungern, die sie von fern sahen, und der Wunsch, ewig zu leben, dem Tode zu entgehen, dem Ende aller Freuden, wurde stark in ihnen; und mit ihrer Macht und Herrlichkeit wuchs auch ihre Unrast. Denn obgleich die Valar die Dúnedain mit langem Leben belohnt hatten, die Müdigkeit der Welt, die zuletzt doch kommt, konnten sie ihnen nicht abnehmen, und so starben sie, sogar die Könige aus dem Samen Earendils, und kurz war ihr Leben in den Augen der

Eldar. So kam es, daß ein Schatten auf sie fiel – und vielleicht war der Wille Morgoths hier am Werk, der in der Welt noch umging. Und die Númenórer begannen zu murren, zuerst im Herzen und dann auch in offener Rede, gegen das Verhängnis der Menschen und am meisten gegen den Bann, der ihnen verbot, in den Westen zu fahren.

Und sie sprachen unter sich: »Warum sitzen die Herren des Westens dort in nie endendem Frieden, doch wir müssen sterben und gehen, ohne zu wissen, wohin, und unser Haus zurücklassen und alles, das wir geschaffen? Und die Eldar sterben nicht, selbst jene nicht, die sich aufgelehnt gegen die Herren. Und da wir doch alle Meere gemeistert, und kein Wasser so wild oder weit ist, daß unsre Schiffe nicht hinüberfänden, warum dürfen wir nicht nach Avallóne fahren, um unsre Freunde zu grüßen?«

Und manche gab es, die sagten: »Warum sollten wir nicht auch nach Aman fahren und dort vom Glück der Mächte kosten, und sei es auch nur für einen einzigen Tag? Sind wir denn nicht mächtig unter den Völkern von Arda?«

Die Eldar berichteten diese Worte den Valar, und Manwe war in Sorge, denn eine Wolke sah er heraufziehen über dem Mittag von Númenor. Und er sandte Boten zu den Dúnedain, die zu dem König und allen, die hören wollten, eindringliche Worte sprachen, das Schicksal und den Lauf der Welt betreffend.

»Das Schicksal der Welt«, sagten sie, »kann der Eine nur ändern, der sie erschaffen. Und kämet ihr auf eurer Fahrt durch allen Trug und alle Gefahr wirklich nach Aman ins Segensreich, wenig würde es euch nützen. Denn nicht Manwes Land macht seine Bewohner unsterblich, sondern die Unsterblichen, die dort wohnen, haben das Land geheiligt; ihr aber müßtet nur verdorren und würdet die Welt um so früher leid, wie Motten, wenn das Licht zu heiß ist.«

Der König aber erwiderte: »Und lebt denn Earendil nicht, mein Vorvater? Und ist er nicht im Lande Aman?«

Worauf die Boten antworteten: »Du weißt, sein eigenes Schicksal hat er, und den Erstgeborenen wurde er gleichgestellt, die nicht sterben; doch auch dies wurde über ihn gesprochen, daß er nie mehr in die Lande der Sterblichen zurückkehren darf. Du und dein Volk aber, ihr gehört nicht zu den Erstgeborenen, sondern sterbliche Menschen seid ihr, so wie euch Ilúvatar geschaffen. Es scheint, die Vorteile beider Geschlechter wollt ihr genießen, nach Valinor zu fahren und wieder heimzukehren, wenn es euch beliebt. Dies kann nicht sein. Auch können die Valar Ilúvatars Gaben nicht wegnehmen. Die Eldar, so sagt ihr, bleiben straflos, und selbst die, welche sich aufgelehnt, sterben nicht. Doch weder Lohn noch Strafe ist dies für die Eldar, sondern Erfüllung ihres Seins. Sie können diese Welt nicht fliehen und sind gehalten, sie nie zu verlassen, solange sie dauert, denn die Welt ist ihr Leben. Und ihr, so sagt ihr, werdet bestraft für den Aufruhr der Menschen, an dem ihr nicht teilgehabt, und müßtet deshalb sterben. Nicht zur Strafe aber war dies euch zu Anfang bestimmt. Ihr entflieht und verlaßt die Welt und seid nicht an sie gebunden in Hoffnung oder Schmerz. Wer von uns soll daher den andren beneiden?«

Und die Númenórer erwiderten: »Wie könnten wir nicht die Valar beneiden oder selbst den Geringsten unter den Unsterblichen? Denn von uns wird blindes Vertrauen verlangt, Hoffnung ohne Gewißheit, und wir wissen nicht, was uns erwartet, schon in kurzer Zeit. Und doch lieben auch wir die Erde und mögen sie nicht verlassen.«

Da sagten die Boten: »Zwar sind Ilúvatars Absichten, euch betreffend, den Valar unbekannt, und nicht alles hat er verraten, was noch sein wird. Dies aber halten wir für wahr: Eure Heimat ist nicht hier, weder im Lande Aman noch irgendwo in den Kreisen der Welt. Und das Schicksal der Menschen, scheiden zu müssen, war zu Anfang eine Gabe Ilúvatars. Leid wurde es ihnen nur, weil sie unter Morgoths Schatten fielen, und da schien es ihnen, als wären sie von einer großen Dunkelheit umgeben, vor der sie sich fürchteten; und manche wurden eigensinnig und stolz und wollten das Leben nicht lassen, bis sie hingerafft wurden. Wir, die wir eine Last von Jahren zu tragen haben, die immer noch schwerer wird, können dies nicht gut verstehen. Wenn aber, wie ihr sagt, dieses Leid euch nun wieder quält, so fürchten wir, daß der Schatten sich abermals erhebt und wächst in euren Herzen. Deshalb, auch wenn ihr die Dúnedain seid, die edelsten unter den Menschen, die einst vor dem Schatten geflohen sind und tapfer gegen ihn gekämpft haben, sagen wir: Hütet euch! Erus Wille kennt keinen Widerspruch, und die Valar gebieten euch ernstlich, das Vertrauen nicht zu verweigern, das ihr ihnen schuldet, damit dies nicht bald wieder zu einer Kette werde, die euch drückt. Hoffet vielmehr, daß am Ende auch die geringsten unter euren Wünschen Frucht tragen werden. Die Liebe zu Arda hat Ilúvatar euch ins Herz gepflanzt, und nichts pflanzt er ohne Absicht. Dennoch, vieler Ungeborener Leben mag noch hingehen, ehe diese Absicht bekannt wird; und euch wird sie enthüllt werden, nicht den Valar.«

Dies geschah in den Tagen Tar-Ciryatans des Schiffbauers und seines Sohnes Tar-Atanamir; beide waren stolze Menschen, begierig nach Reichtum, lieber nehmend als gebend, und den Menschen von Mittelerde legten sie nun Tribut auf. Zu Tar-Atanamir waren die Boten gekommen, dem dreizehnten König. Mehr als zweitausend Jahre hatte das Reich der Númenórer zu seiner Zeit bestanden, und der Zenit seines Glücks war erreicht, doch noch nicht seiner Macht. Wenig behagte Atanamir der Rat der Boten, und er schenkte ihm keine Achtung, darin gefolgt von der Mehrzahl der Númenórer, denn sie wünschten noch zu ihrer Zeit dem Tod zu entgehen und nicht hoffen und warten zu müssen. Und Atanamir wurde sehr alt und klammerte sich noch ans Leben, als es längst keine Freude mehr war; und er war der erste der Númenórer, der dies tat. Er wollte nicht scheiden, bis das Alter ihn verblödete und entmannte, und er verweigerte seinem Sohn die Nachfolge, als der in den besten Jahren stand. Denn unter den Fürsten von Númenor war es Brauch gewesen, spät zu heiraten und die Herrschaft den Söhnen abzutreten, sobald diese an Körper und Geist voll erwachsen waren.

Dann wurde Tar-Ancalimon König, Atanamirs Sohn, und er war gleichen Sinnes; zu seiner Zeit spaltete sich das Volk von Númenor. Die größere Partei auf der einen Seite nannte man die Gefolgsleute des Königs, und diese wurden hochmütig und fremd den Eldar und Valar. Die kleinere Partei auf der Gegenseite nannte man die Elendili, die Elbenfreunde, denn sie blieben zwar gleichfalls dem König und dem Hause Elros' ergeben, wollten aber mit den Eldar Freundschaft halten und hörten auf den Rat der Herren des Westens. Doch blieben auch sie, die sich selbst die Getreuen nannten, von der Heimsuchung ihres Volkes nicht verschont, und auch sie betrübte der Gedanke an den Tod.

So wurde das Glück von Westernis geschmälert, seine Macht aber und sein Glanz wuchsen weiterhin. Denn die Könige und ihr Volk hatten all ihr Wissen noch nicht verloren, und wenn sie die Valar nun auch nicht mehr liebten, sie fürchteten sie noch immer. Den Bann zu brechen und offen über die ihnen gewiesenen Grenzen hinauszufahren, wagten sie nicht. Immer noch steuerten sie ihre hochmastigen Schiffe gen Osten. Dunkler und dunkler aber bedrückte sie die Furcht vor dem Tode, und mit allen Mitteln zögerten sie ihn hinaus; und sie begannen große Häuser für ihre Toten zu bauen, während ihre Weisen sich ohne Unterlaß bemühten, das Geheimnis zu entdecken, wie sie das Leben zurückrufen oder doch wenigstens die Tage der Menschen verlängern könnten. Doch nur in der Kunst, der Menschen totes Fleisch unverwest zu erhalten, brachten sie es zur Vollendung, und sie erfüllten das ganze Land mit stillen Gräbern, worin der Gedanke an den Tod ins Dunkel eingeschreint war. Die Lebenden aber gaben sich um so eifriger den Festen und Gelagen hin und strebten nach immer mehr Gütern und Schätzen. Nach der Zeit Tar-Ancalimons wurde es versäumt, die ersten Früchte Eru zu opfern, und nur mehr selten besuchten Menschen die Heilige Stätte auf dem Gipfel des Meneltarma inmitten des Landes.

So geschah es auch, daß die Númenórer zu jener Zeit die ersten Städte an den westlichen Küsten der alten Lande gründeten; denn ihr eigenes Land erschien ihnen wie eingeschrumpft, und sie hatten dort nicht mehr Rast noch Ruhe; und da ihnen der Westen verschlossen blieb, verlangte es sie nun nach Macht und Reichtum in Mittelerde. Große Häfen bauten sie und starke Türme, und viele ließen sich dort nieder; doch traten sie nun eher als Herren und Meister und Tributjäger auf denn als Helfer und Lehrer. Und die großen Schiffe der Númenórer wurden von den Winden ostwärts getrieben und kehrten stets beladen zurück, und ihre Könige mehrten Macht und Ruhm; und sie tranken und feierten und kleideten sich in Silber und Gold.

An all dem nahmen die Elbenfreunde wenig Anteil. Sie allein fuhren nun stets nach Norden und kamen ins Land Gilgalads, um die Freundschaft mit den Elben zu pflegen und ihnen gegen Sauron Hilfe zu leisten; und ihr Hafen war Pelargir, oberhalb der Mündungen des Anduin, des Großen Stromes. Die Gefolgsleute des Königs aber fuhren in den fernen Süden; und die Fürstentümer und Hochburgen, die sie dort schufen, haben viele Gerüchte in den Sagen der Menschen hinterlassen.

Wie anderswo erzählt wird, stand Sauron in diesem Alter wieder auf in Mittelerde und machte sich von neuem ans Werk, wie es ihn Morgoth gelehrt, als er in seinem Dienste mächtig wurde. Schon in den Tagen Tar-Minastirs, des elften Königs von Númenor, hatte er das Land Mordor befestigt und den Turm von Barad-dûr erbaut, und hernach strebte er unablässig nach der Herrschaft über Mittelerde, denn ein König aller Könige wollte er werden und ein Gott für die Menschen. Und Sauron haßte die Númenórer, für die Taten ihrer Väter und für ihr altes Bündnis mit den Elben und für ihre Ergebenheit gegen die Valar; auch vergaß er nicht die Hilfe, die Tar-Minastir einst Gil-galad erwiesen, zu der Zeit, als der Eine Ring geschmiedet wurde und Krieg war zwischen Sauron und den Elben in Eriador. Nun erfuhr er, daß die Könige der Númenórer größer und mächtiger geworden seien, und um so mehr haßte er sie; doch fürchtete er, sie könnten in sein Land eindringen und ihm die Herrschaft im Osten entreißen. Lange Zeit wagte er es nicht, den Herren der See die Stirn zu bieten, und von den Küsten hielt er sich fern.

Doch Sauron wußte immer neue Ränke, und es heißt, unter jenen, die er mit den Neun Ringen betörte, seien drei große Fürsten von númenórischer Abkunft gewesen. Und als die Úlairi auftraten, welche die Ringgeister, seine Diener, waren, und seine Schreckensherrschaft über die Menschen stärkten, da begann er die festen Plätze der Númenórer an den Küsten anzugreifen.

In jener Zeit wurde der Schatten tiefer auf Númenor; und das Leben der Könige aus dem Hause Elros' schwand dahin, weil sie sich aufgelehnt hatten, doch um so mehr nur verhärtete sich ihr Herz gegen die Valar. Und der neunzehnte König nahm das Szepter seiner Väter und bestieg den Thron unter dem Namen Adûnakhor, Herr des Westens; er entriet der Elbensprachen und verbot ihren Gebrauch in seiner Gegenwart. In die Rolle der Könige aber wurde sein Name als Herunúmen eingetragen, in der Hochsprache der Elben, nach alter Sitte, mit der ganz zu brechen die Könige sich scheuten, um kein Unheil zu beschwören. Dieser Titel nun erschien den Getreuen gar zu anmaßend, war es doch der Titel der Valar; und schwer geprüft wurden ihre Herzen im Widerstreit zwischen der Ergebenheit gegen das Haus Elros' und der Ehrfurcht vor den ernannten Mächten. Doch Ärgeres stand noch bevor. Denn Ar-Gimilzôr, der zweiundzwanzigste König, war der schärfste Feind der Getreuen. Zu jener Zeit wurde der Weiße Baum nicht mehr gehegt und begann abzusterben; und der König verbot streng den Gebrauch der Elbensprachen und bestrafte jeden, der die Schiffe von Eressea empfing, die heimlich noch an die Westküste des Landes kamen.

Nun lebten die meisten der Elendili in den westlichen Gebieten von Númenor; doch Ar-Gimilzôr befahl allen, in denen er Anhänger dieser Partei erkannte, aus dem Westen in den Osten zu ziehen; und dort standen sie unter Aufsicht. Und die größte Ortschaft der Getreuen lag so in späterer Zeit bei dem Hafen Rómenna; von dort schifften sich viele nach Mittelerde ein, nach den nördlichen Küsten, wo sie noch mit den Eldar in Gil-galads Königreich sprechen konnten. Den Königen war dies wohl bekannt, doch hinderten sie es nicht, solange die Elendili aus ihrem Lande schieden und nicht mehr wiederkamen, denn die Könige wollten aller Freundschaft zwischen ihrem Volk und den Eldar von Eressea, welche sie die Spione der Valar nannten, ein Ende machen; so hofften sie, ihr Tun und Denken vor den Herren des Westens verborgen zu halten. Doch Manwe wußte von allem, was sie taten, und die Valar zürnten den Königen von Númenor und gewährten ihnen nicht mehr Schutz noch Rat; und von Eressea kamen keine Schiffe mehr aus dem Sonnenuntergang, und der Hafen von Andúnië lag verlassen.

Höchste Ehren nach dem Haus der Könige genossen die Herren von Andúnië, denn sie waren von Elros' Geblüt und stammten von Silmarien ab, der Tochter Tar-Elendils, des vierten Königs von Númenor. Sie waren den Königen ergeben und ehrten sie, und der Herr von Andúnië saß immer unter den vertrautesten Räten des Szepters. Von Anfang an aber brachten sie auch den Eldar Liebe und den Valar Ehrfurcht entgegen, und als der Schatten dichter wurde, halfen sie den Getreuen, so gut sie konnten. Lange aber erklärten sie sich nicht offen und versuchten lieber, die Herzen der Edlen im Rat mit Klugheit zu bessern.

Nun lebte eine Dame namens Inzilbêth, deren Schönheit gerühmt wird, und ihre Mutter war Lindórië, die Schwester Earendurs, des Fürsten von Andúnië zur Zeit Ar-Sakalthôrs, welcher der Vater von Ar-Gimilzôr war. Gimilzôr nahm sie zur Frau, gegen ihre Neigung, denn im Herzen hielt sie zu den Getreuen, wie ihre Mutter, die sie unterwiesen hatte; aber die Könige und ihre Söhne waren stolz geworden, und gegen ihre Wünsche gab es keine Widerrede. Keine Liebe war zwischen Ar-Gimilzôr und seiner Königin, und auch nicht zwischen ihren Söhnen. Inziladûn, der ältere, war im Geiste wie in der Erscheinung seiner Mutter ähnlich; Gimilkhâd, der jüngere, aber kam nach seinem Vater, nur wurde er noch eitler und selbstherrlicher als dieser. Lieber ihm als dem Ältesten hätte Ar-Gimilzôr das Szepter übertragen, doch die Gesetze erlaubten es nicht.

Als aber Inziladûn das Szepter erlangte, nahm er wieder einen Titel in der Eldarinsprache an, nach altem Brauch; er nannte sich Tar-Palantir, denn weitsichtig war sein Auge wie sein Geist, und selbst wer ihn haßte, fürchtete seine Worte als die Worte eines Sehers. Er gab den Getreuen für eine Zeitlang Frieden, und wenn die Jahreszeit es gebot, ging er wieder zu dem Heiligtum Erus auf dem Meneltarma, das Ar-Gimilzôr mißachtet hatte. Den Weißen Baum hielt er wieder in Ehren; und er prophezeite, wenn der Baum verderbe, dann werde auch das Geschlecht der Könige enden. Doch zu spät kam seine Reue, um den Zorn der Valar über die Anmaßung seiner Väter zu besänftigen, zumal der größere Teil seines Volkes nichts bereute. Und Gimilkhâd war stark und unversöhnt, und er wurde zum Anführer derer, welche man die Gefolgsleute des Königs genannt hatte, und er widersetzte sich dem Willen seines Bruders, offen, wo er es wagen konnte, und mehr noch im Geheimen. So wurden die Tage Tar-Palantirs von Sorge verdunkelt, und er verbrachte viel Zeit an der Westküste, wo er oft den alten Turm des Königs Minastir bestieg, auf dem Hügel von Oromet bei Andúnië, und von dort spähte er sehnsüchtig nach Westen, hoffend, daß er vielleicht auf dem Meer ein Segel erblicke. Doch kein Schiff kam je mehr aus dem Westen nach Númenor, und Avallóne lag in Wolken verhüllt.

Gimilkhâd starb zwei Jahre vor dem zweihundertsten Jahr seines Lebens (was als ein früher Tod galt für einen von Elros' Geblüt, selbst noch im Niedergang), dem König aber brachte dies keinen Frieden. Denn Pharazôn, Gimilkhâds Sohn, war noch unruhiger als sein Vater, noch gieriger nach Macht und

Gütern. Er hatte viel in fernen Ländern gekämpft, als Hauptmann in den Kriegen, mit denen die Númenórer damals die Küstenlande von Mittelerde überzogen, um ihre Herrschaft über die Menschen zu erweitern; und so stand er in hohem Ansehen als Heerführer zu Wasser und zu Lande. Als er daher vom Tode seines Vaters erfuhr und nach Númenor zurückkehrte, flogen die Herzen des Volkes ihm zu, denn er brachte große Reichtümer mit, die er fürs erste großzügig verteilte.

Und es geschah, daß Tar-Palantir der Sorgen müd wurde und starb. Er hatte keinen Sohn, nur eine Tochter, die er in der Elbensprache Míriel genannt hatte, und ihr nun fiel nach Recht und Gesetz der Númenórer das Szepter zu. Pharazôn aber nahm sie gegen ihren Willen zur Frau, und zu diesem Unrecht kam ein zweites, denn die Gesetze von Númenor verboten denen die Ehe, die näher denn als Vettern zweiten Grades blutsverwandt waren, und dies galt auch für das Königshaus. Nach der Hochzeit nahm er das Szepter in die eigenen Hände und legte sich den Titel Ar-Pharazôn bei (Tar-Calion in der Eldarinsprache); und der Königin gab er den Namen Ar-Zimraphel.

Von allen, die je seit der Gründung von Númenor das Szepter der Seekönige geführt hatten, war Ar-Pharazôn der Goldene am mächtigsten und stolzesten; und dreiundzwanzig Könige, die nun in ihren tiefen Gräbern unter dem Gipfel des Meneltarma und auf goldenen Betten schliefen, hatten vor ihm die Númenórer regiert.

Und wie er nun auf seinem gemeißelten Thron in der Stadt Armenelos saß, in dunklem Brüten, sann er auf Krieg. Denn in Mittelerde hatte er erfahren, wie stark Saurons Reich war und wie sehr Sauron Westernis haßte. Und dann kamen die Hauptleute und Kapitäne aus dem Osten zu ihm und berichteten, wie Sauron alle Kräfte aufgeboten hatte, seit Ar-Pharazôn Mittelerde verlassen, und wieder gegen die Küstenstädte vorrückte. Sauron hatte nun den Titel eines Königs der Menschen angenommen und erklärte offen seine Absicht, die Númenórer ins Meer zu treiben und auch Númenor zu vernichten, sobald er es vermochte.

Groß war Ar-Pharazôns Zorn über diese Nachrichten, und während er lange und heimlich nachsann, erfüllte sich sein Herz mit dem Wunsch nach unumschränkter Macht und Alleinherrschaft seines Willens. Und er entschied, unberaten von den Valar und von allen außer ihm selbst, daß er für sich den Titel des Königs der Menschen fordern, Sauron aber zwingen werde, ihm zu dienen und Gefolgschaft zu leisten; denn in seinem Stolz glaubte er, nie werde je ein König erstehen, mächtig genug, um mit Earendils Erben zu streiten. Daher begann er zu jener Zeit, große Vorräte an Waffen zu schmieden; und viele Kriegsschiffe baute er und rüstete sie; und als alles bereit war, fuhr er selbst mit seinem ganzen Heer nach Osten.

Und die Menschen sahen seine Segel vom Sonnenuntergang her kommen, wie in Purpur getaucht, rot und golden schimmernd, und Furcht befiel die Küstenbewohner, und sie flohen weit von dannen. Die Flotte aber gelangte schließlich zu jenem Ort, der Umbar genannt wurde, wo sich der gewaltige Hafen der Númenórer befand, der nicht von Menschenhand gebaut war. Leer und still lagen die Lande ringsum, als der König der See Mittelerde betrat. Sieben Tage lang zog er mit Standarten und Trompeten durchs Land, und dann kam er zu einem Hügel und stieg hinauf, und dort schlug er sein Königszelt und seinen Thron auf und setzte sich nieder, mitten im Lande, und rings um ihn reihten sich die Zelte seines Heeres, blau, golden und weiß, wie ein Feld großer Blumen. Dann schickte er Herolde aus und befahl Sauron, herbeizukommen und ihm Gefolgschaft zu schwören.

Und Sauron kam. Aus seinem mächtigen Turm von Baraddûr kam er, und keine Schlacht bot er an. Denn er erkannte, daß die Macht und Herrlichkeit der Seekönige jedes Gerücht übertraf, so daß auch auf die stärksten unter seinen Dienern kein Verlaß war; und er sah die Zeit noch nicht gekommen, wo er nach seinem Willen mit den Dúnedain verfahren mochte. Und findig, wie er war, wußte er sein Ziel mit List zu erreichen, wo Gewalt nicht half. Also demütigte er sich vor Ar-Pharazôn und sprach mit glatter Zunge; und die Menschen staunten, denn was immer er sagte, schien weise und gerecht.

Ar-Pharazôn aber war nicht leicht zu täuschen, und ihm kam es in den Sinn, daß er Saurons und seiner Treueschwüre sicherer wäre, wenn er ihn nach Númenor brächte, als Geisel für ihn selbst und all seine Diener in Mittelerde. Dem stimmte

Sauron zu, wie einer, dem man Zwang antut, insgeheim aber frohlockte er, denn es stimmte zu seinen Plänen. Und Sauron fuhr übers Meer und sah das Land Númenor und die Stadt Armenelos in den Tagen ihres Glanzes, und er war bestürzt; um so mehr aber ging ihm das Herz über vor Neid und Haß.

So gewitzt aber waren sein Geist und seine Reden und so stark sein verhohlener Wille, daß er binnen drei Jahren zum engsten Vertrauten unter des Königs geheimen Räten wurde; denn honigsüße Schmeicheleien gingen ihm stets von der Zunge, und Kenntnis hatte er von vielen den Menschen noch verborgenen Dingen. Und als er einmal in der Gunst ihres Herrn stand, da begannen auch die andern Räte des Königs vor ihm zu kriechen, nur einer nicht, Amandil, der Fürst von Andúnië. Langsam kam nun ein Wandel über das Land, und die Herzen der Elbenfreunde wurden streng geprüft, und viele sagten ihnen ab aus Furcht; und obwohl die restlichen sich immer noch die Getreuen nannten, hießen ihre Feinde sie nun Rebellen. Denn jetzt, da er das Ohr der Menschen hatte, widerlegte Sauron mit hundert Gründen alles, was die Valar gelehrt hatten; er machte die Menschen glauben, daß es auf der Welt, im Osten und sogar im Westen, noch viele Meere und Länder für sie zu erobern gäbe, mit unermeßlichen Reichtümern. Und überdies, sollten sie schließlich doch ans Ende dieser Länder und Meere kommen, so war draußen noch das Alte Dunkel. »Und aus ihm wurde die Welt erschaffen. Denn dem Dunkel allein gebührt Verehrung, und der Fürst desselben kann noch andere Welten erschaffen, jenen zum Geschenk, die ihm dienen, so daß ihnen Macht ohne Ende zuwachsen soll.«

Und Ar-Pharazôn sagte: »Wer ist der Fürst des Dunkels?«

Dann, hinter verschlossenen Türen, sprach Sauron zu dem König, und er log, als er sagte: »Er ist es, dessen Name heute nicht mehr ausgesprochen wird; denn über ihn haben die Valar euch belogen, den Namen eines Eru vorschützend, eines Phantoms, das sie in ihrem Wahnsinn erfunden, um die Menschen in Knechtschaft an sich zu ketten. Denn sie sind das Orakel dieses Eru, der nur sagt, was sie wollen. Doch er, welcher ihr Meister ist, wird dennoch siegen und euch von diesem Phantom befreien. Und sein Name ist Melkor, Herr und Befreier des Alls, und er wird euch helfen, stärker zu werden als sie.«

Darauf huldigte der König Ar-Pharazôn dem Dunkel und Melkor, dem Herrn desselben, zuerst insgeheim, bald aber offen und vor seinem Volke; und die Mehrzahl tat es ihm nach. Doch lebte noch ein kleiner Rest der Getreuen, wie schon erzählt, in Rómenna und in der Nachbarschaft, und hier und da gab es noch einige wenige im ganzen Land. Die Angesehensten unter ihnen, von denen die andern in schlechten Tagen Führung und Zuversicht erwarteten, waren Amandil, der Rat des Königs, und sein Sohn Elendil, dessen Söhne Isildur und Anárion zu jener Zeit nach der Rechnung von Númenor noch junge Männer waren. Amandil und Elendil waren große Schiffskapitäne; sie entstammten Elros' Tar-Minyaturs Geschlecht, obgleich nicht der regierenden Linie, welcher die Krone und der Thron in der Stadt Armenelos gehörten. In den Tagen ihrer gemeinsamen Jugend war Amandil Pharazôn teuer gewesen, und obgleich er zu den Elbenfreunden gehörte, blieb er im Rate, bis Sauron kam. Dann wurde er entlassen, denn ihn haßte Sauron mehr als alle andren in Númenor. Doch er war von so edler Geburt und war ein so mächtiger Schiffsführer gewesen, daß er bei vielen im Volke immer noch hoch in Ehren stand, und weder der König noch Sauron wagten es, Hand an ihn zu legen.

Amandil zog sich daher nach Rómenna zurück und gebot allen, denen er noch traute, heimlich dorthin zu kommen; denn er fürchtete, das Unheil werde nun rasch zunehmen, und alle sah er in Gefahr. Und bald darauf kam es so. Denn der Meneltarma wurde in jenen Tagen ganz verlassen. Zwar wagte selbst Sauron nicht, die heilige Stätte zu entweihen, doch ließ der König bei Todesstrafe niemanden mehr hinauf, auch nicht jene Getreuen, die Ilúvatar im Herzen behielten. Und Sauron drängte den König, den Weißen Baum abzuhauen, Nimloth den Schönen, der in seinen Gärten wuchs, denn er war ein Andenken an die Eldar und das Licht von Valinor.

Anfangs mochte der König dem nicht nachgeben, glaubte er doch, daß die Geschicke seines Hauses mit dem Baum verknüpft seien, wie es Tar-Palantir geweissagt. Er, welcher die Eldar und die Valar nun haßte, klammerte sich in seinem Wahn noch vergebens an den Schatten der alten Bündnispflichten von Númenor. Als aber Amandil von Saurons bösem Vorhaben Meldung erhielt, war er von Herzen bekümmert, denn er wußte, am Ende würde Sauron gewiß seinen Willen haben. Er sprach nun zu Elendil und seinen Söhnen über die Geschichte der Bäume von Valinor; und Isildur sagte nicht ein Wort, doch nachts ging er und leistete eine Tat, für die er später gerühmt wurde. Denn allein und in Verkleidung drang er in die Königsgärten von Armenelos ein, die zu betreten den Getreuen nun verwehrt war. Und er trat zu dem Baum, was auf Saurons Befehl für jedermann verboten war, und Tag und Nacht wurde der Baum von Saurons Dienern bewacht. Zu jener Zeit war Nimloth dunkel und trug keine Blüten, denn es war spät im Herbst, und sein Winter war nah. Und Isildur schlich zwischen den Wachen hindurch und brach eine Frucht, die an dem Baume hing, und wandte sich zum Gehen. Aber die Wächter hatten ihn bemerkt und stürzten sich auf ihn, und er schlug sich nach draußen durch, schwer verwundet. Er entkam, und weil er verkleidet war, blieb unentdeckt, wer es war, der an den Baum Hand gelegt hatte. Isildur aber gelangte zuletzt nach Rómenna zurück, und kaum hatte er die Frucht Amandil übergeben, als ihn die Kräfte verließen. Dann wurde die Frucht heimlich eingepflanzt, und Amandil segnete sie; und ein Schößling wuchs aus ihr empor und trieb Knospen im Frühling. Als sich aber das erste Blatt öffnete, da erhob sich Isildur, der lange auf den Tod darniedergelegen hatte, und seine Wunden behelligten ihn nicht mehr.

Nicht zu früh hatte er dies getan, denn nach diesem Vorfall gab der König Sauron nach und ließ den Weißen Baum fällen; und nun wandte er sich ganz von dem Bündnis seiner Väter ab. Sauron aber ließ auf dem Hügel mitten in der Stadt der Númenórer, Armenelos der Goldenen, einen gewaltigen Tempel erbauen; und der war kreisförmig am Grunde, und dort waren die Mauern fünfzig Fuß dick, und die Grundfläche maß fünfhundert Fuß durch die Mitte, und die Wände stiegen fünfhundert Fuß hoch über den Boden auf und wurden von einer mächtigen Kuppel gekrönt. Ganz von Silber war die Kuppel, und erhob sich schimmernd in der Sonne, und weithin sah man sie leuchten; bald aber wurde ihr Glanz stumpf, und das Silber schwärzte sich. Denn inmitten des Tempels war ein Feueraltar, und im Gipfelpunkt der Kuppel war ein Abzug, woraus eine mächtige Rauchwolke aufstieg. Und das erste Feuer auf dem Altar entfachte Sauron mit dem

Holz des abgehauenen Nimloth, und es knisterte und verbrannte; den Menschen aber wurde beklommen von dem Dunste, der davon aufstieg, so daß sieben Tage lang das Land unter einer Wolke lag, bis sie langsam nach Westen abzog.

Von nun an stiegen Feuer und Rauch auf ohne Unterlaß; denn Saurons Macht wuchs mit jedem Tag, und mit Blutvergießen, Martern und großer Verruchtheit brachten die Menschen im Tempel dem Melkor Opfer dar, daß er sie vom Tod erlöse. Und unter den Getreuen wählten sie die meisten Opfer, doch ohne ihnen offen zur Last zu legen, daß sie Melkor, den Befreier, nicht ehrten; vielmehr schob man andre Klagen gegen sie vor, daß sie den König haßten und gegen ihn rebellierten oder daß sie sich gegen ihr Volk verschworen hätten und Lügen und Gift ausstreuten. Wenig Wahres war an diesen Klagen; doch es waren bittre Tage, und Haß erzeugt Haß.

All dies aber trieb den Tod nicht aus dem Land, vielmehr kam er nun früher und öfter und in hundert Schreckensgestalten. Denn während einstmals die Menschen langsam alt wurden und sich am Ende, der Welt müde, zum Schlafe legten, so fielen jetzt Wahnsinn und Krankheit über sie her; und sie fürchteten sich, zu sterben und ins Dunkel zu treten, ins Reich jenes Herrn, den sie sich erwählt hatten; und im Todeskampf verfluchten sie sich selbst. Und Männer griffen zu den Waffen in jenen Tagen und erschlugen einander aus nichtigem Grund; denn sie waren jähzornig geworden, und Sauron oder jene, die er an sich gebunden, gingen im Lande um und hetzten Mann gegen Mann auf, so daß das Volk gegen den König und gegen die Edlen murrte und gegen jeden, der etwas besaß, das es nicht besaß; und die Mächtigen übten grausame Rache.

Dennoch schien es den Númenórern lange Zeit, daß sie wohl gediehen, und wenn sie schon nicht glücklicher wurden, so wurden sie doch noch stärker, und ihre Reichen wurden immer reicher. Denn mit Saurons Rat und Hilfe mehrten sie ihren Besitz, und sie bauten Maschinen und immer größere Schiffe. Und nach Mittelerde fuhren sie nun nur noch gewappnet und gepanzert, und sie kamen nicht mehr mit Geschenken, sondern mit blutigem Krieg. Sie machten Jagd auf die Menschen von Mittelerde, nahmen ihnen ihre Habe und versklavten sie; und viele schlachteten sie grausam auf ihren Altären. Denn auch in ihren Festungen bauten sie zu jener Zeit Tempel und große Grabmäler; und die Menschen fürchteten sich vor ihnen, und das Andenken der freundlichen Könige der alten Zeit verschwand aus der Welt und wurde von manch einer Greuelgeschichte verdunkelt.

So wurde Ar-Pharazôn, der König des Sternenlandes, zum mächtigsten Tyrannen, den die Welt seit der Herrschaft Morgoths gekannt hatte, doch in Wahrheit stand Sauron hinter dem Thron und beherrschte alles. Aber die Jahre gingen hin, und der König fühlte den Schatten des Todes nahen, als seine Tage länger wurden; und er war voller Angst und Wut. Nun kam die Stunde, die Sauron vorbereitet und lange erwartet hatte. Und Sauron sprach zu dem König und sagte, so groß sei nun seine Stärke, daß er daran denken könne, seinen Willen in allem zu haben, ohne Rücksicht auf jeden Befehl oder Bann.

Und er sagte: »Des Landes, wo kein Tod ist, haben die Valar sich bemächtigt; und was dies Land angeht, belügen sie dich und verstecken es vor dir, so gut sie nur können, denn geizig sind sie und voller Furcht, die Könige der Menschen möchten ihnen das todlose Land entreißen und die Welt an ihrer Statt regieren. Und wenn auch, ohne Zweifel, die Gabe unendlichen Lebens nicht für jeden ist, sondern nur für die Würdigen, Männer von Macht und Stolz und hoher Geburt, so geschieht es doch wider alles Recht, daß diese Gabe dem vorenthalten wird, dem sie gebührt, dem König aller Könige, Ar-Pharazôn, dem Mächtigsten unter allen Erdensöhnen, mit dem einzig Manwe zu vergleichen wäre, wenn überhaupt einer. Große Könige aber lassen sich nichts verweigern und nehmen sich, was ihnen zukommt.«

Ar-Pharazôn hörte auf Sauron, denn er war von Sinnen, und der Schatten des Todes lag auf ihm, und seine Zeit lief ab; und im Herzen begann er zu erwägen, wie er gegen die Valar Krieg führen könnte. Lange rüstete er für diesen Plan; er sprach nicht offen davon, doch nicht vor allen ließ er sich verbergen. Und Amandil, dem des Königs Absichten deutlich wurden, war bestürzt und voll tiefer Furcht, denn er wußte, daß Menschen nicht die Valar im Kriege besiegen konnten und daß die Welt in Trümmer gehen mußte, wenn dem kein Halt geboten wurde. Daher rief er seinen Sohn Elendil zu sich und sagte zu ihm: »Dunkel sind die Tage, und keine Hoffnung ist für die Menschen, denn der Getreuen sind wenige. Daher habe ich beschlossen, jenen Ausweg zu suchen, den einst unser Vorvater Earendil fand, und in den Westen zu fahren, ob auch der Bann es verbiete, und zu den Valar zu sprechen, ja zu Manwe selbst, wenn es sein kann, und seine Hilfe zu erflehen, ehe alles dahin ist.«

»Willst du also den König verraten?« sagte Elendil. »Denn du weißt wohl, welche Klage sie gegen uns führen, daß wir Verräter und Spione seien, und bis auf diesen Tag ist das falsch gewesen.«

»Wenn ich glaubte, daß Manwe eines solchen Boten bedarf«, sagte Amandil, »so würde ich den König verraten. Denn nur eine Treuepflicht gibt es, von der kein Mensch aus keinem Grunde im Herzen freigesprochen werden kann. Was ich aber erbitten will, ist Erbarmen mit den Menschen und ihre Befreiung von Sauron, dem Betrüger, denn einige wenige sind treu geblieben. Und was den Bann angeht, so will ich selbst die Strafe erleiden, damit nicht mein ganzes Volk schuldig werde.«

»Doch was glaubst du, mein Vater, was die aus deinem Hause erwartet, die du zurückläßt, wenn deine Tat bekannt wird?«

»Sie muß nicht bekannt werden«, sagte Amandil. »Ich will die Fahrt insgeheim vorbereiten und zuerst nach Osten segeln, wohin jeden Tag aus unsren Häfen Schiffe abfahren; dann aber, wie der Wind und das Glück es wollen, wende ich mich nach Norden oder Süden und von da zurück nach Westen, und dann komme, was da will. Was aber dich, mein Sohn, und die Deinen angeht, so rate ich, daß du Schiffe rüstest; schafft alles an Bord, wovon eure Herzen sich nicht trennen mögen. Und sind die Schiffe bereit, so laß sie im Hafen von Rómenna ankern, und unter den Menschen verbreite, du wolltest mir in den Osten folgen, wenn deine Zeit heran sei. Unsrem Verwandten auf dem Thron ist Amandil nicht mehr so teuer, daß er sich grämen wird, wenn wir abreisen wollen, sei es für ein Jahr oder für immer. Doch laß nicht bekannt werden, daß du viele Männer mitzunehmen gedenkst, denn das wird ihn ärgern, weil er für den Krieg, den er jetzt plant, aller Kräfte bedürfen wird, die er aufbieten kann. Wähle diejenigen Getreuen aus, von denen du weißt, daß sie noch immer treu sind. Diese sollen sich dir insgeheim anschließen, wenn sie bereit sind, mit dir zu gehen und dein Vorhaben zu teilen.«

»Und welch ein Vorhaben soll dies sein?« sagte Elendil.

»Sich in den Krieg nicht einzumischen und zu warten«, antwortete Amandil. »Bevor ich nicht zurückgekehrt bin, kann ich mehr nicht sagen. Doch ist wahrscheinlich, daß du aus dem Lande des Sterns wirst fliehen müssen, ohne daß ein Stern dich leitet; denn dies Land ist verflucht. Dann wirst du alles verlieren, was du geliebt, und den Vorgeschmack des Todes im Leben noch kennenlernen, Zuflucht in einem andren Lande suchend. Ob aber im Osten oder im Westen, das wissen nur die Valar.«

Dann sagte Amandil all den Seinen Lebwohl, wie einer, der zu sterben erwartet. »Denn«, sagte er, »es mag wohl so kommen, daß ihr mich nie mehr seht und daß ich euch kein Zeichen zu geben vermag wie einst Earendil. Doch haltet euch bereit, denn das Ende der Welt, die wir kennen, ist nahe.«

Es heißt, des Abends sei Amandil auf einem kleinen Schiff in See gestochen und zuerst ostwärts gefahren; dann aber bog er ab und kehrte nach Westen um. Und er nahm drei Diener mit, die ihm lieb waren, und nie wieder vernahm man in dieser Welt ein Wort oder Zeichen von ihnen, noch gibt es irgendeine Erzählung oder Ahnung von ihrem Schicksal. Kein zweites Mal konnte eine solche Gesandtschaft die Menschen retten, und für den Verrat von Númenor gab es keinen billigen Gnadenerlaß.

Elendil aber tat in allem, wie ihn sein Vater geheißen; und seine Schiffe lagen vor der Ostküste, und die Getreuen brachten Frauen und Kinder an Bord, ihr Erbe, Schätze und Vorräte. Viele Dinge von Macht und Schönheit waren darunter, wie sie die Númenórer in den Zeiten ihrer Weisheit ersonnen hatten, Gefäße und Juwelen und alte Schriftrollen mit purpurnen und schwarzen Buchstaben. Und die Sieben Steine besaßen sie, ein Geschenk der Eldar; auf Isildurs Schiff jedoch wurde der junge Baum gehegt, der Schößling Nimloths des Weißen. So hielt Elendil sich bereit und nahm nicht teil an den Untaten jener Tage; und immer schaute er aus nach einem Zeichen, doch es kam keines. Er ging insgeheim ans westliche Gestade und sah hinaus aufs Meer, denn voll Sorge und Sehnsucht war er, und innig liebte er seinen Vater. Doch nichts war zu sehen als die Flotten Ar-Pharazôns, die sich sammelten in den westlichen Häfen.

Nun war einst auf der Insel Númenor das Wetter stets den Wünschen und Neigungen der Menschen entgegengekommen: Es regnete zur rechten Jahreszeit und im rechten Maße, die Sonne schien bald wärmer, bald kühler, und Winde kamen von der See. Und wenn der Wind von Westen kam, so schien es vielen, als wäre er von einem Duft erfüllt, zart, doch süß und herzbewegend, wie von Blumen, die ewig auf den unsterblichen Wiesen blühen und an den Küsten der Menschen keinen Namen haben. All dies aber war nun anders geworden; denn der Himmel selbst war verdunkelt, und es gab Regen und Hagelstürme in jenen Tagen und heftige Winde; und hin und wieder ging ein großes Schiff der Númenórer unter und kehrte nicht in seinen Hafen zurück, ein Unglück, das sie bis dahin seit dem Aufgang des Sterns nicht mehr befallen hatte. Und aus Westen kam abends bisweilen eine große Wolke, von der Gestalt eines Adlers, die Schwingen nach Norden und Süden gebreitet; und langsam zog sie herauf und verdunkelte die untergehende Sonne, und tiefe Nacht fiel über Númenor. Und manche der Adler trugen den Blitz zwischen den Flügeln, und Donner hallten wider zwischen dem Meer und der Wolke.

Furcht ergriff die Menschen. »Sehet die Adler der Herren des Westens!« riefen sie. »Manwes Adler kommen über Númenor!« Und sie fielen mit den Gesichtern zu Boden.

Manche bereuten dann für eine Weile, andere aber verhärteten ihr Herz und schüttelten die Fäuste gen Himmel und sagten: »Die Herren des Westens haben sich gegen uns verschworen. Der erste Streich kommt von ihnen. Unser wird der nächste sein!« Diese Worte sprach der König selbst, doch eingegeben hatte sie ihm Sauron.

Die Blitze wurden nun mehr, und sie erschlugen Menschen auf den Hügeln, auf den Feldern und in den Straßen der Stadt; und ein feuriger Strahl schlug in die Kuppel des Tempels und riß sie auf, und sie war in Flammen gehüllt. Doch der Tempel selbst wankte nicht, und dort stand Sauron auf der Zinne und trotzte dem Blitz und blieb unversehrt; und in jener Stunde hießen die Menschen ihn einen Gott und taten, was immer er wollte. Als daher das letzte Vorzeichen kam, beachteten sie es wenig. Denn das Land erbebte unter ihren Füßen, und ein Grollen wie von unterirdischem Donner mischte sich in das Brüllen der See, und Rauch stieg auf vom Gipfel des Meneltarma. Doch um so eiliger nur trieb Ar-Pharazôn seine Rüstung voran.

Zu dieser Zeit war das Meer im Westen des Landes schwarz von den Flotten der Númenórer, und sie waren wie ein Archipel von tausend Inseln, ihre Masten wie Wald auf den Bergen und ihre Segel wie eine tiefhängende Wolke; und ihre Banner waren golden und schwarz. Und alles wartete auf den Befehl Ar-Pharazôns; und Sauron zog sich in den innersten Kreis des Tempels zurück, und man schleppte ihm Menschen herbei, daß er sie zum Opfer verbrenne.

Dann kamen die Adler der Herren des Westens aus dem sinkenden Tag, und sie waren wie zur Schlacht gereiht und flogen in einer Linie, deren Enden man nicht sehen konnte; und als sie kamen, spreizten sich ihre Flügel immer weiter und griffen in den Himmel. Hinter ihnen aber brannte rot der Westen, und von unten glühten sie, als loderte eine Flamme heißen Zorns in ihnen, so daß ganz Númenor wie von einem Brande erhellt schien; und wenn die Menschen einander in die Gesichter sahen, so schienen sie rot zu sein vor Wut.

Da verhärtete Ar-Pharazôn sein Herz und ging an Bord seines gewaltigen Schiffs Alcarondas, der Meeresburg. Vielruderig war es und vielmastig, golden und pechschwarz; und auf ihm stand Ar-Pharazôns Thron. Dann legte er Rüstung und Krone an, ließ die Standarten heben und gab das Zeichen, die Anker zu lichten; und in jener Stunde übertönten die Trompeten von Númenor den Donner.

So fuhren die Flotten der Númenórer aus gegen die Drohung von Westen; und sie hatten wenig Wind, doch viele Ruder und viele starke Sklaven, welche die Peitsche antrieb. Die Sonne ging unter, und eine große Stille brach an. Dunkelheit fiel auf das Land, und die See war ruhig, während die Welt harrte, was geschehen würde. Langsam entschwanden die Flotten den Blicken der Gaffer in den Häfen, und ihre Lichter verblaßten, und die Nacht umfing sie; und am Morgen waren sie fort. Denn ein Wind erhob sich im Osten und trieb sie davon; und sie brachen den Bann der Valar und fuhren auf die verbotenen Meere hinaus, die Unsterblichen bekriegend, um ihnen das ewige Leben in den Kreisen der Welt zu entreißen.

Die Flotten Ar-Pharazôns aber kamen über die Tiefen der See und fuhren an Avallóne und der ganzen Insel Eressea vorbei; und die Eldar trauerten, denn das Licht der untergehenden Sonne wurde von der Wolke der Númenórer verdunkelt.

Und zuletzt kam Ar-Pharazôn bis nach Aman, zum Segensreich, und bis an die Küsten von Valinor; und immer noch war alles still, und das Schicksal hing an einem Faden. Denn Ar-Pharazôn schwankte am Ende, und fast wäre er umgekehrt. Schlimmes ahnend, blickte er auf die tonlosen Gestade und sah den Taniquetil glänzen, weißer als Schnee, kälter als der Tod, stumm, unwandelbar, schrecklich wie der Schatten, den Ilúvatars Licht wirft. Doch der Stolz war nun sein Gebieter, und schließlich ging er von Bord und betrat das Ufer, wo er das Land als sein eigen erklärte, wenn niemand darum kämpfen wolle. Und ein Heer der Númenórer schlug ein prächtiges Lager auf zu Füßen des Túna, von wo alle Eldar geflohen waren.

Dann rief Manwe auf dem Berge Ilúvatar an, und für diese Zeit legten die Valar die Herrschaft über Arda nieder. Ilúvatar aber zeigte seine Macht, und er änderte den Bau der Welt; und ein großer Spalt tat sich auf im Meer zwischen Númenor und den Unsterblichen Landen, und die Wasser strömten hinein, und der Lärm und Rauch der Katarakte stiegen zum Himmel auf, und die Welt bebte. Und all die Flotten der Númenórer wurden in den Abgrund gezogen und gingen unter und wurden für immer verschlungen. Ar-Pharazôn aber, der König und seine sterblichen Krieger, welche den Fuß auf das Land Aman gesetzt, wurden unter herabstürzenden Bergen begraben: Dort, so wird gesagt, liegen sie in die Höhlen der Vergessenen eingekerkert bis zur letzten Schlacht und dem Tag des Schicksals.

Das Land Aman aber und Eressea, die Insel der Eldar, wurden für immer entrückt und außer Reichweite der Menschen gebracht. Und Andor, das Land der Gabe, das Númenor der Könige, Elenna unter Earendils Stern, wurde ganz und gar vernichtet. Denn es lag nahe östlich des großen Schlundes, und seine Grundfesten wurden umgeworfen, und es stürzte hinab ins Dunkel und ist nicht mehr. Und jetzt ist kein Ort auf Erden, wo die Erinnerung an die Zeit ohne das Böse gewahrt bliebe. Denn Ilúvatar stieß die Großen Meere in den Westen von Mittelerde zurück und die Leeren Lande im Osten, und neue Länder und Meere wurden geschaffen; und die Welt wurde kleiner, denn Valinor und Eressea wurden ins Reich der verborgenen Dinge entrückt.

Zu unerwarteter Stunde kam das Verhängnis, am neununddreißigsten Tag nach der Abfahrt der Flotten. Feuer brach plötzlich aus dem Meneltarma, und ein Orkan kam auf, die Erde tobte, und der Himmel drehte sich, und die Berge kamen herab, und Númenor versank im Meer mit all seinen Kindern und Müttern und Mädchen und stolzen Damen; und all seine Gärten und Hallen und Türme, seine Gräber und Reichtümer, und seine Juwelen und Teppiche, und alles Gemalte und Gemeißelte, und sein Gelächter und seine Vergnügungen und seine Musik, seine Wissenschaft und Kunst: sie verschwanden für immer. Und als letzte zog die steigende Flut, die grün und kalt und schaumgefiedert über das Land sprang, Tar-Míriel an ihr Herz, die Königin, heller als Silber oder Elfenbein oder Perlen. Zu spät wollte sie den steilen Weg zum Heiligtum auf dem Meneltarma erklimmen; die Wasser holten sie ein, und ihr Schrei verlor sich im Heulen des Windes.

Ob nun aber Amandil wirklich nach Valinor gelangt war und Manwe sein Gebet angehört hatte oder nicht, die Gnade der Valar verschonte Elendil und seine Söhne und ihr Volk vor dem Verderben dieses Tages. Denn Elendil war in Rómenna geblieben, ohne dem Aufruf des Königs, als er in den Krieg zog, Folge zu leisten; und, den Söldnern Saurons ausweichend, die kamen, um ihn zu greifen und zu den Feuern des Tempels zu schleppen, ging er an Bord seines Schiffs und hielt sich von der Küste fern, seine Zeit abwartend. Dort schützte ihn das Land vor dem mächtigen Sog des Meeres, der alles zum Abgrund hinriß, und später gab es ihm Deckung gegen das erste Wüten des Sturmes. Als aber die verzehrende Flut über das Land rollte und Númenor wankte und fiel, da wäre auch er weggespült worden, und als das geringere Leid hätte er es erachtet, zu sterben, denn kein Todesschmerz konnte bitterer sein als der Verlust und die Qual jenes Tages; aber der große Wind ergriff ihn, wilder als jeder Wind, den Menschen je gekannt, von Westen her brüllend, und blies seine Schiffe weit davon; ihre Segel zerreißend und ihre Masten brechend, jagte er die Unglücklichen wie Spreu über das Wasser.

Neun Schiffe waren es: vier für Elendil, für Isildur drei und für Anárion zwei; und sie flohen vor dem schwarzen Sturm aus dem Zwielicht des Verhängnisses in das Dunkel der Welt. Und unter ihnen türmten sich im Zorn die Tiefen, und Wellen gleich Bergen mit großen Hauben von stäubendem Schnee trugen sie empor zwischen die zerfetzten Wolken und schleuderten sie, nach vielen Tagen, an die Gestade von Mittelerde. Und alle Küsten und küstennahen Gebiete der westlichen Welt erlitten zu jener Zeit viel Wandel und Vernichtung; denn das Meer drang in die Länder ein, Küsten zerbrachen, alte Inseln versanken, und neue Inseln stiegen auf; und Berge fielen zusammen, und Flüsse nahmen einen fremden Lauf.

Elendil und seine Söhne gründeten später Königreiche in Mittelerde, und wenn auch ihre Wissenschaft und Kunst nur ein Nachhall dessen waren, was einst gewesen, ehe Sauron nach Númenor kam, so erschienen sie doch den wilden Menschen der Welt als gewaltig. Und vieles ist in andren Geschichten von den Taten der Erben Elendils in dem Zeitalter, das folgte, gemeldet, und von ihrem Kampf mit Sauron, der noch nicht zu Ende war.

Denn Sauron selbst war voll tiefer Furcht bei dem Zorn der Valar und dem Unglück, das Eru über Land und Meer verhängt hatte. Bei weitem größer war es als alles, was er erstrebte, denn nur auf den Tod der Númenórer und den Sturz ihres stolzen Königs hatte er gehofft. Und Sauron hatte gelacht, als er auf seinem schwarzen Thron im Tempel saß und die Trompeten Ar-Pharazôns zur Schlacht blasen hörte; und abermals hatte er gelacht, als er den Sturm donnern hörte; und als er ein drittes Mal lachte, im Gedanken, was er nun in der Welt leisten könne, da er die Edain für immer los war, da wurde er aus seiner Freude gerissen, und sein Thron und sein ganzer Tempel stürzten in den Abgrund. Doch Sauron war nicht von sterblichem Fleische, und wenn er auch nun jener Gestalt, in der er soviel Unheil gewirkt, beraubt wurde und nie wieder den Menschen freundlich vor Augen zu treten vermochte, so stieg doch sein Geist wieder aus der Tiefe empor und fuhr wie ein Schatten und schwarzer Wind übers Meer, zurück nach Mittelerde und seiner Heimstadt in Mordor. Er nahm seinen Großen Ring in Barad-dûr wieder auf und hauste dort, stumm und dunkel, bis er sich eine neue Gestalt gegeben hatte, das unverhüllte Bild von Haß und Tücke; und dem Auge Saurons des Grausamen hielten wenige stand.

Doch von diesen Dingen ist nicht die Rede in der Geschichte vom Untergang Númenors, wovon nun alles berichtet ist. Und selbst der Name dieses Landes ging unter, und die Menschen sprachen später nicht mehr von Elenna noch von Andor, der Gabe, die wieder genommen wurde, noch von Númenóre an den Grenzen der Welt; die Flüchtlinge an den Meeresküsten aber, wenn sie sich sehnenden Herzens nach Westen wandten, sprachen von Mar-nu-Falmar, der von den Wogen Überwältigten, von Akallabêth, der Versunkenen, Atalante in der Hochsprache der Elben.

Unter den Flüchtlingen glaubten viele, der Gipfel des Meneltarma, des Himmelspfeilers, sei nicht für immer versunken, sondern erhebe sich wieder über die Wellen, eine einsame Insel, verloren in den weiten Wassern; dies nämlich war eine heilige Stätte gewesen, und selbst in Saurons Tagen hatte sie niemand entweiht. Und aus Earendils Geschlecht kam so mancher, der später nach dieser Insel suchte, denn unter den Weisen hieß es, vom Meneltarma hätten die weitsichtigen Menschen von einst einen Schimmer des Unsterblichen Landes zu sehen vermocht. Auch nach dem Untergang blieben die Herzen der Dúnedain immer nach Westen gekehrt; und wenn sie gleich wußten, daß die Welt anders geworden war, so sagten sie doch: »Avallóne ist von der Erde verschwunden, und das Land Aman ist entrückt, und in diesem Dunkel der Welt sind sie jetzt nicht mehr zu finden. Doch einst waren sie da, und deshalb sind sie noch immer da, im wahren Dasein und in der echten Gestalt der Welt, so wie sie im Anfang erschaffen wurde.«

Denn die Dúnedain glaubten, daß selbst sterbliche Menschen, wenn es ihr Segen so wolle, andre Zeiten erblicken könnten als die Lebzeiten ihres Leibes; und immer war es ihre Sehnsucht, aus den Schatten ihres Exils zu fliehen und auf irgendeinem Wege an das Licht zu kommen, das nicht stirbt; und das Leid, an den Tod zu denken, war ihnen über die Tiefen der See gefolgt. So kam es, daß große Seefahrer unter ihnen noch immer die leeren Meere absuchten, in der Hoffnung, die Insel des Meneltarma zu finden und dort ein Gesicht der Dinge von einst zu sehen. Aber sie fanden sie nicht. Und jene, die weit fuhren, kamen bloß zu den neuen Ländern und fanden, sie waren wie die alten und kannten den Tod. Und jene, die am weitesten fuhren, beschrieben bloß einen Kreis um die Erde und kehrten am Ende müd wieder dahin zurück, wo sie abgefahren; und sie sagten: »Alle Wege sind krumm heutzutage.«

In späteren Tagen erfuhren so die Könige der Menschen, ob von Schiffsreisenden, ob durch Wissenschaft und Sternkunde, daß die Welt tatsächlich rund geschaffen sei, und doch war es den Eldar noch erlaubt, aus ihr zu scheiden und in den Alten Westen und nach Avallóne zu fahren, wenn sie es wollten. Daher sagten die Weisen unter den Menschen, noch immer müsse es einen Geraden Weg geben für jene, denen erlaubt sei, ihn zu finden. Und sie lehrten, daß der alte Weg, der Pfad der Erinnerung an den Westen, während die neue Welt unter ihm versinke, immer weiter geradeaus führe, wie eine mächtige unsichtbare Brücke durch die Luft des Atems und des Fluges (die nun ebenso krumm sei wie die übrige Welt), und Ilmen durchquere, was der ungeschützte Leib nicht ertrage, bis sie nach Tol Eressea, der Einsamen Insel, und vielleicht noch weiter, nach Valinor komme, wo noch immer die Valar wohnen und dem Lauf der Geschichte zusehen. Und Erzählungen und Gerüchte gingen um an den Meeresküsten, von Seeleuten und auf dem Wasser Verirrten, die ihr Schicksal oder eine Gunst oder Gnade der Valar auf den Geraden Weg geführt hatten, wo sie das Angesicht der Welt unter sich versinken sahen; und so waren sie zu den lampenhellen Kaien von Avallóne gekommen oder gar zu den vorgelagerten Ufern von Aman und hatten den Weißen Berg erblickt, schrecklich und schön, ehe sie starben.

Leben eines Oxforder Professors

»In einer Höhle in der Erde,
da lebte ein Hobbit.«

»Was, Dr. Tolkien, macht Sie ticken?«

Brief an Houghton Mifflin Co.

[Am 5. Juni 1955 widmete der Kolumnist Harvey Breit in der ›New York Times Book Review‹ einen Teil seines wöchentlichen Artikels einem Bericht über Tolkien und seine Schriften. Darin stand auch diese Passage: »Was, so fragten wir Dr. [sic!] Tolkien, macht Sie ticken? Dr. T., der in Oxford lehrt, wenn er keine Romane schreibt, gibt diese lebhafte Antwort: ›Ich ticke nicht. Ich bin keine Maschine. (Würde ich ticken, hätte ich keine Ansichten darüber, und Sie sollten lieber den Mechaniker fragen.) Mein Werk hat sich nicht zu einem ernsthaften Werk ‚entwickelt'. Es hat so schon angefangen. Das sogenannte ‚Kinderbuch' [‚The Hobbit'] war ein Fragment, herausgerissen aus einer schon vorliegenden Mythologie. Soweit es in Stil oder Manier ‚für Kinder' aufgemacht war, finde ich es bedauerlich. Die Kinder finden das auch. Ich bin Philologe, und alle meine Arbeiten sind philologisch. Hobbys vermeide ich, denn ich bin ein sehr ernsthafter Mensch und kann zwischen Pflicht und privater Belustigung nicht unterscheiden. Ich bin umgänglich, aber ungesellig. Ich arbeite nur zu meinem Privatvergnügen, denn ich finde meine Pflichten persönlich amüsant.‹«

Diese Bemerkungen waren anscheinend einem Brief entnommen, mit dem Tolkien die Anfragen eines Vertreters der ›New York Times‹ beantwortet hatte. Am 30. Juni 1955 schrieb Tolkien an die Houghton Mifflin Co., seinen amerikanischen Verlag: »Bitte werfen Sie nicht mir vor, was Breit aus meinem Brief gemacht hat!... Das Original ergab Sinn: eine Eigenschaft allerdings, für die Harvey B. nicht empfänglich zu sein scheint. Mir wurden eine Reihe Fragen gestellt, mit der Bitte um klare, kurze und zitierbare Antworten... Aus schierem Mitleid [für einen anderen informationsbedürftigen Fragesteller]... füge ich noch ein paar Notizen zu anderen Punkten als den bloßen Fakten meines ›curriculum vitae‹ bei (die man in Nachschlagewerken finden kann).« Das Folgende sind diese »paar Notizen«. Der Text wurde einem anscheinend von Houghton Mifflin nach Tolkiens Original angefertigten Typoskript entnommen; dieses Typoskript wurde zu verschiedenen Zeiten an eine Reihe von Anfragern verschickt, von denen manche in Artikeln über Tolkien daraus zitierten. Tolkien selbst bekam eine Kopie des Typoskripts, und er machte dazu einige Anmerkungen und Korrekturen, die in den hier abgedruckten Text aufgenommen wurden.]

Mein Name ist TOLKIEN (nicht *-kein*). Es ist ein deutscher Name (aus Sachsen), eine Anglisierung von *Tollkiehn*, d. h. *tollkühn*. Aber abgesehen von dem Aufschluß über die Schreibweise ist diese Tatsache so trügerisch wie alle Tatsachen im Rohzustand. Denn ich bin weder »foolhardy« noch deutsch, auch wenn manche entfernten Vorfahren es gewesen sein mögen. Sie sind vor über 200 Jahren nach England eingewandert und schnell durch und durch englisch geworden (nicht britisch), blieben allerdings musikalisch – eine Begabung, die leider nicht bis zu mir weitergegeben wurde.*

Eigentlich bin ich mehr ein Suffield (die Familie stammt aus Evesham in Worcestershire), und meine Neigungen zur Philologie, besonders der germanischen Sprachen, und zum heroischen Abenteuer verdanke ich meiner Mutter, die mich unterrichtete (bis ich eine Freistelle an der alten Grammar School in Birmingham bekam). Nach der englischen Betrachtungsweise bin ich sogar ein West-Midlander und nur in den Grafschaften an den Waliser Grenzmarken zu Hause; und ich glaube, es kommt ebensosehr von meiner Abstammung wie von diesen Gelegenheiten, daß Angelsächsisch, Westmittelenglisch und alliterierende Verse mich schon in der Kindheit gereizt haben und dann mein Hauptfachgebiet geworden sind. (Ich finde auch die walisische Sprache besonders reizvoll.**) Ich schreibe mit Vergnügen alliterierende Verse, obwohl ich nicht viel mehr davon veröffentlicht habe als die Fragmente im ›Herrn der Ringe‹, außerdem noch ›The

* In dieser Schreibung ist der Name vor 2 oder 3 Generationen auch aus Kanada in die Vereinigten Staaten gelangt. Vor kurzem stand ich in Briefwechsel mit einer Familie in Texas.

** Das »Sindarin«, eine Grauelbensprache, ist faktisch mit Vorsatz so konstruiert, daß sie dem Walisischen phonologisch ähnelt und zum Hochelbischen eine ähnliche Beziehung hat wie das Britische (im richtigen Sinne, nämlich die keltischen Sprachen, die zur Zeit der römischen Invasion auf dieser Insel gesprochen wurden) zum Lateinischen. Alle Namen in dem Buch und die Sprachen sind natürlich durchkonstruiert und nicht zufällig.

Homecoming of Beorhtnoth‹ (in ›Essays and Studies of the English Association‹, 1953, London, John Murray), das kürzlich zweimal von der BBC gesendet wurde: ein dramatischer Dialog über das Wesen des »Heroischen« und des »Ritterlichen«. Ich hoffe noch ein langes Gedicht über ›The Fall of Arthur‹ im gleichen Versmaß zum Abschluß zu bringen.

Trotzdem, geboren bin ich in Bloemfontein, im Orange-River-Freistaat – auch wieder eine trügerische Tatsache (obwohl meine frühesten Erinnerungen die an ein heißes Land sind), denn 1895 wurde ich in die Heimat verschifft und habe die 60 Jahre seither zumeist in Birmingham und Oxford verbracht, bis auf 5 oder 6 Jahre in Leeds: An der Universität dort hatte ich meine erste Stellung nach dem Krieg von 1914–18. Ich bin sehr wenig gereist, kenne aber Wales und bin oft in Schottland gewesen (niemals nördlich des Tay) und kenne auch Teile von Frankreich, Belgien und Irland. In Irland habe ich ziemlich viel Zeit verbracht, und seit letztem Juli bin ich sogar ein D. Litt. des University College von Dublin; aber, wohlgemerkt, betreten habe ich »Eire« zum ersten Mal 1949, als der ›Herr der Ringe‹ schon fertig war, und sowohl das Gälische wie auch die Luft von Irland empfinde ich als vollkommen fremd – obwohl die letztere (nicht die Sprache) ihren Reiz hat.

Ich könnte noch hinzufügen, daß ich im Oktober noch einen Doktorgrad (Doct. en Lettres et Phil.) in Liège (Belgien) empfangen habe – wenn auch nur, um die Tatsache festzuhalten, daß es mich erstaunte, auf Französisch als »le créateur de M. Bilbo Baggins« begrüßt zu werden, und noch mehr, als man mir zur Erklärung des Beifalls sagte, ich sei ein Klassiker?????? O weh!

Wenn ich erhellen darf, was H. Breit von meinem Brief übriggelassen hat: Die Bemerkung über »Philologie« sollte auf eine »Tatsache« anspielen, die für mein Werk, denke ich, grundlegend ist, nämlich daß es ganz aus einem Stück und *zutiefst von der Linguistik* inspiriert ist. Die Universitätsbehörden könnten ja wohl eine Verirrung darin sehen, wenn ein älterer Philologieprofessor Märchen und Abenteuergeschichten schreibt und veröffentlicht, und es als ein »Hobby« bezeichnen, ein verzeihliches, weil es (zu meiner wie zu jedermanns Überraschung) Erfolg gehabt hat. Aber es ist kein »Hobby« im Sinne von etwas, das von der Arbeit ganz verschieden wäre und worin man sich zur Erholung etwas austoben würde. Das Erfinden von Sprachen ist das Fundament. Die »Geschichten« wurden eher so angelegt, daß sie eine Welt für die Sprachen abgaben, als umgekehrt. Für mich kommt zuerst ein Name, dann folgt die Geschichte.* Ich hätte lieber auf »Elbisch« geschrieben. Aber ein Werk wie ›Der Herr der Ringe‹ ist natürlich redigiert worden, und nur soviel »Sprache« wurde dringelassen, wie ich dachte, daß es für die Leser verdaulich wäre. (Ich merke jetzt, daß viele gern mehr davon gehabt hätten.) Aber immerhin ist eine ganze Menge sprachlichen Stoffs (nicht nur die eigentlich »elbischen« Namen und Wörter) in dem Buch enthalten oder mythologisch ausgedrückt. Für mich jedenfalls ist es weitgehend ein Versuch über »Sprachästhetik«, wie ich manchmal zu Leuten sage, die mich fragen, »um was es geht«.

Es geht »um« gar nichts als um es selbst. Mit Sicherheit hat es *keine* allegorischen Absichten allgemeiner oder besonderer, aktueller, moralischer, religiöser oder politischer Art. Die einzige Kritik, die mich geärgert hat, war eine, daß es »keine Religion enthalte« (und auch »keine Frauen«, aber das macht nichts und stimmt sowieso nicht). Es ist eine monotheistische Welt von »natürlicher Theologie«. Der merkwürdige Umstand, daß es darin keine Kirchen, Tempel, religiöse Riten und Zeremonien gibt, gehört schlicht zu dem geschilderten historischen Klima. Dies wird zur Genüge erklärt werden, wenn (wie nun wahrscheinlich) das ›Silmarillion‹ und andere Sagen des Ersten und Zweiten Zeitalters veröffentlicht werden. Ich selbst bin jedenfalls Christ; aber das »Dritte Zeitalter« war keine christliche Welt.

»Mittelerde« ist übrigens nicht der Name für ein Nie-und-Nimmerland ohne Beziehung zu der Welt, in der wir leben (wie Eddisons Merkurien). Es ist einfach eine Verwendung von mittelenglisch *middelerde* (oder *erthe*), verändert aus altenglisch *Middangeard*: der Name für die bewohnten Lande der Menschen »zwischen den Meeren«. Und obwohl ich nicht versucht habe, die Gestalt der Gebirge und Landmassen dem anzunähern, was Geologen über die nähere Vergangenheit sagen oder vermuten mögen, soll diese »Geschichte«

* Einmal kritzelte ich »Hobbit« auf eine leere Seite irgendeiner langweiligen Schulprüfungsarbeit, Anfang der 30er Jahre. Es dauerte noch eine ganze Weile, bis ich herausfand, worauf es sich bezog.

doch der Einbildung nach in einer Periode der tatsächlichen Alten Welt dieses Planeten stattfinden.

Es gibt natürlich bestimmte Dinge und Themen, die mich ganz besonders bewegen. Die Wechselbeziehungen zwischen dem »Edlen« und dem »Einfachen« (oder Schlichten, Gewöhnlichen) zum Beispiel. Die Veredelung des Unedlen bewegt mich besonders. Ich bin (offensichtlich) den Pflanzen und vor allem den Bäumen sehr zugetan und war es schon immer; und ihre Mißhandlung durch Menschen finde ich ebenso schwer erträglich wie manche die Mißhandlung von Tieren.

Ich halte die sogenannte »fairy story« [das Märchen] für eine der höchsten Formen der Literatur und seine Zuordnung zu Kindern (als solchen) für ganz falsch. Aber meine Ansichten darüber habe ich in einem in St. Andrew's gehaltenen Vortrag ausgeführt (für die Andrew-Lang-Stiftung, später veröffentlicht in den ›Essays Presented to Charles Williams‹, Oxford University Press, als ›On Fairy Stories‹). Ich denke, dies ist eine ziemlich wichtige Arbeit, zumindest für Leute, die mich überhaupt erwähnenswert finden; empörenderweise hat aber die O. U. P. den Band ausgehen lassen, obwohl er jetzt gefragt ist – und mein einziges Exemplar ist mir gestohlen worden. Immerhin ist es vielleicht in einer Bibliothek zu finden, oder ich komme doch noch zu einem Exemplar.

Wenn all dies dunkel, wortreich und selbstbefangen ist und weder »klar, kurz noch zitierbar«, verzeihen Sie mir. Gibt es noch etwas, das Sie von mir gern gesagt haben möchten?

Ihr ergebener
J(ohn) R(onald) R(euel) Tolkien

P. S.: Das Buch ist natürlich *keine* »Trilogie«. Das und die Titel der Bände waren ein kleiner Schwindel, der für die Veröffentlichung als notwendig erachtet wurde, wegen der Länge und der Kosten. Es gibt keine echte Dreiteilung, und kein Teil ist auch für sich allein verständlich. Die Geschichte wurde als ein Ganzes ausgedacht und geschrieben, und die einzige »natürliche« Einteilung ist die in die »Bücher« I–VI (die ursprünglich Titel hatten).

[Das meiste aus dem zentralen Teil dieser autobiographischen Darstellung wurde in einen Artikel ›Tolkien über Tolkien‹ in der Oktobernummer, 1966, des Magazins ›Diplomat‹ aufgenommen. Dieser Artikel enthielt noch drei Absätze, die nicht in dem oben abgedruckten Text standen und vermutlich circa 1966 geschrieben wurden:]

Der Anfang liegt so weit zurück, daß man sagen könnte, die Sache habe mit meiner Geburt angefangen. Irgendwann, mit etwa sechs Jahren, versuchte ich ein paar Verse über einen *Drachen* zu schreiben, von denen ich heute nichts mehr weiß, als daß sie den Ausdruck ein *grüner großer Drache* enthielten und daß ich mich sehr lange wunderte, als man mir sagte, es müsse heißen, ein *großer grüner*. Aber die Mythologie (mitsamt den dazugehörigen Sprachen) begann zuerst während des Kriegs von 1914–18 Gestalt anzunehmen. ›The Fall of Gondolin‹ (und die Geburt Earendils) wurde im Krankenhaus und im Urlaub geschrieben, nachdem ich 1916 die Schlacht an der Somme überlebt hatte. Der Kern der Mythologie, die Geschichte von *Lúthien Tinúviel* und *Beren*, entstand aus einer kleinen Waldlichtung voller »Schierling« (oder anderer weißer Umbelliferen) bei Roos auf der Halbinsel Holderness – wo ich 1918, als ich in der Humber-Garnison war, manchmal hinging, wenn ich vom Regiment dienstfrei hatte.

Schließlich und in langsamen Schritten kam ich dazu, zur eigenen Befriedigung den ›Herrn der Ringe‹ zu schreiben: Natürlich ist er nicht gelungen, jedenfalls zu nicht mehr als 75 Prozent. Aber jetzt (wo die Sache nicht mehr so heiß, dringend oder persönlich ist) bewegen manche Züge des Buches, und besonders manche Stellen darin, mich immer noch sehr stark. Das Herzstück bleibt die Beschreibung von Cerin Amroth (Ende von Bd. I, B. ii, Kap. 6), aber am meisten regt mich das Hufgeräusch der Pferde der Rohirrim beim ersten Hahnenschrei auf; und am traurigsten bin ich über Gollum, wie er (beinah) bereut hätte, als er von Sam unterbrochen wird: Dies scheint mir wirklich wie in der wirklichen Welt zu sein, in der die Werkzeuge gerechter Vergeltung ihrerseits nur selten gerecht oder fromm sind; und die Guten sind oft nur ein Hindernis...

Nichts hat mich (und ich denke, auch meinen Verlag) mehr

erstaunt als die Aufnahme, die der ›Herr der Ringe‹ gefunden hat. Aber natürlich ist das für mich eine stetige Quelle von Trost und Freude. Und, darf ich wohl sagen, ein einzigartiger Glücksfall, um den manche Zeitgenossen mich sehr beneiden. Wunderbare Menschen *kaufen* das Buch immer noch, und für jemanden »im Ruhestand« ist das sowohl angenehm wie schmeichelhaft.

Ein Abend in der Kneipe

Brief an Christopher Tolkien

20 Northmoor Road, Oxford
24. November 1944

Mein Bester, ein herrlicher Stapel Briefe von Dir ist gekommen, seit ich das letzte Mal geschrieben habe... Aufs höchste amüsiert hat uns Dein Bericht über die Geschwaderfeier. Ich frage mich, wie es der »Eingeborenen-Band« gefallen hat, durch die Luft sausen zu müssen. Ich frage mich auch, wie Du das Zitat aus den Exeter-Book-Sprüchen gekannt und behalten haben kannst: Es gibt jedenf. (obwohl ich daran noch nie gedacht hatte) eine wunderbar triftige Rechtfertigung für das Singen im Bade. Es hat mich sehr aufgemuntert, mal wieder ein Stück Angelsächsisch zu lesen, und ich hoffe nur, Du wirst bald heimkehren und Deine Kenntnis dieses noblen Idioms vervollkommnen können. Wie der Vater zu seinem Sohn sagte: »Is nu fela folca þætte fyrngewritu healdan wille, ac him hyge brosnað.« Könnte eine Aussage über den Massenbetrieb an den Universitäten und den Schwund des Geistes sein. »Es gibt nun eine Menge Leute, die sich der alten Schriften bemächtigen wollen, aber ihr Geist verrottet!« Ich muß Altenglisch unterrichten oder drüber reden vor einem Haufen junger Leute, die einfach nicht das Talent oder den Charakter haben, es zu begreifen oder einen Gewinn daraus zu ziehen... Gestern 2 Vorlesungen, Neufassen der Ergebnisse des Ausschusses über Notexamen... und dann ein großes Ereignis: ein Inklings-Abend. Um 8 kam ich ins Mitre, wo ich C. W. und den Roten Admiral (Havard) traf; beschlossen, einen zu tanken, ehe wir uns mit C. S. L. und Owen Barfield trafen, die ebenfalls mit wohlgeschmierter Kehle von der Tafel des Magdalen College kamen. C. S. L. war in Hochform, aber auch wir waren gut in Schuß; allerdings ist O. B. der einzige Mensch, der C. S. L. in Verlegenheit bringen kann, indem er ihn alles definieren läßt und ihn in seinen dogmatischsten Sprüchen mit einem behutsamen *distinguo* unterbricht. Das Ergebnis war ein höchst amüsanter und kämpferischer Abend, der einem Außenstehenden, wenn uns einer belauscht hätte, wie eine Versammlung von Erzfeinden vorgekommen wäre, die sich tödliche Beleidigungen ins Gesicht schleudern, ehe sie die Pistolen ziehen. Warnie war majorsmäßig gut in Form. Bei einer Gelegenheit, als die Zuhörer sich schlankweg geweigert hatten, Jacks Erörterung und Definition von »Zufall« anzuhören, sagte Jack: »Na schön, ein andermal, aber wenn ihr heute nacht sterbt, dann werdet ihr einiges, was ihr über den Zufall hättet wissen können, nie mehr erfahren.« Und Warnie: »Das zeigt nur, was ich schon immer gesagt habe: Jede Wolke hat einen silbernen Rand.« Aber es gab noch ein paar ganz interessante Sachen. Ein kurzes Stück über Jason und Medea von Barfield, 2 vortreffliche Sonette, die ein junger Dichter an C. S. L. geschickt hatte; und einige erhellende Ausführungen über »Gespenster« und über die Besonderheiten des Kirchenliedes (C. S. L. hat in dem Ausschuß gesessen, der hier Altes und Neues überprüft hat). Ich bin erst um 12 Uhr 30 gegangen und war etwa um 1 heute morgen im Bett...

Dein Vater

»Unser kleiner Cherub«

Brief an Christopher Tolkien

20 Northmoor Road, Oxford
9. Dezember 1943

Mein Bester,
ich glaube, eine Woche ist es her oder schon länger, seit ich Dir geschrieben habe? Ich weiß es wirklich nicht mehr; alles war so eine Hetze... C. S. L. und Williams hab ich schon wochenlang nicht mehr gesehn... Die tägliche(n) Runde(n) und die gemeinsame Aufgabe, die so viel mehr bieten, als man eigentlich wollte. Nicht viel Spaß, keine Unterhaltung, keine glänzende neue Idee und nicht mal ein dünnes Witzchen! Nichts zu lesen – sogar in den Zeitungen nichts als der Schmus aus Teheran! Aber ich muß doch zugeben, ich habe schon so ein wenig säuerlich gegrinst und »mich fast auf dem Boden zusammengerollt, und alles weitere interessierte mich nicht mehr«, als ich hörte, wie dieser blutdurstige alte Mordbube Josef Stalin alle Nationen aufgefordert hat, sich zu einer glücklichen Völkerfamilie zusammenzuschließen, welche die Abschaffung von Tyrannei und Intoleranz zu ihrer Sache macht. Aber ich muß zugeben, auf dem Foto war unser kleiner Cherub W. S. C. *dem Aussehen nach* von allen dort versammelten Halunken der größte. Hm, na ja! Ich frage mich, ob es (wenn wir diesen Krieg überleben) nachher für reaktionäre Fossilien wie mich (und Dich) noch irgendeine Nische geben wird, wenn auch nur ein Plätzchen zum Leiden. Je mehr sich die Dinge ins Große auswachsen, desto kleiner, öder und platter wird der Erdball. Alles wird so wie ein einziger verdammter kleiner Provinzvorort. Wenn einmal die amerikanische Hygiene, Moralreklame, Frauenrechte und Massenproduktion in ganz Nah-, Fern- und Mittelost eingeführt sind, in der UdSSR, den Pampas, im Gran Chaco, im Donaubecken, in Äquatorialafrika, in Obernichtswieweghier und der Inneren Tandaradei, Gondhwanaland, Lhasa und den Dörfern im finstersten Berkshire, was werden wir dann erst froh sein! Immerhin wird es den Reiseverkehr vermindern, denn man wird nirgends mehr hin wollen. Daher werden die Leute (so deucht mich) nur um so schneller fahren.

C. Knox sagt, 1/8 der Weltbevölkerung spricht »Englisch«, und das sei die größte Sprachgruppe. Verfluchter Mist, wenn das stimmt, sage ich! Babels Fluch soll ihre Zungen treffen, bis sie nur noch »baa baa« sagen können. Bedeuten würd es eh alles eins. Ich denke, ich werde es noch ablehnen müssen, irgend etwas außer Altmercianisch zu sprechen.

Aber im Ernst: Ich finde diesen amerikanischen Kosmopolitismus sehr beängstigend. Was Geist und Seele angeht, einmal abgesehen von der lumpigen körperlichen Angst, erschossen oder von der brutalen, zügellosen Soldateska zerhackt zu werden (ob von den Deutschen oder von anderen), bin ich gar nicht sicher, daß sein Sieg für die Welt insgesamt und auf lange Sicht viel besser sein wird als ein Sieg des —. Ich vermute, *ein*gehende Briefe werden bei Euch nicht zensiert. Aber wie dem auch sei, für Dich muß ich wohl kaum noch dazusagen, das sind so die Gefühle einer ganzen Menge Leute – und keine Spur von Mangel an Patriotismus. Denn ich liebe England (aber nicht Großbritannien, geschweige denn das britische Commonwealth (grr!)), und wenn ich jetzt im wehrpflichtigen Alter wäre, so würde ich jetzt bei irgendeiner Waffengattung vor mich hin fluchen, mit der Bereitschaft, durchzuhalten bis zum bittern Ende, und immer in der Hoffnung, daß alles für England noch besser ausgeht, als es jetzt den Anschein hat. Irgendwie kann ich mir nicht recht vorstellen, daß es mit dem phantastischen Glück (oder Segen, sollte man vielleicht sagen, wenn man nur im entferntesten begreifen könnte, warum wir gesegnet sein sollten, was ja etwas mit Gott zu tun hätte), von dem England bisher begleitet war, schon vorbei sein sollte. Chi vincerà? fragten sich die Italiener (bevor sie sich hineinziehen ließen, die armen Teufel) und gaben sich die Antwort: Stalin. Gar nicht gesagt, daß sie recht haben werden. Unserem oben genannten Cherub sind auch noch gerissene Züge zuzutrauen: Man vermutet, hofft, weiß nicht…

Dein Vater

»Der edle nordische Geist«

Brief an Michael Tolkien

20 Northmoor Road, Oxford
9. Juni 1941

Mein liebster Michael,
ich habe mich so gefreut, von Dir zu hören. Ich hätte Dir heute schon früher geschrieben, nur hatte Mummy Deinen Brief mitgenommen nach Birmingham, ehe ich Zeit hatte, mehr als einen Blick drauf zu werfen. Ich fürchte, als Briefschreiber mache ich eine schlechte Figur: Aber ich habe einfach das Schreiben satt. Seit Dienstag sind die Vorlesungen zu Ende, und ich hoffte, nun hätte ich ein Weilchen a) zum Ausruhen und b) um den Garten ein bißchen in Ordnung zu bringen, bevor am Dienstag die »Schule« anfängt (Corpus Christi). Aber draußen konnte ich wegen des ewigen Regens nichts tun, und die Ruhe wurde durch allerhand Extrageschäfte verhindert. Wie ich die Regierungsbeamten verstehn kann! Die meiste Zeit verbringe ich neuerdings mit dem Abfassen von Regeln und Vorschriften, nur um gleich allerlei Lücken zu finden, sobald sie gedruckt sind, und nur um die Flüche und die Kritik der Leute auf mich zu laden, die diese Arbeit nicht machen müssen und die gar nicht erst versuchen, den Sinn und Zweck zu verstehen...

Ein Krieg ist genug für einen Menschen. Ich hoffe, ein zweiter wird Dir erspart bleiben. Diese Bitterkeit, entweder in der Jugend oder im mittleren Alter, reicht fürs ganze Leben; beides ist zuviel. Ich habe einmal dasselbe durchgemacht wie Du jetzt, wenn auch in ganz anderer Weise: weil ich ganz unfähig und unmilitärisch war (und gemeinsam haben wir nur das tiefe Verständnis für den »Tommy«, besonders den einfachen Soldaten aus den landwirtschaftlichen Gegenden). Ich dachte damals nicht, daß die »alten Leute« viel zu leiden hätten. Jetzt weiß ich's. Ich kann Dir sagen, ich fühle mich wie ein lahmer Kanarienvogel im Käfig. Dieselbe Arbeit weiterzumachen wie vor dem Krieg – es ist einfach Gift. Wenn ich doch nur etwas Nützliches tun könnte! Aber es ist nun mal so: Ich bin »auf Dauer unabkömmlich«, und daher habe ich zu viel auf dem Hals, um auch nur in die Heimwehr eingezogen zu werden. Und ich kann nicht mal abends fort und mit einem Freund ein Glas trinken.

Immerhin bist Du mein Fleisch und Blut und trägst meinen Namen weiter. Es ist schon etwas, der Vater eines guten jungen Soldaten zu sein. Kannst Du denn nicht verstehn, warum ich mir so viel Sorgen um Dich mache und warum alles, was Du treibst, mich so nah angeht? Trotzdem sollten wir beide die Hoffnung und den Glauben nicht sinken lassen. Das Band zwischen Vater und Sohn ist nicht nur das vergängliche des Fleisches: Es muß auch etwas von der *aeternitas* daran sein. Es gibt einen Ort, der »Himmel« genannt, wo das hier unfertig gebliebene Gute vollendet wird, wo die ungeschriebenen Geschichten und die unerfüllten Hoffnungen fortgesetzt werden. Vielleicht haben wir zusammen noch manches zu lachen...

Hast Du den Bericht von Maxwell (dem »Tabak-Kontrolleur«) über die Praktiken der Großhändler gelesen? Die gehören ins Kittchen... Der Kommerzialismus ist von Herzen ein Schwein. Aber ich glaube, das größte englische Laster ist Trägheit. Und unserer Trägheit, ebensosehr oder mehr als einer natürlichen Tugend, verdanken wir es, daß wir den offenen Gewaltakten anderer Länder entgehen. In dieser brutalen Welt von heute gewinnt die Trägheit allmählich sogar fast das Ansehen einer Tugend. Aber es ist schon beängstigend, auf Schritt und Tritt so viel davon zu sehen, wo wir es jetzt mit dem Furor Teutonicus aufnehmen müssen.

Die Menschen in unserem Land scheinen sich noch gar nicht darüber im klaren zu sein, daß wir in den Deutschen Feinde haben, bei denen die Tugenden des Gehorsams und des Patriotismus (und dies sind nun einmal Tugenden) in der Masse größer sind als bei uns. Deren tapfere Männer etwa ebenso tapfer sind wie unsere. Deren Industrie etwa zehnmal so groß ist. Und die – mit Gottes Fluch – nun von einem Mann geführt werden, in dem ein wahnwitziger, wirbelnder Teufel steckt: ein Orkan, eine Leidenschaft, daß sich der arme alte Kaiser dagegen ausnimmt wie ein altes Weib mit Strickstrumpf.

Ich habe den größten Teil meines Lebens, seit ich in Deinem Alter war, auf das Studium germanischer Belange verwendet (in jenem allgemeinen Sinne, der auch England und Skandinavien umfaßt). In dem »germanischen« Ideal steckt einiges mehr an Kraft (und Wahrheit), als die Unwissenden meinen. Ich war als Student sehr davon angetan (als Hitler, glaube ich, mit Farben herumkleckste und davon noch nie gehört hatte), in Reaktion gegen die »klassischen« Studien. Man muß erst das Gute an einer Sache verstanden haben, um das wirklich Böse in ihr zu erkennen. Aber mich fordert keiner auf, darüber eine »Sendung« zu machen oder einen Kommentar im Radio zu geben. Trotzdem glaube ich besser zu wissen als die meisten, was an diesem »nordischen« Unfug Wahres dran ist. Jedenfalls habe ich in diesem Krieg einen heißen persönlichen Groll – der vermutlich heute mit 49 einen besseren Soldaten aus mir machen würde als damals mit 22: gegen diesen verdammten kleinen Ignoranten von Adolf Hitler (denn das Komische an der dämonischen Besessenheit und Wucht ist ja, daß sie den geistigen Rang nicht im mindesten hebt – sie steigert in der Hauptsache nur den Willen). Weil er den edlen nordischen Geist, jenen vortrefflichen Beitrag zu Europa, den ich immer geliebt und in seinem wahren Lichte zu zeigen versucht habe, ruiniert, mißbraucht und verdorben hat, so daß er nun für immer verflucht ist. Nirgendwo war übrigens dieser Geist edler als in England, und nirgendwo ist er früher geheiligt und christianisiert worden...

Bete für mich! Ich habe es bitter nötig. In Liebe Dein

Vater

Ein Brief vom Weihnachtsmann

1932

Hier sind viele aufregende Dinge passiert, von denen Ihr sicher etwas erfahren möchtet. Angefangen hat alles mit den komischen unterirdischen Geräuschen, die im Sommer einsetzten und die immer schlimmer geworden sind. Ich hatte schon Angst, es würde zu einem Erdbeben kommen. Der Nordpolarbär sagt, er habe von Anfang an einen Verdacht gehabt. Ich wünschte nur, er hätte mir was davon gesagt; aber es kann sowieso nicht ganz stimmen, denn als es anfing, schlief er fest, und erst so um Michaels Geburtstag [22. Oktober] herum ist er aufgewacht. Nun, eines Tages, es muß gegen Ende November gewesen sein, hat er sich zu einem Spaziergang aufgemacht und ist nicht mehr zurückgekommen! Vor ungefähr vierzehn Tagen begann ich mir dann ernstlich Sorgen zu machen, denn letzten Endes ist der gute alte Kerl wirklich eine große Hilfe, trotz allen Mißgeschicken, und es ist ja auch sehr lustig mit ihm. Eines Abends, es war Freitag, der 9. Dezember, bumste und schnüffelte etwas vorn an der Haustür. Ich dachte, er sei wieder da und habe (wie schon so oft) seinen Schlüssel verloren, aber als ich die Tür aufmachte, stand draußen ein anderer, schon sehr alter Bär, er war dick und fett und irgendwie ganz krumm. Tatsächlich war es ein Höhlenbär, der älteste von den wenigen, die es noch gibt, und ich hatte ihn schon jahrhundertelang nicht mehr gesehen.

»Willst du deinen Nordpolarbären wiederhaben?« fragte er. »Wenn ja, dann komm ihn mal lieber holen.«

Es stellte sich heraus, daß Polarbär sich in den Höhlen unweit der Ruine meines alten Hauses (die wohl dem Höhlenbären gehören) verirrt hatte. Wie er sagt, hatte er an einem Hügel ein Loch entdeckt und war, weil es schneite, hineingegangen. Er rutschte einen langen Abhang hinunter, und eine Menge Felsbrocken fielen hinter ihm her, und dann merkte er, daß er nicht mehr zurück und hinausklettern konnte. Aber fast im selben Augenblick witterte er KOBOLDgeruch, da wurde er neugierig und wollte die Sache näher erforschen. Nicht sehr schlau von ihm, denn Kobolde können zwar ihm selbst bekanntlich nichts anhaben, aber ihre Höhlen sind doch sehr gefährlich. Natürlich hatte er sich bald total verlaufen, und die Kobolde löschten all ihre Lichter aus und machten Geräusche und täuschten Echos vor, damit er sich nur ja verirrte.

Kobolde sind für uns so ungefähr das, was für Euch Ratten sind, nur schlimmer, weil sie sehr klug sind, und auch wieder nicht so schlimm, weil es in dieser Gegend nur sehr wenige gibt. Wir dachten schon, es gäbe hier überhaupt keine mehr. Vor langer Zeit haben sie uns einmal schlimm zu schaffen gemacht, das war, glaube ich, so um 1453 herum, aber die Zwerge, die ihre ärgsten Feinde sind, haben uns damals geholfen, sie zu vertreiben. Wie auch immer, jetzt war der arme alte Polarbär mitten in sie hineingeraten, verirrt im Finstern und mutterseelenallein, bis er auf Höhlenbär traf, der ja dort wohnt. Höhlenbär kann recht gut im Dunkeln sehen, und er schlug vor, Polarbär zu seinem privaten Höhlen-Hinterausgang zu führen. Also gingen die beiden zusammen los, aber die Kobolde, wütend und aufgeregt, wie sie waren (Polarbär hatte nämlich ein paar von ihnen, die im Dunkeln an ihn herankamen und ihn knufften, zu Boden gehauen und allen einige grobe Frechheiten ins Gesicht gesagt), brachten ihn vom Weg ab, indem sie Höhlenbärs Stimme nachahmten, die sie natürlich ganz genau kannten. Dadurch geriet Polarbär in ein stockfinsteres Höhlengebiet, wo vielerlei Gänge in verschiedene Richtungen führten, und er verlor Höhlenbär, und Höhlenbär verlor ihn.

»Was wir brauchen, ist Licht«, sagte Höhlenbär zu mir. Also holte ich einige meiner Spezial-Wunderfackeln, die ich manchmal in meinen allertiefsten Kellern benutze, und wir gingen gleich, noch am Abend, hin. Die Höhlen sind eine Pracht. Ich wußte immer, daß es sie gibt, aber nicht, wie viele; und ich hatte keine Ahnung, wie groß sie sind. Die Kobolde verkrochen sich natürlich in die tiefsten Löcher und Winkel, und bald hatten wir Polarbär gefunden. Er war vor Hunger ganz lang und dünn geworden, denn er trieb sich ja schon fast vierzehn Tage da unten herum. Er sagte: »Bald hätte ich mich durch einen Koboldschlitz zwängen können.«

Polarbär selbst staunte nicht schlecht, als ich Licht machte; denn das Besondere an diesen Höhlen ist, daß ihre Wände über und über mit Zeichnungen bedeckt sind: Die sind entweder in den Stein geritzt oder mit Rot und Braun und

Schwarz aufgemalt. Einige davon sind sehr gut (hauptsächlich die Tierbilder), manche sind eigenartig und manche ganz einfach schlecht, und dazwischen findet man seltsame Zeichen, Symbole und Kritzeleien, von denen einige irgendwie teuflisch aussehen und meiner Meinung nach bestimmt etwas mit Schwarzer Magie zu tun haben. Höhlenbär sagt, diese Höhlen gehörten ihm und hätten ihm, oder seiner Familie, schon seit den Tagen seines Ur-Ur-Ur-Ur-Ur-Ur-Ur-Ur-Ur(mal zehn)-Großvaters gehört, und die Bären hätten als allererste den Einfall gehabt, die Wände zu verzieren, und hätten schon immer an glatten Stellen Bilder in den Stein gekratzt – was auch dazu diente, die Krallen zu schärfen. Dann kam der MENSCH daher – stellt Euch das einmal vor! Höhlenbär sagt, zu einer gewissen, weit zurückliegenden Zeit, als der Nordpol noch anderswo war, habe es sehr viele Menschen gegeben. Das muß lange vor meiner Zeit gewesen sein, denn ich habe Großvater Jul davon nie auch nur etwas erwähnen hören, so daß ich nicht weiß, ob Höhlenbär nicht vielleicht Unsinn redet. Viele der Bilder sollen von diesen Höhlenmenschen gemacht worden sein, und zwar die schönsten, besonders die großen (fast lebensgroßen) Darstellungen von Tieren; einige gibt es mittlerweile schon gar nicht mehr: Drachen zum Beispiel und viele Mammuts. Von den Menschen stammen auch einige der schwarzen Zeichen und Bildsymbole, aber die Kobolde haben überall dazwischengekritzelt. Sie können nicht gut zeichnen, und ohnehin mögen sie verquere und garstige Formen am liebsten.

Ich habe von der Wand der mittleren Haupthöhle eine ganze Seite für Euch abgezeichnet. Es ist vielleicht nicht alles so gut gelungen wie die Originale (die sind ja auch sehr viel größer), ausgenommen das, was von den Kobolden stammt – das ist ja leicht nachzumachen. Unten auf der Seite seht Ihr eine ganze Reihe von Kobold-Bildern nebeneinander – sie müssen sehr alt sein, weil die Koboldkrieger auf DRASILS sitzen: Das sind seltsam winzige, nur dackelgroße Pferdewesen, die sie zum Reiten benutzten; aber diese Tiere sind längst ausgestorben. Ich glaube, die Roten Zwerge haben ihnen, so um die Zeit König Eduards des Vierten von England, den Garaus gemacht. Ein paar dieser Geschöpfe seht Ihr auch auf dem Pfeiler in der Mitte meines vorigen Höhlenbildes.

Das behaarte Nilpferd sieht hinterlistig aus, findet Ihr nicht? Auch das Mammut hat etwas Boshaftes in den Augen. Außerdem seht Ihr noch einen Auerochsen, einen Hirsch, einen Eber, einen Höhlenbären (Bildnis des einundsiebzigsten Ahnherrn von unserem Höhlenbären, wie er sagt) und noch einen am Polarkreis vorkommenden Bären, der aber kein richtiger Polarbär ist. Nordpolarbär möchte gern glauben, daß es das Porträt von einem *seiner* Vorfahren sei. Und in der Reihe unter den beiden Bären könnt Ihr sehen, was dabei herauskommt, wenn ein Kobold ein Rentier zu zeichnen versucht!!!

Aber damit, daß ich Polarbär gerettet hatte, waren unsere Abenteuer noch nicht zu Ende. Anfang vergangener Woche gingen wir in die Kellerräume hinunter, um die Sachen für England nach oben zu bringen.

»Hier hat doch jemand was umgeräumt«, sagte ich zu Polarbär. »Paksu und Valkotukka wahrscheinlich«, meinte er. Aber die waren es nicht gewesen. Denn letzten Samstag gingen wir wieder hinunter, und da sahen wir, daß aus dem Hauptkeller so gut wie alles verschwunden war! Stellt Euch vor, wie mir zumute war! Kaum irgendwas zum Verschicken, und nicht mehr genug Zeit, um neue Sachen anzufertigen oder herbeizuschaffen.

Polarbär sagte: »Es riecht stark nach Kobold.« Schließlich fanden wir im Westkeller hinter einigen Packkisten ein großes Loch (aber nicht groß genug für uns), das in einen Tunnel hineinführte. Wie Ihr Euch denken könnt, machten wir uns sofort auf die Suche nach Höhlenbär und gingen also wieder in die Höhlen. Und bald wurde uns klar, was es mit den sonderbaren Geräuschen auf sich gehabt hatte. Offensichtlich hatten die Kobolde schon vor langer Zeit von ihren Verstecken bis zu meiner alten Wohnung (die nicht weit vom Rande ihrer Berge lag) einen unterirdischen Gang gegraben und eine ganze Menge Sachen gestohlen. Wir fanden einige Dinge, die über hundert Jahre alt waren, und sogar ein paar Päckchen, die waren noch an Eure Urgroßeltern adressiert! Aber die Kobolde sind schlau gewesen und haben Maß gehalten, deshalb hatte ich nie etwas bemerkt. Und seit meinem Umzug müssen sie immerfort gegraben haben, die ganze Strecke bis zu meinem Felsen haben sie sich mit Gerums und Gebums (so leise, wie es irgend ging) vorangewühlt. Schließlich haben sie dann meine neuen Keller erreicht, und der Anblick all der Spielsachen auf einmal ist wohl zuviel für sie gewesen: Jetzt nahmen sie alles mit, was sie nur greifen konnten. Bestimmt hatten sie auch immer noch eine Wut auf den Polarbären. Und sie dachten ja auch, wir könnten sie nicht kriegen.

Aber ich habe dann meinen grünen Patent-Leuchtrauch in den Tunnel geleitet, und Polarbär, mit unserem riesigen Küchenblasebalg, hat gepustet und gepustet. Die Kobolde haben bloß noch gebrüllt und sind am anderen Ende (bei der Höhle) hinausgefahren. Aber dort waren schon Rote Zwerge. Die hatte ich eigens kommen lassen – in Norwegen gibt es ja noch ein paar von den ganz alten Zwergenfamilien. Sie haben Hunderte von Kobolden gefangen und viel mehr noch hinausgejagt in den Schnee (den die Kerle nicht ausstehen können). Sie mußten uns zeigen, wo sie unsere Sachen versteckt hatten, oder vielmehr, sie mußten sie alle zurückbringen, und schon am Montag hatten wir praktisch alles wieder. Die Zwerge schlagen sich immer noch mit den Kobolden herum, behaupten aber, bis Neujahr werde kein einziger mehr zu finden sein. Ich bin nicht so sicher – in einem Jahrhundert oder so tauchen die bestimmt wieder auf.

Brief vom Polarbären

Nur ganz selten kam auch vom Polarbären ein kurzer Brief. Darin hat er einmal verraten, daß er in Wirklichkeit einen Namen hat: Karhu. Seine fehlerhafte Rechtschreibung entschuldigte er damit, daß die Sprache, die man am Nordpol spricht, das Arktische ist. Als ein Beispiel für diese Sprache hat er den

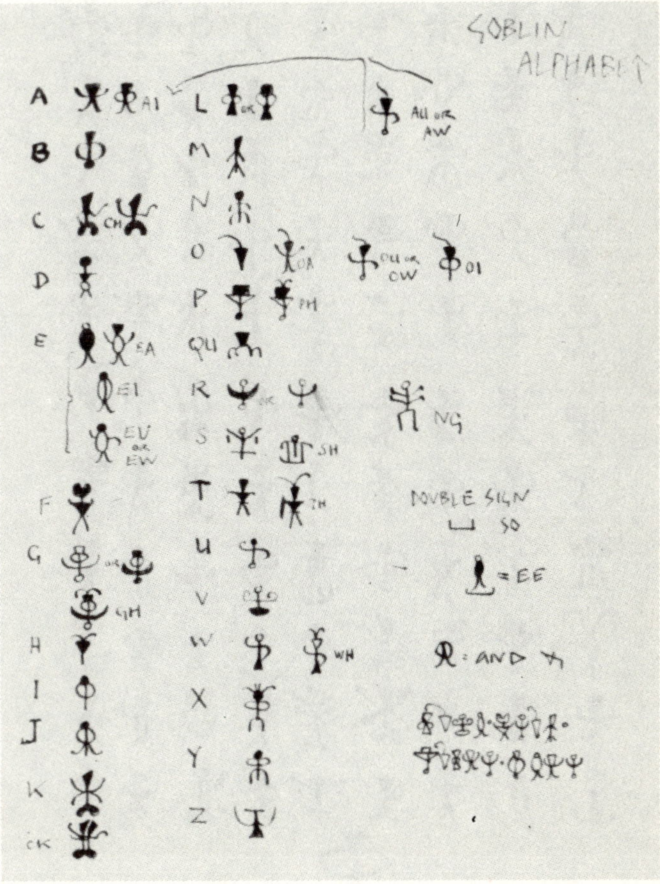

Satz »Mara mesta an ni vela tye ento, ya rato nea« niedergeschrieben und ihn so übersetzt: »Auf Wiedersehn bis zum nächsten Mal, hoffentlich ist das schon bald.«

Nach seinem Abenteuer in den Höhlen hat Karhu aus den Koboldzeichen an den Wänden ein Alphabet zusammengestellt und mit diesen Buchstaben ein Briefchen geschrieben; später hat er auf Bitten der Kinder ihnen auch das Alphabet zugeschickt. Hier seht Ihr beides, das Alphabet und den Brief.

Rätsel in der Finsternis

Tief unten an dem dunklen Wasser lebte der alte Gollum. Ich weiß nicht, woher er kam, nicht, wer oder was er war. Er war Gollum – und er war so dunkel wie die Finsternis, ausgenommen seine beiden dicken, runden, bleichen Augen. Er besaß ein Boot, und damit ruderte er nahezu lautlos auf dem See, denn ein See war es, breit und tief und tödlich kalt. Gollum paddelte mit seinen langen Füßen, die über die Bordwand baumelten. Aber das Wasser kräuselte sich nicht einmal, kein bißchen. Er spähte mit seinen bleichen Augen nach blinden Fischen aus, die er mit seinen langen Fingern schneller als ein Gedanke ergriff. Fleisch mochte er auch, ja, er hielt Orkfleisch für einen Leckerbissen – wenn er es bekommen konnte. Aber er war so vorsichtig, daß ihn die Orks nie dabei erwischten. Er erdrosselte sie von hinten, wenn jemals einer allein hier herunter an das Ufer des Wassers kam. Sie taten es sehr selten, denn sie spürten, daß etwas Unerfreuliches hier unten, tief an den Wurzeln des Gebirges, auf sie lauerte. Sie waren bis zum See gekommen, als sie vor langer Zeit ihre Stollen gruben, und sie hatten festgestellt, daß sie hier nicht weiterkamen. So hörten also ihre Wege in dieser Richtung auf. Und wenn der Große Ork sie nicht aussandte, so gab es überhaupt keinen Grund, diesen Weg zu nehmen. Zuweilen hatte er aber Lust auf einen Fisch aus diesem See, und dann kamen manchmal weder Fische noch Orks zurück.

Tatsächlich lebte Gollum auf einer glitschigen Felsinsel in der Mitte des Sees. Mit seinen bleichen Teleskopaugen beobachtete er Bilbo aus guter Entfernung. Bilbo konnte ihn nicht sehen, aber Gollum wunderte sich außerordentlich über Bilbo, denn er konnte erkennen, daß es sich keinesfalls um einen Ork handelte.

Gollum stieg in sein Boot und stieß von der Insel ab, während Bilbo völlig verwirrt am Ufer saß, am Ende seines Weges und seines Witzes. Plötzlich kam Gollum heran, wisperte und zischte: »Wasss für ein Gespritzzz, mein Schatzzz, ich schätze, dasss issst ein mächtigesss Fessstessen, zumindessst ein sssaftiger Happsss, gollum!« Und als er »gollum« sagte, machte er ein schreckliches, schlingendes Geräusch (das hatte ihm auch seinen Namen eingebracht; sich selbst nannte er stets »mein Schatz«).

Der Hobbit fiel vor Schreck beinahe auf den Rücken, als sich das Zischen in seine Ohren bohrte, und plötzlich sah er die bleichen Augen auf sich gerichtet.

»Wer seid Ihr?« fragte er und streckte den Dolch vor.

»Was issst das bloß, mein Schatzzz?« wisperte Gollum (der immer nur zu sich selbst sprach, da er niemals jemanden hatte, zu dem er hätte sprechen können). Er hätte gern herausgefunden, was da vor ihm saß, denn er war im Augenblick nicht richtig hungrig, nur neugierig. Andernfalls hätte er gleich zugegriffen und dann erst gewispert.

»Ich bin Mister Bilbo Beutlin. Ich habe die Zwerge verloren, und ich habe den Zauberer verloren, und ich weiß nicht, wo ich bin, und ich möchte es auch gar nicht erst wissen, wenn ich nur von hier wegkommen kann.«

»Wasss hat das Ding bloß in ssseinen Händen?« fragte Gollum und blickte auf das Schwert, das ihm nicht sehr gefiel.

»Ein Schwert, eine Klinge, die aus Gondolin stammt!«

»Sssss«, sagte Gollum und wurde ungewöhnlich höflich. »Vielleicht setzt er sich dazu und schwatzt ein bißchen, mein Schatzzz? Vielleicht mag das da Rätsel, was weiß man?«

Er bemühte sich, sehr freundlich zu erscheinen, jedenfalls im Augenblick und bis er mehr über das Schwert und den Hobbit herausbekommen hatte, ob er wirklich ganz allein war, ob er gut schmeckte und ob er selbst wirklichen Hunger hatte. Rätsel waren das einzige, über das er nachzudenken verstand. Rätsel zu stellen und sie zuweilen auch zu lösen war das einzige Spiel, das er jemals mit anderen seltsamen Höhlenbewohnern gespielt hatte – vor langer, langer Zeit, bevor er all seine Freunde verloren hatte und vertrieben worden war, bevor er einsam tief, tief in die Finsternis unter das Gebirge kriechen mußte.

»Sehr gut«, sagte Bilbo, der sogleich zustimmte, um mehr über dieses Wesen herauszufinden – ob es allein, ob es wütend oder hungrig und ob es ein Freund der Orks war. »Ihr fragt zuerst«, sagte er, denn er hatte noch keine Zeit gefunden, ein Rätsel auszudenken. So zischte Gollum:

»Was hat Wurzeln, die keiner sieht,
ragt höher als Bäume

und Wipfelsäume,
wächst nie und treibt nicht
und reicht doch ins Licht?«

»Leicht!« sagte Bilbo. »Berg vermutlich.«

»Leicht zu raten? Das Ding da muß einen Wettkampf mit uns machen, mein Schatzzz! Wenn mein Schatzzz fragt, und es antwortet nicht, dann fressen wir es, mein Schatzzz. Wenn es uns fragt, und wir antworten nicht, dann tun wir, was das Ding will, he? Wir zeigen ihm den Weg hinaus, gewiß!«

»In Ordnung!« sagte Bilbo, der nicht zu widersprechen wagte und sich den Kopf zermarterte, denn er mußte auf Rätsel kommen, die ihn vor dem Gefressenwerden bewahrten.

»Zweiunddreißig Schimmel auf einem roten Hang –
erst malmen sie,
dann stampfen sie
und warten wieder lang.«

Das war alles, was er sich ausdenken konnte – der Gedanke ans Fressen beschäftigte ihn sehr. Außerdem war es ein ziemlich altes Rätsel, das auch Gollum kannte, genauso wie ihr es kennt.

»Alter Mist!« zischte Gollum. »Zähne! Ha, zweiunddreißig Zähne, mein Schatzzz! Aber wir haben nur sechs!« Dann stellte er sein zweites Rätsel:

»Schreit ohne Stimme,
fliegt ohne Schwinge,
beißt ohne Zahn,
murmelt und pfeift –
kein Mund hat's getan.«

»Einen halben Augenblick«, rief Bilbo, den noch immer der peinliche Gedanke plagte, gefressen zu werden. Glücklicherweise hatte er einmal etwas Ähnliches gehört. Nachdem er sich gesammelt hatte, fiel ihm die Antwort ein. »Wind! Wind natürlich«, sagte er und war so zufrieden, daß er auf der Stelle ein neues Rätsel ersann. Das wird diesem häßlichen kleinen Untergrundwesen ganz schön zu schaffen machen, dachte er.

»Das Auge im blauen Gesicht
sah ein Auge im grünen Gesicht.
›Sieht genau aus wie mein Auge‹,
sagte das erste Auge.
›Doch so tief unten blinzle ich nicht.
Ich stehe droben im blauen Gesicht.‹«

»Ss, ss, ss«, sagte Gollum. Er war nun schon eine so lange Zeit unter der Erde, daß er die Welt oben beinahe vergessen hatte. Aber gerade als Bilbo anfing zu hoffen, daß der Kerl nicht würde antworten können, kamen diesem Erinnerungen an längst vergangene Zeiten, als er noch mit seiner Großmutter in einem Loch in der Böschung eines Flusses gehaust hatte. »Ss, ss, ss, mein Schatz«, sagte er, »Sonne auf Gänseblümchen, jawohl, das bedeutet es.«

Aber diese ganz gewöhnlichen oberirdischen Alltagsrätsel langweilten Gollum. Auch erinnerten sie ihn an Tage, da er noch nicht so einsam und schleimig und häßlich war, und das verdarb ihm die Laune. Noch schlimmer – sie machten ihn hungrig. Deshalb versuchte er es diesmal mit einem schwierigeren und ungemütlicheren Rätsel:

»Man kann es nicht sehen, kann's nicht aufstören,
kann es nicht fressen und kann's auch nicht hören,
liegt hinter den Sternen und unterm Gestein,
rieselt in alle Höhlen hinein,
kommt zuerst und folgt auch zuletzt,
löscht alles Leben, bis keiner mehr schwätzt.«

Unglücklicherweise für Gollum hatte Bilbo dieses Rätsel vorher schon einmal gehört, und so war die Antwort ihm geläufig. »Das Dunkel!« sagte er und mußte sich nicht einmal den Kopf kratzen oder die Stirn runzeln.

»Der Schrein ohne Deckel, Schlüssel, Scharnier
birgt einen goldenen Schatz, glaub es mir!«

sagte er, um Zeit zu gewinnen, damit er sich eine wirklich harte Nuß ausdenken konnte. Er glaubte, dies sei ein furchtbar leichtes Rätsel, obgleich er nicht in den üblichen Worten gefragt hatte.

Aber für Gollum war es unerwartet schwer. Er zischte vor sich hin, und doch konnte er nicht antworten; er wisperte nur und gurgelte.

Nach einer Weile wurde Bilbo ungeduldig. »Nun, was ist es?« fragte er. »Und die Antwort ist nicht etwa ein überkochender Kessel, wie Ihr vielleicht denkt. Jedenfalls muß ich das aus dem Geräusch schließen, das Ihr da eben von Euch gebt.«

»Gebt uns eine Chance, gebt uns bloß eine Chance, mein Schatz – ss – ss!«

»Nun«, fragte Bilbo, nachdem er lange genug gewartet hatte, »wie steht es mit Eurer Antwort?«

Aber plötzlich erinnerte sich Gollum an Nestdiebereien vor langer Zeit, und wie er am Flußufer saß und seine Großmutter ihn das Aussaugen lehrte. »Eier sind's«, zischte er, »Eier sind's!« Gleich fragte er weiter:

»Atemlos lebt es,
kalt wie der Tod schwebt es,
fühlt keinen Durst, und doch trinkt es,
trägt ein Kettenhemd, und nie klingt es.«

Auch Gollum glaubte seinerseits, daß dies ein furchtbar leichtes Rätsel wäre, da er selbst immerzu an die Antwort dachte. Aber er konnte sich in diesem Augenblick an nichts Besseres erinnern, das Eierrätsel hatte ihn zu sehr aufgeregt. Trotzdem war es eine schwer zu knackende Nuß für den armen Bilbo, der nie, wenn er es eben vermeiden konnte, etwas mit Wasser zu schaffen haben wollte. Ich kann mir vorstellen, daß ihr die Antwort wißt oder daß ihr sie leicht erraten könnt. Denn ihr sitzt jetzt gemütlich zu Hause und schwebt nicht in der schrecklichen Gefahr, gefressen zu werden, was immerhin das Denken stört. Bilbo saß und räusperte sich ein- oder zweimal. Aber die Antwort fiel ihm nicht ein.

Nach einer Weile begann Gollum vergnügt sich selbst zuzuzischen. »Ist es hübsch, mein Schatzzz? Ist es sssaftig? Knirrrscht es nicht köstlich?« Und dann begann er Bilbo aus der Finsternis anzustarren.

»Einen halben Augenblick«, sagte der Hobbit zitternd. »Ich gab Euch eben auch eine sehr lange Chance.«

»Rasch, rasch!« sagte Gollum und fing an, aus seinem Boot

ans Ufer zu klettern, um sich an Bilbo heranzumachen. Aber als er seinen großen Fuß mit den Schwimmhäuten ins Wasser setzte, sprang vor Angst ein Fisch heraus und fiel Bilbo auf die Zehen.

»Uff«, sagte Bilbo, »das ist ja kalt und klamm!« Und da hatte er die Lösung des Rätsels. »Ein Fisch! Ein Fisch!« rief er. »Es ist ein Fisch!«

Gollum war schrecklich enttäuscht, aber Bilbo Beutlin platzte mit einem anderen Rätsel heraus, so schnell er nur konnte, und Gollum mußte in sein Boot zurücksteigen, um besser nachdenken zu können.

»Keinbein lag auf Einbein,
Zweibein saß auf Dreibein,
Vierbein ging auch nicht leer aus.«

Es war wirklich nicht die rechte Zeit für ein solches Rätsel, aber Bilbo war in Eile. Falls er es zu einer anderen Zeit gestellt hätte, dann, ja dann hätte Gollum vielleicht einige Schwierigkeiten gehabt, es zu raten. Aber da sie gerade von Fisch gesprochen hatten, war »Keinbein« wirklich nicht schwer – und folglich war auch der Rest leicht. »Fisch auf einem kleinen Tisch, ein Mensch vor dem Tisch auf einem Stuhl, und die Katze hat die Gräten« – so lautet natürlich die Antwort, und Gollum ließ damit nicht lange auf sich warten. Aber jetzt ist es Zeit, dachte er, etwas furchtbar Schweres zu fragen. Und dies war sein Rätsel:

»Etwas, das alles und jeden verschlingt:
Baum, der rauscht, Vogel, der singt,
frißt Eisen, zermalmt den härtesten Stein,
zerbeißt jedes Schwert, zerbricht jeden Schrein,
schlägt Könige nieder, schleift ihren Palast,
trägt mächtigen Fels fort als leichte Last.«

Der arme Bilbo saß im Dunkeln und dachte an all die schrecklichen Riesen und Ungeheuer, von denen er jemals in alten Sagen gehört hatte – aber nicht einer von ihnen hatte all diese furchtbaren Taten vollbracht. Er hatte das Gefühl, daß die Antwort ganz anders lauten und daß er sie eigentlich wissen müßte, aber er konnte nicht darauf kommen. Bilbo begann sich zu fürchten, und das ist schlecht fürs Nachdenken. Schon kroch Gollum wieder aus seinem Boot, platschte ins Wasser und schob sich aufs Ufer. Bilbo konnte die Augen auf sich zukommen sehen. Seine Zunge schien ihm am Gaumen zu kleben. Er wollte schreien: »Gebt mir mehr Zeit! Gebt mir mehr Zeit!« Aber alles, was mit einem plötzlichen Quieken dabei herauskam, war: »Zeit! Zeit!«

Durch einen Glücksfall war Bilbo gerettet. Denn »Zeit« war des Rätsels Lösung.

Gollum war wieder einmal enttäuscht, und jetzt wurde er böse, und das Spiel wurde ihm langweilig. Es hatte ihn richtig hungrig gemacht, und diesmal ging er nicht zurück in das Boot: Er setzte sich im Dunkeln neben Bilbo nieder. Das war für den Hobbit schrecklich ungemütlich und brachte ihn schier um den Verstand.

»Es muß noch eine Frage sein, mein Schatz, gewiß, gewißß, gewißß. Noch eine Frage, gewiß, gewißß«, sagte Gollum.

Aber Bilbo gelang es nicht, eine Frage auszudenken, denn das schmutzige, nasse, kalte Wesen hockte neben ihm, betatschelte und beknuffte ihn. Er kratzte sich, er kniff sich, und noch immer fiel ihm nichts ein.

»Wass soll's ssein, wass soll's ssein?« sagte Gollum.

Bilbo kniff sich und schlug sich vor den Kopf. Er langte nach seinem kleinen Schwert. Dann griff er sogar mit der anderen Hand in die Tasche. Und dort fand er den Ring, den er im Gang aufgehoben und ganz vergessen hatte.

»Was habe ich da in meiner Tasche?« fragte er laut. Er sprach eigentlich zu sich selbst, aber Gollum dachte, es sei ein Rätsel, und war schrecklich aufgeregt.

»Das ist nicht fair!« zischte er. »Das ist nicht fair, nicht wahr, mein Schatz? Zu fragen, was das da in seiner garsstigen kleinen Taschsche hat?«

Als Bilbo merkte, daß Gollum diese Frage für ein Rätsel hielt, und weil er im Augenblick nichts Besseres wußte, blieb er dabei. »Was habe ich da in meiner Tasche?« sagte er noch lauter.

»S-s-s-s-s«, zischte Gollum. »Es muß uns dreimal raten lassen, mein Schatz, dreimal!«

»Gut, schießt los!« erwiderte Bilbo.

»Seine Hände!« sagte Gollum.

»Falsch«, rief Bilbo, der glücklicherweise gerade seine Hand herausgezogen hatte. »Ratet weiter!«

»S-s-s-s-s«, sagte Gollum und war aufgeregter denn je. Er dachte an alles, was er in seinen eigenen Taschen hatte: Fischgräten, Orkzähne, nasse Muscheln, ein Stückchen Fledermausflügel, einen scharfen Stein, mit dem er seine Krallen wetzte, und anderes ekliges Zeug. Er überlegte angestrengt, was andere Leute wohl in ihren Taschen haben könnten.

»Ein Messer!« sagte er schließlich.

»Falsch«, antwortete Bilbo, der sein Messer vor einiger Zeit verloren hatte. »Letztes Mal!«

Jetzt war Gollum viel aufgeregter als bei der Eierfrage. Er zischte und gurgelte und schaukelte vorwärts und rückwärts, patschte mit den Füßen auf den Boden, wand und krümmte sich. Aber er wagte nicht, die letzte Chance aufs Spiel zu setzen.

»Los«, sagte Bilbo. »Ich warte!« Es sollte kühn und munter klingen, aber er war gar nicht sicher, wie dieses Spiel enden würde, ob Gollum richtig riet oder nicht.

»Die Zeit ist vorbei!« sagte Bilbo.

»Schnur – oder gar nichts!« schrie Gollum, der nun nicht fair blieb, denn er versuchte es mit zwei Lösungen zugleich.

»Beides falsch!« rief Bilbo sehr erleichtert. Und er sprang sogleich auf die Füße, lehnte den Rücken an die nächste Wand und zog sein kleines Schwert heraus. Er wußte natürlich, daß das Rätselspiel heilig und auch sehr alt war und daß selbst verschlagene Wesen sich hüteten, beim Spiel zu betrügen. Aber er spürte, daß er diesem schleimigen Kerl nicht trauen konnte, denn würde er auch im Notfall sein Versprechen halten? Bestimmt wäre ihm jede Entschuldigung recht, wenn er sich drum herumdrücken könnte. Und schließlich war die letzte Frage kein echtes Rätsel im Sinne der alten Regeln.

Aber wie dem auch sei, Gollum griff ihn nicht sofort an. Er konnte das Schwert in Bilbos Hand sehen. Er saß still, zitterte und flüsterte. Endlich konnte Bilbo nicht länger warten.

»Nun?« sagte er. »Wie ist das mit Eurem Versprechen? Ich möchte jetzt gehen. Ihr müßt mir den Weg zeigen.«

»Haben wir das gesagt, mein Schatz? Diesem häßlichen kleinen Beutlin den Weg hinaus zeigen, gewiß, gewiß. Aber was hat er in seinen Taschen, he? Keine Schnur, Schatz, aber nichts auch nicht. O nein, gollum!«

»Das braucht Euch jetzt nicht mehr zu kümmern«, sagte Bilbo. »Ein Versprechen ist ein Versprechen.«

»Verdrießlich ist der Kleine, Schatz, ist ungeduldig«, zischte Gollum. »Aber er muß warten, ja, das muß er. Wir können nicht so schnell die Gänge hinauf. Wir müssen uns erst etwas holen, ja, erst etwas, das uns helfen kann.«

»Gut, aber schnell!« sagte Bilbo, erleichtert bei dem Gedanken, daß Gollum fortgehen wollte. Er nahm an, daß er nur eine Entschuldigung vorbrachte und gar nicht zurückkehren würde. Wovon hatte Gollum doch gesprochen? Was konnte er dort draußen auf dem dunklen See so Nützliches haben? Aber er irrte sich. Gollum beabsichtigte durchaus, zurückzukehren. Er war jetzt wütend und hungrig. Und er war ein elendes, verschlagenes Wesen, und seinen Plan hatte er längst.

Nicht weit weg lag seine Insel, von der Bilbo nichts wußte. Dort hatte er wertlosen Kram versteckt, darunter aber etwas ganz Wunderbares, eine Kostbarkeit: Es war ein Ring, ein goldener Ring, ein kostbarer Ring.

»Mein Geburtstagsgeschenk!« wisperte er sich selbst zu, wie so oft schon in den endlosen finsteren Tagen. »Das brauchen wir jetzt, ja, das brauchen wir jetzt.«

Er wollte den Ring holen, denn der Ring war ein Kleinod von besonderer Macht. Wer ihn auf den Finger steckte, wurde unsichtbar. Nur im vollen Sonnenlicht konnte er gesehen werden, und dann auch nur durch den Schatten, der obendrein unsicher und schwach war.

»Mein Geburtstagsgeschenk! Ach, was für ein schöner Geburtstag, mein Schatz.« So hatte er es sich selbst immer wieder erzählt. Wer weiß, wie Gollum zu diesem Geschenk gekommen war, damals, vor vielen, vielen Jahren, als solche Ringe noch häufiger waren in der Welt? Vielleicht hätte selbst der Meister, der über diese Ringe verfügte, es nicht sagen können. Anfangs trug Gollum den Ring – bis es ihn ermüdete. Und dann bewahrte er ihn an seinem Körper in einer Tasche auf – bis diese ihn wund rieb. Und jetzt verbarg er ihn gewöhnlich in einem Loch auf seiner Felseninsel, und immerzu kam er und schaute ihn an. Doch manchmal, wenn er es nicht länger ertragen mochte, von ihm getrennt zu sein, oder wenn er sehr hungrig war und Fisch ihn anekelte, setzte er den Ring auf. Dann kroch er die dunklen Gänge entlang und spähte nach Orks aus, die sich verlaufen hatten. Mit dem Ring wagte er sich sogar dorthin, wo Fackeln brannten, obwohl von ihrem Schein seine Augen blinzelten und schmerzten, denn sicher wollte er sein. O gewiß, ganz sicher. Keiner würde ihn sehen, keiner würde ihn bemerken, bevor er nicht seine Finger an der Kehle spürte. Nur wenige Stunden zuvor hatte er ihn noch getragen und einen kleinen Orksprößling gefangen. Wie er gequiekt hatte! Gollum hatte noch ein paar Knochen zum Knabbern zurückgelegt. Aber jetzt wollte Gollum etwas Zarteres.

»Ganz sicher, gewiß«, wisperte er sich selbst zu. »Das hier wird uns nicht sehen, nicht wahr, mein Schatz? Nein. Es wird uns nicht sehen, und sein häßliches kleines Schwert wird ihm nichts nützen, ganz gewiß nichts.«

Dieser heimtückische Gedanke ging ihm durch den Kopf, als er plötzlich von Bilbos Seite glitt, zurück in das Boot patschte und fort in das Dunkel fuhr. Bilbo dachte, er hätte das letzte Mal etwas von ihm gehört. Er wartete jedoch noch eine Weile, denn er hatte keine Ahnung, wie er allein hier hinausfinden sollte.

Plötzlich hörte er einen schrillen Schrei. Der jagte Bilbo einen Schauder den Rücken hinunter. Im Dunkel fluchte und klagte Gollum. Dem Geräusch nach zu urteilen, konnte er nicht weit weg sein – er befand sich ja auf seiner Insel, scharrte hier und scharrte dort, fingerte und suchte vergeblich.

»Wo ist er? Wo issst er?« hörte der Hobbit ihn schreien. »Verschwunden ist er, mein Schatz, verschwunden, verschwunden! Donner und Blitz, mein Schatz ist verschwunden!«

»Was ist los?« rief Bilbo. »Was habt Ihr verloren?«

»Niemand soll uns fragen«, schrie Gollum. »Nicht seine Sache, nein, gollum! Oh, er ist verschwunden, gollum, gollum, gollum!«

»Nun gut«, rief Bilbo. »Aber ich will nicht für immer hier unter der Erde verschwinden. Und ich habe das Spiel gewonnen, und Ihr habt versprochen, mir zu helfen. Kommt also her! Führt mich hinaus, und dann sucht meinetwegen weiter!« So kläglich Gollum auch jammerte, konnte Bilbo doch nicht viel Mitleid in seinem Herzen spüren, und er hatte ein Gefühl, als wenn etwas, das Gollum sich so sehr wünschte, schwerlich etwas Gutes sein konnte. »Kommt schon!« schrie der Hobbit.

»Nein, nicht jetzt, Schatz!« antwortete Gollum. »Wir müssen ihn suchen, er ist verschwunden, gollum.«

»Aber Ihr habt mein letztes Rätsel nicht erraten, und Ihr habt es mir versprochen«, sagte Bilbo.

»Nicht erraten!« schrie Gollum. Und dann kam plötzlich ein scharfes Zischen aus der Finsternis. »Was hat das da in seiner Tasche? Das muß es uns sagen. Das muß es uns zuerst einmal sagen.«

Bilbo sah keinen besonderen Grund, warum er es nicht hätte sagen sollen. Gollums Verstand war schneller als seiner auf die Lösung gekommen. Natürlich, denn er hatte viele Jahre lang diesen einen einzigen Gegenstand bewacht und behütet, denn er hatte immer gefürchtet, daß der Ring gestohlen werden könnte. Aber Bilbo war über die Verzögerung verärgert. Schließlich hatte er das Spiel gewonnen, ziemlich fair, und zu einem sehr gefährlichen Preis. »Antworten werden geraten und nicht gegeben«, sagte er.

»Aber es war keine anständige Frage«, sagte Gollum. »Kein richtiges Rätsel, Schatz, nein.«

»O ja. Und wenn es jetzt um eine gewöhnliche Frage geht«, erwiderte Bilbo, »so habe ich zuerst gefragt. Also: Was habt Ihr verloren? Antwortet Ihr zuerst!«

»Was ist in der Tasche?« Das zischende Geräusch klang näher und schärfer, und als Bilbo hinschaute, sah er zu seinem Schrecken, daß zwei kleine, helle Punkte ihn anstarrten. Verdacht war in Gollum aufgestiegen, und deshalb brannte das Licht in seinen Augen mit fahler Flamme.

»Was habt Ihr verloren?« drang Bilbo in ihn.

Aber jetzt war das Licht in Gollums Augen zu grünem Feuer geworden und kam sehr rasch näher. Gollum saß wieder in seinem Boot. Wild paddelte er an das dunkle Ufer zurück. Und in ihm kochte eine solche Wut, aus Verlust und Verdacht genährt, daß selbst das Schwert kein Schrecken mehr für ihn war.

Bilbo konnte nicht wissen, was dieses sonderbare Wesen so erzürnt hatte, aber er sah, daß Gollum ihn, koste es, was es wolle, ermorden wollte. Gerade noch zur rechten Zeit drehte er sich um und rannte blindlings die dunklen Gänge hinauf, die er gekommen war. Er hielt sich dicht an der Wand und tastete sich mit der linken Hand weiter.

»Was hat das da in seinen Taschen?« hörte er es laut hinter

sich zischen, und dann hörte er das Patschen, als Gollum aus seinem Boot sprang. Was habe ich denn bloß? sagte Bilbo zu sich selbst, als er so daherkeuchte und weiterstolperte. Er steckte seine linke Hand in die Tasche. Der Ring fühlte sich sehr kalt an, als er auf seinen tastenden Zeigefinger glitt.

Das Zischen war dicht hinter ihm. Bilbo drehte sich um und sah Gollums Augen wie kleine grüne Lampen den Gang heraufkommen. Entsetzt versuchte Bilbo schneller zu laufen, aber plötzlich stießen seine Zehen gegen eine Unebenheit des Bodens, und patsch, fiel er längelang hin und begrub sein kleines Schwert unter sich.

Im nächsten Augenblick hatte Gollum ihn eingeholt. Doch bevor Bilbo etwas tun konnte, Atem holen, sich aufrichten oder sein Schwert schwingen, war Gollum vorbeigelaufen, ohne ihn zu bemerken, wobei er mächtig fluchte und wisperte.

Was sollte das bedeuten? Gollum konnte doch im Finstern sehen! Bilbo bemerkte selbst von hinten den bleichen Lichtschimmer von Gollums Augen. Mühsam erhob er sich und zog sein Schwert, das jetzt wieder schwächer leuchtete. Dann folgte er vorsichtig, denn nichts anderes konnte man jetzt tun. Es wäre unsinnig gewesen, zu Gollums See hinabzusteigen. Wenn er Gollum folgte, so würde ihm dieser vielleicht, ohne es zu beabsichtigen, einen Weg zum Entwischen zeigen.

»Verflucht soll's sein, verflucht soll's sein!« zischte Gollum. »Verflucht sei dieser Beutlin! Er ist fort! Was hat er in seinen Taschen? Oh, wir wissen's, wir wissen's, mein Schatz! Er hat's gewiß, er muß es haben, mein Geburtstagsgeschenk!«

Bilbo spitzte die Ohren. Ihm dämmerte des Rätsels Lösung. Er beeilte sich ein bißchen und kam so nahe an Gollum heran, wie er es gerade noch wagen konnte. Gollum lief sehr rasch weiter und schaute nicht zurück, aber er drehte seinen Kopf nach allen Seiten, wie Bilbo an dem schwachen Schimmer an den Wänden erkennen konnte.

»Mein Geburtstagsgeschenk! Verflucht, wie konnten wir es bloß verlieren, mein Schatz? Ja, so ist es: Als wir diesen Weg zuletzt entlangkamen, als wir dem häßlichen jungen Quieker den Hals herumdrehten. So war es. Verflucht, es fiel herunter, nach all den Jahren! Es ist weg, gollum.«

Auf einmal setzte Gollum sich hin und fing an zu weinen,

ein pfeifendes, gurgelndes Geräusch, das schrecklich anzuhören war. Bilbo blieb stehen und drückte sich ganz dicht an die Stollenwand. Nach einer Weile hörte Gollum auf zu weinen und begann zu sprechen. Er schien mit sich selbst zu streiten.

»Es ist Unsinn, zurückzugehen und zu suchen. Nein. Wir erinnern uns nicht mehr an alle Stellen, an denen wir gewesen sind. Und das hat keinen Zweck. Der Beutlin hat ihn in der Tasche. Der häßliche Schnüffler hat ihn gefunden, das wissen wir jetzt.

Wir denken es, mein Schatz, aber wir denken es bloß. Wir können es nicht wissen, wenn wir nicht dieses häßliche Geschöpf finden und ausquetschen. Aber es weiß nicht, was mit dem Geschenk los ist, nicht wahr? Es hat es nur in der Tasche. Es weiß es nicht, und es kann damit nicht weit kommen. Es verirrt sich, das häßliche, neugierige Ding. Es weiß den Weg nicht hinaus. Das hat es doch selbst gesagt.

Es hat das gesagt, ja. Aber es ist tückisch. Es sagt nicht, was es meint. Es wollte nicht sagen, was es in seiner Tasche hat. Es weiß es. Es weiß einen Weg herein, es muß auch einen Weg hinaus wissen, ja. Es ist auf dem Weg zur Hintertür. Zur Hintertür, das ist es. Dann werden es die Orks erwischen. Den Weg kann es nicht hinaus, Schatz.

Sss, ss, gollum! Orks! Aber, wenn es unser Geschenk hat, unser kostbares Geschenk, dann werden die Orks es bekommen, gollum! Sie werden es finden, sie werden auch herausfinden, was mit ihm los ist. Wir werden nie wieder sicher sein, nie wieder, gollum! Einer der Orks wird ihn anstecken, und dann wird ihn niemand sehen. Er wird da sein – aber man wird ihn nicht sehen. Nicht einmal unsere klugen Augen werden ihn bemerken. Und heimlich und tückisch wird er ankommen und uns fangen, gollum, gollum!

Dann Schluß mit den Reden, Schatz, wir müssen uns beeilen. Wenn Beutlin den Weg genommen hat, müssen wir schnell sein und nachschauen. Los! Er kann nicht weit sein. Mach schnell!«

Mit einem Sprung kam Gollum auf die Beine und rannte schlotternd mit großer Geschwindigkeit los. Bilbo rannte hinter ihm her, noch immer vorsichtig, obgleich er jetzt am meisten fürchtete, über eine andere Unebenheit zu stolpern und mit einem Krach hinzufallen. In seinem Kopf wirbelten Hoffnung und Staunen wild durcheinander. Anscheinend war der Ring, den er besaß, ein Zauberring: Er machte unsichtbar! Natürlich hatte er in sehr alten Geschichten von solchen Ringen schon gehört. Aber es war schwer zu glauben, daß er wirklich einen gefunden hatte, durch Zufall. Immerhin, dies war geschehen: Gollum mit seinen leuchtenden Augen war vorbeigelaufen, nur eine Armbreite an ihm vorbei.

Weiter ging's, Gollum pitschte und patschte voran, zischend und fluchend, und Bilbo folgte ihm so leise, wie es nur ein Hobbit kann. Bald kamen sie an Stellen, an denen Bilbo auf seinem Wege herab festgestellt hatte, daß sich zu beiden Seiten Gänge öffneten. Gollum begann sie sogleich abzuzählen.

»Einer links, ja. Einer rechts, ja. Zwei rechts, ja, ja. Zwei links, ja, ja.« Und so immer weiter.

Als die Zahlen wuchsen, wurde er langsamer und fing an, unsicher und weinerlich zu werden, denn er ließ seinen See immer weiter und weiter hinter sich zurück. Er bekam es mit der Angst zu tun. Orks konnten in der Nähe sein, und er hatte seinen Zauberring verloren. Endlich blieb er bei einer niedrigen Öffnung stehen.

»Sieben rechts, sechs links, ja!« wisperte er. »Hier ist es. Hier ist der Weg zur Hintertür, gewiß. Hier ist der Durchgang!«

Er schaute hinein und fuhr zurück. »Aber wir dürfen nicht weitergehen, Schatz, wir dürfen nicht. Da unten sind Orks. Massenweise Orks. Wir riechen sie. Sss!

Was sollen wir tun? Verdammt und verflucht! Wir müssen hier warten, Schatz, ein bißchen warten und aufpassen.«

So kamen sie an einen toten Punkt. Gollum hatte zwar Bilbo zum Weg hinaus geführt, aber Bilbo konnte nicht hinein! Da saß Gollum wie ein dicker Haufen mitten in der Öffnung, und seine Augen glommen kalt, während er zwischen den Knien von einer Seite zur anderen schaukelte.

Bilbo kroch leiser als eine Maus weg von der Wand, aber Gollum richtete sich plötzlich auf, schnüffelte, und seine Augen wurden grün. Er zischte leise, aber gefährlich. Er konnte den Hobbit nicht sehen, aber jetzt war er auf der Hut, und er hatte andere Sinne, die die Finsternis geschärft hatte: Hören und Riechen. Er spreizte seine flachen Hände auf den Boden, er schien sich zu ducken, sein Kopf streckte sich vor, und seine Nase berührte fast den Felsboden. Obgleich Gollum im

Schimmer seiner Augen nur ein schwarzer Schatten war, konnte Bilbo doch sehen (oder fühlen), daß er gespannt war wie eine Bogensehne, gesammelt zum Sprung.

Bilbo hörte fast auf zu atmen und machte sich steif. Er war verzweifelt. Fort mußte er, weg aus der gräßlichen Finsternis, solange ihm noch ein bißchen Kraft blieb. Er mußte kämpfen. Er mußte das widerliche Wesen erdolchen, seine Augen auslöschen, er mußte es töten, sonst wurde er selbst von ihm getötet. Aber ein fairer Kampf war es nicht. Bilbo war unsichtbar, und Gollum hatte kein Schwert. Genaugenommen hatte Gollum noch gar keinen ernsthaften Mordversuch gemacht. Aber Bilbo fühlte sich elend, allein und verloren. Ein plötzliches Verstehen, ein Mitleid, mit Entsetzen gemischt, stieg in seinem Herzen auf: ein Widerschein von endlos gleichförmigen Tagen ohne Licht und Hoffnung auf Änderung, harter Stein, kalter Fisch, Kriechen und Flüstern. Alle diese Gedanken flogen in Sekundenschnelle an Bilbo vorüber. Er zitterte. Und dann, ganz plötzlich im nächsten Augenblick, gleichsam von neuer Kraft gepackt, sprang er vorwärts.

»Jene verrückte, glanzäugige Schönheit«

Brief an Stanley Unwin

[Am 15. November traf sich Tolkien mit Unwin in London zum Essen, und dabei erzählte er ihm von etlichen Schriften, die schon in einem Manuskript vorlagen: der Folge der ›Father Christmas Letters‹ (›Briefe vom Weihnachtsmann‹), die er seit 1920 jedes Jahr zu Weihnachten an seine Kinder geschrieben hatte, von etlichen kurzen Erzählungen und Gedichten und von dem ›Silmarillion‹. Nach diesem Treffen übergab er dem Verlag die ›Quenta Silmarillion‹, eine Prosafassung des letztgenannten Buches, zusammen mit dem langen, unvollendeten Gedicht ›The Gest of Beren and Lúthien‹. Beides wurde einem der externen Lektoren des Verlags anvertraut, Edward Crankshaw, der zu dem Gedicht nachteilig Stellung nahm, die Prosa-Erzählung aber wegen ihrer »Knappheit und Würde« lobte, obwohl ihm die, wie er sagte, »keltischen« Namen mißfielen, weil sie seinen Augen weh täten. Weiter hieß es in seinem Gutachten, die Geschichte habe »etwas von jener verrückten, glanzäugigen Schönheit, die jeden Angelsachsen angesichts keltischer Kunst so betroffen macht«. Diese Bemerkungen wurden Tolkien weitergegeben.]

20 Northmoor Road, Oxford
16. Dezember 1937

Lieber Mr. Unwin,
ich war krank und bin immer noch etwas klapprig, und noch so mancherlei Allzumenschliches ist mir zugestoßen, so daß die Zeit mir durch die Hände geschlüpft ist: Ich habe so gut wie nichts von irgendeiner Art fertiggebracht, seit ich Sie gesehen habe. Der Brief vom Weihnachtsmann 1937 ist noch ungeschrieben…

Meine größte Freude ist es zu erfahren, daß das ›Silmarillion‹ nicht mit Verachtung abgewiesen wird. Ich habe unter einer ganz lächerlichen Furcht und Bekümmerung gelebt, seit ich diesen ganz privaten und mir teuren Unsinn aus dem Haus gegeben habe; und ich glaube, wenn es auch Ihnen als Unsinn erschienen wäre, dann hätte ich mich wohl ganz zermalmt gefühlt. Wegen der Versform, die trotz mancher rechtschaffener Passagen schwere Mängel hat, mache ich mir keine Sorgen, denn dies ist für mich nur der Rohstoff. Aber nun hoffe ich ganz bestimmt, daß ich eines Tages in der Lage sein werde oder es mir werde leisten können, das ›Silmarillion‹ zu veröffentlichen. Was Ihr Lektor dazu sagt, bereitet mir Vergnügen. Es tut mir leid, daß die Namen seinen Augen weh tun – ich persönlich glaube (und hier traue ich mir ein gutes Urteil zu), daß sie gut sind und einen großen Teil der Wirkung ausmachen. Sie sind in sich stimmig und aus zwei miteinander verwandten Sprachstämmen gebildet, so daß sie einen Realitätsgrad erreichen, wie ihn andere Namenserfinder (z. B. Swift oder Dunsany) nicht ganz erreicht haben. Überflüssig zu sagen, daß sie nicht keltisch sind! Ebensowenig wie die Geschichten. Ich kenne keltische Sachen (viele davon im irischen oder walisischen Originaltext) und hege eine gewisse Abneigung gegen sie, in der Hauptsache, weil sie so von Grund auf unvernünftig sind. Leuchtende Farben haben sie zwar, aber nur so wie ein zerbrochenes Kirchenfenster, das man planlos wieder zusammengestückelt hätte. Sie sind tatsächlich, wie Ihr Lektor sagt, »verrückt« – aber ich glaube nicht, daß ich's auch bin. Dennoch bin ich für seine Bemerkungen sehr dankbar, und besonders ermutigt es mich, daß der Stil zweckmäßig ist und sogar über die Namenssysteme hinwegträgt.

Ich hatte nicht geglaubt, daß irgendeine von den dagelassenen Sachen ganz das Versprochene wäre. Was ich nur wissen wollte, war, ob irgend etwas davon einen äußeren, nicht nur privaten Wert hätte. Ich denke, es ist klar, daß ganz unabhängig davon eine Fortsetzung oder ein Anschluß zum ›Hobbit‹ erwünscht ist. Ich verspreche, dies gewissenhaft bedenken zu wollen. Aber Sie werden sicherlich verstehen, daß der Aufbau einer vielschichtigen und in sich stimmigen Mythologie (und zweier Sprachen) die Gedanken ziemlich in Anspruch nimmt, und die Silmaril habe ich ins Herz geschlossen. Weiß der Himmel, was also weiter werden wird. Mr. Baggins begann als eine komische Erzählung unter herkömmlichen, aber nicht ganz stimmigen Grimmschen Märchenzwergen, und dann wurde er am Rande da hineingezogen – so daß sogar Sauron der Schreckliche über den Rand lugte. Und was können Hobbits mehr tun? Sie können komisch sein, aber ihre Komik ist zu bieder, wenn sie sich nicht gegen elementarere

Dinge abhebt. Aber der echte Spaß (nach meinem Geschmack) mit Orks und Drachen, das war vor ihrer Zeit. Vielleicht eine neue (wenn auch ähnliche) Linie? Meinen Sie, Tom Bombadil, der Geist der (verschwindenden) Landschaft von Oxford- und Berkshire, wäre zum Helden einer Geschichte zu machen? Oder wird ihm, wie ich vermute, in den beiliegenden Versen vollauf Genüge getan? Immerhin könnte ich das Porträt vergrößern.

Welches sind die vier farbigen Illustrationen, die Sie verwenden? Ist vielleicht eine übrig, wo man den Drachen auf seinem Hort sieht? Ich muß einen Vortrag über Drachen halten (im Naturgeschichtlichen Museum!!!), und die brauchen eine Vorlage, um ein Lichtbild davon zu machen.

Könnte ich noch vier Exemplare des ›Hobbit‹ zum Autorenrabatt bekommen, als Weihnachtsgeschenke?

Darf ich Ihnen bon voyage wünschen – und gute Heimkehr! Am 14. Jan. soll ich in der BBC sprechen, aber ich nehme an, bis dahin sind Sie wieder zurück. Ich freue mich, Sie bald wiederzusehen.

Ihr ergebener
J. R. R. Tolkien

P. S.: Ich habe von Kindern und Erwachsenen mehrere Anfragen wegen der *Runen* erhalten, ob sie echt sind und man sie lesen kann. Manche Kinder haben sie zu entziffern versucht. Ob es gut wäre, ein Runen-Alphabet beizufügen? Ich habe schon für mehrere Leute eines aufschreiben müssen. Bitte entschuldigen Sie diesen krakeligen und weitschweifigen Brief. Ich fühle mich erst wieder halb am Leben. JRRT.

Der ›Geste‹ (in Versen), das ›Silmarillion‹ und die dazugehörigen Fragmente sind mit späterer Post gut angekommen.

»Über den Namen und die Herkunft seines merkwürdigen Helden«

Brief an den Herausgeber des ›Observer‹

[Am 16. Januar 1938 veröffentlichte der ›Observer‹ einen mit »Habit« unterzeichneten Leserbrief, in dem gefragt wurde, ob Tolkien auf seine Hobbits vielleicht durch Julian Huxleys Bericht über die »kleinen, dichtbehaarten Menschen« gekommen sei, »die in Afrika von Eingeborenen... und zumindest einem Wissenschaftler gesehen wurden«. Der Briefschreiber erwähnte auch, eine Freundin habe ihm gesagt, sie erinnere sich an ein altes Märchen mit dem Titel ›Der Hobbit‹, das sie um 1904 in einer Sammlung gelesen habe und in dem das so bezeichnete Geschöpf ganz und gar entsetzlich war. Der Schreiber fragte, ob nicht Tolkien »uns etwas mehr über den Namen und die Herkunft seines merkwürdigen Helden sagen« könnte. »So vielen Forschern der künftigen Generationen würde damit so viel Mühe erspart. Und beruht übrigens der Becherdiebstahl des Hobbits aus dem Drachenhort auf der Becherdiebstahl-Episode im ›Beowulf‹? Ich hoffe doch, denn ein Reiz dieses Buches scheint mir in seiner Spenserschen Harmonisierung der glänzenden Fäden so vieler Stoffe aus Epen, Mythologie und viktorianischer Märchenliteratur zu liegen.« Obwohl Tolkiens Antwort nicht zur Veröffentlichung bestimmt war, wurde sie im ›Observer‹ am 20. Februar 1938 abgedruckt.]

Sehr geehrter Herr: Es bedarf keiner Überredung; ich bin für Schmeicheleien ebenso empfänglich wie ein Drache. Mit Freuden würde ich meine Diamantenweste vorführen und mich sogar über ihre Herkunft äußern, da der Habit (der wißbegieriger ist als der Hobbit) nicht nur eingestanden hat, daß er sie bewundert, sondern auch gefragt, wo ich sie her habe. Doch wäre dies nicht unbillig gegen die künftigen Forscher? Ihnen Mühe ersparen heißt ihnen die Existenzberechtigung rauben.

Im Hinblick auf die Hauptfrage des Habit besteht eine solche Gefahr jedoch nicht: Ich erinnere mich an nichts, was den Namen und die Herkunft des Helden beträfe. Ich könnte natürlich Vermutungen anstellen, aber meine Vermutungen hätten nicht mehr Autorität als die der künftigen Forscher, und daher will ich das Vergnügen ihnen überlassen.

Ich bin in Afrika geboren und habe mehrere Bücher über Forschungsreisen in Afrika gelesen. Ich habe seit 1896 noch mehr Bücher mit Märchen von der unverfälschten Art gelesen. Die beiden Tatsachen, auf die der Habit hinweist, könnten daher als bedeutsam erscheinen.

Ob sie es aber sind? Ich habe keine bewußte Erinnerung an dichtbehaarte Pygmäen (in Büchern oder im Mondschein), auch nicht an irgendein 1904 im Buchhandel erhältliches Hobbitscheusal. Ich vermute, die beiden Hobbits sind zufällige Homophone, und begnüge mich* mit der Feststellung, daß sie (anscheinend) keine Synonyme sind. Und ich wende ein, daß mein Hobbit nicht in Afrika lebt und abgesehen von den Pelzfüßen nicht dichtbehaart ist. Überhaupt hat er nichts mit einem *rabbit*, einem Kaninchen, zu tun. Er ist ein wohlgenährter, behäbiger und finanziell unabhängiger Junggeselle. Daß er einmal ein »schmutziges kleines Kaninchen« genannt wird, ist vulgäre Trollerei, und der »Rattensprößling« ist Zwergenbosheit – beides gezielte Beleidigungen wegen seiner Größe und seiner Füße und daher von ihm zutiefst übelgenommen. Seine Füße sind zwar schon von Natur zweckmäßig beschuht und bestrumpft, im übrigen aber ebenso wohlgestalt wie seine langen, geschmeidigen Finger.

Was das übrige in der Erzählung angeht, so leitet es sich, wie der Habit sagt, aus (zuvor verdauten) Epen, Mythen und Märchen her – in der Regel jedoch nicht von viktorianischen Autoren, mit George Macdonald als der wichtigsten Ausnahme. ›Beowulf‹ ist eine meiner liebsten Quellen; allerdings stand er mir beim Schreiben nicht bewußtermaßen vor Augen, sondern die Episode mit dem Diebstahl ergab sich ganz natürlich (und fast unvermeidlich) aus den Handlungsumständen. Es ist schwer vorstellbar, wie man die Geschichte an dieser Stelle anders hätte weiterführen sollen. Vermutlich würde der Autor des ›Beowulf‹ ungefähr dasselbe sagen.

Meine Erzählung stützt sich nicht in bewußter Weise auf irgendein anderes Buch – außer auf eines, und das ist unveröf-

* Nicht ganz – wenn möglich, wüßte ich gern mehr über diese Märchensammlung von 1904.

fentlicht: das ›Silmarillion‹, eine Geschichte der Elben, auf das oft angespielt wird. An die künftigen Forscher hatte ich nicht gedacht; und da nur ein Manuskript existiert, scheinen einstweilen wenig Aussichten zu bestehen, daß dieser Hinweis ihnen viel nützen wird.

Aber diese Fragen sind nur Präliminarien. Nachdem man mir die Abenteuer des Mr. Baggins einmal als Gegenstände künftiger Untersuchungen vor Augen geführt hat, begreife ich, daß diese viel Arbeit erfordern werden. Da ist einmal die Frage der Namensgebung. Die Namen der Zwerge und des Zauberers stammen aus der Älteren Edda, die der Hobbits aus den ihrer Art gemäßen leichter zugänglichen Quellen. Die vollständige Liste der wohlhabenderen Hobbitfamilien ist: Baggins, Boffin, Bolger, Bracegirdle, Brandybuck, Burrows, Chubb, Grubb, Hornblower, Proudfoot, Sackville und Took [dt.: Beutlin, Boffin, Bolger, Straffgürtel, Brandybock, Lochner, Pausbacken, Gruber, Hornbläser, Stolzfuß, Sackheim, Tuk]. Der Name des Drachen – ein Pseudonym – ist die Vergangenheitsform des urgermanischen Verbs *smugan*, durch ein Loch drücken: ein schlechter Philologenwitz. Die übrigen Namen gehören der Alten Welt der Elben an und wurden nicht modernisiert.

Und warum *dwarves*? Die Grammatik schreibt den Plural *dwarfs* vor: philologisch gesehen wäre *dwarrows* die historische Form. Die ehrliche Antwort ist, daß ich es auch nicht wußte. Aber *dwarves* paßt zu *elves*; und ohnehin sind *elf, gnome, goblin, dwarf* ja nur annähernde Übersetzungen der altelbischen Namen für Wesen von nicht ganz derselben Art und Bewandtnis.

Die Zwerge sind nicht ganz dieselben wie die Zwerge der bekannteren Überlieferungen. Zwar wurden ihnen skandinavische Namen gegeben, doch dies ist ein redaktionelles Zugeständnis. Zu viele Namen in den Sprachen jener Zeit wären vielleicht störend gewesen. Das Zwergische war eine komplizierte, zugleich aber mißtönende Sprache. Sogar von den elbischen Philologen der Frühzeit wurde es gemieden, und die Zwerge sahen sich genötigt, außer wenn sie völlig unter sich waren, andere Sprachen zu gebrauchen. Die Sprache der Hobbits war dem Englischen spürbar ähnlich, wie man ja auch erwarten kann, denn sie lebten nur am Rande der Wildnis, die sie meist gar nicht bemerkten. Ihre Familiennamen sind auf unserer Insel zumeist heute noch so bekannt und mit Recht angesehen wie damals in Hobbiton und Bywater [dt.: Hobbingen und Wasserau].

Dann die Frage der Runen. Die von Thorin und Co. für besondere Zwecke verwendeten waren in einem Alphabet mit zweiunddreißig Buchstaben zusammengefaßt (vollständige Liste auf Anfrage), ähnlich, doch nicht identisch mit den Runen der angelsächsischen Inschriften. Zweifellos besteht zwischen beiden Arten eine historische Verbindung. Das feanorische Alphabet, das zu jener Zeit allgemein bevorzugt wurde, war von elbischer Herkunft. Es ist in dem auf den goldenen Becher eingravierten Fluch zu sehen, auf dem Bild von Smaugs Lager, im übrigen aber ist es transskribiert worden (ein Faksimile des auf dem Kaminsims zurückgelassenen Originalbriefes kann vorgelegt werden).

Und die Rätsel? Zu ihren Quellen und Analoga gäbe es einiges zu tun. Ich wäre keineswegs überrascht zu erfahren, daß sowohl der Hobbit als auch Gollum in ihrem Anspruch auf Urheberschaft jedes einzelnen dieser Rätsel widerlegt würden.

Zu guter Letzt darf ich den künftigen Forscher noch auf ein weiteres kleines Problem hinweisen. Der Erzähler wurde beim Erzählen an zwei verschiedenen Stellen jeweils für etwa ein Jahr unterbrochen: Wo sind diese Stellen? Aber dies wäre vermutlich ohnedies herausgefunden worden. Und plötzlich fällt mir ein, was der Hobbit dachte, als der Drache seinen Schmeicheleien erlag: »Alter Narr!« Ich fürchte, derselbe Gedanke wird nun auch schon dem Habit (und Ihnen) gekommen sein. Aber Sie müssen zugeben, daß es eine starke Versuchung war. – Ihr usw.

J. R. R. Tolkien

Bilbo und die Oxforder Intelligenzija

Brief an Stanley Unwin

20 Northmoor Road, Oxford
15. Oktober 1937

Lieber Mr. Unwin,
vielen Dank für Ihren freundlichen Brief vom 11. Oktober und nun auch für die Kopie des Briefes von Richard Hughes. Dies hat mich besonders interessiert, weil wir einander gar nicht kennen. Die Besprechungen in der ›Times‹ und in ihrem ›Literary Supplement‹ waren gut – das heißt (über Gebühr) schmeichelhaft; allerdings kann ich aufgrund vertraulicher Hinweise erraten, daß sie beide von demselben Manne stammen, und zwar von einem, dessen Zustimmung mir sicher war: Wir haben von Anfang an denselben Geschmack gehabt und dieselben Bücher gelesen und sind seit Jahren eng verbündet. Aber das mindert ja keineswegs ihre öffentliche Wirkung. Auch muß ich seine Meinung achten, denn ich habe ihn selbst für den besten lebenden Kritiker gehalten, bis er seine Aufmerksamkeit mir zuwendete, und auch die engste Freundschaft könnte ihn nicht dazu bringen, etwas zu sagen, was er nicht meint: Er ist der bedingungslos ehrlichste Mensch, den ich kenne...

Kein Rezensent (soweit ich gesehen habe), obwohl sie alle ihrerseits gewissenhaft *dwarfs* [Zwerge] geschrieben haben, hat sich zu der Tatsache geäußert (die mir erst durch die Rezensionen bewußt wurde), daß ich durchgängig den »falschen« Plural *dwarves* gebrauche. Ich fürchte, das ist einfach eine private grammatische Unart, einigermaßen befremdlich bei einem Philologen; aber ich werde dabei bleiben müssen. Vielleicht kann meinem *dwarf* – ebenso wie *gnome* ja nur die annähernd gleichwertige Übersetzung für eine Kreatur, die in ihrer Welt einen anderen Namen und ganz andere Aufgaben hat – ein eigentümlicher Plural bewilligt werden. Der echte »historische« Plural zu *dwarf* (ähnlich wie *teeth* zu *tooth*) wäre jedenfalls *dwarrows*: ein ganz hübsches Wort, aber ein bißchen zu archaisch. Trotzdem, ich wollte, ich hätte *dwarrow* gebraucht.

Das Herz geht mir auf für Ihren Sohn. Das blasse und enge

Typoskript zu lesen, war nobel; das Ganze so bald noch einmal zu lesen, war ein prächtiges Kompliment.

Ich habe eine Postkarte bekommen, die vermutlich auf die Rezension in der ›Times‹ anspielt. Sie enthält nur die Worte: *sic hobbitur ad astra.*

Trotzdem bin ich ein wenig verstört. Ich wüßte nicht, was es über die Hobbits noch zu sagen gäbe. Herr Beutlin scheint mir die Tuksche wie die Beutlinsche Seite ihrer Wesensart erschöpfend dargestellt zu haben. Aber nur allzuviel habe ich über die Welt zu sagen, vieles davon schon aufgeschrieben, in die der Hobbit hineingeht. Sie können natürlich alles davon sehen und dazu sagen, was Sie wollen, wenn Sie wollen und wann Sie wollen. Ich würde gern einmal eine andere Meinung als die von Mr. C. S. Lewis und meinen Herren Söhnen darüber hören, ob es einen Wert an sich oder als marktgängige Ware hat, ganz abgesehen von den Hobbits. Wenn es aber stimmt, daß der ›Hobbit‹ nicht mehr aus der Welt zu schaffen ist und man mehr von ihm wissen will, so werde ich einen Denkprozeß beginnen und versuchen, eine Vorstellung von einem Thema zu gewinnen, das diesem Stoffgebiet angehört und in ähnlichem Stil und für ein ähnliches Publikum – womöglich auch für richtige Hobbits – behandelt werden könnte. Meine Tochter hätte gern etwas über die Familie Tuk. Andere Leser wollen mehr Einzelheiten über Gandalf und den Nekromanten wissen. Aber das wäre zu düster, zu viel für die besorgten Eltern, von denen Richard Hughes spricht. Ich fürchte, dieser »Haken« steckt in allem, wenn auch eigentlich die Gegenwart des Schrecklichen (obgleich nur am Rande) dasjenige ist, was, so glaube ich, dieser vorgestellten Welt ihre Glaubhaftigkeit gibt. Ein Märchenland ohne Schrecken ist nach allen Seiten hin unwahr. Im Augenblick bin ich wie Herr Beutlin ein wenig atemlos vor Verblüffung, und ich hoffe, ich nehme mich selbst nicht zu ernst. Aber ich muß gestehen, daß Ihr Brief eine blasse Hoffnung in mir entzündet hat. Ich meine, ich beginne mich zu fragen, ob nicht (vielleicht) in Zukunft Pflicht und Neigung enger zusammengehn könnten. Siebzehn Jahre lang habe ich fast die ganze Ferienzeit mit Prüfungen und dergleichen zugebracht, getrieben von der unmittelbaren, finanziellen Notwendigkeit (hauptsächlich Arztkosten und Schulgelder). Geschichtenschreiben in Vers oder Prosa wurde oft mit schlechtem Gewissen von der bereits verpfändeten Zeit abgezweigt und blieb gebrochen und ergebnislos. Vielleicht kann ich jetzt tun, was ich sehr viel lieber täte, unbeschadet meiner finanziellen Verpflichtungen. Vielleicht!*

Ich denke, »Oxford« nimmt nun ein mildes Interesse. Andauernd werde ich gefragt, wie es meinem Hobbit geht. Es ist eine Haltung (wie ich voraussah) nicht ohne eine Spur Überraschung und ein bißchen Mitleid. Mein eigenes College ist gut für etwa sechs Exemplare, schon weil man darin Stoff finden kann, um mich aufzuziehen. Die Besprechung in der ›Times‹ hat ein oder zwei der gesetzteren Kollegen davon überzeugt, daß sie die Kenntnis meiner »Phantasie« (d. h. Unbesonnenheit) ohne Verlust an akademischer Würde eingestehen könnten. Der Professor für byzantinisches Griechisch hat sich ein Exemplar gekauft, »weil die Erstausgaben von ›Alice‹ heute sehr wertvoll sind«. Und vom Regius-Professor für moderne Geschichte ist mir zu Ohren gekommen, er sei kürzlich dabei gesehen worden, wie er den ›Hobbit‹ las. Bei Parker steht das Buch im Schaufenster, aber anderswo nicht (soviel ich weiß).

Ich komme wahrscheinlich in die Stadt, um Professor Joseph Vendryes am Mittwoch, dem 27. Okt., in der Akademie zu hören. Ich frage mich, ob dies wohl ein geeigneter Tag für das Essen wäre, zu dem Sie im letzten Sommer so freundlich waren, mich einzuladen? Und auf jeden Fall könnte ich den ›Mr. Bliss‹ (›Herr Glück‹) ins Büro mitbringen, um die von Mr. Furth versprochenen letzten Ratschläge einzuholen, was zu tun wäre, damit er reproduzierbar wird.

Ihr ergebener
J. R. R. Tolkien

P. S.: Ich bestätige den Erhalt der nach Amerika geschickten Probebilder.

* Nicht daß die Prüfertätigkeit sehr gewinnbringend wäre. Schon ein ganz bescheidener Absatz würde sie übertreffen. 100 Pfund zu verdienen erfordert fast soviel Arbeit wie ein vollausgewachsener Roman.

Das Dritte Zeitalter

»Laß uns von Frodo und
dem Ring hören.«

»Hier«, sagte Elrond und wandte sich an Gandalf, »ist Boromir, ein Mensch aus dem Süden. Er traf heute vor Tau und Tag ein und fragt um Rat. Ich habe ihn gebeten, an unserer Besprechung teilzunehmen, denn hier werden seine Fragen beantwortet werden.«

Nicht alles, was im Rat besprochen und erörtert wurde, braucht hier berichtet zu werden. Vieles wurde gesagt über Ereignisse in der Welt draußen, besonders im Süden und in den weiten Landen östlich des Gebirges. Über diese Dinge hatte Frodo schon viele Gerüchte gehört; doch die Erzählung von Glóin war ihm neu, und als der Zwerg sprach, lauschte er aufmerksam. Es zeigte sich, daß trotz allen Glanzes ihrer handwerklichen Arbeit die Herzen der Zwerge vom Einsamen Berg voll Sorge waren.

»Es ist jetzt viele Jahre her«, sagte Glóin, »daß ein Schatten der Unruhe auf unser Volk fiel. Woher er kam, haben wir zuerst nicht erkannt. Worte wurden heimlich geflüstert: Es hieß, wir seien auf engem Raum eingeschlossen und größerer Reichtum und Glanz würde in einer weiteren Welt gefunden werden. Manche sprachen von Moria: den gewaltigen Werkstätten unserer Väter, die in unserer eigenen Sprache Khazad-dûm genannt werden; und sie behaupteten, wir hätten endlich die Macht und seien zahlreich genug, um zurückzukehren.«

Glóin seufzte. »Moria! Moria! Das Wunder der Nördlichen Welt! Zu tief gruben wir dort und weckten das namenlose Grauen. Lange haben Morias gewaltige Behausungen leer gestanden, seit Durins Kinder flohen. Aber jetzt sprachen wir wieder voll Sehnsucht davon, und doch voll Furcht; denn kein Zwerg hat zu vieler Könige Lebzeiten gewagt, die Tore von Khazad-dûm zu durchschreiten, mit Ausnahme von Thrór allein, und er ging zugrunde. Schließlich hörte Balin jedoch auf das Geflüster und beschloß, zu gehen; und obwohl Dáin es nicht gern erlaubte, nahm er Ori und Óin und viele von unserem Volk mit, und sie machten sich auf nach Süden.

Das war vor fast dreißig Jahren. Eine Zeitlang erhielten wir Nachrichten, und sie klangen gut: Die Botschaften besagten, daß sie Moria betreten und dort große Arbeiten begonnen hätten. Dann trat Schweigen ein, und kein Wort ist seitdem mehr aus Moria gekommen.

Dann erschien vor etwa einem Jahr ein Bote bei Dáin, aber nicht aus Moria – aus Mordor: ein Reiter in der Nacht, der Dáin an sein Tor rief. Der Herr Sauron der Große, sagte er, wünsche unsere Freundschaft. Ringe würde er dafür geben, wie er sie einst gegeben hatte. Und der Bote bedrängte uns mit Fragen nach *Hobbits*, von welcher Art sie seien und wo sie wohnten. ›Denn Sauron weiß‹, sagte er, ›daß einer von ihnen euch einmal bekannt war.‹

Darüber waren wir sehr beunruhigt, und wir gaben keine Antwort. Und dann senkte er seine grausame Stimme, und er hätte sie weicher gemacht, wenn er gekonnt hätte. ›Als ein kleines Zeichen eurer Freundschaft erbittet Sauron folgendes‹, sagte er: ›daß ihr den Dieb findet‹ – das war sein Ausdruck – ›und ihm, ob er will oder nicht, einen kleinen Ring abnehmt, den unbedeutendsten aller Ringe, den er einst gestohlen hat. Es ist nur eine Kleinigkeit, die Sauron möchte, und ein Unterpfand für euren guten Willen. Findet ihn, und drei Ringe, die die Zwergenfürsten einst besaßen, sollen euch zurückgegeben werden, und das Reich Moria soll auf immerdar euer sein. Besorgt nur Nachrichten über den Dieb, ob er noch lebt und wo, und ihr werdet reichen Lohn erhalten und die dauernde Freundschaft des Gebieters. Weigert ihr euch, dann wird es nicht so gut aussehen. Weigert ihr euch?‹

Als er so gesprochen hatte, war sein Atem wie das Zischen einer Schlange, und allen, die in der Nähe standen, lief es kalt über den Rücken, aber Dáin antwortete: ›Ich sage weder ja noch nein. Ich muß über diese Botschaft nachdenken und über das, was sie unter ihrem schönen Deckmantel bedeutet.‹

›Denke gut nach, aber nicht zu lange‹, sagte er.

›Es ist meine Sache, wie lange ich nachdenke!‹ antwortete Dáin.

›Vorläufig‹, sagte der Bote und ritt in die Dunkelheit.

Bedrückt waren die Herzen unserer Häuptlinge seit jener Nacht. Es bedurfte nicht der grausamen Stimme des Boten, um uns zu warnen, daß seine Worte sowohl eine Drohung als auch Falschheit enthielten; denn wir wußten bereits, daß sich die Macht, die wieder nach Mordor zurückgekehrt ist, nicht geändert hat, und seit alters her hat sie uns getäuscht. Zweimal ist der Bote wiedergekommen und ohne Antwort geblieben. Das dritte und letzte Mal, so sagt er, wird bald sein, ehe das Jahr endet.

Und so bin ich schließlich von Dáin ausgesandt worden, um Bilbo zu warnen, daß er vom Feind gesucht wird, und um nach Möglichkeit zu erfahren, warum ER diesen Ring haben will, den unbedeutendsten aller Ringe. Außerdem erbitten wir Elronds Rat. Denn der Schatten wächst und zieht näher. Wir erfahren, daß Boten auch zu König Brand in Thal gekommen sind und daß ihn Angst erfüllt. Wir befürchten, daß er nachgeben könnte. Schon droht der Krieg an seiner Ostgrenze. Wenn wir keine Antwort geben, kann es sein, daß der Feind Menschen, die unter seiner Herrschaft stehen, veranlaßt, König Brand und auch Dáin anzugreifen.«

»Ihr habt gut daran getan, herzukommen«, sagte Elrond. »Ihr werdet heute alles hören, dessen Ihr bedürft, um die Absichten des Feindes zu begreifen. Nichts anderes könnt Ihr tun als Widerstand leisten, mit oder ohne Hoffnung. Aber Ihr steht nicht allein. Ihr werdet erfahren, daß Eure Sorgen nur Teil der Sorgen der ganzen Welt im Westen sind. Der Ring! Was sollen wir mit dem Ring tun, dem unbedeutendsten von allen Ringen, mit der Kleinigkeit, die Sauron haben möchte? Das ist die Entscheidung, die wir fällen müssen.

Zu diesem Zweck wurdet Ihr hierher gerufen. Gerufen, sage ich, obwohl ich Euch, Fremde aus fernen Ländern, nicht zu mir gerufen habe. Ihr seid hergekommen und habt Euch, wie es scheinen mag, durch Zufall gerade zur rechten Zeit hier eingefunden. Dennoch ist es nicht so. Glaubt eher, daß es eine Fügung ist, daß wir, die wir hier sitzen, und niemand anderes jetzt Rat finden müssen, um den Gefahren der Welt zu begegnen.

Daher soll jetzt offen über die Dinge gesprochen werden, die bis zum heutigen Tage allen außer wenigen verborgen geblieben sind. Und zuerst soll, damit alle verstehen können, worin die Gefahr liegt, die Geschichte des Ringes von Anfang an bis jetzt erzählt werden. Und ich werde mit diesem Bericht beginnen, obwohl andere ihn beenden sollen.«

Alle hörten dann zu, als Elrond mit seiner klaren Stimme von Sauron sprach und von den Ringen der Macht und wie sie im langvergangenen Zweiten Zeitalter der Welt geschmiedet worden waren. Ein Teil der Begebenheiten war einigen hier bekannt, die ganze Geschichte aber niemandem, und viele Augen blickten voll Furcht und Staunen auf Elrond, als er von den Elbenschmieden von Eregion erzählte und von ihrer Freundschaft mit Moria und ihrer Wißbegierde, wodurch Sauron sie umgarnte. Denn zu jener Zeit war er noch nicht als böse zu erkennen, und sie nahmen seine Hilfe an und erlangten gewaltige Fertigkeiten, während er alle ihre Geheimnisse kennenlernte und sie täuschte und heimlich im Feurigen Berg den Einen Ring schmiedete, um sie zu beherrschen. Aber Celebrimbor war auf der Hut vor ihm und versteckte die Drei, die er gemacht hatte; und es gab Krieg, und das Land wurde verwüstet und das Tor von Moria geschlossen.

Dann spürte er in all den Jahren, die folgten, dem Ring nach, aber da diese Geschichte anderswo erzählt ist und Elrond sie selbst in seinen Geschichtsbüchern aufgezeichnet hatte, soll sie hier nicht wiederholt werden. Denn es ist eine lange Erzählung über große und entsetzliche Taten, und obwohl sich Elrond kurz faßte, verging der Vormittag, und die Sonne stand schon hoch, ehe er endete.

Von Númenor sprach er, von seinem Ruhm und Sturz und der Rückkehr der Könige der Menschen nach Mittelerde aus den Tiefen des Meeres, getragen von den Flügeln des Sturms. Dann wurden Elendil der Lange und seine mächtigen Söhne Isildur und Anárion große Herrscher; und sie errichteten das Nordreich in Arnor und das Südreich in Gondor an den Mündungen des Anduin. Doch Sauron von Mordor überfiel sie, und sie schlossen das Letzte Bündnis zwischen Elben und Menschen, und die Heerscharen von Gil-galad und Elendil sammelten sich in Arnor.

Dann hielt Elrond eine Weile inne und seufzte. »Ich entsinne mich sehr wohl der Pracht ihrer Banner«, sagte er. »Es erinnerte mich an den Glanz der Altvorderenzeit und an die Heere Beleriands, denn so viele große Fürsten und Hauptleute waren versammelt. Und doch waren es nicht so viele oder so edle wie damals, als Thangorodrim bezwungen wurde und die Elben glaubten, das Böse habe für immer ein Ende, und dem nicht so war.«

»Daran erinnert Ihr Euch?« fragte Frodo und sprach in seiner Verblüffung laut aus, was er dachte. »Ich hatte geglaubt«, stammelte er, als Elrond sich zu ihm umwandte,

»ich hatte geglaubt, daß Gil-galads Sturz schon vor langer Zeit war.«

»Das ist auch richtig«, antwortete Elrond ernst. »Aber meine Erinnerung reicht zurück bis zur Altvorderenzeit. Earendil war mein Vater, und er war in Gondolin geboren, bevor es fiel, und meine Mutter war Elwing, die Tochter Diors, des Sohnes von Lúthien von Doriath. Ich habe drei Zeitalter im Westen erlebt, und viele Niederlagen und viele fruchtlose Siege.

Ich war Gil-galads Herold und zog aus mit seinem Heer. Ich war bei der Schlacht von Dagorlad vor dem Schwarzen Tor von Mordor, wo wir Sieger blieben. Denn dem Speer von Gil-galad und dem Schwert von Elendil, Aiglos und Narsil, konnte niemand widerstehen. Ich sah den letzten Kampf auf den Hängen des Orodruin, wo Gil-galad starb und Elendil fiel und Narsil unter ihm zerbrach; doch Sauron wurde überwältigt, und Isildur schnitt den Ring von seiner Hand mit dem geborstenen Heft vom Schwert seines Vaters und nahm ihn für sich.«

Hier unterbrach ihn der Fremde, Boromir. »So, das ist also aus dem Ring geworden!« rief er. »Wenn je im Süden eine solche Geschichte erzählt worden ist, dann ist sie längst vergessen. Ich habe von dem Großen Ring dessen, den wir nicht nennen, gehört; doch glaubten wir, er sei beim Untergang seines ersten Reichs aus der Welt verschwunden. Isildur nahm ihn also! Das ist wahrlich eine Neuigkeit!«

»Ja, leider«, sagte Elrond. »Isildur nahm ihn, was nicht hätte sein dürfen. Er hätte damals in das Feuer des nahe gelegenen Orodruin geworfen werden sollen, wo er gemacht worden war. Aber wenige bemerkten, was Isildur tat. Er allein stand seinem Vater bei dem letzten tödlichen Kampf bei; und Gil-galad standen nur Círdan und ich bei. Doch wollte Isildur auf unseren Rat nicht hören.

›Den will ich als Wergeld haben für meinen Vater und meinen Bruder‹, sagte er; und daher nahm er ihn, ob wir wollten oder nicht, zum Andenken. Doch bald wurde er durch den Ring betrogen und fand den Tod; und so wurde der Ring im Norden Isildurs Fluch genannt. Indes war der Tod vielleicht besser als das, was ihm sonst hätte widerfahren können.

Nur in den Norden gelangte diese Nachricht, und nur wenige erfuhren sie. Kein Wunder, daß Ihr nicht davon gehört habt, Boromir. Von dem Verhängnis auf den Schwertelfeldern, wo Isildur fiel, kamen nach langen Wanderungen über das Gebirge nur drei Mann zurück. Einer von ihnen war Ohtar, Isildurs Schildknappe, und er brachte die Bruchstücke von Elendils Schwert mit; er gab sie Valandil, Isildurs Erben, der, da er noch ein Kind war, in Bruchtal geblieben war. Aber Narsil war geborsten und sein Licht war ausgelöscht, und es ist bisher nicht wieder geschmiedet worden.

Fruchtlos nannte ich den Sieg des Letzten Bündnisses? Ganz so war es nicht, wenn auch das Ziel nicht erreicht wurde. Sauron war geschwächt, doch nicht vernichtet. Sein Ring war verloren, doch nicht zerstört. Der Schwarze Turm war geschleift, doch seine Grundmauern standen noch; denn sie waren mit der Macht des Ringes gebaut worden, und solange er da ist, bleiben sie erhalten. Viele Elben und viele mächtige Menschen und viele ihrer Freunde gingen im Kriege zugrunde. Anárion wurde erschlagen, und Isildur wurde erschlagen; und Gil-galad und Elendil waren nicht mehr. Niemals wieder wird es ein solches Bündnis zwischen Elben und Menschen geben; denn die Menschen nehmen an Zahl zu, und die Erstgeborenen nehmen an Zahl ab, und die beiden Sippen sind einander entfremdet. Und seit jenem Tage ist das Geschlecht von Númenor kraftloser geworden, und seine Lebensspanne hat sich vermindert.

Nach dem Krieg und dem Gemetzel auf den Schwertelfeldern waren im Norden die Menschen von Westernis geschwächt, und ihre Stadt Annúminas am See Evendim fiel in Trümmer; und Valandils Erben zogen von dannen und lebten in Fornost an den Nordhöhen, und auch das liegt heute verlassen. Die Menschen nennen die Höhen Totendeich und fürchten sich, dort zu wandern. Denn das Volk von Arnor schwand dahin und wurde von seinen Feinden verschlungen, seine Herrschaft verging, und nichts blieb zurück als grüne Grabhügel auf den grasbewachsenen Bergen.

Im Süden hielt sich das Reich Gondor lange; und eine Zeitlang nahm sein Glanz zu und rief gleichsam die Macht von Númenor vor dessen Sturz in Erinnerung. Hohe Türme baute jenes Volk und starke Festen und Anfurten für viele Schiffe; und die geflügelte Krone der Könige der Menschen flößte Völkern vieler Zungen ehrfürchtige Scheu ein. Ihre Hauptstadt war Osgiliath, die Zitadelle der Sterne, durch deren Mitte der Strom floß. Und Minas Ithil bauten sie, die Feste des Aufgehenden Mondes, östlich auf einem Ausläufer des Schattengebirges; und westlich am Fuße des Weißen Gebirges errichteten sie Minas Anor, die Feste der Untergehenden Sonne. Dort in den Höfen des Königs wuchs ein weißer Baum aus dem Samen jenes Baumes, den Isildur über das tiefe Wasser gebracht hatte und dessen Samen früher aus Eressea gekommen war, und davor aus dem Äußersten Westen in der Zeit vor den Zeiten, als die Welt jung war.

Aber das Geschlecht von Meneldil, Anárions Sohn, starb aus im Laufe der flüchtigen Jahre von Mittelerde, und der Baum verdorrte, und das Blut der Númenórer vermischte sich mit dem von geringeren Menschen. Dann war die Wache auf den Mauern von Mordor nachlässig, und finstere Wesen krochen zurück nach Gorgoroth. Und eines Tages erschienen böse Geschöpfe und nahmen Minas Ithil und wohnten dort, und sie machten eine Stätte des Entsetzens daraus; und es wurde Minas Morgul genannt, die Feste der Magie. Dann wurde Minas Anor in Minas Tirith umbenannt, die Feste der Wachsamkeit; und diese beiden Städte führten immer gegeneinander Krieg. Doch Osgiliath, das zwischen ihnen lag, war verlassen, und in seinen Ruinen gingen Schatten um.

So ist es seit vielen Menschenleben gewesen. Doch die Herrscher von Minas Tirith kämpfen immer noch, trotzen unseren Feinden und halten den Fluß offen von Argonath bis zum Meer. Und jetzt endet der Teil der Geschichte, den ich erzählen wollte. Denn in den Tagen Isildurs verschwand der Beherrschende Ring, und niemand wußte etwas über ihn, und die Drei wurden frei von seinem Einfluß. Doch nun in letzter Zeit sind sie wiederum in Gefahr, weil zu unserem Kummer der Eine wiedergefunden worden ist. Andere sollen darüber berichten, wie er gefunden wurde, denn ich habe dabei nur eine kleine Rolle gespielt.«

Er schwieg, und sofort erhob sich Boromir und stand groß und stolz vor ihnen. »Erlaubt mir, Herr Elrond«, sagte er, »zuerst noch etwas über Gondor zu sagen; denn ich komme wahrlich aus dem Lande Gondor. Und es wäre gut, wenn alle wüßten, was dort vor sich geht. Wenige, glaube ich, wissen von unseren Taten und ahnen kaum, in welcher Gefahr sie wären, wenn wir zuletzt unterlägen.

Glaubt nicht, daß im Lande Gondor das Blut von Númenor kraftlos sei oder all sein Stolz und seine Würde vergessen. Durch unsere Beherztheit wird dem wilden Volk des Ostens noch Einhalt geboten und der Schrecken von Mordor in Schach gehalten; und allein dadurch werden Frieden und Freiheit bewahrt in den Ländern hinter uns, die wir das Bollwerk des Westens sind. Aber wenn dem Feind die Übergänge über den Fluß in die Hände fallen, was dann?

Und diese Stunde ist jetzt vielleicht nicht mehr fern. Der Namenlose Feind hat sich wieder erhoben. Rauch steigt von neuem aus dem Orodruin auf, den wir Schicksalsberg nennen. Die Macht des Schwarzen Landes wächst, und wir sind schwer bedrängt. Als der Feind zurückkehrte, wurde unser Volk aus Ithilien vertrieben, unserem schönen Gebiet östlich des Stroms, obwohl wir dort eine feste Stellung und bewaffnete Macht unterhielten. Doch in eben diesem Jahr, in den Tagen des Juni, wurden wir plötzlich von Mordor mit Krieg überzogen, und wir wurden hinweggefegt. Wir waren zahlenmäßig unterlegen, denn Mordor verbündete sich mit den Ostlingen und den grausamen Haradrim; doch nicht durch die Überzahl wurden wir besiegt. Es war eine Macht da, die wir früher nie gespürt hatten.

Manche sagen, man habe sie sehen können wie einen großen schwarzen Reiter, einen dunklen Schatten unter dem Mond. Wo immer er hinkam, wurden unsere Feinde von Raserei gepackt, doch Furcht befiel selbst die kühnsten unter uns, so daß Roß und Reiter zurückwichen und flohen. Nur ein Rest unserer Heere im Osten kehrte zurück und zerstörte die letzte Brücke, die noch inmitten der Trümmer von Osgiliath stand.

Ich gehörte zu der Schar, die die Brücke besetzt hielt, bis sie hinter uns zusammenbrach. Nur vier konnten sich schwimmend retten: mein Bruder und ich und zwei andere. Aber noch kämpften wir weiter und hielten das ganze westliche Ufer des Anduin; und jene, die hinter uns Schutz fanden, spenden uns Lob, wann immer sie unseren Namen hören: viel Lob, aber wenig Hilfe. Nur von Rohan werden noch Männer zu uns reiten, wenn wir rufen.

In dieser bösen Stunde habe ich viele gefährliche Wegstrekken zurückgelegt, um als Botschafter zu Elrond zu kommen: Hundertundzehn Tage bin ich ganz allein unterwegs gewesen. Aber ich suche nicht Verbündete im Krieg. Elronds Macht beruht auf Weisheit, nicht auf Waffen, heißt es. Ich komme, um Rat zu erbitten und die Enträtselung schwieriger Wörter. Denn am Vorabend des plötzlichen Überfalls hatte mein Bruder in unruhigem Schlaf einen Traum; und später träumte er denselben Traum noch oft, und einmal auch ich.

In diesem Traum war mir, als würde der östliche Himmel dunkel und ein Unwetter zöge näher, doch stand im Westen noch ein bleiches Licht, und aus dem Licht hörte ich eine Stimme, fern, doch klar, die rief:

›Das geborstne Schwert sollt ihr suchen,
  Nach Imladris ward es gebracht,
Dort soll euch Ratschlag werden,
  Stärker als Morgul-Macht.
Ein Zeichen soll euch künden,
  Das Ende steht bevor,
Denn Isildurs Fluch wird erwachen,
  Und der Halbling tritt hervor.‹

Von diesen Worten verstanden wir wenig, und wir sprachen mit unserem Vater Denethor, dem Herrn von Minas Tirith, der beschlagen ist in Gondors Überlieferungen. Nur soviel war er bereit zu sagen, daß Imladris bei den Elben seit alters her der Name für ein Tal im hohen Norden war, in dem Elrond der Halbelbe lebte, der größte unter den Wissenden. Da mein Bruder sah, wie verzweifelt unsere Not war, wollte er auf den Traum hören und Imladris suchen; weil aber der Weg schwierig und gefährlich war, nahm ich die Fahrt auf mich. Ungern gab mein Vater seine Einwilligung, und lange bin ich gewandert über vergessene Straßen und habe Elronds Haus gesucht, von dem viele gehört hatten, aber wenige wußten, wo es liegt.«

»Und hier in Elronds Haus soll Euch mehr klar werden«, sagte Aragorn und stand auf. Er warf sein Schwert auf den Tisch, der vor Elrond stand, und die Klinge war in zwei Stükken. »Hier ist das geborstene Schwert!« sagte er.

»Und wer seid Ihr, und was habt Ihr mit Minas Tirith zu schaffen?« fragte Boromir und blickte voll Staunen auf das hagere Gesicht des Waldläufers und seinen in Wind und Wetter verblichenen Mantel.

»Er ist Aragorn, Arathorns Sohn«, sagte Elrond, »und er stammt durch viele Vorväter ab von Isildur, Elendils Sohn, von Minas Ithil. Er ist das Haupt der Dúnedain des Nordens, und wenige sind jetzt noch übrig von diesem Volk.«

»Dann gehört er dir und gar nicht mir!« rief Frodo verblüfft aus und sprang auf die Füße, als ob er erwartete, der Ring würde ihm sofort abverlangt werden.

»Er gehört uns beiden nicht«, sagte Aragorn. »Doch ist bestimmt worden, daß du ihn eine Zeitlang aufbewahren sollst.«

»Hole den Ring heraus, Frodo!« sagte Gandalf feierlich. »Die Zeit ist gekommen. Halte ihn hoch, und dann wird Boromir den Rest seines Rätsels verstehen.«

Es trat Stille ein, und aller Augen wandten sich Frodo zu. Er wurde plötzlich von Scham und Furcht überflutet; und er empfand ein großes Widerstreben, den Ring zu enthüllen, und einen Widerwillen, ihn zu berühren. Er wünschte, er wäre weit weg. Der Ring glänzte und glitzerte, als er ihn mit zitternder Hand hochhielt.

»Schaut!« sagte Elrond. »Isildurs Fluch!«

Boromirs Augen blitzten, als er das Kleinod betrachtete. »Der Halbling!« murmelte er. »Ist also das Ende von Minas Tirith gekommen? Aber warum sollten wir dann ein geborstenes Schwert suchen?«

»Die Worte lauteten nicht *das Ende von Minas Tirith*«, sagte Aragorn. »Doch das Ende und große Taten stehen wahrlich bevor. Denn das geborstne Schwert ist das Schwert Elendils, das unter ihm zerbrach, als er fiel. Es ist von seinen Erben wie ein Schatz gehütet worden, als alle anderen Erbstücke verlorengingen; denn seit alters her geht bei uns die Rede, daß es wieder neu geschmiedet werden soll, wenn der Ring, Isildurs Fluch, gefunden ist. Was wollt Ihr nun, nachdem Ihr das Schwert gesehen habt, das Ihr suchtet? Wollt Ihr, daß das Haus Elendil in das Land Gondor zurückkehrt?«

»Ich bin nicht ausgesandt worden, um irgendwelche Wohltaten zu erbitten, sondern um die Bedeutung eines Rätsels herauszufinden«, antwortete Boromir stolz. »Indes sind wir stark bedrängt, und Elendils Schwert wäre eine Hilfe, auf die wir kaum zu hoffen wagten – wenn so etwas tatsächlich aus den Schatten der Vergangenheit wiederkehren könnte.« Er blickte Aragorn von neuem an, und Zweifel standen in seinen Augen.

Frodo merkte, wie Bilbo an seiner Seite eine ungeduldige Bewegung machte. Offenbar war er ärgerlich um seines Freundes willen. Plötzlich stand er auf und machte seinem Herzen Luft:

»Nicht alles, was Gold ist, funkelt,
  Nicht jeder, der wandert, verlorn,
Das Alte wird nicht verdunkelt
  Noch Wurzeln der Tiefe erfrorn.
Aus Asche wird Feuer geschlagen,
  Aus Schatten geht Licht hervor,
Heil wird geborstnes Schwert
  Und König, der die Krone verlor.«

»Vielleicht sind die Verse nicht sehr gut, aber zutreffend – wenn Elronds Wort Euch nicht genügt. Wenn es eine Fahrt von hundertzehn Tagen wert war, das zu hören, dann solltet Ihr wohl darüber nachdenken.« Er setzte sich wieder und schnaubte verächtlich.

»Das habe ich selbst verfaßt«, flüsterte er Frodo zu. »Für den Dúnadan, schon vor langer Zeit, als er mir zum erstenmal von sich erzählte. Ich wünschte fast, meine Abenteuer seien noch nicht zu Ende und ich könnte mit ihm gehen, wenn sein Tag kommt.«

Aragorn lächelte ihm zu; dann wandte er sich wieder an Boromir. »Was mich betrifft, so vergebe ich Euch Euren Zweifel«, sagte er. »Wenig Ähnlichkeit habe ich mit den Statuen von Elendil und Isildur, die in ihrer ganzen Majestät in Denethors Hallen stehen. Aber ich bin Isildurs Erbe, nicht Isildur selbst. Ich habe ein hartes Leben gehabt, und ein langes; und die Wegstunden, die zwischen hier und Gondor liegen, sind nur ein kleiner Bruchteil der Entfernungen, die ich zurückgelegt habe. Viele Gebirge und viele Flüsse habe ich überquert und so manche Ebene durchwandert bis zu so fernen Ländern wie Rhûn und Harad, wo die Sterne fremd sind.

Doch meine Heimat, wenn ich überhaupt eine habe, ist im Norden. Denn hier haben Valandils Erben seit vielen Generationen in ununterbrochener Folge von Vater zu Sohn immer gelebt. Unsere Tage haben sich verdunkelt, und wir sind wenige geworden; doch immer ist das Schwert in neue Hände übergegangen. Und das will ich Euch sagen, Boromir, ehe ich ende. Einsame Männer sind wir, Waldläufer in der Wildnis, Jäger – aber gejagt haben wir immer die Diener des Feindes; denn sie sind an vielen Orten zu finden, nicht nur in Mordor.

Wenn Gondor, Boromir, eine tapfere Feste gewesen ist, dann haben wir eine andere Rolle gespielt. Viele böse Dinge gibt es, denen Eure starken Mauern und blitzenden Schwerter nicht Einhalt gebieten. Ihr wißt wenig von den Ländern jenseits Eurer Grenzen. Frieden und Freiheit, sagt Ihr? Der Norden hätte wenig Frieden und Freiheit gehabt, wenn wir nicht gewesen wären. Angst hätte diese Länder vernichtet. Aber wenn finstere Wesen aus den hauslosen Bergen kommen oder aus sonnenlosen Wäldern herauskriechen, dann fliehen sie vor uns. Welche Straßen würde man noch entlangzuziehen wagen, welche Sicherheit gäbe es in ruhigen Ländern oder nachts in den Häusern der einfachen Leute, wenn die Dúnedain nicht wachten oder wenn sie schon alle ins Grab gesunken wären?

Und doch ernten wir weniger Dank als Ihr. Wanderer betrachten uns mit Argwohn, und die Leute vom Lande geben uns verächtliche Namen. ›Streicher‹ bin ich für einen dicken Mann, der nur einen Tagesmarsch von Feinden entfernt lebt, die sein Herz erstarren lassen oder seine kleine Stadt in Trümmer legen würden, wenn er nicht unablässig beschirmt würde. Und doch möchten wir es nicht anders haben. Wenn einfältige Leute frei sind von Sorgen und Furcht, werden sie immer einfältig sein, und wir müssen im geheimen wirken, damit sie es bleiben. Das ist die Aufgabe meiner Familie gewesen, während die Jahre verstrichen und das Gras wuchs.

Aber jetzt ändert sich die Welt wieder einmal. Eine neue Stunde bricht an. Isildurs Fluch ist gefunden. Kampf steht uns bevor. Das Schwert soll neu geschmiedet werden. Ich werde nach Minas Tirith kommen.«

»Isildurs Fluch sei gefunden, sagt Ihr«, erwiderte Boromir. »Ich habe einen funkelnden Ring in des Halblings Hand gesehen; doch Isildur ist dahingeschieden, ehe dieses Zeitalter der Welt begann, heißt es. Woher wissen die Weisen, daß dieser Ring der seine ist? Und was ist dem Ring im Laufe der Jahre widerfahren, ehe er von einem so seltsamen Boten hierher gebracht wurde?«

»Das soll berichtet werden«, sagt Elrond.

»Aber jetzt noch nicht, möchte ich bitten, Herr«, sagte Bilbo. »Bald steht die Sonne im Mittag, und ich bedarf dringend einer Stärkung.«

»Ich hatte dich nicht genannt«, sagte Elrond lächelnd. »Doch tue ich es jetzt. Komm! Erzähle uns deine Geschichte. Und wenn du sie noch nicht in Verse gebracht hast, kannst du sie auch in schlichten Worten berichten. Je kürzer du dich faßt, um so eher wirst du dich stärken können.«

»Sehr wohl«, sagte Bilbo. »Ich werde deinem Wunsch entsprechen. Doch werde ich jetzt die wahre Geschichte erzählen, und falls einige hier gehört haben, daß ich sie einst anders erzählte« – und er warf Glóin einen versteckten Blick zu –, »dann bitte ich sie, es zu vergessen und mir zu vergeben. Damals wollte ich nur mein Eigentum an dem Schatz geltend machen und den Namen Dieb loswerden, der mir zugelegt worden war. Aber vielleicht verstehe ich die Dinge jetzt ein wenig besser. Folgendes ist jedenfalls geschehen.«

Manchen war Bilbos Geschichte völlig neu, und sie lauschten voll Verwunderung, während der alte Hobbit, keineswegs ungern, sein Abenteuer mit Gollum in aller Ausführlichkeit erzählte. Nicht ein einziges Rätsel ließ er aus. Er hätte sogar über seine Abschiedsfeier und sein Verschwinden aus dem Auenland berichtet, wenn er gedurft hätte; doch Elrond hob die Hand.

»Gut erzählt, mein Freund«, sagte er. »Aber das reicht jetzt. Im Augenblick genügt es zu wissen, daß der Ring auf Frodo übergegangen ist, deinen Erben. Laß ihn nun sprechen.«

Weniger bereitwillig als Bilbo schilderte Frodo dann alles, was sich seit dem Tage, als er den Ring erhalten hatte, abgespielt hatte. Über jeden Schritt auf seiner Fahrt von Hobbingen bis zur Bruinen-Furt wurden an ihn Fragen gerichtet und Überlegungen angestellt, und alles, was er noch von den Schwarzen Reitern wußte, wurde erörtert. Schließlich setzte er sich wieder.

»Nicht schlecht«, sagte Bilbo zu ihm. »Du hättest eine gute Geschichte daraus gemacht, wenn sie dich nicht dauernd unterbrochen hätten. Ich habe versucht, mir ein paar Notizen zu machen, aber wir werden irgendwann alles noch einmal zusammen durchgehen müssen, wenn ich es aufschreiben soll.

Das ist ja Stoff für ganze Kapitel, ehe du überhaupt hierher gekommen bist!«

»Ja, es ist eine ziemlich lange Erzählung geworden«, antwortete Frodo. »Aber mir kommt der Bericht noch nicht vollständig vor. Ich will noch eine ganze Menge wissen, besonders über Gandalf.«

Galdor von den Anfurten, der in der Nähe saß, hatte das gehört. »Das gilt auch für mich«, rief er. Er wandte sich an Elrond und sagte: »Die Weisen mögen guten Grund zu der Annahme haben, daß der Fund des Halblings wirklich der lang umstrittene Große Ring ist, so unwahrscheinlich es jenen vorkommen mag, die weniger wissen. Aber könnten wir nicht die Beweise hören? Und auch das möchte ich noch fragen. Was ist mit Saruman? Er ist ein großer Gelehrter der Ringkunde, und dennoch ist er nicht unter uns. Wie lautet sein Rat – wenn er die Dinge weiß, die wir gehört haben?«

»Die Fragen, die du stellst, Galdor, gehören zusammen«, sagte Elrond. »Ich hatte sie nicht übersehen, und sie sollen beantwortet werden. Doch diese Dinge zu erklären, ist Gandalfs Aufgabe. Und ich rufe ihn als letzten auf, denn das ist der Ehrenplatz, und in dieser ganzen Sache ist er der Anführer gewesen.«

»Manche, Galdor«, sagte Gandalf, »würden die Nachrichten von Glóin und Frodos Verfolgung als ausreichenden Beweis ansehen, daß der Fund des Halblings für den Feind von großem Wert ist.

Es ist zwar ein Ring. Aber welcher denn nun? Die Neun haben die Nazgûl. Die Sieben sind erbeutet oder vernichtet.« Bei diesen Worten machte Glóin eine Bewegung, sagte aber nichts. »Über die Drei wissen wir Bescheid. Welcher nun ist der, nach dem er solches Verlangen trägt?

Es ist wahrlich viel Zeit verstrichen zwischen dem Fluß und dem Gebirge, zwischen dem Verlust und dem Finden. Doch die Lücke im Wissen der Weisen ist endlich geschlossen worden. Allerdings zu langsam. Denn der Feind war uns dicht auf den Fersen, dichter, als ich erwartet hatte. Und es ist gut, daß er erst dieses Jahr, in diesem Sommer, wie es scheint, die volle Wahrheit erfuhr.

Einige hier werden sich erinnern, daß ich selbst es vor vielen Jahren wagte, die Schwelle des Geisterbeschwörers in Dol

Guldur zu überschreiten, heimlich sein Tun und Lassen erforschte und auf diese Weise herausfand, daß unsere Befürchtungen zutrafen: Er war niemand anders als Sauron, unser Feind seit alters her, der endlich wieder Gestalt annahm und Macht erhielt. Manche werden sich auch entsinnen, daß Saruman uns davon abriet, offen gegen ihn vorzugehen, und lange haben wir ihn nur beobachtet. Als indes sein Schatten wuchs, hat Saruman endlich nachgegeben, und der Rat zeigte seine Kraft und vertrieb das Böse aus Düsterwald – und das war gerade in dem Jahr, als dieser Ring gefunden wurde: ein seltsamer Zufall, wenn es ein Zufall war.

Aber wir waren zu spät dran, wie Elrond vorausgesehen hatte. Sauron hatte uns ebenfalls beobachtet und sich lange auf unseren Schlag vorbereitet; er hatte Mordor aus der Ferne über Minas Morgul regiert, wo seine Neun Diener wohnten, bis alles bereit war. Dann wich er vor uns zurück, aber er gab nur vor, zu fliehen, und bald darauf kam er zum Dunklen Turm und zeigte seinen wahren Charakter. Dann versammelte sich zum letzten Mal der Rat; denn nun erfuhren wir, daß er immer eifriger nach dem Einen suchte. Wir fürchteten, daß er irgendwelche Nachrichten über ihn habe, von denen wir nichts wußten. Doch Saruman sagte: nein, und wiederholte, was er uns schon vorher gesagt hatte: daß der Eine niemals wieder in Mittelerde gefunden werden würde.

›Im schlimmsten Fall‹, sagte er, ›weiß unser Feind, daß wir ihn nicht haben und er immer noch vermißt wird. Aber was verloren wurde, kann gefunden werden, glaubt er. Fürchtet nichts! Seine Hoffnung wird ihn trügen. Habe ich diese Sache nicht gründlich erforscht? In den Großen Anduin ist er gefallen; und vor langer Zeit, als Sauron schlief, ist er den Fluß hinunter ins Meer gespült worden. Dort soll er liegen bis zum Ende.‹ «

Gandalf schwieg und blickte von dem Söller gen Osten auf die fernen Gipfel des Nebelgebirges, zu deren Füßen die Gefahr der Welt so lange verborgen gewesen war. Er seufzte.

»Dann machte ich den Fehler«, sagte er. »Ich hatte mich einlullen lassen von den Worten Sarumans des Weisen; doch hätte ich früher nach der Wahrheit forschen sollen, dann wäre unsere Gefahr jetzt kleiner.«

»Wir alle machten den Fehler«, sagte Elrond, »aber wärest

du nicht so wachsam gewesen, hätte uns die Dunkelheit vielleicht schon verschlungen. Doch sprich weiter.«

»Von Anfang an schwante mir nichts Gutes, obwohl ich keinen Grund dafür nennen konnte«, sagte Gandalf. »Und ich wollte wissen, wie dieses Ding zu Gollum gekommen war und wie lang er es besessen hatte. Deshalb stellte ich eine Wache auf, die ihn beobachten sollte, denn ich vermutete, daß er binnen kurzem aus seiner Dunkelheit hervorkommen und nach seinem Schatz suchen würde. Er kam, aber er entschlüpfte uns und wurde nicht gefunden. Und dann ließ ich die Sache leider ruhen, beobachtete nur und wartete ab, wie wir es allzu oft getan haben.

Die Zeit verstrich mit vielen Sorgen, bis meine Zweifel wieder erwachten und mich plötzlich Angst überkam. Woher stammte der Ring des Hobbits? Was sollte mit ihm geschehen, wenn meine Befürchtung sich bewahrheitete? Über diese Dinge mußte ich mir klar werden. Doch sprach ich über meine Befürchtung noch mit niemandem, denn ich wußte, wie gefährlich eine geflüsterte Bemerkung zur unrichtigen Zeit sein konnte, wenn sie weitergegeben wurde. In all den langen Kriegen mit dem Dunklen Turm war Verrat immer unser größter Feind gewesen.

Das war vor siebzehn Jahren. Bald bemerkte ich, daß Späher aller Arten, selbst Tiere und Vögel, um das Auenland zusammengezogen wurden, und meine Furcht wuchs. Ich bat die Dúnedain um Hilfe, und ihre Wache wurde verstärkt; und Aragorn, dem Erben Isildurs, schüttete ich mein Herz aus.«

»Und ich«, sagte Aragorn, »gab den Rat, daß wir die Jagd nach Gollum aufnehmen sollten, obwohl es dafür vielleicht schon zu spät war. Und da es nur recht und billig zu sein schien, daß Isildurs Erbe sich bemühen sollte, Isildurs Fehler wiedergutzumachen, begab ich mich zusammen mit Gandalf auf die lange und hoffnungslose Suche.«

Dann erzählte Gandalf, wie sie ganz Wilderland ausgekundschaftet hatten, sogar bis hinunter zum Schattengebirge und den Bollwerken Mordors. »Dort hörten wir Gerüchte über ihn, und wir vermuten, daß er sich lange in den dunklen Bergen aufgehalten hat; aber wir fanden ihn niemals, und schließlich verzweifelte ich. Und dann in meiner Verzweiflung dachte ich wieder an eine Probe, die es vielleicht unnötig machen würde, Gollum zu finden. Der Ring selbst könnte vielleicht sagen, ob er der Eine sei. Mir fielen Worte wieder ein, die bei dem Rat gesprochen worden waren: Worte von Saruman, die damals nur halb beachtet worden waren. In meinem Herzen hörte ich sie jetzt deutlich.

›Die Neun, die Sieben und die Drei‹, sagte er, ›hatten alle einen eigenen Edelstein. Nicht aber der Eine. Er war rund und ohne Schmuck, als ob er einer der minderen Ringe sei; doch brachte sein Schöpfer Zeichen darauf an, die der Erfahrene vielleicht noch sehen und lesen kann.‹

Worin diese Zeichen bestanden, sagte er nicht. Wer sollte es jetzt wissen? Der Schöpfer des Ringes. Und Saruman? Doch so groß sein Wissen auch sein mag, es muß eine Quelle haben. In wessen Hand außer Saurons ist dieses Ding je gewesen, ehe es verlorenging? Nur in Isildurs Hand.

Mit diesem Gedanken gab ich die Jagd auf und begab mich rasch nach Gondor. In früheren Tagen waren die Angehörigen meines Ordens dort gut aufgenommen worden, doch am besten von allen Saruman. Oft ist er lange Zeit Gast der Herren der Stadt gewesen. Der Herr Denethor empfing mich weniger herzlich als früher, und nur ungern erlaubte er mir, seine vielen Schriftrollen und Bücher durchzusehen.

›Wenn Ihr, wie Ihr sagt, wirklich nur nach Aufzeichnungen aus alter Zeit und über die Anfänge der Stadt sucht, dann lest eben!‹ sagte er. ›Denn für mich ist das, was war, weniger dunkel als das, was kommen wird, und das ist meine Sorge. Doch sofern Ihr nicht größere Fähigkeiten habt als selbst Saruman, der lange hier geforscht hat, werdet Ihr nichts finden, was mir nicht wohlbekannt ist, denn ich bin Meister in den Überlieferungen dieser Stadt.‹

So sprach Denethor. Und doch befinden sich unter seinen Schätzen viele Aufzeichnungen, die heute nur noch wenige lesen können, selbst von den Weisen, denn ihre Schriftzeichen und Sprachen sind für die späteren Menschen dunkel geworden. Und dort in Minas Tirith, Boromir, liegt noch immer, ungelesen, wie ich glaube, von allen außer von Saruman und mir, seit die Könige vergingen, eine Schriftrolle, die Isildur selbst verfaßt hat. Denn Isildur ist nicht gleich nach dem Krieg in Mordor abgezogen, wie manche erzählt haben.«

»Manche im Norden vielleicht«, warf Boromir ein. »In Gondor wissen alle, daß er zuerst nach Minas Anor ging und eine Zeitlang bei seinem Neffen Meneldil blieb und ihn unterwies, ehe er ihm die Herrschaft über das Südliche Königreich übertrug. Damals pflanzte er dort den letzten Schößling des Weißen Baums zum Andenken an seinen Bruder.«

»Und damals verfaßte er auch diese Schriftrolle«, sagte Gandalf. »Dessen entsinnt man sich anscheinend in Gondor nicht. Diese Schriftrolle betrifft den Ring, und folgendes schrieb Isildur darin:

Der Große Ring soll jetzt ein Erbstück des Nördlichen Königreichs werden, doch Aufzeichnungen darüber sollen in Gondor bleiben, wo auch Erben Elendils weilen, damit nicht eine Zeit kommt, in der die Erinnerung an diese großen Dinge verblaßt.

Und nach diesen Worten beschrieb Isildur, wie der Ring war, als er ihn gefunden hatte.

Er war heiß, als ich ihn zuerst nahm, heiß wie glühende Kohle, und meine Hand war versenget, so daß ich bezweifele, ob ich jemals wieder von dem Schmerz befreit werde. Doch jetzt, da ich schreibe, ist er abgekühlt und scheinet zu schrumpfen, obwohl er weder seine Schönheit noch seine Form verlieret. Die Schrift auf ihm, die zuerst klar war wie eine rote Flamme, verblasset schon und ist jetzt kaum mehr zu lesen. Sie hat die Form der Elbenschrift von Eregion, denn in Mordor haben sie keine Buchstaben für solche feine Arbeit; doch die Sprache ist mir unbekannt. Ich schätze, es wird die Sprache des Schwarzen Landes sein, denn sie ist gemein und grob. Was sie Böses besaget, weiß ich nicht; aber ich zeichne hier eine Abschrift auf, falls sie so verblasset, daß sie nicht mehr zu erkennen ist. Der Ring vermisset vielleicht die Hitze von Saurons Hand, die schwarz war und doch wie Feuer brannte, und so ging Gil-galad zu Grunde; und vielleicht, wenn das Gold wieder heiß gemacht würde, würde die Schrift wieder frisch. Doch ich für mein Teil will es nicht wagen, diesem Ring Schaden zuzufügen: Von allen Werken Saurons ist es das einzig schöne. Es ist mir kostbar, obwohl ich es mit großen Schmerzen erwarb.

Als ich diese Worte las, war meine Aufgabe erfüllt. Denn die nachgezeichnete Schrift war wirklich, wie Isildur vermutete, in der Sprache von Mordor und den Dienern des Turms. Und was sie besagte, war bereits bekannt. Denn an dem Tag, als Sauron den Einen zuerst aufstreifte, gewahrte ihn Celebrimbor, der Schöpfer der Drei, und von ferne hörte er ihn diese Worte sprechen, und so wurden seine bösen Absichten enthüllt.

Sofort nahm ich Abschied von Denethor, doch gerade, als ich nach Norden ging, erhielt ich Botschaft aus Lórien, daß Aragorn dort vorbeigekommen war und daß er das Geschöpf mit Namen Gollum gefunden hatte. Daher wollte ich ihn zuerst treffen und seine Geschichte hören. In welche grausamen Gefahren er sich begeben hatte, wagte ich nicht zu erraten.«

»Darüber zu berichten, ist kaum nötig«, sagte Aragorn. »Wenn ein Mann unbedingt in Sicht des Schwarzen Tores wandern oder auf die tödlichen Blumen des Morgul-Tals treten muß, dann sind ihm die Gefahren sicher. Auch ich verzweifelte zuletzt und machte mich auf den Heimweg. Und dann stieß ich durch schieres Glück auf das, was ich suchte: die Spuren weicher Füße neben einem schlammigen Tümpel. Aber jetzt war die Spur frisch und hingehuscht, und sie führte nicht nach Mordor, sondern kam von dort. Ich folgte ihr den Rändern der Totensümpfe entlang, und dann hatte ich ihn. Er lauerte an einem sumpfigen Teich und starrte ins Wasser, als die Abenddämmerung hereinbrach, und da fing ich ihn, Gollum. Er war bedeckt mit grünem Schleim. Er wird mich niemals lieben, fürchte ich; denn er biß mich, und ich war nicht sanft. Nichts bekam ich je aus seinem Mund heraus als die Abdrücke seiner Zähne. Ich fand, es war der schlimmste Teil meiner ganzen Fahrt, dieser Weg zurück, als ich ihn Tag und Nacht bewachte, ihn vor mir gehen ließ mit einem Strick um den Hals und geknebelt, bis er zahm geworden war durch den Mangel an Essen und Trinken, und so trieb ich ihn vor mir her zum Düsterwald. Schließlich brachte ich ihn dorthin und übergab ihn den Elben, denn wir waren überein gekommen, daß das geschehen sollte; und ich war froh, seiner Gesellschaft ledig zu sein, denn er stank. Ich für mein Teil hoffe, ihn niemals wiederzusehen; aber Gandalf kam und ertrug eine lange Unterhaltung mit ihm.«

»Ja, eine lange und mühselige«, sagte Gandalf, »aber nicht ohne Gewinn. Zum Beispiel stimmte die Geschichte, die er mir über seinen Verlust erzählte, mit der überein, die Bilbo heute zum ersten Mal öffentlich erzählt hat; aber das war ziemlich belanglos, weil ich es schon vermutet hatte. Dann aber erfuhr ich zum ersten Mal, daß Gollums Ring aus dem Großen Fluß in der Nähe der Schwertelfelder gekommen war. Und ich erfuhr auch, daß er ihn lange besessen hatte. Viele Lebensalter seiner kleinen Gattung. Die Macht des Ringes hatte seine Jahre weit über ihre Lebensspanne verlängert; aber diese Macht besitzen nur die Großen Ringe.

Und wenn das noch nicht Beweis genug ist, Galdor, dann gibt es noch die andere Probe, von der ich gesprochen habe. Auf eben diesem Ring, den ihr hier gesehen habt, als er hochgehalten wurde, der rund und schmucklos ist, können die Buchstaben, von denen Isildur berichtete, immer noch gelesen werden, wenn einer die Willensstärke besitzt, das goldene Ding eine Weile ins Feuer zu legen. Das habe ich getan, und das habe ich gelesen:

Ash nazg durbatulûk, ash nazg gimbatul, ash nazg thrakatulûk agh burzum-ishi krimpatul.«

Es war verblüffend, wie sich die Stimme des Zauberers verändert hatte. Sie wurde plötzlich drohend, machtvoll, hart wie Stein. Ein Schatten schien vor der im Mittag stehenden Sonne vorüberzuziehen, und der Söller wurde einen Augenblick dunkel. Alle zitterten, und die Elben hielten sich die Ohren zu.

»Niemals zuvor hat irgendeine Stimme gewagt, Wörter in jener Sprache in Imladris auszusprechen, Gandalf der Graue«, sagte Elrond, als sich der Schatten verzog und die Gesellschaft wieder atmete.

»Und wir wollen hoffen, daß niemand sie hier wieder sprechen wird«, antwortete Gandalf. »Dennoch bitte ich Euch nicht um Entschuldigung, Herr Elrond. Denn wenn jene Sprache nicht bald in allen Winkeln des Westens vernommen werden soll, dann müssen wir jeden Zweifel daran beseitigen, daß dieses Ding tatsächlich das ist, was die Weisen erklärt haben: der Schatz des Feindes, beladen mit all seiner Bosheit: und in ihm liegt ein großer Teil seiner einstmaligen Stärke. Aus den Schwarzen Jahren stammen die Worte, die die Schmiede von Eregion hörten, und dann wußten sie, daß sie betrogen worden waren:

Ein Ring, sie zu knechten, sie alle zu finden,
ins Dunkel zu treiben und ewig zu binden.

Wisset auch, meine Freunde, daß ich noch mehr von Gollum erfuhr. Er hat nur höchst ungern gesprochen, und seine Geschichte war unklar. Aber es ist über jeden Zweifel erhaben, daß er nach Mordor ging und ihm dort alles, was er wußte, abgepreßt worden ist. Daher weiß der Feind, daß der Eine gefunden ist und lange im Auenland war; und da seine Diener den Ring fast hier bis zu unserer Tür verfolgt haben, wird er auch bald wissen oder weiß vielleicht schon jetzt, da ich spreche, daß wir ihn hier haben.«

Alle saßen eine Weile still da, bis schließlich Boromir fragte: »Er ist ein kleines Geschöpf, dieser Gollum, sagt Ihr? Klein, aber groß im Unheilstiften. Was ist aus ihm geworden? Welches Schicksal habt Ihr ihm bereitet?«

»Er ist im Gefängnis, aber weiter auch nichts«, sagte Aragorn. »Er hat viel gelitten. Es besteht kein Zweifel, daß er gefoltert worden ist, und die Furcht vor Sauron bedrückt sein Herz. Ich für mein Teil bin froh, daß er dingfest ist unter den wachsamen Augen der Elben von Düsterwald. Seine Bosheit ist groß und verleiht ihm eine Stärke, die schier unglaublich ist bei einem so mageren und verschrumpelten Geschöpf. Er könnte noch viel Unheil stiften, wenn er frei wäre. Und ich bin sicher, daß er nur Erlaubnis erhielt, Mordor zu verlassen, um einen bösen Auftrag auszuführen.«

»O weh!« rief Legolas, und sein schönes Elbengesicht war sehr bekümmert. »Die Nachricht, die zu überbringen ich ausgesandt wurde, muß nun ausgesprochen werden. Es ist keine gute Nachricht, doch habe ich erst hier erkannt, wie schlimm sie den Anwesenden erscheinen muß. Sméagol, der jetzt Gollum genannt wird, ist entkommen.«

»Entkommen?« rief Aragorn. »Das ist fürwahr eine schlechte Nachricht. Wir alle werden sie noch bitterlich verwünschen, fürchte ich. Wie kam es, daß Thranduils Volk seine Pflicht versäumte?«

»Nicht durch mangelnde Wachsamkeit«, sagte Legolas; »doch vielleicht durch zu viel Freundlichkeit. Und wir fürchten, daß der Gefangene Hilfe von anderen bekam und daß mehr von unserem Tun und Lassen bekannt geworden ist, als uns lieb sein kann. Wir bewachten dieses Geschöpf Tag und Nacht, wie Gandalf es angeordnet hatte, obschon wir der Aufgabe bald überdrüssig waren. Doch Gandalf hieß uns immer noch auf seine Heilung hoffen, und wir brachten es nicht übers Herz, ihn immer in unterirdischen Verliesen zu lassen, wo er wieder in seine schwarzen Gedanken zurückfallen würde.«

»Ihr wart weniger rücksichtsvoll zu mir«, sagte Glóin, und seine Augen blitzten, als er sich seiner eigenen Gefangenschaft in den tiefen Gewölben unter den Hallen der Elbenkönige erinnerte.

»Schon gut!« sagte Gandalf. »Bitte unterbrecht uns nicht, mein guter Glóin. Das war damals ein bedauerliches Mißverständnis, das längst aufgeklärt ist. Wenn all der Groll, den Elben und Zwerge gegeneinander hegen, hier vorgebracht werden soll, dann können wir gleich auf den Rat verzichten.«

Glóin stand auf und verbeugte sich, und Legolas fuhr fort. »Bei schönem Wetter führten wir Gollum in den Wald, und dort kletterte er gern auf einen hohen Baum, der für sich weit von den anderen stand. Oft ließen wir ihn bis zu den höchsten Ästen hinaufklimmen, bis er den freien Wind spüren konnte. Doch stellten wir am Fuß des Baumes eine Wache auf. Eines Tages weigerte er sich, herunterzukommen, und die Wachposten hatten keine Lust, ihm nachzuklettern; denn er hatte den Trick gelernt, sich mit den Füßen wie auch mit den Händen an den Zweigen festzuklammern; so saßen sie bis tief in die Nacht unter dem Baum.

Es war eben jene Sommernacht, allerdings mondlos und sternlos, in der uns unvermutet die Orks überfielen. Wir vertrieben sie nach einiger Zeit; es waren ihrer viele, und sie kämpften wütend, doch waren sie von jenseits des Gebirges gekommen und den Wald nicht gewohnt. Als der Kampf vorüber war, stellten wir fest, daß Gollum fort war, und seine Wachen waren erschlagen oder gefangengenommen. Dann wurde uns klar, daß der Angriff zu seiner Befreiung unternommen worden war, und daß er vorher davon gewußt hatte. Wie dieser Plan geschmiedet worden war, ahnen wir nicht; doch ist Gollum listig, und der Späher des Feindes sind viele. Die finsteren Geschöpfe, die in dem Jahr vertrieben wurden, als der Drachen besiegt wurde, sind in großer Zahl zurückgekehrt, und Düsterwald ist wieder ein böser Ort, mit Ausnahme unseres Reichs.

Es ist uns nicht gelungen, Gollum wieder einzufangen. Wir fanden seine Spur zwischen den Spuren von vielen Orks, und sie führte tief in den Wald hinein in südlicher Richtung. Doch es dauerte nicht lange, und wir verloren sie, und wir wagten nicht, die Jagd fortzusetzen, denn wir kamen in die Nähe von

Dol Guldur, und das ist immer noch ein sehr böser Ort; wir gehen diesen Weg nicht.«

»Nun wohl«, sagte Gandalf. »Er ist fort. Und wir haben keine Zeit, noch einmal nach ihm zu suchen. Er muß tun, was er will. Doch könnte es sein, daß er noch eine Rolle zu spielen hat, die weder er noch Sauron vorausgesehen haben.

Und jetzt will ich Galdors weitere Fragen beantworten. Wie steht es mit Saruman? Was bedeuten uns seine Ratschläge in dieser Not? Diese Geschichte muß ich ganz erzählen, denn allein Elrond hat sie bisher gehört, und auch nur kurz; doch wird sie sich auf alles auswirken, was wir beschließen müssen. Sie ist das letzte Kapitel der Erzählung des Ringes, soweit sie bis jetzt geht.

Ende Juni war ich im Auenland, aber mein Herz war von Furcht bedrückt, und ich ritt zur Südgrenze des kleinen Landes; denn ich hatte eine Vorahnung von irgendeiner Gefahr, die mir noch verborgen war, die sich aber näherte. Dort erhielt ich Botschaften über Krieg und Niederlage in Gondor, und als ich von dem Schwarzen Schatten hörte, überfiel mich ein Schauer. Aber ich fand nichts außer einigen Flüchtlingen aus dem Süden; und doch schien mir, daß sie von einer Furcht erfüllt waren, über die sie nicht sprechen konnten. Ich wandte mich dann nach Osten und Norden und ritt über den Grünweg; und nicht weit von Bree traf ich einen Reiter, der auf einer Böschung an der Straße saß, und sein Pferd graste neben ihm. Es war Radagast der Braune, der einstmals in Rhosgobel gewohnt hatte, nahe der Grenzen von Düsterwald. Er gehört meinem Orden an, doch hatte ich ihn viele Jahre nicht gesehen.

›Gandalf!‹ rief er. ›Dich suche ich. Aber ich bin fremd in diesen Gegenden. Ich wußte nur, daß du in einem wilden Gebiet mit dem merkwürdigen Namen Auenland zu finden seiest.‹

›Deine Vermutung war richtig‹, sagte ich. ›Aber drücke dich nicht so aus, wenn du einen der Einheimischen triffst. Du bist jetzt nahe den Grenzen des Auenlands. Und was willst du von mir? Es muß dringend sein. Du warst nie ein Wanderer, es sei denn, von großer Not getrieben.‹

›Ich habe einen dringenden Auftrag‹, sagte er. ›Ich bringe schlechte Nachrichten.‹ Dann schaute er sich um, als ob die Hecken Ohren hätten. ›Nazgûl‹, flüsterte er. ›Die Neun sind wieder unterwegs. Heimlich haben sie den Fluß überschritten und ziehen nach Westen. Sie haben sich als schwarze Reiter verkleidet.‹

Nun war mir klar, was ich befürchtet hatte, ohne es zu wissen.

›Der Feind muß in großer Not sein oder eine große Absicht haben‹, sagte Radagast. ›Doch was ihn veranlaßt, sich um diese entlegenen und verlassenen Gegenden zu kümmern, kann ich nicht erraten.‹

›Was meinst du damit?‹ fragte ich.

›Man hat mir gesagt, daß die Reiter, wo immer sie hinkommen, sich nach einem Land, genannt Auenland, erkundigen.‹

›*Das* Auenland‹, sagte ich; aber mein Herz wurde schwer. Denn selbst die Weisen mögen sich davor fürchten, den Neun Widerstand zu leisten, wenn sie sich unter ihrem grausamen Anführer sammeln. Ein großer König und Hexenmeister war er einstmals, und jetzt verbreitet er eine tödliche Furcht. ›Wer hat dir das gesagt und wer hat dich ausgesandt?‹ fragte ich.

›Saruman der Weiße‹, antwortete Radagast. ›Und er trug mir auf, dir zu sagen, daß er helfen will, wenn du dessen bedarfst; aber du mußt seine Hilfe sofort erbitten, sonst ist es zu spät.‹

Und diese Botschaft gab mir Hoffnung. Denn Saruman der Weiße ist der Größte meines Ordens. Radagast ist gewiß ein ehrenwerter Zauberer, ein Meister der Gestalten und Farbverwandlungen; und er hat große Kenntnisse von Kräutern und Tieren, und Vögel sind seine besonderen Freunde. Aber Saruman hat lange die Künste des Feindes selbst erforscht, und so war es uns oft möglich, ihm zuvorzukommen. Nach Sarumans Plänen haben wir ihn von Dol Guldur vertrieben. Es hätte sein können, daß er irgendwelche Waffen gefunden hatte, die die Neun abzuwehren vermochten.

›Ich werde zu Saruman gehen‹, sagte ich.

›Dann mußt du *gleich* gehen‹, sagte Radagast. ›Denn ich habe viel Zeit gebraucht, dich zu finden, und die Tage werden knapp. Mir wurde gesagt, ich sollte dich vor dem Mittsommer finden, und das ist jetzt. Selbst wenn du dich auf der Stelle aufmachst, wirst du ihn kaum erreichen, ehe die Neun das Land entdecken, das sie suchen. Ich selbst werde gleich zurückkehren.‹ Und damit stieg er auf und wollte sofort losreiten.

›Warte einen Augenblick‹, sagte ich. ›Wir werden deine Hilfe brauchen und die Hilfe aller Geschöpfe, die sie gewähren wollen. Schicke Botschaften an alle Tiere und Vögel, die deine Freunde sind. Sage ihnen, sie sollen Nachricht geben über alles, was in dieser Angelegenheit für Saruman und Gandalf wichtig ist. Laß Botschaften nach Orthanc schicken.‹

›Das will ich tun‹, sagte er und stob von dannen, als ob die Neun hinter ihm her wären.

Ich konnte ihm nicht gleich folgen. Ich war an diesem Tage schon sehr weit geritten, und ich war ebenso müde wie mein Pferd. Und ich mußte die Dinge überdenken. Ich blieb die Nacht in Bree und kam zu dem Schluß, daß mir keine Zeit bliebe, ins Auenland zurückzukehren. Nie habe ich einen größeren Fehler gemacht!

Allerdings schrieb ich eine Botschaft für Frodo und verließ mich darauf, daß mein Freund, der Gastwirt, sie ihm schicken würde. Bei Morgengrauen ritt ich davon, und schließlich kam ich zu Sarumans Behausung. Das ist weit im Süden in Isengart, am Ende des Nebelgebirges, nicht weit von der Pforte von Rohan. Und Boromir wird euch bestätigen, daß das ein großes, offenes Tal ist, das zwischen dem Nebelgebirge und den nördlichsten Ausläufern von Ered Nimrais liegt, des Weißen Gebirges seiner Heimat. Aber Isengart ist ein Kranz steiler Felsen, die das Tal wie eine Mauer umschließen, und in der Mitte dieses Tals steht ein Turm aus Stein, genannt Orthanc. Er ist nicht von Saruman erbaut worden, sondern vor langer Zeit von den Menschen von Númenor; und er ist sehr hoch und hat viele Geheimnisse; doch sieht er nicht aus wie eine Festung. Er kann nur über den Felsenring von Isengart erreicht werden; und in diesem Felsenring gibt es nur ein Tor.

Eines Abends kam ich spät zu dem Tor, das wie ein großer Bogen in der Felswand ist; und es wird streng bewacht. Aber die Torhüter hielten schon nach mir Ausschau und sagten mir, Saruman erwarte mich. Ich ritt unter dem Bogen durch, und das Tor schloß sich leise hinter mir, und plötzlich hatte ich Angst, obwohl ich keinen Grund dafür wußte.

Und ich ritt bis zum Fuß des Orthanc und gelangte zu Sarumans Schwelle; und dort kam er mir entgegen und führte mich hinauf in sein hochgelegenes Zimmer. Er trug einen Ring am Finger.

›So bist du also gekommen, Gandalf‹, sagte er ernst. Doch in seinen Augen schien ein weißes Licht zu leuchten, als ob ein kaltes Lächeln in seinem Herzen sei.

›Ja, ich bin gekommen‹, sagte ich. ›Ich bin gekommen, um dich um Hilfe zu bitten, Saruman der Weiße.‹ Und dieser Titel schien ihn zu ärgern.

›So, wirklich, Gandalf der *Graue*!‹ spottete er. ›Um Hilfe? Man hat selten davon gehört, daß Gandalf der Graue um Hilfe bittet, er, der so listig und so weise ist, durch die Lande wandert und sich in alle Angelegenheiten einmischt, ob sie ihn etwas angehen oder nicht.‹

Ich sah ihn verwundert an. ›Wenn ich mich nicht täusche‹, sagte ich, ›sind jetzt Dinge im Gange, die erfordern, daß wir alle unsere Kräfte vereinigen.‹

›Das mag schon sein‹, sagte er. ›Doch der Gedanke kommt dir spät. Wie lange, frage ich mich, hast du mir, dem Haupt des Rates, eine Sache von höchster Wichtigkeit verheimlicht? Was führt dich jetzt her von deinem Schlupfwinkel im Auenland?‹

›Die Neun sind wieder zum Vorschein gekommen‹, antwortete ich. ›Sie haben den Fluß überschritten. So sagte mir Radagast.‹

›Radagast der Braune!‹ lachte Saruman, und er verbarg seinen Hohn nicht länger. ›Radagast der Vogelbändiger! Radagast der Einfältige! Radagast der Narr! Immerhin hatte er gerade genug Verstand, um die Rolle zu spielen, die ich ihm zugedacht hatte. Denn du bist gekommen, und das war der ganze Zweck meiner Botschaft. Und hier wirst du bleiben, Gandalf der Graue, und dich von deinen Fahrten ausruhen. Denn ich bin Saruman der Weise, Saruman der Ringmacher, Saruman der Vielfarbige!‹

Ich sah ihn an und bemerkte, daß sein Gewand, das mir weiß erschienen war, es gar nicht war, sondern aus allen Farben gewirkt war, und wenn er sich bewegte, dann schimmerten und schillerten sie, daß es das Auge verwirrte.

›Mir gefällt weiß besser‹, sagte ich.

›Weiß!‹ höhnte er. ›Das ist für den Anfang gut. Weißer Stoff kann gefärbt werden. Das weiße Blatt kann beschrieben werden; und das weiße Licht kann gebrochen werden.‹

›Dann ist es aber nicht länger weiß‹, sagte ich. ›Und derjenige, der etwas zerbricht, um herauszufinden, was es ist, hat den Pfad der Weisheit verlassen.‹

›Mit mir brauchst du nicht zu reden wie mit einem der Narren, die du zu Freunden hast‹, sagte er. ›Ich habe dich nicht hierher kommen lassen, um von dir belehrt zu werden, sondern um dich vor die Wahl zu stellen.‹

Dann richtete er sich stolz auf und begann daraufloszureden, als ob er eine lange einstudierte Rede hielte. ›Die Tage der Altvorderen sind vorbei. Die Mittleren Tage vergehen. Die Tage der Jüngeren beginnen. Die Zeit der Elben ist vorüber, aber unsere Zeit ist nahe: die Welt der Menschen, die wir beherrschen müssen. Aber wir müssen Macht haben, Macht, alle Dinge zu ordnen, wie wir wollen, für jenes Wohl, das nur die Weisen erkennen können.

Und höre, Gandalf, mein alter Freund und Helfer!‹ fuhr er fort, kam näher zu mir heran und sprach jetzt mit einer sanfteren Stimme. ›Ich sagte *wir,* denn *wir* mögen es sein, wenn du dich mir anschließt. Eine neue Macht steigt auf. Gegen sie werden uns die alten Verbündeten und Verfahren gar nichts nützen. Es besteht keine Hoffnung mehr für Elben und sterbende Númenórer. Das also ist die Wahl, vor die du oder wir gestellt sind. Wir können uns dieser Macht anschließen. Es wäre klug, Gandalf. Auf diese Weise besteht Hoffnung. Ihr Sieg ist nahe; und reichen Lohn werden diejenigen erhalten, die ihr geholfen haben. Wenn die Macht wächst, werden ihre erprobten Freunde auch wachsen. Und die Weisen wie du und ich werden mit Geduld schließlich so weit kommen, daß wir ihr Verhalten lenken, sie kontrollieren. Wir können den rechten Augenblick abwarten, wir können unsere Gedanken in unseren Herzen verschließen, vielleicht das Böse, das nebenher angerichtet wird, beklagen, doch das hohe und letzte Ziel billigen: Wissen, Herrschaft, Ordnung; alle diese Dinge, die zu erreichen wir uns bisher vergeblich bemüht haben, eher gehindert als unterstützt durch unsere schwachen und untätigen Freunde. Unsere Absichten brauchen sich nicht wirklich zu ändern und würden sich auch nicht ändern, nur unsere Mittel.‹

›Saruman‹, sagte ich, ›Reden dieser Art habe ich schon früher gehört, aber aus dem Munde von Abgesandten aus Mordor, die geschickt wurden, um die Unwissenden zu täuschen. Ich kann mir nicht vorstellen, daß du mich von so weit her hast kommen lassen, nur um meine Ohren zu ermüden.‹

Er warf mir einen versteckten Blick zu und überlegte eine

Weile. ›Gut, ich sehe, daß dieses kluge Vorgehen dir nicht empfehlenswert erscheint‹, sagte er. ›Noch nicht? Nicht, wenn ein besserer Weg ersonnen werden kann?‹

Er trat auf mich zu und legte seine lange Hand auf meinen Arm. ›Und warum nicht, Gandalf?‹ flüsterte er. ›Warum nicht? Der Beherrschende Ring? Wenn wir über ihn verfügen, würde die Macht auf *uns* übergehen. Das ist der wahre Grund, warum ich dich habe herkommen lassen. Denn in meinem Dienst stehen viele Augen, und ich glaube, daß du weißt, wo das kostbare Stück jetzt ist. Stimmt es nicht? Oder warum fragen die Neun nach dem Auenland, und was hast du dort zu schaffen?‹ Als er das sagte, flackerte plötzlich eine Gier, die er nicht verbergen konnte, in seinen Augen auf.

›Saruman‹, sagte ich und wich vor ihm zurück, ›nur eine Hand jeweils kann den Ring tragen, und das weißt du sehr wohl, also erspare dir die Mühe, *wir* zu sagen! Aber ich würde ihn dir nicht geben, nein, nicht einmal Nachricht über ihn würde ich dir geben, nun, da ich weiß, was du im Sinne hast. Du warst das Haupt des Rates, aber du hast endlich dein wahres Gesicht gezeigt. Die Wahl, vor die ich gestellt bin, scheint darin zu bestehen, mich entweder Sauron zu unterwerfen oder dir. Keins von beiden werde ich tun. Hast du noch anderes zu bieten?‹

Er war jetzt kalt und gefährlich. ›Ja‹, sagte er. ›Ich habe nicht erwartet, daß du Weisheit erkennen lassen würdest, nicht einmal zu deinem eigenen Vorteil; doch habe ich dir die Möglichkeit geboten, mir freiwillig zu helfen und dir damit viel Ärger und Pein zu ersparen. Die dritte Möglichkeit ist die, hierzubleiben bis zum Ende.‹

›Bis zu welchem Ende?‹

›Bis du mir offenbarst, wo der Eine zu finden ist. Es mag Mittel und Wege geben, dich zur Vernunft zu bringen. Oder bis er dir zum Trotz gefunden ist und der Gebieter Zeit hat, sich weniger gewichtigen Dingen zuzuwenden: sich eine, sagen wir, passende Belohnung für die Behinderung und Unverschämtheit von Gandalf dem Grauen auszudenken.‹

›Das mag sich als keins der weniger gewichtigen Dinge erweisen‹, sagte ich. Er lachte mich aus, denn meine Worte waren leeres Gerede, und er wußte es.

Sie nahmen mich und setzten mich allein auf die Zinne von Orthanc, dorthin, wo Saruman gewöhnlich die Sterne beobachtete. Es gibt keinen Abstieg außer über eine schmale Treppe von vielen tausend Stufen, und das Tal darunter schien weit entfernt. Ich schaute hinunter und sah, daß es, während es früher grün und schön gewesen war, jetzt voller Gruben und Schmieden war. Wölfe und Orks hausten in Isengart, denn Saruman stellte in eigener Sache eine große Streitmacht auf, wetteifernd mit Sauron und noch nicht in seinem Dienst. Über all seinen Werkstätten lagerte dichter Rauch und hüllte sogar die Flanken des Orthanc ein. Ich stand allein auf einer Insel in den Wolken; und ich hatte keine Fluchtmöglichkeit, und meine Tage waren bitter. Es war schneidend kalt, und ich hatte nur wenig Raum, um auf- und abzuschreiten, wenn ich darüber nachgrübelte, daß die Reiter in den Norden kamen.

Daß die Neun in der Tat wieder umgingen, dessen war ich sicher, ganz abgesehen von Sarumans Worten, die Lügen sein konnten. Lange, ehe ich nach Isengart gekommen war, hatte ich nämlich unterwegs Nachrichten erhalten, die nicht falsch sein konnten. Ich bangte um meine Freunde im Auenland; doch hatte ich immer noch Hoffnung. Ich hoffte, das Frodo sich sofort aufgemacht hätte, wie mein Brief verlangt hatte, und daß er Bruchtal erreicht hätte, ehe die tödliche Verfolgung begann. Und sowohl meine Furcht als auch meine Hoffnung erwiesen sich als unbegründet. Denn meine Hoffnung gründete sich auf einen dicken Mann in Bree; und meine Furcht gründete sich auf Saurons Listigkeit. Aber dicke Männer, die Bier verkaufen, müssen vielen Bestellungen nachkommen; und Saurons Macht ist immer noch geringer, als die Furcht uns glauben läßt. Doch im Felsenring von Isengart, gefangen und allein, war es nicht einfach, sich vorzustellen, daß die Jäger, vor denen alle flohen oder ihnen sich unterwarfen, im weit entfernten Auenland scheitern sollten.«

»Ich habe dich gesehen!« rief Frodo. »Du bist immer hin und her gegangen. Der Mond schimmerte auf deinem Haar.«

Gandalf hielt erstaunt inne und sah ihn an. »Es war nur ein Traum«, sagte Frodo. »Er ist mir gerade wieder eingefallen. Ich hatte ihn ganz vergessen. Es ist einige Zeit her, daß ich das träumte; nachdem ich das Auenland verlassen hatte, glaube ich.«

»Das war dann reichlich spät, wie du gleich sehen wirst. Ich war in einer üblen Lage. Und wer mich kennt, wird zugeben, daß ich selten in solcher Not gewesen war und ein derartiges Mißgeschick nicht gut ertrage. Gandalf der Graue wie eine Fliege im verräterischen Netz einer Spinne! Doch selbst bei den tückischen Spinnen mag es einen schwachen Faden geben.

Zuerst fürchtete ich, was Saruman zweifellos beabsichtigt hatte, daß auch Radagast umgefallen sei. Doch hatte ich, als wir uns trafen, in seiner Stimme oder seinen Augen keinerlei Anzeichen bemerkt, daß etwas nicht stimmte. Sonst wäre ich nicht nach Isengart gegangen oder wäre vorsichtiger gewesen. Das hatte Saruman vermutet, und deshalb hatte er seine Absichten verheimlicht und seinen Boten getäuscht. Es wäre sowieso zwecklos gewesen, wenn er versucht hätte, den ehrlichen Radagast für seine Verräterei zu gewinnen. Radagast suchte in gutem Glauben nach mir, und deshalb hatte ich auf ihn gehört.

Daran scheiterte Sarumans schnöder Plan. Denn Radagast hatte keinen Grund, nicht zu tun, worum ich ihn gebeten hatte; und er ritt nach Düsterwald, wo er viele alte Freunde hatte. Und die Adler des Gebirges flogen überallhin und sahen viele Dinge: das Sammeln der Wölfe und die Anwerbung der Orks; und die Neun Reiter, die hierhin und dorthin durch die Lande zogen; und sie hörten von Gollums Flucht. Und sie schickten einen Boten aus, der mir diese Nachrichten überbringen sollte.

So geschah es, daß in einer mondhellen Nacht, als der Sommer sich neigte, Gwaihir, der Herr der Winde, der schnellste der Großen Adler, unerwartet nach Orthanc kam; und er fand mich auf der Zinne stehend. Dann sprach ich mit ihm, und er trug mich davon, ehe Saruman es bemerkte. Ich war schon weit von Isengart, als die Wölfe und Orks aus dem Tor herausströmten, um mich zu verfolgen.

›Wie weit kannst du mich tragen?‹ fragte ich Gwaihir.

›Viele Wegstunden‹, antwortete er. ›Aber nicht ans Ende der Welt. Ich war ausgesandt, Nachrichten zu überbringen, nicht Lasten zu tragen.‹

›Dann muß ich ein Roß auf der Erde haben‹, sagte ich, ›und zwar ein ungemein schnelles Roß, denn nie zuvor habe ich Eile so bitter nötig gehabt.‹

›Dann werde ich dich nach Edoras bringen, wo der Herr

von Rohan in seinen Hallen sitzt‹, sagte er. ›Denn das ist nicht weit.‹ Und ich war froh, denn in der Riddermark von Rohan wohnen die Rohirrim, die Herren der Rösser, und es gibt keine Pferde wie jene, die in dem großen Tal zwischen dem Nebelgebirge und dem Weißen Gebirge gezüchtet werden.

›Glaubst du, daß man den Menschen von Rohan noch trauen kann?‹ fragte ich Gwaihir, denn Sarumans Verrat hatte meinen Glauben erschüttert.

›Sie entrichten Tribut in Form von Pferden‹, antwortete er, ›und schicken jährlich viele nach Mordor, oder jedenfalls heißt es so; doch noch sind sie nicht unterjocht. Aber wenn Saruman böse geworden ist, wie du sagst, dann kann sich ihr Schicksal nicht lange verzögern.‹

Er setzte mich vor dem Morgengrauen im Lande Rohan ab; aber ich habe meine Geschichte allzu sehr ausgedehnt. Der Rest muß kürzer sein. In Rohan fand ich das Böse bereits am Werk: Sarumans Lügen; und der König des Landes wollte auf meine Warnungen nicht hören. Er hieß mich ein Pferd nehmen und davonreiten; und ich traf eine Wahl, die mir sehr gefiel, aber ihm weniger. Ich nahm das beste Pferd in seinem Land, und niemals habe ich eins gesehen, das ihm gleichkam.«

»Dann muß es wirklich ein edles Tier sein«, sagte Aragorn. »Und es bekümmert mich mehr als viele Nachrichten, die schlimmer zu sein scheinen, daß Sauron solchen Tribut erhebt. Es war nicht so, als ich zuletzt in jenem Lande war.«

»Und auch jetzt ist es nicht so, das will ich beschwören«, sagte Boromir. »Es ist eine Lüge, die der Feind ausstreut. Ich kenne die Menschen von Rohan, sie sind treu und tapfer, unsere Verbündeten, und sie wohnen noch in den Landen, die wir ihnen einstmals gaben.«

»Mordors Schatten liegt auf weit entfernten Ländern«, antwortete Aragorn. »Saruman ist ihm erlegen. Rohan wird bedrängt. Wer weiß, was Ihr finden werdet, wenn Ihr jemals dorthin zurückkehrt?«

»Zumindest das nicht«, sagte Boromir, »daß sie ihr Leben mit Pferden erkaufen. Nächst ihren Blutsverwandten lieben sie ihre Pferde. Und nicht ohne Grund, denn die Pferde der Riddermark kommen von den Feldern des Nordens, weit entfernt von dem Schatten, und ihre Rasse stammt wie das Geschlecht ihrer Herren aus den freien Tagen von einst.«

»So ist es fürwahr«, sagte Gandalf. »Und eines ist unter ihnen, das hätte in der Morgendämmerung der Welt geboren sein können. Die Pferde der Neun können sich nicht mit ihm messen; unermüdlich und schnell wie der Wind. Schattenfell nannten sie es. Bei Tage schimmert sein Fell wie Silber; und bei Nacht ist es wie ein Schatten und eilt ungesehen dahin. Leicht ist sein Schritt. Niemals zuvor hatte ein Mann es geritten, doch ich nahm es und zähmte es; und so geschwind trug es mich, daß ich ins Auenland kam, als Frodo auf den Hügelgräberhöhen war, obwohl ich erst von Rohan aufgebrochen war, als er von Hobbingen aufbrach.

Aber meine Angst wuchs, während ich ritt. Überall im Norden hörte ich von den Reitern, und obwohl ich ihnen von Tag zu Tag näher kam, waren sie mir doch immer voraus. Sie hatten sich verteilt, wie ich erfuhr: einige blieben an der Ostgrenze, nicht weit vom Grünweg, und einige drangen vom Süden her ins Auenland ein. Ich kam nach Hobbingen, und Frodo war fort; doch wechselte ich ein paar Worte mit dem alten Gamdschie; viele Worte und wenig zur Sache. Er hatte viel zu sagen über die mißlichen Eigenschaften der neuen Eigentümer von Beutelsend.

›Ich mag keine Veränderungen‹, sagte er, ›nicht zu meinen Lebzeiten, und am allerwenigsten, wenn es zum Schlimmsten kommt.‹ – ›Wenn es zum Schlimmsten kommt‹, wiederholte er viele Male.

›Zum Schlimmsten ist ein böses Wort‹, sagte ich zu ihm, ›und ich hoffe, du wirst es nicht erleben.‹ Aber aus all seinem Gerede entnahm ich schließlich, daß Frodo noch nicht einmal eine Woche zuvor Hobbingen verlassen hatte, und daß ein schwarzer Reiter am selben Abend auf den Bühl gekommen war. Dann ritt ich voller Angst weiter. Ich kam nach Bockland und fand es in Aufruhr und aufgescheucht wie einen Ameisenhaufen, in den man einen Stock hineingestoßen hatte. Ich kam zu dem Haus in Krickloch, es war aufgebrochen worden und leer; doch auf der Schwelle lag ein Mantel, der Frodo gehört hatte. Dann verließ mich die Hoffnung eine Weile, und ich wartete nicht ab, um neue Nachrichten zu sammeln, die mich vielleicht getröstet hätten. Vielmehr ritt ich weiter auf den Spuren der Reiter. Es war schwierig, ihnen zu folgen, denn sie führten hierhin und dorthin, und ich war ratlos. Doch schien mir, daß ein oder zwei von ihnen nach

Bree geritten waren; und diesen Weg schlug ich ein, denn ich dachte an Worte, die vielleicht dem Gastwirt gesagt worden sein könnten.

›Butterblume heißt er‹, dachte ich. ›Wenn diese Verzögerung seine Schuld ist, dann werde ich alle Butter aus ihm herausschmelzen. Auf einem langsamen Feuer werde ich den alten Narren rösten.‹ Er erwartete auch nichts weniger, denn als er mein Gesicht sah, fiel er platt auf den Boden und begann auf der Stelle zu schmelzen.«

»Was hast du mit ihm gemacht?« rief Frodo besorgt aus. »Er war wirklich sehr freundlich zu uns und tat, was er nur konnte.«

Gandalf lachte. »Nur keine Sorge!« sagte er. »Ich habe ihn nicht gebissen und nur sehr wenig gebellt. Ich war so überglücklich wegen der Neuigkeiten, die ich aus ihm herausholte, nachdem er aufgehört hatte zu zittern, daß ich den alten Burschen umarmte. Wie es vor sich gegangen war, konnte ich damals noch nicht erraten, aber ich erfuhr, daß du die Nacht zuvor in Bree gewesen und am Morgen mit Streicher weggegangen warst.

›Streicher!‹ rief ich und schrie vor Freude.

›Ja, Herr, leider, Herr‹, sagte Butterblume, der mich mißverstanden hatte. ›Er hat sich an sie herangemacht, und ich konnte es nicht verhindern, daß sie sich mit ihm einließen. Sie haben sich die ganze Zeit, als sie hier waren, sehr merkwürdig benommen; eigensinnig, könnte man sagen.‹

›Esel! Dummkopf! Dreifach wackerer und geliebter Gerstenmann!‹ sagte ich. ›Das ist die beste Nachricht, die ich seit Mittsommer bekommen habe: Ein Goldstück ist sie mindestens wert. Möge ein Zauber bewirken, daß dein Bier sieben Jahre lang an Vortrefflichkeit zunimmt! Nun kann ich mir eine ruhige Nacht gönnen, die erste seit ich weiß nicht wann.‹

So blieb ich diese Nacht dort und fragte mich, was wohl aus den Reitern geworden sei; denn bisher wußte man offenbar in Bree nur von zweien. Doch in der Nacht hörten wir mehr. Zumindest fünf kamen von Westen, und sie rissen die Tore nieder und jagten durch Bree wie ein Sturmwind; und die Leute in Bree zittern immer noch und warten auf das Ende der Welt. Vor dem Morgengrauen stand ich auf und ritt ihnen nach.

Ich weiß nicht genau, was geschehen war, aber ich reimte es mir folgendermaßen zusammen. Ihr Anführer hatte sich irgendwo weit südlich von Bree verborgen, während zwei voraus durch das Dorf ritten und vier weitere ins Auenland eindrangen. Aber nach ihren Mißerfolgen in Bree und Krickloch kehrten sie zu ihrem Anführer zurück, um ihm Bericht zu erstatten, und so blieb die Straße eine Weile unbewacht, außer durch ihre Späher. Dann schickte der Anführer einige nach Osten direkt über Land, und er selbst ritt mit den übrigen wutentbrannt die Straße entlang.

Ich galoppierte wie ein Sturmwind zur Wetterspitze und erreichte sie an meinem zweiten Tag nach Bree vor Sonnenuntergang – und sie waren schon vor mir da. Sie zogen sich vor mir zurück, denn sie spürten das Aufkommen meines Zorns und wagten sich ihm nicht auszusetzen, solange die Sonne am Himmel stand. Aber sie kreisten mich des Nachts ein, und ich wurde auf dem Berggipfel belagert, in dem alten Ringwall des Amon Sûl. Ich wurde wahrlich schwer bedrängt: Solche Blitze und Flammen sind auf der Wetterspitze seit den Signalfeuern der Kriege in alter Zeit nicht mehr gesehen worden.

Bei Sonnenaufgang entkam ich und floh nach Norden. Ich konnte nicht hoffen, mehr zu tun. Es war unmöglich, dich, Frodo, in der Wildnis zu finden, und der Versuch wäre töricht gewesen, da mir alle Neun auf den Fersen waren. So mußte ich mich auf Aragorn verlassen. Doch hoffte ich, einige von ihnen abzulenken und Bruchtal vor euch zu erreichen und euch Hilfe zukommen zu lassen. Vier Reiter folgten mir tatsächlich, aber nach einer Weile gaben sie es auf und begaben sich offenbar zur Furt. Das nützte ein wenig, denn auf diese Weise waren es nur fünf und nicht neun, die euer Lager angriffen.

Ich traf hier schließlich nach einem langen und beschwerlichen Weg ein, den Weißquell hinauf und durch die Ettenöden, von Norden also. Fast vierzehn Tage brauchte ich von der Wetterspitze her, denn zwischen den Felsen der Troll-Höhen konnte ich nicht reiten, und Schattenfell kehrte um. Ich schickte ihn zurück zu seinem Herrn; doch eine große Freundschaft ist zwischen uns erwachsen, und wenn ich ihn brauche, wird er auf meinen Ruf kommen. Aber so geschah es, daß ich nur drei Tage vor dem Ring nach Bruchtal kam, und Nachrichten darüber, in welcher Gefahr er sich befand, waren bereits eingetroffen – und das erwies sich wahrlich als gut.

Und das, Frodo, ist das Ende meines Berichts. Mögen Elrond und die anderen seine Länge verzeihen. Doch ist es noch niemals geschehen, daß Gandalf eine Verabredung nicht einhielt und nicht kam, wenn er es versprochen hatte. Dem Ringträger eine Erklärung für ein so ungewöhnliches Vorkommnis zu geben, schien mir erforderlich.

So, nun ist die Geschichte von Anfang bis Ende erzählt. Hier sind wir alle, und hier ist der Ring. Aber unserem Ziel sind wir noch keineswegs näher gekommen. Was sollen wir mit dem Ring tun?«

Es trat ein Schweigen ein. Schließlich sprach Elrond.

»Die Nachricht über Saruman ist betrüblich«, sagte er. »Denn wir vertrauten ihm, und er ist in all unsere Ratschlüsse eingeweiht. Es ist gefährlich, allzu weit die Künste des Feindes zu erforschen, sei es mit guten oder mit bösen Absichten. Doch solchen Abfall und Verrat hat es leider schon früher gegeben. Von den Erzählungen, die wir heute gehört haben, war die von Frodo die seltsamste für mich. Ich habe wenige Hobbits gekannt, außer Bilbo hier; und mir scheint, daß er vielleicht nicht so einzigartig und einmalig ist, wie ich geglaubt hatte. Die Welt hat sich sehr gewandelt, seit ich zuletzt auf den westlichen Straßen war.

Die Grabunholde kennen wir unter vielen Namen; und vom Alten Wald sind viele Geschichten erzählt worden. Die Zeit ist vorüber, da ein Eichhörnchen von Baum zu Baum hüpfen konnte von dem Land, das heute das Auenland ist, nach Dunland westlich von Isengart. In jenen Landen wanderte ich einst und kannte viele wilde und merkwürdige Wesen. Doch hatte ich Bombadil vergessen, wenn er wirklich derselbe ist, der vor langer Zeit in den Wäldern und Bergen umging und damals schon älter als alt war. Zu jener Zeit war das nicht sein Name. Iarwain Ben-adar nannten wir ihn, den Ältesten und Vaterlosen. Doch so mancher andere Name ist ihm seitdem von anderen Völkern gegeben worden: Forn von den Zwergen, Orald von den Menschen des Nordens, und noch andere Namen. Er ist ein seltsames Geschöpf, doch vielleicht hätten wir ihn zu unserer Beratung einladen sollen.«

»Er wäre nicht gekommen«, sagte Gandalf.

»Könnten wir nicht immer noch einen Boten zu ihm schikken und seine Hilfe erbitten?« fragte Erestor. »Es scheint, daß er sogar über den Ring Macht besitzt.«

»Nein, so würde ich es nicht ausdrücken«, meinte Gandalf. »Man müßte eher sagen, der Ring hat keine Macht über ihn. Bombadil ist sein eigener Herr. Doch kann er den Ring nicht verändern und auch seine Macht über andere nicht brechen. Und jetzt hat er sich in ein kleines Land zurückgezogen, dessen Grenzen er selbst festgelegt hat, obwohl niemand sie sehen kann, und wartet vielleicht auf einen Wandel der Zeiten, und er wird diese Grenzen nicht überschreiten.«

»Aber innerhalb dieser Grenzen scheint ihn nichts zu schrecken«, sagte Erestor. »Ob er nicht den Ring nehmen und dort aufbewahren würde, so daß er immerdar unschädlich wäre?«

»Nein«, antwortete Gandalf. »Nicht gern. Er täte es vielleicht, wenn alle freien Völker der Welt ihn darum bäten, aber er würde die Notwendigkeit nicht einsehen. Und wenn er den Ring erhielte, würde er ihn bald vergessen oder höchstwahrscheinlich wegwerfen. Derartige Dinge prägen sich seinem Sinn nicht ein. Er wäre ein sehr unsicherer Hüter; und das allein ist Antwort genug.«

»Und sowieso«, sagte Glorfindel, »würde es nur bedeuten, den Tag des Unheils hinauszuschieben, wenn man ihm den Ring schickte. Er ist weit von hier. Wir können den Ring jetzt nicht zu ihm zurückbringen, ohne daß es von irgendeinem Späher erraten oder bemerkt wird. Und selbst wenn wir es könnten, würde der Herr der Ringe früher oder später von dem Versteck erfahren und seine ganze Macht darauf richten. Könnte Bombadil allein dieser Macht Trotz bieten? Ich glaube es nicht. Ich glaube, wenn alles andere erobert ist, wird auch Bombadil erliegen, als Letzter, wie er der Erste gewesen ist; und dann wird die Nacht kommen.«

»Ich weiß von Iarwain wenig außer dem Namen«, sagte Galdor. »Aber Glorfindel hat, glaube ich, recht. Die Macht, unserem Feind zu trotzen, ist nicht in ihm, es sei denn, solche Macht wäre in der Erde selbst. Und dennoch sehen wir, daß Sauron sogar die Berge martern und zerstören kann. Was an Macht noch bleibt, beruht auf uns hier in Imladris oder auf Círdan an den Anfurten, oder auf Lórien. Aber haben sie die

Kraft, haben wir hier die Kraft, dem Feind zu widerstehen, Saurons letztem Ansturm, wenn alles andere niedergeworfen ist?«

»Ich habe die Kraft nicht«, sagte Elrond. »Und die anderen auch nicht.«

»Wenn der Ring also durch Stärke nicht auf immerdar vor ihm bewahrt bleiben kann«, sagte Glorfindel, »dann gibt es nur zwei Möglichkeiten: zu versuchen, ihn über das Meer zu senden oder ihn zu vernichten.«

»Aber Gandalf hat uns doch schon erklärt, daß wir es nicht vermögen, ihn zu vernichten«, sagte Elrond. »Und jene, die jenseits des Meeres wohnen, würden ihn nicht annehmen: denn zum Guten oder Bösen gehört er nach Mittelerde; uns, die wir hier noch weilen, liegt es ob, uns mit ihm auseinanderzusetzen.«

»Dann wollen wir ihn ins Meer werfen«, sagte Glorfindel, »und damit Sarumans Lügen wahr werden lassen. Denn jetzt ist es klar, daß seine Füße schon im Rat auf krummen Pfaden wandelten. Er wußte, daß der Ring nicht auf immer verloren war, aber er wollte, daß wir es glaubten; denn er begann selbst nach ihm zu gieren. Und doch ist in Lüge oft Wahrheit verborgen: Im Meer würde er sicher sein.«

»Nicht sicher für immer«, sagte Gandalf. »Es gibt viele Dinge in tiefen Wassern; und Meere und Länder können sich ändern. Und es ist nicht unsere Aufgabe hier, nur Überlegungen für ein Jahr oder ein paar Menschenleben oder für ein vorübergehendes Zeitalter der Welt anzustellen. Wir sollten nach einer Möglichkeit suchen, wie dieser Bedrohung ein für allemal ein Ende gesetzt werden kann, selbst wenn wir nicht hoffen können, es zu vollbringen.«

»Und diese Möglichkeit werden wir nicht auf den Wegen zum Meer finden«, sagte Galdor. »Wenn wir die Rückkehr des Ringes zu Iarwain schon für zu gefährlich halten, dann ist die Flucht zum Meer voll der schwersten Gefahren. Mein Herz sagt mir, daß, sobald Sauron erfährt, was geschehen ist, und das wird er bald erfahren, er annehmen wird, daß wir den Weg nach Westen einschlagen. Die Neun haben ihre Pferde eingebüßt, doch das ist nur ein Aufschub, bis sie neue und schnellere Rosse finden. Allein die schwindende Macht von Gondor verhindert jetzt noch seinen mächtigen Marsch nach Norden entlang den Küsten; und wenn er wirklich die Weißen Türme und die Anfurten angreift, mag es sein, daß die Elben danach keine Möglichkeit mehr haben, dem längerwerdenden Schatten von Mittelerde zu entfliehen.«

»Doch lange wird dieser Marsch noch auf sich warten lassen«, sagte Boromir. »Gondors Macht schwindet, sagt Ihr. Aber Gondor steht noch, und selbst das Ende seiner Kraft ist noch sehr stark.«

»Und dennoch kann Gondors Wachsamkeit die Neun nicht länger zurückhalten«, sagte Galdor. »Und andere Straßen mag der Feind finden, die Gondor nicht bewacht.«

»Dann«, sagte Erestor, »gibt es nur zwei Möglichkeiten, wie Glorfindel schon erklärt hat: den Ring für immer zu verbergen; oder ihn zu zerstören. Aber beides übersteigt unsere Macht. Wer kann dieses Rätsel für uns lösen?«

»Niemand hier«, sagte Elrond ernst. »Zumindest kann niemand voraussagen, was geschehen wird, wenn wir diesen oder jenen Weg gehen. Doch mir scheint es jetzt klar zu sein, welchen Weg wir einschlagen müssen. Der Westen scheint der einfachste zu sein. Daher müssen wir ihn vermeiden. Er wird beobachtet werden. Zu oft sind Elben auf diesem Wege geflohen. Jetzt endlich müssen wir einen harten Weg nehmen, einen unvorhergesehenen. Darin liegt unsere Hoffnung, wenn es überhaupt Hoffnung gibt. Den gefahrvollen Weg gehen – nach Mordor. Wir müssen den Ring dem Feuer überantworten.«

Wieder trat Schweigen ein. Als Frodo hinausschaute in das sonnenhelle Tal, erfüllt von dem Plätschern klaren Wassers, verspürte er sogar in diesem schönen Haus eine dumpfe Finsternis in seinem Herzen. Boromir machte eine Bewegung, und Frodo sah ihn an. Er spielte mit seinem großen Horn und runzelte die Stirn. Schließlich sprach er.

»Ich verstehe das alles nicht«, sagte er. »Saruman ist ein Verräter, aber hat er nicht doch eine Spur Weisheit erkennen lassen? Warum sprecht Ihr immer von Verbergen und Vernichten? Warum sollten wir nicht glauben, daß der Große Ring uns in die Hände gefallen ist, um uns in der Stunde der Not zu dienen? Wenn die freien Gebieter der Freien ihn besitzen, können sie den Feind gewiß besiegen. Das ist es, nehme ich an, was er am meisten fürchtet.

Die Menschen von Gondor sind tapfer, und sie werden sich

niemals unterwerfen; aber es mag sein, daß sie geschlagen werden. Mut braucht erstens Stärke und dann eine Waffe. Laßt den Ring Eure Waffe sein, wenn er solche Macht besitzt, wie Ihr sagt. Nehmt ihn und geht dem Sieg entgegen!«

»Leider ist das nicht möglich«, sagte Elrond. »Wir können den Beherrschenden Ring nicht verwenden. Das wissen wir allzu genau. Er gehört Sauron und ist von ihm allein gemacht worden, und er ist durch und durch böse. Seine Stärke, Boromir, ist zu groß, als daß irgend jemand ihn nach Belieben gebrauchen könnte, ausgenommen jene, die schon selber eine große Macht besitzen. Aber für sie birgt der Ring eine noch tödlichere Gefahr. Schon der Wunsch nach ihm verdirbt das Herz. Denket an Saruman. Wenn einer der Weisen den Herrscher von Mordor mit diesem Ring stürzen würde und dabei seine eigenen Listen anwendet, dann würde er sich selbst auf Saurons Thron setzen, und damit hätten wir nur einen weiteren Dunklen Herrscher. Und es gibt noch einen Grund, warum der Ring zerstört werden sollte: Solange er auf der Welt ist, wird selbst für die Weisen eine Gefahr bestehen. Denn nichts ist von Anfang an böse. Selbst Sauron war es nicht. Ich fürchte mich davor, den Ring zu nehmen, um ihn zu verbergen. Ich will den Ring auch nicht nehmen, um ihn zu gebrauchen.«

»Ich auch nicht«, sagte Gandalf.

Boromir sah sie zweifelnd an, doch senkte er den Kopf. »So sei es«, sagte er. »Dann müssen wir in Gondor uns auf die Waffen verlassen, die wir haben. Und zumindest werden wir, solange die Weisen diesen Ring bewachen, weiterkämpfen. Vielleicht vermag das Geborstne Schwert die Flut noch aufzuhalten – wenn die Hand, die es führt, nicht nur das Erbstück allein, sondern auch die Kraft der Könige der Menschen geerbt hat.«

»Wer weiß?« sagte Aragorn. »Aber eines Tages werden wir es auf die Probe stellen.«

»Möge der Tag nicht zu fern sein«, antwortete Boromir. »Denn obwohl ich nicht um Hilfe bitte, brauchen wir sie. Es wäre für uns tröstlich zu wissen, daß auch andere mit allen Mitteln kämpfen, die sie besitzen.«

»Dann seid getröstet«, sagte Elrond. »Denn es gibt noch andere Mächte und andere Reiche, von denen Ihr nichts wißt und die Euch verborgen sind. Anduin der Große bespült viele

Ufer, bis er nach Argonath kommt und zu den Toren von Gondor.«

»Indes könnte es für alle gut sein«, sagte Glóin, der Zwerg, »wenn alle diese Kräfte vereinigt würden und die Macht jedes einzelnen im Bunde mit den anderen gebraucht würde. Es mag noch andere Ringe geben, weniger tückische, die in unserer Not vielleicht benutzt werden könnten. Die Sieben sind für uns verloren – wenn Balin nicht den Ring von Thrór gefunden hat, der der letzte war; nichts hat man über ihn gehört, seit Thrór in Moria umgekommen ist. Jetzt kann ich es ja offenbaren, daß es teilweise die Hoffnung war, diesen Ring zu finden, die Balin veranlaßte, wegzugehen.«

»Balin wird keinen Ring in Moria finden«, sagte Gandalf. »Thrór gab ihn Thráin, seinem Sohn, aber Thráin gab ihn nicht Thorin. Er wurde Thráin unter Foltern in den Verliesen von Dol Guldur abgenommen. Ich kam zu spät.«

»O wehe, wehe!« rief Glóin. »Wann wird der Tag unserer Rache kommen? Doch gibt es noch die Drei. Wie steht es mit den Drei Ringen der Elben? Sehr mächtige Ringe, heißt es. Haben die Elbenfürsten sie nicht? Auch sie wurden vor langer Zeit von dem Dunklen Herrscher gemacht. Sind sie wertlos? Ich sehe Herren der Elben. Wollen sie nicht sprechen?«

Die Elben gaben keine Antwort. »Habt Ihr mich nicht verstanden, Glóin?« sagte Elrond. »Die Drei sind nicht von Sauron gemacht worden, und er hat sie auch nie berührt. Doch über sie zu sprechen ist nicht erlaubt. Nur so viel kann ich in dieser Stunde des Zweifels sagen. Sie sind nicht wertlos. Aber sie wurden nicht als Waffen des Krieges oder der Eroberung gemacht: Darin liegt ihre Macht nicht. Diejenigen, die sie herstellten, gelüstete es nicht nach Macht oder Herrschaft oder angehäuftem Reichtum, sondern danach, zu verstehen, zu wirken und zu heilen, um alle Dinge rein zu erhalten. Das haben die Elben von Mittelerde in einem gewissen Ausmaß erreicht, wenn auch mit Leid. Aber alles, was diejenigen geschaffen haben, die die Drei gebrauchen, wird sich in Verderben verwandeln, und ihr Geist und ihre Herzen werden Sauron enthüllt werden, wenn er den Einen wiedergewinnt. Es wäre dann besser, daß es die Drei nie gegeben hätte. Das ist sein Ziel.«

»Aber was würde geschehen, wenn der Beherrschende Ring zerstört wird, wie Ihr ratet?« fragte Glóin.

»Wir wissen es nicht genau«, antwortete Elrond traurig. »Manche hoffen, daß die Drei Ringe, die Sauron niemals berührt hat, dann frei würden und ihre Beherrscher die Wunden der Welt heilen könnten, die er geschlagen hat. Doch mag es auch sein, daß die Drei, wenn der Eine nicht mehr ist, dahinschwinden, und viele schöne Dinge verblassen und vergessen sein werden. Das ist es, was ich glaube.«

»Dennoch sind alle Elben bereit, dieses Wagnis auf sich zu nehmen«, sagte Glorfindel, »wenn dadurch Saurons Macht gebrochen und die Furcht vor seiner Herrschaft auf immer gebannt werden kann.«

»So kommen wir also wiederum auf die Vernichtung des Rings zurück«, sagte Erestor, »und doch gelangen wir nicht weiter. Welche Macht haben wir, das Feuer zu finden, in dem er gemacht wurde? Das ist der Weg der Verzweiflung. Oder Torheit, würde ich sagen, wenn Elronds große Weisheit es mir nicht verbieten würde.«

»Verzweiflung oder Torheit?« sagte Gandalf. »Es ist nicht Verzweiflung, denn Verzweiflung ist nur für jene, die das Ende unzweifelhaft erblicken. Das tun wir nicht. Es ist Weisheit, die Notwendigkeit zu erkennen, wenn alle anderen Möglichkeiten erwogen sind, obwohl es denjenigen wie Torheit vorkommen mag, die sich an falsche Hoffnungen klammern. Nun gut, laßt Torheit unseren Deckmantel sein, einen Schleier vor den Augen des Feindes! Denn er ist klug und wägt auf den Waagschalen seiner Bosheit alles genauestens ab. Doch der einzige Maßstab, den er kennt, ist Begehren, das Streben nach Macht, und danach beurteilt er alle Herzen. Ihm wird der Gedanke nicht kommen, daß jemand keinen Gebrauch davon machen will, daß wir den Ring haben und dennoch trachten könnten, ihn zu zerstören. Wenn wir das versuchen, werden wir seine ganze Berechnung durcheinander bringen.«

»Zumindest eine Zeitlang«, sagte Elrond. »Der Weg muß beschritten werden, aber er wird sehr schwer sein. Und weder Stärke noch Weisheit werden uns weit bringen. Diese Aufgabe mögen die Schwachen mit ebensoviel Hoffnung versuchen wie die Starken. So ist es oft mit Taten, die die Räder der Welt in Bewegung setzen: Kleine Hände vollbringen sie, weil sie müssen, während die Augen der Großen anderswo sind.«

»Schon gut, schon gut, Herr Elrond!« sagte Bilbo plötzlich. »Ihr braucht nichts mehr zu sagen! Es ist deutlich genug, worauf Ihr anspielt. Bilbo, der dumme Hobbit, hat die Sache angefangen und sollte sie besser zu Ende bringen, ehe es mit ihm zu Ende ist. Es war sehr behaglich hier für mich, und ich kam mit meinem Buch voran. Wenn Ihr es wissen wollt, ich schreibe gerade einen Schluß dafür. Ich hatte vor, es so auszudrücken: *und er lebte danach glücklich bis ans Ende seiner Tage.* Es ist ein guter Schluß, auch wenn er nicht ganz neu ist. Jetzt werde ich das ändern müssen: Es sieht nicht so aus, als ob es so käme; und es werden sowieso noch verschiedene Kapitel folgen müssen, falls ich lange genug lebe, um sie noch zu schreiben. Es ist schon wirklich sehr ärgerlich. Wann soll ich aufbrechen?«

Boromir sah Bilbo verwundert an, aber das Lachen erstarb auf seinen Lippen, als er sah, daß alle anderen den alten Hobbit mit ernster Hochachtung betrachteten. Nur Glóin lächelte, aber sein Lächeln ging auf alte Erinnerungen zurück.

»Natürlich, mein lieber Bilbo«, sagte Gandalf. »Wenn du diese Sache wirklich angefangen hättest, dann könnte man von dir erwarten, daß du sie auch zu Ende führst. Aber du weißt sehr wohl, daß *anfangen* für jeden ein zu großes Wort ist und daß bei großen Taten von jedem Helden nur eine kleine Rolle gespielt wird. Du brauchst dich nicht zu verbeugen! Obwohl das Wort ernst gemeint war und wir nicht zweifeln, daß sich hinter deinem Scherz ein tapferes Angebot verbirgt. Aber es übersteigt deine Kraft, Bilbo. Du kannst dieses Ding nicht zurücknehmen. Es ist weitergegangen. Wenn du noch meines Rates bedarfst, dann würde ich sagen, deine Rolle ist ausgespielt, es sei denn als Chronist. Beende dein Buch und ändere den Schluß nicht! Es besteht immer noch Hoffnung. Aber halte dich bereit, eine Fortsetzung zu schreiben, wenn sie zurückkommen.«

Bilbo lachte. »Ich habe noch nie erlebt, daß du mir angenehme Ratschläge gibst«, sagte er. »Da alle deine unangenehmen Ratschläge gut waren, frage ich mich, ob dieser Rat nicht schlecht ist. Immerhin glaube ich nicht, daß mir genug Kraft oder Glück geblieben ist, um mit dem Ring fertig zu werden. Er ist gewachsen, und ich nicht. Aber sage mir: Wen meinst du mit *sie*?«

»Die Boten, die mit dem Ring fortgeschickt werden.«

»Genau! Und wer sollen sie sein? Das, scheint mir, hat dieser Rat zu entscheiden, und es ist alles, was er zu entscheiden hat. Elben mögen vom Reden allein leben können, und Zwerge ertragen große Müdigkeit; aber ich bin bloß ein alter Hobbit und vermisse meine Mittagsmahlzeit. Könnt ihr euch nicht jetzt ein paar Namen einfallen lassen? Oder es bis nach dem Essen verschieben?«

Niemand antwortete. Die Mittagsglocke läutete. Noch immer sprach niemand. Frodo warf einen Blick auf alle Gesichter, aber sie waren ihm nicht zugewandt. Der ganze Rat saß mit niedergeschlagenen Augen da, als ob er in Gedanken vertieft sei. Eine große Angst befiel ihn, als ob er die Verkündung irgendeines Schicksalsspruchs erwartete, den er lange vorausgesehen und von dem er dennoch vergebens gehofft hatte, daß er nie ausgesprochen würde. Eine überwältigende Sehnsucht, sich auszuruhen und friedlich mit Bilbo in Bruchtal zu bleiben, erfüllte sein Herz. Schließlich sprach er, mühsam, und er wunderte sich, seine eigenen Worte zu hören, als ob irgendein anderer Wille sich seiner kleinen Stimme bediente.

»Ich werde den Ring nehmen«, sagte er, »obwohl ich den Weg nicht weiß.«

Elrond hob die Augen und schaute ihn an, und Frodo spürte, wie die plötzliche Schärfe dieses Blicks ihn durchbohrte. »Wenn ich alles richtig verstanden habe, was ich gehört habe«, sagte Elrond, »dann glaube ich, daß diese Aufgabe für dich, Frodo, bestimmt ist; und wenn du keinen Weg findest, wird niemand ihn finden. Das ist die Stunde des Auenland-Volkes, in der es sich von seinen friedlichen Äckern erhebt, um die Festungen und Pläne der Großen zu erschüttern. Wer von allen Weisen hätte das voraussehen können? Wenn sie wahrlich weise sind, warum sollten sie dann erwarten, es zu wissen, ehe die Stunde geschlagen hat?

Aber es ist eine schwere Bürde. So schwer, daß niemand sie einem anderen auferlegen kann. Ich erlege sie dir nicht auf. Wenn du sie aus freien Stücken auf dich nimmst, werde ich sagen, daß deine Entscheidung richtig ist; und selbst wenn alle mächtigen Elbenfreunde der alten Zeit, Hador und Húrin und

Túrin und Beren versammelt wären, wäre dein Platz unter ihnen.«

»Aber Ihr werdet ihn doch gewiß nicht allein fortschicken, Herr?« rief Sam, der sich nicht länger beherrschen konnte und aus der Ecke aufsprang, wo er still auf dem Fußboden gesessen hatte.

»Nein, fürwahr!« sagte Elrond und wandte sich lächelnd zu ihm. »Du zumindest sollst mit ihm gehen. Es ist kaum möglich, dich von ihm zu trennen, selbst wenn er zu einer geheimen Beratung eingeladen ist und du nicht.«

Sam setzte sich, wurde rot und murmelte vor sich hin. »Eine schöne Suppe, die wir uns da eingebrockt haben, Herr Frodo!« sagte er kopfschüttelnd.

Der Brauch des Schenkens bei den Hobbits

Briefentwurf

[Antwort auf den Brief eines Lesers, der auf einen scheinbaren Widerspruch im ›Herrn der Ringe‹ hingewiesen hatte: In dem Kapitel ›Ein lang erwartetes Fest‹ heißt es, daß »Hobbits an ihren Geburtstagen anderen Geschenke machen«; und doch bezeichnet Gollum den Ring als sein »Geburtstagsgeschenk«, und der Bericht darüber, wie er dazu gekommen ist, in dem Kapitel ›Der Schatten der Vergangenheit‹, zeigt, daß man bei seinem Volk zum Geburtstag Geschenke *bekam*. Daher, so schrieb Mr. Nunn, »muß eine der folgenden Möglichkeiten zutreffen: 1) Sméagols Volk war *nicht* ›vom Hobbitschlag‹, wie Gandalf meint (I, p. 62, dt. 74); 2) die Hobbit-Sitte, Geschenke zu machen, war erst in letzter Zeit aufgekommen; 3) die Sitten der Starren [Sméagol-Gollums Volk] waren von denen anderer Hobbits verschieden; oder 5) [sic!] es liegt ein Fehler im Text vor. Ich wäre Ihnen sehr dankbar, wenn Sie sich die Zeit nehmen könnten, zu dieser wichtigen Frage ein paar Nachforschungen anzustellen.«]

[Wahrscheinlich Ende 1958/Anfang 1959]

Lieber Mr. Nunn,
ich bin kein musterhafter Gelehrter; aber in allem, was das Dritte Zeitalter angeht, betrachte ich mich nur als »Chronisten«. Die Fehler, die es in meinem Bericht geben mag, beruhen, glaube ich, in keinem Fall auf Irrtümern, d. h. auf unzutreffenden Angaben, sondern auf Auslassungen und Unvollständigkeit der Information, meist bedingt durch das Erfordernis der Komprimierung und durch den Versuch, die Information *en passant* im Fortgang der Erzählung zu bringen, was naturgemäß zur Weglassung von vielem führte, das für die Erzählung nicht unmittelbar wichtig war.

In der Frage der Geburtstagssitten und der scheinbaren Unstimmigkeiten, die Sie feststellen, können wir daher wohl Ihre Alternativen 1) und 5) ausscheiden. Sie lassen 4) aus.

Im Hinblick auf 1) sagt Gandalf zwar zuerst »I guess«, p. 62 [»ich vermute«, dt. 74], aber das ist gemäß seinem Charakter und seinem Wissen zu verstehen. In modernerer Sprache hätte er gesagt, »I deduce«, denn er spricht von Dingen, die er nicht selbst beobachtet, über die er sich aber aufgrund von Nachforschungen ein Urteil gebildet hat. (In Anhang B werden Sie sehen, daß die Zauberer erst kurz vor der ersten Erwähnung der Hobbits in den Urkunden auftauchten, zu einer Zeit, als die Hobbits schon in die drei deutlich unterschiedenen Stämme aufgeteilt waren.) Aber er zweifelte nicht wirklich an seinem Urteil: »Trotzdem ist es wahr, usw.«, p. 63 [dt. 76].

Ihre Alternative 2) wäre möglich, aber weil der Chronist auf p. 35 [dt. 42] von *Hobbits* spricht (was er, woher das Wort auch kommen mag, als Bezeichnung für die gesamte Rasse gebraucht) und nicht von den *Hobbits des Auenlandes* oder dem *Auenland-Volk*, muß angenommen werden, daß er meint, die Sitte, Geschenke zu machen, sei in irgendeiner Form allen Unterarten gemeinsam gewesen, also auch den Starren. Weil aber Ihr 3) natürlich richtig ist, könnten wir erwarten, daß sogar eine so tief eingewurzelte Sitte in den verschiedenen Stammeszweigen verschieden ausgeformt sein wird. Mit der Rückwanderung der Starren nach Wilderland 1356 D[rittes] Z[eitalter] wurde jeder Kontakt zwischen dieser rückständigen Gruppe und den Vorfahren des Auenland-Volkes abgebrochen. Mehr als 1100 Jahre vergingen dann bis zu dem Vorfall mit Déagol und Sméagol (ca. 2463). Zur Zeit des Festes im Jahre 3001 D. Z., bei dem die Sitten des Auenland-Volkes kursorisch erwähnt werden, soweit sie die Erzählung berühren, beträgt die zeitliche Kluft fast 1650 Jahre.

Alle Hobbits änderten sich nur langsam, aber die zurückgewanderten Starren nahmen eine wildere und primitivere Lebensweise in kleinen und dahinschwindenden* Gemeinden wieder auf; dagegen hatte das Auenland-Volk in den 1400 Jahren seiner Ansässigkeit ein geordneteres und vielseitigeres Sozialleben entwickelt, in dem die Bedeutung der Verwandtschaftsverhältnisse für die Sitten und Empfindungsweisen durch detaillierte schriftliche und mündliche Überlieferungen unterstützt wurde.

* Zwischen dem Jahr 2463 und dem Beginn von Gandalfs speziellen Nachforschungen über den Verbleib des Rings (fast 500 Jahre später) scheinen sie sogar ganz ausgestorben (bis auf Sméagol natürlich) oder vor dem Schatten von Dol Guldur geflohen zu sein.

Obwohl ich jede Erörterung dieser sonderbaren, aber bezeichnenden Eigenart ihres Verhaltens weggelassen habe, ließen sich die Tatsachen in bezug auf das Auenland doch einigermaßen detailliert ausführen. Für die Starren am Flußufer ist man naturgemäß mehr auf Mutmaßungen angewiesen.

»Geburtstage« hatten erhebliche soziale Bedeutung. Wer seinen/ihren Geburtstag feierte, hieß ein *ribadyan* (was man nach dem beschriebenen und befolgten System mit *byrding* wiedergeben könnte). Die Bräuche in bezug auf Geburtstage hatten, obwohl tief eingewurzelt, eine Regelung nach einer ziemlich strengen Etikette bekommen und beschränkten sich infolgedessen in vielen Fällen auf Förmlichkeiten: wofür ja auch die »in der Regel nicht sehr teuren Geschenke«, p. 35 [dt. 42], sprechen und besonders auch p. 46 [dt. 54f.], II. 20–26. Was nun die *Geschenke* angeht: Der »byrding« *machte* an seinem Geburtstag sowohl Geschenke und *empfing* auch welche; aber die Vorgehensweisen waren in Ursprung, Funktion und Etikette verschieden. Das *Empfangen* wurde vom Erzähler weggelassen (weil es nichts mit dem Fest zu tun hat), aber es war eigentlich die ältere Sitte und daher die am stärksten formalisierte. (Es hat sehr wohl etwas mit dem Sméagol-Déagol-Vorfall zu tun, aber der Erzähler, der sich dabei auf die wichtigsten Elemente beschränken und sie Gandalf, der mit einem Hobbit spricht, in den Mund legen mußte, sagte natürlich nichts Näheres zu einer Sitte, die dem Hobbit – und auch uns – im Zusammenhang mit Geburtstagen selbstverständlich sein mußte.)

Geschenke empfangen: Dies war ein altes Ritual im Zusammenhang mit *Verwandtschaft.* Ursprünglich war es eine Anerkennung der Mitgliedschaft des *byrding* in der Familie oder dem Clan und eine Erinnerung an seine förmliche »Eingliederung«.* *Kein* Geschenk wurde den Kindern an ihren Geburtstagen vom Vater oder der Mutter gemacht (außer in den seltenen Fällen von Adoption); aber von dem, der als Familienoberhaupt galt, wurde ein Geschenk erwartet, wenn auch nur ein symbolisches.

Geschenke machen: Dies war eine persönliche Angelegenheit und beschränkte sich nicht auf die Verwandtschaft. Es

* In alter Zeit geschah dies offenbar kurz nach der Geburt, als Bekanntgabe des Kindesnamens vor der versammelten Familie oder, in größeren und stärker gegliederten Gemeinden, vor dem nominellen »Oberhaupt« des Clans oder der Familie.

war eine Form der »Danksagung« und wurde aufgefaßt als Anerkennung für Dienste, Wohltaten und Freundschaftsbeweise, besonders während des letzten Jahres.

Anzumerken ist noch, daß Hobbits, sobald sie zu »Fants« wurden (d. h. sprach- und gehfähig: offiziell am dritten Jahrestag ihrer Geburt), ihren Eltern *Geschenke machten*. Dies sollten Dinge sein, die vom Geber »erzeugt« waren (d. h. von ihm gefunden, angepflanzt oder gemacht), was bei kleinen Kindern mit einem Strauß Wiesenblumen anfangen konnte. Dies mag der Ursprung der Verteilung von »Danksagungs«-Geschenken im weiteren Umkreis gewesen sein, zugleich auch der Grund, warum es sogar im Auenland weiterhin als »korrekt« galt, wenn solche Geschenke Dinge waren, die dem Geber gehörten oder von ihm hergestellt worden waren. Proben von den Erzeugnissen ihrer Gärten, Felder oder Werkstätten blieben die gewöhnlichen »Gebegeschenke«, besonders unter den ärmeren Hobbits.

Nach auenländischer Etikette beschränkte sich zur Zeit des Festes die »Erwartung, zu empfangen«, auf Vettern zweiten Grades oder nähere Verwandte, sofern sie *in einem Umkreis* von 12 Meilen wohnten.* Selbst von engen Freunden (wenn sie nicht verwandt waren) wurde kein Geschenk »erwartet«, auch wenn sie vielleicht doch eines machten. Die Entfernungsgrenze im Auenland war offenbar eine relativ neue Folge der allmählichen Auflösung der Verwandtschaftsgemeinden und der Zerstreuung der Angehörigen unter den Bedingungen langer Seßhaftigkeit. Denn die empfangenen Geschenke (zweifellos ein Relikt aus den Sitten der alten Kleinfamilien) mußten persönlich übergeben werden, am besten am Vorabend des Geburtstages, spätestens vor dem Mittagessen. Sie wurden von dem »byrding« vertraulich entgegengenommen; und es war sehr ungehörig, sie einzeln oder insgesamt zur Schau zu stellen – womit gerade die Peinlichkeiten vermieden werden sollten, wie sie bei uns durch die Schaustellung von Hochzeitsgeschenken entstehen (die dem Auen-

* Daher der Hobbitausdruck »ein Zwölfmeilenvetter« für jemanden, der sich eng an den Buchstaben des Gesetzes hielt und über dessen haargenaue Auslegung hinaus keinerlei Verpflichtungen anerkannte: So einer machte einem auch kein Geschenk, wenn die Entfernung von Tür zu Tür bis zu ihm nicht *unter* 12 Meilen war (nach seiner Messung).

land-Volk ein Greuel gewesen wären).* Auf diese Weise konnte der Geber sein Geschenk nach der Größe seines Geldbeutels oder seiner Zuneigung bemessen, ohne daß öffentlich Bemerkungen über ihn gemacht oder jemand anders als der Empfänger (sofern überhaupt jemand) gekränkt wurde. Aber die Sitte erforderte keine kostspieligen Geschenke, und ein Hobbit war über ein unerwartet »gutes« oder erwünschtes Geschenk viel eher erfreut und geschmeichelt, als durch ein herkömmliches Zeichen verwandtschaftlichen Wohlwollens gekränkt.

Eine Spur davon kann man in dem Bericht über Sméagol und Déagol erkennen, modifiziert durch die individuellen Charaktere dieser beiden ziemlich erbärmlichen Figuren. Déagol, offenbar ein Verwandter (wie sicherlich alle Mitglieder der kleinen Gemeinde), hatte Sméagol das herkömmliche Geschenk schon gemacht, obwohl sie zu ihrem Ausflug wahrscheinlich schon s. früh am Morgen aufgebrochen waren. In seinem schäbigen, kleinlichen Herzen tat es ihm darum leid. Sméagol, noch schäbiger und habgieriger, versuchte seinen »Geburtstag« als Vorwand für eine tyrannische Handlung zu verwenden. »Weil ich's nun mal haben will«, war die wichtigste und freimütigste Begründung seines Anspruchs. Aber indirekt sagte er damit auch, daß D.'s Geschenk ein armseliges und unzulängliches Symbol gewesen sei: daher D.'s Erwiderung, es sei schon mehr, als er sich leisten könne.

Das *Machen von Geschenken* durch den »byrding« – von den schon erwähnten Geschenken für die Eltern** hier abgesehen –, das persönlicher und eine Form der Danksagung war, hatte zu verschiedener Zeit und an verschiedenen Orten sehr viel mehr wechselnde Formen, je nach Alter und Status

* Bei oder während einer Hochzeitsfeier wurden unter den Hobbits keine Geschenke gemacht, abgesehen von Blumen (Hochzeiten waren meistens im Frühling oder Frühsommer). Beistand zur Einrichtung eines Hauses (wenn das Paar in ein eigenes Haus einziehen sollte oder in eine gesonderte Wohnung in einem Smial) wurde lange vorher von den beiderseitigen Eltern geleistet.

** In primitiveren Gemeinden, wie denen, die noch in Clan-Smials lebten, machte der »byrding« auch dem »Familienoberhaupt« ein Geschenk. Von Sméagols Geschenken wird nichts gesagt. Ich denke mir, er wird Waise gewesen sein; und vermute, er wird an seinem Geburtstag keine Geschenke *gemacht* haben, außer dem pflichtgemäßen für seine »Großmutter« (auch das nur widerwillig). Wahrscheinlich Fisch. Vielleicht einer der Gründe für ihre Bootsfahrt. Es hätte Sméagol ähnlich gesehen, Fische zu verschenken, die tatsächlich Déagol gefangen hatte!

des »byrding«. Der Herr und die Herrin eines Hauses oder einer Höhle im Auenland machten allen Geschenke, die unter ihrem Dach wohnten oder in ihrem Dienst standen, und gewöhnlich auch den nächsten Nachbarn. Und sie konnten die Liste nach Belieben ausweiten, in Erinnerung an alle besonderen Gefälligkeiten, die man ihnen im letzten Jahr erwiesen hatte. Es bestand Einvernehmen, daß diese Geschenke keiner festen Regel unterlagen; allerdings wurde die Unterlassung eines der üblichen Geschenke (etwa für ein Kind, einen Diener oder einen unmittelbaren Nachbarn) als Zurechtweisung und Zeichen schwerer Verstimmung aufgefaßt. Jüngere Leute und abhängige Mitbewohner (die kein eigenes Haus hatten) hatten keine solchen Verpflichtungen wie die Hausherren, aber auch sie machten gewöhnlich Geschenke, je nach Vermögen und Sympathien. Für alle Geschenke galt, daß sie »in der Regel nicht sehr teuer« waren. Bilbo war in dieser wie in anderer Hinsicht eine Ausnahme, und sein Fest war selbst für einen reichen Hobbit eine Orgie der Freigebigkeit. Eine der gewöhnlichsten Zeremonien war aber die Veranstaltung eines Festes am Abend des Geburtstages. Alle Eingeladenen bekamen vom Gastgeber ein Geschenk und erwarteten dies auch als einen Teil der Bewirtung (wenn auch als eine Nebensache im Vergleich zum Essen und Trinken). Aber sie brachten *keine* Geschenke mit. Dies wäre im Auenland als sehr ungehörig erschienen. Wenn der Gast nicht schon ein Geschenk gemacht hatte (als einer von denen, die durch ihre Verwandtschaft dazu gehalten waren), dann war es nun zu spät. Für die anderen war es etwas, »das man nicht tat« – es hätte ausgesehen, als wollte man für das Fest bezahlen oder das Festgeschenk abgelten, und war äußerst peinlich. Manchmal, etwa wenn ein sehr guter Freund zu einem Fest nicht kommen konnte (wegen der Entfernung oder aus einem anderen Grund), wurde ihm eine symbolische Einladung mitsamt einem Geschenk geschickt. Das Geschenk war in einem solchen Falle immer etwas zu essen oder zu trinken, sozusagen als Kostprobe der Festbewirtung.

Ich denke, es wird deutlich, daß alle als »Tatsachen« berichteten Details sich wirklich zu einem eindeutigen Bild der Sitte und Empfindungsweise zusammenfügen, auch wenn dieses Bild nicht einmal unvollständig, wie in dieser Anmerkung, skizziert wird. Es *hätte* natürlich im Prolog stehen können,

z. B. in der Mitte von p. 12. Aber obwohl ich schon vieles gestrichen habe, ist der Prolog immer noch zu lang und überladen, sogar für diejenigen Kritiker, die ihm eine gewisse Nützlichkeit zubilligen und nicht (wie manche) den Lesern empfehlen, ihn nicht zu beachten oder zu überblättern.

So unvollständig diese Anmerkung ist, wird sie Ihnen immer noch viel zu lang erscheinen; und zwar von Ihnen gewünscht, aber doch mehr als erwünscht. Ich sehe aber nicht, wie ich Ihre Fragen kürzer hätte beantworten und zugleich dem Kompliment hätte gerecht werden können, das Sie mir machen, wenn Sie an den Hobbits genug Interesse nehmen, um eine solche Lücke in der gebotenen Information zu bemerken.

Solche Informationen zu geben, eröffnet jedoch immer noch weitere Ausblicke; und Sie werden sicherlich sehen, daß die kurze Erklärung über die »Geschenke« auf weitere anthropologische Fragen hinweist, die in solchen Begriffen wie Verwandtschaft, Familie, Clan usw. stecken. Ich getraue mich, noch eine Anmerkung hinzuzufügen, für den Fall, daß Sie, wenn Sie den Text im Lichte meiner Antwort lesen, Lust bekommen sollten, weitere Fragen in bezug auf Sméagols »Großmutter« zu stellen, die in Gandalfs Schilderung als Beherrscherin einer hochgeachteten Familie, größer und reicher als die meisten, p. 62 [dt. 74], und sogar als »matriarch«, p. 66 [dt. 78], [oder »Stammesmutter«] bezeichnet wird.

Soviel ich weiß, waren die Hobbits insgesamt monogam (sogar eine zweite Heirat, wenn der Mann oder die Frau sehr jung gestorben war, kam nur sehr selten vor); und ihre Familienordnung würde ich als »patrilinear«, aber nicht patriarchalisch bezeichnen. Das heißt, die Familiennamen wurden in der männlichen Linie weitergegeben (und die Ehefrauen wurden in die Namensgemeinschaft ihres Mannes aufgenommen); außerdem war gewöhnlich das älteste männliche Mitglied das nominelle Oberhaupt der Familie. Im Falle großer und mächtiger Familien (wie z. B. der Tuks), die auch dann noch zusammenhielten, als sie sehr zahlreich geworden waren, eher das, was wir einen Clan oder eine Sippe nennen, war das Oberhaupt normalerweise der älteste Mann in der Abstammungslinie, die als die direkteste galt. Aber die Herrschaft über eine »Familie«, ebenso wie über die reale Einheit: den »Haushalt«, war keine Monarchie (es sei denn zufällig).

Es war eine »Dyarchie«, in der Herr und Herrin den gleichen Status, wenn auch unterschiedliche Funktionen hatten. Jeder von beiden galt als rechtmäßiger Vertreter des anderen, wenn dieser abwesend (oder tot) war. Es gab keinen »Witwenstand«. Wenn der Mann zuerst starb, nahm die Frau seinen Platz ein, auch den Titel (wenn er ihn innegehabt hatte) des Oberhaupts einer Großfamilie oder eines Clans. Dieser Titel ging also nicht auf den Sohn oder Erben über, solange sie noch lebte, sofern sie nicht willentlich darauf verzichtete.* Es konnte daher unter mancherlei Umständen dazu kommen, daß eine langlebige Frau von starker Persönlichkeit »Familienoberhaupt« blieb, bis sie schon erwachsene Enkel hatte.

Laura Beutlin (geb. Gruber) blieb »Oberhaupt« der »Beutlins von Hobbingen«, bis sie 102 Jahre alt war. Weil sie 7 Jahre jünger war als ihr Mann (der mit 93 im Jahr 1300 AZ starb), hatte sie diese Stellung 16 Jahre lang inne, bis 1316 AZ, und ihr Sohn Bungo wurde erst mit 70 das Oberhaupt. Bilbo folgte erst nach dem Tod seiner Mutter Belladonna, geb. Tuk, im Jahr 1334, als er 44 war.

Dann wurde es wegen der sonderbaren Ereignisse fraglich, wer das Oberhaupt der Beutlins war. Otho Sackheim-Beutlin erbte den Titel – aber das war getrennt von den Eigentumsfragen, die sich ergeben hätten, wäre sein Vetter Bilbo ohne Testament gestorben; aber nach dem rechtlichen Fiasko von 1342 (als Bilbo zurückkehrte, nachdem man ihn für »mutmaßlich tot« erklärt hatte) getraute sich niemand mehr, abermals seinen Tod zu mutmaßen. Otho starb 1412, sein Sohn Lotho wurde 1419 ermordet, und seine Frau Lobelia starb 1420. Als Meister Samweis von Bilbos (und Frodos) »Abreise übers Meer« im Jahr 1421 berichtete, wurde es immer noch als unmöglich betrachtet, seinen Tod anzunehmen; und als Meister Samweis 1427 Bürgermeister wurde, kam eine Verordnung heraus, die besagte: »Wenn ein Bewohner des Auenlandes in Anwesenheit eines glaubwürdigen Zeugen die Reise übers Meer antritt, in der erklärten Absicht, nicht zurückzu-

* Wir reden hier nur von dem Titel des »Oberhaupts«, nicht vom Familienbesitz und dessen Verwaltung. Diese Angelegenheiten wurden unterschieden; allerdings konnten sie sich im Falle der fortbestehenden »großen Haushalte« wie *Groß-Smials* oder *Brandyschloß* überlappen. In anderen Fällen war der Titel des Oberhaupts ein reiner Titel, den man der Form halber beibehielt und der naturgemäß zu Lebzeiten des Inhabers selten aufgegeben wurde.

kehren, oder unter Umständen, die eine solche Absicht klar erkennen lassen, so ist dafür zu halten, daß er oder sie alle bislang innegehabten oder vertretenen Titel, Rechte oder Besitztümer abgetreten hat, so daß der Erbe oder die Erben desselben fortan in die besagten Titel, Rechte oder Besitztümer eintreten sollen, wie es gültiger Brauch ist oder nach dem Willen und der Verfügung des Fortgegangenen, je nach Erfordernissen des Falles.« Vermutlich ging der Titel des Familienoberhaupts dann an die Nachkommen von *Ponto* Beutlin über – wahrscheinlich *Ponto* (II).

Ein sehr bekannter Fall war auch der *Lalias der Großen* (oder, weniger respektvoll, »der Dicken«). Fortinbras II., einst Oberhaupt der Tuks und Thain, heiratete *Lalia* von den Clayhangers [Lehmbuckel] 1314, als er 36 und sie 31 Jahre alt war. Er starb 1380 mit 102 Jahren, aber sie überlebte ihn lange und fand erst im Jahre 1402 mit 119 Jahren ein unglückliches Ende. Also regierte sie die Tuks und die Groß-Smials 22 Jahre lang, eine große und denkwürdige, wenngleich nicht allgemein beliebte »Matriarchin«. Sie kam nicht zu dem berühmten Fest, wurde aber an der Teilnahme eher durch ihren Leibesumfang und ihre Unbeweglichkeit als durch ihr Alter gehindert. Ihr Sohn *Ferumbras* hatte keine Frau, weil sich (so hieß es) keine fand, die bereit gewesen wäre, unter dem Regiment Lalias in den Groß-Smials zu wohnen. In ihren letzten Jahren, als sie am dicksten war, hatte Lalia die Gewohnheit, sich an die Große Tür rollen zu lassen, um Luft zu schöpfen, wenn es ein schöner Morgen war. Im Frühjahr 1402 AZ ließ ihre ungeschickte Pflegerin den schweren Rollstuhl über die Schwelle laufen und stupste Lalia die Treppe hinunter in den Garten. So endete eine Familienherrschaft und ein Leben, das sonst dem des Großen Tuk hätte gleichkommen können.

Das Gerücht kam weit herum, die Pflegerin sei Perle (Pippins Schwester) gewesen, obwohl die Tuks die Sache für sich zu behalten versuchten. Bei der Feier, als Ferumbras die Nachfolge antrat, kamen das Mißvergnügen und Bedauern der Familie förmlich darin zum Ausdruck, daß Perle von der Zeremonie und dem Festessen ausgeschlossen wurde; doch blieb es nicht unbemerkt, daß Perle später (nach einer schicklichen Zeit) mit einer prächtigen Halskette ihrer Namens-Juwelen erschien, die lange im Hort der Thains gelegen hatte.

Andere Bräuche galten in den Fällen, wo das Oberhaupt

bei seinem Tod keine Söhne hinterließ. In der Familie Tuk war die Stellung des Oberhauptes mit dem Titel und (ursprünglich militärischen) Amt des Thain* verbunden, und die Nachfolge mußte daher unbedingt in der männlichen Linie geschehen. In anderen großen Familien konnte die Stellung des Oberhaupts durch eine *Tochter des Verstorbenen* an den *ältesten von seinen Enkeln* übergehen (gleichgültig, wie alt die Tochter war). Letzteres war in Familien jüngeren Ursprungs gebräuchlich, ohne alte Stammesurkunden oder Wohnsitze. In solchen Fällen übernahm der Erbe (wenn er den Höflichkeitstitel annahm) den Familiennamen seiner Mutter – allerdings behielt er dann oft auch den seines Vaters bei (an zweiter Stelle). So bei *Otho Sackheim-Beutlin.* Denn er war durch seine Mutter Camellia zum nominellen Oberhaupt der *Sackheims* geworden. Er hatte den ziemlich absurden Ehrgeiz, die seltene Auszeichnung zu erlangen, das Oberhaupt gleich zweier Familien zu sein (wahrscheinlich hätte er sich dann *Beutlin-Sackheim-Beutlin* genannt): eine Situation, die seine Erbitterung über Bilbos Abenteuer und sein mehrmaliges Verschwinden erklären wird, ganz abgesehen von der Einbuße an Besitz, die Frodos Adoption für ihn bedeutete.

Ich glaube, es war ein strittiger Punkt in den Hobbit-Traditionen (für den Bürgermeister Samweis' Verordnung in diesem besonderen Fall den Streit beilegte), ob die Adoption durch ein kinderloses Oberhaupt die Erbfolge des Titels beeinflussen könne. Es bestand Einigkeit, daß die Adoption von jemandem aus einer anderen Familie den Titel des Oberhaupts nicht betreffen könne, bei dem es ja auf Bluts- und Familienbande ankomme; aber es gab die Meinung, daß die Adoption eines nahen Verwandten gleichen Namens** vor dessen Volljährigkeit ihm alle Vorrechte eines Sohnes sichern müsse. Diese (von Bilbo vertretene) Meinung wurde naturgemäß von Otho bestritten.

Es gibt keinen Grund anzunehmen, daß die Starren in Wilderland ein strikt »matriarchalisches« System ausgebildet hätten, das man mit Recht so nennen könnte. Bei den Starren im

* Dieser Titel und das Amt wurden unmittelbar weitergegeben und konnten nicht von einer Witwe eingenommen werden. Aber obwohl Ferumbras 1380 der Thain Ferumbras III. wurde, hatte er in den Groß-Smials bis 1402 trotzdem nur eine kleine Junggesellenwohnung inne.

** Nachkommen eines gemeinsamen Urgroßvaters des gleichen Namens.

Ostviertel und in Bockland fand sich von alledem keine Spur, obwohl sie sonst in Sitte und Recht manche Eigenheiten beibehielten. Wenn Gandalf das Wort »Matriarch« benutzt (oder vielmehr der Berichterstatter und Übersetzer), so ist das nicht »anthropologisch«, sondern bezeichnet einfach eine Frau, die faktisch ihren Clan regierte. Sicherlich deshalb, weil sie ihren Mann überlebt hatte und eine Frau von beherrschender Persönlichkeit war.

Es ist ziemlich wahrscheinlich, daß in dem sich zurückentwickelnden, verfallenden Gebiet von Wilderland die Frauenzimmer (wie unter solchen Bedingungen oft zu beobachten) die körperliche und geistige Verfassung der Vergangenheit besser bewahrten und damit besondere Bedeutung erlangten. Aber es ist nicht anzunehmen (denke ich), daß eine grundsätzliche Wandlung in ihren Heiratsgebräuchen eingetreten war oder sich eine Art matriarchalischer oder polyandrischer Gesellschaft entwickelt hatte (obwohl dies das Fehlen jeder Erwähnung von Sméagol-Gollums Vater erklären könnte). Die »Monogamie« wurde zu dieser Zeit im Westen universal eingehalten, und andere Systeme wurden mit Abscheu betrachtet, als Dinge, die es nur »unter dem Schatten« gab.

Ich habe mit diesem Brief eigentlich schon vor vier Monaten angefangen, aber er wurde nicht fertig. Kurz nachdem ich Ihre Anfragen erhalten hatte, beging meine Frau, die 1958 die meiste Zeit krank gewesen war, die Wiederherstellung ihrer Gesundheit mit einem Sturz im Garten, bei dem sie sich den linken Arm so übel zurichtete, daß sie immer noch behindert und in Gips ist. Auf diese Weise war 1958 ein fast vollständig vergebliches Jahr, und bei all den anderen Sorgen und angesichts meiner bevorstehenden Pensionierung, die viele Umstellungen erfordern wird, kam ich überhaupt nicht dazu, mich mit dem ›Silmarillion‹ zu befassen. So sehr ich mir auch wünsche, damit weiterzukommen (und zum Glück scheint Allen and Unwin auch zu wünschen, daß ich das tue).

Brief an Sam Gamgee

[Am 13. März wurde an Tolkien ein Brief von einem Mr. Sam Gamgee, Brixton Road, London S. W. 9, geschrieben: »Ich hoffe, es stört Sie nicht, daß ich Ihnen schreibe, aber mit Bezug auf Ihre Geschichte ›Lord of the Rings‹, die in Fortsetzungen im Radio lief ... Es hat mich ziemlich interessiert, wie Sie auf den Namen eines der Charaktere namens Sam Gamgee gekommen sind, weil das zufällig mein Name ist. Ich habe die Geschichte nicht selbst gehört, weil ich kein Radio habe, aber ich kenne Leute, die haben sie gehört ... Ich weiß, es ist erfunden, aber es ist schon ein Zufall, weil der Name sehr ungewöhnlich, wenn auch im medizinischen Beruf gut bekannt ist.«]

76 Sandfield Road, Headington, Oxford
18. März 1956

Lieber Mr. Gamgee,
es war sehr freundlich von Ihnen, mir zu schreiben. Sie können sich mein Erstaunen vorstellen, als ich Ihre Unterschrift sah! Zu Ihrer Beruhigung kann ich nur sagen, daß der »Sam Gamgee« in meiner Geschichte ein überaus heroischer Charakter und inzwischen bei vielen Lesern sehr beliebt ist, wenn auch von ländlicher Herkunft. Darum wird Sie vielleicht der Zufall nicht ärgern, daß der Name dieser imaginären Figur (aus einer Zeit, die vor vielen Jahrhunderten sein soll) derselbe ist wie Ihrer. Der Grund, warum ich den Namen verwendete, ist folgender. Ich lebte als Kind in der Nähe von Birmingham, und wir gebrauchten »gamgee« als ein Wort für »cotton-wool« [Watte]; darum hängen in meiner Geschichte die Familien Cotton [dt.: Hüttinger] und Gamgee [dt.: Gamdschie] zusammen. Als Kind wußte ich nicht, weiß aber heute, daß »Gamgee« ein Kürzel für »gamgee-tissue« war, nach dem Erfinder (ich glaube, einem Chirurgen), der von 1828 bis 1886 lebte. Es war wohl (denke ich) sein Sohn, der dieses Jahr am 1. März im Alter von 88 Jahren gestorben ist, nachdem er viele Jahre lang Professor für Chirurgie an der Birminghamer Universität gewesen ist. Offenbar ist »Sam« oder etwas derglei-

chen* mit der Familie verbunden – was ich allerdings erst seit ein paar Tagen weiß, seit ich Professor Gamgees Todesanzeige las und sah, daß er der Sohn von Sampson Gamgee war – und sah in einem Wörterbuch nach und fand, daß der Erfinder *S. Gamgee* (1828–86) war, & ⁂ wahrscheinlich derselbe.

Kennen Sie irgendeine Überlieferung, die wirkliche Herkunft Ihres vortrefflichen und seltenen Namens betreffend? Weil ich selbst einen seltenen (oftmals störenden) Namen habe, interessiert es mich besonders.

Die in meinem Buch angegebene »Etymologie« ist natürlich ganz fiktiv und einfach um der Geschichte willen erfunden. Ich glaube nicht, daß ich Ihnen zumuten kann, ein so langes und phantastisches Werk zu *lesen,* besonders wenn Sie sich aus Geschichten über eine mythische Welt nichts machen, aber wenn Sie sich die Mühe machen wollten, dann weiß ich, daß das Buch (das einen erstaunlichen Erfolg hatte) in den meisten öffentlichen Bibliotheken vorhanden ist. Im Laden ist es leider, leider! sehr teuer – £ 3/3/0. Wenn aber Sie oder jemand aus Ihrer Familie es einmal ansehen und es interessant genug finden, dann kann ich nur sagen, daß ich stolz und glücklich wäre, Ihnen je ein signiertes Exemplar aller 3 Bde. zu schicken, als ein Tribut des Autors an die vortreffliche Familie Gamgee.

Ihr ergebener
J. R. R. Tolkien

* Mein Sam Gamgee heißt *Samwise* [dt.: Samweis], nicht Sam(p)son oder Samuel.

War die Flügelkrone von Gondor wie die einer Walküre oder wie die auf einer Gauloises-Packung?«

Brief an eine neugierige Leserin

[Rhona Beare hatte Tolkien geschrieben und eine Anzahl Fragen gestellt, um seine Antworten einer Versammlung von Enthusiasten für den ›Herrn der Ringe‹ weitergeben zu können. Warum, fragte sie, sagt Sam bei der elbischen Beschwörung in dem Kapitel ›Die Entscheidungen von Meister Samweis‹ »O Elbereth Gilthoniel«, wenn doch die anderswo gebrauchte Form lautet »A Elbereth Gilthoniel«? (Diese Lesart fand sich in der ersten Ausgabe des Buches.) Welches die Bedeutung dieser Anrufung sei und was Frodos Worte im vorhergehenden Kapitel, »Aiya Earendil Elenion Ancalima!«, besagten? Dann hatte Miss Beare noch eine numerierte Reihe von Fragen. »Frage 1«: Warum wird Glorfindels Pferd als »bridle and bit«, einen »Stangenzaum«, tragend bezeichnet (in der ersten Ausgabe, I, 221), wenn doch die Elben ohne Zaum, Bißstange oder Sattel reiten? »Frage 2«: Wie konnte Ar-Pharazôn Sauron besiegen, wenn Sauron den Einen Ring hatte? »Frage 3«: Welches waren die Farben der beiden in dem Buch erwähnten, aber nicht namentlich genannten Zauberer? »Frage 4«: Was für Kleider trugen die Völker von Mittelerde? War die Flügelkrone von Gondor wie die einer Walküre oder wie die auf einer Gauloises-Packung? Erklären Sie die Bedeutung von *El-* in Elrond, Elladan, Elrohir; wann bedeutet *El-* »Elb« und wann »Stern«? Erklären Sie die Bedeutung des Namens Legolas. Ritt der Hexenkönig bei der Belagerung von Gondor auf einem Pterodaktylus? »Frage 5«: Wer ist der Älteste König, den Bilbo in seinem Lied von Earendil erwähnt? Ist er der Eine?]

Merton College, Oxford
14. Oktober 1958

Liebe Miss Beare,
es tut mir leid, daß diese Antwort zu spät kommt, um zu Ihrer Versammlung von Nutzen zu sein; aber es war mir nicht möglich, eher zu schreiben. Ich bin gerade erst aus einem Urlaubsjahr zurück, das zum einen den Zweck hatte, mir den

Abschluß einiger »gelehrter« Arbeiten zu ermöglichen, die ich während meiner Beschäftigung mit fachfremden Bagatellen (wie dem ›Herrn der Ringe‹) hintangestellt hatte: Ich gebe den Ton vieler meiner Kollegen wieder. Tatsächlich ist die Zeit unter schweren Sorgen vergangen, darunter die Krankheit meiner Frau; aber den ganzen August hindurch habe ich jeden Tag viele Stunden und sieben Tage die Woche gegen die Uhr gearbeitet, um eine Arbeit fertig zu bekommen, ehe ich von Amts wegen nach Irland fahren mußte. Erst seit ein paar Tagen bin ich wieder zurück, eben noch rechtzeitig für unser Wintersemester.

In einer momentanen Flaute will ich versuchen, Ihre Fragen kurz zu beantworten. »Alle Antworten« weiß ich nicht. Vieles an meinem Buch ist mir auch ein Rätsel; & auf jeden Fall wurde vieles davon schon vor so langer Zeit geschrieben (bis zu 20 Jahren), daß ich es jetzt lese, als ob es von jemand anders wäre.

Das O in II, p. 339 [dt. 391] ist ein Fehler. Und zwar meiner, übernommen von p. 338, wo *Gilthoniel O Elbereth* natürlich ein Zitat von I, p. 88 ist, das eine »Übersetzung« war, englisch in allem bis auf die Eigennamen. Sams Anrufung ist jedoch reines Elbisch, und darum hätte es *A* heißen müssen wie in I, p. 250. Weil die Hobbitsprache als Englisch wiedergegeben wird, könnte man das O als eine Ungenauigkeit von Sam verteidigen; aber ich will es nicht verteidigen. Er war »inspiriert« zu einer Anrufung in einer Sprache, die er nicht kannte (II, 338). Obwohl sie natürlich im Stil und Metrum des Hymnenfragments gehalten ist, denke ich, daß sie für diese besondere Situation geschrieben oder ihm eingegeben wurde.

Sie bedeutet ungefähr: »*O Elbereth Sternentfacherin* (im Präteritum: dieser Titel gehört der mythischen Vorgeschichte an und bezeichnet keine ständige Funktion), *die du vom Himmel in die Ferne schaust, zu dir rufe ich nun im Schatten (in der Angst) des Todes. O blicke zu mir, du Immerweiße!« Immerweiße* ist eine unzulängliche Übersetzung; ebenso wie die *Schneeweiße* in I, 88. Das Element *ui* (Urelbisch *oio*) bedeutet *immer;* sowohl *fan-* wie *los(s)* bedeuten *weiß,* aber in *fan* ist das Weiß von Wolken (in der Sonne) mit gemeint; *loss* verweist auf Schnee.

Amon Uilos, hochelbisch *Oiolosse,* war einer der Namen des höchsten Gipfels der Berge von Valinor, wo Manwe und

Varda wohnten. So daß ein Elb, wenn er den Namen *Fanuilos* gebrauchte oder hörte, dabei nicht nur an eine majestätische Gestalt in weißem Gewand dachte (oder sie sich vorstellte), die an einem hohen Ort stand und ostwärts zu den Landen der Sterblichen schaute, sondern sich zugleich auch einen gewaltigen Berggipfel vorstellte, schneebedeckt und gekrönt von einer durchdringend oder blendend weißen Wolke.

Ancalima = »überaus hell«. Element *kal** der gewöhnliche Stamm von Wörtern, die Licht bezeichnen; *kălĭma,* »hell glänzend«; *an-*, Superlativ- oder Intensivpräfix.

Frage 1. Ich könnte wohl antworten: »Ein Kunstradler kann auch mit Lenkstange radfahren.« Tatsächlich aber wurde *bridle* nachlässig und gedankenlos verwendet, wo ich eigentlich *headstall,* »Stirnriemen«, hätte sagen sollen. Oder vielmehr, weil auch noch *bit,* die Bißstange, hinzugefügt wurde (I, 221), was lange her ist (Kapitel 1, 12 wurde sehr früh geschrieben), ich hatte den natürlichen Umgang der Elben mit Tieren noch nicht bedacht. Glorfindels Pferd hatte also ein ornamentales Kopfstück, auf das eine Feder gesteckt war und dessen Riemen mit Edelsteinen und Glöckchen besetzt waren; aber sicherlich gebrauchte Glor. keine Bißstange. Ich werde *bridle and bit* zu *headstall* verändern.

Frage 2. Diese Frage & ihre Implikationen werden beantwortet im ›Untergang von Númenor‹, der noch nicht veröffentlicht ist, den ich aber jetzt nicht näher ausführen kann. Sie dürfen den Einen Ring nicht zu genau nehmen, denn er ist natürlich ein mythisches Ding, auch wenn die Welt dieser Erzählungen mehr oder weniger historisch angelegt ist. Saurons Ring ist nur eine von den vielen mythischen Formen, in denen behandelt wird, wie man sein Leben oder seine Kraft in einen äußeren Gegenstand hineinverlegt, der dadurch dem Raub oder der Vernichtung preisgegeben wird, mit katastrophalen Folgen für einen selbst. Wenn ich diesen Mythos oder wenigstens Saurons Ring »philosophisch« fassen sollte, würde ich

* Im Hochelbischen. Es gab auch einen mehr oder weniger synonymen Stamm *gal* (in Entsprechung zu *gil,* das nur für weißes oder silbriges Licht gebraucht wurde). Diese Variation von g/k ist nicht zu verwechseln mit dem grammatischen Wandel oder der Veränderung k, c > g im Grauelbischen, wie man sie bei den Initialen von Wörtern in Zusammensetzungen oder nach eng verbundenen Partikeln sieht (z. B. Artikel). So *Gil-galad,* »Sternenlicht«. Vgl. *palan-díriel* gegenüber *a tíro niu.*

sagen, es sei eine mythische Darstellung der Wahrheit, daß *Macht* (oder vielleicht lieber *Mächtigkeit*), wenn sie ausgeübt werden und Resultate erzielen soll, veräußerlicht werden muß und damit sozusagen in größerem oder geringerem Maße aus der eigenen direkten Kontrolle gerät. Ein Mensch, der »Macht« ausüben will, muß Untertanen haben, die nicht er selbst sind. Dann aber ist er von ihnen abhängig.

Ar-Pharazôn, wie im ›Untergang‹ oder ›Akallabêth‹ erzählt wird, besiegte die *Untertanen* des eingeschüchterten Sauron, nicht Sauron. Saurons persönliche »Unterwerfung« geschah freiwillig und aus List: damit bekam er freie Fahrt nach Númenor! Er hatte natürlich den Einen Ring, und darum beherrschte er bald den Geist und Willen der meisten Númenórer. (Ich glaube nicht, daß Ar-Pharazôn von dem Einen Ring etwas wußte. Die Elben hielten die Sache mit den Ringen streng geheim, solange sie konnten. Jedenfalls stand Ar-Pharazôn nicht mit ihnen in Verbindung. In der Zeittafel in III, p. 364, finden Sie die Schwierigkeiten angedeutet: »der Schatten fällt auf Númenor«. Nach *Tar-Atanamir* – ein elbischer Name – kommt als nächster Name *Ar-Adûnakhôr*, ein númenórischer Name. Vgl. p. 315. Die Änderung der Namen ging einher mit einem völligen Bruch der Freundschaft mit den Elben und der Ablehnung der »theologischen« Unterweisung, die die Númenórer von ihnen erhalten hatten.)

Sauron wurde erst durch ein »Wunder« besiegt: eine direkte Einwirkung Gottes, des Schöpfers, durch die er, als Manwe ihn anrief, den Bau der Welt änderte: vgl. III, p. 317. Obwohl er nun zurechtgestutzt war zu »einem Geist des Hasses, davongetragen von einem dunklen Wind«, glaube ich nicht, daß man daran zweifeln müßte, daß dieser Geist den Einen Ring mit sich nahm, auf dem seine Macht über den Geist anderer nun hauptsächlich beruhte. Daß Sauron selbst im Zorn des Einen nicht vernichtet wurde, ist nicht meine Schuld: Das Problem des Bösen und seiner augenscheinlichen Duldung ist ein beständiges Problem für alle, die über unsere Welt nachdenken. Die Unvernichtbarkeit der *Geister* mit freiem Willen, sogar durch deren Schöpfer, ist ebenfalls ein unvermeidlicher Zug, wenn man an ihre Existenz entweder glaubt oder sie in einer Geschichte simuliert.

Sauron war natürlich durch die Katastrophe verwirrt und geschwächt (weil er eine enorme Energie aufgewendet hatte, um Númenor zu verderben). Er brauchte Zeit für die eigene körperliche Wiederherstellung und für die Gewinnung von Macht über seine früheren Untertanen. Er wurde von Gil-galad und Elendil angegriffen, bevor seine neue Macht fest begründet war.

Frage 3. Ich habe die Farben nicht genannt, weil ich sie nicht kenne. Ich bezweifle, daß sie jeder eine besondere Farbe hatten. Diese Kennzeichnung war nur im Falle der drei erforderlich, die in dem relativ kleinen Gebiet des Nordwestens blieben. (Über die Namen vgl. F[rage] 5.) Über die anderen beiden weiß ich wirklich nichts Näheres – weil sie mit der Geschichte des NW nichts zu tun haben. Ich glaube, sie gingen als Sendboten in ferne Gegenden, in den Osten und Süden, weit außerhalb des númenórischen Bereichs: als Missionare in die vom Feind besetzten Länder, sozusagen. Wieviel Erfolg sie hatten, weiß ich nicht; aber ich fürchte, sie sind gescheitert wie Saruman, wenn auch sicherlich jeder auf andere Weise; und ich vermute, sie wurden zu Urhebern oder Begründern geheimer Kulte und »magischer« Traditionen, die den Sturz Saurons überdauerten.

Frage 4. Die Einzelheiten der Kleidung kenne ich nicht. Die Landschaften und die »natürlichen« Gegenstände stelle ich mir sehr deutlich und mit vielen Details vor, aber nicht die Artefakte. Pauline Baynes hat ihre Anregungen für den ›F. Giles‹ vorwiegend aus den Zeichnungen in mittelalterlichen MSS. geschöpft – und abgesehen von den Rittern (die ein bißchen »artusgemäß« aussehen)*, scheint der Stil ganz gut zu passen. Abgesehen davon, daß die Männer, besonders in nördlichen Gegenden wie dem Auenland, gewöhnlich wohl Kniehosen trugen, entweder verborgen unter einem langen Mantel oder Umhang oder einfach mit einer Art Hemd oder Jacke.

Ich zweifle nicht, daß in dem Gebiet, das in meiner Geschichte vorgestellt wird (ein großes Gebiet), die »Kleidung« der vielen Völkerschaften, von Menschen und anderen, im Dritten Zeitalter höchst vielfältig war, je nach Klima und ererbter Sitte. Ebenso wie in unserer Welt, auch wenn wir nur Europa, die Mittelmeerländer und den ganzen nahen »Osten«

* D. h. sie gehören zu unserem »mythologischen« Mittelalter, in dem Stile und Details aus über 500 Jahren unhistorisch vermischt sind, von denen es die meisten in den Dunklen Zeitaltern um 500 n. Chr. natürlich nicht gab.

(oder Süden) berücksichtigen, bevor in unserer Zeit der reizloseste Kleidungsstil (zumindest für Männer und für »Neutra«) seit Beginn geschichtlicher Aufzeichnungen seinen Siegeszug antrat – einen Siegeszug, der immer noch weitergeht, sogar unter denen, die seine Ursprungsländer am stärksten hassen. Die Rohirrim waren nicht in unserem Sinne »mittelalterlich«. Die Kleidung auf dem Bayeux-Teppich (der in England angefertigt wurde) paßt ganz gut zu ihnen, wenn man bedenkt, daß die Art Tennisnetze, die [die] Soldaten anzuhaben scheinen, nur ein grobes konventionelles Zeichen für Kettenpanzer aus kleinen Ringen sind.

Die Númenórer von Gondor waren stolz, eigenwillig und archaisch, am besten in (sagen wir) ägyptischen Bezügen vorzustellen. In vieler Hinsicht ähnelten sie den »Ägyptern« – in der Liebe zum Gigantischen und Massiven und der Macht, es aufzubauen. Und in ihrem starken Interesse an Vorfahren und Grabgewölben. (Aber natürlich nicht in der »Theologie«: In dieser Hinsicht waren sie hebräisch, sogar noch puritanischer – aber dies auszuführen, würde zu lange dauern: man müßte erklären, warum es praktisch keine erkennbare »Religion«* oder auch nur religiöse Handlungen, Orte oder Zeremonien unter den »guten« oder Sauron feindlichen Völkern im ›Herrn der Ringe‹ gibt.) Ich denke, die Krone von Gondor war sehr hoch, wie die ägyptische, aber mit nicht ganz angelegten, sondern ein wenig abgewinkelten Flügeln.

* Fast das einzige Rudiment einer »Religion« findet sich in II, pp. 284–5 [dt. 326], in der Danksagung vor dem Essen. Dies ist jedoch in der Hauptsache ein Gedenken der Abgeschiedenen, und die Theologie beschränkt sich auf dasjenige, »was jenseits von Elbenheim ist und immer sein wird«, d. h. jenseits der sterblichen Lande, jenseits der Erinnerung an den Segen vor dem Sündenfall, jenseits der physischen Welt.

Das N.-Königreich hatte nur ein *Diadem* (III, 323). Vgl. den Unterschied zwischen dem N.- und dem S.-Königreich von Ägypten.

El. »Stern« und »Elb« sind schwer zu unterscheiden, weil beide von demselben Grundelement El, »Stern«, abgeleitet sind: als erstes Element in Komposita kann *el-* beides bedeuten (oder wenigstens symbolisieren). Ein gesondertes Wort für »Stern« war im Urelbischen **ĕlĕn,* Plural **elenī.* Die Elben wurden *eledā/elenā* genannt, »ein Elb« (hochelbisch *Elda*), weil sie von dem Vala *Orome* bei Sternenschein in einem Tal gefunden wurden; und sie blieben immer Sternenfreunde. Aber dieser Name verband sich besonders mit denjenigen, die schließlich, geführt von Orome, nach Westen wanderten (und zumeist übers Meer gelangten).

Die grauelbischen (Sindarin-)Formen hätten, *êl,* Pl. *elin,* sein müssen; und *eledh* (Pl. *elidh*). Aber das letztere Wort wurde unter den Grauelben (Sindar), die nicht übers Meer fuhren, ungebräuchlich; es hielt sich allerdings in manchen Eigennamen wie *Eledhwen,* »die Elbisch-Schöne«. Nach der Rückkehr der Noldor (eines Teils der Hochelben) ins Exil wurde hochelbisch *elda* von den Grauelben als *eld* > *ell* wieder übernommen und bezeichnete nun die hochelbischen Flüchtlinge. Dies ist ohne Zweifel der Ursprung von *el, ell-* in Namen wie *Elrond, Elros, Elladan* und *Elrohir.*

*Elrond, Elros. *rondō* war ein urelb. Wort für »Höhle«. Vgl. *Nargothrond* (befestigte Höhle am Fl. Narog), *Aglarond* etc. **rossē* bedeutete »Tau«, »Sprühregen« (eines Wasserfalls oder einer Fontäne). *Elrond* und *Elros,* die Söhne *Earendils* (Meeresfreund) und *Elwings* (Elbengischt), wurden so genannt, weil sie im letzten Akt der Fehde zwischen den hochelbischen Häusern der Noldorfürsten um die Silmaril von Feanors Söhnen verschleppt wurden; der Silmaril, den Beren und Lúthien aus Morgoths Besitz gerettet und dem König Thingol, Lúthiens Vater, gegeben hatten, war an Elwing, Tochter von Dior, Lúthiens Sohn, gefallen. Die Säuglinge wurden nicht erschlagen, sondern »wie Kinder im Wald« ausgesetzt, in einer Höhle mit einem Wasserfall über dem Eingang. Dort wurden sie gefunden: Elrond im Innern der Höhle, Elros im Wasser planschend.

Elrohir, Elladan. Diese Namen, die Elrond seinen Söhnen gab, verweisen auf die Tatsache, daß sie »Halbelben« waren

(III, 314): Sie hatten von beiden Seiten her sowohl sterbliche als auch elbische Vorfahren; Tuor von seiten ihres Vaters, Beren von seiten ihrer Mutter. Beide bedeuten *Elb* + *Mensch. Elrohir* könnte man mit »Elb-Ritter« übersetzen; *rohir* ist eine spätere Form (III, 391) von *rochir,* »Pferde-Herr«, aus *roch,* »Pferd« + *hir,* »Herr«: Urelb. *rokkō* und *khēr* oder *kherū:* Hochelb. *rocco, hēr (hĕru): Elladan* wäre mit »Elb-Númenórer« zu übersetzen. *Adan* (Pl. *Edain*) war die Sindarin-Form des Namens, den man den »Vätern der Menschen« gegeben hatte, den Angehörigen der Drei Häuser der Elbenfreunde, deren Überlebende später die Númenórer wurden oder die *Dún-edain.*

Legolas bedeutet »grünes Laub«, ein Name aus dem Waldland – mundartliche Form von rein Sindarin *laegolas: *lassē* (hochelb. **lasse,* sind. *las*(*s*)), »Blatt«; **gwalassa/ *gwa-lassiē,* »Gesamtheit von Blättern, Laub« (hochelb. *olassiē,* sind. *golas, -olas*); **laikā,* »grün« – Stamm LAY wie in *laire,* »Sommer« (hochelb. *laica,* sind. *laeg* (selten gebraucht, gewöhnlich ersetzt durch *calen*), waldländ. *leg*).

Pterodaktylus. Ja und nein. Ich hatte nicht beabsichtigt, daß das Reittier des Hexenkönigs ein heute so genannter »Pterodaktylus« sein sollte, wie man ihn oft gezeichnet sieht (wofür die Anhaltspunkte etwas weniger schattenhaft sind als bei vielen anderen Monstern der neuen und faszinierenden halbwissenschaftlichen Mythologie des »Prähistorischen«). Aber offenbar ist es nun mal *pterodaktylisch* und der neuen Mythologie stark verpflichtet, und seine Beschreibung spricht sogar in gewisser Weise dafür, daß es ein Relikt aus älteren geologischen Zeitaltern sein könnte.

Frage 5. Manwe, Vardas Gatte; oder, im Grauelbischen, Manwe und Elbereth. Weil die Valar keine eigene Sprache hatten, denn sie brauchten keine, hatten sie keine »richtigen« Namen, nur Identitäten; und ihre Namen, die ihnen von den Elben verliehen wurden, waren daher sämtlich zu Anfang sozusagen »Spitznamen«, die auf eine hervorstechende Eigenart, Tat oder Aufgabe verwiesen. (Dasselbe gilt auch für die »Istari« oder Zauberer, die Abgesandte der Valar waren, und für ihresgleichen.) Folglich hatte jede Identität mehrere »Spitznamen«; und die Namen der Valar in den verschiedenen Elbensprachen waren nicht notwendig miteinander verwandt (auch nicht in den Sprachen der Menschen, die ihr Wissen von den Elben herleiteten). (*Elbereth* und *Varda*, »Sternenherrin« und »die Erhabene«, sind keine verwandten Wörter, bezeichnen aber dieselbe Person.) Manwe (»gesegnetes Wesen«) war der Herr der Valar und daher der hohe oder Älteste König von Arda. *Arda*, »Reich«, war der Name, der unserer Welt oder Erde verliehen wurde, als dem Ort, der in den unendlichen Weiten von Ea zum Sitz und besonderen Herrschaftsbereich des Königs ausersehen war – weil er wußte, daß die Kinder Gottes hier erscheinen würden. In dem kosmogonischen Mythos heißt es, Manwe sei der »Bruder« Melkors gewesen, das heißt, im Geiste des Schöpfers waren sie ebenbürtig und gleich mächtig. Melkor wurde der Rebell und der Diabolos dieser Erzählungen, der Manwe das Königreich Arda streitig machte. (Er wurde im Grauelbischen gewöhnlich *Morgoth* genannt.)

Der Eine ist in keinem Teil von Ea leibhaftig anwesend.

Ich darf wohl sagen, daß all dies »mythisch« ist und keine neue Art von Religion oder Vision darstellen soll. Soviel ich weiß, ist es nur eine Erfindung der Einbildungskraft, die auf die einzige mir mögliche Weise manche meiner (trüben) Vorstellungen von der Welt ausdrücken soll. Ich kann nur sagen, daß es, wenn dies »historisch« wäre, schwierig sein dürfte, die Länder und Ereignisse (oder »Kulturen«) mit den uns bekannten archäologischen oder geologischen Befunden zu vereinbaren, die den näheren oder ferneren Teil dessen, was heute Europa heißt, betreffen; allerdings wird zum Beispiel von Auenland ausdrücklich gesagt, daß es in dieser Region gelegen habe (I, p. 12 [dt. 16]). Ich hätte alles auf größere Wahrscheinlichkeit hin zusammensetzen können, hätte sich die Geschichte nicht schon zu weit entwickelt gehabt, bevor sich die Frage für mich überhaupt stellte. Ich bezweifle, ob damit viel gewonnen gewesen wäre, und hoffe, daß die augenscheinlich lange, aber unbestimmte zeitliche Lücke* zwischen dem Fall von Barad-dûr und unseren Tagen ausreicht, eine »literarische Glaubwürdigkeit« zu erwirken, sogar bei Lesern, die mit dem, was man über die »Prähistorie« weiß oder vermutet, vertraut sind.

* Ich stelle mir eine Lücke von etwa 6000 Jahren vor: das heißt, wir sind jetzt am Ende des Fünften Zeitalters, wenn die Zeitalter ungefähr von gleicher Länge wären wie das Erste und Zweite. Ich denke aber, sie haben sich beschleunigt, und stelle mir vor, wir sind gegenwärtig am Ende des Sechsten Zeitalters oder im Siebten.

Ich habe, so scheint mir, eine imaginäre *Zeit* konstruiert, bin aber, was den *Raum* angeht, mit den Füßen auf der Mutter Erde geblieben. Das ist mir lieber als die zeitgenössische Mode, ferne Welten im »All« aufzusuchen. So merkwürdig sie auch sein mögen, sie sind fremd und können nicht mit der Liebe eines Blutsverwandten geliebt werden. *Mittelerde* ist (nebenbei gesagt & wenn eine solche Anmerkung überhaupt nötig ist) nicht meine eigene Erfindung. Es ist eine Modernisierung oder Abwandlung (N[ew] E[nglish] D[ictionary] »eine Perversion«) eines alten Wortes für die von Menschen bewohnte Welt, die *oikoumenē*: Mittel-, weil man es sich irgendwo zwischen den umgebenden Meeren und (in der nordischen Vorstellung) zwischen dem Eis des Nordens und dem Feuer des Südens dachte. Altengl. *middan-geard,* mittelengl. *midden-erd, middle-erd.* Viele Rezensenten scheinen anzunehmen, daß Mittelerde ein anderer Planet ist!

Theologisch (wenn dieser Terminus nicht zu großspurig ist) denke ich mir, daß das Bild nicht so weit von dem abweicht, wovon manche (darunter auch ich) glauben, daß es die Wahrheit sei. Aber da ich wohlweislich eine Erzählung geschrieben habe, die zwar auf bestimmten »religiösen« Ideen aufbaut oder aus ihnen gebildet ist, aber *keine* Allegorie dieser Ideen (oder von irgend etwas anderem) ist und sie gar nicht offen erwähnt, geschweige denn predigt, will ich von dieser Form auch jetzt nicht abgehen und eine theologische Abhandlung schreiben, wozu ich nicht geeignet bin. Aber ich könnte sagen, wenn die Erzählung »von« irgend etwas handelt (außer von sich selbst), dann nicht, wie weithin anscheinend angenommen wird, von »Macht«. Machtstreben ist nur Motivkraft, die die Ereignisse in Gang setzt, und, glaube ich, relativ unwichtig. Die Erzählung handelt hauptsächlich von Tod und Unsterblichkeit – und von den Formen des »Entkommens«: serieller Langlebigkeit und hortender Erinnerung.

Ihr ergebener
J. R. R. Tolkien

Entwurf zu einer Fortsetzung des obigen Briefes (nicht abgeschickt)

Weil ich schon einmal so viel geschrieben habe (hoffentlich nicht zu viel), kann ich ebensogut auch noch ein paar Zeilen über den Mythos hinzufügen, auf den alles gegründet ist, weil dadurch die Verhältnisse der Valar, Elben, Menschen, Saurons, der Zauberer &c. klarer werden könnten.

Die Valar oder »Mächte, Herrscher« waren die erste »Schöpfung«: vernunftbegabte Geister oder Wesen ohne Inkarnation, die schon *vor* der physischen Welt erschaffen wurden. (Strenggenommen wurden diese Geister die *Ainur* genannt, und die *Valar* waren nur diejenigen von ihnen, die in die Welt nach deren Erschaffung eingingen, und der Name bezeichnet eigentlich nur die Großen unter ihnen, die in einem bildhaften, aber nicht theologischen Sinn die Stellung von »Göttern« einnehmen.) Die Ainur nahmen an der Schaffung der Welt als »Nebenschöpfer« teil: in verschiedenem Maße, jeder auf seine Weise. Den Plan, den ihnen der Eine vorgeführt hatte, legten sie nach besten Kräften aus und vervollständigten die Einzelheiten. Darin wurden sie zuerst in musikalischer oder abstrakter Form unterwiesen, dann in einer »historischen Vision«. Bei der ersten Interpretation, der großen Musik der Ainur, führte Melkor Abwandlungen des Themas ein, die keine Interpretationen zu den Gedanken des Einen waren, und daraus erwuchs großer Mißklang. Dann führte der Eine diese »Musik« mitsamt ihren scheinbaren Disharmonien als eine sichtbare »Geschichte« vor.

In diesem Stadium hatte sie immer noch nur eine Geltung, die man mit der Geltung einer »Erzählung« in unseren Verhältnissen vergleichen kann: Sie »existiert« im Sinn des Erzählers und, davon abhängig, auch im Sinn der Zuhörer, aber nicht auf der gleichen Ebene wie Erzähler oder Zuhörer. Als der Eine (der Erzähler) sagte: *Es sei**, da wurde die Erzählung zu Geschichte, nämlich historisch auf der gleichen Ebene wie die Zuhörer; und diese konnten, wenn sie wollten, *in sie eingehen.* Viele von den Ainur *sind* in sie eingegangen und müssen bis ans Ende darin bleiben, weil sie nun in die Zeit verstrickt sind, die Abfolge der Ereignisse, die sie vollendet. Dies

* Darum nannten die Elben die Welt, das Universum, Ea – es ist.

waren die Valar und ihr Gefolge. Sie waren diejenigen, die sich in die Vision »verliebt« hatten, und zweifellos auch dieselben, die sich an der Musik am meisten »nebenschöpferisch« (oder, wie wir auch sagen könnten, »künstlerisch«) beteiligt hatten.

Ihre Liebe zu Ea und der Anteil, den sie an ihrer Erschaffung genommen hatten, waren der Grund, warum sie *wünschten* und *fähig waren,* sichtbare körperliche Gestalten anzunehmen; wobei diese allerdings unseren Kleidern (insofern unsere Kleider ein persönlicher Ausdruck sind), nicht unseren Körpern vergleichbar waren. Ihre Gestalten waren also Ausdruck ihrer Person, ihrer Kräfte und Vorlieben. Sie waren nicht notwendig anthropomorph (*Yavanna,* Aules Gemahlin*, erschien zum Beispiel manchmal in Gestalt eines großen Baumes). Aber die »gewöhnlichen« Erscheinungen der Valar, wenn sie sichtbar oder eingekleidet auftraten, waren anthropomorph wegen ihrer eindringlichen Beschäftigung mit Elben und Menschen.

Elben und Menschen hießen die »Kinder Gottes«, weil sie sozusagen eine eigenwillige Ergänzung des Schöpfungsplans durch den Schöpfer selbst waren, und zwar eine, an der die Valar keinen Anteil hatten. (Ihre »Themen« wurden von dem Einen in die Musik eingeführt, als Melkors Dissonanzen aufkamen.) Die Valar wußten, daß sie erscheinen würden, und die Großen unter ihnen wußten auch, wann und wie (aber nicht genau), aber von ihrer Wesensart wußten sie wenig, und ihre Voraussicht, die aus ihrem Vorwissen um den Schöpfungsplan stammte, war unvollkommen und ließ sie hinsichtlich dessen, was die Kinder dann taten, im Stich. Die nicht korrumpierten Valar sehnten sich daher nach den Kindern, bevor sie kamen, und liebten sie nachher als Geschöpfe, die »anders« waren als sie selbst, unabhängig von ihnen und ihrer Kunstfertigkeit, »Kinder«, weil sie schwächer und unwissender waren als die Valar, aber von gleicher Abstammung (nämlich geradewegs von dem Einen); auch wenn sie ihnen als den Herrschern von Arda untergeordnet waren. Die korrumpierten, nämlich Melkor/Morgoth und seine Anhänger (unter de-

* Es ist die Sicht dieses Mythos, daß bei (z. B.) Elben und Menschen das »Geschlecht« nur ein physischer oder biologischer Ausdruck einer Wesensverschiedenheit im »Geiste« ist, nicht die *letzte* Ursache des Unterschiedes zwischen Weiblichkeit und Männlichkeit.

nen Sauron einer der wichtigsten war), sahen in den Kindern dagegen das ideale Rohmaterial zu Sklaven und Untertanen, für die sie selbst die Herrscher und »Götter« werden konnten; sie beneideten die Kinder und haßten sie insgeheim, im gleichen Maße, in dem sie zu Rebellen gegen den Einen (und Manwe, seinen Statthalter in Ea) wurden.

In dieser mythischen »Prähistorie« gehörte *Unsterblichkeit,* genauer gesagt, Langlebigkeit über die ganze Lebensspanne von Arda, zu den Gaben, die der Natur der Elben verliehen waren; über das Ende hinaus wurde nichts offenbart. *Sterblichkeit,* das heißt, eine kurze Lebensspanne ohne Beziehung zur Dauer von Arda, wird als die gegebene Natur der Menschen bezeichnet: Die Elben nannten sie die *Gabe Ilúvatars* (Gottes). Es ist jedoch zu bedenken, daß diese Erzählungen *mythisch* auf die Elben ausgerichtet*, nicht anthropozentrisch sind und daß die Menschen darin erst zu einer Zeit, die schon lange nach ihrer Ankunft liegen muß, auftreten. Dies ist daher eine elbische Sichtweise und besagt nicht notwendig etwas für oder wider einen Glauben wie den christlichen, daß der »Tod« nicht Teil der menschlichen Natur, sondern die Strafe für eine Sünde (Auflehnung) sei, eine Folge des Sündenfalls. Es sollte als eine elbische Vorstellung davon betrachtet werden, was der *Tod* – nicht gebunden zu sein an »die Kreise der Welt« – für die Menschen nun werden könnte, unabhängig davon, wie es dazu gekommen sein mag. Eine göttliche »Gabe«, wenn sie angenommen wird, weil ihr Zweck letztlich ein Segen ist, und der allerhöchste Erfindungsgeist des Schöpfers wird die »Strafen« (das heißt, Änderungen seines Planes) etwas Gutes bewirken lassen, das anders nicht zu erreichen wäre: Ein »sterblicher« Mensch (würde ein Elb sagen) hat wahrscheinlich ein höheres, obgleich nicht offenbartes Schicksal als ein Langlebiger. Durch Tricks oder »Magie« die Langlebigkeit wiedergewinnen zu wollen, ist also die größte Torheit und Bosheit der »Sterblichen«. Langlebigkeit oder gefälschte Unsterblichkeit (die echte Unsterblichkeit ist

* In der *Erzählung,* sobald die Sache »narrativ« und nicht mythisch wird, weil es ja doch *menschliche* Literatur bleibt, muß sich das Zentrum des Interesses zu den Menschen (und ihren Beziehungen zu Elben oder anderen Geschöpfen) hin verlagern. Wir können keine Geschichten *über* Elben schreiben, die wir nicht von innen her kennen; und wenn wir es versuchen, verwandeln wir einfach die Elben in Menschen.

jenseits von Ea) ist Saurons wirksamster Köder – sie lockt den Kleinen auf den Weg Gollums und den Großen auf den eines Ringgeistes.

In den Sagen der Elben ist der merkwürdige Fall einer Elbin verzeichnet (Míriel, Feanors Mutter), die zu sterben versuchte, mit unheilvollen Folgen, bis hin zum »Sündenfall« der Hochelben. Die Elben kannten keine Krankheiten, aber sie konnten »erschlagen« werden: d. h. ihre Leiber konnten vernichtet oder so verstümmelt werden, daß sie zum Weiterleben nicht mehr taugten. Aber dies führte ihrer Natur gemäß nicht zum »Tode«: Sie wurden wiederhergestellt und wiedergeboren und erlangten schließlich alle Erinnerungen aus ihrer Vergangenheit wieder: Sie blieben »identisch«. Míriel wollte das Dasein aufgeben und verweigerte sich der Wiedergeburt.*

Ich nehme an, ein Unterschied zwischen diesem Mythos und dem, was man vielleicht eine christliche Mythologie nennen kann, ist der folgende. In der letzteren tritt der Sündenfall des Menschen nach dem »Sturz der Engel« und in dessen Folge ein (obgleich nicht als notwendige Folge): eine Rebellion des erschaffenen Freien Willens auf höherer Stufe als der Mensch; aber es wird nicht klar ausgesagt (und in manchen Versionen überhaupt nicht gesagt), daß dies die »Welt« in ihrem Wesen berührte: Das Böse wurde von außen, durch Sa-

* [Anscheinend später hinzugefügte Anmerkung:] Ansicht der Elben (und der nicht korrumpierten Númenórer) war es auch, daß ein »guter« Mensch willentlich sterben wolle oder solle, in vertrauensvoller Ergebung, *bevor er dazu gezwungen wäre* (wie es Aragorn tat). Dies war vielleicht die Natur des sündenfreien Menschen; allerdings wäre Zwang für ihn keine Drohung: Er würde wünschen und erbitten, »übergehen« zu dürfen in einen höheren Zustand. Die Himmelfahrt Marias, der einzigen *sündenfreien* Person, kann in mancher Hinsicht als einfache Wiedererlangung der Gnade und Freiheit vor dem Sündenfall angesehen werden: sie bat darum, aufgenommen zu werden, und wurde es, weil sie auf Erden keine Aufgabe mehr hatte. Allerdings war sie zwar *sündenfrei,* aber natürlich nicht *vor* dem Sündenfall. Ihr Schicksal (an dem sie mitgewirkt hatte) war ein weit höheres, als es das Schicksal jedes »Menschen« gewesen wäre, wenn es den Sündenfall nicht gegeben hätte. Es war auch undenkbar, daß ihr Leib, aus dem unmittelbar der Leib Unseres Herrn entsprungen ist (ohne andere leibliche Vermittlung) verwest oder »verdorben« sein sollte, und sicherlich konnte er nach Christi Himmelfahrt nicht lange von IHM getrennt bleiben. Es gibt natürlich keinen Hinweis darauf, daß Maria nicht in der für ihr Volk normalen Zeit »gealtert« wäre; aber gewiß konnte oder durfte dieser Prozeß nicht bis zum Gebrechlichwerden oder zum Verlust der Vitalität oder der äußeren Ansehnlichkeit fortgehen. Ihre Himmelfahrt war in jedem Fall von Christi Himmelfahrt so verschieden wie die Wiedererweckung des Lazarus von der (Selbst-)Auferstehung.

tan, hineingetragen. In diesem Mythos geht die Rebellion des erschaffenen Freien Willens der Erschaffung der Welt (Ea) voraus; und Ea trägt das nebenschöpferisch eingeführte Böse, die Rebellionen und dissonanten Elemente ihrer eigenen Natur schon in sich, wenn das *Es sei* gesprochen wird. Der Sündenfall oder die Verderbnis aller Dinge darin und aller ihrer Bewohner war daher eine Möglichkeit, wenn nicht unvermeidlich. Bäume können »schlecht werden« wie im Alten Wald; Elben können in Orks verwandelt werden, und wenn dazu auch die besonders pervertierende Bosheit Morgoths erforderlich war, so konnten die Elben doch auch von sich aus Böses tun. Sogar die »guten« Valar konnten als Bewohner dieser Welt zumindest irren; so erging es den Großen unter den Valar in ihren Beziehungen mit den Elben; und so konnten die Geringeren ihrer Art (wie die Istari oder Zauberer) auf verschiedene Weise eigennützig werden. Aule zum Beispiel, einer der Großen, ist in gewissem Sinne auch »gefallen«; denn er sehnte sich so danach, die Kinder zu sehen, daß er ungeduldig wurde und dem Willen des Schöpfers vorzugreifen versuchte. Weil er der größte aller Handwerker war, versuchte er, Kinder zu schaffen, nach seinem unvollständigen Wissen von ihrer Art. Als er dreizehn* fertig hatte, sprach Gott zu ihm, im Zorn, doch nicht ohne Erbarmen: denn Aule hatte dies *nicht* aus dem bösen Verlangen nach Sklaven und eigenen Untertanen, sondern aus ungeduldiger Liebe getan, weil er sich Kinder wünschte, um zu ihnen zu sprechen und sie zu belehren, um sie am Lob Ilúvatars und an seiner großen Liebe zu den *Stoffen,* aus denen die Welt geschaffen ist, teilhaben zu lassen.

Der Eine wies Aule zurecht und sagte, er habe versucht, die Macht des Schöpfers an sich zu reißen; er könne aber seinen Geschöpfen kein selbständiges *Leben* verleihen. Er habe nur ein Leben, nämlich das ihm von dem Einen übertragene, und allenfalls könne er dieses verteilen. »Siehe!« sagte der Eine. »Diese deine Geschöpfe haben nur deinen Willen und deine Bewegtheit. Obwohl du eine Sprache für sie erdacht hast, können sie dir nur deine eigenen Gedanken vermelden. Das ist ein Hohn auf mich.«

Da demütigte sich Aule in Kummer und Reue und bat um

* Eines, das älteste, allein und sechs weitere mit sechs Gefährtinnen.

Vergebung. Und er sagte: »Ich werde diese Bilder meiner Anmaßung vernichten und warten, bis dein Wille geschieht.« Und er nahm einen großen Hammer und hob ihn, um das älteste seiner Bilder zu zerschlagen; aber es wich beiseite und duckte sich vor ihm. Und als er erstaunt in seinem Schlag innehielt, hörte er Ilúvatar lachen.

»Wundert dich dies?« sagte er. »Siehe! Leben haben sie nun, deine Geschöpfe, frei von deinem Willen. Denn ich habe deine Bescheidenheit gesehen und mich deiner Ungeduld erbarmt. Dein Werk habe ich in meinen Plan aufgenommen.«

Dies ist die elbische Sage von der Erschaffung der Zwerge; aber die Elben berichten auch, daß Ilúvatar dann gesagt habe: »Dennoch will ich nicht leiden, daß man meinem Plane zuvorkommt: deine Kinder sollen nicht vor den meinen erwachen.« Und er gebot Aule, die Väter der Zwerge an verschiedenen tiefen Orten zur Ruhe zu legen, jeden mit seiner Gefährtin, bis auf Dúrin, den ältesten, der keine hatte. Dort sollten sie lange schlafen, bis Ilúvatar sie erwachen hieße. Dennoch hat zumeist zwischen den Zwergen und den Kindern Ilúvatars wenig Freundschaft geherrscht. Und von dem Schicksal, das Ilúvatar den Kindern Aules jenseits der Kreise dieser Welt zugedacht hat, wissen Elben und Menschen nichts; und die Zwerge, sofern sie etwas wissen, sprechen darüber nicht.

»Du solltest in aller Stille gehen, und du solltest bald gehen«, sagte Gandalf. Zwei oder drei Wochen waren verstrichen, und Frodo traf immer noch keine Anstalten, aufzubrechen.

»Ich weiß. Aber beides ist schwierig«, wandte er ein. »Wenn ich einfach verschwinde wie Bilbo, dann wird darüber im Nu im ganzen Auenland geredet.«

»Natürlich darfst du nicht einfach verschwinden!« sagte Gandalf. »Das wäre grundverkehrt! Ich sagte *bald* und nicht *sofort*. Wenn du dir eine Möglichkeit ausdenken kannst, wie du dich aus dem Auenland davonstehlen kannst, ohne daß es allgemein bekannt wird, dann ist das eine kleine Verzögerung wert. Aber du darfst nicht zu lange zögern.«

»Wie wäre es im Herbst, an oder nach Unserem Geburtstag?« schlug Frodo vor. »Bis dahin könnte ich wahrscheinlich ein paar Vorkehrungen treffen.«

Ehrlich gesagt, jetzt, da es soweit war, widerstrebte es ihm sehr, wegzugehen. Beutelsend erschien ihm mit einem Mal ein so wünschenswerter Wohnsitz wie seit Jahren nicht, und er wollte seinen letzten Sommer im Auenland nach Möglichkeit auskosten. Im Herbst, das wußte er, würde zumindest ein Teil seines Herzens freundlicher über das Wandern denken, denn so war es um diese Jahreszeit immer gewesen. Eigentlich war er fest entschlossen, an seinem fünfzigsten Geburtstag aufzubrechen: an Bilbos hundertachtundzwanzigstem. Es schien irgendwie der passende Tag zu sein, um sich aufzumachen und ihm zu folgen. Bilbo zu folgen lag ihm am meisten im Sinn, und es war das einzige, was den Gedanken, wegzugehen, erträglich machte. An den Ring dachte er so wenig wie möglich und auch daran nicht, wo er ihn letztlich hinführen würde. Aber er sagte Gandalf nicht alles, was ihn bewegte. Was der Zauberer erriet, war immer schwer zu sagen.

Er sah Frodo an und lächelte. »Sehr schön«, sagte er. »Das wird gehen, glaube ich – aber es darf nicht später werden. Ich mache mir allmählich große Sorgen. Inzwischen sei vorsichtig und laß ja nichts darüber verlauten, wo du hingehst! Und sorge dafür, daß Sam Gamdschie nicht schwätzt. Wenn er das tut, werde ich ihn wirklich in eine Kröte verwandeln.«

»Auszuplaudern, wohin ich gehe«, sagte Frodo, »wäre wirklich schwierig, denn ich habe selbst noch keine klare Vorstellung.«

»Sei nicht albern!« sagte Gandalf. »Ich warne dich doch nicht davor, deine Anschrift beim Postamt zu hinterlassen! Aber du willst das Auenland verlassen – und das sollte nicht bekanntwerden, ehe du weit fort bist. Schließlich mußt du entweder nach Norden, Süden, Westen oder Osten gehen, oder zumindest dorthin aufbrechen – und die Richtung sollte unter keinen Umständen bekanntwerden.«

»Ich war so von dem Gedanken erfüllt, Beutelsend zu verlassen und Lebewohl zu sagen, daß ich mir die Richtung noch gar nicht überlegt habe«, sagte Frodo. »Denn wo soll ich überhaupt hingehen? Welches Ziel soll ich ansteuern? Was soll mein Leitstern sein? Bilbo ging, um einen Schatz zu finden, dorthin und wieder zurück; aber ich gehe, um einen zu verlieren und nicht zurückzukehren, soweit ich sehen kann.«

»Aber du kannst nicht sehr weit sehen«, sagte Gandalf. »Und ich auch nicht. Es mag deine Aufgabe sein, die Schicksalsklüfte zu finden; doch kann es auch sein, daß diese Fahrt anderen übertragen wird: ich weiß es nicht. Jedenfalls bist du jetzt noch nicht bereit für diesen langen Weg.«

»Nein, wirklich nicht«, erwiderte Frodo. »Aber welche Richtung soll ich einstweilen einschlagen?«

»Der Gefahr entgegen, aber nicht zu rasch und nicht zu geradenwegs«, antwortete der Zauberer. »Wenn du meinen Rat hören willst, dann mach dich nach Bruchtal auf. Dieser Weg sollte nicht allzu gefahrvoll sein, obwohl die Straße nicht mehr so bequem ist, wie sie war, und schlechter werden wird, je weiter das Jahr fortschreitet.«

»Bruchtal!« sagte Frodo. »Sehr gut: Ich werde nach Osten gehen und mich nach Bruchtal aufmachen. Ich werde Sam mitnehmen, und er kann die Elben besuchen; er wird sich freuen.« Er sagte das so leichthin; aber im Grunde seines Herzens verspürte er plötzlich den Wunsch, das Haus des Halbelben Elrond zu sehen und die Luft jenes tiefen Tales zu atmen, wo noch viele des Schönen Volkes in Frieden lebten.

Eines Abends im Sommer erreichte eine erstaunliche Neuigkeit den *Efeubusch* und den *Grünen Drachen*. Riesen und andere bedrohliche Anzeichen an den Grenzen des Auenlands waren wegen wichtigerer Dinge vergessen: Herr Frodo verkauft Beutelsend, er hat es sogar schon verkauft – und zwar an die Sackheim-Beutlins!

»Für ein schönes Stück Geld«, sagten manche. »Zu einem Spottpreis«, sagten andere, »und das ist auch wahrscheinlicher, wenn Frau Lobelia die Käuferin ist.« (Otho war vor ein paar Jahren gestorben, im reifen, aber unerfüllten Alter von 102.)

Warum Herr Frodo eigentlich seine schöne Höhle verkaufte, war sogar noch umstrittener als der Preis. Ein paar vertraten die Ansicht – gestützt auf Winke und Andeutungen von Herrn Beutlin selbst –, daß Frodo das Geld ausgegangen sei: er wolle Hobbingen verlassen und unten in Bockland bei seinen Verwandten, den Brandybocks, bescheiden von dem Erlös des Verkaufs leben. »So weit weg von den Sackheim-Beutlins wie nur möglich«, fügten manche hinzu. Aber die Vorstellung von dem unermeßlichen Reichtum der Beutlins auf Beutelsend hatte sich so in den Köpfen festgesetzt, daß die meisten es kaum glauben konnten, weniger als jeden anderen vernünftigen oder unvernünftigen Grund, den ihre Phantasie ihnen eingeben konnte: Die meisten vermuteten einen dunklen und noch unenthüllten Plan von Gandalf. Obwohl er sich sehr ruhig verhielt und bei Tage nicht ausging, war es wohlbekannt, daß er sich »oben in Beutelsend versteckte«. Aber welche Rolle ein Umzug bei seiner Zauberei auch immer spielen mochte, an der Tatsache bestand kein Zweifel: Frodo Beutlin kehrte nach Bockland zurück.

»Ja, im Herbst werde ich umziehen«, sagte er. »Merry Brandybock sucht für mich eine kleine hübsche Höhle oder vielleicht ein Häuschen.«

In Wirklichkeit hatte er sich mit Merrys Hilfe schon ein kleines Haus auf dem Lande in Krickloch jenseits von Bokkenburg ausgesucht und es gekauft. Allen außer Sam gegenüber tat er so, als wollte er sich dort für ständig niederlassen. Der Entschluß, zuerst nach Osten zu gehen, hatte ihm den Gedanken eingegeben; denn Bockland lag an der Ostgrenze des Auenlandes, und da er dort in seiner Kindheit gelebt hatte, würde es zumindest glaubhaft klingen, daß er dorthin zurückkehren wolle.

Gandalf blieb über zwei Monate im Auenland. Dann kündigte er eines Abends Ende Juni, kurz nachdem Frodos Plan endgültig festgelegt war, plötzlich an, daß er am nächsten Morgen aufbrechen wolle. »Nur für kurz, hoffe ich«, sagte er. »Aber ich will über die Südgrenze, um Neues zu erfahren, wenn ich kann. Ich bin länger müßig gewesen, als ich sollte.«

Er sprach leichthin, aber Frodo schien es, als sähe er recht besorgt aus. »Ist irgend etwas geschehen?« fragte er.

»Ach nein; aber ich habe etwas gehört, das mich beunruhigt und um das ich mich kümmern muß. Wenn ich es für notwendig halte, daß du doch sofort aufbrichst, dann komme ich gleich zurück oder gebe zumindest Nachricht. Halte du inzwischen an deinem Plan fest; aber sei vorsichtiger denn je, besonders mit dem Ring. Laß es dir noch einmal einschärfen: *gebrauche ihn nicht*!«

Im Morgengrauen ging er. »Mag sein, daß ich bald zurückkomme«, sagte er. »Allerspätestens bin ich zum Abschiedsfest wieder hier. Du könntest, glaube ich, unterwegs meine Gesellschaft brauchen.«

Zuerst war Frodo ziemlich verstört und fragte sich oft, was Gandalf wohl gehört haben mochte; aber seine Unruhe legte sich schließlich, und das schöne Wetter ließ ihn eine Weile seine Sorgen vergessen. Selten hatte das Auenland einen so herrlichen Sommer oder einen so köstlichen Herbst erlebt: die Bäume bogen sich unter der Last der Äpfel, Honig tropfte in die Waben und das Korn stand hoch und voll.

Erst als der Herbst wirklich vor der Tür stand, begann Frodo sich wieder Sorgen um Gandalf zu machen. Der September verging, und es war immer noch keine Nachricht von ihm gekommen. Der Geburtstag und der Umzug rückten näher, und weder war er gekommen, noch hatte er ein Wort von sich hören lassen. Beutelsend wurde lebendig. Einige von Frodos Freunden kamen, um ihm beim Packen zu helfen, und wohnten solange bei ihm: Da waren Fredegar Bolger und Folko Boffin und natürlich seine besonderen Freunde Pippin Tuk und Merry Brandybock. Gemeinsam stellten sie die ganze Höhle auf den Kopf.

Am 20. September machten sich zwei Planwagen, vollgeladen mit den Möbeln und Sachen, die Frodo nicht verkauft hatte, auf den Weg nach Bockland über die Brandyweinbrücke. Am nächsten Tag wurde Frodo wirklich besorgt und hielt ständig nach Gandalf Ausschau. Am Donnerstag, seinem Geburtstag, war der Morgen ebenso strahlend und klar wie vor langer Zeit bei Bilbos großer Feier. Gandalf kam immer noch nicht. Am Abend gab Frodo sein Abschiedsfest: keine große Gesellschaft, nur ein Abendessen für ihn und seine vier Helfer; aber er war bekümmert und gar nicht richtig in Stimmung. Der Gedanke, daß er sich so bald von seinen jungen Freunden würde trennen müssen, bedrückte ihn. Er fragte sich, wie er es ihnen wohl beibringen sollte.

Die vier jungen Hobbits waren allerdings in bester Laune, und trotz Gandalfs Abwesenheit wurde das Fest bald sehr fröhlich. Das Eßzimmer war ausgeräumt bis auf einen Tisch und Stühle, aber das Essen war gut und es gab guten Wein: Frodos Wein war nicht an die Sackheim-Beutlins mitverkauft worden.

»Was immer mit dem Rest meiner Sachen geschieht, wenn die S.-Bs. sie in die Klauen bekommen, für das hier habe ich einen guten Aufbewahrungsort gefunden«, sagte Frodo, als er sein Glas leertrank. Es war der letzte Tropfen »Alter Wingert«.

Nachdem sie viele Lieder gesungen und über viele Dinge geredet hatten, die sie gemeinsam getan hatten, stießen sie nach Frodos Gewohnheit auf Bilbos Geburtstag an und tranken auf sein und Frodos Wohl. Dann gingen sie hinaus, um frische Luft zu schnappen und nach den Sternen zu schauen, und dann ins Bett. Frodos Fest war vorüber, und Gandalf war nicht gekommen.

Am nächsten Morgen luden sie das restliche Gepäck auf einen weiteren Karren. Den übernahm Merry und fuhr mit Dick (das heißt Fredegar Bolger) davon. »Irgend jemand muß da sein und das Haus ein wenig wohnlich machen, ehe du kommst«, sagte er. »Gut, bis dann also – übermorgen, wenn du unterwegs nicht einschläfst.«

Folko ging nach dem Mittagessen nach Hause, aber Pippin blieb da. Frodo war unruhig und besorgt und lauerte vergeblich auf eine Nachricht von Gandalf. Er beschloß, bis zum Einbruch der Nacht zu warten. Wenn Gandalf noch später käme und ihn dringend sprechen wollte, würde er sicher nach Krickloch kommen und vielleicht sogar schon vor ihm dort eintreffen. Denn Frodo wollte zu Fuß gehen. Er hatte sich vorgenommen, von Hobbingen aus ganz gemütlich zur Bokkenburger Fähre zu wandern – eigentlich nur um des Vergnügens willen und weil er einen letzten Blick auf das Auenland werfen wollte.

»Ich werde mich auch ein bißchen in Form bringen müssen«, sagte er, als er sich in einem staubigen Spiegel in der halbleeren Halle betrachtete. Er hatte schon lange keine anstrengenden Wanderungen mehr gemacht, und sein Spiegelbild, fand er, sah ziemlich schlapp aus.

Nach dem Mittagessen erschienen, sehr zu Frodos Mißvergnügen, die Sackheim-Beutlins, Lobelia und ihr rotblonder Sohn Lotho. »Endlich unsers«, sagte Lobelia, als sie eintrat. Es war nicht eben höflich; und genaugenommen auch nicht wahr, denn der Verkauf von Beutelsend wurde erst um Mitternacht rechtsgültig. Aber Lobelia kann vielleicht verziehen werden; sie hatte ungefähr siebenundsiebzig Jahre länger auf Beutelsend warten müssen, als sie einst gehofft hatte, und sie war nun hundert Jahre alt. Wie dem auch sei, jetzt war sie gekommen, um sich zu überzeugen, daß nichts, wofür sie bezahlt hatte, beiseite geschafft würde; und sie wollte die Schlüssel haben. Es kostete viel Zeit, sie zufriedenzustellen, denn sie hatte eine vollständige Inventarliste mitgebracht und ging sie von A bis Z durch. Schließlich verschwand sie mit Lotho und dem Ersatzschlüssel, nachdem ihr versichert worden war, daß der andere Schlüssel bei den Gamdschies im Beutelhaldenweg abgegeben würde. Sie schnaufte verächtlich und zeigte deutlich, daß sie die Gamdschies für fähig hielt, während der Nacht die Höhle zu plündern. Frodo bot ihr keinen Tee an.

Er selbst trank Tee mit Pippin und Sam Gamdschie in der Küche. Es war offiziell bekanntgegeben worden, daß Sam mit nach Bockland gehen würde, »um für Herrn Frodo zu arbeiten und sein Stückchen Garten zu versorgen«: eine Abmachung, die vom Ohm gebilligt wurde, obwohl er untröstlich war über die Aussicht, Lobelia zur Nachbarin zu haben.

»Unsere letzte Mahlzeit auf Beutelsend!« sagte Frodo und schob seinen Stuhl zurück. Den Abwasch überließen sie Lobelia. Pippin und Sam schnürten ihre drei Rucksäcke und stellten sie in die Vorhalle. Pippin ging hinaus, um ein letztes Mal durch den Garten zu schlendern. Sam verschwand.

Die Sonne ging unter. Beutelsend sah traurig und düster und unordentlich aus. Frodo wanderte durch die vertrauten Räume und sah den Schein des Sonnenuntergangs auf den Wänden verblassen und Schatten aus den Ecken hervorkriechen. Drinnen wurde es langsam dunkel. Er ging hinaus und hinunter zum Tor am Ende des Wegs und dann auf einer Abkürzung zur Bühlstraße. Halb und halb erwartete er, Gandalf durch die Dämmerung heraufkommen zu sehen.

Der Himmel war klar, und die Sterne leuchteten hell. »Es wird eine schöne Nacht geben«, sagte er laut. »Das ist ein guter Anfang. Ich habe richtig Lust zum Wandern. Noch länger herumtrödeln kann ich einfach nicht ertragen. Ich gehe los, und Gandalf muß nachkommen.« Er wandte sich zum Gehen um und hielt dann inne, denn er hörte Stimmen, ganz dicht am Ende vom Beutelhaldenweg. Eine Stimme war bestimmt die vom alten Ohm; die andere war fremd und irgendwie unangenehm. Er konnte nicht verstehen, was sie sagte, aber er hörte Ohms Antworten, die ziemlich schrill klangen. Der alte Mann schien erregt zu sein.

»Nein, Herr Beutlin ist fort. Seit heute morgen, und mein Sohn Sam ist mitgegangen: jedenfalls sind alle seine Sachen weg. Ja, verkauft und fort, ich sag's Euch doch. Warum? Warum geht mich nichts an und Euch auch nicht. Wohin? Das ist kein Geheimnis. Er ist nach Bockenburg gezogen oder an irgendeinen Ort weit da drüben. Jawohl, eine ganz schöne Strecke. Ich selbst bin nie so weit gekommen; sind komische Leute in Bockland. Nein, ich kann nichts bestellen. Gute Nacht!«

Er hörte Schritte den Bühl hinunter. Frodo wunderte sich ein wenig, warum die Tatsache, daß sie nicht den Bühl heraufkamen, ihn so erleichterte. »Wahrscheinlich habe ich die Fragerei und Neugier über alles, was ich tue, satt«, dachte er. »Was für eine Schnüffelbande sie doch alle sind!« Flüchtig dachte er daran, zum Ohm zu gehen und ihn zu fragen, wer der Fremde gewesen war; aber dann besann er sich eines Besseren (oder Schlechteren), kehrte um und ging rasch nach Beutelsend zurück.

Pippin saß in der Vorhalle auf seinem Rucksack. Sam war nicht da. Frodo trat durch die dunkle Tür. »Sam!« rief er. »Sam! Es ist Zeit!«

»Ich komme, Herr!« ertönte es von weit drinnen, und dann

kam Sam, der sich den Mund abwischte. Er hatte sich vom Bierfaß im Keller verabschiedet.

»Alles verstaut?« fragte Frodo.

»Ja, Herr. Jetzt kann ich's 'ne Weile aushalten, Herr.«

Frodo machte die runde Tür zu und schloß sie ab. Dann gab er Sam den Schlüssel. »Lauf und bring den zu euch nach Hause, Sam«, sagte er. »Dann geh den Beutelhaldenweg weiter und komm so schnell wie möglich zum Tor auf dem Weg hinter den Wiesen. Wir gehen heute abend nicht durchs Dorf. Zu viele gespitzte Ohren und neugierige Augen.« Sam rannte in großer Eile los.

»So, nun sind wir endlich weg«, sagte Frodo. Sie schulterten ihre Rucksäcke, nahmen ihre Stöcke und gingen um die Ecke zur Westseite von Beutelsend. »Auf Wiedersehen!« sagte Frodo, als er auf die dunklen, blanken Fenster schaute. Er winkte ihnen einen Gruß zu, dann wandte er sich um und eilte (auf Bilbos Spuren, wenn er es gewußt hätte) hinter Peregrin her den Gartenweg hinunter. Sie sprangen an der niedrigen Stelle über die Hecke, schlugen sich in die Wiesen und verschwanden in der Dunkelheit wie ein Rascheln des Windes im Grase.

Am Fuße des Bühls gelangten sie auf seiner westlichen Seite zu dem Tor, das auf einen schmalen Feldweg hinausführte. Dort hielten sie an und stellten die Riemen an ihren Rucksäkken richtig ein. Gleich darauf kam Sam keuchend angestapft; sein schwerer Rucksack ragte ihm hoch über die Schultern, und auf den Kopf hatte er sich einen formlosen Filz gestülpt, den er einen Hut nannte. In der Dämmerung sah er einem Zwerg ziemlich ähnlich.

»Gewiß habt ihr mir das allerschwerste Zeug gegeben«, sagte Frodo. »Ich bedaure Schnecken und alle, die ihr Haus auf dem Rücken tragen.«

»Ich könnte noch 'ne Menge mehr nehmen, Herr. Mein Rucksack ist ganz leicht«, sagte Sam mannhaft und nicht wahrheitsgemäß.

»Nein, laß das, Sam«, sagte Pippin. »Es tut ihm gut. Er hat nur das, was er uns aufgetragen hat einzupacken. Er war faul in letzter Zeit und wird das Gewicht weniger spüren, wenn er erst etwas von seinem eigenen abgelaufen hat.«

»Seid freundlich zu einem armen alten Hobbit!« lachte

Frodo. »Bestimmt werde ich schlank wie eine Weidengerte sein, ehe ich nach Bockland komme. Aber es war Unsinn, was ich gesagt habe. Ich vermute, du hast mehr als deinen Teil genommen, Sam, und beim nächsten Packen werde ich das mal untersuchen.« Er nahm seinen Stock wieder zur Hand. »So, wir alle laufen gern im Dunkeln«, sagte er, »also laßt uns vorm Schlafengehen ein paar Meilen hinter uns bringen.«

Ein kurzes Stück folgten sie dem Fußweg nach Westen. Dann bogen sie nach links ab und schlugen sich wieder in die Wiesen. Sie gingen im Gänsemarsch an Hecken und kleinen Gehölzen entlang, und die Nacht hüllte sie ein. In ihren dunklen Mänteln waren sie so unsichtbar, als ob sie alle Zauberringe trügen. Da sie Hobbits waren und sich bemühten, leise zu sein, machten sie kein Geräusch, und nicht einmal Hobbits hätten sie hören können. Selbst die Tiere in den Feldern und Wäldern bemerkten sie kaum.

Nach einer Weile überquerten sie westlich von Hobbingen auf einer schmalen Bohlenbrücke die Wässer. Der Fluß war dort nicht mehr als ein gewundenes schwarzes Band, gesäumt von krummen Erlen. Ein oder zwei Meilen weiter südlich kreuzten sie eilig die große Straße, die von der Brandyweinbrücke herkam; jetzt waren sie in Tukland, und nach Südosten abbiegend, machten sie sich auf den Weg zum Grünbergland. Als sie die ersten Hänge erklommen, schauten sie zurück und sahen in weiter Ferne die Lichter von Hobbingen im lieblichen Tal der Wässer glitzern. Bald verschwanden sie in den Falten des dunkelnden Landes, und nun folgte Wasserau neben seinem grauen Teich. Als das Licht des letzten Gehöfts weit hinter ihnen lag und nur noch durch die Bäume schimmerte, drehte sich Frodo um und winkte einen Abschiedsgruß.

»Ob ich wohl jemals wieder in dieses Tal hinunterblicken werde«, sagte er leise.

Als sie etwa drei Stunden gelaufen waren, machten sie Rast. Die Nacht war klar, kühl und sternklar, aber wie Rauchwölkchen zogen Nebelschwaden von den Bächen und Wiesenniederungen die Berghänge hinauf. Dünnbelaubte Birken, die sich über ihren Köpfen leicht im Winde neigten, spannten ein schwarzes Netz vor den fahlen Himmel. Sie aßen ein (für Hobbits) sehr karges Abendbrot und gingen dann weiter. Bald stießen sie auf eine schmale Straße, die sich hinauf und wieder hinunter durch das hügelige Gelände zog und vor ihnen grau in der Dunkelheit untertauchte: die Straße nach Waldhof, Stock und zur Bockenburger Fähre. Sie zweigte im Wässer-Tal von der Hauptstraße ab und wand sich durch die Ausläufer der Grünberge zum Waldende, einer wilden Gegend im Ostviertel.

Nach einer Weile kamen sie zu einem tiefen Hohlweg zwischen hohen Bäumen, deren dürre Blätter in der Nacht raschelten. Es war sehr dunkel. Zuerst redeten sie oder summten zusammen leise eine Melodie, denn sie waren jetzt weit fort von neugierigen Ohren. Dann marschierten sie schweigend weiter, und Pippin begann zurückzubleiben. Schließlich, als sie einen steilen Hang hinaufklommen, blieb er stehen und gähnte.

»Ich bin so schläfrig«, sagte er, »daß ich bald auf der Straße umfalle. Wollt ihr auf euren Beinen schlafen? Es ist fast Mitternacht.«

»Ich dachte, du läufst gern im Dunkeln«, sagte Frodo. »Aber wir haben keine Eile. Merry erwartet uns erst übermorgen; wir haben also noch fast zwei Tage. Wir werden haltmachen an der ersten geeigneten Stelle.«

»Der Wind steht im Westen«, sagte Sam. »Wenn wir auf die andere Seite dieses Bergs gehen, finden wir eine Stelle, die ganz geschützt und versteckt ist, Herr. Da vorn ist ein trockener Tannenwald, wenn ich mich recht erinnere.« Sam kannte das Land auf zwanzig Meilen im Umkreis von Hobbingen gut, aber das war die Grenze seiner Geographie.

Gleich hinter der Bergkuppe kamen sie zu dem Stück Tannenwald. Sie gingen von der Straße aus hinein in die tiefe, harzduftende Dunkelheit der Bäume und sammelten tote Zweige und Tannenzapfen, um Feuer zu machen. Bald prasselte es lustig am Fuß einer großen Tanne, und sie blieben eine Weile dabei sitzen, bis sie einnickten. Dann rollten sie sich, jeder an einer Seite der großen Baumwurzel, in ihre Mäntel und Decken ein und waren bald fest eingeschlafen. Sie stellten keine Wache auf; selbst Frodo befürchtete keine Gefahr, denn noch immer waren sie im Herzen vom Auenland. Ein paar Tiere kamen und schauten nach ihnen, als das Feuer ausgegangen war. Ein Fuchs, der in eigener Sache durch den Wald zog, blieb einige Minuten stehen und schnüffelte.

»Hobbits!« dachte er. »So, und was noch? Ich habe von

merkwürdigen Dingen in diesem Land gehört, aber selten habe ich gehört, daß ein Hobbit im Freien unter einem Baum schläft. Drei sogar! Da steckt etwas höchst Sonderbares dahinter.« Er hatte ganz recht, aber niemals hat er mehr darüber herausgefunden.

Der Morgen kam, fahl und feuchtkalt. Frodo wachte zuerst auf und stellte fest, daß ihm die Baumwurzel ein Loch in den Rücken gedrückt hatte und sein Hals steif war. »Wandern – ein Vergnügen! Warum bin ich nicht gefahren?« dachte er, wie er es gewöhnlich zu Beginn einer Wanderung tat. »Und alle meine schönen Federbetten sind an die Sackheim-Beutlins verkauft! Diese Baumwurzeln würden ihnen gut tun.« Er reckte und streckte sich. »Wacht auf, Hobbits!« rief er. »Es ist ein schöner Morgen.«

»Was ist daran schön?« fragte Pippin, als er mit einem Auge über den Rand seiner Decke blinzelte. »Sam! Mach das Frühstück fertig für halb zehn! Hast du heißes Badewasser bereit?«

Sam sprang auf und sah ziemlich verschlafen aus. »Nein, Herr, habe ich nicht!« sagte er.

Frodo zog Pippin die Decken weg und rollte ihn auf die Seite, und dann ging er zum Waldrand hinüber. Fern im Osten stieg die Sonne aus dem Nebel empor, der dick über der Welt lag. Die gold- und rotgesprenkelten Herbstbäume schienen wurzellos auf einem schattenhaften Meer zu segeln. Etwas unterhalb links von ihm lief die Straße steil hinab in eine Mulde und verschwand.

Als er zurückkam, hatten Sam und Pippin ein schönes Feuer in Gang gebracht. »Wasser!« schrie Pippin. »Wo ist das Wasser?«

»Ich habe kein Wasser in meinen Taschen«, sagte Frodo.

»Wir dachten, du seist gegangen, um welches zu holen«, sagte Pippin, der damit beschäftigt war, das Frühstück zu bereiten und Becher hinzustellen. »Dann geh lieber jetzt.«

»Du kannst auch kommen«, meinte Frodo, »und alle Wasserflaschen mitbringen.« Am Fuß des Berges floß ein Bach. Sie füllten ihre Flaschen und den Wasserkessel an einem kleinen Wasserfall, wo das Wasser ein paar Fuß tief über graues Gestein hinabsprang. Es war eisigkalt; und sie prusteten und schnauften, als sie sich Gesicht und Hände wuschen.

Als sie mit dem Frühstück fertig waren und ihre Rucksäcke wieder gepackt hatten, war es schon nach zehn Uhr, und der Tag begann schön und heiß zu werden. Sie gingen den Abhang hinunter und über den Bach, wo er unter der Straße durchtauchte, und den nächsten Hang hinauf und dann beim nächsten Höhenzug wieder hinauf und hinunter; und inzwischen empfanden sie ihre Mäntel, Decken, Wasser, Lebensmittel und sonstige Ausrüstung schon als eine schwere Last.

Der Tagesmarsch versprach warm und anstrengend zu werden. Nach einigen Meilen hörte indes die Straße auf, ständig hinauf- und hinunterzuführen: sie kletterte in mühsamem Zickzack bis zum Gipfel eines Steilhanges und schickte sich dann an, endgültig bergab zu gehen. Vor sich sahen sie das flache Land, übersät mit kleineren Baumgruppen, die in der Ferne zu einem braunen Waldesdunst verschwammen. Sie blickten über das Waldende zum Brandyweinfluß hinüber. Die Straße zog sich dahin wie ein Stück Schnur.

»Die Straße geht immer weiter«, sagte Pippin, »aber ich brauche unbedingt eine Rast. Es ist höchste Zeit zum Mittagessen.« Er setzte sich auf die Böschung an der Straße und schaute nach Osten auf den Dunst, hinter dem der Fluß lag und das Ende des Auenlands, in dem er sein ganzes Leben verbracht hatte. Sam stand neben ihm. Seine runden Augen waren weit aufgerissen – denn hinter den Landschaften, die er noch nie gesehen hatte, erschloß sich ihm ein neuer Horizont.

»Leben Elben in diesen Wäldern?« fragte er.

»Nicht, daß ich wüßte«, sagte Pippin. Frodo schwieg. Auch er folgte mit dem Blick der Straße nach Osten, als ob er sie noch nie gesehen hätte. Plötzlich sprach er, laut, aber wie für sich selbst und langsam redend:

»Die Straße gleitet fort und fort,
  Weg von der Tür, wo sie begann,
Weit überland von Ort zu Ort,
  Ich folge ihr, so gut ich kann.
Ihr lauf ich müden Fußes nach,
  Bis sie sich groß und breit verflicht
Mit Weg und Wagnis tausendfach.
  Und wohin dann? Ich weiß es nicht.«

»Das klingt wie ein Reim vom alten Bilbo«, sagte Pippin. »Oder ist es eine Nachahmung von dir? Es klingt nicht unbedingt ermutigend.«

»Ich weiß es nicht«, antwortete Frodo. »Mir kam es eben so vor, als hätte ich es selbst erfunden; aber es mag sein, daß ich es vor langer Zeit gehört habe. Gewiß erinnert es mich sehr an Bilbo in den letzten Jahren, ehe er fortging. Er sagte oft, es gebe nur einen Weg; er sei wie ein großer Fluß: seine Quellen seien an jeder Türschwelle, und jeder Pfad sei sein Nebenfluß. ›Es ist eine gefährliche Sache, Frodo, aus deiner Tür hinauszugehen‹, pflegte er zu sagen. ›Du betrittst die Straße, und wenn du nicht auf deine Füße aufpaßt, kann man nicht wissen, wohin sie dich tragen. Bist du dir klar, daß eben dies der Pfad ist, der durch Düsterwald führt, und daß er dich, wenn du es zuläßt, bis zum Einsamen Berg oder noch weiter und zu schlimmeren Orten bringt?‹ Das pflegte er auf dem Pfad vor der Tür von Beutelsend zu sagen, besonders dann, wenn er einen langen Spaziergang gemacht hatte.«

»Na, mich wird der Weg nirgends hinbringen, zumindest eine Stunde lang nicht«, sagte Pippin und nahm seinen Rucksack ab. Die anderen folgten seinem Beispiel, stellten die Rucksäcke gegen die Böschung und streckten ihre Beine zur Straße aus. Nach einer Ruhepause verzehrten sie ein gutes Mittagessen und legten dann eine weitere Ruhepause ein.

Die Sonne begann zu sinken, und Nachmittagslicht lag über dem Land, als sie den Berg hinabschritten. Bisher hatten sie noch keine Seele auf der Straße getroffen. Sie wurde nicht viel benutzt, da sie für Karren kaum geeignet war, und es gab nicht viel Verkehr zum Waldende. Etwa eine Stunde oder noch länger waren sie schon wieder unterwegs, als Sam einen Augenblick stehenblieb, als ob er lauschte. Sie waren nun in ebenem Gelände, und nach vielen Windungen verlief die Straße jetzt ganz geradlinig durch Wiesen, auf denen einzelne hohe Bäume standen, Vorposten der nahen Wälder.

»Ich höre ein Pony oder ein Pferd, das hinter uns die Straße entlangkommt«, sagte Sam.

Sie schauten zurück, aber wegen der Straßenbiegung konnten sie nicht weit sehen. »Ich möchte mal wissen, ob das Gandalf ist, der uns nachkommt«, sagte Frodo; aber schon während er es sagte, hatte er das Gefühl, daß dem nicht so sei, und er verspürte plötzlich den Wunsch, sich vor den Blicken des Reiters zu verbergen.

»Vielleicht ist es nicht wichtig«, sagte er entschuldigend, »aber ich möchte eigentlich nicht gern auf der Straße gesehen werden – von niemandem. Ich habe es satt, daß alles, was ich tue, beobachtet und durchgehechelt wird. Und wenn es Gandalf ist«, fügte er noch hinzu, »dann können wir ihm eine kleine Überraschung bereiten, zur Strafe dafür, daß er so spät kommt. Laßt uns in Deckung gehen!«

Die beiden anderen liefen rasch nach links und hinunter in eine kleine Mulde nicht weit von der Straße. Dort legten sie sich flach auf den Boden. Frodo zögerte eine Sekunde: Neugier oder irgendeine andere Anwandlung kämpfte gegen seinen Wunsch an, sich zu verbergen. Das Geräusch der Hufe kam näher. Gerade noch rechtzeitig ließ er sich in das hohe Gras hinter einem Baum fallen, der die Straße überschattete. Dann hob er den Kopf und spähte vorsichtig über eine der großen Wurzeln hinweg.

Um die Biegung kam ein schwarzes Pferd, kein Hobbitpony, sondern ein ausgewachsenes Pferd; und darauf saß ein großer Mensch, der sich auf dem Sattel niederzuducken schien, eingehüllt in einen großen schwarzen Mantel und eine Kapuze, so daß nur seine Stiefel in den hohen Steigbügeln unten herausschauten; sein Gesicht war beschattet und unsichtbar.

Als das Pferd bis zu dem Baum gekommen und auf gleicher Höhe mit Frodo war, blieb es stehen. Der Reiter saß ganz still mit gesenktem Kopf, als ob er lauschte. Unter der Kapuze hervor kam ein Geräusch, wie wenn jemand schnüffelt, um einen schwachen Duft einzufangen; sein Kopf drehte sich von einer Straßenseite zur anderen.

Eine plötzliche unbegreifliche Furcht, entdeckt zu werden, befiel Frodo, und er dachte an seinen Ring. Er wagte kaum zu atmen, und doch wurde der Wunsch, ihn aus der Tasche zu holen, so stark, daß er langsam die Hand bewegte. Er hatte das Gefühl, daß er ihn bloß aufzustreifen brauchte, dann würde er sicher sein. Gandalfs Rat schien lächerlich. Schließlich hatte Bilbo den Ring ja auch benutzt. »Und ich bin immer noch im Auenland«, dachte er, als seine Hand die Kette berührte, an der der Ring hing. In diesem Augenblick richtete sich der Reiter auf und zog die Zügel an. Das Pferd machte einen Schritt vorwärts, ging erst langsam und setzte sich dann in raschen Trab.

Frodo kroch zum Straßenrand und beobachtete den Reiter, bis er in der Ferne verschwand. Er war nicht ganz sicher, aber ihm kam es vor, als ob das Pferd, ehe er es aus den Augen verlor, abschwenkte und nach rechts zwischen die Bäume ging.

»Nun, das nenne ich sehr sonderbar und wirklich beunruhigend«, sagte Frodo zu sich, als er zu seinen Gefährten hinüberging. Pippin und Sam waren im Gras liegen geblieben und hatten nichts gesehen; deshalb beschrieb ihnen Frodo den Reiter und sein seltsames Verhalten.

»Ich kann nicht sagen, warum, aber ich hatte das bestimmte Gefühl, daß er mich suchte und *witterte;* und ich hatte auch das bestimmte Gefühl, daß ich nicht von ihm entdeckt werden wollte. So etwas habe ich nie zuvor im Auenland gesehen oder gefühlt.«

»Aber was hat einer von den Großen Leuten mit uns zu tun?« fragte Pippin. »Und was tut er überhaupt in diesem Teil der Welt?«

»Hier gibt es ein paar Menschen«, sagte Frodo. »Unten im Südviertel haben die Hobbits Ärger mit Großen Leuten gehabt, glaube ich. Aber von so etwas wie diesem Reiter habe ich nie gehört. Ich möchte wissen, wo er herkommt.«

»Entschuldigung«, warf Sam plötzlich ein, »ich weiß, wo er herkommt. Von Hobbingen kommt er, dieser schwarze Reiter hier, sofern es nicht mehr als einen gibt. Und ich weiß auch, wohin er geht.«

»Was meinst du damit?« fragte Frodo scharf und sah ihn erstaunt an. »Warum hast du denn vorher nichts davon gesagt?«

»Es ist mir gerade erst wieder eingefallen, Herr. Es war so: Als ich gestern abend mit dem Schlüssel zu unserer Höhle kam, sagt mein Vater zu mir: *Hallo, Sam!* sagt er, *ich dachte, du wärst schon heute morgen mit Herrn Frodo weg. Da war ein seltsamer Kauz hier und hat nach Herrn Beutlin von Beutelsend gefragt, und er ist gerade erst weg. Ich hab ihn nach Bockenburg geschickt. Nicht, daß mir sein Ton gefallen hätte. Er schien sich mächtig zu ärgern, als ich ihm sagte, Herr Beutlin habe sein altes Heim für immer verlassen. Angezischt hat er mich. Ist mir richtig kalt über den Rücken gelaufen. Was für ein Bursche war denn das?* sage ich zum Ohm. *Ich weiß nicht,* sagt er; *aber er war kein Hobbit. Er war groß und irgendwie schwarz, und er beugte sich über mich. Ich nehme an, er war einer von den Großen Leuten aus fremden Gegenden. Er sprach so komisch.*

Ich konnte nicht länger bleiben, Herr, da ihr auf mich gewartet habt; und ich hab's selbst gar nicht so wichtig genommen. Der Ohm wird allmählich alt und ist mehr als ein bißchen blind, und es muß schon fast dunkel gewesen sein, als dieser Kerl den Bühl heraufkam und ihn traf, als der Ohm am Ende von unserem Weg Luft schnappte. Ich hoffe, er hat keinen Schaden angerichtet, Herr, und ich auch nicht.«

»Dem Ohm kann man sowieso keinen Vorwurf machen«, sagte Frodo. »Ich habe es sogar selbst gehört, daß er mit einem Fremden sprach, der sich offenbar nach mir erkundigt hatte, und fast wäre ich hingegangen und hätte ihn gefragt, wer es war. Ich wollte, ich hätte es getan, oder du hättest mir früher etwas davon gesagt. Dann wäre ich auf der Straße vielleicht vorsichtiger gewesen.«

»Immerhin kann es ja sein, daß gar kein Zusammenhang besteht zwischen diesem Reiter und dem Fremden vom Ohm«, meinte Pippin. »Wir haben uns ganz heimlich aus Hobbingen davongemacht, und ich wüßte nicht, wie er unsere Spur verfolgt haben könnte.«

»Und was ist mit dem *Wittern,* Herr?« fragte Sam. »Und der Ohm sagte, es war ein schwarzer Kerl.«

»Ich wollte, ich hätte auf Gandalf gewartet«, murmelte Frodo. »Aber vielleicht hätte das die Sache nur schlimmer gemacht.«

»Dann weißt du oder errätst etwas über diesen Reiter?« fragte Pippin, der die gemurmelten Worte verstanden hatte.

»Ich weiß nichts und möchte lieber nichts erraten«, antwortete Frodo.

»Na schön, Vetter Frodo. Du kannst dein Geheimnis vorläufig behalten, wenn du geheimnisvoll sein willst. Aber was sollen wir nun tun? Eigentlich hätte ich gern einen Happen zu essen und einen Schluck zu trinken, aber irgendwie glaube ich, wir sollten uns lieber davonmachen. Dein Gerede von schnüffelnden Reitern mit unsichtbaren Nasen hat mich ganz unruhig gemacht.«

»Ja, ich glaube, wir gehen jetzt lieber weiter«, sagte Frodo, »aber nicht auf der Straße – falls der Reiter zurückkommt oder ein anderer ihm folgt. Wir sollten heute noch ein gutes Stück hinter uns bringen. Bockland ist noch meilenweit.«

Die Schatten der Bäume auf dem Gras waren lang und dünn, als sie sich wieder aufmachten. Sie hielten sich jetzt einen Steinwurf weit links der Straße und möglichst außer Sichtweite. Aber das behinderte sie; denn das Gras war hoch und büschelig, der Boden uneben und die Bäume zogen sich zu Dickichten zusammen.

In ihrem Rücken war die Sonne rot hinter den Bergen untergegangen, und der Abend brach herein, ehe sie wieder auf die Straße kamen am Ende der langen Ebene, über die sie ein paar Meilen ganz gerade verlaufen war. An diesem Punkt bog die Straße nach links ab und führte hinunter in die Niederungen des Luches und dann nach Stock; aber rechts zweigte ein schmaler Weg ab, der sich durch einen alten Eichenwald nach Waldhof schlängelte. »Das ist unser Weg«, sagte Frodo.

Nicht weit von der Wegscheide stießen sie auf einen riesigen Baumstamm: Er lebte noch und hatte Blätter auf den kleinen Zweigen, die er rings um die Stümpfe seiner längst gefällten Hauptäste getrieben hatte; aber er war hohl, und durch einen großen Spalt auf der von der Straße abgewandten Seite konnte man hineingelangen. Die Hobbits krochen hinein und setzten sich dort auf eine Schicht alter Blätter und verfaulten Holzes. Sie ruhten sich aus und aßen eine Kleinigkeit, unterhielten sich leise und lauschten von Zeit zu Zeit.

Es war dämmerig, als sie wieder auf den Weg krochen. Der Westwind seufzte in den Zweigen. Die Blätter wisperten. Bald begann der Weg sanft, aber stetig in der Dunkelheit abzufallen. Über den Bäumen vor ihnen erschien im dunkler werdenden Osten ein Stern. Sie gingen nebeneinander und im Gleichschritt, um sich Mut zu machen. Nach einiger Zeit, als mehr Sterne kamen und sie heller leuchteten, fühlten sie sich nicht mehr so beunruhigt und lauschten nicht mehr, ob sie Hufgetrappel hörten. Sie begannen leise vor sich hinzusummen, wie es Hobbits beim Wandern zu tun pflegen, besonders des Nachts auf dem Heimweg. Bei den meisten Hobbits ist es dann ein Abendessen- oder Bettlied; aber diese Hobbits summten ein Wanderlied (obwohl Abendessen und Bett natürlich auch darin vorkamen). Bilbo Beutlin hatte den Text verfaßt zu einer uralten Melodie und hatte Frodo das Lied beigebracht, wenn sie über die Feldwege im Tal der Wässer wanderten und sich über Abenteuer unterhielten.

»Der Herd ist rot von Feuersglut,
Das Bett steht unterm Dach und gut;
Doch müde ist noch nicht der Fuß,
Dort um die Ecke, welch ein Gruß,
Steht überraschend Baum und Stein,
Von uns entdeckt, von uns allein.
  Baum und Blume, Laub und Gras,
  Was soll das? Was soll das?
  Unterm Himmel Berg und See,
  Geh nur, geh! Geh nur, geh!

Ja, um die Ecke, kommt uns vor,
Da steht geheimnisvoll ein Tor,
Und was wir heute nicht gesehn,
Das ruft uns morgen, fortzugehn
Und führt uns, fremd und ungewohnt,
Bis hin zur Sonne, hin zum Mond.
  Apfel, Schlehe, Dorn und Nuß
  Gilt der Gruß! Gilt der Gruß!
  Sand und Stein und flache Sohl,
  Lebewohl! Lebewohl!

Daheim verblaßt, die Welt rückt nah,
Mit vielen Pfaden liegt sie da
Und lockt durch Schatten, Trug und Nacht,
Bis endlich Stern um Stern erwacht.
Dann wiederum verblaßt die Welt –
Daheim! Wie mir das Wort gefällt!
  Wolke, Zwielicht, Nebeldunst,
  Ohne Gunst! Ohne Gunst!
  Fleisch, Brot und Kerze auf dem Brett,
  Und dann zu Bett! Und dann zu Bett!«

Das Lied war zu Ende. »Und *jetzt* zu Bett! und *jetzt* zu Bett!« sang Pippin mit lauter Stimme.

»Pst!« machte Frodo. »Ich glaube, ich höre wieder Hufe.«

Sie hielten an und standen so still wie Baumschatten und lauschten. Ein Stück weiter hinten auf dem Weg waren Hufe zu hören, und der Wind trug das Geräusch deutlich herüber.

Rasch und leise verließen sie den Weg und rannten in den tieferen Schatten unter den Eichen.

»Wir wollen nicht zu weit gehen«, sagte Frodo. »Ich will nicht gesehen werden, aber ich möchte sehen, ob es wieder ein Schwarzer Reiter ist.«

»Sehr schön«, sagte Pippin, »aber denke an das Schnüffeln.«

Die Hufe kamen näher. Die Hobbits hatten keine Zeit, ein besseres Versteck zu finden als die Dunkelheit unter den Bäumen; Sam und Pippin kauerten sich hinter einen großen Baumstamm, während Frodo wieder etwas näher an den Weg herankroch. Der Pfad schimmerte grau und fahl, ein lichter Streifen, der sich durch den Wald zog. Über ihm strahlten viele Sterne am dunklen Himmel, aber es war kein Mond da.

Das Hufgetrappel brach ab. Frodo sah, wie sich etwas Dunkles auf dem helleren Streifen zwischen zwei Bäumen bewegte und dann anhielt. Es sah aus wie der schwarze Schatten eines Pferdes, geführt von einem kleineren schwarzen Schatten. Der schwarze Schatten stand dicht an der Stelle, wo sie den Weg verlassen hatten, und er wandte sich von einer Seite zur anderen. Frodo glaubte, ein Schnüffelgeräusch zu hören. Der Schatten ging in die Hocke und begann dann, auf ihn zuzukriechen.

Wieder wurde Frodo von dem Wunsch befallen, den Ring aufzustreifen, der aber diesmal stärker war als vorher. So stark, daß seine Hand, fast ehe er sich klar war, was er tat, in seiner Tasche herumtastete. Doch in diesem Augenblick hörte man ein Singen, das von Gelächter unterbrochen wurde. Helle Stimmen drangen durch die sternklare Nacht. Der schwarze Schatten richtete sich auf und zog sich zurück. Er schwang sich auf das schattenhafte Pferd und schien jenseits des Weges in der Dunkelheit zu verschwinden. Frodo atmete wieder.

»Elben!« rief Sam in einem heiseren Flüstern. »Elben, Herr!« Er wäre aus dem Schatten der Bäume ausgebrochen und den Stimmen entgegengeeilt, wenn ihn die anderen nicht zurückgezogen hätten.

»Ja, es sind Elben«, sagte Frodo. »Man trifft sie manchmal im Waldende. Sie leben nicht im Auenland, sondern wandern hier nur im Frühling und Herbst, wenn sie aus ihren eigenen Landen jenseits der Turmberge kommen. Ich bin dankbar dafür, daß sie es tun! Ihr habt es nicht gesehen, aber dieser Schwarze Reiter hielt genau hier an und war gerade im Begriff auf uns zuzukriechen, als der Gesang begann. Sobald er die Stimmen hörte, verschwand er.«

»Was ist mit den Elben?« fragte Sam, der zu aufgeregt war, um sich noch über den Reiter Gedanken zu machen. »Können wir nicht hingehen und sie sehen?«

»Horch! Sie kommen hier lang«, sagte Frodo. »Wir brauchen nur zu warten.«

Der Gesang kam näher. Eine helle Stimme erhob sich jetzt über die anderen. Sie sang in der schönen Elbensprache, die Frodo nur wenig kannte und die anderen gar nicht. Doch der Klang, der sich harmonisch mit der Melodie verband, formte sich für sie zu Worten, die sie nur teilweise verstanden. Das war das Lied, wie Frodo es hörte:

»Schnee-Weiß! Schnee-Weiß! O Herrin hold
  Fürstliche Fraue hochgestellt,
O Licht uns Pilgern hier im Sold
  Inmitten der verworrenen Welt.
Gilthoniel! O Elbereth!
  Dein Auge klar, dein Atem rein!
Schnee-Weiß! Schnee-Weiß! Wir denken dein,
  Ferne bist du und wir allein.
O Sterne, ausgesäet von ihr
  Im sonnenlosen Weltenjahr,
Wir sehen sie auch noch von hier
  Wie Blumen blühen wunderbar.
O Elbereth! Gilthoniel!
  Im Dunkel leuchtest du uns hell
Noch aus der Ferne, ach, wir sehn
  Dein Licht wie Trost am Himmel stehn.«

Das Lied war zu Ende. »Das sind Hochelben! Sie sprachen den Namen Elbereth aus!« sagte Frodo erstaunt. »Wenige von diesem edelsten Volk sind je im Auenland zu sehen. Nicht viele weilen noch in Mittelerde, östlich des Großen Meeres. Das ist wahrlich ein seltsamer Zufall!«

Die Hobbits setzten sich an den dunklen Straßenrand. Es dauerte nicht lange, da kamen die Elben den Weg entlang ins Tal. Sie gingen langsam an ihnen vorbei, und die Hobbits sahen das Sternenlicht auf ihrem Haar und ihren Augen glänzen. Sie trugen kein Licht, und doch war es, während sie gingen, als ob ein Schimmer wie der Schein des Mondes, ehe er sich über den Kamm der Berge erhebt, auf ihre Füße fiele. Sie waren jetzt still, und als der letzte Elb vorbeiging, wandte er sich um, schaute auf die Hobbits und lachte.

»Heil, Frodo!« sagte er. »Du bist spät unterwegs. Oder hast du dich vielleicht verirrt?« Dann rief er laut zu den anderen hinüber, und die ganze Gruppe hielt an und versammelte sich um sie.

»Das ist ja wirklich verwunderlich«, sagten sie. »Drei Hobbits bei Nacht im Walde! So etwas haben wir nicht mehr gesehen, seit Bilbo wegging. Was bedeutet das?«

»Das bedeutet einfach, ihr Schönen«, sagte Frodo, »daß wir anscheinend denselben Weg gehen wie ihr. Ich wandere gern unter den Sternen. Aber ich würde mich über eure Gesellschaft freuen.«

»Wir brauchen keine andere Gesellschaft, und Hobbits sind so langweilig«, lachten sie. »Und woher weißt du, daß wir denselben Weg gehen wie ihr, da du doch nicht weißt, wohin wir gehen?«

»Und woher wißt ihr meinen Namen?« fragte Frodo wiederum.

»Wir wissen viele Dinge«, sagten sie. »Wir haben dich früher oft mit Bilbo gesehen, obwohl du vielleicht uns nicht gesehen hast.«

»Wer seid ihr, und wer ist euer Herr?« fragte Frodo.

»Ich bin Gildor«, antwortete ihr Anführer, der Elb, der ihn zuerst begrüßt hatte. »Gildor Inglorion aus Finrods Geschlecht. Wir sind Verbannte, und die meisten unseres Stammes sind schon vor langer Zeit fortgegangen, und auch wir halten uns hier nur noch eine Weile auf, ehe wir über das Große Meer zurückkehren. Doch einige unserer Verwandten leben noch im Frieden in Bruchtal. Komm nun, Frodo, sage uns, wie es mit dir steht? Denn wir sehen, daß ein Schatten der Furcht auf dir liegt.«

»O ihr Weisen«, mischte sich Pippin ungeduldig ein. »Sagt uns etwas über die Schwarzen Reiter!«

»Die Schwarzen Reiter?« wiederholten sie leise. »Warum fragst du nach den Schwarzen Reitern?«

»Weil uns zwei Schwarze Reiter heute überholt haben,

oder einer zweimal«, sagte Pippin. »Gerade eben erst, als ihr herankamt, ist er verschwunden.«

Die Elben antworteten nicht sofort, sondern redeten leise miteinander in ihrer Sprache. Schließlich wandte sich Gildor an die Hobbits. »Wir wollen hier nicht davon sprechen«, sagte er. »Wir glauben, ihr solltet jetzt am besten mit uns kommen. Es ist nicht unsere Gewohnheit, aber diesmal wollen wir euch auf unserem Weg mitnehmen, und ihr sollt heute bei uns übernachten, wenn ihr wollt.«

»O ihr Schönen! Das ist mehr Glück, als ich zu hoffen wagte«, sagte Pippin. Sam war sprachlos. »Ich danke dir vielmals, Gildor Inglorion«, sagte Frodo und verbeugte sich. *»Elen síla lúmenn' omentielvo,* ein Stern leuchtet über der Stunde unserer Begegnung«, fügte er in der hochelbischen Sprache hinzu.

»Seid vorsichtig, Freunde«, rief Gildor lachend. »Sagt nichts Geheimes! Hier ist ein Kundiger der Alten Sprache. Bilbo war ein guter Lehrer. Heil, Elbenfreund!« sagte er und verneigte sich vor Frodo. »Komm nun mit deinen Freunden und schließe dich unserer Gesellschaft an. Am besten geht ihr in der Mitte, damit ihr euch nicht verlauft. Ihr mögt müde werden, ehe wir anhalten.«

»Warum? Wohin geht ihr denn?« fragte Frodo.

»Heute nacht bleiben wir in den Wäldern auf den Bergen über Waldhof. Es sind noch einige Meilen dorthin, aber dann könnt ihr euch ausruhen; und morgen wird euer Weg um so kürzer sein.«

Schweigend gingen sie nun weiter und glitten dahin wie schwach schimmernde Schatten: denn Elben konnten (sogar noch besser als Hobbits) lautlos gehen, wenn sie wollten. Pippin begann bald schläfrig zu werden und taumelte ein- oder zweimal; aber immer streckte ein großer Elb an seiner Seite den Arm aus und rettete ihn vor dem Sturz. Sam ging neben Frodo, als träumte er, und in seinem Gesicht malten sich teils Furcht, teils freudiges Staunen.

Auf beiden Seiten wurden die Wälder dichter; die Bäume waren jetzt jünger und dicker; und als der Fußweg tiefer hinunterführte in eine Senke zwischen den Bergen, waren die Abhänge rechts und links mit vielen Haselsträuchern bewachsen. Schließlich verließen die Elben den Fußweg. Ein grüner

Saumpfad führte fast unsichtbar rechts durch das Dickicht; ihm folgten sie, und er schlängelte sich die bewaldeten Hügel hinauf bis zum Gipfel eines Bergrückens, der in das tiefere Land des Flußtals hineinragte. Plötzlich kamen sie aus dem Schatten der Bäume heraus, und vor ihnen lag eine weite Grasfläche, grau in der Nacht. Auf drei Seiten war sie von Wald umgeben; aber nach Osten fiel das Gelände steil ab, und die Gipfel der dunklen Bäume, die auf dem Grund des Tobels wuchsen, waren zu ihren Füßen. Jenseits erstreckten sich die Niederungen dämmerig und flach im Sternenlicht. Näher zu ihnen blinkten ein paar Lichter im Dorf Waldhof.

Die Elben setzten sich ins Gras und unterhielten sich mit leiser Stimme; sie schienen die Hobbits nicht weiter zu beachten. Frodo und seine Gefährten hüllten sich in Mäntel und Decken, und Schläfrigkeit überkam sie. Die Nacht zog herauf, und die Lichter im Tal erlöschten. Pippin schlief ein, den Kopf auf ein grünes Hügelchen gebettet.

Fern noch im Osten stand Remmirath, das Siebengestirn, und langsam stieg der rote Borgil über den Nebel empor, leuchtend wie ein feuriger Edelstein. Dann wurde durch ein Umspringen des Windes der ganze Nebel wie ein Schleier fortgezogen, und über dem Rand der Welt erschien der Streiter des Himmels, Menelvagor mit seinem schimmernden Schwertgehänge. Die Elben stimmten ein Lied an. Plötzlich flammte unter den Bäumen ein Feuer auf, das einen roten Schein warf.

»Kommt!« riefen die Elben den Hobbits zu. »Kommt! Jetzt ist die Zeit für Unterhaltung und Fröhlichkeit!«

Pippin setzte sich auf und rieb die Augen. Ihn fröstelte. »Dort ist ein Feuer in der Halle und Essen für hungrige Gäste«, sagte ein Elb, der vor ihm stand.

Am südlichen Ende der Lichtung erstreckte sich der Rasen bis in den Wald hinein und bildete gleichsam den grünen Boden einer geräumigen, von den Ästen der Bäume überdachten Halle. Ihre hohen Stämme standen ringsum wie Säulen. In der Mitte flackerte ein Holzfeuer, an den Baumsäulen brannten Fackeln und verbreiteten ein silbrig-goldenes Licht. Die Elben saßen um das Feuer auf dem Gras oder auf den glatten, runden Sägeflächen alter Baumstümpfe. Einige gingen mit Bechern hin und her und schenkten Getränke ein; andere brachten Speisen auf vollen Tellern und Schüsseln.

»Das ist karge Kost«, sagten sie zu den Hobbits, »denn wir sind hier im grünen Wald fern von unseren Hallen. Wenn ihr jemals daheim unsere Gäste seid, werden wir euch besser bewirten.«

»Mir erscheint es gut genug für ein Geburtstagsfest«, sagte Frodo.

Pippin konnte sich später kaum an das Essen oder Trinken erinnern, denn er war so erfüllt von dem Leuchten auf den Gesichtern der Elben und dem Klang so vielfältiger und schöner Stimmen, daß er sich wie in einem Wachtraum vorkam. Aber er erinnerte sich, daß es Brot gab, wohlschmeckender, als ein köstlicher weißer Laib einem Verhungernden erscheinen mag, und Früchte, süß wie wilde Beeren und schmackhafter als in Gärten gezogenes Obst; er leerte einen Becher, gefüllt mit einem duftenden Getränk, kühl wie eine klare Quelle, golden wie ein Sommernachmittag.

Sam konnte niemals mit Worten beschreiben und auch nicht sich selbst deutlich erklären, was er in jener Nacht dachte oder fühlte, obwohl es ihm im Gedächtnis blieb als eines der wichtigsten Ereignisse seines Lebens. Am nächsten kam er seinen Gefühlen noch, wenn er sagte: »Ja, Herr, wenn ich solche Äpfel ziehen könnte, würde ich mich einen Gärtner nennen. Aber der Gesang war es, der mir zu Herzen ging, wenn du weißt, was ich meine.«

Frodo saß da, aß und trank und unterhielt sich mit Vergnügen; aber sein Sinn war hauptsächlich auf das gesprochene Wort gerichtet. Er kannte die Elbensprache ein wenig und lauschte eifrig. Dann und wann redete er mit jenen, die ihn bedienten, und dankte ihnen in ihrer eigenen Sprache. Sie blickten ihn freundlich an und sagten dann lachend: »Hier ist ein Juwel unter den Hobbits!«

Nach einer Weile schlief Pippin fest ein; er wurde aufgehoben und in eine Laube unter den Bäumen getragen; dort wurde er auf ein weiches Bett gelegt, und er schlief die ganze Nacht. Sam wollte seinen Herrn nicht verlassen. Als Pippin fort war, kam er und kauerte sich zu Frodos Füßen, wo er schließlich einnickte und die Augen schloß. Frodo blieb lange wach und unterhielt sich mit Gildor.

Sie sprachen von vielen Dingen, alten und neuen, und Frodo stellte Gildor viele Fragen über die Ereignisse in der weiten

Welt außerhalb des Auenlands. Die Nachrichten waren zumeist traurig und unheilschwanger: über die zunehmende Dunkelheit, die Kriege der Menschen und die Flucht der Elben. Schließlich brachte Frodo die Frage vor, die ihm am meisten am Herzen lag: »Sage mir, Gildor, hast du Bilbo jemals gesehen, seit er uns verließ?«

Gildor lächelte. »Ja«, antwortete er. »Zweimal. Er sagte uns Lebewohl an eben dieser Stelle. Aber ich sah ihn dann noch einmal, weit von hier.« Er wollte nichts mehr über Bilbo sagen, und Frodo versank in Schweigen.

»Du fragst mich nicht oder erzählst mir nicht viel über das, was dich selbst betrifft, Frodo«, sagte Gildor. »Aber ein wenig weiß ich bereits, und mehr kann ich in deinem Gesicht lesen oder in den Gedanken, die deinen Fragen zugrunde liegen. Du verläßt das Auenland, und doch zweifelst du, ob du finden wirst, was du suchst, oder vollbringen kannst, was du vorhast, und ob du jemals zurückkehren wirst. Ist es nicht so?«

»So ist es«, sagte Frodo. »Aber ich glaubte, mein Weggehen sei ein Geheimnis, das nur Gandalf und mein getreuer Sam kannten.« Er blickte hinunter auf Sam, der leise schnarchte.

»Der Feind wird das Geheimnis von uns nicht erfahren«, sagte Gildor.

»Der Feind?« fragte Frodo. »Dann weißt du also, warum ich das Auenland verlasse?«

»Ich weiß nicht, aus welchem Grund dich der Feind verfolgt«, antwortete Gildor. »Aber ich sehe, daß er es tut – so seltsam es mir auch erscheint. Und ich warne dich, denn Gefahren liegen jetzt vor dir und hinter dir und auf allen Seiten.«

»Du meinst die Reiter? Ich fürchtete, daß sie Diener des Feindes seien. Was *sind* denn die Schwarzen Reiter?«

»Hat Gandalf dir nichts gesagt?«

»Nichts über solche Wesen.«

»Dann steht es mir wohl nicht an, mehr darüber zu sagen – damit Furcht dich nicht von deiner Wanderung abhält. Denn mir scheint, daß du dich gerade noch rechtzeitig auf den Weg gemacht hast, wenn es überhaupt noch rechtzeitig ist. Du mußt dich jetzt eilen, darfst dich nicht aufhalten und nicht umkehren; denn das Auenland ist nicht länger ein Schutz für dich.«

»Ich kann mir nicht vorstellen, welche Nachricht entsetzlicher sein könnte als deine Andeutungen und Warnungen«, rief Frodo. »Ich wußte natürlich, daß Gefahren vor mir lägen; aber ich erwartete nicht, daß sie mir schon in unserem eigenen Auenland begegnen würden. Kann ein Hobbit nicht in Frieden von der Wässer zum Strom wandern?«

»Aber es ist nicht euer eigenes Auenland«, antwortete Gildor. »Andere lebten schon hier, ehe es Hobbits gab; und andere werden hier wieder leben, wenn Hobbits nicht mehr sind. Die weite Welt erstreckt sich rings um euch: Ihr könnt euch absperren, doch könnt ihr sie nicht für immer aussperren.«

»Ich weiß – und doch schien das Auenland immer so sicher und vertraut. Was kann ich nun tun? Mein Plan war, das Auenland heimlich zu verlassen und nach Bruchtal zu gehen; aber jetzt werde ich schon verfolgt, ehe ich überhaupt nach Bockland komme.«

»Du solltest, meine ich, dennoch an dem Plan festhalten«, sagte Gildor. »Ich glaube nicht, daß der Weg sich als zu schwierig erweisen wird für deinen Mut. Aber wenn du einen eindeutigeren Rat haben willst, solltest du Gandalf fragen. Ich kenne den Grund für deine Flucht nicht, und daher weiß ich nicht, mit welchen Mitteln deine Verfolger dich angreifen werden. Diese Dinge muß Gandalf wissen. Ich nehme an, du wirst ihn sehen, ehe du das Auenland verläßt?«

»Ich hoffe. Aber da ist noch etwas, das mir Sorgen macht. Ich habe Gandalf schon seit vielen Tagen erwartet. Spätestens vorgestern sollte er in Hobbingen sein; aber er ist nicht gekommen. Nun frage ich mich, was geschehen sein kann. Ob ich auf ihn warten soll?«

Gildor schwieg einen Augenblick. »Die Nachricht gefällt mir nicht«, sagte er schließlich. »Wenn Gandalf sich verspätet, bedeutet es nichts Gutes. Aber es heißt: Misch dich nicht in die Angelegenheiten von Zauberern ein, denn sie sind schwierig und rasch erzürnt. Die Entscheidung liegt bei dir: zu gehen oder zu warten.«

»Und es heißt auch«, erwiderte Frodo: »Frage nicht die Elben um Rat, denn sie werden sowohl Ja als auch Nein sagen.«

»Heißt es wirklich so?« lachte Gildor. »Elben geben selten unvorsichtige Ratschläge, denn Ratschläge sind eine gefährliche Gabe, selbst von den Weisen an die Weisen, und alle Wege mögen in die Irre führen. Aber was willst du? Du hast mir nicht alles über dich erzählt; und wie soll ich dann besser entscheiden als du? Aber wenn du Rat haben willst, dann will ich ihn dir um der Freundschaft willen geben. Ich glaube, du solltest sofort gehen, ohne Säumen; und wenn Gandalf nicht kommt, ehe du aufbrichst, dann rate ich dir dies: Geh nicht allein. Nimm Freunde mit, die vertrauenswürdig und willig sind. Nun solltest du dankbar sein, denn ich gebe diesen Rat nicht gern. Die Elben haben ihre eigene Bürde zu tragen und ihre eigenen Sorgen, und sie kümmern sich wenig um die Wege der Hobbits oder irgendwelcher anderen Geschöpfe auf der Welt. Unsere Pfade kreuzen die ihren selten, aus Zufall oder Absicht. Diese Begegnung mag mehr als ein Zufall sein; doch die Absicht ist mir nicht klar, und ich fürchte, zu viel zu sagen.«

»Ich bin dir zutiefst dankbar«, sagte Frodo. »Aber ich wünschte, du würdest mir genau sagen, was die Schwarzen Reiter eigentlich sind. Wenn ich deinem Rat folge, mag es sein, daß ich Gandalf lange nicht sehe, und ich sollte die Gefahr kennen, die mich verfolgt.«

»Genügt es dir nicht, zu wissen, daß sie Diener des Feindes sind?« antwortete Gildor. »Fliehe sie! Sprich kein Wort mit ihnen! Sie sind tödlich. Frage mich nicht mehr! Aber mein Herz sagt mir, daß du, Frodo, Drogos Sohn, ehe alles zu Ende ist, mehr von diesen grausamen Wesen wissen wirst als Gildor Inglorion. Möge Elbereth dich beschützen!«

»Aber wo soll ich Mut finden?« fragte Frodo. »Das ist es, was ich hauptsächlich brauche.«

»Mut kann man an unwahrscheinlichen Stellen finden«, sagte Gildor. »Sei guter Hoffnung! Schlafe jetzt! Am Morgen werden wir fort sein; aber wir werden Botschaften durch die Lande schicken. Die Wandernden Gefährten sollen von deiner Fahrt wissen, und jene, die die Macht haben, Gutes zu tun, sollen auf der Hut sein. Ich nenne dich Elbenfreund; und möge das Ende deines Weges unter einem guten Stern stehen! Selten haben wir so viel Freude an Fremden gehabt, und es tut wohl, Worte der Alten Sprache von den Lippen anderer Wanderer in der Welt zu hören.«

Frodo wurde von Müdigkeit gepackt, gerade als Gildor aufhörte zu reden. »Ich will jetzt schlafen«, sagte er; der Elb geleitete ihn zu einer Laube neben Pippin, und er warf sich auf ein Bett und fiel sofort in traumlosen Schlummer.

Die Hobbits gingen, so rasch es der dunkle und dicht verflochtene Wald zuließ, den Flußlauf entlang nach Westen und hinauf zu den Häusern des Gebirges, tiefer und tiefer nach Fangorn hinein. Langsam legte sich ihre Angst vor den Orks, und ihr Schritt wurde gemächlicher. Ein seltsames Erstikkungsgefühl überkam sie, als ob die Luft zum Atmen zu dünn oder zu knapp sei.

Schließlich hielt Merry an. »So können wir nicht weitergehen«, keuchte er. »Ich brauche Luft.«

»Laß uns jedenfalls etwas trinken«, sagte Pippin. »Ich bin ganz ausgedörrt.« Er kletterte zu einer großen Baumwurzel, die sich zum Fluß hinunterwand, bückte sich und schöpfte mit der hohlen Hand etwas Wasser. Es war klar und kalt, und er trank viele Schlucke. Merry folgte ihm. Das Wasser erfrischte sie und schien ihnen neuen Mut einzuflößen; eine Weile saßen sie zusammen am Flußufer, benetzten ihre wunden Füße und Beine und betrachteten die Bäume rundum, die sie still umstanden, eine Reihe hinter der anderen, bis sie in allen Richtungen in grauem Zwielicht verschwanden.

»Ich nehme an, du hast uns bereits in die Irre geführt?« sagte Pippin und lehnte sich an einen großen Baumstamm. »Wir können zumindest an diesem Fluß, Entwasser oder wie immer du ihn nennst, entlanggehen und auf dem Weg, den wir gekommen sind, wieder hinausgelangen.«

»Das könnten wir, wenn unsere Beine es schafften«, sagte Merry, »und wenn wir richtig atmen könnten.«

»Ja, es ist alles sehr düster und stickig hier drinnen«, sagte Pippin. »Es erinnert mich irgendwie an das alte Zimmer in der Großen Behausung der Tuks in den Smials in Buckelstadt: eine riesige Behausung, wo die Möbel seit Generationen niemals umgestellt oder ausgewechselt worden waren. Es heißt, der Alte Tuk habe dort jahrelang gelebt, und er und das Zimmer wurden gemeinsam älter und schäbiger – und es ist auch nichts daran verändert worden, seit er vor hundert Jahren starb. Und der Alte Gerontius war mein Ur-Urgroßvater: Es ist also ein bißchen lange her. Aber das ist nichts gegen den Eindruck von Alter, den dieser Wald hervorruft. Schau dir nur die trauernden, hängenden Bärte und Barthaare der Flechten an! Und die meisten Bäume sind halb bedeckt mit zerfetzten trockenen Blättern, die niemals abzufallen scheinen. Unordentlich. Ich kann mir nicht vorstellen, wie der Frühling hier aussehen würde, wenn er je kommt; und noch weniger ein Frühjahrsputz.«

»Aber die Sonne muß jedenfalls manchmal hereingucken«, sagte Merry. »Es sieht weder so aus, noch hat man ein Gefühl, wie man es nach Bilbos Beschreibung vom Düsterwald hätte. Der war ganz dunkel und schwarz und die Heimat dunkler, schwarzer Geschöpfe. Hier ist es bloß dämmrig und beängstigend baumisch. Man kann sich nicht vorstellen, daß hier überhaupt *Tiere* leben oder sich lange aufhalten.«

»Nein, und Hobbits auch nicht«, sagte Pippin. »Und mir gefällt auch der Gedanke nicht, daß wir versuchen wollen, den Wald zu durchqueren. Nichts zu essen auf hundert Meilen, nehme ich an. Wie steht's mit unseren Vorräten?«

»Die sind knapp«, sagte Merry. »Wir sind losgerannt mit nichts als ein paar spärlichen Päckchen *lembas* in der Tasche und haben alles andere zurückgelassen.« Sie schauten sich an, was ihnen von den Elben-Kuchen noch geblieben war: zerkrümelte Bruchstücke für etwa fünf magere Tage, das war alles. »Und nichts, womit wir uns zudecken können«, sagte Merry. »Wir werden frieren heute nacht, wohin wir auch immer gehen.«

»Na, über den Weg wollen wir uns lieber jetzt gleich klarwerden«, sagte Pippin. »Der Morgen muß schon weit fortgeschritten sein.«

Gerade da bemerkten sie ein gelbes Licht, das etwas weiter weg im Wald erschienen war: Sonnenstrahlen waren wohl plötzlich durch das Walddach gedrungen.

»Nanu!« sagte Merry. »Die Sonne muß in eine Wolke geraten sein, während wir unter diesen Bäumen waren, und ist jetzt wieder hervorgekommen; oder aber sie ist schon hoch genug geklettert, um in irgendeine Lichtung hineinzuscheinen. Es ist nicht weit – laß uns hingehen und nachschauen!«

Sie fanden, daß es weiter war, als sie gedacht hatten. Der Boden stieg noch immer steil an und wurde immer steiniger. Das Licht verbreiterte sich, als sie weitergingen, und bald sahen sie, daß eine Felswand vor ihnen lag: die Seite eines Berges oder das schroffe Ende irgendeines langen Ausläufers des fernen Gebirges. Kein Baum wuchs auf ihr, und die Sonne fiel voll auf ihre steinerne Oberfläche. Die Zweige der Bäume an ihrem Fuß waren steif und bewegungslos ausgestreckt, als ob sie sich nach der Wärme reckten. Während bisher alles so schäbig und grau ausgesehen hatte, glänzte der Wald jetzt in satten Brauntönen und dem glatten Schwarzgrau der Rinde wie gewichstes Leder. Die Baumstämme leuchteten in einem sanften Grün wie junges Gras: Vorfrühling oder ein flüchtiges Traumbild des Frühlings lag auf ihnen.

An der Vorderseite der steinernen Wand war etwas Ähnliches wie eine Treppe: eine natürliche vielleicht, die durch das Verwittern und Absplittern des Felsen entstanden war, denn sie war rauh und uneben. Hoch oben, fast in gleicher Höhe mit den Wipfeln der Waldbäume, war eine Felsplatte, überragt von einem Felsen. Nichts wuchs dort außer ein paar Gräsern und Unkräutern an ihrem Rand und einem alten Baumstumpf, der nur noch zwei herabhängende Äste hatte: Er sah fast aus wie die Gestalt eines knorrigen alten Mannes, der dort stand und in der Morgensonne blinzelte.

»Da gehen wir hinauf!« sagte Merry fröhlich. »Um Luft zu schnappen und einen Blick auf das Land zu werfen!«

Sie klommen und kletterten den Felsen hinauf. Wenn die Treppe angelegt worden war, dann jedenfalls für größere Füße und längere Beine als ihre. Sie waren zu eifrig bei der Sache, um sich darüber zu verwundern, wie bemerkenswert schnell die Schrammen und Wunden ihrer Gefangenschaft geheilt und ihre Lebenskraft zurückgekehrt war. Schließlich kamen sie zum Rande der Felsplatte fast am Fuße des alten Baumstumpfes; dann sprangen sie auf, wandten dem Berg den Rücken zu, holten tief Luft und schauten hinaus nach Osten. Sie sahen, daß sie erst etwa drei oder vier Meilen weit in den Wald hineingekommen waren: Die Kronen der Bäume zogen sich den Hang hinunter bis zur Ebene. Dort, dicht am Saum des Waldes, stieg in hohen Spiralen schwarzer, sich ringelnder Rauch auf, der wallend zu ihnen herüberzog.

»Der Wind springt um«, sagte Merry. »Er hat wieder nach Osten gedreht. Es ist kalt hier oben.«

»Ja«, sagte Pippin, »ich fürchte, es ist nur ein vorübergehender Glanz, und alles wird wieder grau werden. Wie schade! Dieser überwucherte alte Wald sah im Sonnenschein ganz anders aus. Ich hatte fast das Gefühl, daß mir die Gegend gefällt.«

»Hattest fast das Gefühl, daß dir der Wald gefällt! Das ist gut! Das ist ungemein freundlich von dir«, sagte eine fremde Stimme. »Dreht euch mal um und laßt mich eure Gesichter sehen. Ich habe fast das Gefühl, daß ihr mir beide nicht gefallt, aber wir wollen nicht hastig sein. Dreht euch um!« Eine große Hand mit knorrigen Knöcheln legte sich ihnen auf die Schulter, und sie wurden herumgedreht, sanft, aber unwiderstehlich; dann hoben zwei gewaltige Arme sie hoch.

Sie schauten in ein höchst ungewöhnliches Gesicht. Es gehörte zu einer großen, menschenähnlichen, fast trollähnlichen Gestalt, mindestens vierzehn Fuß lang, sehr stämmig, mit einem hohen Kopf und kaum einem Hals. Ob sie in einen Stoff, der wie grüne und graue Rinde aussah, gekleidet war oder ob das ihre Haut war, war schwer zu sagen. Jedenfalls waren die Arme, ziemlich nahe am Rumpf, nicht runzlig, sondern mit einer braunen, glatten Haut bedeckt. Die großen Füße hatten je sieben Zehen. Der untere Teil des langen Gesichts war mit einem wallenden grauen Bart bedeckt, buschig, fast zweigartig an den Wurzeln, dünn und moosig an den Enden. Aber im Augenblick bemerkten die Hobbits wenig außer den Augen. Diese tiefliegenden Augen sahen sie jetzt prüfend an, gemessen und ernst, aber sehr durchdringend. Sie waren braun, mit einem hellen Grün gesprenkelt. Später hat Pippin oft versucht, seinen ersten Eindruck von diesen Augen zu beschreiben.

»Man hatte das Gefühl, als ob ein gewaltiger Brunnenschacht hinter ihnen lag, angefüllt mit den Erinnerungen einer unendlich langen Zeit und langem, bedächtigem, beharrlichem Denken; aber auf ihrer Oberfläche schillerte die Gegenwart: wie Sonne, die auf den äußeren Blättern eines riesigen Baumes schimmert, oder wie das Wellengekräusel auf einem sehr tiefen See. Ich weiß nicht, aber man hatte das Gefühl, als ob etwas, das im Boden wächst – schlafend, könnte man sagen, oder sich einfach selbst als etwas zwischen Wurzelspitze und Blattspitze, zwischen tiefer Erde und Himmel Empfindendes –, plötzlich erwacht war und einen mit derselben bedächtigen Aufmerksamkeit betrachtete, die es seit endlosen Jahren seinen eigenen inneren Gedanken geschenkt hatte.«

»Hram, Hum«, murmelte die Stimme, eine tiefe Stimme wie ein sehr tiefes Holzblasinstrument. »Sehr merkwürdig, in der Tat! Sei nicht hastig, das ist mein Wahlspruch. Aber wenn ich euch gesehen hätte, ehe ich eure Stimmen hörte – die gefielen mir: nette, kleine Stimmen; sie erinnerten mich an etwas, dessen ich mich nicht entsinnen kann –, wenn ich euch gesehen hätte, ehe ich euch hörte, dann hätte ich euch einfach zertreten, ich hätte euch für kleine Orks gehalten und meinen Irrtum hinterher erkannt. Sehr merkwürdig seid ihr, in der Tat. Wurzel und Zweig, sehr merkwürdig!«

Pippin war zwar immer noch erstaunt, fürchtete sich aber nicht mehr. Unter dem Blick dieser Augen verspürte er eine seltsame Bangigkeit, aber keine Furcht. »Bitte«, sagte er, »wer seid Ihr? Und was seid Ihr?«

Die alten Augen bekamen einen sonderbaren Ausdruck, eine Art Vorsicht; die tiefen Brunnen waren jetzt bedeckt. *»Hram,* je nun«, antwortete die Stimme, »ja, ich bin ein Ent, oder so nennen sie mich. Ja, Ent ist das Wort. *Der* Ent bin ich, könntet ihr nach eurer Sprechweise sagen. *Fangorn* lautet mein Name bei manchen, *Baumbart* machen andere daraus. *Baumbart* wird angehen.«

»Ein *Ent*?« fragte Merry. »Was ist das? Aber wie nennt Ihr Euch denn selbst? Wie ist Euer richtiger Name?«

»Hu, nun!« erwiderte Baumbart. »Hu! Das hieße ein Geheimnis verraten! Nicht so hastig. Und *ich* stelle die Fragen. Ihr seid in *meinem* Land. Wer seid ihr, das möchte ich mal wissen? Ich kann euch nicht unterbringen. Ihr scheint nicht auf den alten Listen zu stehen, die ich gelernt habe, als ich jung war. Aber das war vor langer, langer Zeit, und vielleicht sind neue Listen aufgestellt worden. Laßt mich sehen! Laßt mich sehen! Wie ging es doch?

Lerne die Namen der lebenden Wesen!
Erst nenne die vier, die freien Völker:
Die ältesten aller, die Elbenkinder;
Zwerg, der Schatzgräber, hausend im Dunkel;
Ent, der Erdsproß, alt wie die Berge;
Mensch, der sterbliche, Herr der Pferde:

Hm, hm, hm.

Biber Baumeister, Rehbock Springer,
Bär sucht Honig, Eber will kämpfen:
Hund ist hungrig, Hase ist furchtsam…

Hm, hm.

Adler in Lüften, Rind auf der Weide,
Hirsch der Geweihfürst; Habicht der Schnellste;
Schwan ist am weißesten, Schlange am kältesten…

Hum, hm, hum, hm, wie ging es denn? Rum tam, rum tam, rumti tum tam. Es war eine lange Liste. Aber jedenfalls scheint ihr nirgends hineinzupassen!«

»Wir werden offenbar bei den alten Listen immer ausgelassen, und bei den alten Geschichten auch«, sagte Merry. »Und dennoch sind wir schon ziemlich lange da. Wir sind *Hobbits.*«

»Warum nicht eine neue Zeile machen?« fragte Pippin.

»Hobbits, die Halblinge, Erdlochbewohner.

Schiebt uns bei den vieren ein, nach dem Menschen (den Großen Leuten), dann habt Ihr es.«

»Hm, nicht schlecht, nicht schlecht«, sagte Baumbart. »Das würde gehen. Ihr lebt also in Höhlen, wie? Das klingt sehr richtig und angemessen. Aber wer nennt euch eigentlich *Hobbits*? Das klingt mir gar nicht elbisch. Die Elben haben all die alten Wörter gemacht: Sie haben damit angefangen.«

»Niemand sonst nennt uns Hobbits; so nennen wir uns selbst«, sagte Pippin.

»Hum, hmm! Sachte, sachte! Nicht so hastig! Ihr nennt euch *selbst* Hobbits? Aber das solltet ihr nicht jedem erzählen. Ihr werdet euren eigenen Namen verraten, wenn ihr nicht vorsichtig seid.«

»Damit sind wir nicht vorsichtig«, sagte Merry. »Tatsächlich bin ich ein Brandybock, Meriadoc Brandybock, obwohl mich die meisten Leute einfach Merry nennen.«

»Und ich bin ein Tuk, Peregrin Tuk, aber ich werde im allgemeinen Pippin oder einfach Pip genannt.«

»Hm, aber ihr *seid* wirklich hastige Leute, sehe ich«, sagte Baumbart. »Euer Vertrauen ehrt mich; aber ihr solltet nicht gleich so offenherzig sein. Es gibt Ents und Ents, wißt ihr;

oder es gibt Ents und Lebewesen, die wie Ents aussehen, aber keine sind, könnte man sagen. Ich werde euch Merry und Pippin nennen, wenn ihr erlaubt – nette Namen. Denn *meinen* Namen werde ich euch nicht sagen, jedenfalls jetzt noch nicht.« Ein seltsamer Ausdruck, halb listig, halb lustig, trat mit einem grünen Flackern in seine Augen. »Denn erstens würde es viel Zeit kosten: Mein Name wächst dauernd, und ich lebe schon sehr, sehr lange; deshalb ist *mein* Name wie eine Geschichte. Wirkliche Namen erzählen einem in meiner Sprache, im alten Entisch, wie ihr sagen könntet, die Geschichte der Dinge, zu denen sie gehören. Es ist eine wunderschöne Sprache, aber es braucht viel Zeit, etwas in ihr zu sagen, weil wir gar nichts in ihr sagen, es sei denn, es lohnt sich, so viel Zeit aufzuwenden, um es zu sagen und anzuhören.

Aber nun«, und die Augen wurden ganz strahlend, und »gegenwärtig« und schienen kleiner zu werden und fast scharf, »was geht eigentlich vor? Und was habt ihr bei alledem zu tun? Ich kann eine Menge sehen und hören (*und* riechen *und* fühlen) von diesem … von diesem … von diesem *a-lalla-lalla-rumba-kamanda-lind-or-burúme*. Entschuldigt, das ist ein Teil meines Namens dafür; ich weiß nicht, wie das Wort in den Sprachen draußen heißt: Ihr wißt schon, das Ding, auf dem wir sind, wo ich an schönen Morgen stehe und Ausschau halte und über die Sonne nachdenke und über das Gras hinter dem Wald und die Pferde und die Wolken und den Lauf der Welt. Was geht vor? Was führt Gandalf im Schilde? Und diese – *burárum* …«, er gab einen tiefen, polternden Ton von sich wie ein Mißklang auf einer großen Orgel – »diese Orks, und der junge Saruman unten in Isengart? Ich höre gerne Neuigkeiten. Aber nun nicht zu rasch.«

»Es geht eine ganze Menge vor«, sagte Merry, »und selbst wenn wir versuchten, rasch zu sein, würde es lange Zeit brauchen, es zu erzählen. Aber Ihr sagtet uns, wir sollten nicht hastig sein. Sollten wir Euch irgend etwas so bald erzählen? Würdet Ihr es unhöflich finden, wenn wir fragten, was Ihr mit uns tun wollt und auf welcher Seite Ihr seid? Und habt Ihr Gandalf gekannt?«

»Ja, ich kenne ihn: der einzige Zauberer, der sich wirklich etwas aus Bäumen macht«, sagte Baumbart. »Kennt ihr ihn?«

»Ja«, sagte Pippin traurig. »Wir kannten ihn. Er war ein guter Freund, und er war unser Führer.«

»Dann kann ich eure anderen Fragen beantworten«, sagte Baumbart. »Ich werde nicht irgend etwas *mit* euch tun: nicht, wenn ihr damit meint, ›euch etwas *an*tun‹ ohne eure Einwilligung. Es könnte sein, daß wir zusammen etwas tun. Ich weiß nicht über *Seiten* Bescheid. Ich gehe meinen eigenen Weg; aber euer Weg mag eine Zeitlang neben meinem herlaufen. Doch sprecht ihr von Meister Gandalf, als käme er in einer Geschichte vor, die beendet ist.«

»Ja«, sagte Pippin traurig. »Die Geschichte scheint weiterzugehen, aber ich fürchte, Gandalf kommt nicht mehr darin vor.«

»Hu, sachte, sachte«, sagte Baumbart. »Hum, hm, je nun.« Er hielt inne und schaute die Hobbits lange an. »Hum, je nun, ich weiß nicht, was ich sagen soll. Sachte, sachte!«

»Wenn Ihr gern mehr hören möchtet«, sagte Merry, »werden wir es Euch erzählen. Aber das dauert einige Zeit. Würdet Ihr uns nicht gern absetzen? Könnten wir nicht hier zusammen in der Sonne sitzen, solange sie scheint? Ihr müßt müde werden, wenn Ihr uns immer haltet.«

»Hm, *müde*? Nein, ich bin nicht müde. Ich werde nicht leicht müde. Und ich setze mich nicht hin. Ich bin nicht sehr, hm, biegsam. Aber schaut, die Sonne verschwindet wirklich. Laßt uns fortgehen von diesem – habt ihr gesagt, wie ihr ihn nennt?«

»Berg?« schlug Pippin vor. »Felsplatte? Stufe?« meinte Merry. Baumbart wiederholte die Wörter nachdenklich. »*Berg*. Ja, das war es. Aber es ist ein hastiges Wort für ein Ding, das hier immer gestanden hat, seit dieser Teil der Welt gestaltet wurde. Macht nichts. Laßt uns gehen.«

»Wohin werden wir gehen?« fragte Merry.

»In mein Haus, in eins meiner Häuser«, antwortete Baumbart.

»Ist es weit?«

»Ich weiß nicht. Ihr mögt es vielleicht weit nennen. Aber was macht das schon?«

»Ja, wir haben nämlich all unsere Habe verloren«, sagte Merry. »Wir haben nur wenig zu essen.«

»Oh. Hm. Darüber braucht ihr euch keine Sorgen zu machen«, sagte Baumbart. »Ich kann euch einen Trank geben, der euch für eine lange, lange Zeit frisch und munter erhalten wird. Und wenn wir beschließen, uns zu trennen, dann kann ich euch außerhalb meines Landes an jedem Punkt absetzen, den ihr bestimmt. Laßt uns gehen!«

Baumbart hielt die Hobbits sanft, aber fest, jeden in einer Armbeuge, und hob erst den einen Fuß, dann den anderen, und schob die Füße an den Rand der Felsplatte. Die wurzelähnlichen Zehen krallten sich am Felsen fest. Dann stieg er steifbeinig, vorsichtig und gemessen Stufe um Stufe hinab, bis er zum Grund des Waldes kam.

Dort machte er sich sogleich mit langen, bedächtigen Schritten auf den Weg durch die Bäume, tiefer und tiefer in den Wald hinein, niemals weit vom Fluß, und stetig ging es hinauf zu den Hängen der Berge. Viele der Bäume schienen zu schlafen oder ihn ebensowenig zu bemerken wie irgendein anderes Geschöpf, das lediglich vorbeiging; doch einige bebten, und einige hoben ihre Äste hoch über seinen Kopf, als er sich näherte. Alldieweil, während er ging, sprach er mit sich selbst in einem langen, ununterbrochenen Schwall melodischer Töne.

Die Hobbits schwiegen eine Zeitlang. Merkwürdigerweise fühlten sie sich sicher und behaglich, und es gab sehr viel, über das sie nachdenken und sich verwundern konnten. Schließlich wagte Pippin, wieder zu sprechen.

»Bitte, Baumbart«, sagte er, »darf ich Euch etwas fragen? Warum hat Celeborn uns vor dem Wald gewarnt? Er sagte uns, wir sollten uns hüten, hineinzugeraten.«

»Hmm, hat er das gesagt?« grummelte Baumbart. »Und ich hätte vielleicht ziemlich dasselbe gesagt, wenn ihr in der anderen Richtung gegangen wärt. Hütet euch, in den Wald von *Laurelindórenan* zu geraten! So pflegten ihn die Elben zu nennen, aber jetzt haben sie den Namen gekürzt: *Lothlórien* nennen sie es. Vielleicht haben sie recht: Es mag sein, daß er dahinschwindet und nicht mehr wächst. Das Land des Tals des Singenden Goldes war es einstmals. Jetzt ist es die Traumblume. Nun ja! Aber es ist eine sonderbare Gegend, und nicht jedermann darf sich hineinwagen. Ich bin überrascht, daß ihr überhaupt wieder herauskamt, und noch viel überraschter, daß ihr überhaupt hineinkamt: das ist Fremden seit vielen Jahren nicht gelungen. Es ist ein sonderbares Land.

Und dieses auch. Hier haben die Leute Schaden erlitten. Freilich, Schaden. *Laurelindórenan lindelorendor malinornélion ornemalin*«, summte er vor sich hin. »Sie bleiben hinter der Welt zurück da drinnen, vermute ich«, sagte er. »Weder dieses Land noch irgend etwas anderes außerhalb des Goldenen Waldes ist, was es war, als Celeborn jung war. Immerhin: *Taurelilómea-tumbalemorna Tumbaletaurea Lómeanor*, das pflegten sie zu sagen. Die Dinge haben sich geändert, aber in manchen Gegenden ist es noch wahr.«

»Was meint Ihr?« fragte Pippin. »Was ist wahr?«

»Die Bäume und die Ents«, sagte Baumbart. »Ich verstehe selbst nicht alles, was vorgeht, deshalb kann ich es euch nicht erklären. Einige von uns sind immer noch wahre Ents und auf unsere Weise lebendig genug, aber viele werden schläfrig, werden baumisch, könnte man sagen. Die meisten Bäume sind natürlich einfach Bäume; aber viele sind halb wach. Manche sind hellwach, und ein paar, nun ja, werden richtig *Entisch*. Das geschieht immer.

Wenn das einem Baum widerfährt, stellt man fest, daß einige *schlechte* Herzen haben. Das hat nichts mit ihrem Holz zu tun: das meine ich nicht. Nun ja, ich kannte ein paar gute alte Weiden unten an der Entwasser, sie sind schon lange tot, leider! Sie waren ganz hohl, sie brachen tatsächlich auseinander, aber sie waren so friedlich und gutartig wie ein junges Blatt. Und dann gibt es einige Bäume in den Tälern unter dem Gebirge, gesund wie ein Fisch im Wasser und dennoch durch und durch schlecht. Diese Sache scheint sich auszubreiten. Früher gab es einige sehr gefährliche Gegenden in diesem Land. Noch immer gibt es ein paar sehr finstere Stellen.«

»Wie der Alte Wald im Norden, meint Ihr das?« fragte Merry.

»Freilich, freilich, so ähnlich, aber viel schlimmer. Ich zweifle nicht, daß irgendein Schatten der Großen Dunkelheit noch da oben im Norden liegt; und schlechte Erinnerungen sind überliefert. Doch gibt es enge Täler in diesem Land, von denen die Dunkelheit niemals hinweggezogen wurde, und die Bäume sind älter als ich. Immerhin, wir tun, was wir können. Wir halten Fremde und die Waghalsigen fern. Und wir lehren und unterrichten, wir wandern und sehen nach dem Rechten.

Wir sind Baumhirten, wir alten Ents. Wenig genug sind heute von uns noch übrig. Schafe werden wie Schafhirten und Schafhirten wie Schafe, heißt es; aber langsam, und beide weilen nicht lange auf dieser Welt. Es geht schneller und gründlicher bei Bäumen und Ents, und gemeinsam wandeln sie durch die Zeitalter. Denn Ents sind mehr wie Elben: weniger auf sich selbst bezogen als Menschen, und sie vermögen sich besser in andere hineinzuversetzen. Und dennoch sind Ents wiederum den Menschen ähnlicher, wandelbarer als Elben, und nehmen rascher, könnte man sagen, die Farbe der Außenwelt an. Oder besser als beide: denn sie sind standhafter und verfolgen ihre Ziele länger.

Manche von meiner Sippe sehen jetzt genau wie Bäume aus, und es braucht etwas Großes, um sie aufzurütteln; und wenn sie sprechen, flüstern sie nur. Aber manche von meinen Bäumen sind astgeschmeidig, und viele können mit mir reden. Natürlich begannen die Elben damit, die Bäume aufzuwekken und sie das Sprechen zu lehren und ihre Baumsprache zu lernen. Sie wollten immer mit allem reden, die alten Elben. Aber dann kam die Große Dunkelheit, und sie zogen über das Meer oder flohen in ferne Täler und verbargen sich und machten Gedichte über die Tage, die niemals wiederkommen werden. Niemals wieder. Freilich, freilich, einstmalen war alles ein Wald von hier bis zu den Bergen von Luhn, und dies hier war einfach das Ostende.

Das waren damals helle Tage! Die Zeit ist vorbei, da ich den ganzen Tag wandern und singen konnte und nichts hörte als den Widerhall meiner eigenen Stimme in den schluchtenreichen Bergen. Die Wälder waren wie die Wälder von Lothlórien, nur dichter, kräftiger, jünger. Und wie die Luft duftete! Ich verbrachte manchmal eine ganze Woche nur mit Atmen.«

Baumbart verfiel in Schweigen, schritt mächtig aus und machte dennoch mit seinen großen Füßen kaum ein Geräusch. Dann begann er wieder zu summen, und daraus entstand eine murmelnde Melodie. Allmählich merkten die Hobbits, daß er ihnen vorsang:

»Ich ging durch die Fluren von Tasarinan im
 Frühling.
Ah! Der Duft und die Farben des Frühlings in
 Nan-tasarion!
Und ich sagte: Dieses ist gut.
Ich zog durch die Ulmenwälder von Ossiriand im
 Sommer.
Ah! Die Musik und das Licht im Sommer an den
 Sieben Strömen von Ossir!

Und ich dachte: Dies ist das Beste.
Zu den Buchen von Neldoreth kam ich im Herbst.
Ah! Das Gold und das Rot und das Seufzen der
Blätter im Herbst in Taur-na-neldor!
Jeder Wunsch war gestillt.
Zu den Kiefern im Hochland von Dorthonion stieg
ich im Winter hinauf.
Ah! Der Wind und das Weiß und das schwarze
Geäst des Winters auf Orod-na-Thôn!
Zum Himmel stieg meine Stimme hinauf und sang.
Nun aber liegen all jene Länder unter der Woge,
Und ich wandre in Ambaróna, in Tauremorna, in
Aldalóme,
In meinem eigenen Reich, im Fangornlande,
Wo Wurzeln tief hinabreichen.
Und die Jahre schichten sich höher als Laub unter
Bäumen
In Tauremornalóme.«

Er endete und ging schweigend weiter, und in dem ganzen Wald war, so weit das Ohr reichte, kein Laut zu hören.

Der Tag verblaßte, und die Dämmerung umschlang die Stämme der Bäume. Endlich sahen die Hobbits, düster vor sich aufragend, ein steiles, dunkles Land: Sie waren am Fuß des Gebirges angelangt und an den grünen Ausläufern des hohen Methedras. Den Berg herab kam ihnen die junge Entwasser entgegen, von ihren Quellen hoch oben geräuschvoll über Stufe um Stufe springend. Zur Rechten des Flusses erstreckte sich ein langer Abhang, mit Gras bedeckt, jetzt grau im Zwielicht. Keine Bäume wuchsen dort, und er lag offen unter dem Himmel; Sterne funkelten schon in Seen zwischen Ufern aus Wolken.

Baumbart stieg den Abhang hinauf, und sein Schritt verlangsamte sich kaum. Plötzlich sahen die Hobbits eine breite Öffnung vor sich. Zwei Bäume standen dort, einer auf jeder Seite, wie lebende Torpfosten; aber es gab kein Tor, abgesehen von ihren sich kreuzenden und miteinander verflochtenen Zweigen. Als der alte Ent näherkam, hoben die Bäume ihre Äste, und alle ihre Blätter zitterten und raschelten. Denn es waren immergrüne Bäume, und ihre Blätter waren dunkel und glänzend und schimmerten im Zwielicht. Hinter ihnen war ein weiter, ebener Raum, als ob der Fußboden einer großen Halle in den Berg hineingehauen worden sei. Auf beiden Seiten stiegen die Wände schräg an, bis sie fünfzig Fuß oder noch höher waren, und entlang jeder Wand stand eine Reihe Bäume, die nach innen zu auch immer höher wurden.

An ihrem hinteren Ende war die Felswand steil, aber unten war sie ausgehöhlt worden zu einem nicht tiefen Gemach mit einem gewölbten Dach: das einzige Dach der Halle, abgesehen von den Zweigen der Bäume, die am inneren Ende den ganzen Boden beschatteten und nur einen breiten offenen Pfad in der Mitte freiließen. Ein kleiner Bach entwischte oben an den Quellen dem Hauptstrom, stürzte hell klingend über die jäh abfallende Felswand und strömte in silbernen Tropfen wie ein zarter Vorhang vor dem gewölbten Gemach herab. Das Wasser wurde in einem steinernen Becken auf dem Boden zwischen den Bäumen wieder aufgefangen, dort lief es über und floß neben dem offenen Pfad davon, um sich draußen der Entwasser zu ihrer Reise durch den Wald wieder anzuschließen.

»Hm! Da sind wir!« sagte Baumbart und brach damit sein langes Schweigen. »Ich habe euch etwa siebzigtausend Ent-Schritt weit hergebracht, aber wieviel das nach dem Maß eures Landes ist, weiß ich nicht. Jedenfalls sind wir nahe am Fuß des Letzten Berges. Ein Teil des Namens dieses Orts könnte Quellhall sein, wenn er in eure Sprache übersetzt würde. Mir gefällt er. Hier wollen wir heute nacht bleiben.« Er setzte sie auf dem Gras zwischen den Baumreihen ab, und sie folgten ihm zu dem großen Gewölbe. Die Hobbits merkten jetzt, daß er beim Gehen die Knie kaum beugte, seine Beine aber zu langen Schritten ausholten. Seine großen Zehen (und sie waren wirklich groß und sehr breit) setzte er vor jedem anderen Teil seines Fußes fest auf den Boden.

Einen Augenblick blieb Baumbart unter dem Regen der herabstürzenden Quelle stehen und holte tief Luft; dann lachte er und ging hinein. Ein großer Steintisch stand dort, aber kein Stuhl. Im hinteren Teil des Gemachs war es schon ganz dunkel. Baumbart nahm zwei große Gefäße auf und stellte sie auf den Tisch. Sie schienen mit Wasser gefüllt zu sein; doch als er seine Hände über sie hielt, begannen sie sofort zu leuchten, das eine mit einem goldenen und das andere mit einem satten grünen Licht; vereint erhellten die beiden Lichter das Gemach, als ob die Sommersonne durch ein Dach aus jungen Blättern schiene. Als die Hobbits zurückschauten, sahen sie, daß auch die Bäume in dem Vorhof zu leuchten begonnen hatten, schwach zuerst, aber zunehmend stärker, bis jedes Blatt von Licht gesäumt war: manche grün, manche golden, manche rot wie Kupfer; und die Baumstämme sahen wie Säulen aus leuchtendem Stein aus.

»Gut, gut, jetzt können wir uns wieder unterhalten«, sagte Baumbart. »Ihr seid durstig, nehme ich an. Vielleicht seid ihr auch müde. Trinkt das hier!« Er ging in den hinteren Teil des Gemachs, und dann sahen sie, daß dort mehrere Steinkrüge mit schweren Deckeln standen. Einen der Deckel nahm er ab, tauchte eine große Schöpfkelle in den Krug und füllte drei Schalen, eine sehr große und zwei kleinere Schalen.

»Dies ist ein Ent-Haus«, sagte er, »und da gibt es leider keine Stühle. Aber ihr dürft euch auf den Tisch setzen.« Er hob die Hobbits auf und setzte sie auf die große Steinplatte, sechs Fuß über dem Boden, und da saßen sie, ließen ihre Beine baumeln und tranken in kleinen Schlucken.

Der Trunk war wie Wasser, tatsächlich schmeckte er sehr ähnlich wie das Wasser der Entwasser, das sie nahe am Waldrand getrunken hatten, und trotzdem hatte er einen Duft oder eine Würzigkeit, die sie an den Geruch eines fernen Waldes erinnerte, von einem kühlen Nachtwind herübergetragen. Die Wirkung des Trunks begann in den Zehen, zog durch sämtliche Glieder und brachte Erfrischung und Kraft, während sie bis in die Haarspitzen hinaufstieg. Die Hobbits merkten geradezu, wie sich ihre Haare aufrichteten, sich wellten und kräuselten und wuchsen. Was Baumbart betraf, so badete er zuerst seine Füße in dem Becken unter dem Gewölbe und leerte dann seine Schale in einem Zug, einem langen, langsamen Zug. Die Hobbits glaubten, er würde niemals aufhören.

Endlich setzte er die Schale ab. »Ah – ah«, seufzte er. »Hm, hum, jetzt können wir uns leichter unterhalten. Ihr könnt auf dem Boden sitzen, und ich werde mich niederlegen; das wird verhindern, daß mir der Trunk zu Kopf steigt und mich schläfrig macht.«

Auf der rechten Seite des Gemachs stand ein großes, niedriges Bett, nicht mehr als zwei Fuß hoch, dicht bedeckt mit getrocknetem Gras und Adlerfarn. Baumbart ließ sich langsam darauf nieder (mit nur der leichtesten Andeutung einer Beugung der Körpermitte), bis er lang ausgestreckt dalag, die Arme hinter dem Kopf, und zur Decke hinaufblickte, auf der Lichter flakkerten wie das Spiel von Blättern im Sonnenschein. Merry und Pippin saßen neben ihm auf Kissen aus Gras.

»Nun erzählt eure Geschichte, und übereilt euch nicht!« sagte Baumbart.

Die Hobbits begannen, ihm alle ihre Abenteuer seit dem Aufbruch von Hobbingen zu erzählen. Sie hielten die Reihenfolge nicht sehr genau ein, denn sie fielen sich dauernd gegenseitig ins Wort, und Baumbart unterbrach den Sprecher oft und kam auf irgendeinen früheren Punkt zurück oder stellte Fragen über spätere Ereignisse. Sie sagten nicht das Geringste über den Ring und erzählten ihm auch nicht, warum sie sich auf den Weg gemacht hatten oder wohin sie gehen wollten; und er fragte auch gar nicht nach Gründen.

Er war ungemein begierig, über alles etwas zu erfahren: über die Reiter, über Elrond und Bruchtal, über den Alten Wald und Tom Bombadil, die Minen von Moria, von Lothlórien und Galadriel. Immer wieder ließ er sich das Auenland und seine Landschaft beschreiben. An diesem Punkt sagte er etwas Merkwürdiges. »Ihr seht niemals irgendwelche, hm, irgendwelche Ents dort in der Gegend, oder?« fragte er. »Na ja, nicht Ents, *Entfrauen* sollte ich eigentlich sagen.«

»*Entfrauen?*« fragte Pippin. »Sind die überhaupt wie Ihr?«

»Ja, hm, ach nein: Ich weiß es jetzt wirklich nicht«, sagte Baumbart nachdenklich. »Aber euer Land würde ihnen gefallen, deshalb kam ich nur drauf.«

Besonders wißbegierig war Baumbart indes bei allem, was Gandalf betraf; und die allergrößte Neugier zeigte er in bezug auf Sarumans Tun und Lassen. Die Hobbits bedauerten sehr, daß sie so wenig darüber wußten: sie konnten sich nur auf einen sehr ungenauen Bericht von Sam stützen über das, was Gandalf dem Rat erzählt hatte. Aber jedenfalls waren sie sich darüber klar, daß Uglúk und seine Schar aus Isengart gekommen waren und von Saruman als ihrem Herrn gesprochen hatten.

»Hm, hum«, sagte Baumbart, als ihre Geschichte nach vielem Hin und Her endlich bei der Schlacht zwischen den Orks und den Reitern von Rohan angekommen war. »Gut, gut! das ist wahrlich ein ganzes Bündel von Neuigkeiten. Ihr habt mir nicht alles erzählt, nein, wirklich nicht, ganz und gar nicht. Aber ich zweifle nicht, daß ihr euch so verhaltet, wie Gandalf es wünschen würde. Da ist etwas sehr Wichtiges im Gange, das kann ich sehen, und was es ist, werde ich vielleicht zur rechten Zeit erfahren, oder zur Unzeit. Bei Wurzel und Zweig, das ist doch eine seltsame Angelegenheit: Da wächst ein kleines Volk heran, das nicht in den alten Listen steht, und siehe da! die vergessenen Neun Reiter erscheinen wieder, um sie zu jagen, und Gandalf nimmt sie auf eine große Fahrt mit, und Galadriel beherbergt sie in Caras Galadhon, und Orks verfolgen sie über all die Wegstunden von Wilderland: Sie scheinen wahrlich in einen großen Sturm geraten zu sein. Ich hoffe, sie überstehen ihn!«

»Und wie ist es mit Euch selbst?« fragte Merry.

»Hum, hm, ich habe mich nicht um die Großen Kriege gekümmert«, sagte Baumbart. »Sie betreffen hauptsächlich Elben und Menschen. Das ist die Angelegenheit von Zauberern: Zauberer kümmern sich immer um die Zukunft. Ich mache mir nicht gern Sorgen um die Zukunft. Ich bin nicht ganz und gar auf der *Seite* von irgend jemandem, denn niemand ist ganz und gar auf meiner *Seite,* wenn ihr versteht, was ich meine: Niemandem liegen die Wälder so am Herzen, wie sie mir am Herzen liegen, nicht einmal den Elben heutzutage. Dennoch habe ich freundlichere Gefühle für die Elben als für andere, denn die Elben waren es, die uns vor langer Zeit von der Stummheit heilten, und das war ein großes Geschenk, das nicht vergessen werden kann, obwohl unsere Wege sich seitdem getrennt haben. Und dann gibt es natürlich einige Lebewesen, auf deren Seite ich ganz und gar *nicht* bin: diese *burárum*« – wieder gab er einen tiefen, grummelnden Laut des Mißfallens von sich –, »diese Orks und ihre Herren.

Ich war damals besorgt, als der Schatten über Düsterwald lag, doch als er sich nach Mordor zurückzog, machte ich mir eine Weile keine Gedanken mehr: Mordor ist weit weg. Doch scheint es, daß der Wind von Osten weht, und es mag sein, daß das Verdorren aller Wälder näherrückt. Es gibt nichts, was ein alter Ent tun kann, um den Sturm aufzuhalten: Er muß ihn überstehen oder zugrunde gehen.

Aber Saruman jetzt! Saruman ist ein Nachbar: Ihn kann ich nicht übersehen. Ich muß etwas tun, nehme ich an. In letzter Zeit habe ich mich oft gefragt, was ich mit Saruman tun sollte.«

»Wer ist Saruman?« fragte Pippin. »Wißt Ihr etwas über seine Geschichte?«

»Saruman ist ein Zauberer«, antwortete Baumbart. »Mehr als das kann ich nicht sagen. Ich kenne die Geschichte von Zauberern nicht. Sie tauchten zuerst auf, nachdem die Großen Schiffe über das Meer gekommen waren; aber ob sie mit den Schiffen kamen, kann ich nicht sagen. Saruman wurde als groß unter ihnen angesehen, glaube ich. Vor einiger Zeit – ihr würdet es vor sehr langer Zeit nennen – gab er es auf, herumzuwandern und sich um die Angelegenheiten der Menschen und Elben zu kümmern; und er ließ sich in Angrenost oder Isengart, wie die Menschen von Rohan es nennen, nieder. Er war zunächst sehr friedlich, aber sein Ruhm begann zu wachsen. Er wurde zum Haupt des Weißen Rats gewählt, heißt es; aber das ging nicht allzugut aus. Ich frage mich jetzt, ob Saruman nicht schon damals böse Wege einschlug. Aber jedenfalls machte er seinen Nachbarn keine Scherereien. Ich pflegte mich mit ihm zu unterhalten. Es gab eine Zeit, da er immer in meinen Wäldern wanderte. Er war höflich in jenen Tagen, bat stets um meine Erlaubnis (zumindest, wenn er mich traf); und er war immer begierig zuzuhören. Ich erzählte ihm viele Dinge, die er allein nie herausgefunden hätte; aber ich bekam nie eine Gegenleistung. Ich kann mich nicht erinnern, daß er mir jemals etwas erzählt hat. Und er wurde immer zugeknöpfter; sein Gesicht, wie ich es in Erinnerung habe – ich habe es seit so manchem Tag nicht gesehen –, wurde wie Fenster in einer Steinmauer: mit Fensterläden auf der Innenseite.

Ich glaube, ich verstehe jetzt, was er vorhat. Er schmiedet Ränke, um eine Macht zu werden. Er hat nur Metall und Räder im Sinn: Und ihm liegt nichts an wachsenden Lebewesen, es sei denn insoweit, als sie ihm im Augenblick nützen. Und jetzt ist es klar, daß er ein schändlicher Verräter ist. Er hat sich mit üblem Volk eingelassen, mit den Orks. Brm, hum! Schlimmer als das: Er hat ihnen etwas angetan; etwas Gefährliches. Denn diese Isengarter sind eher wie schlechte Menschen. Es ist ein Kennzeichen der bösen Wesen, die in der Großen Dunkelheit kamen, daß sie die Sonne nicht ertragen können; aber Samurans Orks können sie aushalten, obwohl sie sie hassen. Ich frage mich, was er gemacht hat. Sind es Menschen, die er verdorben hat, oder hat er die Rassen der Orks und der Menschen gekreuzt? Das wäre ein böses Verhängnis!«

Baumbart grummelte einen Augenblick, als ob er irgendeine tiefe, unterirdisch-entische Verwünschung ausstieße. »Vor einiger Zeit begann ich mich zu fragen, wie die Orks es wagen konnten, so schlankweg durch meine Wälder zu gehen«, fuhr er fort. »Erst später erriet ich, daß Saruman dafür verantwortlich war, und daß er vor langer Zeit alle Wege ausgekundschaftet und meine Geheimnisse entdeckt hatte. Er und sein übles Volk richten jetzt Zerstörungen an. Unten an den Grenzen fällen sie Bäume – gute Bäume. Einige der Bäume hauen sie bloß um und lassen sie liegen, daß sie verrotten – Ork-Streiche sind das; aber die meisten werden zerhackt und weggeschleppt, um die Feuer von Orthanc zu schüren. In diesen Tagen steigt immer Rauch auf von Isengart.

Verflucht soll er sein, Wurzel und Ast! Viele dieser Bäume waren meine Freunde, Geschöpfe, die ich von Nuß und Eichel an kannte; viele hatten eine eigene Stimme, die nun auf immer verstummt ist. Und jetzt ist dort ein Ödland voller Baumstümpfe und Dornengestrüpp, wo einst singende Haine waren. Ich bin träge gewesen. Ich ließ die Dinge laufen. Das muß aufhören!«

Baumbart erhob sich mit einem Ruck vom Bett, stand auf und schlug mit der Hand auf den Tisch. Die Lichtgefäße erzitterten und sandten zwei flammende Strahlen aus. Ein Flakkern wie grünes Feuer war in Baumbarts Augen, und sein Bart stand steif ab wie ein großer Reisigbesen.

»Ich werde dem ein Ende bereiten!« sagte er dröhnend. »Und ihr sollt mit mir kommen. Vielleicht vermögt ihr mir zu helfen. Und euren Freunden werdet ihr auf diese Weise auch helfen; denn wenn Saruman nicht Einhalt geboten wird, dann werden Rohan und Gondor einen Feind hinter sich und auch einen vor sich haben. Wir haben den gleichen Weg – nach Isengart!«

Die Palantíri

Die Palantíri waren ohne Zweifel niemals Dinge, die öffentlich in Gebrauch oder allgemein bekannt waren, noch nicht einmal in Númenor. In Mittelerde wurden sie in bewachten Räumen aufbewahrt, hoch oben in mächtigen Türmen, nur Könige und Herrscher und ihre dazu berufenen Hüter hatten Zugang zu ihnen, und niemals wurden sie öffentlich zu Rate gezogen oder ausgestellt. Doch bis zum Verschwinden der Könige waren sie keine düsteren Geheimnisse. Ihr Gebrauch zog keine Gefahr nach sich, und kein König oder eine andere Person, die ermächtigt war sie anzuschauen, hätte gezögert, die Quelle seines Wissens um die Taten und Meinungen ferner Herrscher zu enthüllen, hätte er sie mit Hilfe der Steine erlangt.

Für die Zeit nach den Tagen der Könige und dem Verlust von Minas Ithil findet sich keine weitere Erwähnung von ihrem öffentlichen und amtlichen Gebrauch. Nach dem Schiffbruch Arveduis, des Letzten Königs, im Jahr 1975 blieb im Norden kein antwortender Stein zurück. Im Jahr 2002 ging der Ithil-Stein verloren. Dort blieben dann nur der Anor-Stein in Minas Tirith und der Orthanc-Stein übrig.

Zwei Dinge trugen damals dazu bei, daß die Steine mißachtet wurden und aus dem allgemeinen Gedächtnis des Volkes verschwanden. Das erste war Unwissen darüber, was mit dem Ithil-Stein geschehen war: Es wurde billigerweise angenommen, er sei von den Verteidigern zerstört worden, bevor Minas Ithil erobert und geplündert wurde; doch es war leicht möglich, daß er geraubt worden und in Saurons Besitz gelangt war, und einige der Klügeren und Weiterblikkenden könnten dies angenommen haben. Es schien so, als ob sie dies annahmen und zugleich begriffen, daß der Stein ihm zum Schaden Gondors wenig nützen würde, wenn er nicht mit einem anderen Stein Verbindung aufnahm, der mit ihm im Einklang stand. Aus diesem Grund darf vermutet werden, daß der Anor-Stein, über den alle Aufzeichnungen der Truchsessen bis zum Krieg um den Ring nichts aussagen, als ein streng bewachtes Geheimnis gehütet wurde, das nur den Herrschenden Truchsessen zugänglich war, und von ihnen (wie es scheint) bis zu Denethor II. niemals benutzt wurde.

Der zweite Grund war der Verfall Gondors, mit dem allenthalben das Interesse an der alten Geschichte schwand und die Kenntnisse darüber geringer wurden, selbst bei den wenigen Männern hoher Geburt im Reich, es sei denn, es betraf ihre eigene Geschlechterfolge: ihre Abstammung und ihre Verwandtschaft. Nach der Zeit der Könige sank Gondor zu einem »Mittelalter« mit schwindendem Wissen und einfacheren Fertigkeiten herab. Um Verbindung zu halten, war man auf Boten und Meldereiter und in dringlichen Fällen auf Leuchtfeuer angewiesen; und wurden die Steine von Anor und Orthanc auch noch immer wie Schätze der Vergangenheit bewacht, von deren Vorhandensein nur wenige wußten, waren die Sieben Steine von einst doch bei den Menschen im allgemeinen vergessen, und wenn man sich der Reime des Wissens, die aus ihnen sprachen, noch erinnerte, verstand man sie nicht mehr; ihr Wirken wurde in der Sage auf die elbischen Kräfte der alten Könige mit ihren durchdringenden Augen übertragen und auf die raschen, vogelgleichen Geister, die ihnen zur Verfügung standen, um Nachrichten zu bringen oder Botschaften zu befördern.

Der Orthanc-Stein scheint zu dieser Zeit von den Truchsessen längst nicht mehr beachtet worden zu sein: Er war für sie nicht mehr von Nutzen und lag sicher in seinem unbezwinglichen Turm. Sogar wenn er nicht allzu sehr von dem Zweifel an dem Ithil-Stein überschattet worden wäre, so stand er doch in einer Gegend, mit der sich Gondor weniger und zumeist mittelbar befaßte. Calenardhon, niemals dicht bevölkert, war durch die Dunkle Pest von 1636 verheert worden und danach ständig durch die Auswanderung von Bewohnern númenórischer Abstammung nach Ithilien und in Länder näher am Anduin entvölkert worden. Isengart blieb persönlicher Besitz der Truchsessen, doch Orthanc selbst wurde im Stich gelassen, schließlich geschlossen und die Schlüssel nach Minas Tirith gebracht. Wenn Beren der Truchseß überhaupt an den Stein dachte, als er die Schlüssel Saruman gab, so meinte er vermutlich, dieser sei nirgendwo sicherer aufgehoben als in den Händen des Oberhauptes des Rates gegen Sauron.

Saruman hatte ohne Zweifel durch seine Nachforschungen eine besondere Kenntnis der Steine erlangt, die seine Aufmerksamkeit auf sich zogen, und die Überzeugung gewonnen, daß der Orthanc-Stein sich noch unversehrt in seinem Turm befinden müsse. Er erhielt die Schlüssel zum Orthanc im Jahr 2759 formell als Hüter des Turms und Statthalter des Truchseß von Gondor. Zu dieser Zeit schenkte der Weiße Rat der Angelegenheit des Orthanc-Steines kaum Aufmerksamkeit. Nur Saruman, der die Gunst der Truchsessen gewonnen hatte, hatte die Aufzeichnungen Gondors schon so ausgiebig studiert, um die Bedeutung der *palantíri* und die Verwendungsmöglichkeiten der übriggebliebenen Steine zu erkennen; doch seinen Amtsgenossen sagte er nichts davon. Wegen seiner Mißgunst und seines Hasses gegen Gandalf kündigte Saruman seine Mitarbeit im Rat auf, der 2953 zum letzten Mal zusammentrat. Darauf nahm Saruman ohne gehörige Erklärung Isengart als seinen eigenen Bereich in Besitz und schenkte Gondor keine weitere Beachtung. Der Rat mißbilligte dies zweifellos; aber Saruman war ein freier Bevollmächtigter und hatte das Recht, wenn er wollte, gemäß seinen eigenen Vorstellungen im Widerstand gegen Sauron unabhängig tätig zu werden.

Der Rat in seiner Gesamtheit muß unabhängig davon von den Steinen und ihren uralten Möglichkeiten gewußt haben, doch er sprach ihnen keine große gegenwärtige Bedeutung zu: Sie waren Gegenstände, die der Geschichte der Königreiche der Dúnedain zugehörten, wunderbar und bewunderungswürdig, doch nun zum größten Teil verloren oder von geringem Nutzen. Es muß daran erinnert werden, daß die Steine ursprünglich »unschuldig« waren und keinem bösen Zweck dienten. Es war Sauron, der sie unheilvoll machte und zu Werkzeugen der Willkür und der Täuschung.

Obgleich (durch Gandalf gewarnt) der Rat begonnen haben dürfte, Sarumans Plänen betreffend die Ringe zu mißtrauen, wußte nicht einmal Gandalf, daß er ein Bundesgenosse oder Diener Saurons geworden war. Dies entdeckte Gandalf erst im Juli 3018. Doch obwohl Gandalf in späteren Jahren durch das Studium der Urkunden seine Kenntnisse und die des Rates über die Geschichte Gondors erweitert hatte, galt doch ihr Hauptinteresse noch immer dem Ring: Die in den Steinen verborgenen Möglichkeiten wurden nicht erkannt. Es ist offenkundig, daß zur Zeit des Krieges um den Ring der Rat bald der Ungewißheit über das Schicksal des Ithil-Steines gewahr wurde und es unterließ (begreiflicherweise unter dem Gewicht ihrer Sorgen sogar solche Persönlichkeiten wie Elrond, Galadriel und Gandalf), seine Bedeutung richtig einzuschätzen und zu bedenken, welche Folgen es haben konnte, wenn Saruman in den Besitz eines der Steine gelangte und irgendein anderer dann Gebrauch von einem anderen Stein machte. Es bedurfte einer Demonstration der Auswirkungen des Orthanc-Steines auf Peregrin am Dol Baran, um mit einem Schlage zu enthüllen, daß das »Bindeglied« zwischen Isengart und Barad-dûr (dessen Vorhandensein sichtbar wurde, als man entdeckte, daß sich im Angriff auf die Gefährten bei Parth Galen die Streitkräfte aus Isengart mit anderen unter der Führung Saurons vereinigt hatten) in der Tat der Orthanc-Stein war – und ein weiterer *palantír*.

Als sie auf Schattenfell vom Dol Baran fortritten (›Die Zwei Türme‹, 3, Kapitel 11), war es Gandalfs vordringlichstes Anliegen im Gespräch mit Peregrin, dem Hobbit eine Vorstellung von der Geschichte der *palantíri* zu vermitteln, damit er das ehrwürdige Alter, die Erhabenheit und die Macht jener Dinge begreife, mit denen sich einzulassen er gewagt hatte. Ihm war nicht daran gelegen, den Verlauf seiner eigenen Entdeckungen und Folgerungen offenzulegen, ausgenommen ihren Schlußpunkt: zu erklären, wie es Sauron gelungen war, sie in seine Gewalt zu bringen, so daß es für *jedermann,* wie erhaben er auch sein mochte, gefährlich war, sie zu benutzen. Doch Gandalfs Denken beschäftigte sich zu dieser Zeit eingehend mit den Steinen und mit den Auswirkungen der Enthüllungen auf Dol Baran für viele Geschehnisse, die er beobachtet und über die er nachgedacht hatte: die ausgedehnten Kenntnisse Denethors von fernen Ereignissen, das Auftreten frühen Alterns, das man erstmals beobachtete, als er nicht viel älter als sechzig Jahre war, obwohl er einer Rasse und Familie angehörte, die doch üblicherweise ein längeres Leben hatte als andere Menschen. Unzweifelhaft wurde Gandalfs Eile, Minas Tirith zu erreichen, neben der verrinnenden Zeit und dem bevorstehenden Krieg durch die plötzliche Furcht beschleunigt, daß auch Denethor vom *palantír*, dem Anor-Stein, Gebrauch gemacht hatte, weil er sich ein Urteil bilden wollte, welche Wirkung dieser Stein auf ihn haben mochte: War es nicht möglich, daß sich in der entscheidenden Prüfung eines verzweifelten Krieges ergab, daß man ihm (wie Saruman) nicht mehr trauen konnte und er sich Mordor unterwarf? Gandalfs Verhandlungen mit Denethor bei seiner Ankunft in Minas Tirith und in den folgenden Tagen und alles, was sie den Berichten zufolge miteinander besprochen haben sollen, muß im Lichte dieser Zweifel betrachtet werden, die Gandalfs Denken bewegten.

Die Bedeutung des *palantír* von Minas Tirith in Gandalfs Gedankengängen leitet sich also nur von Peregrins Erfahrungen auf dem Dol Baran her. Doch wußte er natürlich schon viel früher, daß es ihn gab. Über Gandalfs Geschichte bis zum Ende des Wachsamen Friedens (2460) und der Gründung des Weißen Rates (2463) ist wenig bekannt, und sein besonderes Interesse an Gondor scheint erst zutage getreten zu sein, nachdem Bilbo den Ring gefunden hatte (2941) und Sauron offen nach Mordor zurückgekehrt war (2951). Danach wurde seine ganze Aufmerksamkeit auf den Ring Isildurs gelenkt (Saurons ebenso); doch man darf annehmen, daß er durch seine Lektüre in den Archiven Gondors viel über die *palantíri* Gondors erfahren hatte, wenn er auch weniger rasch ihre mögliche Bedeutung erfaßte als Saruman, dessen Denken im Gegensatz zu dem Gandalfs immer weitaus stärker von künstlichen Gebilden und Werkzeugen der Macht gefesselt wurde als von Personen. Alles in allem wußte Gandalf zu dieser Zeit vermutlich bereits mehr als Saruman über das Wesen und den allerletzten Ursprung der *palantíri,* weil alles, was das alte Reich von Arnor und die spätere Geschichte dieser Landstriche anging, sein ureigenes Feld war und er mit Elrond in einem engen Bündnis stand.

Aber der Anor-Stein war ein Geheimnis geworden: Kein Hinweis auf sein Schicksal ist nach dem Fall von Minas Ithil in den Annalen und Aufzeichnungen der Truchsessen zu finden. Allein die Geschichte machte deutlich, daß weder Orthanc noch der Weiße Turm in Minas Tirith jemals von Feinden erobert und geplündert worden war, und daß deshalb angenommen werden darf, daß die Steine höchstwahrscheinlich unversehrt an ihren alten Stätten verblieben waren; doch konnte man nicht sicher sein, daß sie nicht von den Truchsessen fortgebracht und vielleicht in irgendeiner geheimen Schatzkammer »tief vergraben« worden waren, wenn nicht gar in einer letzten verborgenen Zuflucht in den Bergen, vergleichbar mit Dunharg.

Wie es hieß, soll Gandalf berichtet haben, er *glaube* nicht, daß Denethor gewagt habe, den Stein zu benutzen, bevor seine Weisheit schwand. Er konnte dies nicht als eine bekannte Tatsache vorbringen, denn wann und warum Denethor gewagt hatte, den Stein zu benutzen, war und blieb eine Vermutung. Gandalf mochte sehr wohl so über die Sache denken, doch in Anbetracht Denethors und dessen, was man über ihn sagte, ist es wahrscheinlich, daß er viele Jahre vor 3019 begann, sich des Steins zu bedienen, und daß er früher als Saruman wagte oder es für nützlich hielt, den Stein von Orthanc zu gebrauchen. Denethor erbte die Truchsessenwürde im Jahr 2984, als er vierundfünfzig Jahre alt war: ein eigenwilliger Mann, nach den Maßstäben jener Tage überaus weise und gelehrt, willensstark, überzeugt von seinen eigenen Fähigkeiten und unerschrocken. Seine »Grimmigkeit« wurde für andere erst wahrnehmbar, nachdem sein Weib Finduilas im Jahr 2988 gestorben war, doch es erscheint ziemlich einleuchtend, daß er sich, sobald er an die Macht gekommen war, *umgehend* den Steinen zuwandte, nachdem er Umstände der *palantíri* und die Überlieferungen, die sie und ihren Gebrauch betrafen, lange in den besonderen Archiven der Truchsessen studiert hatte, die neben dem Regierenden Truchseß nur dessen Erben zugänglich waren. Gegen Ende der Regierungszeit seines Vaters Ecthelion II. muß er sehnlich gewünscht haben, die Steine zu befragen, als die Angst in Gondor zunahm, während seine eigene Stellung durch den Ruhm Thorongils geschwächt wurde und durch die Gunst, die sein Vater diesem bezeigte. Zumindest einer seiner Beweggründe muß Mißgunst gegen Thorongil und Feindseligkeit gegen Gandalf gewesen sein, dem sein Vater während Thorongils Vorherrschaft große Beachtung schenkte; Denethor wollte diese »Thronräuber« an Kenntnissen und Informationen übertreffen und sie nach Möglichkeit im Auge behalten, wenn sie sich an einem anderen Ort aufhielten.

Die äußerste Anspannung Denethors in der Auseinandersetzung mit Sauron muß von der allgemeinen Anstrengung bei der Benutzung der Steine unterschieden werden. Die letztere glaubte Denethor (nicht ohne Grund) ertragen zu können; ein Kräftemessen mit Sauron fand fast sicher viele Jahre lang nicht statt und wurde vermutlich von Denethor ursprünglich nie ins Auge gefaßt. Zum Gebrauch der *palantíri* und zur Unterscheidung zwischen ihrem Einzelgebrauch zum »Sehen« und ihrer Verwendung zur Herstellung einer Verbindung zwischen einem anderen antwortenden Stein und seinem »Betrachter« ist an anderer Stelle zu lesen. Nachdem Denethor sich die Fertigkeit angeeignet hatte, konnte er durch den Gebrauch des Anor-Steins allein viel über entfernte Ereignisse erfahren; sogar nachdem Sauron seine Tätigkeiten bemerkte, konnte er noch immer darin fortfahren, solange er die Kraft behielt, seinen Stein den eigenen Zwecken dienstbar zu machen – Saurons Anstrengungen zum Trotz, den Anor-Stein stets zu sich hinüber zu »zerren«. Es muß auch berücksichtigt werden, daß die Steine in Saurons weitgespannten Plänen nur eine kleine Rolle spielten: Sie waren ein Mittel, zwei seiner Widersacher zu beherrschen und irrezuführen, aber er wollte (und konnte) den Ithil-Stein nicht unter fortwährender Beobachtung haben. Es war nicht seine Art, solche Werkzeuge Untergebenen zum Gebrauch zu überlassen; auch verfügte er über keinen Diener, dessen geistige Kräfte denen Sarumans und sogar Denethors überlegen waren. Im Falle Denethors gewann der Truchseß durch die Tatsache zusätzliche Kraft, daß die Steine den rechtmäßigen Benutzern gegenüber weitaus zugänglicher waren: Dies galt in erster Linie für alle wahren »Erben Elendils« (wie Aragorn), doch auch für einen, der, verglichen mit Saruman oder Sauron, die Vollmacht ererbt hatte (wie Denethor). Es sei bemerkt, daß die Auswirkungen verschieden waren. Saruman fiel unter die Herrschaft Saurons, wünschte dessen Sieg oder arbeitete ihm nicht mehr entgegen. Denethor blieb in Ablehnung Saurons standhaft, doch man machte ihn glauben, daß sein Sieg unvermeidlich sei, und so fiel er der Verzweiflung anheim. Die Gründe für diese Unterschiede lagen in erster Linie darin, daß Denethor ein Mann von großer Willenskraft war, der sich die Unverfälschtheit seiner Persönlichkeit bewahrte bis zum entscheidenden Schlag, den ihm die (scheinbar) tödliche Verwundung seines einzigen überlebenden Sohnes versetzte. Er war stolz, doch dieser Stolz war durchaus nicht auf seine eigene Person bezogen: Er liebte Gondor und dessen Bewohner und betrachtete sich selbst als vom Schicksal dazu bestimmt, sie in dieser ausweglosen Zeit zu führen.

Und in zweiter Linie gehörte ihm der Anor-Stein *von Rechts wegen*, und nichts außer Zweckmäßigkeit sprach dagegen, daß er ihn in seinen tiefen Ängsten benutzte. Er muß geahnt haben, daß der Ithil-Stein sich in bösen Händen befand, und im Vertrauen auf seine Stärke wagte er es, mit ihm Verbindung aufzunehmen. Sein Selbstvertrauen war nicht gänzlich unberechtigt. Sauron gelang es nicht ihn zu beherrschen, und er konnte ihn nur durch Betrug beeinflussen. Wahrscheinlich schaute er zuerst nicht nach Mordor, sondern war mit jenen »weiten Ausblicken« zufrieden, die der Stein gewährte; daher rührt sein verblüffendes Wissen um Ereignisse, die weit entfernt stattfanden. Es wird nicht erzählt, ob er jemals auf diese Weise Verbindung mit dem Orthanc-Stein und mit Saruman herstellte; vermutlich tat er es und durchaus zu seinem eigenen Nutzen. Sauron konnte in diese Besprechungen nicht eindringen: nur der Betrachter, der sich des Herrscher-Ringes in Osgiliath bediente, konnte »heimlich lauschen«. Solange zwei der anderen Steine miteinander sprachen, waren sie für den dritten nicht ansprechbar.

Die Wissenschaft von den *palantíri* muß beträchtlich gewesen sein, die in Gondor von den Königen und Truchsessen bewahrt und selbst dann noch überliefert wurde, als man von den Steinen keinen Gebrauch mehr machte. Diese Steine waren ein unveräußerliches Geschenk an Elendil und seine Erben, denen allein sie rechtmäßig gehörten; doch bedeutet dies nicht, daß sie nur von einem dieser »Erben« rechtmäßig benutzt werden konnten. Sie konnten nach dem Gesetz von jedem benutzt werden, der vom »Erben Anárions« oder dem »Erben Isildurs« dazu ermächtigt war, das heißt von einem rechtmäßigen König Arnors oder Gondors. In Wirklichkeit müssen sie in der Regel von solchen Bevollmächtigten benutzt worden sein. Jeder Stein hatte seinen eigenen Hüter, zu dessen Pflichten es gehörte, den Stein in regelmäßigen Abständen zu »betrachten«, oder in Zeiten der Not oder auf einen Befehl hin. Andere Personen waren ebenfalls dazu berufen, die Steine zu besuchen, und Minister der Krone, die über »Einsicht« verfügten, nahmen regelmäßig und besondere Besichtigungen der Steine vor und berichteten über die gewonnenen Erkenntnisse dem König oder dem Rat oder, wenn die Sache es erforderte, dem König unter vier Augen.

Im späteren Gondor, als das Amt des Truchseß an Bedeutung gewann, erblich wurde und ständig einen »Ersatzmann« für den König und im Notfall einen sofortigen Vizekönig zur Verfügung stellte, scheint die Gewalt über die Steine und ihren Gebrauch hauptsächlich in den Händen der Truchsessen gelegen zu haben und die Überlieferungen über ihr Wesen und ihren Gebrauch in ihrem Hause behütet und weitergegeben worden zu sein. Seit die Truchsessenwürde von 1998 an erblich geworden war, wurde die Befugnis, die Steine zu benutzen oder diese wiederum zu übertragen, rechtmäßig in ihrer Linie vererbt und stand darum Denethor uneingeschränkt zu.

Im Hinblick auf die Erzählung vom ›Herrn der Ringe‹ muß indessen bemerkt werden, daß unabhängig von solcher übertragener Befugnis und sogar ererbter Rechte, jeder »Erbe Elendils« (das heißt, ein anerkannter Nachkomme, der kraft seiner Abstammung in den númenórischen Reichen einen Thron oder ein Herrscheramt innehatte) das *Recht* besaß, jeden der *palantíri* zu benutzen. Darum beanspruchte Aragorn das Recht, den Orthanc-Stein in Besitz zu nehmen, weil er nun ohne Eigentümer oder Hüter war; und auch, weil er *de jure* der rechtmäßige König von Gondor und Arnor war und, wenn er wollte, aus begründetem Anlaß alle früheren Vorrechte für sich selbst in Anspruch nehmen konnte.

Die »Kunde von den Steinen« ist nun vergessen und kann nur teilweise durch Vermutungen oder aus entsprechenden Aufzeichnungen wiedergewonnen werden. Sie waren vollkommene Kugeln, die im Zustand der Ruhe aussahen, als bestünden sie aus massivem Glas oder Kristall von tiefschwarzer Farbe. Die kleinsten unter ihnen maßen etwa einen Fuß im Durchmesser, doch einige, mit Sicherheit die Steine von Osgiliath und Amon Sûl, waren viel größer und konnten von einem Mann allein nicht hochgehoben werden. Ursprünglich waren sie an Orten aufgestellt, die ihrer Größe und gewünschten Verwendung angemessen waren; sie standen auf niedrigen, runden Tischen aus schwarzem Marmor in einer Vertiefung in der Mitte oder in einer Schale, in der sie nach Bedarf mit der Hand gedreht werden konnten. Sie waren sehr schwer, aber vollkommen glatt und nahmen keinen Schaden, wenn sie durch Zufall oder böse Absicht heruntergeworfen wurden und von ihren Tischen rollten. Sie waren in der Tat durch keinerlei gewaltsame Behandlung von Menschen zu zerbrechen, obwohl manche glaubten, daß große Hitze wie die des Orodruin sie zersprengen könnte, und sie vermuteten, daß der Ithil-Stein beim Fall von Barad-dûr dieses Schicksal erlitten habe.

Obwohl sie keinerlei besondere äußere Merkmale aufwiesen, hatten sie zwei ständige *Pole* und wurden von Anfang an so auf ihren Unterlagen angeordnet, daß sie »aufrecht« standen: Ihre Durchmesser von Pol zu Pol wiesen auf den Erdmittelpunkt, doch der ständige untere Pol mußte dann unten liegen. In dieser Stellung waren ihre Oberflächen entlang des Kreisumfanges ihre sehenden Flächen, welche die Visionen von außerhalb empfingen, sie jedoch an das Auge des »Betrachters« auf der anderen Seite weitergaben. Darum nahm ein Betrachter, der nach Westen zu schauen wünschte, seinen Platz an der Ostseite des Steines ein, und wenn er seine Vision nach Norden verlagern wollte, mußte er nach links in südlicher Richtung weiterrücken. Aber die geringeren Steine wie die von Orthanc, Ithil, Anor und vermutlich Annúminas hatten in ihrer ursprünglichen Stellung auch eine festgelegte Ausrichtung, so daß (zum Beispiel) ihre Westfläche nur nach Westen sehen konnte und beim Weiterdrehen in andere Richtungen leer blieb. Wenn ein Stein aus seiner Ruhelage entfernt oder gestört wurde, konnte er durch Beobachtung wieder in die Ausgangslage zurückversetzt werden, wobei es dann zweckmäßig war, ihn zu drehen. Wenn er aber entfernt und zu Boden geworfen wurde, wie zum Beispiel der Orthanc-Stein, war es nicht leicht, ihn wieder in die richtige Lage zu bringen. So muß es »Zufall« gewesen sein, wie die Menschen es nennen (wie Gandalf gesagt haben würde), daß Peregrin, mit dem Stein hantierend, diesen mehr oder weniger »aufrecht« auf den Boden stellte und, westlich des Steins sitzend, dessen festgelegte nach Westen blickende Fläche in der richtigen Stellung vor sich gehabt hatte. Die größeren Steine waren nicht auf diese Weise festgelegt: Ihr Kreisumfang konnte gedreht werden, und sie konnten noch immer in jede Richtung »sehen«.

Allein die *palantíri* konnten nur »sehen«: Sie übermittelten keine Geräusche. Wenn sie nicht ein lenkender Geist beherrschte, waren sie unberechenbar und ihre »Gesichte« waren (zumindest scheinbar) vom Zufall bestimmt. Wenn zum Beispiel ihre westliche Fläche von einem hochgelegenen Ort über eine weite Entfernung blickte, wurde das Bild zu beiden Seiten sowie oben und unten verschwommen und verzerrt, und der durch dahinterliegende Gegenstände verdunkelte Vordergrund entfernte sich in ständig abnehmender Klarheit. Ebenso wurde das, was sie »sahen«, durch Zufall herbeigeführt oder behindert, durch Dunkelheit oder »Verschleierung« (siehe unten). Die Gesichte der *palantíri* wurden durch materielle Hindernisse nicht »blind gemacht« oder »verschlossen«, sondern nur durch Dunkelheit; so konnten sie sowohl *durch* einen Berg als auch *durch* einen Fleck von Dunkelheit oder Schatten blicken, doch nichts darin erkennen, das nicht ein wenig Licht empfing. Sie konnten durch Mauern sehen, doch innerhalb von Räumen, Höhlen und Gewölben sahen sie nichts, wenn nicht etwas Licht in diese fiel; und sie konnten nicht von sich aus für Licht sorgen oder es übertragen. Es war möglich, sich gegen ihren Blick zu schützen: Bei dem »Verschleierung« genannten Vorgang ließen sich gewisse Gegenstände oder Bereiche im Stein nur als ein Schatten oder dichter Nebel erkennen. Auf welche Weise dies bewerkstelligt wurde (von jenen, die Kenntnis von den Steinen und der Möglichkeit hatten, von ihnen beobachtet zu werden), ist eines der verlorenen Geheimnisse der *palantíri*.

Ein Betrachter konnte durch seinen Willen das »Gesicht« des Steins dazu veranlassen, sich auf einen bestimmten Punkt in oder nahe seiner direkten Linie zu konzentrieren. Die ungelenkten »Gesichte« waren klein, besonders die der geringeren Steine, obgleich sie im Auge eines Zuschauers viel größer waren, der sich in einiger Entfernung (am besten etwa drei Fuß) von der Oberfläche des *palantír* aufstellte. Doch vom Willen eines geschickten und starken Betrachters beherrscht, konnten entfernte Dinge vergrößert, näher gebracht und verdeutlicht werden, während ihr Hintergrund beinahe verdrängt wurde. So war ein Mensch, der sich in beträchtlicher Entfernung befand, gewöhnlich als eine winzige Gestalt wahrzunehmen (nicht größer als einen halben Zoll), die schwer aus einer Landschaft oder einer Ansammlung anderer Menschen hervorzuheben war; doch Konzentration konnte das Bild vergrößern und erhellen, bis der Mensch, von Einzelheiten abgesehen, etwa ein Fuß groß und deutlich wie auf einem Gemälde zu sehen und zu erkennen war, falls er dem Betrachter bekannt war. Große Konzentration konnte sogar Einzelheiten vergrößern, an denen der Betrachter interessiert war, so daß (zum Beispiel) zu erkennen war, ob der Mensch einen Ring an der Hand trug.

Doch diese »Konzentration« war sehr ermüdend und konnte zur Erschöpfung führen. Folglich nahm man sie nur auf sich, wenn Aufschlüsse dringend benötigt wurden und der Zufall (möglicherweise durch andere Kenntnisse unterstützt) es dem Betrachter möglich machte, aus dem Durcheinander der »Gesichte« des Steins Einzelheiten herauszufinden (die für ihn und seine unmittelbaren Zwecke von Bedeutung waren). Ein Beispiel: Denethor, der um Rohan besorgt, vor dem Anor-Stein saß und entscheiden mußte, ob er sofort den Befehl geben sollte, die Leuchtfeuer anzuzünden und den »Pfeil« auszusenden oder nicht, konnte sich so hinsetzen, daß er in direkter Linie nordwestlich bis westlich durch Rohan, dicht an Edoras entlang und in Richtung auf die Furten des Isen blickte. Zu dieser Zeit hätten entlang dieser Linie Bewegungen von Menschen sichtbar werden können. Wenn dem so war, konnte er sich (sagen wir) auf eine Gruppe von Reitern konzentrieren und schließlich eine Gestalt entdecken, die er kannte: Gandalf, zum Beispiel, der mit den Verstärkungen zur Helms Klamm ritt, plötzlich seitlich ausbrach und nach Norden eilte.

Die *palantíri* konnten weder versehentlich noch gegen ihren Willen Einblick in die Gedanken der Menschen nehmen; denn die Übertragung von Gedanken beruhte auf dem *Willen* der Benutzer auf beiden Seiten, und Gedanken (aufgenommen als Sprache) waren nur von einem Stein auf einen anderen übertragbar, wenn diese im Einklang waren.

Der verbotene Weiher

Als Frodo aufwachte, beugte sich Faramir über ihn. Für eine Sekunde packten ihn die alten Ängste, und er setzte sich auf und schreckte zurück.

»Es gibt nichts zu fürchten«, sagte Faramir.

»Ist es schon Morgen?« fragte Frodo gähnend.

»Noch nicht, aber die Nacht nähert sich ihrem Ende, und der Vollmond geht unter. Wollt Ihr kommen und es sehen? Auch geht es um etwas, wozu ich Euren Rat haben möchte. Es tut mir leid, Euch aus dem Schlaf zu wecken, aber wollt Ihr kommen?«

»Ich komme«, sagte Frodo, stand auf und fröstelte ein wenig, als er die Decke und die warmen Felle verließ. Es kam ihm kalt vor in der feuerlosen Höhle. Das Rauschen des Wassers war laut in der Stille. Er zog seinen Mantel an und folgte Faramir.

Sam wurde durch irgendein Gefühl der Vorsicht plötzlich wach, sah zuerst das leere Bett seines Herrn und sprang auf. Dann sah er zwei dunkle Gestalten, Frodo und einen Menschen, unter dem Torbogen stehen, der jetzt von einem blassen weißen Licht erfüllt war. Er eilte ihnen nach, an Reihen von Menschen vorbei, die auf Matratzen entlang der Wand schliefen. Als er zum Höhlenausgang kam, sah er, daß der Vorhang jetzt ein blendender Schleier aus Seide und Perlen und Silberfäden geworden war: schmelzende Eiszapfen aus Mondschein. Aber er hielt nicht inne, um es zu bewundern, sondern wandte sich um und folgte seinem Herrn durch die schmale Tür in der Höhlenwand.

Zuerst gingen sie einen schwarzen Gang entlang, dann viele nasse Stufen hinauf, und so kamen sie zu einem kleinen Treppenabsatz; er war in den Fels hineingehauen und von dem blassen Himmel erleuchtet, der hoch über einem langen, tiefen Schacht schimmerte. Von hier aus führten zwei Treppenläufe weiter: Der eine schien zu dem hohen Ufer des Bachs zu gehen; der andere nach links. Diesem folgten sie. Er wendelte sich nach oben wie eine Turmtreppe.

Endlich kamen sie aus der steinernen Dunkelheit heraus und schauten sich um. Sie standen auf einem breiten, flachen Felsen ohne Geländer oder Brüstung. Zu ihrer Rechten, im Osten, sprang der Wildbach über viele Felsenstufen, strömte dann durch ein steiles Bett und füllte eine glattgehauene Rinne mit dunklen, schaumgesprenkelten Wassermassen. Fast zu ihren Füßen stürzte er wirbelnd und brodelnd jäh über den Grat in einen Abgrund, der zu ihrer Linken gähnte. Nahe am Rand stand dort schweigend ein Mann und blickte hinunter.

Frodo wandte sich um und beobachtete, wie die geschmeidigen Wasserarme sich krümmten und hinabsprangen. Dann hob er die Augen und blickte in die Ferne. Die Welt war still und kalt, als ob die Morgendämmerung nahe sei. Weit im Westen ging der Vollmond unter, rund und weiß. Bleiche Nebel schimmerten in dem großen Tal unten: eine breite Kluft voll silbrigem Dunst, unter dem die kühlen Nachtwasser des Anduin dahinströmten. Jenseits lauerte eine schwarze Dunkelheit, und in ihr funkelten hier und dort, kalt, scharf, fern und weiß wie Zähne von Gespenstern die Gipfel des Ered Nimrais, des Weißen Gebirges im Reiche Gondor, die Spitzen mit ewigem Schnee bedeckt.

Eine Weile stand Frodo dort auf dem hohen Fels, und ein Schauer überrann ihn, als er sich fragte, ob irgendwo in der Weite der nächtlichen Lande seine alten Gefährten wanderten oder schliefen oder tot dalagen, in ein Leichentuch aus Nebel gehüllt. Warum war er hierher gebracht und aus dem Schlaf, der Vergessen bescherte, gerissen worden?

Sam war auf eine Antwort auf dieselbe Frage erpicht und konnte sich nicht zurückhalten, nur für das Ohr seines Herrn bestimmt, wie er glaubte, zu murmeln: »Eine schöne Aussicht, ohne Zweifel, Herr Frodo, aber kalt fürs Herz, ganz zu schweigen von den Knochen! Was geht hier vor?«

Faramir hörte es und antwortete darauf: »Monduntergang über Gondor. Ithil der Schöne verläßt Mittelerde und blickt auf die weißen Haare des alten Mindolluin. Das ist ein wenig Frösteln wert. Aber nicht um das zu sehen, habe ich euch hergebracht – obwohl du, Sam, überhaupt nicht hergebracht wurdest, sondern nur die Strafe für deine Vorsicht bezahlst. Ein Schluck Wein soll es wiedergutmachen. Doch schaut nun!«

Er ging hinauf zu dem schweigenden Posten an dem dunklen Rand, und Frodo folgte ihm. Sam blieb zurück. Er fühlte sich sowieso schon unsicher auf dieser hohen, nassen Felsplatte. Faramir und Frodo blickten hinunter. Tief unten sahen sie, wie sich die weißen Gewässer in ein schäumendes Becken ergossen und dann in einem ovalen Teich zwischen den Felsen dunkel herumwirbelten, bis sie wieder ihren Weg hinaus fanden durch eine schmale Pforte und davonflossen, schäumend und plätschernd, zu ruhigeren und ebeneren Bereichen. Das Mondlicht fiel noch schräg auf den Fuß des Wasserfalls und schimmerte auf den Wellen des Teichs. Plötzlich bemerkte Frodo ein kleines, dunkles Geschöpf auf dem diesseitigen Ufer, aber während er es noch betrachtete, tauchte es und verschwand genau hinter dem Sprudeln und Brodeln des Wasserfalles und durchschnitt das schwarze Wasser so säuberlich wie ein Pfeil oder ein hochkantiger Stein.

Faramir wandte sich an den Mann neben ihm. »Nun, was meinst du, was das ist, Anborn? Ein Eichhörnchen oder ein Eisvogel? Gibt es schwarze Eisvögel in den Nachtweihern von Düsterwald?«

»Es ist kein Vogel, was immer es sonst sein mag«, antwortete Anborn. »Es hat vier Gliedmaßen und taucht wie ein Mensch; und es beherrscht die Kunst sehr gut. Worauf ist es aus? Sucht es einen Weg zu unserem Versteck hinter dem Vorhang? Es scheint, daß wir endlich entdeckt worden sind. Ich habe meinen Bogen hier, und andere Bogenschützen, fast so gute Schützen wie ich selbst, stehen an jedem Ufer. Wir warten nur auf Euren Befehl zum Schießen, Heermeister.«

»Sollen wir schießen?« fragte Faramir, zu Frodo gewandt.

Frodo antwortete einen Augenblick nicht. Dann sagte er: »Nein! Nein, ich bitte Euch, nicht zu schießen.« Wenn Sam es gewagt hätte, hätte er »Ja!« gesagt, rascher und lauter. Er konnte es selbst nicht sehen, aber er erriet aus ihren Worten sehr wohl, was sie betrachteten.

»Ihr wißt also, was für ein Geschöpf das ist?« fragte Faramir. »Nun, nachdem Ihr es gesehen habt, sagt mir, warum es geschont werden soll. Bei all unseren Unterhaltungen habt Ihr kein einziges Mal von Eurem Wandergefährten gesprochen, und ich ließ ihn vorläufig beiseite. Das konnte warten, bis er gefangen und vor mich gebracht würde. Ich schickte meine tüchtigsten Jäger aus, ihn zu suchen, aber er entschlüpfte ihnen, und sie bekamen ihn nicht mehr zu Gesicht, außer Anborn hier, der ihn gestern in der Dämmerung sah. Aber jetzt hat er eine schlimmere Übertretung begangen, als bloß Karnickel zu fangen im Hochland: Er hat es gewagt, nach Henneth Annûn zu kommen, und sein Leben ist verwirkt. Ich staune über den Kerl: So heimlich und durchtrieben, wie er ist, kommt er und vergnügt sich in dem Teich genau vor unserem Fenster. Glaubt er, Menschen schlafen die ganze Nacht ohne Wachen? Warum tut er das?«

»Darauf gibt es zwei Antworten, glaube ich«, sagte Frodo. »Zum einen weiß er wenig von Menschen, und wenn er auch durchtrieben ist, so ist Eure Zufluchtstätte so versteckt, daß er vielleicht gar nicht weiß, daß hier Menschen verborgen sind. Zum anderen glaube ich, daß er durch ein beherrschendes Verlangen hierher gelockt wird, das stärker ist als seine Vorsicht.«

»Er wird hierher gelockt, sagt Ihr?« fragte Faramir leise. »Kann er denn von Eurer Bürde wissen, oder weiß er es sogar?«

»Allerdings. Er trug sie selbst viele Jahre.«

»*Er* trug sie?« fragte Faramir und holte tief Luft vor Verwunderung. »Diese Sache verwickelt sich in immer neue Rätsel. Dann verfolgt er ihn?«

»Vielleicht. Er ist ihm teuer. Aber davon sprach ich nicht.«

»Was sucht das Geschöpf denn dann?«

»Fisch«, sagte Frodo. »Schaut!«

Sie starrten hinunter auf den dunklen Weiher. Ein kleiner schwarzer Kopf tauchte am hinteren Ende des Teichs auf, gerade außerhalb der tiefen Schatten des Felsen. Kurz blitzte etwas Silbernes auf, und es gab einen Wirbel kleiner Wellen. Dann schwamm etwas an die Seite, und mit wunderbarer Behendigkeit kletterte eine froschähnliche Gestalt aus dem Wasser und das Ufer hinauf. Sofort setzte sie sich hin und begann an dem kleinen silbernen Ding zu nagen, das glitzerte, als es bewegt wurde: Die letzten Strahlen des Mondes fielen jetzt hinter die Felswand am Ende des Weihers.

Faramir lachte leise. »Fisch!« sagte er. »Das ist ein weniger gefährlicher Hunger. Oder vielleicht auch nicht: Fisch aus dem Weiher Henneth Annûn mag ihn alles kosten, was er zu geben hat.«

»Jetzt habe ich ihn genau vor dem Pfeil«, sagte Anborn. »Soll ich nicht schießen, Heermeister? Denn unaufgefordert hierher zu kommen bedeutet nach unserem Gesetz den Tod.«

»Warte, Anborn«, sagte Faramir. »Dies ist eine schwierigere Angelegenheit, als es scheint. Was habt Ihr jetzt zu sagen, Frodo? Warum sollten wir ihn schonen?«

»Das Geschöpf ist unglücklich und hungrig«, sagte Frodo, »und sich seiner Gefahr nicht bewußt. Und Gandalf, Euer Mithrandir, würde Euch geheißen haben, ihn aus diesem und anderen Gründen nicht zu töten. Er verbot den Elben, es zu tun. Ich weiß nicht genau, warum, und über das, was ich mutmaße, kann ich hier nicht offen sprechen. Aber dieses Geschöpf ist in irgendeiner Weise mit meinem Auftrag verknüpft. Bis Ihr uns fandet und mitnahmt, war es mein Führer.«

»Euer Führer!« sagte Faramir. »Die Sache wird immer seltsamer. Ich würde viel für Euch tun, Frodo, aber das kann ich nicht zugestehen: diesen durchtriebenen Wanderer nach seinem Willen frei von hier weggehen zu lassen, um sich Euch später wieder anzuschließen, wenn es ihm beliebt, oder von Orks gefangen zu werden und unter Androhung von Strafe alles zu sagen, was er weiß. Er mußt getötet oder gefangengenommen werden. Getötet, wenn er nicht sehr rasch gefangengenommen wird. Aber wie kann dieses schlüpfrige Wesen von vielerlei Gestalt gefangen werden, wenn nicht durch einen gefiederten Pfeil?«

»Laßt mich leise zu ihm hinuntergehen«, sagte Frodo. »Ihr könnt Eure Bogen gespannt lassen und wenigstens mich erschießen, wenn es mir mißlingt. Ich werde nicht davonlaufen.«

»Geht denn und beeilt Euch!« sagte Faramir. »Wenn er lebend davonkommt, sollte er für den Rest seiner unglücklichen Tage Euer getreuer Diener sein. Führe Frodo zum Ufer hinunter, Anborn, und geht leise. Das Geschöpf hat Nase und Ohren. Gib mir deinen Bogen.«

Murrend ging Anborn voraus über die Wendeltreppe bis zu dem Treppenabsatz und dann über die andere Treppe, und schließlich kamen sie zu einem kleinen, hinter dichten Büschen verborgenen Durchgang. Leise schritten sie hindurch, und Frodo sah, daß sie oben am südlichen Ufer des Weihers standen. Es war jetzt dunkel, und der Wasserfall war blaß und grau und spiegelte nur den noch am westlichen Himmel verweilenden Mond wider. Er konnte Gollum nicht sehen. Er ging ein kurzes Stück weiter, und Anborn kam leise hinter ihm her.

»Geht weiter!« flüsterte er Frodo ins Ohr. »Seid auf Eurer Rechten vorsichtig. Wenn Ihr in den Weiher fallt, kann Euch niemand außer Eurem fischenden Freund helfen. Und vergeßt nicht, daß Bogenschützen in der Nähe sind, auch wenn Ihr sie nicht seht.«

Frodo kroch weiter und gebrauchte seine Hände nach Gollum-Art, um seinen Weg zu ertasten und sich abzustützen. Die Felsen waren größtenteils flach und glatt, aber schlüpfrig. Er hielt inne und lauschte. Zuerst hörte er keinen Laut außer dem unaufhörlichen Rauschen des Wasserfalls hinter ihm. Dann hörte er, nicht weit vorn, ein zischendes Murmeln.

»Fisch, netter Fisch. Weißes Gesicht ist endlich verschwunden, ja, Schatz. Jetzt können wir Fisch in Frieden essen. Nein, nicht in Frieden, Schatz. Denn Schatz ist verloren; ja, verloren. Dreckige Hobbits, gräßliche Hobbits. Weg und haben uns verlassen, *gollum;* und Schatz ist weg. Nur der arme Sméagol ist ganz allein. Kein Schatz. Gräßliche Menschen, sie werden ihn nehmen, werden meinen Schatz stehlen. Diebe. Wir hassen sie. Fisch, netter Fisch. Macht uns stark. Macht Augen scharf, Finger kräftig, ja. Sie erwürgen, Schatz. Sie alle erwürgen, ja, wenn wir Gelegenheit haben. Netter Fisch. Netter Fisch!«

So ging es weiter, fast ebenso unaufhörlich wie der Wasserfall, nur unterbrochen von einem schwachen sabbernden und glucksenden Geräusch. Frodo überlief es kalt, als er voll Mitleid und Abscheu lauschte. Er wünschte, es würde aufhören und er brauchte diese Stimme nie wieder zu hören. Anborn war nicht weit hinter ihm. Er könnte zurückkriechen und ihn bitten, zu veranlassen, daß die Jäger schießen. Wahrscheinlich könnten sie dicht genug herankommen, während Gollum fraß und nicht auf der Hut war. Nur ein Schuß, der traf, und Frodo würde die jämmerliche Stimme auf immer lossein. Aber nein, Gollum hatte jetzt einen Anspruch gegen ihn. Ein Diener hat einen Anspruch gegen den Herrn auf Dienstleistung, selbst Dienstleistung in Angst. Sie wären zugrunde gegangen in den Totensümpfen ohne Gollum. Frodo wußte auch irgendwie ganz genau, daß Gandalf es nicht gewünscht hätte.

»Fisch, netter Fisch«, sagte die Stimme.

»Sméagol!« sagte er ein wenig lauter. Die Stimme brach ab.

»Sméagol, der Herr ist gekommen, um nach dir zu suchen. Der Herr ist hier. Komm, Sméagol!« Es kam keine Antwort, aber ein leises Zischen wie beim Atemholen.

»Komm, Sméagol«, sagte Frodo. »Wir sind in Gefahr. Die Menschen werden dich töten, wenn sie dich hier finden. Komm schnell, wenn du dem Tod entgehen willst. Komm zum Herrn!«

»Nein«, sagte die Stimme. »Kein netter Herr. Verläßt den armen Sméagol und geht mit neuen Freunden. Der Herr kann warten. Sméagol ist noch nicht fertig.«

»Wir haben keine Zeit«, sagte Frodo. »Bring deinen Fisch mit. Komm!«

»Nein, muß erst den Fisch aufessen.«

»Sméagol«, sagte Frodo verzweifelt. »Schatz wird böse sein. Ich werde den Schatz nehmen und sagen: Laß ihn die Gräten schlucken und dran ersticken. Dann wirst du nie wieder Fisch essen. Komm, Schatz wartet!«

Es gab ein scharfes Zischen. Plötzlich kam Gollum aus der Dunkelheit angekrochen, auf allen vieren, wie ein stromernder Hund, dem »Platz!« zugerufen wird. Er hatte einen halbgegessenen Fisch im Mund und einen zweiten in der Hand. Er kam dicht an Frodo heran, fast Nase an Nase, und schnüffelte an ihm. Seine bleichen Augen leuchteten. Dann nahm er den Fisch aus dem Mund und stand auf.

»Netter Herr«, flüsterte er. »Netter Hobbit, kommt zurück zum armen Sméagol. Der gute Sméagol kommt. Nun laß uns gehen, schnell gehen, ja. Durch die Bäume, solange die Gesichter dunkel sind. Ja, komm, laß uns gehen!«

»Ja, wir werden bald gehen«, sagte Frodo. »Aber nicht gleich. Ich werde mit dir mitgehen, wie ich versprochen habe. Ich verspreche es noch einmal. Aber nicht jetzt. Du bist noch nicht in Sicherheit. Ich will dich retten, aber du mußt mir vertrauen.«

»Wir müssen dem Herrn vertrauen?« fragte Gollum zweifelnd. »Warum? Warum nicht gleich gehen? Wo ist der andere, der mürrische, unhöfliche Hobbit? Wo ist er?«

»Da oben«, sagte Frodo und zeigte auf den Wasserfall. »Ich

gehe nicht ohne ihn. Wir müssen zu ihm zurückgehen.« Sein Mut sank. Das sah zu sehr nach Betrug aus. Er fürchtete nicht wirklich, daß Faramir zulassen würde, Gollum zu töten, aber wahrscheinlich würde er ihn gefangennehmen lassen und fesseln; und was Frodo tat, würde dem armen, hinterhältigen Geschöpf sicher wie Verräterei vorkommen. Wahrscheinlich würde es unmöglich sein, es ihm verständlich oder glaubhaft zu machen, daß Frodo ihm auf die einzige Weise, die ihm zur Verfügung stand, das Leben rettete. Was sonst konnte er tun, um beiden Seiten gegenüber soweit wie möglich Wort zu halten? »Komm!« sagte er. »Sonst wird Schatz ärgerlich. Wir gehen jetzt zurück, den Bach hinauf. Geh los, geh los, geh du voraus!«

Gollum kroch ein Stückchen dicht am Rand entlang, schnüffelnd und mißtrauisch. Mit einemmal hielt er an und hob den Kopf. »Da ist was!« sagte er. »Kein Hobbit!« Plötzlich drehte er sich um. Ein grünes Funkeln flackerte in seinen vorstehenden Augen. »Herr, Herr! Böse! Tückisch! Falsch!« zischte er. Er spuckte und streckte seine langen Arme mit den weißen, knackenden Fingern aus.

In diesem Augenblick ragte Anborns große schwarze Gestalt drohend hinter ihm auf und nahm ihn sich vor. Eine große starke Hand packte ihn im Genick und hielt ihn fest. Er fuhr herum wie der Blitz, ganz naß und schleimig, wie er war, wand sich wie ein Aal und biß und kratzte wie eine Katze. Aber noch zwei Männer kamen aus den Schatten.

»Halt still«, sagte der eine. »Sonst stecken wir dich voll Nadeln wie ein Igel. Halt still!«

Gollum wurde schlaff und begann zu winseln und zu weinen. Sie fesselten ihn, nicht gerade sehr sanft.

»Sachte, sachte«, sagte Frodo. »Er kann es an Kraft mit Euch nicht aufnehmen. Tut ihm nicht weh, wenn Ihr's vermeiden könnt. Er wird ruhiger sein, wenn Ihr es nicht tut. Sméagol! Sie werden dir nicht weh tun. Ich werde mit dir gehen, und dir soll kein Leid geschehen. Es sei denn, sie würden mich auch töten. Vertraue dem Herrn!«

Gollum drehte sich um und spie ihn an. Die Männer hoben ihn hoch, zogen ihm eine Kapuze über die Augen und trugen ihn fort.

Frodo folgte ihnen und fühlte sich sehr unglücklich. Sie gingen durch den Eingang hinter den Büschen und dann die

Treppen hinunter durch die Gänge in die Höhle. Zwei oder drei Fackeln waren angezündet worden. Die Männer wachten auf. Sam war da. Er warf dem schlaffen Bündel, das die Männer trugen, einen sonderbaren Blick zu. »Hast ihn erwischt?« fragte er Frodo.

»Ja. Oder vielmehr nein, ich habe ihn nicht erwischt. Er kam zu mir, weil er mir zuerst vertraute, fürchte ich. Ich wollte nicht, daß er so gefesselt würde. Ich hoffe, es wird gutgehen, aber mir ist das Ganze gräßlich.«

»Mir auch«, sagte Sam. »Und nichts wird jemals gutgehen, wenn dieses Häufchen Elend dabei ist.«

Ein Mann winkte den Hobbits und brachte sie zu dem Nebenraum im Hintergrund der Höhle. Faramir saß dort auf seinem Stuhl, und die Lampe in der Nische über seinem Kopf war wieder angezündet worden. Er bedeutete ihnen, sich auf die Hocker neben ihm zu setzen. »Bringt Wein für die Gäste«, sagte er. »Und bringt den Gefangenen zu mir.«

Der Wein wurde gebracht, und dann kam Anborn und trug Gollum. Er zog Gollum die Kapuze vom Kopf und stellte ihn auf die Füße, wobei er hinter ihm stand, um ihn zu stützen. Gollum blinzelte und verbarg die Bosheit seiner Augen hinter den schweren, bleichen Lidern. Sehr jämmerlich sah er aus, tropfend und naß, und er roch nach Fisch (einen hielt er noch in der Hand); sein spärliches Haar hing ihm wie geiles Unkraut über die knochige Stirn; seine Nase triefte.

»Laßt uns los! Laßt uns los!« sagte er. »Der Strick tut uns weh, ja, das tut er, er tut uns weh, und wir haben nichts getan.«

»Nichts?« fragte Faramir und sah das unglückliche Geschöpf scharf an, aber sein Gesicht drückte weder Ärger noch Mitleid oder Erstaunen aus. »Nichts? Hast du niemals etwas getan, das Fesseln oder eine noch schlimmere Strafe verdient? Indes habe ich zum Glück darüber nicht zu befinden. Aber heute nacht bist du dorthin gekommen, wohin zu kommen den Tod bedeutet. Die Fische dieses Weihers sind teuer erkauft.«

Gollum ließ den Fisch fallen. »Will keinen Fisch«, sagte er.

»Der Preis ist nicht für den Fisch festgesetzt«, sagte Faramir. »Nur herzukommen und den Weiher zu betrachten schließt die Todesstrafe ein. Ich habe dich bisher verschont auf Bitten von Frodo, der sagt, daß du zumindest von ihm einigen Dank verdient hast. Aber du mußt auch mir Rede und Antwort stehen. Wie heißt du? Woher kommst du? Und wohin willst du gehen? Was ist deine Aufgabe?«

»Wir sind verloren, verloren«, sagte Gollum. »Kein Name, keine Aufgabe, kein Schatz, nichts. Nur verlassen, nur hungrig. Ja, wir sind hungrig. Ein paar kleine Fische, gräßliche, grätige kleine Fische für ein armes Geschöpf, und sie sagen Tod. So weise sind sie; so gerecht, so überaus gerecht.«

»Nicht sehr weise«, sagte Faramir. »Aber gerecht: Ja, vielleicht, so gerecht, wie unser bißchen Weisheit zuläßt. Binde ihn los, Frodo!« Faramir nahm ein kleines Nagelmesser aus dem Gürtel und gab es Frodo. Gollum mißverstand die Geste, kreischte und fiel zu Boden.

»Nun, Sméagol«, sagte Frodo. »Du mußt mir vertrauen. Ich werde dich nicht im Stich lassen. Antworte wahrheitsgemäß, wenn du kannst. Es wird zu deinem Vorteil und nicht zu deinem Schaden sein.« Er durchschnitt die Stricke an Gollums Handgelenken und Knöcheln und stellte ihn auf die Füße.

»Komm hierher!« sagte Faramir. »Schau mich an! Kennst du den Namen dieses Orts? Bist du schon früher hier gewesen?«

Langsam hob Gollum den Blick und schaute Faramir unwillig in die Augen. Alles Funkeln war aus seinen Augen verschwunden, und sie starrten eine kurze Zeit trübe und bleich in die klaren, beharrlichen Augen des Menschen von Gondor. Es herrschte ein unbewegtes Schweigen. Dann ließ Gollum den Kopf sinken und sackte zusammen, bis er zitternd am Boden lag. »Wir wissen es nicht, und wir wollen es nicht wissen«, wimmerte er. »Kamen niemals her; werden niemals wiederkommen.«

»Es gibt versperrte Türen und verschlossene Fenster in deinem Geist und dunkle Räume hinter ihnen«, sagte Faramir. »Aber in diesem Fall schätze ich, daß du die Wahrheit sprichst. Das ist günstig für dich. Welchen Eid willst du schwören, niemals zurückzukehren und niemals irgendein Lebewesen durch Wort oder Zeichen hierherzuführen?«

»Der Herr weiß es«, sagte Gollum mit einem Seitenblick auf Frodo. »Ja, er weiß es. Wir werden es dem Herrn versprechen, wenn er uns rettet. Wir werden es bei Ihm versprechen, ja.« Er kroch zu Frodos Füßen. »Rette uns, netter Herr!«

wimmerte er. »Sméagol verspricht beim Schatz, verspricht es aufrichtig. Niemals wiederkommen, niemals reden, nein, niemals! Nein, Schatz, nein!«

»Seid Ihr damit zufrieden?« fragte Faramir.

»Ja«, sagte Frodo. »Zumindest müßt Ihr entweder dieses Versprechen annehmen oder Euer Gesetz ausführen. Mehr werdet Ihr nicht erhalten. Aber ich habe ihm versprochen, daß ihm, wenn er zu mir käme, kein Leid geschähe. Und ich möchte mich nicht gern als unaufrichtig erweisen.«

Faramir überlegte einen Augenblick. »Sehr gut«, sagte er schließlich. »Ich überantworte dich deinem Herrn, Frodo, Drogos Sohn. Er soll erklären, was er mit dir tun will.«

»Aber, Herr Faramir«, sagte Frodo und verbeugte sich, »Ihr habt bis jetzt noch nicht Euren Entschluß hinsichtlich des besagten Frodo verkündet, und ehe er nicht bekannt ist, kann Frodo seine Pläne für sich oder seine Gefährten nicht festlegen. Euer Urteil war bis zum Morgen hinausgeschoben, doch der Morgen ist jetzt nahe.«

»Dann will ich meinen Urteilsspruch fällen«, sagte Faramir. »Was Euch betrifft, Frodo, erkläre ich Euch, soweit es an mir liegt mit höherer Genehmigung, frei im Gebiet von Gondor bis zu den weitesten seiner alten Grenzen; mit der einzigen Ausnahme, daß weder Ihr noch jemand, der Euch begleitet, Erlaubnis hat, ungebeten wieder zu diesem Ort zu kommen. Dieser Urteilsspruch soll ein Jahr und einen Tag gelten und dann enden, es sei denn, daß Ihr vor dieser Zeit nach Minas Tirith kommt und vor dem Herrn und Truchseß der Stadt erscheint. Dann werde ich ihn bitten, zu bestätigen, was ich getan habe, und es lebenslang zu machen. Inzwischen soll, wen immer Ihr unter Euren Schutz nehmt, auch unter meinem Schutz und dem Schirm von Gondor stehen. Seid Ihr befriedigt?«

Frodo verbeugte sich tief. »Ich bin befriedigt«, sagte er, »und ich stelle mich Euch zur Verfügung, wenn das für einen so edlen und ehrenvollen Herrn von Wert ist.«

»Es ist von großem Wert«, sagte Faramir. »Und nehmt Ihr nun dieses Geschöpf Sméagol unter Euren Schutz?«

»Ich nehme Sméagol unter meinen Schutz«, sagte Frodo. Sam seufzte hörbar; aber nicht über den Austausch von Höflichkeiten, die er, wie es jeder Hobbit tun würde, durchaus billigte. Tatsächlich hätte eine solche Angelegenheit im Auenland sehr viel mehr Worte und Verbeugungen erfordert.

»Dann sage ich zu dir«, wandte sich Faramir an Gollum, »daß du unter Todesstrafe stehst; aber solange du mit Frodo wanderst, bist du für unser Teil sicher. Solltest du indes jemals von einem Menschen von Gondor herumirrend und ohne deinen Herrn gefunden werden, soll das Urteil vollstreckt werden. Und möge dich der Tod rasch ereilen, in Gondor oder außerhalb, wenn du ihm nicht gut dienst. Jetzt antworte mir: Wohin willst du gehen? Du warst sein Führer, sagt er. Wohin hast du ihn geführt?« Gollum antwortete nicht.

»Ich will nicht, daß das geheim bleibt«, sagte Faramir. »Antworte mir, oder ich werde mein Urteil umstoßen.« Gollum antwortete immer noch nicht.

»Ich werde für ihn antworten«, sagte Frodo. »Er brachte mich zum Schwarzen Tor, wie ich gebeten hatte; aber es war undurchschreitbar.«

»Es gibt kein offenes Tor zum Namenlosen Land«, sagte Faramir.

»Als wir das sahen, kehrten wir um und gingen auf der Südstraße weiter«, fuhr Frodo fort. »Denn er sagte, es gebe einen Weg in der Nähe von Minas Ithil, oder es könne ihn geben.«

»Minas Morgul«, sagte Faramir.

»Ich weiß es nicht genau«, sagte Frodo. »Aber der Pfad klimmt, glaube ich, hinauf ins Gebirge an der Nordseite jenes Tals, in dem die alte Stadt liegt. Er führt hinauf zu einer hohen Schlucht und dann hinunter zu – dem, was jenseits liegt.«

»Wißt Ihr den Namen dieses hohen Passes?« fragte Faramir.

»Nein«, sagte Frodo.

»Er heißt Cirith Ungol.« Gollum zischte scharf und begann vor sich hinzumurmeln. »Ist das nicht sein Name?« fragte Faramir, zu ihm gewandt.

»Nein!« sagte Gollum, und dann schrie er schrill auf, als ob ihn etwas gestochen hätte. »Ja, ja, wir hörten den Namen einmal. Aber was bedeutet uns der Name? Der Herr sagt, er muß hinein. Also müssen wir irgendeinen Weg versuchen. Es gibt keinen anderen Weg, den man versuchen kann, nein.«

»Keinen anderen Weg?« fragte Faramir. »Woher weißt du das? Und wer hat all die Grenzgebiete dieses dunklen Reichs erforscht?« Er sah Gollum lange und nachdenklich an. Dann sprach er wieder. »Bring dieses Geschöpf weg, Anborn. Behandele ihn sanft, aber bewache ihn. Und du, Sméagol, versuche nicht, in den Wasserfall zu tauchen. Die Felsen haben dort solche Zacken, daß du vor deiner Zeit getötet würdest. Verlaß uns jetzt und nimm deinen Fisch mit.«

Anborn ging hinaus, und Gollum kroch vor ihm her. Der Vorhang zu dem Nebenraum wurde zugezogen.

»Frodo, ich glaube, in diesem Punkt handelt Ihr sehr unklug«, sagte Faramir. »Ihr solltet nicht mit diesem Geschöpf mitgehen. Es ist böse.«

»Nein, nicht durchweg böse«, sagte Frodo.

»Nicht ganz, vielleicht«, sagte Faramir, »aber Bosheit frißt an ihm wie ein Krebsgeschwür, und das Böse wächst. Er wird Euch zu nichts Gutem führen. Wenn Ihr Euch von ihm trennen wollt, werde ich ihm freies Geleit und einen Führer geben zu jedem Ort an den Grenzen von Gondor, den er nennen mag.«

»Er würde das nicht annehmen«, sagte Frodo. »Er würde mir folgen, wie er es lange getan hat. Und ich habe ihm viele Male versprochen, ihn unter meinen Schutz zu nehmen und da hinzugehen, wohin er mich führt. Ihr wollt mich doch nicht auffordern, ihm gegenüber treubrüchig zu werden?«

»Nein«, sagte Faramir. »Aber mein Herz wollte es. Denn es erscheint weniger verwerflich, einem anderen Mann zu raten, die Treue zu brechen, als es selbst zu tun, besonders wenn man sieht, wie ein Freund, ohne es zu wissen, in sein Verderben rennt. Aber nein – wenn er mit Euch gehen will, müßt Ihr ihn nun ertragen. Doch glaube ich nicht, daß Ihr gehalten seid, nach Cirith Ungol zu gehen, wovon er Euch weniger gesagt hat, als er weiß. Soviel habe ich klar in seinem Geist erkannt. Geht nicht nach Cirith Ungol!«

»Wohin soll ich denn gehen?« fragte Frodo. »Zurück zum Schwarzen Tor und mich der Wache ausliefern? Was wißt Ihr von diesem Ort, das seinen Namen so schrecklich macht?«

»Nichts Genaues«, sagte Faramir. »Wir von Gondor gehen heutzutage niemals weiter nach Osten als bis zur Straße, und keiner von uns jüngeren Männern hat es je getan oder den Fuß auf das Schattengebirge gesetzt. Von ihm kennen wir nur alte Berichte und die Gerüchte vergangener Tage. Aber irgendein dunkler Schrecken haust in den Pässen oberhalb von Minas

Morgul. Wenn Cirith Ungol genannt wird, erbleichen alte Männer und Gelehrte und schweigen.

Das Tal von Minas Morgul verfiel dem Bösen vor sehr langer Zeit, und es war eine Drohung und ein Gegenstand des Schreckens, während der verbannte Feind noch in der Ferne weilte und Ithilien größtenteils in unserer Hand war. Wie Ihr wißt, war diese Stadt einst eine Festung, stolz und schön, Minas Ithil, die Zwillingsschwester unserer eigenen Stadt. Aber sie wurde erobert von grausamen Menschen, die der Feind in seiner ersten Macht beherrschte und die nach seinem Sturz heimatlos und herrenlos umherwanderten. Es heißt, daß ihre Fürsten Menschen von Númenor waren, die der Bosheit verfallen waren; ihnen hatte der Feind Ringe der Macht gegeben, und er hat sie hinweggerafft: Lebende Geister sind sie geworden, entsetzlich und böse. Nachdem er fort war, nahmen sie Minas Ithil ein und wohnten dort, und sie brachten die Stadt und das ganze Tal ringsum in Verfall. Sie schien leer und war es doch nicht, denn eine gestaltlose Furcht lebte innerhalb der zerstörten Mauern. Neun Fürsten waren dort, und nach der Rückkehr ihres Herrn, die sie heimlich förderten und vorbereiteten, wurden sie wieder stark. Dann kamen die Neun Reiter aus den Toren des Schreckens heraus, und wir konnten ihnen nicht Widerstand leisten. Nähert Euch nicht ihrer Feste, Ihr werdet erspäht werden. Es ist ein Ort schlafloser Bosheit, voller lidloser Augen. Geht nicht diesen Weg!«

»Doch wohin sonst wollt Ihr mich weisen?« fragte Frodo. »Ihr selbst, sagt Ihr, könnt mich nicht zum Gebirge führen und auch nicht hinüberbringen. Aber über die Berge muß ich, denn ich bin durch feierliches Gelöbnis gegenüber dem Rat verpflichtet, einen Weg zu finden oder zugrunde zu gehen. Und wenn ich jetzt umkehre und das bittere Ende des Weges verweigere, wohin soll ich dann unter Elben oder Menschen gehen? Würdet Ihr wollen, daß ich mit diesem Ding nach Gondor komme, dem Ding, das Euren Bruder vor Begierde wahnsinnig machte? Welchen Zauber würde es in Minas Tirith bewirken? Soll es zwei Städte Minas Morgul geben, die einander die Zähne zeigen über ein totes Land hinweg, erfüllt von Fäulnis?«

»Das würde ich nicht wollen«, sagte Faramir.

»Was wollt Ihr denn, daß ich tue?«

»Ich weiß es nicht. Nur möchte ich nicht, daß Ihr Tod oder

Folterung entgegengeht. Und ich glaube nicht, daß Mithrandir diesen Weg gewählt hätte.«

»Aber nachdem er nicht mehr da ist, muß ich die Pfade einschlagen, die ich finden kann. Und die Zeit reicht nicht, lange zu suchen«, sagte Frodo.

»Es ist ein hartes Schicksal und ein hoffnungsloser Auftrag«, sagte Faramir. »Aber zumindest erinnert Euch meiner Warnung: hütet Euch vor diesem Führer Sméagol. Er hat schon früher gemordet. Das lese ich in ihm.« Er seufzte.

»Ja, so haben wir uns getroffen und trennen uns, Frodo, Drogos Sohn. Ihr braucht keine mitleidigen Worte: Ich hege keine Hoffnung, Euch jemals unter dieser Sonne wiederzusehen. Aber Ihr sollt nun mit meinen Segenssprüchen für Euch und Euer ganzes Volk von dannen gehen. Ruht ein wenig, während eine Mahlzeit für Euch bereitet wird.

Ich würde gern erfahren, wie dieser schleichende Sméagol in den Besitz des Dinges kam, von dem wir sprechen, und wie er es verlor, aber jetzt will ich Euch nicht damit belästigen. Wenn Ihr entgegen aller Erwartungen in die Lande der Lebenden zurückkehrt und wir unsere Geschichte nochmals erzählen, in der Sonne an einer Mauer sitzend, über alten Kummer lachend, dann sollt Ihr es mir erzählen. Bis dahin oder bis zu einer anderen Zeit, die selbst die Sehenden Steine von Númenor nicht zu erkennen vermögen, lebt wohl!«

Er stand auf, verbeugte sich tief vor Frodo, zog den Vorhang auf und ging hinaus in die Höhle.

»At the End of the Quest, Victory«

Briefentwurf an W. H. Auden

[Ein Kommentar, anscheinend nur zur eigenen Vergewisserung geschrieben, den Tolkien niemandem schickte oder zeigte, zur Besprechung der ›Return of the King‹ von W. H. Auden, erschienen unter der Überschrift ›At the End of the Quest, Victory‹ in der ›New York Times Book Review‹ vom 22. Januar 1956. Der hier abgedruckte Text ist die etwas später vorgenommene Überarbeitung einer nicht erhaltenen früheren Fassung, die aller Wahrscheinlichkeit nach 1956 geschrieben wurde. In der Besprechung schrieb Auden: »Das Leben, wie ich es für mein Teil kenne, ist in erster Linie eine kontinuierliche Folge von Entscheidungen zwischen Alternativen... Das natürliche Bild, um diese Erfahrung zu objektivieren, ist das einer Reise mit einem bestimmten Zweck, mit Gefahren und Hindernissen am Wege... Aber wenn ich meine Mitmenschen beobachte, scheint ein solches Bild falsch zu sein. Ich sehe zum Beispiel, daß nur die Reichen und nur Leute auf Urlaub Reisen machen können; die meisten müssen die meiste Zeit über an ein und demselben Ort arbeiten. Wie sie Entscheidungen treffen, kann ich nicht sehen, nur die Handlungen, die sie ausführen, und wenn ich jemanden gut kenne, kann ich gewöhnlich voraussagen, was er in einer bestimmten Situation tun wird... Wenn ich nun zu beschreiben versuche, was ich sehe, so als ob ich unpersönlich wie eine Kamera wäre, dann werde ich nicht eine Queste erzeugen, sondern ein ›naturalistisches‹ Dokument... Beide Extreme verfälschen natürlich das Leben. Es gibt mittelalterliche Questen, bei denen die Kritik von Erich Auerbach in seinem Buch ›Mimesis‹ berechtigt ist: ›Die Welt der ritterlichen Bewährung ist eine Welt der Abenteuer... [Bei den Waffentaten des Ritters] handelt es sich um kreuz und quer vollbrachte, in keinen politisch-zweckhaften Zusammenhang gehörige Taten.‹ (Bern 1959, S. 132 ff.) Mr. Tolkien ist es vollkommener als allen früheren Schriftstellern in diesem Genre gelungen, sich die traditionellen Eigenschaften der Queste zunutze zu machen.«]

Ich bin sehr dankbar für diese Besprechung. Höchst ermutigend, weil sie von einem Mann kommt, der sowohl ein Dichter als auch ein Kritiker von Rang ist. Und doch nicht (denke ich) von einem, der im Erzählen von Geschichten viel Übung hat. Auf jeden Fall bin ich ein wenig überrascht davon, denn trotz des Lobes scheint mir dies eher die Redeweise eines Kritikers als die eines Autors zu sein. Nach meinem Gefühl ist es nicht die richtige Betrachtungsweise für Questen im allgemeinen oder meine Geschichte im besonderen. Ich glaube, es ist gerade weil ich *nicht* versucht und nie daran gedacht habe, meine persönliche Lebenserfahrung »objektivieren« zu wollen, daß es der Erzählung von der Ring-Queste gelingt, Auden (und anderen) Vergnügen zu machen. Wahrscheinlich ist es auch der Grund, in vielen Fällen, warum sie manchen Lesern und Kritikern nicht gefallen hat. Die Geschichte handelt überhaupt nicht von JRRT und ist in keinem Punkt ein Versuch, seine Lebenserfahrung zu allegorisieren – denn nur das könnte die Objektivierung seines subjektiven Erlebens in einer Geschichte allenfalls bedeuten.

Ich bin historisch interessiert. Mittelerde ist keine imaginäre Welt. Der Name ist die moderne Form (im 13. Jahrhundert aufgekommen und noch immer in Gebrauch) von *midden-erd* > *middel-erd,* ein alter Name für die οἰκονμένη, Aufenthaltsort der Menschen, die objektiv wirkliche Welt, im Sprachgebrauch besonders entgegengesetzt den imaginären Welten (wie Feenland) oder den unsichtbaren Welten (wie Himmel oder Hölle). Schauplatz meiner Erzählung ist diese Erde, dieselbe, auf der nun wir leben, aber die historische Periode ist imaginär. Die Grundzüge dieses Aufenthaltsortes sind alle vorhanden (jedenfalls für Einwohner von NW-Europa), darum wirkt es naturgemäß vertraut, wenn auch ein wenig verklärt durch den Zauber der zeitlichen Ferne.

Menschen gehen doch auf Reisen und Questen und haben es auch in der Geschichte schon getan, ohne jede Absicht, ihre Lebensallegorie auszuführen. Es stimmt weder für die Vergangenheit noch für die Gegenwart, daß »nur die Reichen oder Leute auf Urlaub Reisen machen können«. Die meisten Menschen machen ein paar Reisen. Ob lang oder kurz, mit einem Auftrag oder einfach »hin und zurück«, ist nicht allzu wichtig. Wie ich es in Bilbos Wanderlied auszudrücken versuchte: Auch ein Nachmittagsspaziergang kann größere Folgen haben. Als Sam noch nicht weiter gekommen war als bis zum Waldende, war ihm schon ein »Augenöffner« begegnet. Denn wenn an einer Reise von einer gewissen Länge etwas dran ist, dann für mich dies: eine Erlösung von dem pflanzenhaften Zustand hilflosen passiven Duldens, eine wenn auch noch so kleine Betätigung des Willens, der Mobilität – und der Neugier, ohne die der Verstand abstumpft. (Allerdings ist dies natürlich eine nachträgliche Überlegung, die das Wichtigste ausläßt. Für den Erzähler ist die Reise ein wunderbares Muster. Sie bietet ihm einen starken Faden, an dem er eine Vielzahl von Dingen, an die er denkt, aufhängen kann, so daß etwas Neues daraus wird, abwechslungsreich, unvorhersehbar und doch zusammenhängend. Mein Hauptgrund, mich dieser Form zu bedienen, war einfach technisch.)

Jedenfalls sehe ich diejenigen Mitmenschen, die ich beobachtet habe, nicht so, wie hier beschrieben. Ich bin alt genug und habe einige von ihnen lange genug beobachtet, um eine Vorstellung von dem zu haben, was Auden vermutlich ihren Grundcharakter oder ihr angeborenes Wesen nennen würde, wobei ich zugleich auch Änderungen (oft ganz erhebliche) in ihren Verhaltensweisen bemerke. Ich habe nicht das Gefühl, daß eine Reise im Raum als Vergleich nützlich ist, um diese Vorgänge zu verstehen. Ich glaube, daß der Vergleich mit einem Samenkorn erhellender ist: ein Korn mit angeborener Vitalität und Erbanlagen, mit seiner Fähigkeit, zu wachsen und sich zu entwickeln. Zum großen Teil sind die »Veränderungen« in einem Menschen zweifellos Entfaltungen von im Samen versteckten Mustern; obwohl diese natürlich modifiziert werden durch die (geographische oder klimatische) Situation, in die er geworfen wird und wo er durch terrestrische Unfälle beschädigt werden kann. Aber in diesem Vergleich wird unvermeidlich etwas Wichtiges ausgelassen. Ein Mensch ist nicht nur ein Samenkorn, das sich nach einem festgelegten Muster entwickelt, gut oder schlecht, je nach seiner Situation oder seinen Mängeln als Exemplar seiner Spezies; ein Mensch ist ein Samenkorn und zugleich in gewissem Maß auch der Gärtner, zum Guten oder zum Schlimmen. Mich beeindruckt das Maß, in dem die Entwicklung des »Charakters« ein Ergebnis bewußter Absicht sein kann, des Willens, die angeborenen Tendenzen in erwünschten Richtungen zu modifizieren; in manchen Fällen kann die Änderung groß und dauerhaft sein. Ich kenne ein oder zwei Männer und Frauen, die man in dieser Hinsicht als »self-made« bezeichnen könnte, was eine mindestens ebenso gute Teilwahrheit wäre wie bei Leuten, die ihren Reichtum oder ihre Stellung überwiegend durch den eigenen Willen und eigene Anstrengung erlangt haben, mit wenig oder gar keiner Hilfe durch ererbten Besitz oder Stellungsvorteil.

Jedenfalls finde ich persönlich die meisten Menschen in jeder besonderen Situation oder Notlage *un*berechenbar. Vielleicht, weil ich kein gutes Urteil über Charaktere habe. Aber Auden selbst sagt nur, er könne »gewöhnlich voraussagen«, was sie tun werden; und durch die Einfügung dieses »gewöhnlich« gesteht er ein Element der Inkompatibilität zu, das, egal, wie klein es ist, seinem Argument schadet.

Manche Personen sind berechenbarer als andere oder scheinen es zu sein. Aber das liegt mehr an ihrem Schicksal als an ihrer Natur (als Individuen). Die Berechenbaren befinden sich in relativ festen Umständen, und es ist schwierig, sie in Situationen zu erwischen und zu beobachten, die (für sie) fremd sind. Das ist ein weiterer guter Grund, »Hobbits« – wenn man sich darunter ein einfaches und berechenbares Volk vorstellt, in einfachen und lange gleichbleibenden Lebensumständen – auf eine *Reise* fern von der geordneten Heimat in fremde Länder und Gefahren zu schicken. Besonders wenn sie mit einem starken Motiv, auszuhalten und sich anzupassen, versehen sind. Allerdings ändern sich Menschen auf Reisen (oder besser, sie zeigen ihre verborgenen Seiten) auch schon ohne ein hohes Motiv: Das ist eine gewöhnliche Beobachtung, die keiner symbolischen Erklärung bedarf. Auf einer Reise, deren Länge hinreicht, um manche Mißhelligkeiten vom Unangenehmen bis zum Beängstigenden auftreten zu lassen, ist die Veränderung an Gefährten, die man aus dem »alltäglichen Leben« gut kennt (und an einem selbst), oftmals verblüffend.

Ich mag es nicht, wenn in einem solchen Kontext von »politisch« gesprochen wird; ich finde es falsch. Mir scheint klar, daß Frodos Pflicht »human« war, nicht politisch. Naturgemäß dachte er zuerst an das Auenland, denn dort war er verwurzelt, aber die Queste diente nicht dem Zweck, dieses oder jenes Staatswesen, z. B. die halbaristokratische Halbrepublik des Auenlandes zu retten, sondern alles »Humane«* von einer bösen Tyrannei zu befreien – auch jene, die wie die »Ostlinge« und die Haradrim dieser Tyrannei noch dienten.

Denethor *war* von bloßer Politik angekränkelt: daher sein Versagen und sein Mißtrauen gegen Faramir. Für ihn war es zu einem Hauptmotiv geworden, den Staat Gondor zu bewahren, gewissermaßen gegen einen anderen Potentaten, der stärker geworden war und aus diesem Grund, nicht weil er böse und rücksichtslos war, gefürchtet und bekämpft werden mußte. Denethor verachtete die niederen Menschen, und man kann sicher sein, daß er zwischen den Orks und den Verbündeten von Mordor keinen Unterschied machte. Hätte er überlebt und gesiegt, auch ohne Gebrauch des Ringes, so wäre er selbst einem Tyrannen ein Gutteil ähnlicher geworden, und die Bedingungen und die Behandlung, die er den irregeführten Völkern des Ostens und Südens gewährt hätte, wären grausame Racheakte gewesen. Er war ein »politischer« Führer geworden: sozusagen Gondor gegen alle anderen.

Aber das war nicht die Politik oder Pflicht, die Elronds Rat abgesteckt hatte. Erst nachdem er die Debatte angehört und die Art der Queste begriffen hatte, nahm Frodo die Last seiner Mission schließlich doch auf sich. Die Elben zerstörten sogar ihr eigenes Staatswesen in Erfüllung einer »humanen« Pflicht. Dazu kam es nicht infolge eines unerwünschten Kriegsschadens; es war ihnen bekannt als das unvermeidliche Resultat eines Sieges, der für die Elben in keiner Weise vorteilhaft sein konnte. Von Elrond kann man nicht sagen, daß er eine politische Pflicht oder Absicht verfolgte.

Wie Auerbach das Wort »politisch« gebraucht, mag auf den ersten Blick berechtigter erscheinen; aber ich meine, es ist nicht wirklich zulässig – nicht einmal dann, wenn wir zugeben, welch einen Überdruß die reinen Ritterromane als Zeitvertreibslektüre einer hauptsächlich an Liebe und Waffentaten interessierten Klasse** mit der Zeit erwecken mußten. Etwa so amüsant für uns (oder für mich) wie Geschichten

* Human: dies (in einem Märchen) schließt natürlich auch die Elben und überhaupt alle »sprechenden Geschöpfe« ein.

** Hauptsächlich interessiert: das heißt, als Themen von »Literatur«, als Unterhaltungsstoff. Tatsächlich interessierten sich die meisten Angehörigen dieser Klasse in erster Linie für den Landerwerb und für das Eingehen von Heiratsbündnissen zur Beförderung ihrer Ziele.

vom Kricket oder ein Garn über ein Rallye-Team, für Leute, die (wie ich) das Kricket (wie es heute ist) lächerlich und langweilig finden. Aber die Waffentaten (zum Beispiel) im Artusroman oder anderen mit diesem großen Zentrum der Einbildungskraft verknüpften Romanen brauchen gar nicht »in einen politisch-zweckhaften Zusammenhang zu gehören«.* So war es in den frühen Artus-Überlieferungen. Oder zumindest war dieser Faden einer primitiven, aber starken Einbildung ein wichtiges Element in ihnen. Wie auch im ›Beowulf‹. Auerbach müßte mit dem ›Beowulf‹ einverstanden sein, denn darin hat ein Autor versucht, die Tat eines »fahrenden Ritters« in ein komplexes politisches Feld einzufügen: die englischen Überlieferungen von den internationalen Beziehungen Dänemarks, Gotlands und Schwedens in alten Zeiten. Aber das ist nicht die Stärke der Geschichte, eher ihre Schwäche. Beowulfs persönliche Zwecke bei seiner Reise nach Dänemark sind genau die eines späteren Ritters: sein eigener Ruhm und darüber das Ansehen seines Herrn und Königs; aber die ganze Zeit bemerken wir etwas Tieferes. Grendel ist ein Feind, der das Reich in seinem Mittelpunkt angegriffen und die äußere Finsternis in die königliche Halle gebracht hat, so daß der König nur bei Tageslicht noch auf dem Thron sitzen kann. Dies ist etwas ganz anderes und Schrecklicheres als eine »politische« Invasion von Gleichartigen – Männern aus einem anderen, ähnlichen Reich, wie später bei Ingelds Angriff auf Heorot.

Grendels Überwindung gibt eine gute Wunder-Erzählung, denn er ist zu stark und gefährlich, als daß ein gewöhnlicher Mensch ihn besiegen könnte, aber es ist ein Sieg, über den alle Menschen sich freuen können, denn er war ein Ungeheuer, ein Feind aller Menschen und aller humanen Gemeinschaft und Freude. Im Vergleich zu ihm waren selbst die politisch lange verfeindeten Dänen und Gauten Freunde, standen auf derselben Seite. Es ist die Monstrosität und Märchenhaftigkeit Grendels, die eigentlich die Erzählung bedeutend macht,

* Es sei denn, »politisch« in einem engeren (oder weiteren) Verständnis, indem wir uns vorstellen, es gäbe nur ein einziges Zentrum oder eine Festung von Ordnung und Anstand, umringt von Feinden: die unbestellten Wälder und Gebirge, feindselige und barbarische Menschen, wilde Tiere und Ungeheuer und das große Unbekannte. Die Verteidigung des Reiches kann dann in der Tat zu einem Symbol für die menschliche Situation werden.

auch dann noch lebenskräftig, wenn die politischen Umstände verschwimmen und die Beruhigung der dänisch-gautischen Beziehungen in einer »Entente cordiale« zwischen zwei regierenden Häusern zu einem Nebenaspekt einer obskuren Geschichte geworden ist. In dieser politischen Welt steht Grendel dumm da, obwohl er keineswegs dumm ist, so naiv auch die Vorstellung des Dichters und die Beschreibung, die er von ihm gibt, sein mögen.

Natürlich sind die Parteien im »wirklichen Leben« nicht klar umrissen – und sei es auch nur, weil menschliche Tyrannen nur selten vollkommen zu reinen Manifestationen des bösen Willens verderbt sind. Soweit ich es beurteilen kann, scheinen manche zwar so korrupt gewesen zu sein, aber selbst sie müssen Untertanen regieren, von denen nur ein Teil ebenso schlimm ist, während es bei vielen noch nötig ist, ihnen »gute Motive«, ob echte oder fingierte, vorzuweisen. Wie wir heute sehen. Immerhin gibt es klare Fälle: z. B. Akte einer schieren, grausamen Aggression, bei denen daher das *Recht* von Anfang an ganz auf der einen Seite ist, gleichgültig, wieviel Böses das *rachsüchtige* Erleiden von Bösem in denen auf der richtigen Seite schließlich erwecken mag. Es gibt auch Konflikte über wichtige Dinge und Ideen. In solchen Fällen halte ich es für sehr wichtig, auf der richtigen Seite zu sein und sich nicht so sehr durch das Offenbarwerden eines Dschungels von verworrenen Motiven, privaten Zielen und individuellen Handlungen (edlen oder gemeinen) stören zu lassen, in die *Recht* und *Unrecht* in wirklichen menschlichen Konflikten gewöhnlich verwickelt sind. Wenn es in dem Konflikt wirklich um Dinge geht, bei denen zutreffend von *Recht* und *Unrecht* oder von *Gut* und *Böse* die Rede sein kann, dann wird das Recht oder das Gute der einen Seite nicht durch die Behauptungen der einen oder anderen Seite bewiesen oder begründet; es muß von Werten und Überzeugungen abhängen, die über dem jeweiligen Konflikt stehen. Ein Richter muß über Recht und Unrecht nach Prinzipien, die er in allen Fällen für gültig hält, entscheiden. Weil dem so ist, wird das Recht ein unverlierbarer Besitz der guten Seite sein und ihre Sache durchgängig rechtfertigen.

(Ich spreche von Parteien, nicht von Individuen. Natürlich wird für einen Richter, dessen moralische Ideen eine religiöse oder philosophische Grundlage haben, oder für jeden, den der parteiische Fanatismus nicht blind macht, die Gerechtigkeit einer Sache nicht die Handlungen ihrer Anhänger rechtfertigen, wenn diese als Individuen moralisch böse sind. Aber freilich kann die »Propaganda« sie als Beweise ausnützen, daß ihre Sache nicht wahrhaft »gerecht«, das heißt, nicht gültig sei. Die Aggressoren sind in erster Linie selbst schuld an den bösen Taten, die aus ihrem ursprünglichen Rechtsbruch und aus den Leidenschaften entstehen, von denen naturgemäß (nach ihren Maßstäben) zu erwarten war, daß sie durch ihre eigene Bosheit erregt werden würden. Sie haben jedenfalls kein Recht zu verlangen, daß ihre Opfer, nachdem sie angegriffen wurden, nicht Auge um Auge oder Zahn um Zahn fordern dürften.)

Ähnlich werden gute Handlungen derer auf der falschen Seite ihre Sache nicht rechtfertigen. Auf der falschen Seite werden vielleicht heldenmütige Taten oder auch manche von höherer Moral geleistet: Akte der Gnade und Vergebung. Ein Richter wird ihnen Ehre erweisen und mit Freuden sehen, wie manche Menschen sich über den Haß und Zorn eines Konflikts erheben können; ebenso wird er die bösen Taten auf der guten Seite bedauern und mit Schmerzen sehen, wie der einmal erweckte Haß sie herabziehen konnte. Aber sein Urteil darüber, welche Seite im Recht war, wird sich deshalb nicht ändern, und auch nicht seine Schuldzuweisung für den Anfang alles Bösen, das für die andere Seite daraus gefolgt ist.

In meiner Geschichte befasse ich mich nicht mit dem absolut Bösen. Ich denke, so etwas gibt es nicht, denn es ist Null. Ich denke jedenfalls nicht, daß irgendein »vernünftiges Wesen« vollkommen böse ist. Satan ist gefallen. In meinem Mythos ist Morgoth schon vor der Erschaffung der physischen Welt gefallen. In meiner Geschichte stellt Sauron die größtmögliche Annäherung an das vollkommen Böse dar. Er war den Weg aller Tyrannen gegangen: Zu Anfang war er gut, wenigstens soweit, daß er zwar alles nach seinem Kopf zu regeln wünschte, aber zuerst noch auf das (ökonomische) Wohl anderer Erdenbewohner Rücksicht nahm. Aber im Hochmut und in der Machtgier ging er weiter als menschliche Tyrannen, denn er war ursprünglich ein unsterblicher (engelhafter) Geist*. Im ›Herrn der Ringe‹ geht es in dem Konflikt nicht

* Von der gleichen Art wie Gandalf und Saruman, aber von viel höherem Rang.

wesentlich um »Freiheit«, obwohl die naturgemäß auch mit auf dem Spiel steht. Es geht um Gott und Sein alleiniges Anrecht auf göttliche Ehre. Die Eldar und die Númenórer glaubten an den Einen, den wahren Gott, und die Verehrung jeder anderen Person war ihnen ein Greuel. Saurons Begehren war, ein Gottkönig zu sein, und für einen solchen wurde er von seinen Dienern gehalten*; wäre er siegreich geblieben, hätte er von allen vernünftigen Geschöpfen göttliche Ehren und die absolute zeitliche Macht über die ganze Welt verlangt. Selbst wenn also »der Westen« in seiner Verzweiflung Horden von Orks gezüchtet oder angeworben und die Länder anderer Menschen, weil sie mit Sauron verbündet waren, oder einfach, damit sie gehindert würden, ihm zu helfen, brutal verwüstet hätte, so wäre seine Sache dennoch unbestreitbar gerecht geblieben. Und das gilt auch für die Sache derer, die sich heute dem Staatsgott und dem Marschall Sowieso als seinem Hohenpriester widersetzen, auch dann, wenn (wie es leider zutrifft) viele ihrer Handlungen unrecht sein sollten, auch wenn (was nicht zutrifft) die Bewohner des Westens bis auf eine Minderheit reicher Bosse in Angst und Elend leben würden, während bei den Verehrern des Staatsgottes Friede und Überfluß, gegenseitige Achtung und Vertrauen herrschten.

Darum meine ich, daß das Gewäsch in den Rezensionen und in der Korrespondenz über sie, ob die »Guten« bei mir nun milde und freundlich wären und Pardon gäben (tatsächlich ja) oder nicht, ganz an der Sache vorbeigeht. Manche Kritiker scheinen entschlossen, mich als einen einfältigen Jüngling mit Pfadfinder-Mentalität hinzustellen und das in meiner Erzählung Gesagte absichtlich zu entstellen. Diese Mentalität habe ich nicht, und nichts davon steht in meiner Geschichte. Die Figur des Denethor reicht allein schon aus, um das zu zeigen; aber ich habe auch keines von den Völkern auf der »rich-

* Infolge dreifachen Verrats: 1. Wegen seiner Bewunderung der Stärke wurde er ein Gefolgsmann Morgoths und stürzte mit ihm in den Abgrund des Bösen, wobei er sein Hauptvertreter in Mittelerde wurde. 2. Als Morgoth von den Valar besiegt worden war, sagte Sauron sich von ihm los; aber nur aus Angst; er machte den Valar keine Aufwartung, bat nicht um Vergebung und blieb in Mittelerde. 3. Als er merkte, wie sehr alle anderen vernünftigen Geschöpfe sein Wissen bewunderten und wie leicht es war, sie zu beeinflussen, wurde sein Hochmut grenzenlos. Am Ende des Zweiten Zeitalters nahm er die Stellung eines Statthalters von Morgoth an. Gegen Ende des Dritten Zeitalters (obwohl er da in Wirklichkeit viel schwächer war als früher) behauptete er, der wiedergekehrte Morgoth zu sein.

tigen« Seite, den Hobbits, Rohirrim, den Menschen von Thal oder Gondor, irgend besser gemacht, als Menschen sind, waren oder sein können. Von mir ist nicht eine »imaginäre« Welt, sondern ein imaginärer historischer Moment in Mittelerde – unserer Wohnstätte.

Hydrofolie Schattenfell

Brief an Rayner Unwin

[Im Jahr 1964 wurde ein »Aquastroll hydrofoil«, ein Tragflächenboot, das eine Versuchsfahrt von Calais nach Dover machte, »Shadowfax« benannt (»Schattenfell«, Gandalfs Pferd im ›Herrn der Ringe‹).]

2. August 1964

Ich wünschte, das »Copyright« könnte auch Namen schützen, und nicht nur Auszüge. Es ist eine Form von Erfindungen, mit der ich mir sehr viel Mühe gebe und an der ich auch viel Freude habe; und eigentlich ist dies genauso schwierig (oft schwieriger) wie z. B. Verse. Ich muß sagen, es hat mich geärgert, daß diese abscheuliche »Hydrofolie« *Shadowfax* »getauft« werden kann – ohne jedes »mit Ihrer Erlaubnis« –, worauf mehrere Briefschreiber mich aufmerksam machten (einige mit Empörung). Allmählich gewöhne ich mich an die *Rivendells, Lóriens* und *Imladris* etc. als Hausnamen – obwohl sie vielleicht häufiger sind als die Briefe, in denen um die Erlaubnis angefragt wird.

Göttin der Milch

Brief an eine Mrs. Meriel Thurston

Merton College, Oxford
30. November 1972

Liebe Mrs. Thurston,
danke für Ihren Brief. Ich persönlich bin eher dagegen, Tieren edle Namen zu geben, die eigentlich nur für Menschen gedacht sind; und in jedem Fall scheinen Elrond und Glorfindel hier ganz ungeeignete Figuren zu sein, denn ihre Namen, die 1. »das Sterngewölbe« und 2. »goldenes Haar« bedeuteten, wirken unangebracht. Kürzlich spielte ich mit dem Gedanken, das Wort für Bulle, das ich Ihnen mitteilte, zu verwenden, das in der Form *-mund* eingeführt ganz geläufig klingt (wie in Edmund, Sigismund etc.) und mit Hinzufügung einiger elbischer Präfixe Namen ergeben würde wie Aramund (»königlicher Bulle«), Tarmund (»edler Bulle«), Rasmund (»gehörnter Bulle«), Turcomund (»Bullenhäuptling«) etc. Ich bin gespannt, was Sie davon halten?

Arwen war keine Elbin, sondern gehörte zu den Halbelben, die auf ihre elbischen Rechte verzichtet hatten. Die wichtigste Elbenfrau, die im ›Herrn der Ringe‹ erwähnt wird, ist Galadriel (»glitzernde Girlande«); ihre Tochter war Celebrían (»Silberkönigin«). Es gab auch noch Nimrodel. Aber es würde mir eigentlich nicht gefallen, wenn diese Namen Färsen oder Kühen gegeben würden. Wenn Ihnen an denen nach dem Aramund-Typ gelegen ist, könnte ich auch ein paar weibliche Namen dazu erfinden. Aber, obwohl er nach klassischen und nicht nach elbischen Vorbildern gemacht ist, wäre nicht der Name von Farmer Giles' Lieblingskuh – Galathea (in ›Farmer Giles of Ham‹) – hier nützlich? der, nach Lage der Dinge, als »Göttin der Milch« interpretiert werden könnte.

Ihr ergebener
J. R. R. Tolkien

So darf man den ›Herrn der Ringe‹ nicht entstellen!«

Brief an Forrest J. Ackermann
Bermerkungen zum Film-»Treatment« für den ›Herrn der Ringe‹

[*Juni 1958*]

Ich habe nun endlich meinen Kommentar zur Handlungsskizze fertig. Seine Länge und Ausführlichkeit wird hoffentlich für mein Interesse an der Sache zeugen. Manches von dem, was ich gesagt oder angeregt habe, wird vielleicht annehmbar sein, vielleicht sogar nützlich oder zumindest interessant. Der Kommentar folgt Seite für Seite der Kopie von Mr. Zimmermans Arbeit, die bei mir gelassen wurde und die ich nun zurückreiche. Ich hoffe ernstlich, daß sich jemand die Mühe macht, ihn zu lesen.

Wenn Z. und/oder andere dies tun, kann es sein, daß sie wegen des Tons vieler meiner Einwände gereizt oder gekränkt sind. Das würde mir leid tun (ohne mich zu überraschen). Aber ich würde sie bitten, einmal ihre Phantasie soweit anzustrengen, daß sie die Gereiztheit (und gelegentlich den Ärger) eines Autors verstehen können, der immer mehr, je weiter er liest, sein Werk allgemein achtlos, wie man meinen könnte, und stellenweise rücksichtslos behandelt findet, ohne irgendein erkennbares Zeichen von Verständnis dafür, worum es geht...

Die Regeln der Erzählkunst können von Medium zu Medium nicht vollkommen verschieden sein; und der Fehler schlechter Filme liegt oft gerade in der Übertreibung und im Eindringen unerwünschten Stoffes, weil man nicht erkennt, wo der Kern des Originals liegt.

Z. ... hat ein »Elfenschloß« und eine Menge Adler eingeschleust, ganz zu schweigen von Beschwörungen, blauen Lichtern und einigem an irrelevanter Magie (z. B. Faramirs schwebender Körper). Er hat die Teile der Geschichte weggelassen, auf denen ihre Eigenart und ihr besonderer Ton in der Hauptsache beruhen, und dafür eine Vorliebe für Kampfszenen gezeigt; und er hat gar nicht ernsthaft versucht, das Herzstück der Erzählung angemessen wiederzugeben: die Fahrt der Ringträger. Deren letzter und wichtigster Teil ist, und ich wähle kein zu starkes Wort, einfach umgebracht worden.

[Einige Auszüge aus Tolkiens langem Kommentar zu der Handlungsskizze:]

Z. dient hier als Abkürzung für die Synopsis (bzw. ihren Verfasser). Verweise darauf beziehen sich auf die Seitenzahl (und, wo erforderlich, auf die Zeile); bei Verweisen auf das Original werden Band und Seite angegeben.

2. Warum sollten zu der Feuerwerks-Darstellung *Flaggen* und *Hobbits* gehören? Das steht nicht im Buch. Flaggen von was? Das Feuerwerk meiner Wahl ist mir lieber.

Gandalf sollte bitte nicht »brabbeln«. Er mag zwar manchmal launisch erscheinen, hat Sinn für Humor und nimmt gegen die Hobbits eine etwas onkelhafte Haltung ein, ist aber doch eine Person von hohem und edlem Rang und großer Würde. Die Beschreibung in I, p. 239 [dt. 276] sollte nie vergessen werden.

4. Hier haben wir die erste Einschmuggelung von Adlern. Ich denke, sie sind ein großer Fehler von Z. und nicht zu rechtfertigen.

Die Adler sind ein gefährliches Stück »Maschinerie«. Ich habe sie sparsam verwendet, bis zur absoluten Grenze ihrer Glaubhaftigkeit oder Nützlichkeit. Die Landung eines großen Adlers aus dem Nebelgebirge im Auenland ist absurd; außerdem macht sie G.'s spätere Gefangennahme durch Saruman unglaubhaft und verdirbt den Bericht über sein Entkommen. (Ein Hauptfehler von Z. ist seine Tendenz, Szenen oder Kunstgriffe, die später vorkommen, vorwegzunehmen und so die Geschichte zu planieren.) *Radagast* ist kein Name für einen Adler, sondern für einen Zauberer; mehrere Adlernamen werden im Buch angegeben. Diese Dinge sind mir wichtig.

Hier darf ich wohl sagen, daß ich nicht einsehen kann, warum der Zeitplan vorsätzlich *zusammengezogen* werden sollte. Er ist schon im Original ziemlich vollgestopft, denn die Handlung spielt sich in der Hauptsache zwischen dem

22. Sept. und dem 25. März des folgenden Jahres ab. Die vielen Unmöglichkeiten und Absurditäten, zu denen weitere Beschleunigung führt, werden zwar, nehme ich an, einem unkritischen Betrachter entgehen; aber ich sehe nicht ein, warum man sie unnötigerweise hineinbringen müßte. Naturgemäß muß die Zeit in einem Film unbestimmter bleiben als in einem Buch; aber ich kann nicht verstehen, warum dann eindeutige Zeitangaben, die dem Buch und aller Wahrscheinlichkeit widersprechen, gemacht werden sollten...

Die *Jahreszeiten* werden im Original genau beachtet. Sie sind malerisch und sollten und könnten leicht als das wichtigste Mittel gebraucht werden, durch das die Künstler sichtbar machen, wie die Zeit verstreicht. Die Haupthandlung beginnt im Herbst und erstreckt sich über den Winter bis in einen strahlenden Frühling: Dies ist wichtig für den Gehalt und Ton der Erzählung. Durch die zeitliche und räumliche Zusammenziehung bei Z. wird es zunichte. Nach seinem Arrangement würden wir zum Beispiel in einem Schneesturm landen, während noch Sommer ist. ›Der Herr der Ringe‹ mag zwar ein »Märchen« sein, aber es spielt auf der nördlichen Hemisphäre unserer Erde: Meilen sind Meilen, Tage sind Tage, und Wetter ist Wetter.

Eine *Zusammenziehung* dieser Art ist nicht dasselbe wie die notwendige Verkürzung oder Auswahl der Szenen und Ereignisse, die visuell dargestellt werden sollen.

7. Der erste Absatz gibt ein falsches Bild von Tom Bombadil. Er ist *nicht* der Besitzer der Wälder; und er würde mit so etwas nie drohen.

»Alter Halunke!« Dies ist ein gutes Beispiel für Z.'s allgemeine Tendenz, den Ton zu einem kindischeren Märchenton hin zu beschneiden und hinabzuziehen. Der Ausdruck paßt nicht zu dem Ton von Bombadils späterer längerer Rede; und wenn die auch weggelassen wird, besteht doch keine Notwendigkeit, ihre Fingerzeige zu mißachten.

Tut mir leid, aber ich finde, die Art, wie Goldbeere eingeführt wird, ist albern und vom gleichen Genre wie der »alte Halunke«. Es gibt auch keine Rechtfertigung dafür in meiner Erzählung. Wir sind nicht in einem »Märchenland«, sondern in einer echten Flußlandschaft im Herbst. Goldbeere steht für die wirklichen jahreszeitlichen Veränderungen in solchen

Gegenden. Für meinen Teil glaube ich, sie sollte viel eher verschwinden als einen sinnlosen Auftritt bekommen.

8. Zeile 24. Der Wirt fordert Frodo *nicht* auf, »sich einzutragen«. Warum sollte er? Es gibt keine Polizei und keine Behörden. (Ich lasse ihn ja auch seine Zimmer nicht numerieren.) *Wenn zu einem schon vollen Bild noch Details hinzugefügt werden müssen, sollten sie wenigstens in die beschriebene Welt passen.*

9. Das Gasthaus *nachts* zu verlassen und in die Dunkelheit hinauszurennen ist eine unmögliche Lösung für die Darstellungsprobleme (die ich hier wohl sehe). Es ist das Letzte, was Aragorn getan hätte. Es beruht auf einem durchgängigen Mißverständnis der Schwarzen Reiter, das sich Z. bitte noch einmal überlegen sollte. Ihre Gefährlichkeit gründet fast ganz in der besinnungslosen *Angst,* die sie erwecken (wie Gespenster). Sie haben keine große physische Gewalt gegen die Furchtlosen; was sie aber vermögen, und die Angst, die sie erwecken, werden in der Dunkelheit mächtig gesteigert. Der Hexenkönig, ihr Anführer, ist in jeder Hinsicht mächtiger als die anderen; aber er sollte nicht jetzt schon zur gleichen Bedeutung erhoben werden wie in Bd. III. Dort, wenn ihm Sauron den Oberbefehl übertragen hat, gewinnt er eine weitere dämonische Kraft. Aber sogar in der Schlacht auf dem Pelennor war die Dunkelheit eben erst gewichen.

10. Bruchtal war *kein* »schimmernder Wald«. Dies ist ein unglücklicher Vorgriff auf Lórien (mit dem es keine Ähnlichkeit hatte). Es war von der Wetterspitze aus nicht zu sehen: Es lag 200 Meilen von dort und in einer Schlucht verborgen. Ich sehe keinen bildhaften oder erzählerischen Vorteil darin, die Geographie unnötig zusammenzuziehen.

Im Buch zieht Streicher nicht »blank« mit dem Schwert. Natürlich nicht, denn sein Schwert war zerbrochen. (Sein elbischer Schimmer ist wieder ein falscher Vorgriff auf das neugeschmiedete Anduril. Vorgriffe sind einer von Z.'s größten Fehlern.) Warum sollte er denn hier so etwas tun, in einem Streit, der doch ausdrücklich nicht mit Waffen ausgefochten wurde?

11. Aragorn sang nicht das ›Lied von Gil-galad‹. Natürlich nicht, es wäre ganz unpassend gewesen, denn es erzählte von der Niederlage des Elbenkönigs gegen den Feind. Die Schwarzen Reiter schreien nicht, sondern wahren ein viel schrecklicheres Schweigen. Aragorn erbleicht nicht. Die Reiter kommen langsam im Dunkeln zu Fuß heran und geben keine »Sporen«. Es kommt nicht zum Kampf. Sam »taucht« seine Klinge nicht ins Bein des Ringgeistes und rettet mit seinem Stoß auch nicht Frodo das Leben. (Hätte er das getan, wäre das Ergebnis etwa dasselbe gewesen wie in III, p. 117–20 [dt. 128 f.]: Der Geist wäre zu Boden gegangen, und das Schwert wäre vernichtet worden.)

Warum ist mein Bericht hier vollständig umgeschrieben worden, ohne Rücksicht auf den weiteren Fortgang? Ich sehe ja ein, daß eine Szene im Dunkeln manche Schwierigkeiten macht; aber die sind nicht unüberwindlich. Eine Szene mit von einem kleinen roten Feuer erhellter Finsternis, in der die Ringgeister langsam als noch dunklere Schatten näherkommen – bis zu dem Augenblick, wenn Frodo den Ring aufsteckt und der König offen vortritt –, schiene mir viel beeindruckender als noch eine Szene mit Geschrei und ziemlich sinnlosem Schwertgefuchtel...

Ich habe einige Zeit auf diese Passage verwendet, als ein Beispiel dessen, was ich zu oft hier finde, als daß ich »Vergnügen oder Befriedigung« dabei empfinden könnte: vorsätzliches Abweichen von der Geschichte, in den Fakten wie in der Bedeutung, ohne irgendeinen (für mich erkennbaren) praktischen oder künstlerischen Sinn; und ein Beispiel für den Planierungseffekt, den die Assimilation eines Geschehnisses mit einem anderen haben muß.

15. Wieder wird die Zeit zusammengezogen und beschleunigt, mit der Folge, daß die Bedeutung der Fahrt sich verringert. Gandalf sagt nicht, sie wollten aufbrechen, sobald sie ihre Sachen gepackt hätten! Es vergehen zwei Monate. Es ist gar nicht nötig, irgend etwas mit genauer Zeitangabe zu sagen. Daß Zeit verstrichen ist, sollte deutlich gemacht werden, und sei es nur durch winterliche Veränderung der Szenerie und der Bäume.

Unten auf der Seite werden wieder die Adler hereingezogen. *Ich halte dies für einen völlig unerträglichen Eingriff in die Geschichte.* »Neun Wanderer«, und prompt müssen sie in die Luft hinauf! Der Eingriff bewirkt nichts als Unglaubwürdigkeit und vernutzt das Hilfsmittel der Adler, die zuletzt doch wirklich noch gebraucht werden. Es ist sehr wohl möglich, mit Bildern relativ kurz eine lange und beschwerliche und *heimliche* Wanderung zu Fuß anzudeuten, bei der die drei ominösen Berge immer näher rücken.

Die Jahreszeiten und die Szenerie scheinen Z. nicht sonderlich zu interessieren, obwohl nach dem, was ich gesehen habe, gerade dies den Hauptreiz des Films ausmachen müßte. Oder meint Z. etwa, ein Film z. B. über die Besteigung des Everest würde effektvoller, wenn er die Bergsteiger die Hälfte des Aufstiegs mit Hubschraubern machen ließe (jeder Wahrscheinlichkeit zum Trotz)? Es wäre viel besser, den Schneesturm und die Wölfe wegzulassen, als aus den Beschwerlichkeiten der Reise eine Farce zu machen.

19. Warum stattet Z. die *Orks* mit Schnäbeln und Federn aus? (*Orcs* ist keine Form von *Auks,* Alken.) Die Orks werden eindeutig als mißratene Form der »humanen« Gestalt bezeichnet, wie man sie an Elben und Menschen sieht. Sie sind (oder waren) gedrungen, breit, plattnasig, mit dunkler, gelblicher Haut, breiten Mündern und Schlitzaugen: eigentlich verkommene und abstoßende Versionen der (für Europäer) unschönsten mongolischen Typen.

20. Der Balrog *redet nie und gibt überhaupt keinerlei Stimmlaute* ab. Vor allem lacht oder grinst er *nicht*... Vielleicht glaubt Z. über Balrogs besser Bescheid zu wissen als ich, aber er kann nicht erwarten, daß ich ihm da zustimme.

21 ff. *»Ein herrlicher Anblick. Es ist die Heimat von Galadriel, einer Elbenkönigin.«* (Tatsächlich ist sie das nicht.) *»Zierliche Türme und winzige Minarette in Elbenfarben sind raffiniert in ein schön angelegtes Schloß eingeflochten.«* Ich finde, dies ist in sich erbärmlich, stellenweise unverschämt. Würde Z. bitte meinem Text ein wenig Beachtung schenken, zumindest bei den Beschreibungen, die für den allgemeinen Ton und Stil des Buches offensichtlich entscheidend sind! Seine Behandlung Lóriens werde ich unter keinen Umstän-

den hinnehmen, mag auch Z. persönlich niedlichen kleinen Elfen und dem Tinnef konventioneller moderner Märchen den Vorzug geben.

Daß Galadriels Versuchung nicht mehr vorkommt, ist bezeichnend. So gut wie alles, was eine moralische Bedeutung hat, ist aus der Synopsis verschwunden.

22. *Lembas,* »Reisebrot«, wird als ein »Nährmittel-Konzentrat« bezeichnet. Wie schon gezeigt, habe ich eine starke Abneigung gegen jede Annäherung meiner Erzählung an Stil und Gepräge der »contes des fées« oder französischen Märchen. Ebenso widerstrebt mir jeder Zug zur »Verwissenschaftlichung«, wofür dieser Ausdruck ein Beispiel ist. Beide Genres sind meiner Geschichte fremd.

Wir sind nicht auf einer Mond-Expedition oder in irgendeiner anderen unwahrscheinlichen Gegend. Keine Analyse im Laboratorium könnte an *Lembas* chemische Eigenschaften nachweisen, die es vor anderm Weizenmehl-Gebäck voraus hätte.

Ich gehe auf diesen Ausdruck hier nur ein, weil er eine bestimmte Haltung bezeugt. Er wurde gewiß nur beiläufig gebraucht; und von dieser Art oder diesem Stil wird (hoffentlich) nichts in den eigentlichen Dialog durchsickern.

Im Buch hat *Lembas* zwei Funktionen. Es ist ein Requisit oder Kunstgriff, um die langen Märsche mit wenig Proviant glaubhaft zu machen, in einer Welt, wo, wie schon gesagt, »Meilen Meilen sind«. Aber das ist relativ unwichtig. Es hat noch eine sehr viel weitere Bedeutung, vorsichtig ausgedrückt, von »religiöser« Art. Dies wird später deutlich, besonders in dem Kapitel über den Schicksalsberg (III, p. 213 [dt. 239] und anschließend). Ich kann nicht finden, daß Z. mit *Lembas* irgend etwas Besonderes hat anfangen können, nicht einmal als Requisit; und das ganze ›Schicksalsberg‹-Kapitel ist in dem entstellten Durcheinander, das Z. aus dem Schluß gemacht hat, verschwunden. Soweit ich sehe, könnte *Lembas* ebensogut ganz verschwinden.

Ich hoffe ernstlich, daß in der Verteilung der eigentlichen Reden die Charaktere so dargestellt werden, wie ich sie dargestellt habe: im Stil und in der Gesinnung. Ihre Pervertierung würde mich ärgern (und sie ärgert mich, soweit sie in dieser

Skizze erkennbar wird), sogar noch mehr als die Verzerrung von Handlung und Szenerie.

Teile II & III. Ich habe viel Platz darauf verwendet, sogar Einzelheiten in Teil I zu kritisieren. Das war leichter, weil sich Teil I im allgemeinen an den Hergang der Erzählung im Buch hält und auch manches von deren ursprünglicher Kohärenz behalten hat. Teil II exemplifiziert alle Fehler von Teil I, ist aber viel unbefriedigender, & noch mehr gilt dies für Teil III, in wichtigeren Belangen. Es scheint fast so, als fehlte Z., nachdem er viel Zeit und Mühe auf Teil I verwendet hat, nun nicht nur der Platz, sondern auch die Geduld für die Behandlung der beiden schwierigeren Bände, in denen die Handlung schneller und komplizierter wird. Jedenfalls hat er sich dafür entschieden, sie auf eine Weise zu bearbeiten, die eine Verwirrung stiftet, die sich zuletzt fast bis zum Delirium steigert...

Die Erzählung teilt sich nun in zwei Grundlinien auf: 1. Haupthandlung, die Ringträger. 2. Nebenhandlung, die übrigen Gefährten, was zu dem »heroischen« Stoff hinführt. *Es ist entscheidend, daß beide Linien jeweils in zusammenhängender Folge behandelt werden.* Sowohl, um sie als Geschichte einleuchtend zu machen, als auch, weil sie in Ton und Szenerie vollkommen verschieden sind. Wenn man sie durcheinanderbringt, wird dies gänzlich zuschanden.

31. Ich bedaure zutiefst, was aus dem ›Baumbart‹-Kapitel geworden ist, ob es nun nötig ist oder nicht. Ich habe schon den Verdacht geäußert, daß Z. an Bäumen kein Interesse hat: schade, weil sie in der Geschichte eine so große Rolle spielen. Aber was wir hier haben, ist gewiß ein auf jeden Fall ganz unverständlicher flüchtiger Eindruck. Was sind Ents?

31 bis 32. Wir kommen nun in einen Wohnsitz von Menschen in einem »heroischen Zeitalter«. Z. scheint dies nicht zu würdigen. *Hoffentlich tun es die Künstler.* Aber er und sie brauchen sich eigentlich nur an das Gesagte zu halten, ohne es (am falschen Ort) nach ihrer Laune zu ändern.

In einer solchen Zeit spielten private »Zimmer« keine Rolle. Théoden hatte wahrscheinlich gar keines, allenfalls vielleicht eine »Schlafkammer« in einem abgesonderten kleinen Außengebäude. Gäste oder Sendboten empfing er sitzend in einem erhöhten Teil seiner Königshalle. Dies geht aus dem Buch ganz deutlich hervor; und die Szene sollte sich viel wirkungsvoller illustrieren lassen.

Warum gehen Théoden und Gandalf nicht vor die Türen ins Freie, wie ich erzählt habe? Obwohl ich die Kultur der »heroischen« Rohirrim etwas angereichert habe, hatten sie doch noch keine Glasfenster, die man aufreißen konnte!! Das hier könnte auch ein Hotel sein. (Die »östlichen Fenster« der Halle, II, p. 116, 119 [dt. 131, 134], waren Schlitze unter dem Dachgesims, unverglast.)

Selbst wenn der König eines solchen Volkes eine »Schlafkammer« hatte, konnte diese nicht zu einem »Bienenkorb voll geschäftiger Aktivität« werden!! Die Geschäftigkeit spielt sich draußen und in der Stadt ab. Was davon zu zeigen ist, sollte auf dem weiten Pflaster vor den großen Türen stattfinden.

33. Leider finde ich die kurze Szene von der ›Verteidigung der Hornburg‹ – dies wäre ein besserer Titel, weil Helms Klamm, die Schlucht dahinter, nicht gezeigt wird – nicht ganz befriedigend. Ich vermute, so eingeklemmt wäre dies eine ziemlich sinnlose Szene in einem Film. Ich wäre sogar von mir aus geneigt, sie ganz zu streichen, wenn sie nicht kohärenter und zu einem bedeutsameren Teil der Geschichte gemacht werden kann... Wenn die Ents und die Hornburg nicht beide ausführlich genug behandelt werden können, daß es Sinn ergibt, dann muß eines von beiden verschwinden. Das sollte die Hornburg sein, die für die Haupthandlung nebensächlich ist; und das hätte den weiteren Vorteil, daß wir nun eine große Schlacht hätten (aus der so viel wie möglich gemacht werden sollte), aber Schlachten pflegen einander allzu ähnlich zu sein: Der großen würde es zugute kommen, wenn sie keine Konkurrenz hätte.

34. Warum in aller Welt muß Z. sagen, daß »die Hobbits auf lächerlich langen Sandwiches herumbissen«? Und ob das lächerlich ist! Ich begreife nicht, wie man erwarten kann, daß ein Autor sich über solche albernen Änderungen »freut«. Der eine Hobbit schlief, der andere rauchte.

Die Wendeltreppe, die sich um den Turm von Orthanc

»flicht«, stammt aus Z.'s Phantasie, nicht aus meiner Erzählung. Letztere ist mir lieber. Der Turm war 500 Fuß hoch. Eine Flucht von 27 Stufen führte zu der großen Tür; über der waren ein Fenster und ein Balkon.

Z. ist allzu verliebt in die Wörter *Hypnose* und *hypnotisch*. Weder echte Hypnose noch deren szientifiktionale Varianten kommen in meiner Erzählung vor. Sarumans Stimme war nicht hypnotisch, sondern überredend. Wer ihm zuhörte, lief nicht Gefahr, in eine Trance zu fallen, sondern sich in wachem Zustand seinen Argumenten zu beugen. Es stand einem immer offen, *aus Vernunft und freiem Willen* sowohl seine Stimme, während er sprach, als auch deren nachwirkenden Eindruck abzulehnen. Saruman korrumpierte die Verstandeskräfte.

Z. hat das Ende des Buches weggelassen, mitsamt Sarumans richtigem Tod. In diesem Falle sehe ich keinen guten Grund, warum er überhaupt sterben müßte. Selbstmord hätte Saruman nie begangen: sich auch unter den bittersten Umständen noch ans Leben zu klammern sieht einer Gestalt, wie er sie geworden war, sehr viel ähnlicher. Wenn Z. mit Saruman aufräumen möchte (ich verstehe nicht, warum, wo doch so viele lose Fäden hängen bleiben), dann sollte Gandalf etwas dazu sagen, wenn Saruman bei der Exkommunikation zusammenbricht: »Weil du nicht hervorkommen und uns helfen willst, sollst du hier in Orthanc bleiben, Saruman, bis du verfault bist. Mögen die Ents dafür sorgen!«

Teil III... *ist für mich als Ganzes und in den Einzelheiten vollkommen unannehmbar.* Wenn dies nur Notizen für etwas von der gleichen filmischen Länge wie I und II sein sollen, dann muß es bei der Ausfüllung in Beziehung zum Buch gebracht werden, und die groben Abweichungen davon sind zu korrigieren. Wenn es nur eine Art kurzes Finale darstellen soll, dann ist alles, was ich dazu sagen kann: So darf man den ›Herrn der Ringe‹ nicht entstellen.

Die letzten Jahre

»Ich finde, es ist besser,
nicht alles zu sagen.«

Tolkien trifft Ava Gardner

Brief an Michael Tolkien

9./10. Januar 1965

Mein lieber alter Beschützer, Freund und Förderer Dr. C. T. Onions ist am Freitag im Alter von 91 1/3 Jahren gestorben. Ich hatte ihn lange nicht mehr gesehen. Er ist der letzte von den Leuten, die das »Englisch« in Oxford *waren* und die noch da waren, als ich in das Fach einstieg. Aber nicht ganz: Kenneth Sisam (einst mein Tutor) lebt auch noch, auf den Scilly-Inseln, erst ganze 76. Nebenbei, weil wir schon mal bei diesem trübsinnigen Thema sind, T. S. Eliot ist nicht mehr. Aber wenn Du ein perfektes Stück schlechte Lyrik lesen willst, ein spaßiges »Dauertief«, etwa in der Art der wieder zum Leben erweckten »ausgestopften Eule«, dann könnte ich Dir nichts Besseres heraussuchen als die 8 Zeilen von dem armen alten John Masefield über Eliot in der ›Times‹ vom Freitag, dem 8. Jan.: ›East Coker‹. Fast auf der Höhe oder Tiefe von Wordsworths Null-Tarif...

Ich bin weder besorgt (noch überrascht) über die Grenzen meines »Ruhms«. Es gibt in *Oxford* schon viele Leute, die nie von mir gehört haben, geschweige denn von meinen Büchern. Aber vielen von ihnen kann ich die Unkenntnis mit gleicher Münze vergelten: Das ist weder Absicht noch Geringschätzung, einfach Zufall. Ein lustiges Beispiel gab es im November, als ich aus Höflichkeit zur letzten Vorlesung einer Reihe ging, die der Poesie-Professor hielt: Robert Graves. (Ein erstaunlicher Kerl, unterhaltsam, sympathisch, schrullig, den Kopf voll wilder Flausen, halb Deutscher, halb Ire, sehr groß, muß in seiner Jugend ausgesehen haben wie Siegfried/Sigurd, *aber* ein Esel.) Es war die lachhaft schlechteste Vorlesung, die ich je gehört habe. Nachher stellte er mich einer hübschen jungen Frau vor, die auch zugehört hatte: gut, aber unauffällig gekleidet, nett und umgänglich, und wir kamen ganz gut miteinander ins Gespräch. Aber Graves fing an zu lachen und sagte: »Es ist klar, keiner von Ihnen hat vom andern je gehört.« Das stimmte, gewiß! Und ich hatte auch nicht angenommen, daß die Dame von mir schon gehört hätte. Sie hieß Ava Gardner, aber das sagte mir gar nichts, bis weltkundigere

Menschen mich unterrichteten, daß sie ein Filmstar von einiger Größe sei, und das Gedränge der Presseleute und das Gewitter der Blitzlichter auf der Treppe vor dem Gebäude zielten nicht auf Graves (und schon g. nicht auf mich), sondern auf sie...

Trotzdem, das alte »Ich« bekommt hin und wieder allerhand starken Zuspruch, was mich nach wie vor erstaunt. Am 29. September traf ich Burke Trend, beim Festessen zur Siebenhundertjahrfeier von Merton – er ist seit kurzem Ehrenmitglied: dann und wann Staatssekretär im Kabinett: und er gab sich als »Fan« zu erkennen und fügte hinzu, die meisten im Kabinett seien es auch, und was das Haus anginge, so seien ähnliche Ansichten auf beiden Seiten weithin vorherrschend. Nicht schlecht, wenn sie das Buch kaufen und nicht bloß das Exemplar in der Unterhaus-Bibliothek vernutzen! Andere Arten von Belohnung scheinen nicht zu winken. Aber ich glaube, die größte Überraschung für mich war vor 4 Tagen ein herzlicher Fan-Brief von Iris Murdoch. Und wenn der Name nun für Dich bloß eine »Ava Gardner« ist, kann ich Dir auch nicht helfen...

Wenn ich an den Tod meiner Mutter denke (sie war jünger als Prisca), wie sie erschöpft war von der Verfolgung, Armut und, weitgehend dadurch bedingt, Krankheit, im Bemühen, uns kleinen Jungen den Glauben weiterzugeben, und mich an das kleine Schlafzimmer erinnere, das sie mit uns teilen mußte, im Haus eines Postbeamten in Rednal, wo sie allein gestorben ist, zu krank für das Sterbesakrament, dann finde ich es sehr hart und bitter, wenn meine Kinder [von der Kirche] abirren. Natürlich sieht Kanaan anders aus für diejenigen, die aus der Wüste kommen; und die späteren Bewohner von Jerusalem mögen oft als Narren oder Schurken oder noch Schlimmeres erscheinen. Aber *in hac urbe lux solemnis* ist mir immer als wahr erschienen. Mir sind »im Laufe meiner Pilgerfahrten« schon verschnupfte, dumme, pflichtvergessene, eingebildete, unwissende, heuchlerische, faule, betrunkene, hartherzige, zynische, gemeine, raffgierige, ordinäre, dünkelhafte und sogar (vermutlich) unmoralische Priester begegnet, aber für mich wiegt ein Pater Francis sie alle auf, und der war ein walisisch-spanischer Oberschicht-Tory, in dem viele nur einen verbummelten alten Snob und Schwätzer sahen. Er war es – und war es *nicht.* Von ihm lernte ich erstmals Milde und

Vergebung; und deren Licht durchdrang sogar die »liberale« Finsternis, aus der ich kam – wo man mehr über die »Blutige Maria« wußte als über Jesu Mutter, die nie anders erwähnt wurde denn als Gegenstand eines bösen Kults bei den Katholiken.

Das letzte Domizil

Brief an Michael Tolkien

West Hanney
24. Januar 1972

Liebster Mick,

... Ich denke, die Neuigkeiten werden Dich trösten und Dir gefallen. In einem Akt von hoher Großzügigkeit – trotz großer interner Schwierigkeiten – hat Merton mir nun eine ganz vortreffliche Wohnung zur Verfügung gestellt, in die wahrscheinlich der größte Teil meiner noch erhaltenen »Bibliothek« hineinpassen wird. Aber daran hängen noch völlig unerwartete »Angebinde«! 1. Die Miete wird »nur nominell« sein – was bedeutet, wie man es auffassen würde: irgendwie extrem niedrig im Vergleich zum jetzigen Marktwert; 2. alle oder alle erforderlichen Möbel werden vom College *kostenlos* zur Verfügung gestellt – und ein großer Wilton-Teppich ist mir schon zugeteilt worden, der den ganzen Fußboden eines Wohnzimmers mit fast der gleichen Fläche wie unser großes Wohnzimmer in der Lakeside Road 19 bedeckt (es ist ein bißchen kürzer und ein bißchen breiter). 3. Weil die M[erton] Str. 21 rechtlich zum College gehört, gibt es die häuslichen Dienste *kostenlos*: in Gestalt eines im Haus wohnenden Hausmeisters und seiner Frau als Haushälterin. 4. Ich habe das ganze Jahr hindurch, wenn anwesend, Anrecht auf kostenloses Mittag- und Abendessen: beides für sehr hohe Ansprüche. Das bedeutet – angenommen, daß ich 9 Wochen abwesend sein werde – einen faktischen Gewinn von 750 bis 900 Pfund im Jahr, die somit nicht in die Klauen des Fiskus fallen. 5. Das College stellt gebührenfrei zwei Telefone zur Verfügung, a) für Orts- und Nahgespräche, die umsonst sind, und b) für Ferngespräche, die eine private Nummer bekommen und von mir zu bezahlen sind. Das wird den Vorteil haben, daß geschäftliche und private Anrufe an Verwandte und Freunde nicht über die überlastete Pförtnerloge gehen; allerdings hat es den einen Haken, daß die Nummer im Telefonbuch erscheinen muß. Aber ich hatte schon in Poole gefunden, daß die (ganz erheblichen) Nachteile einer Nummer, die nicht im Telefonbuch steht, den Schutz, den sie bietet, eigentlich überwiegen. Wenn es lästig wird, lasse ich einen Telefonanrufbeantworter installieren, der bei Bedarf angeschaltet werden kann. 6. Keine Gemeinde-Abgaben, Gas- und Stromrechnungen in reduziertem Umfang; 7. Benutzung von 2 schönen Aufenthaltsräumen (in 100 Yards Entfernung) mit Schreibpapier, Zeitungen und Vormittagskaffee, alles kostenlos. Es klingt zu schön, um wahr zu sein – und natürlich hängt alles von meiner Gesundheit ab: denn mir wurde, wie es gut und richtig ist, erklärt, daß nur meine augenscheinlich gute Gesundheit und Beweglichkeit für mein Alter diese Lösung möglich macht. Ich selbst fühle mich in dieser Hinsicht gar nicht so sicher seit meiner Krankheit im Oktober (bei der ich in etwa einer Woche über sechs Kilo verlor), die erst nach Weihnachten wirklich überwunden war. Aber das Gefühl der Unsicherheit kommt womöglich (und hoffentlich) hauptsächlich von der Verstümmelung durch den Verlust, den wir erlitten haben. Ich fühle mich nicht recht »wirklich« oder ganz, und in gewissem Sinne gibt es niemanden mehr, mit dem ich reden könnte. (Dir geht es natürlich auch so, besonders in dem, was Briefe angeht.) Seit ich volljährig bin und unsere dreijährige Trennung zu Ende war, hatten wir alle Freuden und Leiden geteilt und alle Meinungen (in Übereinstimmung oder auch nicht), so daß ich mich immer noch bei dem Gedanken ertappe, »das muß ich E. erzählen« – und dann fühle ich mich plötzlich wie ein Gestrandeter auf einer kahlen Insel unter einem gleichgültigen Himmel nach dem Untergang eines großen Schiffs. Ich weiß noch, wie ich einmal Marjorie Incledon dies Gefühl zu beschreiben versuchte, als ich noch keine dreizehn war, nach dem Tod meiner Mutter (9. Nov. 1904), und vergebens die Hand gegen den Himmel schwenkte und sagte, »er ist so leer und kalt«. Und ebenso weiß ich noch, wie ich nach dem Tod von P. Francis, meinem »zweiten Vater« (mit 77, 1934)*, zu C. S. Lewis sagte: »Ich fühle mich wie ein alleingelassener Überlebender in einer neuen, fremden Welt, nachdem die wirkliche Welt verschwunden ist.« Aber diese Trauerfälle, so bitter sie waren (besonders der erste), trafen mich natürlich in der Jugend, als Leben und Werk noch in Entfaltung begriffen waren. 1904

* Er war tatsächlich fast im gleichen Alter, in dem mein wirklicher Vater gewesen wäre: beide waren 1857 geboren, Francis Ende Januar, mein Vater Mitte Februar.

machten wir (H[ilary] & ich) die plötzliche und wundersame Erfahrung, wie P. Francis sich mit Liebe und Humor unserer annahm – und nur 5 Jahre später (soviel wie 20 später durchlebte Jahre) traf ich die Lúthien Tinúviel meiner persönlichen »Romanze«, mit ihrem langen, dunklen Haar, dem schönen Gesicht, den Sternenaugen und der herrlichen Stimme. Und 1934 war sie noch bei mir, mitsamt ihren schönen Kindern. Aber nun ist sie vor Beren hingegangen und läßt ihn in der Tat einhändig zurück, aber er hat keine Macht, den unerbittlichen Mandos zu rühren, und es gibt kein *Dor Gyrth i chuinar*, das Land der Toten, die leben, in diesem gefallenen Königreich Arda, wo die Diener Morgoths angebetet werden …

Edith Tolkien Lúthien

Brief an Christopher Tolkien

11. Juli 1972

Endlich habe ich mich um Mummys Grab gekümmert... Die Inschrift, die mir gefallen würde, ist:

EDITH MARY TOLKIEN
1889-1971
Lúthien

: kurz und karg, bis auf *Lúthien,* das für mich mehr sagt als viele Worte: denn sie war meine Lúthien (und wußte es).*

13. Juli. Sag mir, ohne Rücksicht, was Du von diesem Zusatz hältst. Ich habe dies unter dem Druck von starker Bewegung & Bedauern angefangen – und jedenfalls leide ich von Zeit zu Zeit (zunehmend) unter einem überwältigenden Gefühl von Trauer. Ich brauche Rat. Und ich hoffe doch, keines von meinen Kindern wird den Gebrauch dieses Namens als eine sentimentale Schrulle empfinden. Jedenfalls ist es etwas anderes als die Nennung von Kosenamen in Todesanzeigen. Ich habe Edith nie mit *Lúthien* angeredet – aber sie war die Quelle der Geschichte, aus der dann mit der Zeit das wichtigste Stück des ›Silmarillion‹ wurde. Es entstand zuerst auf einer kleinen Waldlichtung voller Schierling bei Roos in Yorkshire (wo ich für kurze Zeit 1917 einen Außenposten der Humber Garnison befehligte und sie eine Zeitlang bei mir wohnen konnte). Damals war ihr Haar rabenschwarz, ihre Haut rein, ihre Augen heller, als du sie gesehen hast, und singen konnte sie – und *tanzen*! Aber die Geschichte ist schiefgegangen, & nun bin ich allein übrig, und *ich* kann den unerbittlichen Mandos nicht erweichen.

Mehr möchte ich jetzt nicht sagen. Aber ich würde gern in nicht zu ferner Zeit einmal lange mit *Dir* reden. Denn wenn ich, wie wahrscheinlich ist, nie eine ordentliche Biographie schreiben werde – das geht gegen meine Natur, die sich zu Dingen äußert, die am tiefsten in Erzählungen und Mythen empfunden werden –, dann sollte einer, der meinem Herzen

* Sie kannte die früheste (im Krankenhaus geschriebene) Form der Sage und auch das Gedicht, das schließlich als Aragorns Lied im H. R. abgedruckt wurde.

nahesteht, etwas von den Dingen wissen, die kein Dokument festhält: von den schrecklichen Leiden unserer Kindheit, aus denen wir einander gerettet haben, aber deren Wunden, die sich später oft als verkrüppelnd erwiesen, wir nicht heilen konnten; von den Leiden, die wir erduldeten, nachdem unsere Liebe begonnen hatte – was alles (mit unseren persönlichen Schwächen, die noch hinzukamen) vielleicht helfen kann, die Verfehlungen und dunklen Punkte, die zeitweise unser Leben befleckt haben, verzeihlich oder verständlich zu machen – und zu erklären, wie all dies uns im Tiefsten nie berührt und die Erinnerungen an unsere Jugendliebe nie getrübt hat. Denn immer wieder (besonders wenn wir allein waren) begegneten wir uns auf der Waldlichtung und gingen viele Male Hand in Hand, um vor unserer letzten Trennung dem Schatten des nahenden Todes zu entkommen.

15. Juli. Den gestrigen Tag verbrachte ich in Hemel Hempstead. Ich wurde mit einem Wagen abgeholt & begab mich in die großen neuen (grauen und weißen) Bürogebäude und Lagerhallen von Allen & Unwin. Diesen stattete ich eine Art offizielle Visite ab, wie eine königliche Hoheit, und war einigermaßen verblüfft, als ich feststellte, daß diese ganze Organisation mit ihren vielen Abteilungen (von der Buchhaltung bis zum Versand) sich in der *Hauptsache* mit meinen Werken beschäftigte. Ich bekam einen großen Empfang (& s. g. Lunch) und interviewte sie alle, vom Vorstandszimmer an abwärts. »Die Buchhaltung« sagte mir, daß die Absätze des ›Hobbit‹ nun raketengleich in bisher unerreichte Höhen hinaufschießen. Auch war gerade eine große Einzelbestellung für den ›H. R.‹ eingegangen. Als ich nicht ganz soviel freudige Überraschung zeigte, wie man erwartete, klärte man mich behutsam darüber auf, daß eine Einzelbestellung über 100 Exemplare früher schon eine erfreuliche Sache war (und es bei anderen Büchern immer noch ist), aber diese auf den ›H. R.‹ belief sich auf 6000.

Blatt von Tüftler

Es war einmal ein kleiner Mann, der hieß Tüftler. Er sollte eine lange Reise machen. Er wollte gar nicht fahren; die Sache war ihm ausgesprochen zuwider, aber er konnte sich ihr nicht entziehen. Obwohl er wußte, daß er irgendwann würde aufbrechen müssen, beeilte er sich nicht gerade mit seinen Vorbereitungen.

Tüftler war Maler. Kein sehr erfolgreicher, was teilweise daran lag, daß er viele andere Dinge zu tun hatte. Die meisten dieser Dinge fand er sehr lästig; aber er erledigte sie einigermaßen gut, wenn es nicht anders ging (was seiner Ansicht nach viel zu oft der Fall war). Die Gesetze in seinem Lande waren sehr streng. Und es gab auch noch andere Abhaltungen. Zum einen war er manchmal einfach träge und tat überhaupt nichts. Zum anderen war er gewissermaßen gutherzig. Sicher kennen Sie diese Art von Gutherzigkeit: oft genug machte sie ihn einfach unglücklich, und weniger oft brachte sie ihn dazu, etwas zu tun; und selbst wenn er etwas tat, hinderte ihn das nicht, zu murren, die Geduld zu verlieren und zu fluchen (meist still für sich). Immerhin halste er sich eine ganze Menge Gefälligkeiten damit auf, die er seinem Nachbarn, Herrn Paris, erweisen mußte, einem Mann mit einem lahmen Bein. Gelegentlich half er sogar anderen Leuten aus, die weiter weg wohnten, wenn sie kamen und darum baten. Hin und wieder fiel ihm dann auch seine Reise ein, und lustlos begann er ein paar Sachen einzupacken; zu solchen Zeiten malte er nicht sehr viel.

Er hatte eine Reihe Bilder in Arbeit; die meisten waren zu groß und anspruchsvoll für seine Begabung. Er gehörte zu den Malern, die Blätter besser malen als Bäume. Er pflegte viel Zeit auf ein einziges Blatt zu verwenden und zu versuchen, seine Form, seinen Glanz und das Glitzern der Tautropfen an seinen Rändern einzufangen. Und doch wollte er einen ganzen Baum malen, alle Blätter sollten im selben Stil und doch jedes verschieden sein.

Insbesondere ein Bild machte ihm Kummer. Es hatte angefangen mit einem Blatt, das im Winde wehte, und es wurde ein Baum; und der Baum wuchs, er streckte unzählige Äste aus und bekam ganz phantastische Wurzeln. Seltsame Vögel kamen angeflogen und setzten sich auf seine Zweige und mußten auch betreut werden. Dann begann überall um den Baum herum und hinter ihm und in den Lücken zwischen den Blättern und dem Geäst eine Landschaft sich auszubreiten; undeutlich sah man einen Wald, der sich über das Land hinzog, und Berge mit schneebedeckten Gipfeln. Tüftler verlor das Interesse an seinen anderen Bildern; oder er nahm sie und befestigte sie an den Rändern seines großen Bildes. Bald wurde die Leinwand so riesig, daß er eine Leiter brauchte; und er kletterte hinauf und hinunter, tupfte hier einen Pinselstrich hin und rieb dort ein Fleckchen wieder weg. Wenn Leute zu Besuch kamen, schien er recht höflich, wenngleich er ein bißchen mit den Bleistiften auf seinem Schreibtisch herumspielte. Er hörte sich an, was sie sagten, aber insgeheim dachte er die ganze Zeit nur an sein großes Bild in dem hohen Schuppen, der draußen in seinem Garten eigens dafür gebaut worden war (auf einem Stück, wo er früher Kartoffeln gezogen hatte).

Er konnte seine Gutherzigkeit nicht ablegen. »Ich wollte, ich wäre aus härterem Holz«, dachte er manchmal bei sich und meinte damit, er wünsche, daß anderer Leute Kummer ihn nicht unglücklich mache. Aber lange Zeit wurde er nicht ernstlich gestört. »Jedenfalls werde ich dieses eine Bild noch fertigbekommen, mein ureigenes Bild, ehe ich auf diese abscheuliche Reise gehen muß«, pflegte er zu sagen. Und doch sah er allmählich ein, daß er die Abfahrt nicht unbegrenzt verschieben konnte. Das Bild mußte aufhören zu wachsen und fertig werden.

Eines Tages stand Tüftler in einiger Entfernung von seinem Bild und betrachtete es ungewöhnlich aufmerksam und unparteiisch. Er konnte sich nicht schlüssig werden, wie er es eigentlich fand, und er wünschte, er hätte einen Freund, der ihm sagen würde, was er davon halten sollte. Tatsächlich schien es ihm völlig unbefriedigend zu sein, und doch wiederum sehr reizvoll, das einzige wirklich schöne Bild auf dieser Welt. In dem Augenblick hätte er den Freund gern hereinkommen und ihm auf die Schulter klopfen sehen, der dann (offenbar ganz aufrichtig) sagen würde: »Absolut großartig! Ich sehe genau, worauf Sie hinaus wollen. Machen Sie nur weiter und kümmern Sie sich um sonst gar nichts! Wir werden dafür sorgen, daß Sie eine Staatspension bekommen, damit Sie nicht Not leiden.«

Indes war es nichts mit der Staatspension. Und eins sah er ganz deutlich: Konzentration würde nötig sein, etwas *Arbeit*, harte, ununterbrochene Arbeit, um das Bild zu vollenden, selbst wenn es nicht größer würde als jetzt. Er krempelte die Ärmel auf und begann sich zu konzentrieren. Mehrere Tage versuchte er, sich nicht um andere Dinge zu kümmern. Aber dann gab es einen ganzen Wust von Störungen. In seinem Haus ging alles schief; er mußte in die Stadt fahren und als Geschworener an einer Gerichtssitzung teilnehmen; ein entfernter Freund wurde krank; Herr Paris lag an Hexenschuß darnieder; und immerzu kamen Gäste. Es war Frühling, und sie wollten irgendwo auf dem Lande umsonst Tee trinken. Tüftler wohnte in einem hübschen kleinen Haus, meilenweit von der Stadt. Im stillen verfluchte er die Besucher, aber er konnte nicht leugnen, daß er sie selbst eingeladen hatte, schon vor langer Zeit, im Winter, als er es noch nicht als »Störung« empfunden hatte, einen Schaufensterbummel in der Stadt zu machen und mit Bekannten Tee zu trinken. Er versuchte, hartherziger zu werden; aber das mißlang. Es gab viele Dinge, bei denen er es nicht über sich brachte, nein zu sagen, ob er sie nun als eine Pflicht ansah oder nicht; und einiges mußte er einfach tun, was immer er auch darüber dachte. Manche seiner Gäste machten Andeutungen, sein Garten sei ziemlich vernachlässigt und er könne vielleicht Besuch von einem Inspektor bekommen. Natürlich wußten sehr wenige von ihnen über sein Bild Bescheid; aber auch wenn sie es gewußt hätten, wäre es nicht viel anders gewesen. Ich zweifle, ob sie es für sehr wichtig gehalten hätten. Vermutlich war es wirklich kein sehr gutes Bild, obwohl es einige gelungene Stellen gehabt haben mag. Der Baum jedenfalls war kurios. Ganz einzigartig auf seine Weise. Und Tüftler ebenso, auch wenn er ein ganz gewöhnlicher und ziemlich alberner kleiner Mann war.

Schließlich wurde Tüftlers Zeit wirklich kostbar. Seine Bekannten in der fernen Stadt erinnerten sich, daß der kleine Mann eine ärgerliche Reise unternehmen mußte, und manche begannen zu spekulieren, wie lange er sie wohl bestenfalls würde hinauszögern können. Sie fragten sich, wer wohl sein Haus übernehmen und ob der Garten dann besser gepflegt sein würde.

Es wurde Herbst und sehr regnerisch und windig. Der kleine Maler war in seinem Schuppen. Er stand auf der Leiter und versuchte, den Schein der untergehenden Sonne auf dem schneeigen Gipfel eines Berges zu erhaschen, der just links von der blättrigen Spitze eines der Äste seines Baumes hindurchschimmerte. Er wußte, bald würde er abreisen müssen: vielleicht kurz nach Neujahr. Er könnte das Bild wohl gerade noch fertigbekommen, aber dann nur soso lala: An manchen Stellen würde er nur eben noch andeuten können, was er eigentlich meinte.

Es klopfte. »Herein!« rief er scharf und kletterte die Leiter herab. Unten blieb er stehen und zwirbelte seinen Pinsel. Sein Nachbar war es, Paris: sein einziger richtiger Nachbar, alle anderen wohnten ein gutes Stück Wegs weiter. Gleichwohl mochte er den Mann nicht sehr: teilweise, weil er so oft in Schwierigkeiten geriet und Hilfe brauchte; und dann auch deshalb, weil er nichts fürs Malen übrig hatte, aber sehr kritisch beim Gärtnern war. Wenn Paris Tüftlers Garten betrachtete (was oft geschah), sah er hauptsächlich Unkraut; und wenn er Tüftlers Bilder betrachtete (was selten geschah), sah er nur grüne und graue Flecken und schwarze Linien, die ihm sinnlos vorkamen. Er scheute sich nicht, das Unkraut zu erwähnen (eine Nachbarspflicht), aber er enthielt sich jeder Meinungsäußerung über die Bilder. Er fand, das war sehr freundlich, und erkannte nicht, daß es, selbst wenn es freundlich war, nicht freundlich genug war. Beim Unkrautjäten helfen (und vielleicht die Bilder loben) wäre besser gewesen.

»Nun, Paris, was gibt's?« fragte Tüftler.

»Ich weiß, ich sollte Sie eigentlich nicht stören«, sagte Paris (ohne einen Blick auf das Bild). »Sie haben sicher viel zu tun.«

Tüftler hatte selbst etwas derartiges sagen wollen, aber die Gelegenheit war verpaßt. So antwortete er nur: »Ja.«

»Aber ich habe niemanden, an den ich mich sonst wenden könnte«, fuhr Paris fort.

»Genau«, seufzte Tüftler; es war einer jener Seufzer, die eigentlich ein stummes Selbstgespräch sind, aber doch nicht ganz unhörbar. »Was kann ich für Sie tun?«

»Meine Frau ist schon ein paar Tage krank, und ich fange an, mir Sorgen zu machen. Und der Wind hat mir das halbe Dach abgetragen, und im Schlafzimmer regnet es durch. Ich glaube, ich sollte den Arzt holen. Und den Dachdecker auch, aber der braucht so lange, bis er kommt. Ich frage mich, ob Sie wohl etwas Holz und Leinwand übrig hätten, um mir auszuhelfen, damit ich über die nächsten paar Tage hinwegkomme.« Jetzt schaute er doch auf das Bild.

»Du liebe Güte«, meine Tüftler, »Sie sind aber wirklich vom Pech verfolgt. Ich hoffe, es ist nur eine Erkältung, die Ihre Frau hat. Ich komme sofort rüber und helfe Ihnen, die Patientin nach unten zu bringen.«

»Danke vielmals«, sagte Paris ziemlich kühl. »Aber sie hat keine Erkältung, sondern Fieber. Wegen eines Schnupfens hätte ich Sie nicht behelligt. Und meine Frau liegt schon unten im Bett. Ich kann doch nicht dauernd mit dem Tablett rauf und runter rennen, nicht mit meinem Bein. Aber wie ich sehe, haben Sie zu tun. Entschuldigen Sie, daß ich Sie gestört habe. Ich hatte eigentlich gehofft, Sie würden sich die Zeit nehmen können, den Arzt zu holen, wenn Sie sehen, in welcher Lage ich bin; und den Dachdecker auch, wenn Sie wirklich keine Leinwand übrig haben.«

»Natürlich«, sagte Tüftler; obwohl er andere Wörter auf dem Herzen hatte, das im Augenblick bloß weich war und kein bißchen gütig. »Ich könnte hinfahren. Ich werde hinfahren, wenn Sie sich wirklich Sorgen machen.«

»Ich bin besorgt, sehr besorgt. Ich wollte, ich wäre nicht lahm«, sagte Paris.

Also machte Tüftler sich auf den Weg. Es war schon sehr mißlich. Paris war sein Nachbar, und sonst gab es weit und breit keine Seele. Tüftler hatte ein Fahrrad, Paris hatte keins und konnte überdies nicht radeln. Und Paris hatte ein lahmes Bein, ein wahrhaft lahmes Bein, das ihm viel Schmerzen bereitete: Das mußte man bedenken, und auch seine saure Miene und seine weinerliche Stimme. Natürlich, Tüftler hatte ein Bild und kaum Zeit, es fertigzumachen. Aber offenbar war das etwas, das Paris in Betracht zu ziehen hatte und nicht Tüftler. Paris zog indes Bilder nicht in Betracht; und Tüftler konnte es nicht ändern. »Verflixt noch mal!« sagte er bei sich, als er sein Rad herausholte.

Es war naß und windig, und die Dämmerung brach herein. »Heute wird's nichts mehr mit der Arbeit«, dachte Tüftler, und auf dem ganzen Weg fluchte er entweder vor sich hin oder malte sich seine Pinselstriche auf dem Berg aus und auf dem Zweig mit Blättern daneben, den er sich schon im Frühjahr ausgedacht hatte. Die Finger zuckten ihm auf der Lenkstange. Jetzt, da er nicht im Schuppen war, sah er es ganz genau vor sich, wie der schimmernde Zweig, der den fernen Blick auf den Berg einrahmte, ausgeführt werden müßte. Aber ihm wurde das Herz schwer, es war, als ob ihn die Angst bedrückte, daß er niemals mehr Gelegenheit haben würde, sich an seinem Bild zu versuchen.

Tüftler fand den Arzt zu Hause und hinterließ beim Dachdecker einen Zettel. Das Büro war geschlossen, also war der Dachdecker wohl heimgekehrt zum häuslichen Herd. Tüftler wurde naß bis auf die Haut und holte sich einen Schnupfen. Der Arzt machte sich nicht ebenso schnell auf den Weg wie Tüftler. Er kam erst am nächsten Tag, was recht bequem für ihn war, denn nun hatte er zwei Patienten in zwei benachbarten Häusern. Tüftler lag mit hohem Fieber im Bett, und wundervolle Muster von Blättern und den dazugehörigen Zweigen bildeten sich in seinem Kopf und an der Decke. Es tröstete ihn nicht, als er hörte, daß Frau Paris nur eine Erkältung gehabt hatte und wieder aufstehen konnte. Er drehte sich zur Wand und begrub sich unter Blättern.

Einige Zeit blieb er im Bett. Der Wind wütete immer noch. Er trug weitere Ziegel von Paris' Dach ab, und auch ein paar von Tüftlers: Jetzt regnete es auch bei ihm durch. Der Dachdecker kam nicht. Tüftler machte sich nichts draus; ein oder zwei Tage lang. Dann krabbelte er aus dem Bett, um sich etwas zu essen zu holen (Tüftler hatte keine Frau). Paris kam nicht herüber: Sein Bein war wetterfühlig und tat weh; und seine Frau war vollauf damit beschäftigt, Wasser aufzuwischen, und fragte sich, ob »dieser Herr Tüftler« eigentlich vergessen hatte, den Dachdecker zu bestellen. Hätte sie eine Möglichkeit gesehen, sich etwas Nützliches zu borgen, dann hätte sie Paris hinübergeschickt, Bein hin, Bein her, aber da ihr nichts einfiel, blieb Tüftler sich selbst überlassen.

Nach einer Woche wankte er zum erstenmal wieder zu seinem Schuppen. Er versuchte, auf die Leiter zu klettern, aber ihm wurde schwindlig. Er setzte sich hin und betrachtete das Bild, doch stand ihm an jenem Tag der Sinn nicht nach Blättern und Aussichten auf Berge. Den Blick auf eine weit entfernte Sandwüste hätte er malen können, wenn er sich dazu hätte aufraffen können.

Am nächsten Tag fühlte er sich erheblich besser. Er stieg auf die Leiter und begann zu malen. Gerade war er wieder so richtig in Schwung gekommen, da klopfte es.

»Verdammt!« sagte Tüftler. Genausogut hätte er höflich »Herein!« sagen können, denn die Tür öffnete sich gleichwohl. Diesmal kam ein sehr großer Mann herein, der Tüftler absolut unbekannt war.

»Das ist hier ein privates Atelier«, sagte Tüftler. »Ich habe zu tun. Gehen Sie bitte!«

»Ich bin Inspektor für Häuser«, erklärte der Mann und hielt einen Dienstausweis hoch, so daß Tüftler auf seiner Leiter ihn sehen konnte.

»Oh«, sagte er.

»Das Haus Ihres Nachbarn ist gar nicht in Ordnung«, erklärte der Inspektor.

»Ich weiß«, antwortete Tüftler. »Ich habe den Dachdecker schon vor längerer Zeit verständigt, aber er ist einfach nicht gekommen. Dann war ich krank.«

»Aha«, sagte der Inspektor. »Jetzt sind Sie aber nicht krank.«

»Aber ich bin kein Dachdecker. Paris müßte sich beim Stadtrat beschweren und die Technische Nothilfe anfordern.«

»Die ist bei schlimmeren Schäden als hier oben eingesetzt«, erwiderte der Inspektor. »Unten im Tal hat es eine Überschwemmung gegeben, und viele Familien sind obdachlos. Sie hätten Ihrem Nachbarn helfen sollen, den Schaden wenigstens provisorisch auszubessern, damit die Reparatur nicht unnötig teuer wird. So will es das Gesetz. Hier ist haufenweise Material: Leinwand, Holz, Ölfarbe.«

»Wo?« fragte Tüftler entrüstet.

»Da!« Der Inspektor wies auf das Bild.

»Mein Bild!« rief Tüftler aus.

»Schon recht. Aber Häuser haben Vorrang. So will es das Gesetz.«

»Aber ich kann doch nicht...« Weiter kam Tüftler nicht, denn in diesem Augenblick erschien noch ein Mann. Ganz ähnlich wie der Inspektor sah er aus, fast sein Doppelgänger: groß und schwarz gekleidet.

»Kommen Sie«, sagte er. »Ich bin der Fahrer.«

Tüftler stolperte die Leiter hinunter. Er schien wieder Fieber zu haben, und alles schwamm ihm vor den Augen; ihm war kalt von Kopf bis Fuß.

»Fahrer? Fahrer?« stieß er zähneklappernd hervor. »Was fahren Sie denn?«

»Sie und Ihren Wagen«, erklärte der Mann. »Der Wagen war schon lange bestellt. Jetzt ist er endlich gekommen. Morgen beginnt nämlich Ihre Reise.«

»Da haben wir's«, sagte der Inspektor. »Sie werden fahren müssen. Aber es ist schlecht, daß Sie auf Ihre Reise gehen und ungetane Arbeit zurücklassen. Immerhin können wir jetzt wenigstens etwas mit der Leinwand anfangen.«

»Ach du lieber Himmel!« sagte der arme Tüftler und begann zu weinen. »Und das Bild ist noch nicht einmal fertig!«

»Nicht fertig?« warf der Fahrer ein. »Na, was Sie betrifft, Sie jedenfalls sind damit fertig. Kommen Sie!«

Tüftler ging mit, ganz still. Der Fahrer ließ ihm keine Zeit zum Packen und sagte, das hätte er früher machen müssen und sie würden den Zug verpassen; so konnte sich Tüftler nur eine kleine Tasche in der Diele schnappen. Er stellte dann fest, daß nichts drin war als ein Malkasten und ein Skizzenblock: weder etwas zu essen noch Kleidung. Den Zug erreichten sie zur Zeit. Tüftler war ganz erschöpft und schläfrig; er merkte kaum, was vor sich ging, als sie ihn in sein Abteil stopften. Ihm war es einerlei: Er hatte vergessen, wohin er eigentlich sollte oder weshalb. Der Zug fuhr fast sofort in einen dunklen Tunnel.

Tüftler erwachte auf einem großen, düsteren Bahnhof. Ein Schaffner ging den Bahnsteig entlang und rief, aber nicht den Namen der Station rief er aus. Er rief: *Tüftler!*

Tüftler stieg eilig aus und merkte dann, daß er seine kleine Tasche vergessen hatte. Er drehte sich um, aber der Zug war schon abgefahren.

»Ah, da sind Sie ja!« sagte der Schaffner. »Hier lang. Was? Kein Gepäck? Da werden Sie ins Armenhaus gehen müssen.«

Tüftler fühlte sich mit einemmal sehr schlecht und wurde auf dem Bahnsteig ohnmächtig. Sie legten ihn in eine Ambulanz und brachten ihn zur Krankenstation des Armenhauses.

Die Behandlung gefiel ihm überhaupt nicht. Die Medizin, die sie ihm gaben, war bitter. Die Beamten und Krankenwärter waren unfreundlich, schweigsam und streng; und niemals sah er irgend jemanden außer einem sehr grimmigen Arzt, der gelegentlich Visite machte. Eigentlich war es eher, als ob er im Gefängnis und nicht im Krankenhaus wäre. Zu bestimmten Stunden mußte er schwer arbeiten: graben, schreinern und kahle Bretter alle in einer Farbe anstreichen. Niemals durfte er nach draußen, und die Fenster waren alle von innen verriegelt. Stundenlang hintereinander ließen sie ihn im Dunkeln, »um ein bißchen nachzudenken«, sagten sie. Er verlor jedes Zeitgefühl. Es ging ihm nicht einmal allmählich besser, jedenfalls nicht, wenn es sich danach beurteilen läßt, ob ihm irgend etwas, das er tat, Spaß machte. Nichts machte ihm Spaß, nicht einmal ins Bett zu gehen.

Zu Anfang, während der ersten hundert Jahre (ich gebe nur seine Eindrücke wieder), pflegte er sich sinnlos Gedanken über die Vergangenheit zu machen. Etwas wiederholte er ständig, wenn er im Dunkeln lag: »Ich wollte, ich hätte mich bei Paris gemeldet an jenem ersten Morgen, nachdem der Sturm gekommen war. Ich hatte es eigentlich vorgehabt. Die ersten losen Ziegel hätte man leicht wieder befestigen können. Dann hätte sich Frau Paris nicht erkältet. Dann hätte auch ich mich nicht erkältet. Dann hätte ich eine Woche mehr gehabt.« Aber mit der Zeit vergaß er, wozu er überhaupt eine Woche länger hatte haben wollen. Seitdem machte er sich, wenn überhaupt, nur noch Gedanken über seine Arbeit im Krankenhaus. Er plante sie genau und dachte darüber nach, wie schnell er es wohl schaffen könnte, daß das Brett nicht mehr knarrt, wie er die Tür einhängen oder das Tischbein reparieren könnte. Wahrscheinlich wurde er wirklich nützlich, obwohl niemand ihm das jemals sagte. Aber das kann natürlich nicht der Grund gewesen sein, warum sie den armen kleinen Mann so lange dort behielten. Vielleicht haben sie darauf gewartet, daß es ihm besser gehe, und haben das »besser« nach irgendwelchen seltsamen medizinischen Maßstäben eigener Prägung beurteilt.

Jedenfalls hatte der arme Tüftler keinen Spaß am Leben, nicht das, was er Spaß zu nennen pflegte. Er fand es bestimmt nicht amüsant. Aber es ließ sich nicht leugnen, daß er ein Gefühl von – nun ja, Befriedigung empfand: eher Schwarzbrot als Kuchen. Er konnte eine Aufgabe in Angriff nehmen, sobald eine Glocke läutete, und sie prompt beiseite legen, wenn die nächste Aufgabe kam, alles ordentlich und bereit, um zur rechten Zeit fortgesetzt zu werden. Er schaffte jetzt eine ganze Menge an einem Tag; Kleinigkeiten erledigte er sehr säuberlich. Er hatte keine »Zeit für sich« (außer, wenn er allein in seiner Schlafzelle lag), und doch wurde er Herr seiner Zeit; allmählich wußte er, was er mit ihr anfangen konnte. Er hatte nicht das Gefühl von Hetze. Innerlich war er jetzt ruhiger, und zur Ruhezeit konnte er wirklich ruhen.

Dann änderten sie plötzlich seinen ganzen Zeitplan; sie ließen ihn überhaupt kaum ins Bett gehen; sie nahmen ihn von der Schreinerei weg und beschäftigten ihn nur noch mit Graben, Tag für Tag. Er ertrug es einigermaßen gut. Es dauerte eine ganze Weile, bis er auch nur begann, sich das Hirn zu zermartern wegen der Flüche, die er praktisch vergessen hatte. Er grub weiter, bis ihm der Rücken schier brach und seine Hände wund waren und er das Gefühl hatte, daß er keinen einzigen Spatenvoll mehr heben könne. Niemand dankte ihm. Aber der Arzt kam und sah ihn sich an.

»Aufhören!« sagte er. »Völlige Ruhe – im Dunkeln.«

Tüftler lag im Dunkeln und ruhte völlig; so völlig, daß er, da er überhaupt nichts fühlte oder dachte, nicht hätte sagen können, ob er Stunden oder Jahre dort gelegen hatte. Aber jetzt hörte er STIMMEN: keine Stimmen, die er jemals gehört hatte. Vielleicht war eine Sanitätskommission gekommen, oder ein Untersuchungsausschuß tagte ganz in der Nähe, möglicherweise im Nebenzimmer, und die Tür war offen, obwohl er kein Licht sehen konnte.

»Nun dieser Fall Tüftler«, sagte eine STIMME, eine strenge Stimme, strenger als die des Arztes.

»Was war denn mit ihm los?« fragte eine ZWEITE STIMME, eine Stimme, die man hätte sanft nennen können, wenngleich sie nicht weich war – es war eine gebieterische Stimme, und sie klang zugleich hoffnungsvoll und traurig. »Was war mit Tüftler los? Sein Herz hatte er doch auf dem rechten Fleck.«

»Ja, aber es funktionierte nicht richtig«, sagte die ERSTE STIMME. »Und viel Grips im Kopf hat er auch nicht gehabt: Nachgedacht hat er überhaupt kaum. Schauen Sie nur, wieviel Zeit er verschwendet hat, und dabei hat er sich nicht einmal amüsiert! Auf die Reise hat er sich überhaupt nicht richtig vorbereitet. Er war einigermaßen wohlhabend, und doch kam er hier fast mittellos an und mußte im Armeleuteflügel untergebracht werden. Ein schlimmer Fall, fürchte ich. Mir scheint, er sollte noch eine Weile hierbleiben.«

»Vielleicht würde es ihm nichts schaden«, meinte die Zweite Stimme. »Aber natürlich ist er nur ein kleiner Mann. Er war nie dazu ausersehen, sehr viel zu werden, und er war nicht sehr kräftig. Sehen wir uns doch einmal die Akte an. Ja, da sind doch ein paar günstige Punkte.«

»Mag sein«, gab die Erste Stimme zu, »aber sehr wenige, die einer Prüfung wirklich standhalten.«

»Nun«, sagte die Zweite Stimme, »einige zählen immerhin. Er war der geborene Maler. Keiner von den ganz großen natürlich; und doch hat ein Blatt von Tüftler seinen eigenen Reiz. Er hat sich unerhört viel Mühe mit Blättern gegeben, just um ihrer selbst willen. Er hat niemals geglaubt, das würde ihn bedeutend machen. In der Akte ist nichts vermerkt, daß er jemals – und sei es nur sich selbst gegenüber – so getan hätte, als sei das eine Entschuldigung, wenn er die vom Gesetz vorgeschriebenen Dinge vernachlässigte.«

»Dann hätte er nicht so viele vernachlässigen sollen«, fand die Erste Stimme.

»Immerhin hat er einer ganzen Menge Bitten entsprochen.«

»Einem winzigen Bruchteil, meist solchen, die leicht zu erfüllen waren, und er nannte sie ›Störungen‹. In der Akte wimmelt es nur so von diesem Wort, und von allen möglichen Klagen und albernen Verwünschungen.«

»Richtig; aber natürlich empfand er sie auch als Störungen, der arme kleine Mann. Und noch etwas kommt hinzu: Er erwartete niemals eine Gegenleistung, wie so viele seines Schlages das nennen. Dann der Fall Paris, der Mann, der nach ihm kam. Paris war Tüftlers Nachbar, rührte keinen Finger für ihn und bezeigte selten überhaupt Dankbarkeit. Aber in der Akte ist nichts vermerkt, daß Tüftler von Paris Dankbarkeit erwartete. Der Gedanke scheint ihm gar nicht gekommen zu sein.«

»Ja, das ist ein Gesichtspunkt«, sagte die Erste Stimme, »aber kein sehr wichtiger. Ich nehme an, Tüftler wird es schlichtweg vergessen haben. Was er für Paris tun mußte, empfand er als lästig und schob es einfach von sich.«

»Schließlich ist da noch der letzte Bericht«, gab die Zweite Stimme zu bedenken, »über die Radfahrt im Regen. Dem messe ich eigentlich ziemlich viel Bedeutung bei. Das war eindeutig ein echtes Opfer: Tüftler ahnte, daß er seine letzte Chance für sein Bild aufs Spiel setzte, und er ahnte auch, daß sich Paris unnötig Sorgen machte.«

»Ich glaube, Sie legen zuviel Gewicht darauf«, sagte die ERSTE STIMME. »Aber Sie haben das letzte Wort. Es ist natürlich Ihre Aufgabe, die Tatsachen möglichst günstig auszulegen. Manchmal halten sie stand. Was schlagen Sie vor?«

»Ich möchte meinen, der Fall ist jetzt für eine etwas freundliche Behandlung reif«, sagte die ZWEITE STIMME.

Tüftler glaubte, noch niemals etwas so Großzügiges wie diese Stimme gehört zu haben. Wenn sie FREUNDLICHE BEHANDLUNG sagte, dann klang das wie ein voller Gabentisch oder eine Einladung zum Fest des Königs. Dann fühlte sich Tüftler plötzlich beschämt. Daß er als ein Fall für freundliche Behandlung angesehen wurde, überwältigte ihn und ließ ihn im Dunkeln erröten. Es war, wie wenn man öffentlich gelobt wird, während man selbst weiß und alle Zuhörer wissen, daß das Lob unverdient ist. Tüftler versteckte seine Schamröte unter der kratzigen Bettdecke.

Es trat Schweigen ein. Dann sprach die ERSTE STIMME zu Tüftler, ganz nah. »Sie haben gelauscht.«

»Ja«, antwortete Tüftler.

»Nun, was haben Sie zu sagen?«

»Könnten Sie mir etwas von Paris berichten? Ich würde ihn so gern wiedersehen. Ich hoffe, er ist nicht sehr krank? Können Sie sein Bein heilen? Es hat ihm immer so viel Beschwerden gemacht. Und bitte sorgen Sie sich nicht um ihn und mich. Er war ein sehr guter Nachbar und hat mir immer ausgezeichnete Kartoffeln ganz billig abgegeben, wodurch ich eine Menge Zeit sparte.«

»So, hat er das?« fragte die ERSTE STIMME. »Das höre ich gern.«

Dann trat wieder Schweigen ein. Die STIMMEN schienen sich zu entfernen. »Gut, ich bin einverstanden«, hörte Tüftler die ERSTE STIMME von weit her sagen. »Lassen Sie ihn die nächste Stufe beginnen. Morgen, wenn Sie wollen.«

Als Tüftler aufwachte, war seine Jalousie hochgezogen, und seine kleine Zelle war voll Sonnenschein. Er stand auf und fand, daß ein bequemer Anzug für ihn hingelegt worden war, keine Anstaltskleidung. Nach dem Frühstück behandelte der

Arzt seine wunden Hände und strich Salbe drauf, die sie sofort heilte. Er gab Tüftler ein paar gute Ratschläge und ein Stärkungsmittel (falls er es brauchte). Mitten am Vormittag gaben sie Tüftler einen Keks und ein Glas Wein; und dann gaben sie ihm eine Fahrkarte.

»Sie können jetzt zum Bahnhof gehen«, sagte der Arzt. »Der Schaffner wird sich um Sie kümmern. Auf Wiedersehen.«

Tüftler schlüpfte durch das große Tor und blinzelte ein bißchen. Die Sonne war sehr hell. Auch hatte er erwartet, er würde, wenn er herauskäme, gleich in einer großen Stadt sein, die den Ausmaßen des Bahnhofs entspräche; aber dem war nicht so. Er stand auf der Höhe eines grünen, kahlen Hügels, über den ein frischer, belebender Wind strich. Weit und breit war nirgends eine Menschenseele. Unten am Fuß des Hügels konnte er das Dach des Stationsgebäudes schimmern sehen.

Forsch, aber ohne Hast, ging er hinunter zum Bahnhof. Der Schaffner erspähte ihn sofort.

»Hier lang!« sagte er und führte Tüftler zu einem abseits liegenden Kopfbahnsteig, wo ein sehr lustiger kleiner Lokalzug stand: ein Wagen und eine kleine Lokomotive, beide blitzblank und frisch gestrichen. Es sah aus, als ob es ihre erste Fahrt wäre. Selbst das Gleis vor der Lokomotive sah neu aus: Die Schienen glänzten, die Schienenstühle waren grün gestrichen, und die Schwellen rochen in der warmen Sonne köstlich nach frischem Teer. Der Wagen war leer.

»Wohin fährt der Zug, Schaffner?« fragte Tüftler.

»Den Namen haben sie wohl noch nicht bestimmt«, sagte der Schaffner. »Aber Sie werden es schon finden.« Er schloß die Tür.

Der Zug fuhr sofort ab. Tüftler lehnte sich auf seinem Sitz zurück. Die Lokomotive dampfte in einem Durchstich zwischen hohen grünen Böschungen unter einem blauen Himmel dahin. Es dauerte nicht lange, da pfiff sie, die Bremsen wurden angezogen, und der Zug stand. Es war keine Station und auch kein Bahnhofsschild zu sehen, nur ein paar Stufen führten die grüne Böschung hinauf zu einem Pförtchen in einer gestutzten Hecke. Neben dem Pförtchen stand sein Fahrrad; wenigstens sah es wie seines aus, und an der Lenkstange war ein gelber Zettel befestigt, darauf stand in großen schwarzen Buchstaben: TÜFTLER.

Tüftler stieß das Pförtchen auf, sprang aufs Fahrrad und flitzte im Frühlingssonnenschein bergab. Bald merkte er, daß der Weg, auf dem er losgefahren war, verschwunden war, und jetzt rollte das Rad über einen wundervollen Rasen. Er war grün und dicht; und dennoch konnte Tüftler jeden Halm genau erkennen. Er glaubte sich zu erinnern, daß er diese Grasfläche irgendwann einmal gesehen oder von ihr geträumt hatte. Die Landschaft war ihm seltsam vertraut. Ja, nun wurde das Gelände eben, wie es auch sollte, und jetzt begann es natürlich wieder zu steigen. Ein großer grüner Schatten trat zwischen ihn und die Sonne. Tüftler schaute auf und fiel vom Rad.

Vor ihm stand der Baum, sein BAUM, fertig. Wenn man das von einem lebenden Baum sagen kann, dessen Blätter sich entrollen, dessen Äste wachsen und sich im Wind biegen, was Tüftler so oft gespürt oder geahnt und so oft nicht hatte einfangen können. Er starrte auf den BAUM, hob langsam die Arme und breitete sie weit aus.

»Es ist eine Gabe!« sagte er. Damit meinte er seine Kunst und auch das Ergebnis; aber er gebrauchte das Wort ganz buchstäblich.

Noch immer betrachtete er den Baum. Alle Blätter, mit denen er sich abgemüht hatte, waren da, und eher so, wie er sie sich vorgestellt, als wie er sie gemalt hatte; und da waren noch andere, die nur in seinem Geist gesprossen waren, und viele, die hätten sprießen können, wenn er nur Zeit gehabt hätte. Nichts stand auf ihnen geschrieben, sie waren nichts als vortreffliche Blätter, und doch waren sie so eindeutig datiert wie ein Kalender. Bei einigen der schönsten (und zwar den charakteristischsten, den vollendetsten Beispielen des Tüftler-Stils) sah man, daß sie in Zusammenarbeit mit Herrn Paris entstanden waren; anders konnte man es nicht ausdrükken.

Vögel nisteten in dem BAUM. Erstaunliche Vögel: wie sie sangen! Sie paarten sich, brüteten, ihre Flügel wuchsen, und singend flogen sie in den WALD, während er ihnen noch zuschaute. Denn jetzt sah er, daß auch der Wald da war, der sich auf beiden Seiten hinzog und sich in der Ferne verlief. Die BERGE schimmerten von weit her.

Nach einer Weile wandte sich Tüftler zum WALD. Nicht, weil er des BAUMES überdrüssig gewesen wäre, aber er hatte ihn seinem Geist jetzt ganz klar eingeprägt, er war sich seiner bewußt und seines Wuchses, selbst wenn er ihn nicht anschaute. Als er weiterwanderte, entdeckte er etwas Seltsames: der WALD war natürlich ein ferner Wald, und doch konnte er auf ihn zugehen, ja, er konnte sogar in ihn hineingehen, ohne daß er diesen besonderen Zauber verlor. Niemals zuvor hatte Tüftler in die Ferne wandern können, ohne sie in bloße Umgebung zu verwandeln. Dieser Zauber machte es beträchtlich reizvoller, das Land zu durchwandern; denn während man wanderte, erschlossen sich neue Fernen; so daß man doppelte, dreifache und vierfache Fernen hatte, doppelte, dreifache und vierfache Verzauberung. Man konnte weiter und weiter gehen und hatte ein ganzes Land in einem Garten, oder in einem Bild (wenn man es lieber so nennen wollte). Man konnte weiter und weiter gehen, aber vielleicht nicht ewig. Denn da waren ja die BERGE im Hintergrund. Ganz langsam kamen sie näher. Sie schienen nicht zu dem Bild zu gehören, oder nur als ein Verbindungsglied zu etwas anderem, das flüchtig zwischen den Bäumen sichtbar wurde, eine weitere Stufe: ein neues Bild.

Tüftler wanderte weiter, aber er schlenderte nicht einfach einher. Er blickte aufmerksam um sich. Der BAUM war fertig, allerdings war Tüftler noch nicht mit ihm fertig – »Genau umgekehrt, als es zu sein pflegte«, dachte er –, aber im WALD gab es ein paar nicht überzeugende Bereiche, die noch Arbeit und Nachdenken erforderten. Nichts mußte mehr geändert werden, nichts war soweit falsch gewesen, aber es mußte fortgesetzt werden bis zu einem bestimmten Punkt. Tüftler sah den Punkt, in jedem einzelnen Fall.

Er setzte sich unter einen sehr schönen fernen Baum – eine Variation des GROSSEN BAUMES, aber doch von ganz eigener Art, oder er würde von ganz eigener Art sein, wenn man ihm ein wenig mehr Aufmerksamkeit schenkte – und Tüftler überlegte, wo er mit der Arbeit anfangen und wo er mit ihr aufhören sollte, und wieviel Zeit wohl dafür nötig wäre. Er kam mit seinem Plan nicht so richtig voran.

»Natürlich!« rief er aus. »Ich brauche Paris! Er weiß so vielerlei über Bodenbeschaffenheit, Pflanzen und Bäume, und ich nicht. Dieser Fleck hier kann nicht einfach mein Privatpark bleiben. Ich brauche Hilfe und Rat: die hätte ich schon früher haben sollen.«

Er stand auf und ging zu der Stelle, wo er mit der Arbeit beginnen wollte. Er zog seinen Rock aus. Dann sah er unten in einer kleinen geschützten Mulde, dem ferneren Blick entzogen, einen Mann, der etwas verwirrt um sich schaute. Er stützte sich auf einen Spaten, wußte aber offensichtlich nicht, was er tun sollte. Tüftler rief zu ihm hinunter: »Paris!«

Paris schulterte seinen Spaten und kam zu ihm herauf. Er hinkte immer noch ein wenig. Sie sagten nichts, sondern nickten nur, wie sie es früher zu tun pflegten, wenn sie sich auf der Straße trafen; aber jetzt wanderten sie gemeinsam umher, Arm in Arm. Ohne zu reden, waren sich Tüftler und Paris darüber einig, wo genau das kleine Haus mit dem Garten stehen sollte, das nötig schien.

Als sie zusammen arbeiteten, zeigte es sich deutlich, daß Tüftler jetzt besser als Paris seine Zeit einteilen und Dinge erledigen konnte. Seltsamerweise war es Tüftler, der ganz im Bauen und Gärtnern aufging, während Paris oft umherwanderte und Bäume betrachtete, und besonders den BAUM.

Eines Tages war Tüftler damit beschäftigt, eine Weißdornhecke zu pflanzen, und Paris lag nahebei auf dem Rasen und betrachtete aufmerksam eine hübsche und schöngeformte gelbe Blume, die in dem grünen Gras wuchs. Vor langer Zeit hatte Tüftler eine Menge dieser Blumen zwischen die Wurzeln seines BAUMES gesetzt. Plötzlich schaute Paris auf: Sein Gesicht glänzte in der Sonne, und er lächelte.

»Es ist großartig!« sagte er. »Eigentlich sollte ich gar nicht hier sein. Danke, daß Sie ein Wort für mich eingelegt haben.«

»Unsinn«, antwortete Tüftler. »Ich erinnere mich nicht, was ich gesagt habe, aber jedenfalls war es bei weitem nicht genug.«

»O doch, das war es«, sagte Paris. »Ich bin dadurch erheblich schneller herausgekommen. Diese ZWEITE STIMME, wissen Sie: er hat mich hergeschickt; er sagte, Sie hätten mich gern sehen wollen. Ihnen verdanke ich es.«

»Nein, Sie verdanken es der ZWEITEN STIMME«, sagte Tüftler. »Wir beide verdanken es ihm.«

Sie lebten und arbeiteten weiterhin zusammen: wie lange, weiß ich nicht. Es ist nicht zu leugnen, daß sie zuerst gelegentlich uneins waren, besonders wenn sie müde wurden. Denn zuerst wurden sie manchmal müde. Sie stellten fest, daß sie beide das Stärkungsmittel mitbekommen hatten. Beide Flaschen trugen das gleiche Etikett: *Ein paar Tropfen vor dem Ausruhen mit Wasser aus der Quelle einnehmen.*

Sie fanden die QUELLE im Herzen des WALDES; nur einmal vor langer Zeit hatte Tüftler sie sich ausgemalt, aber er hatte sie niemals gezeichnet. Jetzt begriff er, daß sie die Quelle des Sees war, der weit entfernt schimmerte, und daß alles, was im Lande wuchs, von ihr gespeist wurde. Die paar Tropfen gaben dem Wasser eine zusammenziehende Wirkung, machten es ziemlich bitter, aber belebend; und sie ließen den Kopf klar werden. Nachdem sie getrunken hatten, ruhte jeder für sich; und dann standen sie auf, und alles ging fröhlich weiter. Zu solchen Zeiten fielen Tüftler wundervolle neue Blumen und Pflanzen ein, und Paris wußte immer genau, wo sie hingesetzt werden mußten und wo sie am besten gediehen. Lang ehe das Stärkungsmittel alle war, hatten sie aufgehört, es zu brauchen. Paris hinkte nicht mehr.

Als sich ihre Arbeit dem Ende näherte, gönnten sie sich immer mehr Zeit zum Spazierengehen, und sie betrachteten die Bäume und die Blumen und Licht und Schatten und die Lage der Dinge. Manchmal sangen sie zusammen; aber Tüftler merkte, daß er jetzt seine Blicke immer öfter auf die BERGE richtete.

Und es kam die Zeit, da das Haus in der Mulde, der Garten, der Rasen, der Wald, der See und das ganze Land auf ihre eigene Weise fast vollendet waren. Der GROSSE BAUM stand in voller Blüte.

»Heute abend werden wir fertig werden«, sagte Paris eines Tages. »Danach wollen wir einen richtig langen Spaziergang machen.«

Am nächsten Tag machten sie sich auf den Weg, und sie gingen durch die Fernen, bis sie zum RAND kamen. Er war natürlich nicht sichtbar: Es gab keine Linie, keinen Zaun und keine Mauer; aber sie wußten, daß sie die Grenze jenes Landes erreicht hatten. Sie erblickten einen Mann, der wie ein Schäfer aussah; er kam ihnen entgegen, herab über die grasigen Abhänge, die zu den BERGEN führten.

»Wollen Sie einen Führer?« fragte er. »Wollen Sie weitergehen?«

Für einen Augenblick fiel ein Schatten zwischen Tüftler

und Paris, denn Tüftler wußte, daß er jetzt weitergehen wollte und (in einer Beziehung) auch weitergehen sollte. Aber Paris wollte nicht weitergehen und war auch noch nicht bereit zum Gehen.

»Ich muß auf meine Frau warten«, sagte Paris zu Tüftler. »Sie wird einsam sein. Ich hatte eigentlich angenommen, sie würden sie mir irgendwann nachschicken, wenn sie bereit wäre und ich alles für sie bereit hätte. Das Haus ist jetzt fertig, so gut wir es machen konnten; ich würde es ihr gern zeigen. Sie wird es noch besser machen können, nehme ich an: heimeliger. Ich hoffe, ihr wird dieses Land auch gefallen.« Er wandte sich an den Schäfer. »Sie sind ein Führer?« fragte er. »Könnten Sie mir sagen, wie dieses Land heißt?«

»Das wissen Sie nicht?« wunderte sich der Mann. »Es ist Tüftlers Land. Es ist Tüftlers BILD, oder das meiste davon: ein wenig ist es jetzt auch Paris' Garten.«

»Tüftlers BILD!« sagte Paris erstaunt. »Haben Sie sich das alles ausgedacht, Tüftler? Ich wußte gar nicht, daß Sie so klug sind. Warum haben Sie mir das nicht gesagt?«

»Er hat schon vor langer Zeit versucht, es Ihnen zu sagen«, erklärte der Mann, »aber Sie wollten es nicht sehen. Damals hatte er nur Leinwand und Farbe, und Sie wollten Ihr Dach damit ausbessern. Sie und Ihre Frau pflegten das Tüftlers UNSINN zu nennen, oder DIESE FARBENKLECKSEREI.«

»Aber es sah auch nicht aus wie das hier, nicht *wirklich*«, meinte Paris.

»Nein, damals war es nur eine Andeutung«, erwiderte der Mann. »Aber Sie hätten die Andeutung verstehen können, wenn Sie jemals geglaubt hätten, daß der Versuch sich lohnen würde.«

»Ich habe Ihnen nicht viele Gelegenheiten gegeben«, sagte Tüftler. »Niemals habe ich versucht, es Ihnen zu erklären. Ich pflegte Sie ALTER ERDWÜHLER zu nennen. Aber was macht das schon? Jetzt haben wir zusammen gelebt und gearbeitet. Die Dinge hätten anders sein können, aber nicht besser. Immerhin fürchte ich, daß ich jetzt weitergehen muß. Wir werden uns wiedersehen, denke ich; es muß noch vieles geben, was wir gemeinsam tun können. Leben Sie wohl!« Er schüttelte Paris herzlich die Hand: Eine gute, feste, ehrenhafte Hand schien es ihm zu sein. Er wandte sich um und schaute einen Augenblick zurück. Die Blüten des GROSSEN BAUMES leuchteten wie Flammen. Alle Vögel waren in den Lüften und sangen. Dann lächelte er, nickte Paris zu und ging mit dem Schäfer von dannen.

Jetzt würde er alles über Schafe lernen und über die Weiden im Hochland, er würde größere Himmelsweiten sehen und, stetig emporsteigend, den BERGEN näher und näher kommen. Was dann aus ihm wurde, kann ich nicht erraten. Selbst in seinem alten Haus konnte der kleine Tüftler die fernen BERGE ahnen, und sie fanden einen Platz in den Grenzen seines Bildes; aber wie sie wirklich sind und was hinter ihnen liegt, können nur jene sagen, die sie erklommen haben.

»Ich glaube, er war ein alberner kleiner Mann«, sagte Stadtrat Schulze. »Ein Taugenichts; ohne jeden Nutzen für die Gesellschaft.«

»Ach, ich weiß nicht«, meinte Müller, der nichts Bedeutendes war, bloß ein Schulmeister. »Ich bin nicht so sicher; es kommt darauf an, was Sie unter Nutzen verstehen.«

»Eben kein praktischer oder wirtschaftlicher Nutzen«, sagte Schulze. »Allerdings hätte er wohl zu einem brauchbaren Rädchen von irgendeiner Art gemacht werden können, wenn ihr Schulmeister euer Geschäft besser verstündet. Aber das tut ihr nicht, und so bekommen wir nutzlose Leute von seiner Sorte. Wenn ich in diesem Lande etwas zu sagen hätte, würde ich ihm und seinesgleichen irgendeine Arbeit zuweisen, für die sie geeignet sind, Tellerwaschen in der Gemeindeküche oder derlei, und ich würde schon dafür sorgen, daß sie das richtig erledigen. Oder ich würde sie abschieben. *Ihn* hätte ich schon viel früher abschieben sollen.«

»Abschieben? Sie meinen, Sie haben ihn die Reise antreten lassen, ehe seine Zeit gekommen war?«

»Ja, wenn Sie diesen bedeutungslosen alten Ausdruck unbedingt gebrauchen müssen. Ihn durch den Tunnel auf den großen Müllhaufen befördern: das habe ich gemeint.«

»Dann glauben Sie also, daß Malen gar nichts wert ist, nicht wert, erhalten oder verbessert zu werden, oder auch nur Gebrauch davon zu machen?«

»Natürlich kann Malen auch nützlich sein«, sagte Schulze. »Aber mit seinem Malen konnte man nichts anfangen. Es gibt haufenweise Möglichkeiten für kühne junge Männer, die sich nicht vor neuen Ideen und neuen Methoden fürchten. Aber für dieses altmodische Zeug nicht. Heimlicher Träumer. Er hätte kein wirkungsvolles Plakat malen können, und wenn es dabei um sein Leben gegangen wäre. Immer bloß mit Blättern und Blumen herumspielen. Ich fragte ihn einmal, warum. Er sagte, er finde sie hübsch. Können Sie sich das vorstellen? *Hübsch* sagte er! ›Was, Verdauungs- und Geschlechtsorgane von Pflanzen?‹ fragte ich ihn; und darauf wußte er nichts zu antworten. Alberner Fummler!«

»Fummler«, seufzte Müller. »Ja, der arme kleine Mann machte niemals etwas fertig. Nun ja, seine Leinwand wurde für ›bessere Zwecke‹ verwandt, nachdem er fort war. Aber ich bin nicht so sicher, Schulze. Erinnern Sie sich an das große Bild, das sie nach den Stürmen und Überschwemmungen benutzt haben, um das beschädigte Haus nebenan auszuflicken? Ich fand eine abgerissene Ecke davon in einem Feld. Sie war beschädigt, aber ein Berggipfel und ein Zweig mit Blättern waren noch zu erkennen. Es will mir nicht aus dem Kopf.«

»Aus was, bitte schön?« fragte Schulze.

»Von wem sprechen Sie eigentlich?« wollte Meier wissen, der um des lieben Friedens willen eingriff: Müller war nämlich ziemlich rot angelaufen.

»Es lohnt sich nicht, den Namen zu wiederholen«, sagte Schulze. »Ich weiß gar nicht, warum wir überhaupt von ihm sprechen. Er wohnte nicht in der Stadt.«

»Nein«, sagte Müller, »aber Sie hatten trotzdem ein Auge auf sein Haus geworfen. Darum sind Sie auch immer hingegangen und haben ihn besucht und sich über ihn lustig gemacht, während Sie seinen Tee tranken. Na ja, jetzt haben Sie sein Haus, und das in der Stadt auch, und so brauchen Sie ihm wirklich nicht seinen Namen zu mißgönnen. Wir sprachen von Tüftler, wenn Sie es wissen wollen, Meier.«

»Ach, der arme kleine Tüftler!« sagte Meier. »Ich wußte gar nicht, daß er gemalt hat.«

Das war wahrscheinlich das letzte Mal, daß Tüftlers Name in einer Unterhaltung vorkam. Müller hob indes den abgerissenen Fetzen auf. Das meiste davon zerfiel; aber ein schönes Blatt blieb heil. Müller ließ es rahmen. Später vermachte er es dem Städtischen Museum, und lange Zeit hing dort ›Blatt, von Tüftler‹ in einem stillen Winkel, und ein paar Besucher bemerkten es. Aber schließlich brannte das Museum ab, und das Blatt und Tüftler waren in seinem Heimatland völlig vergessen.

»Es erweist sich in der Tat als sehr nützlich«, berichtete die Zweite Stimme. »Für Ferien und zur Erholung. Für Rekonvaleszenten ist es großartig; und das nicht allein, denn für viele ist es die beste Einführung in die Berge. In manchen Fällen wirkt es Wunder. Ich schicke immer mehr Leute dahin. Es geschieht selten, daß sie zurückkommen müssen.«

»Ja, wirklich«, sagte die Erste Stimme. »Ich glaube, wir müssen der Gegend einen Namen geben. Was schlagen Sie vor?«

»Das hat der Schaffner schon vor einiger Zeit getan«, sagte die Zweite Stimme. »›Zug nach Tüftlers Paris auf dem Kopfbahnsteig‹: so hat er es jetzt schon eine ganze Weile ausgerufen. Tüftlers Paris. Ich habe den beiden eine Nachricht geschickt, damit sie es erfahren.«

»Und was haben sie gesagt?«

»Sie haben gelacht – gelacht, daß es von den Bergen widerhallte!«

Nachwort

> »Weißt du meinen Namen noch nicht? Der älteste bin ich. Merkt euch meine Worte...«

Der Mythenbaumeister

In den dreißiger Jahren trafen sich jeden Dienstag einige gesetzte Herren in Oxford zum Stammtisch. Es wurde geraucht, getrunken und viel geredet – allerdings weniger über Politik, Sport oder dergleichen beliebte Themen entspannter Männerrunden, sondern über Literatur und Sprache. Sie nannten sich die Inklings, und es verband sie eine ernste Religiosität, obwohl sie nicht der gleichen Konfession angehörten, und eine Neigung zum Schreiben. Drei der Mitglieder waren in der Tat Schriftsteller: J. R. R. Tolkien, C. S. Lewis und Charles Williams. Wenn sie sich trafen, hatte immer einer von ihnen ein Manuskript in der Tasche, ein Kapitel eines neuen Buches, ein Gedicht, einen Vortrag, dessen Wirkung zunächst an den Freunden erprobt werden sollte. Es wurde vorgelesen, dann diskutiert, gelobt oder kritisiert, oft trotz der harmonischen Freundschaft heftig und entschieden. Diesem Kreis stellte Tolkien ein Projekt vor, das ihn seit seiner Schulzeit beschäftigte und dem er sich immer wieder zuwenden sollte, bis zu seinem Tod 1973: die Idee zu einem heroischen Epos.

Als Kind war Tolkien fasziniert von Sprachen, von Wörtern und ihrer Melodie. Walisische Ortsnamen, die er auf Kohlenwaggons entdeckte, weckten seine Liebe für die keltischen Sprachen, eine gotische Grammatik, an die er durch Zufall geriet, fesselte ihn mehr als ein spannender Roman und weckte seinen Spürsinn für Etymologie und Lautveränderung. Hatte er als kleiner Junge, wie alle es in einem bestimmten Alter tun, Geheimsprachen ausgetüftelt, so begann er nun, Sprachen abzuleiten, Wortstämme und grammatikalische Formen zu erfinden und logische Sprachsysteme. Je nach Stimmung ließ er sich dabei von romanischen Sprachen beeinflussen, von keltischen oder von germanischen. Als er 1912 während seines

Studiums – er hatte natürlich klassische Philologie und Sprachwissenschaft belegt – auf das finnische ›Kalevala‹ stieß, wurde ihm ein Mangel klar, den er bei seinen Sprachspielereien immer gespürt hatte, doch bisher nicht benennen konnte: Sprache und die mythologische Überlieferung eines Volkes ließen sich nicht trennen. Eine Sprache, auch eine erfundene, braucht Geschichten, sie braucht Geschöpfe, die sich ihrer bedienen, und diese brauchen eine Landschaft, die sie bewohnen. Wörter sind vielfach verwurzelt mit Land und Leuten, mit religiösen Vorstellungen, mit Sagen und Taten, die längst vergessen sein mögen, deren Kunde freilich in Wörtern erhalten sein kann und dem, der die Wörter zu lesen weiß, offenbar wird.

Tolkien begann sein Spiel. Er begann Geschichten zu entwerfen, Landschaften als Schauplätze der Geschichten zu erdenken und Helden, die sich seiner Sprache bedienen würden. Für die Geschichten verwendete er Motive aus verschiedenen epischen Dichtungen: Das tragische Inzest-Motiv aus dem ›Kalevala‹ taucht in Túrins Geschichte auf, während der Drachenkampf in der gleichen Geschichte von der ›Sigurd‹-Sage beeinflußt ist. An ›Beowulf‹ bewunderte Tolkien neben dem »hohen Stil«, den er für sein ›Silmarillion‹ ebenfalls anstrebte, den Mut des Kriegers, sich dem Un-menschlichen zu stellen. Erstaunen mag, daß Tolkien dagegen nie auf die »matière de Bretagne« zurückgriff, obwohl Artus, der legendäre König, als Nationalheld Großbritanniens gilt. Darauf angesprochen, erklärte er, diese Geschichten reichten nicht weit genug in die Vergangenheit zurück, trügen bereits, wegen der vielfachen Verarbeitung im Mittelalter, stark christliche Züge, die alten Wurzeln wären überwuchert. Anders das ›Kalevala‹: »Diese mythologischen Balladen sind voll von jenem höchst ursprünglichen Unterholz, das in der europäischen Literatur insgesamt über viele Jahrhunderte hin immer mehr beschnitten und verdrängt wurde, in den einzelnen Völkern jeweils etwas früher oder später und mehr oder weniger vollständig... Ich wünschte, wir hätten noch mehr davon – etwas von der gleichen Art, das uns Engländern angehört.«

Hier klingt jenes Bedauern heraus, das auf seine spätere Leidenschaft hinweist, sich dieses Nationalepos der Engländer anzunehmen. Aber noch fehlte der entscheidende Anstoß, die

Idee, was denn dies sein sollte, »das (allein) uns Engländern angehört«, und eben nicht den »Britons«, den Kelten.

Diesen Anstoß fand er kurz darauf, während er sich systematisch mit altenglischer Dichtung beschäftigte, um seine Kenntnisse des Dialekts der westlichen Midlands zu erweitern – die Midlands hatte er stets als seine Heimatregion empfunden. Dort verbrachte er den eindrücklichsten Teil seiner Kindheit mit seiner Mutter, die jung starb, dort war die Familie mütterlicherseits seit Jahrhunderten zu Hause. In einem Gedicht, das Cynewulf, einem Dichter des frühen 8. Jahrhunderts, zugeschrieben wird, stieß er auf zwei Zeilen: *Eala Earendel engla beorhtast / ofer middangeard monnum sended* (Heil Earendel, strahlendster Engel, über der mittleren Erde den Menschen gesandt).

Viele Jahre später erinnert sich Tolkien noch deutlich, wie diese Verse ihn elektrisiert hatten: »Ich spürte einen merkwürdigen Schauder, als hätte sich etwas in mir geregt und wäre halb aus dem Schlaf erwacht. Etwas sehr Fernes, Fremdes und Schönes lag hinter diesen Worten, wenn ich es nur greifen konnte, weit hinter dem Altenglischen.«

Tolkien glaubte den Schlüssel gefunden zu haben, der ihm einen Schatz öffnen konnte: verschollene Geschichten aus fernen Tagen der »mittleren Erde«. In die Figur Earendels ließ Tolkien eine eigene Sehnsucht einfließen, die er zum erstenmal während einer Ferienreise mit seinem Vormund 1914 empfunden hatte, die Sehnsucht des Seefahrers, der am Ufer des großen Meeres steht.

Tolkiens erste Gedichte, später seine Prosastücke, erzählen von einer fernen Zeit, als einer gen Westen segelte, um das entrückte Feenreich und seinen perlenübersäten Strand zu finden, und tatsächlich die verwunschene Küste erreicht. Die Götter machten ihn unsterblich, und nun leuchtet er am Himmel, der Leitstern der Seefahrer; seine Sehnsucht jedoch lebt fort.

In den späteren Bearbeitungen nennt Tolkien die Figur »Earendil den Wanderer«, dessen halbelbische Herkunft allein ihm die Sonderstellung zuweist, als Abgesandter die Götter im fernen Westen aufzusuchen und sie um Gnade zu bitten. Die Unsterblichkeit wurde den Verbannten jedoch nicht mehr verliehen, und als Earendils Nachfahren, die Könige von Númenor, übermütig geworden und begehrlich, in ihrem

Hochmut ein weiteres Mal die Götter aufsuchen wollten, weil ihnen ein sterbliches Leben für ihre Größe nicht angemessen schien, da zerschlugen die Götter in ihrem Zorn die Insel und entrückten ihr Land. Damals, so heißt es, hörte die Welt auf, flach zu sein. Alle Wege auf ihr wurden krumm, so daß man, segelte man nach Westen, nicht zu den Segensreichen kam, sondern zum eigenen Ausgangspunkt der Reise zurückkehrte. Die Figur Earendil selbst wird so zum Bindeglied zwischen dem ›Silmarillion‹, das er zu Ende bringt, und – durch seine Nachkommen – den späteren Erzählungen.

Tolkien, der sich in einer romantischen Liebe verzehrte – romantisch sicher auch deswegen, weil der Vormund die Verbindung mit der drei Jahre älteren Frau mißbilligte und, solange er konnte, unterband –, schrieb zu der Zeit eine Menge schlechter Lyrik, voller Drachen, Feen und Zwerge, für die er sich später schämte. Doch gab es auch in ihnen Motive, die sich als dauerhaft erwiesen, die blieben und, vielfach umgearbeitet, später in den Geschichten auftauchten. Eine Szene wird von seinem Biographen überliefert: Tolkien liebte es, mit seiner jungen Frau im Wald zu spazieren, und dort tanzte Edith für ihn. Diese unschuldige Szene sollte in jene Geschichte einfließen, die zur Zentralgeschichte des ›Silmarillion‹-Komplexes werden sollte, die Geschichte von Beren und Lúthien (oder Tinúviel, wie Beren sie nannte). Und so hat Tolkien selbst ein Leben lang das Verhältnis zu seiner Frau gesehen, wie jenes zwischen dem zauberkundigen Elbenmädchen und dem Gnom. Der Stein über beider Grab trägt die Inschrift: *Edith Mary Tolkien, Lúthien, 1889–1971/John Ronald Reuel Tolkien, Beren, 1892–1973.*

Tolkien begann, sein Leben in seinen Geschichten zu verbergen. Die Eindrücke seiner ersten zwanzig Lebensjahre bestimmen Inhalt und Form seiner Gedichte (teilweise im modernen Metrum, meist jedoch im altenglischen Versmaß der alliterierenden Langzeile), der Prosafragmente und zahlreichen Vorträge und Reden, die er in Debattierklubs und vor Freunden hielt. Nach der Rückkehr von der französischen Front tauchen dunklere Elemente in den Geschichten auf. Und obgleich Tolkien immer bestritten hat, daß seine Geschichten aktuelle Bezüge hätten oder als Allegorien gelesen werden könnten, kann der Leser sich kaum dem Eindruck entziehen, daß es sich bei der ersten Fassung des ›Falls von Gondolin‹ aus dem Jahr 1917 um eine poetische Umsetzung der eigenen Schrecken am Krieg handelt. Hier erhebt sich eine bedrohliche Macht aus dem Osten und begehrt den Reichtum des geborgenen, friedlichen Landes Gondolin, unzugänglich gelegen auf der Kraterebene eines erloschenen Vulkans. Die mächtigen Vorbereitungen des Bösen auf die Schlacht, die grellen Farben des Kampfgetümmels, das Entsetzen, das die eisernen Drachen und Schlangen Melkos hervorrufen, dies alles wird in der späteren Fassung, der des ›Silmarillion‹, umgesetzt in eine epische Schlachtbeschreibung mit Hilfe eines heroisch-poetischen, des »hohen« Stils der frühen Heldenepen.

Sind seine Schrecken am Ersten Weltkrieg im Lauf der Umarbeitungen mehr und mehr »literarisiert« worden, also verdeckt, so meinten spätere Leser, Tolkien habe geradezu prophetisch den Nationalsozialismus und Zweiten Weltkrieg vorhergeahnt und der ›Herr der Ringe‹ stecke voller direkter aktueller Bezüge. In der Tat deutet vieles in diese Richtung. Beispielsweise spielt die Geschichte im Nordwesten von Mittelerde, also in Breitengraden, die »etwa den Küstengebieten Europas und den Nordufern des Mittelmeers« entsprächen, schreibt er in einem Brief. Und fährt fort: »Wenn Hobbingen und Bruchtal (wie beabsichtigt) etwa auf der Breite von Oxford liegen, dann läge Minas Tirith, 600 Meilen südlich, etwa auf der Breite von Florenz. Die Mündungen des Anduin und die alte Stadt Pelargir befinden sich etwa auf der Breite des alten Troja. Auden hat behauptet, für mich sei ›der Norden die heilige Richtung‹. Dies stimmt nicht. Dem Nordwesten Europas, wo ich (wie die meisten meiner Vorfahren) gelebt habe, gehört meine Zuneigung, wie sie der Heimat eines Menschen gehören sollte. Ich liebe seine Atmosphäre, und über seine Geschichten und Sprachen weiß ich mehr als über die anderer Gegenden; aber deshalb ist er nicht ›heilig‹, und meine Neigungen gelten ihm auch nicht ausschließlich.«

Die Machtgelüste Morgoths, seine Verachtung allen Kreaturen gegenüber, die Gier nach Besitz, die Konzentration von militärischen Kräften legen die Interpretation nahe, Tolkien habe, wenn auch vielleicht zunächst unbeabsichtigt, ein Bild der europäischen Entwicklung während der dreißiger Jahre gegeben. Vehement streitet Tolkien dies ab, bestreitet, daß das »Reich des Bösen« sich in unserer Welt lokalisieren lasse, und steht gleichzeitig für einen »nordischen Geist« ein, den er harsch und entschieden gegen die nationalsozialistischen Ideen dieses »verdammten kleinen Ignoranten« Hitler abgrenzt. In einem Brief aus dem Jahr 1941 schreibt er an seinen Sohn Michael:

»Ich habe den größten Teil meines Lebens... auf das Studium germanischer Belange verwendet (in jenem allgemeinen Sinne, der auch England und Skandinavien umfaßt). In dem ›germanischen‹ Ideal steckt einiges mehr an Kraft (und Wahrheit), als die Unwissenden meinen. Ich war als Student sehr davon angetan (als Hitler, glaube ich, mit Farben herumkleckste und davon noch nie gehört hatte), in Reaktion gegen die ›klassischen‹ Studien. Man muß erst das Gute an einer Sache verstanden haben, um das wirklich Böse in ihr zu erkennen... Trotzdem glaube ich besser zu wissen als die meisten, was an diesem ›nordischen‹ Unfug Wahres dran ist. Jedenfalls habe ich in diesem Krieg einen heißen persönlichen Groll – der vermutlich heute mit 49 einen besseren Soldaten aus mir machen würde als damals mit 22: gegen diesen verdammten kleinen Ignoranten von Adolf Hitler (denn das Komische an der dämonischen Besessenheit und Wucht ist ja, daß sie den geistigen Rang nicht im mindesten hebt – sie steigert in der Hauptsache nur den Willen). Weil er den edlen nordischen Geist, jenen vortrefflichen Beitrag zu Europa, den ich immer geliebt und in seinem wahren Lichte zu zeigen versucht habe, ruiniert, mißbraucht und verdorben hat, so daß er nun auf immer verflucht ist. Nirgendwo war übrigens dieser Geist edler als in England, und nirgendwo ist er früher geheiligt und christianisiert worden...«

Tolkien, dies sei am Rande erwähnt, leitete seinen Namen zwar von dem deutschen »Tollkiehn« ab, den sein Vorfahr trug, der Mitte des 18. Jahrhunderts in England ansässig wurde, doch darf die akribische Deutung nur auf seine Leidenschaft für linguistische Zusammenhänge zurückgeführt werden, denn dem Wesen nach, so betont er, seien alle seine Vorfahren, wie er selbst auch, stets »durch und durch englisch« gewesen.

Nach dem Krieg begann Tolkien seine Lehrtätigkeit, zunächst in Leeds, später in Oxford. Die Ältere Abteilung eines anglistischen Seminars hat sicher nirgends einen großen Zulauf. Dies änderte sich jedoch an den Universitäten, an denen Tolkien Vorlesungen hielt. Er war beliebt bei den Studenten, weil er, der ja selbst ein Poet war, es verstand, die Texte als Dichtung zu vermitteln. Für ihn waren altenglische Epen nicht eine bloße Anhäufung von interessanten Wörtern, um Lautverschiebung und Sprachwandel zu erklären, er belebte sie. Seine wissenschaftlichen Arbeiten – die Arbeit am ›New English Dictionary‹, seine Abhandlungen über ›Beowulf‹, ›Sir Gawain and the Green Knight‹, über ›Pearl‹ und andere, seine zahllosen Vorträge – waren Wegbereiter für eine vergleichende Philologie, die uns heute so selbstverständlich ist. Seine Übersetzungen des ›Sir Gawain‹ und der ›Pearl‹ ins Neuenglische, doch unter Beibehaltung des alten Versmaßes, zeigen seine dichterische Kraft. Seine Aufsätze zur altenglischen Dichtung sind nicht nur scharfsinnig und kenntnisreich, sie bieten teilweise überraschende Interpretationen, die ein fundiertes Wissen des Mittelalters verraten, und sie gehören mit zu dem Unterhaltendsten, was Philologieprofessoren je geschrieben haben. Tolkien gab einer verstaubten Wissenschaft neuen Schwung.

Nie aber, sein ganzes Leben lang nicht, ließ er ab von seinen mythologischen Geschichten. Sein Plan war, eine möglichst lückenlose Mythologie zu schreiben, die mit der Erschaffung der Welt begann (›Die Musik der Ainur‹, in ihrer ersten Fassung zugleich das Dokument eines tief gläubigen Mannes) und über wechselvolle Zeitalter bis zum Beginn der historischen Zeit führen sollte. Er wollte darstellen, wie das Böse entstand, wie es nie völlig besiegt werden kann, wie dennoch immer wieder der Kampf geführt werden muß. Er wollte beschreiben, wie die Welt sich entwickelt hat, wie unterschiedliche Völker kamen und gingen, wie die Künste von einem stolzen Inselvolk zum Festland gelangten, wie diese Insel wegen des Hochmuts und der Habgier der Bewohner und ihrem Wunsch nach Unsterblichkeit vernichtet wurde (»mein ›Atlantis-Komplex‹«, gestand Tolkien).

Tolkien sah sich jedoch nicht als Erfinder dieser Mythologie, sondern als deren Entdecker oder, wie er selbst es nennt, als Nebenschöpfer:

»Was eigentlich geschieht, ist, daß sich der Erzähler als ein erfolgreicher ›Nebenschöpfer‹ erweist. Er schafft eine Sekundärwelt, die unser Geist betreten kann. Darinnen ist ›wahr‹, was er erzählt: Es stimmt mit den Gesetzen jener Welt überein. Daher glauben wir es, solange wir uns gewissermaßen darinnen befinden. Sobald Unglaube aufkommt, ist der Bann gebrochen; der Zauber, oder vielmehr die Kunst, hat versagt. Und dann sind wir wieder in der Primärwelt und betrachten die kleine, mißlungene Sekundärwelt von außen.«

Wenn sich ein Widerspruch in den Geschichten zeigte, wenn ihm plötzlich eine neue Person hineingeriet, wenn ihm eine scheinbar unpassende, weil so nicht geplante Wendung in die Geschichte kam, dann sagte er nicht, er wolle dies *ändern,* sondern er wolle *herausfinden,* was dies zu bedeuten habe. »Immer«, so sagte er, »immer hatte ich das Gefühl, etwas aufzuzeichnen, das schon ›da‹ war, irgendwo, und nicht, etwas zu ›erfinden‹.« Er glaubte an die intuitive Kraft des Unterbewußtseins, Vergessenes ans Licht zu bringen. So überliefert eine häufig zitierte Anekdote die Entstehung des ›Kleinen Hobbit‹. Tolkien saß über Prüfungsarbeiten, und plötzlich notierte er: »In einer Höhle in der Erde, da lebte ein Hobbit.« Er habe damals keine Ahnung gehabt, wie er darauf gekommen sei noch was überhaupt ein Hobbit sein könnte. Erst Jahre später sei daraus eine Geschichte für seine Kinder geworden. Und erst da muß ihm klar geworden sein, daß die Hobbits, jene harmlosen Kerle, die so klein sein mußten, weil auch ihre Phantasie nicht groß war, genau das »missing link« waren, welches ihm ermöglichen würde, beide Seiten seiner eigenen Phantasie zu verbinden: jene liebenswürdige nämlich, sozusagen zum häuslichen Gebrauch bestimmt, mit der er Freunde und Kinder unterhielt, und die, mit der er sein ernsteres Hobby als Mythenbaumeister vorantrieb. Die Hobbits, so albern und spießig sie auch sind, ließen sich dennoch zu todesmutigen Taten motivieren. Wahrscheinlich mußten sie so einfältig sein, denn kein kluger Held hätte sich gefunden, der sich dem Bösen so naiv-mutig entgegengestellt hätte.

Im ›Herrn der Ringe‹ gibt es eine rätselhafte, liebenswürdige Figur, weder Hobbit noch Elb: Tom Bombadil, der von sich sagt, er sei der Älteste überhaupt. »Tom war hier vor dem Fluß und vor den Bäumen; Tom erinnert sich an den ersten Regentropfen und die erste Eichel. Er machte Pfade vor den

Großen Leuten und sah die kleinen Leute kommen. Er war hier vor den Königen und den Gräbern und den Grabunholden. Als die Elben nach Westen zogen, war Tom schon hier, ehe die Meere bezwungen wurden. Er kannte das Dunkel unter den Sternen, als es noch ohne Schrecken war – ehe der Dunkle Herrscher von Außen kam.« Tom Bombadil, der am liebsten harmlose Liedchen bosselt, denen gleichwohl geheime magische Kraft innewohnt, Tom Bombadil, der Macht über die Natur von Mittelerde besitzt. Er überdauert alle Zeitalter, weiß alles. Ganz Mittelerde ist in seinem Kopf. Wer anders könnte sich dahinter verbergen als Tolkien selbst? Tolkien, der von sich behauptete, er »habe einen sehr einfachen Sinn für Humor, den selbst meine wohlwollendsten Kritiker störend finden«, der sich zur Extravaganz grellfarbiger Westen bekannte und ganz Mittelerde im Kopf hatte, so daß er, als Nebenschöpfer, seine Geschichte lebendig machen konnte.

Der Meister der Phantasie

Im Jahr 1922, als Tolkien mit der für ihn typischen Beharrlichkeit begann, seine romantische Idee eines Nationalepos zu realisieren, schrieb James Joyce den ›Ulysses‹, schrieb T. S. Eliot ›The Waste Land‹, schrieben Katherine Mansfield, Virginia Woolf, W. B. Yeats. Die Welt hatte sich verändert, die Dumpfheit der viktorianischen Periode war einer neuen Aufbruchsstimmung gewichen. Die Literatur veränderte sich. Tolkien machte nie ein Hehl daraus, daß er kaum jemals einen Roman las, außer »sogenannte Science-fiction und Fantasy«. Für die Zeitgenossen war er ein Universitätsprofessor, der ein kurioses Steckenpferd ritt, das sich mit Erscheinen des ›Kleinen Hobbit‹ (1937) unerwartet als lukrativ erwies.

So etwas war nicht ungewöhnlich, jedenfalls in England nicht, wo es beinahe eine Tradition derartiger Sonderlinge gibt. Am bekanntesten ist sicher jener Mathematiklehrer Charles Dodgson, der als Lewis Carroll Kinderbücher schrieb.

Dennoch mutet es verschroben an, daß nach dem Ersten Weltkrieg ein ernsthafter Gelehrter und verantwortungsbewußter Familienvater zeit seines Lebens einer Idee nachhing, die Macpherson oder den Brüdern Grimm gut anstand; einer Idee, die im 19. Jahrhundert so ungewöhnlich nicht war. Wir wissen von den Brontë-Geschwistern und von den Brentanos, daß sie als Kinder nicht nur Geschichten erfanden, sondern zu diesen ganze Welten.

Tolkien, dieser offenbar Unzeitgemäße, der seinen Knabenträumen nie entwuchs, wird eine Generation und einen Krieg später von jungen Lesern als Kultautor entdeckt und kreiert eine Modeströmung, etikettiert nach amerikanischem Vorbild als »fantasy«. Zufall? Oder war Tolkien, trotz seines rückwärts gewandten Blicks, so etwas wie ein Prophet, gar ein Wegbereiter der »grünen« Bewegung?

Als der ›Herr der Ringe‹ in Amerika erschien, 1954, geriet er in eine Zeitstimmung, in der das einfache Leben mit der Natur neu entdeckt wurde; in Deutschland wurde Tolkien in den siebziger Jahren allmählich von einer Jugend rezipiert, die sich nach der Studentenbewegung auf sich selbst und auf private Belange zurückzog: Der ›Herr der Ringe‹ bot die Möglichkeit, für einige Zeit aus dem Alltag auszusteigen.

In Amerika hatten die Verlage, aus dem Erfolg des ›Herrn der Ringe‹ lernend, längst diese offensichtliche Marktlücke genutzt. Zahllose Autoren bedienten sich bei Tolkien, und kaum einer dieser Epigonen hatte wenigstens die Originalität eines Peter Beagle.

Interessant allerdings ist, daß keiner der Autoren, die sich nach Tolkien an dem Genre versuchten, noch einmal in der Lage war, einen ähnlich beispiellosen Roman zu schreiben. Sollte Tolkien vielleicht doch nicht der Begründer einer bestimmten Literaturform gewesen sein, sondern – wenn er denn nicht überhaupt ein einmaliges Phänomen war – nur derjenige, der eine Literaturform abschloß, der zum letztenmal eine Idee der Romantik aufgriff und diese gewissermaßen umfassend und pedantisch konsequent ausführte?

Unter den Texten, die von den Verlagen als fantasy ausgegeben wurden, gab es allerdings einige bemerkenswerte Funde, von einer Frische und Originalität, die eigenständig neben Tolkiens Werken bestehen konnten. Die Autoren heißen beispielsweise T. H. White, Mervyn Peake, Naomi Mitchison, Evangeline Walton. Wenn sie auch erst nach dem ›Herrn der Ringe‹ von einem größeren Publikum entdeckt wurden, so sind ihre Werke doch gleichzeitig mit oder vor denen Tolkiens entstanden. Ihre Grundidee ist ähnlich, ihre Erzählweise und ihre Geschichten sind jeweils völlig andere.

White bedient sich einer Methode, die in der mittelalterlichen Literatur – ein »copyright« gab es nicht – üblich war: Er nahm sich eine Romanvorlage, hier den ›Morte d'Arthur‹ von Thomas Malory, und erzählte diese neu und auf eigene Art. Skurriles, Ironie, Zeitanspielungen machen diesen Artus-Merlin-Roman nicht nur zu einem würdigen Nachfolger Malorys, der von dem Anonymus der Vulgate-Fassung abschrieb, der seinerseits von Robert de Boron abgeschrieben hat und der wiederum von Chrestien de Troyes, sondern zu einem höchst originellen modernen Roman.

Mervyn Peake war eigentlich Zeichner und Maler. Sein Roman spielt in einer Zeit, als es noch Burgen gab und strenge Standesetiketten, und an einem Ort, den man nie wird lokalisieren können. Seine Einfälle sind bizarr wie die Buchillustrationen, mit denen er sein Brot verdiente; sein Blick ist der eines Malers, der immer nach überraschenden Perspektiven sucht und nach neuen Farben. Mervyn Peake malte eine kafkaeske Welt mit der Palette eines Hieronymus Bosch.

Die engagierte Sozialistin Naomi Mitchison erzählt die Entwicklungsgeschichte der Menschheit, von mythischen Zeiten bis hin zur Christianisierung, vom Feudalismus bis hin zum Anbruch einer neuen Zeit – und dem Scheitern des sozialistischen Traums.

Evangeline Walton läßt sich von keltischen Sagen und Überlieferungen anregen. Sie erzählt nicht im »hohen« Stil, sondern im modernen Jargon die Geschichten des Mabinogion neu, jene Geschichten also, die zur Zeit der höfischen Epik in den ›Perceval‹, den ›Erec‹ und die anderen Geschichten um König Artus und seine Tafelrunde eingehen sollten. Was Evangeline Walton interessiert, ist jene Übergangszeit, deren Folgen wir uns erst heute bewußt werden: die Übergangszeit vom Matriarchat zum Patriarchat.

Warum schreiben Autoren des 20. Jahrhunderts derartige Romane? Es sind, wohlgemerkt, keine historischen Romane, die die Rekonstruktion einer historischen Zeit anstreben, es sind traditionell erzählte Abenteuerromane einer fiktiven Welt, deren literarische Quellen Märchen und Mythen der Menschheit sind.

Tolkien hat immer aufs heftigste bestritten, seine Geschichten hätten Bezüge zur politischen Realität seiner Zeit. Dennoch beeinflußte ihn, was um ihn geschah. Wäre seine Darstellung des Bösen – und darin ist Tolkien in der Tat ein Meister – so erschreckend und so lebhaft möglich gewesen ohne die Erfahrungen, die er als junger Mann und Christ in dem ersten großen Krieg gemacht hatte, in jenem Krieg, der mit einer bis dahin ungeahnten Zerstörungswut Europa überzog? Das ›Silmarillion‹ und der ›Herr der Ringe‹ sind voll von Schlachtbeschreibungen und Kämpfen, die eisernen Kriegsmaschinen Melkos aus der ersten Fassung werden später zwar zu Ungeheuern, zu Drachen und anderen Unholden, doch ist dies vielleicht nicht nur eine – unbewußte – Flucht in Archetypen des Märchens, um einen Schrecken »sagbar« zu machen? Sein Biograph geht noch weiter und vermutet, Tolkiens Erfahrung mit Giftspinnen und Schlangen während seiner ersten Lebensjahre in Südafrika erkläre, daß Tod und Verderben und das Böse allgemein bei ihm in diesen Tiergestalten auftreten.

Bei White liegt eine ähnliche Vermutung nahe, vergleicht man die erste Fassung des ›Merlin‹ mit seiner Umarbeitung im ›König auf Camelot‹: Auch hier sind erkennbare Eindrücke der Kriegsschrecken später mit Hilfe einer märchenhaften Einkleidung »entrückt« worden. Oder sollte man sagen: verdeckt?

Tolkien liebte die Natur. Jeder Eingriff des Menschen war ihm ein Greuel. Er verzichtete aufs Auto, er beklagte jede neue Straße, er mißtraute der Fortschrittseuphorie. »Ich bin tatsächlich selber ein Hobbit«, gestand er. »Ich liebe Gärten, Bäume und Ackerland ohne Maschinen.« Im ›Herrn der Ringe‹ ist es der Böse, der über die Errungenschaften der Industrie verfügt, in einem Land, das kahl, schwarz und unfruchtbar ist. Und am Ende des Romans steht die Zerstörung des Auenlandes. Nein, Tolkien war nicht, wie er behauptete, völlig unpolitisch: Er hat im Gegenteil seine Zeit und ihre Probleme nach Mittelerde mitgenommen.

Mervyn Peake schreibt über den Untergang der alten Ordnung, über den Untergang der Welt, verursacht von intriganten Emporkömmlingen, verursacht durch Technik und zynische Ausbeuter. Er konnte seine Trilogie nicht vollenden, denn er verlor den Verstand. Er war offizieller Beobachter, als das KZ Buchenwald von den Alliierten geöffnet wurde, ein Erlebnis, das den Schlüssel zu seiner Gormenghast-Trilogie liefert und dessen seelische Nachwirkungen ihn ins Irrenhaus brachten.

Evangeline Walton, feministische Autorin in einer patriarchalischen Zeit, Naomi Mitchison, politisch aktive Autorin, die ihre Hoffnungen auf die sozialistische Bewegung nach dem Ersten Weltkrieg enttäuscht sah, Tolkien, der wußte, daß der Krieg gegen das Böse nie würde gewonnen werden können, Mervyn Peake, für den es keine Hoffnung nach dem Zweiten Weltkrieg gab – sie alle sind Beispiele für moderne Autoren, die über die Niederlage der Vernunft schreiben. Nur archetypische Erzählmuster, wie die Queste des mittelalterlichen Epos, und Motive aus Mythen und Märchen schienen angemessen, so Ungeheuerliches darzustellen.

Ihre Märchenromane sind ein Phänomen der ersten Hälfte des 20. Jahrhunderts. Und Tolkien, dessen ›Herr der Ringe‹ 1955 erschien, war der letzte dieser Autoren.

Zur Zusammenstellung des Lesebuchs

Der vorliegende Band soll unterhalten, soll Werk und Person des Autors vorstellen und vielleicht ein paar Aspekte betonen, die dem einen oder anderen Leser neu sind.

Die Anordnung der Lesestücke scheint auf den ersten Blick einer Chronologie zu folgen; doch sind alle Angaben der Zeiträume in Wahrheit nur ein grobes Raster: Tolkien hatte als 20jähriger bereits die Idee, die Götter- und Heldensagen Mittelerdes zu schreiben, die ihn noch als 80jährigen beschäftigte; sein Leben lang griff er auf ganz frühe Eindrücke aus Kindheit und Jugend zurück.

›Das Silmarillion‹, so sah es Tolkien immer, ist sein Hauptwerk, an dem er sechzig Jahre lang arbeitete, ohne es jedoch abschließen zu können – hier ging es ihm wie Tüftler aus der Geschichte: Das Vorhaben erwies sich als zu verzweigt, ein Menschenleben reichte nicht aus, die Geschichte Mittelerdes erschöpfend darzustellen. Da das ›Silmarillion‹ Kernstück und Grundlage für Tolkiens populärere Werke (›Der kleine Hobbit‹; ›Der Herr der Ringe‹) ist, gehört ihm und der Urfassung seiner Geschichten, als ›Verschollene Geschichten‹ kurz nach dem Ersten Weltkrieg geschrieben, der erste und umfangreichste Teil des Bandes.

In einem Essay, ›Das heimliche Laster‹, geht Tolkien ausführlich auf die Bedeutung von Sprache und Klang ein. Beides stand am Anfang seiner romantischen Idee, ein Nationalepos zu schaffen.

Aus den frühen Zeitaltern Mittelerdes wurden Geschichten ausgewählt, die zweierlei zeigen sollen: einmal die Verarbeitung von Tolkiens persönlichen Erlebnissen und Gefühlen in den Dichtungen, zum anderen seine Phantasie, mit der er Landschaften erschuf und Völker, die sie bewohnen.

Zu den deutlich persönlich geprägten Beispielen gehört ›Die Musik der Ainur‹, also der Schöpfungsbericht Mittelerdes und die Erklärung, wie das Böse in die Welt kam; ferner eine Kampfszene (›Der Fall Gondolins‹), die Spuren eigener Kriegserlebnisse zeigt; und schließlich die Zentralgeschichte des ›Silmarillion‹ überhaupt, die Geschichte von Beren und Lúthien, eine zarte Liebesgeschichte zwischen einem Elbenmädchen und einem Gnom. Diese Erzählung enthält interessanterweise eine später verworfene Fabel um den König der Katzen, die noch erkennen läßt, aus welch verschiedenartigen Quellen Tolkien schöpfte.

Zum ersten Teil gehören ferner Beispiele aus dem ›Silmarillion‹: Hier ist der Erzählton bereits der einer Heldensage, der Standpunkt des Erzählers distanziert. Beleriand wird in seiner ganzen Komplexität beschrieben, ohne daß eine Handlung ausgeführt würde; das Volk der Drúedain wird vorgestellt und schließlich Tolkiens Version der griechischen Atlantis-Sage, der Fall von Númenor, die eigentliche Verbindung zwischen dem ›Silmarillion‹ und der Welt der Hobbits – sozusagen der Sündenfall der Welt, als die Sterblichkeit und das endliche Leben für alle Geschöpfe begann und die Götter ihr Segensreich entrückten.

Der zweite Teil des Buches gilt dem Privatmann Tolkien. Verschiedene Briefe zu Politik und Tolkiens Freizeitvergnügen; ›Briefe vom Weihnachtsmann‹, die Tolkien für seine Kinder schrieb und in denen er sich auf die Erfindung von Sprachen einläßt, zeigen ihn als sorgenden Vater und liebenswürdigen Erzähler. Aus dem ›Kleinen Hobbit‹ wurde die Szene ausgewählt, in der Gollum und Bilbo sich ein Rätselgefecht liefern – die meisten Rätsel hat Tolkien in Anlehnung an alte Vorbilder erfunden. Zwei Briefe zum Thema ›Hobbits‹ leiten zum dritten Teil über, der dem ›Herrn der Ringe‹ gewidmet ist. Da dies Tolkiens bekanntestes Buch ist, sind nur wenige Geschichten daraus ausgewählt worden, dafür aber reichlich Briefe, beispielsweise einer, der das Brauchtum des Schenkens bei den Hobbits erklärt, oder einer an Sam Gamgee – nein, nicht an den *Hobbit* Sam, sondern an einen menschlichen Namensvetter. (Tolkien gestand, dies habe ihn nicht schlecht verblüfft, und einer seiner Albträume sei seitdem gewesen, daß sich ein Mr. Gollum bei ihm melden könnte.) Ferner ein Brief über die komplexe Etymologie der Elbennamen.

Die Auszüge aus dem ›Herrn der Ringe‹ beschränken sich auf folgende Episoden: den Aufbruch der Hobbits; das Abenteuer mit Baumbart; den Rat von Elrond. Die Szene am verbotenen Weiher soll zeigen, daß die Hobbits, anders als die Helden früherer Zeitalter, über eine Fähigkeit verfügen, die sie von anderen Geschöpfen unterscheidet: das Mitleid. Die Beschreibung der Palantíri stammt aus ›Nachrichten aus Mittelerde‹, paßt aber sehr gut an diese Stelle, da die Steine eine entscheidende Rolle im Ringkrieg spielen.

Danach folgen Briefe zur Rezeption: Tolkiens Ärger darüber, daß seine edlen Eibennamen für Boote und Zuchtbullen mißbraucht wurden; Tolkiens wütender Brief an die amerikanische Produktionsfirma, die dem Autor ein Filmskript vorgeschlagen hatte.

Der letzte Teil zeigt den inzwischen berühmten Tolkien während seiner letzten Jahre und schließt so den Kreis zum ersten Stück, Humphrey Carpenters Besuch bei Tolkien, wenige Jahre vor seinem Tod.

Am Ende steht die Erzählung ›Blatt von Tüftler‹, ein elegisches Märchen über einen Maler, der in die Landschaft auf seiner Leinwand eintritt und so für immer aus der Welt verschwindet. Diese Geschichte ist wie eine Allegorie über Tolkiens Lebenswerk.

Stuttgart 1991 *Ulrike Killer*

Zeittafel

1892 J. R. R. Tolkien wird in Bloemfontein als ältester Sohn von Mabel und Arthur Tolkien geboren

1895 Mabel Tolkien kehrt mit ihren beiden Söhnen nach England zurück, weil sie das Klima in Südafrika nicht verträgt – H. G. Wells: ›Die Zeitmaschine‹

1899 Beginn des britischen Krieges gegen die Buren

1900 Mabel Tolkien, seit vier Jahren Witwe, konvertiert zum katholischen Glauben – Niederschlagung des Boxeraufstands – Sigmund Freud: ›Traumdeutung‹ – Erster Flug des Zeppelin – Weltausstellung in Paris

1901 Königin Victoria stirbt – Picasso beginnt seine sog. Blaue Periode – Thomas Mann: ›Die Buddenbrooks‹

1908 Die beiden Tolkien-Brüder werden in Birmingham bei einer Mrs. Faulkner einquartiert. Dort lernt Ronald die drei Jahre ältere Edith Bratt kennen und verliebt sich

1910 Ronalds Vormund verbietet den Umgang mit Edith. Diese zieht fort aus Birmingham

1911 Ronald verläßt die Schule und beginnt sein Studium in Oxford. Erste Gedichtveröffentlichungen in Zeitschriften

1912 Tolkien stößt auf eine englische Übersetzung des finnischen Nationalepos, des ›Kalevala‹

1913 Ronald wird volljährig und fährt kurz nach seinem Geburtstag zu Edith

1914 Edith Bratt konvertiert zum katholischen Glauben – Beginn des Ersten Weltkriegs

1916 Tolkien heiratet Edith Bratt, kurz bevor er an die Front abkommandiert wird

1917 Tolkien beginnt, während eines Krankenurlaubs, mit der Niederschrift der ›Verschollenen Geschichten‹, der Urfassung des ›Silmarillion‹, das er nie vollenden würde – Oktoberrevolution – Geburt von Tolkiens erstem Sohn, John

1918 Tolkien wird nach seiner Entlassung aus der Armee Mitarbeiter beim ›New English Dictionary‹

1919 Friedensvertrag von Versailles – Karl Kraus: ›Die letzten Tage der Menschheit‹ – Benito Mussolini gründet den ersten faschistischen Kampfverband

1920 Tolkien beginnt seine Lehrtätigkeit in Leeds – Hitler verkündet sein 25-Punkte-Programm im Münchner Hofbräuhaus – Mahatma Gandhi beginnt seinen gewaltlosen Kampf – Geburt von Tolkiens zweitem Sohn, Michael

1922 Tolkien beginnt gemeinsam mit E. V. Gordon die Sir-Gawain-Ausgabe vorzubereiten; seine Idee zu einem Nationalepos der Engländer hat konkrete Formen angenommen – T. S. Eliot: ›The Waste Land‹ – John Galsworthy: ›The Forsyte Saga‹ – James Joyce: ›Ulysses‹ – Howard Carter findet das Grab des Tut-ench-Amun – Virginia Woolf: ›Jacobs Raum‹ – Oswald Spengler: ›Der Untergang des Abendlandes‹ – F. W. Murnau: ›Nosferatu‹ – Arnold Schönberg beginnt seine Zwölftonmusik

1924 Tolkien wird Professor für englische Sprache in Leeds – Geburt des dritten Sohnes, Christopher

1925 Tolkien nimmt eine Professur für Angelsächsisch in Oxford an – G. B. Shaw erhält den Literaturnobelpreis

1929 Geburt von Tolkiens Tochter Priscilla

1930 Tolkien beginnt mit dem ›Kleinen Hobbit‹

1933 Adolf Hitler wird Reichskanzler – Bücherverbrennung in Deutschland

1937 ›Der kleine Hobbit‹ erscheint – Picasso: ›Guernica‹ – Carl Orff: ›Carmina Burana‹

1939 Tolkiens Vortrag ›On Fairy-Stories‹ – James Joyce: ›Finnegans Wake‹ – Beginn des Zweiten Weltkriegs

1945 Tolkien erhält eine Professur für englische Sprache und Literatur in Oxford – Abwurf der ersten Atombombe über Hiroshima

1949 ›Der Herr der Ringe‹ ist abgeschlossen

1954/5 ›Der Herr der Ringe‹ erscheint in England und fast gleichzeitig in Amerika

1959 Tolkien geht in Pension

1965 Der Raubdruck des ›Herrn der Ringe‹ löst in Amerika eine Kultbewegung unter den Studenten aus

1971 Tod Edith Tolkiens

1973 Tod J. R. R. Tolkiens in Bournemouth

Postum erscheinen 1976 ›Die Briefe vom Weihnachtsmann‹, 1977 ›Das Silmarillion‹ und 1980 ›Nachrichten aus Mittelerde‹. Ab 1983 ediert Christopher Tolkien, der jüngste Sohn, unter dem Reihentitel ›History of Middle-Earth‹ ausführlich kommentierte Materialbände, darunter als Bände 1 und 2 ›Das Buch der verschollenen Geschichten‹ (1983/4), also die Urfassung der Geschichten des ›Silmarillion‹ aus jener legendären Kladde, die Tolkien 1917 während seines Krankenurlaubs begann.

Quellennachweis

Die einzelnen Beiträge sind entnommen aus:

Humphrey Carpenter: J. R. R. Tolkien. Eine Biographie
© 1977, 1978, 1982 The Estate of the late Humphrey Carpenter. Titel der Originalausgabe: ›J. R. R. Tolkien: A biography‹. Deutsch von Wolfgang Krege
© 1979 der deutschsprachigen Ausgabe: J. G. Cotta'sche Buchhandlung Nachfolger GmbH, gegr. 1659, Stuttgart
(Besuch bei J. R. R. Tolkien)

J. R. R. Tolkien: Das Buch der verschollenen Geschichten. Teil I
Herausgegeben von Christopher Tolkien
© 1983 The JRR Tolkien Estate Limited and C R Tolkien. Titel der Originalausgabe: ›The Book of Lost Tales, Part One‹. Deutsch von Hans J. Schütz
© 1986 der deutschsprachigen Ausgabe: J. G. Cotta'sche Buchhandlung Nachfolger GmbH, gegr. 1659, Stuttgart
(Die Musik der Ainur)

J. R. R. Tolkien: Das Buch der verschollenen Geschichten. Teil II
Herausgegeben von Christopher Tolkien
© 1984 The JRR Tolkien Estate Limited and CR Tolkien. Titel der Originalausgabe: ›The Book of Lost Tales, Part Two‹. Deutsch von Hans J. Schütz
© 1987 der deutschsprachigen Ausgabe: J. G. Cotta'sche Buchhandlung Nachfolger GmbH, gegr. 1659, Stuttgart
(Ælfwine aus England; Die Fahrt von Earendel, dem Abendstern; Der Fall Gondolins; Die Geschichte von Tinúviel)

J. R. R. Tolkien: Briefe
Herausgegeben von Humphrey Carpenter und Christopher Tolkien.
© 1981 The J. R. R. Tolkien Copyright Trust.Titel der Originalausgabe: ›Letters of J. R. R. Tolkien‹. Deutsch von Wolfgang Krege
© 1991 der deutschsprachigen Ausgabe: J. G. Cotta'sche Buchhandlung Nachfolger GmbH, gegr. 1659, Stuttgart
(Briefe an Edith Bratt; »Was, Dr. Tolkien, macht Sie ticken?«; Ein Abend in der Kneipe; »Unser kleiner Cherub«; »Der edle nordische Geist«; »Jene verrückte, glanzäugige Schönheit«; »Über den Namen und die Herkunft seines merkwürdigen Helden«; Bilbo und die Oxforder Intelligenzija; Der Brauch des Schenkens bei den Hobbits; Brief an Sam Gamgee; »War die Flügelkrone von Gondor wie die einer

Walküre oder wie die auf einer Gauloises-Packung?«; »At the End of the Quest, Victory«; Hydrofolie Schattenfell; Göttin der Milch; »So darf man den ›Herrn der Ringe‹ nicht entstellen!«; Tolkien trifft Ava Gardner; Das letzte Domizil; Edith Tolkien Lúthien)

J. R. R. Tolkien: Die Ungeheuer und ihre Kritiker. Gesammelte Aufsätze
Herausgegeben von Christopher Tolkien
© 1983 The J. R. R. Tolkien Copyright Trust. Titel der Originalausgabe: ›A Secret Vice: The Monster and the Critics and Other Essays‹. Deutsch von Wolfgang Krege
© 1987 der deutschsprachigen Ausgabe: J. G. Cotta'sche Buchhandlung Nachfolger GmbH, gegr. 1659, Stuttgart
(Ein heimliches Laster)

J. R. R. Tolkien: Das Silmarillion
Herausgegeben von Christopher Tolkien
© 1977 The JRR Tolkien Estate Limited and CR Tolkien. Titel der Originalausgabe: ›The Silmarillion‹. Deutsch von Wolfgang Krege
© 1978 der deutschsprachigen Ausgabe: J. G. Cotta'sche Buchhandlung Nachfolger GmbH, gegr. 1659, Stuttgart
(Von Beleriand und seinen Reichen; Der Untergang von Númenor)

J. R. R. Tolkien: Nachrichten aus Mittelerde
Herausgegeben von Christopher Tolkien
© 1980 The JRR Tolkien Estate Limited and CR Tolkien. Titel der Originalausgabe: ›Unfinished Tales‹. Deutsch von Hans J. Schütz
© 1983 der deutschsprachigen Ausgabe: J. G. Cotta'sche Buchhandlung Nachfolger GmbH, gegr. 1659, Stuttgart
(Die Drúedain; Die Palantíri)

J. R. R. Tolkien: Die Briefe vom Weihnachtsmann
Herausgegeben von Baillie Tolkien
© 1976 The JRR Tolkien Estate Limited. Titel der Originalausgabe: ›Letters from Father Christmas‹. Deutsch von Anja Hegemann
© 1977 der deutschsprachigen Ausgabe: J. G. Cotta'sche Buchhandlung Nachfolger GmbH, gegr. 1659, Stuttgart
(Ein Brief vom Weihnachtsmann; Brief vom Polarbären)

J. R. R. Tolkien: Der kleine Hobbit
© 1937, 1965 The JRR Tolkien Estate Limited. Titel der Originalausgabe: ›The Hobbit‹. Deutsch von Walter Scherf
© 1977 für die vorliegende Übersetzung: Deutscher Taschenbuch Verlag GmbH & Co. KG, München
(Rätsel in der Finsternis)